Kitty Sewell lebte als Jugendliche in Spanien,
emigrierte dann nach Kanada und lebte
später in England und Wales.
Nach einer Zeit als Maklerin im Norden Kanadas
machte sie eine Ausbildung zur Psychotherapeutin und
später zur Bildhauerin. Seit 1991 schreibt sie für
verschiedene britische Zeitungen. Sie lebt in zweiter Ehe
mit einem Arzt im walisischen Cardiff und zeitweise in
Andalusien auf ihrer eigenen Obstplantage.

Weitere Titel der Autorin:

Zeit der Eisblüten (auch als Lübbe Audio)
Erbschuld

Titel in der Regel auch als E-Book erhältlich

Kitty Sewell

WOLKEN-FIEBER

Roman

Aus dem Englischen von
Hubert Straßl

BASTEI
LÜBBE
TASCHENBUCH

BASTEI LÜBBE TASCHENBUCH
Band 16 074

1. Auflage: September 2011

Vollständige Taschenbuchausgabe

Bastei Lübbe Taschenbuch in der Bastei Lübbe GmbH & Co. KG

Deutsche Erstausgabe

Titel der englischen Originalausgabe: »Cloud Fever«

Redaktionelle Bearbeitung: Michael Kubiak
Titelillustration: © istockphoto/Bartosz Hadyniak
Umschlaggestaltung: Manuela Städele
Autorenfoto: © Jerry Bauer
Satz: Urban SatzKonzept, Düsseldorf
Gesetzt aus der Garamond
Druck und Verarbeitung: GGP Media GmbH, Pößneck
Printed in Germany
ISBN 978-3-404-16074-7

Prolog

Er suchte in seinem Gepäck nach dem Topf. Hirten schützten die Hufe ihrer Yaks in strengen Wintern manchmal, indem sie sie mit Teer bestrichen. Der einsame Mann, dem er auf seiner Reise begegnet war, hatte es ihm gegeben. Es war eine rein symbolische Gabe gewesen, denn die Hufe seines Pferdes hatten kaum gelitten. Vielleicht wollte er zeigen, dass es noch Menschlichkeit in diesem gottverlassenen Land gab.

Während er den kleinen Topf mit den Händen wärmte, damit sein Inhalt weich wurde, blickte er aus der Höhle hinaus. Das Plateau tief unter ihm war der tristeste Flecken auf Erden, vollkommen öde und lebensfeindlich, aber Angehörige der Stämme im Osten trieben manchmal im Hochsommer ihr Vieh herauf. Ein verzweifelter Flüchtling mochte diesen Berg auf der Suche nach Freiheit überquert haben. Möglicherweise hatte jemand in dieser Höhle Unterschlupf gefunden. Aber er bezweifelte es. Nirgendwo fanden sich ein Fetzen Stoff oder Yakdung-Asche einer Feuerstelle oder eingeritzte Botschaften an den Wänden. Die Höhle war nicht mehr als eine Spalte in der Felswand und fast zu niedrig, um hineinzugelangen. Nur eine ganz und gar verzweifelte Seele mochte sich hierher verirren.

Er tastete auf dem Höhlenboden nach dem Messer. Der Topfdeckel war verrostet, und er versuchte ihn mit der Klinge aufzubrechen. Ein Strahl des ersten Morgenlichts fiel auf seine Hände, während er sich mit der Klinge abmühte. Er fühlte sich schwach. Der Schmerz pochte in seinem verletzten Bein mit jedem Pulsschlag, und sein flacher Atem dampfte in der trockenen Luft. Gleich beim Aufwachen hatte er seine Entscheidung getroffen. Sobald er fertig war, würde er zusammenpacken und aufbrechen. Wenn er noch einen Tag blieb, wäre das zweifellos sein Tod. Die Wunde war entzündet, und seine gesamten Vorräte bestanden nur noch aus einem Kilo Tsampa und einem halben Kilo Butter. Die Vorstellung, dass seine Leiche hier in dieser dunklen Höhle steif werden und im Frühjahr unverändert wieder auftauen würde, ließ ihn schaudern. Dann wäre es ihm schon lieber, dass ihn ein Schneeleopardenweibchen irgendwo am Berghang fand und mit seinem Fleisch die Jungen in ihrem Bauch ernährte.

Endlich gab der Deckel nach. Mit der Messerklinge zog er eine gummiartige Haut ab und tauchte danach zwei Finger in die glänzende schwarze Masse. Dann drehte er sich zu dem Buddha herum, der in dem hellen Lichtstrahl wie Feuer leuchtete.

Er schlug die Augen nieder, als er das geliebte Gesicht mit der dicken, klebrigen Masse schwärzte.

Kapitel 1

Daniel Villeneuve und Rosie knieten im Sand. Für Mitte August war es ungewöhnlich kalt, und ein frischer Wind ließ sie frösteln, während jeder an einem eigenen Gebäude des Dorfes arbeitete. Rosie war ungewohnt still. Ihr kastanienbraunes Haar verdeckte ihr Werk. Sie bauten ein Dorf der Haida First Nation. Daniel versuchte sich an einer Missionskirche und benutzte als Modell eine Kirche, die er letztes Jahr bei mehreren Arbeitseinsätzen in Uruguay überflogen hatte, als sie Bergbauausrüstung in den unberührten Regenwald transportierten. Dieses ganz einfache Bauwerk war von den Jesuiten von Quebec erbaut worden, zweifellos mit erzwungener Hilfe der eingeborenen Gläubigen.

Rosie hob den Kopf und inspizierte sein Werk. Er zuckte die Schultern und machte sich bereit, seine Kirche zu verteidigen. Missionare hatten sich auf den Weg zu den entlegenen Queen Charlotte Inseln gemacht, dort die Haida Dörfer entdeckt und Kirchen wie die in Paraguay gebaut. Da Rosie erst neun Jahre alt war, würde er ihr wahrscheinlich nicht erzählen, wie diese Männer Gottes der alten Kultur der Haida den Niedergang brachten, indem sie Pocken und europäische Grippeviren einschleppten, und wie schließlich weiße Gesetzgeber die Sprache der Haida verboten und ihnen ihr Land und ihre Kinder wegnahmen.

»Das ist kein Haida-Bauwerk«, sagte sie sofort, und sein Turm fiel zusammen.

Daniel richtete anklagend den Zeigefinger auf sie. »Das hast du absichtlich gemacht. Du hast sie mit einem Fluch belegt.«

Rosie lachte unterdrückt. »Nein, Papa. Der Sand ist nicht feucht genug, daran liegt es.«

»Wir hätten näher ans Wasser gehen sollen.«

»Warum baust du kein Langhaus?«, meinte Rosie. »Du könntest Totempfähle aus ein paar Stöckchen schnitzen.«

Daniel stand ächzend auf. Seine Knie waren steif und kalt. »Musst du nicht mal aufs Klo? Wir könnten uns im Starbucks heiße Schokolade holen.«

»Später. Such dir ein paar Stöckchen. Und bring mir Wasser mit.«

Daniel machte sich seufzend auf den Weg. Mit einer apfelgrünen Gießkanne und einem blutroten Eimer stapfte er zum Strand hinab. Kits Beach war menschenleer. Für Hunde war der Strand hier von April bis September gesperrt, und Sonnenhungrige zogen wärmeres Wetter vor. Außerdem war es erst neun Uhr morgens. Er zog die Turnschuhe aus und krempelte die Hosenbeine hoch. Vorsichtig ging er einige Schritte in das eiskalte Wasser. Das Gletscherwasser des Fraser River vermischte sich hier mit den salzigen Wogen des Pazifiks. Letztes Jahr um diese Zeit waren sie zu dritt hier gewesen und geschwommen. Dieses Jahr waren sie zu zweit, und das Wasser blieb kalt. Dieses Jahr unterschied sich in so vielen Dingen vom vergangenen Jahr.

Daniel blickte zum Himmel und hob die Hand, um seine Augen vor dem Gleißen der verschleierten Sonne zu schützen. In der Ferne glitten Tanker im Schneckentempo in beiden Richtungen durch die Bucht und vereinzelte Segelboote nutzten den Wind. Die Berge an der Nordküste ragten dunkel empor, und im Osten hoben sich die Wolkenkratzer Vancouvers gegen den grauen Himmel ab. Trotz der unbestreitbaren Schönheit der Stadt und ihrer Lage konnte sich Daniel nicht mit dem städtischen Leben anfreunden. Er hatte fast sein ganzes Arbeitsleben in der Wildnis verbracht, war mit Helikoptern über Wüsten, zwischen Inseln hin und her, über karge Berggipfel und endlose Wälder geflogen. Die Umwelt formte und veränderte einen Menschen. Doch jetzt verbrachte er zwei von vier Wochen in der Stadt, in der Wohnung seiner Eltern, sodass er dem einen Menschen nahe sein konnte, der ihm am meisten bedeutete: Rosie.

»Papa.« Der Wind trug ihre Stimme klar wie eine Glocke über den Strand. »Wo bleibt mein Wasser?«

»Kommt sofort.« Er füllte die beiden Behälter und suchte sich eilig einen Rückweg zwischen den mächtigen Stämmen, die auf dem Strand verstreut lagen.

Er hielt neben ihr an. »Du lieber Gott, *das* nennst du ein Haida-Haus?«, spöttelte er und stellte den Eimer und die Kanne in den Sand. »Eher ein marsianisches Opernhaus, würde ich sagen, oder ein Hilton auf einem Asteroiden.«

»Haida haben wir doch schon aufgegeben, oder, Papa?«, meinte Rosie und warf einen bedeutungsvollen Blick auf seine zusammengefallene Kirche. Sie arbeitete konzentriert, goss Wasser aus der Kanne, bespritzte, klopfte und formte den Sand. Ihre Hände glichen denen eines Chirurgen, als sie zielsicher das richtige Instrument aus den Gerätschaften um sie herum auswählten: Plastikmesser, Pfannenwender, Löffel, hohle Würfel, Schnapsgläser, Siebe, einen Käseschneider und andere Haushaltsgegenstände. Daniel beobachtete sie. Er war sich sicher. Es musste diese unheilige Allianz von italienischen und irischen Genen sein, die ihr diese besondere Geschicklichkeit und Klugheit verlieh. Standen Promenadenmischungen nicht ganz allgemein in dem Ruf?

»Ich brauche noch mehr von diesen schwarzen Kieselsteinen, Papa. Möglichst flach und quadratisch. So viele du finden kannst.« Sie blickte ihn an. *»Bitte!«*, fügte sie mit theatralischem Augenaufschlag hinzu. Der Himmel mochte wissen, von welchen Erwachsenen sie den übernommen hatte.

Er machte sich wieder auf den Weg zum Wasser. Die schwarzen Steine waren nicht leicht zu finden, und die Architektin war zu beschäftigt, um sich selbst mit den Materialien zu versorgen. Es machte ihm nichts aus, den Handlanger zu spielen. Er mochte das Gefühl des Sandes unter den bloßen Füßen, den Geruch des Meerwassers im Wind, und vor allem ihre Gesellschaft, aber es mangelte ihm an ihrem Schaffensdrang. Er sehnte sich nach einem starken Kaffee, doch über die Straße zu laufen und Rosie allein am Strand zu lassen, kam nicht in Frage, und ihrem Arbeitseifer nach zu schließen, würde er sie wohl nicht zu einer Pause bewegen können.

»Hier, meine Kleine«, sagte er, als er zwanzig Minuten später den Eimer voll schwarzer Kieselsteine neben ihr abstellte. »Wie wär's, wenn du jetzt eine Pause machst. Wir sollten uns etwas zur Stärkung genehmigen.« Er beugte sich zu ihr, um ihr die Hand auf die Schulter zu legen. Und hielt inne, als sein Blick auf ihre Sandburg fiel.

»He, was ist denn das? Das ist großartig.«

Es war wirklich beeindruckend. Das Gebäude stand nun auf stufenförmigen Fundamenten. Auf den niedrigen Mauern strebte das Bauwerk auf einem dünnen Holzstück sorgfältig ausbalanciert etagenförmig nach außen. Weitere Etagen nach innen verengten das Gebäude, über das sich eine Kuppel wölbte. Ein flacher Stein stand vertikal, einem Wahrzeichen gleich, auf der Kuppel. Treppen führten zu den Toren auf allen vier Seiten empor. Auf der Kuppel befand sich ein Stück alte Alufolie, die zu einer Spitze zusammengedreht war, auf der ein Flaschenverschluss in einem Halbmond aus Pappe thronte.

»Sei vorsichtig«, sagte Rosie warnend und breitete schützend die Arme über ihre Schöpfung.

»Was ist das für ein Gebäude, Schätzchen? Wo hast du das gesehen?«

»Im Traum«, erwiderte Rosie. »Ich glaube, es war weiß.«

Zweifellos hatte sie es geträumt, aber es erschien ihm zu komplex für eine Schöpfung ihres Unterbewusstseins. Sie musste es in einem Reisemagazin über Indien oder den Mittleren Osten gesehen haben. Möglicherweise war es eine historische Maya- oder Inkastätte. Sie benutzte eine Fähigkeit, die er von seiner Mutter und Großmutter geerbt hatte: Sie besaßen alle ein ausgezeichnetes Gedächtnis. Rosie hatte das Bauwerk vermutlich in irgendeinem Programm gesehen und es sich eingeprägt.

Er holte seine Kamera aus ihrer Picknicktasche und machte ein Foto für ihr »Album«.

»Ich habe geträumt, dass du dort warst, Papa.«

»Du und ich?«, fragte er, während er sich niederkniete und einen Arm um ihre Schulter legte. »Sind wir zusammen dort gewesen?«

»Nein, nur du«, erwiderte sie und klopfte Sand von seinem Kragen. »Du bist nach der ersten dunklen Wolke hingefahren.«

»Die erste dunkle Wolke? Was meinst du damit, Rosie?«

Sie wandte sich ab und machte sich daran, die Kuppel mit ihrem Pfannenwender zu perfektionieren. »Es gibt drei dunkle Wolken.«

»Drei dunkle Wolken? Wo? Warum?«

»Du fliegst unter diesen dunklen Wolken und Menschen sterben.« Sie hielt inne, aber sie blickte nicht auf. »Aber du wirst nicht sterben. Das glaube ich jedenfalls.«

Daniel lief es kalt über den Rücken. Er hatte sich nie an diese seltsame Fähigkeit gewöhnt, die sie besaß. Rosies innere Welt war schon immer voll vielschichtiger Fantasien gewesen. Ihre Träume waren komplex und präzise, oft auf beunruhigende Weise zutreffend. Amanda suchte nach Antworten in ihren Büchern über Jungs Symbolanalysen, aber Daniel dachte an eine einfachere Lösung: die Wiederherstellung des Familienlebens. Was Rosie brauchte, waren eine Mutter und ein Vater in einem geordneten Zuhause. Einen Hund und eine Katze, einen Bruder und eine Schwester. Das würde sie auf die feste Erde zurückholen.

»Natürlich werde ich nicht sterben.« Ein schmerzender Klumpen war in seiner Kehle, und er zog sie in seine Arme. Sie hatte nie Mühe, seine Gefühle zu deuten.

»Papa, sei nicht albern. Das hab ich doch gerade gesagt.« Sie strich mit ihrem Zeigefinger über die Linien seiner Falten und Krähenfüße. Seine Adlerkralle, das Zeichen eines Chromosomenfehlers, weckte Erschrecken, Neugier und sogar Abscheu beim gelegentlichen Betrachter. Rosie war die einzige Person auf der Welt, die sie je berührte. Sie blutete leicht. Amanda hatte sie sogar gemocht, aber versehentlich die empfindliche Haut einmal mit dem Fingernagel aufgerissen. Danach hatte sie sich nicht mehr getraut, sein Gesicht zu streicheln.

»Warum können du und Mami und ich nicht zusammen sein?«

Natürlich war das der Angelpunkt. Wenn ihre sichere Welt zerbrechen konnte, was mochte dann noch alles passieren? Sie hatte vermutlich gehört, dass eine Katastrophe niemals allein kommt, und wartete auf das nächste Unheil, das über sie hereinbrechen würde. Da war es nur natürlich, dass sie sich über seine Flüge Sorgen machte. Über ihre Schulter betrachtete er ihre seltsame Sandburg. Er wusste fast gar nichts über die Sprache der Träume, aber er versuchte sich vorzustellen, was dieser bedeutete: ihr Vater eine Art Gefangener, sicher und geborgen hinter den Mauern eines fensterlosen Gebäudes. Vielleicht war es ein Weg, ihre Ängste zu zerstreuen. *Menschen sterben.* Hatte er nicht als Neunjähriger nachts im Bett dieselben beängstigenden Gedanken gewälzt?

Sie wand sich aus seinen Armen, aber er ergriff sie an den Schultern und blickte ihr in die Augen. »Du weißt, dass ich immer bei dir sein werde, Rosie. *Immer.*«

»Natürlich, Papa.«

»Ich muss morgen arbeiten, Rosie, verstehst du?« Er schüttelte sie ein wenig, um sich ihrer Aufmerksamkeit ganz sicher zu sein. »Ich werde zwei Wochen fort sein, und du brauchst keine Angst zu haben.«

»Ja, Papa, ich weiß. Das sagst du immer.«

Sie drehte sich aus seinem Griff, füllte eine Sprühflasche mit Wasser und drehte den Verschluss ganz fest zu. Dann ging sie um ihre Schöpfung herum und hüllte sie in einen dichten Nebel.

Am nächsten Tag war er nicht, wie erwartet, beim Helikopter-Logging an der Küste Britisch Kolumbiens, sondern flog in seinem Sikorsky S-64 über die US-Grenze. Im Verlauf des Wochenendes hatten mehrere Hundert Blitzschläge in den Cascade Mountains des Staates Washington Dutzende von Waldbränden entfacht. Nach zwei Monaten Trockenheit war die Vegetation ausgedörrt, und die Feuer gerieten außer Kontrolle.

Rodney Noblieh, der Vizepräsident und Projektkoordinator bei den Helicap Helicopter Services, von seinen Mitarbeitern Rod oder Nobby genannt, war immer auf der Suche nach Extraeinnahmen, um den Firmensäckel aufzufüllen. Feuersbrünste nahm er mit erbarmungsloser Freude zur Kenntnis. Und die Begeisterung in seiner Stimme war nicht zu überhören, als er Daniel gegen Mitternacht anrief, um ihn über das Inferno zu informieren.

»Hör zu, Danny. Die Interagency-Feuerzentrale rief mich gerade an und bat um dringende Unterstützung. Sie haben sechzehn Brände mit einer Fläche von elftausend Morgen im Snoqualmie-Waldgebiet, irgendwo zwischen Mount Baker und Glacier Peak, und alle ihre Vögel sind beim Löscheinsatz in Sacramento. Bei den gegenwärtigen verrückten Windverhältnissen ist dort die Hölle los. Sie bitten um sofortige Unterstützung, und wir haben einen nutzlos herumstehenden Vogel. Sie und

Kurt können sofort loslegen, und ich schicke Steve Andover an Ihrer Stelle hinauf ins Camp.«

Daniel war erfreut über diese unerwartete Abwechslung von seiner Routinearbeit. Die letzten vierzehn Monate war er im Einsatz gewesen, Baumstämme aus den Urwäldern Britisch Kolumbiens abzutransportieren.

Er hatte sofort gepackt und die erste Fähre nach Vancouver Island genommen. Einer der Mechaniker brachte ihn in seinem alten Laster zu ihrem Sammelpunkt am Beaver River, wo Helicaps Hubschrauber standen – im Idealfall keiner, um Nobby Rod zu zitieren. Rod hatte Daniel kürzlich den Titel »Senior Pilot« verliehen. Dabei war er weder der Älteste, noch der mit den meisten Flugstunden, aber er besaß Erfahrungen wie kein anderer. Er flog Ausrüstung für Öl- und Gasbohrungen nach Alaska und Papua Neuguinea, sprühte Pestizide gegen Moskitoplagen in Vietnam und Herbizide gegen giftiges Farnkraut in Wales, bekämpfte Waldbrände in ganz Kanada. Zweifellos war das auch der Grund, warum man ihn mit diesem Auftrag betraute.

Der Sikorsky war nicht der jüngste Helikopter der Firmenstaffel, aber das Geräusch seiner Rotoren war beruhigend, als sie abhoben und Kurs Südosten nahmen. Kurt Manlowe, ein weiterer altgedienter Waldbrand-Bekämpfer, saß im Kopiloten-Sitz. Daniel nahm es ein wenig bestürzt zur Kenntnis, und während der ersten fünfzehn Minuten des Fluges sprach Kurt kein Wort, außer wenn es die Steuerung erforderte.

»Bist du okay?«, fragte ihn Daniel.

Kurt bedachte ihn mit einem kurzen Blick. »Warum sollte ich es nicht sein?«

»War nur eine Frage.« Daniel wusste, dass er gar nicht okay sein konnte. Nach einem langsamen, aber erschütternden Abstieg in den Alkoholismus war seine Frau Glenda vor Kurzem an Leberzirrhose gestorben. Viele Pilotenfrauen kamen mit dem Stress nicht zurecht, mit den langen Trennungen und der steten Furcht, wenn das Telefon läutete. Aber für Glenda war es Grund genug gewesen, sich zu Tode zu saufen.

»Wenn du es genau wissen willst, ich bin verdammt wütend.«

Daniel warf ihm einen Blick zu. Kurt starrte mit zusammengebissenen Zähnen geradeaus.

»Wir hatten einen Pakt, verstehst du.«

»Wer?«

»Ich und Glenda.«

Daniel zuckte zusammen. Sie flogen gerade über die Grenze, und er musste sich auf den Flug konzentrieren. »Was für einen Pakt?«

»Verdammt, wir wollten zusammen gehen. Ich wusste nicht, dass sie es so eilig hatte.« Seine Stimme wurde hart. »Die Ärzte hätten mich informieren müssen. Aber den Teufel taten sie. Ich hatte nicht mal mehr Zeit, mich zu verabschieden. Von einem Augenblick zum anderen platzten die Krampfadern im Hals, und sie spuckte Blut übers ganze Bett.«

»Großer Gott ... Kurt!« Daniel versuchte die Vorstellung wieder aus seinem Kopf zu verdrängen. »Du hast doch gesagt, dass sie an Leberzirrhose gestorben ist.«

»Klar, Mann. Eine kaputte Leber hört sich eine verdammte Spur besser an, als an seinem eigenen Blut zu ersticken, oder was meinst du?«

Daniels Mund war trocken. »Da hast du allerdings recht.«

»Keiner hat mir was gesagt. Sie hätten mich über die Blutungen vorwarnen müssen. Sie sind bei Alkoholikern im letzten Stadium üblich, aber wie hätte ich das wissen sollen?« Er drehte sich zu Daniel und starrte ihn an. »Hah? Sag mir das!«

Daniel schüttelte mitfühlend den Kopf. »Ich weiß nicht, was ich dir dazu sagen soll.«

»Wenn dir nichts dazu einfällt, dann halt deinen verdammten Mund!«

Daniel warf ihm einen Blick zu, schwieg aber. Kurts Ton war unerfreulich und die Wendung, die das Gespräch genommen hatte, ebenso. Okay, er hatte den Mann aufgefordert, ihm sein Herz auszuschütten, aber dies war weder der Zeitpunkt noch der Ort für eine Diskussion über einen beschissenen Tod und verpasste Selbstmordpläne. Er ahnte, dass Kurt in keiner brauchbaren Verfassung für seine Aufgaben als Kopilot war. Im Augenblick war es das Beste, sich voll auf den Flug zu konzentrieren, aber nach ihrer Rückkehr würde er ein ernstes Wort mit Nobby reden müssen. Zum Glück sagte Kurt während des ganzen Fluges kein weiteres Wort mehr darüber.

Der Gipfel des Baker Mountain ragte majestätisch aus dem dichten Wolkenmeer. Sie brauchten weniger als eine Stunde, um ihren Bestimmungsort zu erreichen. Sie flogen durch weite, bewaldete Täler mit Ponderosakiefern und Hemlocktannen, zwischen den wilden und wunderschönen Hängen der North Cascades, die weitgehend noch von Menschen unberührt geblieben waren. Bald darauf sahen sie Dutzende von Rauchsäulen im heißen Sommerwind aufsteigen und sich mit dem dichten Dunst vermischen, der durch die Täler wogte. Brandherd für Brandherd kamen die verheerenden Feuersbrünste ins Blickfeld. Tieforange Wolken wirbelten hoch in die Luft.

Der Geruch des brennenden Waldes begann in die Kabine zu dringen. Es war nicht der angenehme Rauchgeruch eines Lagerfeuers. Holz, Tiere, Pflanzen und Wurzeln brannten, der Boden selbst loderte. Das alles verlieh dem Rauch einen einzigartigen erdigen Geruch. Rod nannte ihn den »Geruch des Geldes«! Er durchdrang die ganze Maschine. In den Kleidern, im Haar und auf der Haut war er tagelang zu riechen.

Kurt deutete nach Süden. »Sieht aus, als hätten wir eine Menge Gesellschaft.« In der Ferne waren zwei Helis bereits dabei, Wasser über den Flammen abzulassen. Der AirTac-Koordinator war ungewohnterweise eine Frau, eine mit einer zur

Situation passenden rauchigen Stimme. Sie gab ihnen ihre Fluganweisungen und nannte ihnen den Auftankort und die Wasserladestelle.

»Es wird Stau geben da unten«, warnte sie. »Es ist der einzige See in dem ganzen verdammten Wald.«

Daniel beschloss aufzutanken, bevor er sich in die »Warteschlange« einreihte. Acht Minuten später waren sie wieder in der Luft und auf der Suche nach der Wasserladestelle. Das Gewässer war unter all den Rauchschwaden kaum auszumachen.

»Das nennt sie einen See!« Kurt kicherte über die Sprechanlage. »Das ist nur ein gottverdammter Tümpel.«

Daniel schwebte über dem Ufer, bis es einer Chinook gelang, ihren Behälter zu füllen. Daniel musterte die begrenzte Fläche von oben und war heilfroh, dass seinen Sikorsky mit einem Schnorchel ausgestattet war.

»Das ist vielleicht ein Amateur«, stellte Kurt fest.

»Der Pilot hat wahrscheinlich keine Erfahrung in der Brandbekämpfung. Sie haben alles genommen, was sie kriegen konnten.« Er versuchte ein aufmunterndes Lachen. »Sonst wären wohl auch wir Kanadier nicht hier.«

Es dauerte einige lange Minuten, bis die Chinook aufstieg und abdrehte. Daniel sah den Kopiloten winken und winkte zurück.

»Mann, ist das heiß«, sagte Kurt. Er öffnete den Kinnriemen seines Helms, als wollte er ihn abnehmen.

Daniel sah es aus den Augenwinkeln, aber er war bereits im Sinkflug. »Ich will ja nicht nörgeln, Kurt«, sagte er ins Mikro. »Aber mach deinen Helm wieder fest, bitte. Das ist ein heikles Manöver.«

Kurt gab keine Antwort. Als Daniel wieder zu ihm hinüber sah, war er dabei, die Sicherheitsgurte zu öffnen.

»Was machst du da?«

»Wonach sieht es denn aus?«, erwiderte Kurt grimmig. »Mir ist alles zu eng. Ich fühl mich wie in einer Zwangsjacke.«

Daniel stabilisierte den Helikopter etwa zwei Meter über der Wasseroberfläche. Seine Miene war grimmig, seine Blicke konzentrierten sich auf das Ufer und den Abstand zum Wasser unter ihm. Das Wasser kräuselte sich und wogte unter dem Abwind der Rotorblätter. Er tauchte den Schnorchel ein und saugte Wasser in den Tank. Fünfundvierzig Sekunden später stiegen sie wieder auf und folgten der Chinook zum Brandgebiet. Daniel blieb eine halbe Minute, um Kurt zurechtzuweisen.

»Schnall dich sofort wieder an«, sagte er scharf. »Augenblicklich.«

Kurt blickte geradeaus und ignorierte den Befehl.

»Was ist mit dir los, Mann? Hast du mich nicht gehört?«

»Nicht in dieser Scheißhitze, Captain.«

Daniel hatte ein flaues Gefühl im Bauch, aber jetzt hatte er keine Zeit dafür. Sie näherten sich rasch dem Feuer, und Konzentration war lebenswichtig. Die Sicht war praktisch null. Das Randgebiet des Brandes war düster, heiß und windig, aber er musste versuchen, so nah wie möglich ans Feuer heranzukommen und gleichzeitig nach Aschefahnen Ausschau zu halten, Zeichen für heftige Aufwinde, die selbst brennende Äste in die Luft schleudern konnten. Die Kollision mit einem kam dem Selbstmord gleich. Die AirTac-Koordinatorin hatte ihn angewiesen, rasch im Anflug zu sprühen und zu verschwinden, sodass die Gefahr minimal blieb, dass der Wind der Rotorblätter die Flammen wieder anfachte. Das Timing war entscheidend und erforderte höchste Konzentration. Er flog über den Rand der Flammen und entleerte den Behälter in einem weiten Bogen. Trotz aller Bemühung war es kein besonders erfolgreicher Treffer. Er drehte ab und nahm wieder Kurs zum See.

Er fragte sich, was er tun sollte. Fieberhaft suchte er im Gedächtnis nach Hinweisen in den Dienstvorschriften. Ein nicht kooperativer Kopilot war nicht gerade ein Alltagsproblem. Sicher, es gab solche, die sich wichtig nahmen und an allem was auszusetzen hatten, besonders in angespannten, schwierigen Situationen, aber das war anders.

»Willst du, dass ich dich zurückbringe?«, fragte er Kurt. »Willst du das? Dann sag es schnell. Entscheide dich, was du willst. Schnall dich an, oder steig aus.«

»Oh ... ho ... du möchtest, dass ich springe?«

»Mir reicht's«, schnappte Daniel. »Wir verschwinden hier.«

»Schon gut, schon gut, Mann, ich mach's ja schon.« Zögernd begann Kurt sich wieder anzuschnallen und den Helmriemen zu schließen.

Daniel sagte kein Wort mehr außer den unbedingt erforderlichen Kommandos, aber innerlich kochte er vor Wut. Solch ein absurdes Verhalten konnte sowohl den Einsatz als auch die Piloten gefährden. Ohne darüber zu reden, flogen sie zwei weitere Runden. Ein ungewöhnlicher Wind wehte aus dem Osten, heiß und trocken. Es war der Teufelswind. Er fegte Glut und Rauch empor, sodass es im Cockpit fast unerträglich wurde. Angst und Unsicherheit waren nun gefährliche Kopiloten, aber es schien, dass sich Kurt für den Augenblick zusammenriss.

Von starken Winden gepeitscht rasten die Flammen die Hänge des Berges hinauf. Sie sprangen und tanzten wie wild gewordene Dämonen, zogen Feuerspuren und entzündeten dürres Holz weit voraus.

Die AirTac-Frauenstimme meldete sich: »Hört zu, dieses Feuer ist außer Kontrolle. Lasst es sich austoben. Wir hoffen, dass es am Bergkamm seine Kraft verliert. Könnt ihr nach Westen fliegen und euch um das Feuer im Tal kümmern?«

Sie folgten den Anweisungen und sahen bald große Flammen aus den alten, dreißig Meter hohen Pinienbeständen hochschlagen. Selbst aus der Ferne füllte das Feuer das Cockpit mit einem unheimlichen rötlichen Licht. Daniel warf einen Blick auf Kurt und sah Schweißperlen über sein Gesicht und seinen Hals rinnen, aber er war vermutlich selbst kein erfrischender Anblick.

Als sie zum dritten Mal das Feuer anflogen, begann Kurt erneut die Gurte zu öffnen und sagte: »Ich bitte um Erlaubnis, das Cockpit verlassen und die hintere Kabine aufsuchen zu dürfen.«

»Erlaubnis verweigert«, sagte Daniel mit dem kalten Gefühl einer Vorahnung. »Was hast du jetzt wieder vor?«

»Ich werde am hinteren Einstieg austreten.«

»Aber doch nicht jetzt«, entfuhr es Daniel. »Bist du vollkommen verrückt geworden? In zwei Minuten kannst du in den See pinkeln.«

»Sie brauchen Wasser zum Löschen.« Kurt lachte. »Ich pisse in ihr verdammtes Feuer.« Er nahm den Helm ab, und Daniel war klar, dass es wenig Sinn hatte, ihn weiter anzubrüllen, denn in dem donnernden Lärm in der Kabine konnte er es doch nicht hören. Kurt machte sich von den Gurten frei und verschwand in der kleinen Kabine hinter den Pilotensitzen, wo, allerdings nur in größten Notfällen, eine Tür zum Wasserlassen benutzt werden konnte, wenn keine Flasche zur Hand war. Daniel spürte eine aufsteigende Panik. Was war das für ein Wahnsinn? War der Mann jetzt vollkommen übergeschnappt? Es war immer gefährlich, die Hintertür während des Fluges zu öffnen, aber hier über dem lodernden Feuer war es der pure Irrsinn. Die Hitze und die heftigen Winde machten es unmöglich, in dem Bereich sicheren Stand zu haben, geschweige denn, sich zu erleichtern.

Der ausgerastete Kopilot brachte Daniel in größte Gefahr. Er konnte sich nicht länger von den Vorgängen in der hinteren

Kabine ablenken lassen und hoffte, dass Kurt einen lichten Moment hatte und in seinen Helm pisste. Das Wichtigste war im Augenblick, den Tank zu leeren und dann sofort über die Grenze zu fliegen. Am besten wäre es, Kurt an der nächsten Helibasis abzusetzen und per öffentliche Verkehrsmittel nach Hause zu schicken. Das Problem war nur, der Sikorsky war ein Zwei-Piloten-Vogel.

Viele Gedanken wirbelten durch seinen Kopf, als er das Ventil zum Wassertank öffnete. Die nächsten dreißig Sekunden würden die schlimmsten seines Lebens sein. Im Rückblick würde er sich allerdings nicht mehr sicher sein, welche Bilder die grauenvolleren waren. Als er aus dem Kanzelfenster blickte, um den Wasserstrahl zu beobachten, sah er zuerst ein Bärenjunges, das vor den Flammen floh. Sein Fell brannte und sein Kopf war in einem unnatürlichen Winkel nach hinten gereckt. Das Dröhnen des Motors und das Heulen des Feuers übertönten seine Schreie. Einige Sekunden lang konnte er den Blick nicht von dem brennenden, durch die Bäume stürmenden Tier wenden. Er fragte sich, ob er durch einen steilen Schwenk nach links Wasser auf den Bären sprühen konnte, war jedoch nicht sicher, ob das Tier derart furchtbare Brandwunden überleben konnte und er damit nicht sein Leiden verlängerte.

Es blieb ihm eine Sekunde, zu entscheiden, aber als er zurückblickte, um den Schwenk zu berechnen, sah er einen Moment lang etwas anderes, etwas Blaues am äußersten Rand seines Blickfeldes. Er wusste sofort, was es war: Kurts Hemd, das wild in der wirbelnden Luft flatterte.

Daniel stemmte sich gegen den Sicherheitsgurt und lehnte seinen Oberkörper weit nach vorn, aber auch wenn er es nicht mehr sehen konnte, so wusste er es doch mit jeder Faser seines Seins. Bereits weit hinter ihm fiel Kurt hinab in den brennenden Wald.

Instinktiv schwenkte er den Vogel hinab in die Rauchwolken. Mit schriller Stimme informierte er über Funk die Einsatzleiterin, während er weit nach vorn gebeugt in den Gurten hing und in den Qualm starrte. Als er so dicht wie es ihm möglich war über die Baumwipfel flog, entdeckte er ihn. Kurts Körper hing über einem Ast in der Krone einer brennenden Kiefer. Seine Kleider und sein Haar brannten lichterloh.

Kapitel 2

Die Sonne schien durch die großen Fenster in den Konferenzraum herein, und alle dreizehn Teilnehmer der Sitzung lockerten ihre Hemdkragen und blickten immer wieder auf die Uhr. Das verlängerte Labour Day Wochenende lag vor ihnen, und keiner war mehr so recht in dienstlicher Stimmung. Daniel waren Sitzungen auch bei schlechtem Wetter ein Gräuel, aber als Seniorpilot war seine Anwesenheit häufig erforderlich. Und um diese konnte er sich nicht drücken, denn sie hatte den »Unfall« in Snoqualmie auf der Tagesordnung. Er war bereits ausführlich von der amerikanischen Polizei befragt worden, danach von seinen Vorgesetzten, und seine Darstellung der Ereignisse war akzeptiert worden. Man hatte ihm eindringlich klargemacht, dass er sich keinen Vorwurf zu machen brauchte, aber er fühlte sich elend, als er auf den Beginn der Sitzung wartete. Er fragte sich immer wieder, ob er den Einsatz hätte früher abbrechen oder weniger strikt mit Kurt hätte umgehen sollen. Er hatte als Flugkapitän gehandelt, nicht als Freund, aber sie befanden sich in einem Luftfahrzeug in einem gefährlichen Einsatz. Was hätte er sonst tun sollen? Wie auch immer, wenn er an das Geschehen zurückdachte, hatte er keine Zweifel, dass Kurt fest entschlossen gewesen war, seinem Leben ein Ende zu machen. Nachdem er seinem Zorn Luft gemacht und genug Mut gefunden hatte, nahm er kurzerhand die Gelegenheit wahr, auf diese spektakuläre Weise abzutreten.

Nobby Rod hatte darauf bestanden, dass Daniel ein paar Wochen Auszeit nahm, zum »Ausruhen und Ausspannen«, womit im Klartext gemeint war: Schlaftabletten, psychologische Beratung und total erschöpfende Zehnmeilenläufe – die empfohlene Behandlungsmethode bei posttraumatischem Stress.

Aber es waren vor allem Rosies Worte gewesen, die er seit zwei Wochen nicht aus dem Kopf brachte: »Du fliegst unter drei dunklen Wolken, und Menschen sterben.« Diese Horrorshow passte perfekt ins Bild. Was kam als Nächstes in dem *Drei-dunkle-Wolken*-Szenario? Himmel! Woher nahm das Kind diese makabren Ideen?

Er ruckte hoch und versuchte zuzuhören. Nobby verkündete eine Reihe neuer strenger Sicherheitsvorkehrungen. Diese waren zusammengefasst in einer Verbotsliste für alle Piloten. Sein Name wurde als der eines Augenzeugen genannt, der selbst erlebt hatte, zu welch grausigen Konsequenzen das Urinieren aus der Hintertür während des Fluges führen konnte. Diese Praxis würde von nun an nicht mehr toleriert werden.

Alle saßen zurückgelehnt auf ihren Stühlen und hörten Rod mit halbem Ohr zu. Einer seufzte ein wenig zu laut. Die neue Sekretärin unterdrückte ein Gähnen. Gedanken an Boote, Fahrräder, Bier und gegrillte Steaks waren aus den ungeduldigen Mienen zu lesen. Daniel spielte geistesabwesend mit seinem überflüssig gewordenen Ehering. Dabei wurde ihm bewusst, dass seine Hand noch immer leicht zitterte – eine unangenehme Nachwirkung seines Erlebnisses. Als er sich wieder konzentrierte, war die Sitzung bei den Finanzen angelangt. Ein wenig später sprachen sie plötzlich über Neueinstellungen. Kurts Name wurde nicht genannt, aber es war klar, dass dringend ein neuer Pilot gebraucht wurde. Daniel warf einen Blick auf die Uhr. Mehr war wohl zu den drei Anwärtern nicht zu sagen. Doch Nicholas Lewis vom Personalbüro begann Zeile für endlose Zeile ihre gesamten Lebensläufe vorzulesen. Danach folgte eine Diskussion über ihre jeweiligen Verdienste. Schließlich schnippte jemand mit dem Finger, um seine Aufmerksamkeit zu erregen. Es war Geoffrey, der Chef.

Daniel richtete sich kerzengerade auf. »Tut mir leid, was meinten Sie?«

»Hören Sie, Villeneuve«, sagte er und nahm seine Brille ab. Er war ein kleiner, magerer Mann und Diabetiker, aber es mangelte ihm nicht an Autorität. »Sind Sie sicher, dass Sie schon fit genug für die Arbeit sind? Sie wirken ein wenig abwesend, und Sie sehen erschöpft aus. Nach allem, was Sie durchgemacht haben, hätten Sie es verdient, noch zwei Wochen freizunehmen.«

Zwölf Augenpaare richteten sich auf ihn, und alle schienen dasselbe zu denken.

»Das meine ich auch, Danny«, sagte Rod. »Warum fahren Sie nicht mit Ihrer kleinen Rosie nach Disneyland oder sonst wohin?«

Er schüttelte heftig den Kopf. Seine Arbeit hatte ihm über das Ende seiner Ehe hinweggeholfen, und er vertraute auf ihre heilende Wirkung. »Ehrlich! Wollen Sie wirklich, dass ich einen ganzen Monat lang Däumchen drehe? Das ist schlimmer als alles andere. Ich werde das Fliegen verlernen. Ich halte es für das Beste, mich wieder in die Arbeit zu stürzen.«

»Das ist nicht ganz von der Hand zu weisen«, erwiderte Geoffrey mit einem gedankenvollen Nicken, »aber ich bestehe darauf, dass Sie sich wenigstens noch eine Woche freinehmen ... und versuchen Sie gar nicht erst, mich umzustimmen.« Er sammelte seine Papiere auf. »Wenn es keine weiteren Themen gibt, schließen wir die Sitzung. Viel Vergnügen an den Feiertagen, meine Damen und Herrn, aber lassen Sie es ruhig angehen in der Hitze. Wir sehen uns am Dienstag fröhlich, nüchtern und ausgeruht wieder.«

»Nur noch ein Punkt«, sagte Nobby mit einem langen eindringlichen Blick in die Runde. »Ich glaube, euch allen ist die Meute da draußen nicht entgangen. Ich bin mir nicht sicher, woher sie es wussten, aber die Umweltschützer hätten keinen passenderen Zeitpunkt für ihren Aufmarsch vor den Toren unseres Gebäudes finden können als während unserer Betriebsversammlung.« Sein Blick fiel auf Buchhalter Reinhart, der sich neuerdings einen Bart wachsen ließ und mit Jesuslatschen zur Arbeit kam. Alle Blicke richteten sich auf ihn, doch nur kurz. Man beschuldigte einen Mann nicht einfach, ein Verräter zu sein, wenigstens nicht ohne einen stichhaltigen Beweis.

Daniel trat in den gläsernen Aufzug und richtete den Blick fest auf die Zwillingsgipfel der Lions an der Nordküste. Sein Unbehagen tat er gewöhnlich mit einem Lächeln ab, froh darüber, dass er niemandem diese Absonderlichkeit zu erklären brauchte: Er, der einen guten Teil seines Lebens in einer engen Helikopterkabine verbrachte, bekam Angst in anderen engen Räumen.

»Ein trauriger Haufen«, stellte Rod fest. Er stupste ihn mit dem Ellenbogen an und deutete nach unten. »Die sind im vorigen Jahrhundert stecken geblieben. Du meine Güte!«

Daniel holte tief Luft und blickte nach unten. Aus dieser Höhe sah die Szene harmlos genug aus. Zwei Dutzend Protestler hatten sich mit Plakaten auf dem Gehsteig versammelt.

Zwei weitere Personen drängten in den Aufzug, und er war froh, dass er ganz hinten stand. Er hoffte, hinter seinen Kollegen den unvermeidlichen Zurufen und Anschuldigungen zu entgehen. Aber im Grunde wusste er, dass sie recht hatten. Helicaps Hauptarbeitgeber, Northwest Forest Industries, war beim Abholzen alten Waldbestandes außerhalb der zugewiesenen Flächen erwischt worden. Es stank zum Himmel, das wusste er auch, aber es war eine Sache, die bestenfalls rasch mit Diplomatie und Fingerspitzengefühl erledigt wurde, bevor sich schlimmstenfalls Scharen von Aktivisten an die Bäume ketteten. Allerdings hatte ein kleiner Beitrag in einer populären Nachrichtensendung über die systematische Zerstörung des

Great Bear Regenwaldes mit seinen tausendjährigen Hemlocktannen und Rotzedern die Umweltschützer aus ihrer jahrzehntelangen Ruhe aufgescheucht. Banner und Plakate wurden aus den Kellern geholt, Schreibtischaktivisten schärften ihre Federn. Die Sache war wie ein alter Bär, der aus dem Winterschlaf erwachte. Er streckte sich, riss den Rachen zum Gähnen auf und spürte, wie sein Magen knurrte. Er hatte das Verlangen, seine fauligen Zähne in etwas Fressbares zu schlagen, und sah sich nach einer leichten Beute um.

Unglücklicherweise waren seine heutige leichte Beute Helicap Helicopter Services und deren schweigende Angestellte. Daniel hielt lange genug inne, um die Plakate zu überfliegen. Sie waren alle da: Greenpeace, Rainforest Action Network, Tree Activists United und World Forests Defence League.

Während seine Kollegen sich rasch die Straße hinab aus dem Staub machten, versuchte Daniel die laut krakeelenden Demonstranten mit einem Lächeln zu beschwichtigen. »Hört mal, Leute ... entschuldigt den faulen Witz, aber ihr bellt den falschen Baum an.«

Da war auch nicht der Anflug von Belustigung in den Mienen um ihn herum. Verärgert sagte er: »Warum, um Himmels willen, habt ihr es auf uns abgesehen? Der Heliholztransport ist bei Weitem die umweltfreundlichste Art der Holzfällerei.«

Eine junge Frau trat ihm aus der vordersten Reihe entgegen und sah ihn anklagend an. »Ach, kommen Sie, das ist doch alles Blödsinn. Sie wissen genauso wie wir, worum es geht. Ihr großen Firmen habt kein Gewissen. Es geht nur um den Profit, oder?«

Daniel warf einen Blick hinter sich und fragte sich, wohin Nobby Rod verschwunden war. Der Feigling! Eigentlich sollte Geoffrey hier stehen und seine Firma verteidigen. Er entdeckte einen Reporter von der *Vancouver Sun*, den er kannte. Der Mann hatte sogar einen Fotografen im Schlepptau. Natürlich hatten die Organisatoren die Presse informiert, um auf ihre Demonstration aufmerksam zu machen. Daniel stöhnte hörbar. »Hört zu. Ihr schert die gesamte Industrie über einen Kamm. Ihr habt offensichtlich keine Ahnung, was Helicap macht. Baumstämme mit dem Helikopter aus dem Wald zu holen, verringert die schädlichen Auswirkungen des Holzschlages.«

Seine selbst ernannte Gegnerin machte einen weiteren Schritt nach vorn und musste ihr wütendes Gesicht heben. »Kahlschlag ist Kahlschlag, ganz gleich, wie er gemacht wird.«

»Die Welt braucht Holz, junge Frau. Ich wette, Ihr Haus ist damit gebaut worden.«

»Entwaldung ist eine globale Zeitbombe, und gerade hier vor unserer Haustür sind Leute wie ihr am Werk ...«

»Wir sind hier nicht in Indonesien oder Brasilien. Wir entwalden keine Flächen von der Größe ganzer Länder, um Sojabohnen anzupflanzen, großer Gott! Wenn Sie mal in ein Flugzeug steigen würden, um sich die Sache von oben anzusehen, könnten Sie sich eine differenziertere Meinung bilden.«

»Was ist mit den uralten Bäumen im Great Bear Regenwald?«

»Die meisten sind tot. Aber den wenigsten ist das bekannt ...«

»Das Problem ist doch hier nur Gier. Nichts als beschissene Gier.«

»Junge Frau, ich hab auch ein paar Probleme. Ihre Ausdrucksweise ist eines davon.«

Sie grinste höhnisch. »Na großartig. Jetzt wird er persönlich.«

»Ich glaube, Sie sind nur bei dieser Truppe, um Ihr Gift zu verspritzen.«

Jemand johlte. Die Auseinandersetzung schien die Fußgänger zu begeistern, die herumstanden und offenbar auf derlei

Eskalationen warteten. Und hier bekamen sie etwas zu sehen: einen eins neunzig großen Koloss mit entstelltem Gesicht, der sich mit einem eins fünfzig kleinen Giftzwerg anlegte. Frauen mit Einkaufstaschen gafften. Eine Gruppe japanischer Touristen zückte die Fotoapparate. Das Johlen kam von einem schwarz gekleideten Jugendlichen mit einem Hakenkreuz auf dem T-Shirt und tatkräftige Unterstützung von einem Landstreicher, der seine Habseligkeiten in einem Einkaufswagen vor sich herschob. Daniels rabiate Gegnerin erkannte ihre Chance und wandte sich an ihr Publikum, wobei sie einen anklagenden Finger auf ihn richtete.

»Seine Firma transportiert die ältesten Bäume der Welt zu Hunderten pro Tag aus dem Wald. Ich bin sicher, er verdient ein halbes Vermögen damit, dass er unser Naturerbe zerstört, den einzigen nördlichen Regenwald, den es auf der Erde noch gibt. Was er und seine Firma tun, ist ...«

»He!« Er unterbrach ihre Tirade mit erhobenen Händen. »Halten Sie die Luft an. Das ist Unsinn. Wir sind nur eine kleine Firma, die alle möglichen Hubschraubertransporte übernimmt, nicht nur für die Holzfirmen. Wenn Sie glauben, für eine Sache eintreten zu müssen, dann protestieren Sie vor den Toren der Northwest Forests. Sie sollten dem Ministerium Beine machen und dem Forest Practicing Board.«

»Was Sie nicht sagen. Das tun wir bereits!«

»Dann sollten Sie sich anhören, was die Kwakwaka'wakw First Nation zu sagen hat. Es ist das Land ihrer Väter, und von dort kommen keine Einwände. Die wissen viel mehr über Waldschutz und Forstwirtschaft als Sie ... und die Holzfällerei gibt ihnen Jobs, um ihre Familien zu ernähren ...«

»Oh, oh, oh ... jetzt kommen die hungrigen Kinder! Na klar.«

»Ich arbeite da oben, und ich weiß, was los ist.«

»Sie sind also selbst einer der Zerstörer.« Ihre Mädchenstimme war schrill geworden. Ihr hübsches Gesicht verzerrte sich höhnisch. Er blickte auf ihre kleinen geballten Fäuste, von denen eine ein Plakat wie eine Fliegenklatsche hielt, und schauderte. Er konnte sich vorstellen, wie sie als Freundin sein würde, wenn die erste Liebe verflogen war.

Er zuckte resigniert die Schultern und sagte: »Ach, machen Sie mal halblang! Mein letzter Job war ein Löscheinsatz in dem Inferno, das da oben wütete. Ich habe mein Leben für Ihre kostbaren Bäume riskiert.«

»Der Kerl redet nur Scheiße«, rief jemand.

»Also dann, Leute.« Er hob grüßend die Hand. »Danke für eure Aufmerksamkeit.«

Mit einer Spur Beklemmung drehte er der kleinen Giftspritze und ihrem Pöbel den Rücken zu.

»Heuchler!«, schrie jemand hinter ihm her.

Der Typ mit dem Einkaufswagen lachte abartig, und er konnte die Objektive der Fotografen in seinem Rücken spüren. Sie begannen wieder zu singen, vielleicht nicht mehr ganz so selbstbewusst, während er rasch um die Ecke in die Dunsmuir Street abbog und alles hinter sich ließ.

Daniel marschierte mit gesenktem Kopf zur Waterfront Station. Die Sonnenstrahlen spiegelten sich grell in der Glasfront des Gebäudes. Offiziell war das Ende des Sommers gekommen. Das Labour Day Wochenende zog einen dicken Schlussstrich unter Sonne, Spaß und Erholung. Die Schule begann wieder, der Herbst kam, aber die Vorhersagen prophezeiten einen Altweibersommer. Menschenmengen waren unterwegs. Einkaufsbummler drängten sich unter den Bäumen der Granville Mall, sonnengebräunt und fröhlich, saßen plaudernd in Straßencafés.

Er ging rasch über die Verbindungsbrücke zur Fähre. Zu seiner Linken hatte die gewaltige *Island Princess* festgemacht, die soeben Passagiere nach Alaska an Bord nahm. Rechts lag der Heliport, auf dem er als junger Pilot seine ersten vierhundert Flugstunden absolvierte. Er hatte Glück gehabt und den Job bekommen, und wie einfach war es gewesen, reiche Skiurlauber auf die Hänge des Whistler Mountain zu transportieren und jeden Abend nach Hause zu kommen, wo ihn Amanda mit offenen Armen erwartete. Aber bald war ihm dieser Job zu bequem und langweilig geworden. Er sehnte sich nach sinnvolleren Aufgaben, nach aufregenderen Herausforderungen, nach neuen Horizonten. Und voriges Jahr, nur ein paar Wochen nach ihrem zehnjährigen Hochzeitsjubiläum, wartete keine Amanda mehr auf ihn. Er löste eine Fahrkarte am Automaten und schob sich durch die Drehsperre. Er konnte es kaum erwarten, die andere Seite zu erreichen, den Lärm und die Geschäftigkeit der Stadt und Helicaps Sitzungszimmer und die streitsüchtigen Umweltschützer hinter sich zu lassen.

Die Fähre dockte an und entlud ihre Passagiere. Mit einer Schar anderer Fahrgäste begab er sich für die zwölf Minuten dauernde Überfahrt an Bord. Er setzte sich ganz nach vorn und richtete seinen Blick auf das Ziel. Ein Gefühl tiefer Sinnlosigkeit überkam ihn plötzlich. Er musste eine weitere Woche der Untätigkeit erdulden, und abgesehen von der üblichen Zeit mit Rosie hatte er keinen Schimmer, was er mit der ganzen Zeit anfangen sollte. Seine Eltern trieben sich in Frankreich herum, und seine besten Freunde, Bruce und Linda, waren dabei, ihr Traumhaus auf Egg Island zu bauen. Aber das bot vielleicht eine Möglichkeit: Er konnte ihnen seine Hilfe anbieten. Es war eine Weile her, seit er sich als Tischler betätigt hatte. Er tastete in seiner Aktenmappe nach seinem Handy, um sie anzurufen, als er eine Hand auf seinem bloßen Unterarm spürte.

Er blickte auf und sah geradewegs in das Gesicht einer jungen Frau, die sich neben ihn setzte. Er starrte sie verblüfft an. Es war die kleine Hexe, deren geifernde Worte er noch zu gut in Erinnerung hatte.

»Hören Sie … es war nicht persönlich gemeint«, sagte sie mit einem freundlichen Lächeln.

»Was wollen Sie hier?«, entfuhr es ihm, und er entzog ihr hastig seinen Arm.

»Ich bin Ihnen gefolgt«, erklärte sie. Sie ignorierte seine Gereiztheit und gab sich verdächtig liebenswürdig. »Ich wollte Sie nicht so niedermachen in der Öffentlichkeit.«

»Das glauben Sie doch selber nicht!«

»Nein, wirklich … es ist gar nicht meine Art.«

»Verschwinden Sie«, sagte er und wandte den Blick ab. »Ich bin nicht in Stimmung für weitere Beschimpfungen.«

»Ich weiß, dass ich auf diese Weise nichts erreiche, und Sie haben es nicht verdient. Sie haben sich ernsthaft bemüht, und ein zivilisierter Dialog bringt uns doch wirklich weiter, meinen Sie nicht auch?«

Er lachte freudlos. »Ich bleibe bei dem, was ich gesagt habe und bin nicht erpicht auf einen weiteren Dialog, klar?«

»Okay, ich entschuldige mich«, sagte sie strahlend.

»Akzeptiert. Und jetzt muss ich telefonieren, *adiós!*« Er wandte sich ab und kramte in seiner Tasche.

Nach einem Augenblick bot sie ihm ihr kleines Handy an. »Hier, nehmen Sie meines.«

»Nein, danke«, brummte er. Er bekam schließlich sein eigenes Handy zu fassen und wählte Bruce' Büronummer.

»Hi. Hier ist Bruce Hale. Ich bin erst wieder am Mittwoch, den 8. September im Büro. Schönes Wochenende. Hinterlassen Sie eine Nachricht.«

Daniel fluchte leise. Als unabhängiger IT-Fachberater war Bruce nicht an reguläre Bürozeiten gebunden. Er versuchte seine Handynummer, erhielt aber keine Antwort. An einem

Tag wie diesem waren sie wohl beim Sägen und Hämmern und hörten das Telefon nicht. Er hinterließ eine Nachricht.

»Daniel hier. Ich habe in paar Tage Zeit. Wenn ihr Hilfe beim Dach braucht, stehe ich zur Verfügung. Ruf zurück.«

Als er das Telefon wieder einsteckte, wurde ihm bewusst, wie pathetisch er sich für diese Kleine anhören musste. Ein neununddreißigjähriger Kerl von einem Mann, der an einem sonnigen Wochenende nichts Besseres mit sich anzufangen wusste, als seinen Freunden beim Hausbau zu helfen, statt die Welt zu retten! Er sah sie an. Sie erwiderte seinen Blick mit einem irritierenden Lächeln.

»Ach, kommen Sie«, sagte sie und stieß ihn unverfroren mit ihrem Ellenbogen an. »Nehmen Sie es doch nicht so ernst. Ich hab nur meinen Job gemacht.«

Sie begegneten der Schwesterfähre, und die Nordküste näherte sich schnell. Er versuchte sich weiter unnahbar zu geben und wusste gleichzeitig, wie lächerlich das war. Außerdem hätte er blind sein müssen, wenn ihm nicht aufgefallen wäre, dass sie trotz ihrer Zierlichkeit und ihrer Giftzunge ein außerordentlich attraktives Mädchen war. Ihr ebenholzschwarzes Haar fiel glatt bis zu ihrer Taille hinab. Ihr Gesicht war herzförmig, ihre Gestalt unglaublich schlank, und ihre Haut makellos und durchscheinend.

»Katie Yoon«, sagte sie plötzlich und streckte ihre Hand in sein Blickfeld.

Er versuchte sie zu ignorieren, in der Hoffnung, dass sie wieder verschwinden würde, doch das geschah nicht. Also schüttelte er seufzend ihre Hand. Yoon war ein koreanischer Name, dessen war er sich sicher. »Daniel Villeneuve.«

»Frankokanadier?«

»Mein Vater.«

Sie musterte ihn einen Moment lang eingehend. »Und Ihre Mutter?«

Da sind sie wieder, dachte er, die unvermeidlichen Fragen über sein Äußeres. »Die Eltern meiner Mutter waren Italiener. Mafiosi-Blut sozusagen.«

»Oh, wirklich?«, piepste Fräulein Yoon. »Wie interessant! Da haben wir beide einiges gemeinsam.«

»Was zum Beispiel? Bandenkriege?«

Sie lachte und tätschelte ihm verspielt den Arm. »Eigentlich dachte ich mehr an unseren ethnischen Hintergrund.«

Machte sie ihm schöne Augen? Sie gab sich jetzt so völlig anders. Er traute ihr nicht. »Jeder in Kanada hat einen ethnischen Hintergrund, Katie Yoon. Das ganze Land ist voller Leute, die von irgendwo herkamen.« Er senkte die Stimme ein wenig. »Vermutlich ist an Bord dieser Fähre von allen Rassen der Erde etwas vertreten.«

»Ah«, sagte sie und hob eine perfekt gezupfte Augenbraue. »Aber Sie und ich, wir sind Mischlinge.«

Er war einen Augenblick sprachlos. »Wo hat ein hübsches Mädchen wie Sie ein so unerfreuliches Wort gelernt?«

»Verdammt! Sie sind wirklich sauer auf mich«, stellte sie fest und senkte ihre dicken schwarzen Wimpern. »Ich schätze, das habe ich verdient.«

Er sah sie an und spürte ein Lächeln an seinen Lippen ziehen. Er war verblüfft, wie sich diese Frau innerhalb weniger Minuten von einem giftspeienden Drachen in ein so süßes Geschöpf verwandeln konnte. Eine faszinierende Kombination!

Er spürte, wie die Fähre ihre Fahrt verlangsamte, um anzudocken.

»Wenn es Ihnen wirklich leid tut, könnten Sie mich auf einen Drink einladen«, sagte sein Mund plötzlich zu seiner Überraschung.

Der offensichtlichste Ort dafür war die Tantra Lounge, nur ein paar Schritte von der Andockstelle entfernt. Sie befand sich oben im zweiten Stock der Markthalle und hatte mit ihren abgewetzten Sofas und gelangweilten Kellnern schon bessere Tage gesehen. Aber es war dort ruhig, und die Fenster boten einen Ausblick auf die City. Wie auch immer, Katie Yoon verdiente keine besondere Behandlung, wenigstens noch nicht.

Sie hatten kaum bestellt – er ein Bier, sie einen Kaffee –, als das Holzfällerstreitthema wieder aufs Tapet kam. Die attraktive Kleine verwandelte sich erneut in die Kampfmieze, nur dass die Angriffe jetzt leicht kokette Obertöne besaßen.

»Das reicht aber jetzt wirklich«, bat er nach einer Weile. »Ganz gleich, was ich zu Ihnen sage, Sie schwelgen offensichtlich in Ihrer ökologischen Tollwut.« Er winkte mit wenig Erfolg einer Kellnerin. »Wollen Sie nicht lieber etwas Beruhigendes trinken, einen großen Whiskey vielleicht? Der viele Kaffee macht Sie nur aggressiv.«

Sie lehnte sich zurück und kicherte unverhohlen albern, während sie ihn mit Schlafzimmeraugen fixierte. »Also gut, wenn Sie mitmachen.«

Sie musterten sich gegenseitig, während sie auf die Rückkehr des Kellners warteten. Daniels Gegnerin sah in dem großen Lehnstuhl weniger bedrohlich aus. Er schätzte sie auf Ende zwanzig, gut unter fünfzig Kilo, Größe eins fünfundfünfzig – ein kleiner Behälter für so viel Energie und Temperament.

Ihre Kleidung war einfach: ein weißes, tailliertes Hemd, enge Jeans und trotz der Hitze Stiefel, vermutlich mit der Absicht, jemanden in den Arsch zu treten. Ein gutes Demo-Outfit, aber wenn man genauer hinsah, blieben einem verräterische Zeichen von Wohlstand nicht verborgen. Einmal die unverkennbare Qualität der Kleidung. Er entdeckte das Prada Etikett an der kleinen Umhängetasche, die auf dem Tisch lag, und das Logo der Schweizer Uhr. Ja, sie besaß das Selbstbewusstsein von jemandem, der Geld hatte. Sie hatte entweder einen guten Job, in dem sie verdammt gut war, oder Papa Yoon hatte die Knete.

Sie deutete auf seinen Ehering. »Verheiratet?«

»Ja«, sagte er fest, fügte aber dann hinzu: »Getrennt lebend.«

»Ihre Hand zittert.«

Er packte seine linke Hand mit der rechten, um das Zittern zu unterbinden. »Ich bin ein rekonvaleszenter Alkoholiker.«

Sie lachte. »Nein, sind Sie nicht.«

»Ich gestehe es, ich habe Angst vor Ihnen.«

»Das glaube ich schon eher.«

»Können wir jetzt über Sie reden?«

Sie schlug die Beine übereinander und verschränkte zehn schmale Finger über dem Knie. »Was möchten Sie wissen?«

»Warum sind Sie mir gefolgt?«

»Trotz Ihrer platten Argumente und dieses merkwürdigen Flecks in Ihrem Gesicht fand ich Sie attraktiv.« Sie lehnte sich vor und betrachtete die Adlerkralle genauer. »Ist es eine Art Narbe?«

»Muttermal.«

Sie tupfte ihn mit ihrem Stiefel leicht am Bein. »Irgendwie dachte ich, ich könnte vernünftig mit Ihnen reden.«

»Mich herumkriegen, meinen Sie?«

Sie erwiderte achselzuckend: »Vielleicht.«

Nervosität bemächtigte sich seiner, und er hielt es für das Beste, das Thema zu wechseln. »Sagen Sie, Katie, wo sind Sie zu Hause?«

»Yaletown. In einer Mietwohnung.«

»Aha ... gute Aussicht?«

»Ja, auf den Jachthafen in False Creek.«

»Hübsch!« Er zog eine Braue hoch. »Und wenn Sie nicht gerade in den Krieg ziehen, was tun Sie dann?«

Sie zögerte nur eine Sekunde lang. »Ich verkaufe Pharmazeutika.«

»Pharmazeutika? Schau an! Eine Drogenhändlerin. Das ist ja interessant.«

Sie verdrehte die Augen. »Und schon sind wir wieder beim Thema.«

»Pharmazeutika haben einen direkten Einfluss auf die Umwelt. Sie gelangen ins Grundwasser und von dort in unser Trinkwasser ...«

»Ich verkaufe Viagra an die Koreaner, sodass sie weniger Tigerpenisse verzehren und die Tiger solcherart vom Aussterben bewahrt werden.«

Er kicherte. »Sehr verdienstvoll.«

Die müde Kellnerin brachte ihre Drinks. Katie nahm mehrere kleine Schlucke, warf einen Blick auf ihre Uhr und schlug die Beine wieder übereinander. Er beobachtete sie schweigend. Er konnte sie sich leicht in einem eleganten schwarzen Kostüm mit lederner Aktenmappe als internationale industrielle Viagraagentin vorstellen. Doch das war ein Bild, das so gar nicht zu einer Umweltaktivistin passte ... und noch weniger zu der katzenhaften Verführerin. Sie war ganz anders als die erdverbundene Amanda, die keine Maske aufsetzte, keine Psychospielchen spielte und bei der man immer wusste, wo man stand ... nun, wenigstens fast immer. Doch je eingehender er Katie Yoon beobachtete, desto mehr faszinierte sie ihn. Außerdem hatte ihn die Stunde mit ihr zum ersten Mal von den brennenden Bildern in seinem Kopf abgelenkt.

»Sie sind dran. Wo wohnen Sie?«

»Im Ambleside Village, West Vancouver.«

»Allein?«

Er biss sich auf die Lippe. Ach, was soll's ... sie hatte bereits einen erbärmlichen Eindruck von ihm. »Bei meinen Eltern«, sagte er mit einem lahmen Schulterzucken. »Vorübergehend.

Solange ich keine anderen Pläne habe. Sie sind die meiste Zeit auf Reisen, und ... ich arbeite im Norden, wie Sie wissen.«

»Sind sie unterwegs?«

»Wer?«

»Ihre Eltern.«

»Ja ... sie sind in Frankreich. Warum?«

»Warum nehmen Sie mich nicht dorthin mit?«

»Nach Frankreich?«

»Nein, Daniel.« Sie blickte ihn ruhig an. »Nicht nach Frankreich.«

Er spürte den plötzlichen Aufruhr in seinen unteren Regionen und war nicht sicher, ob es schiere Nervosität oder Verlangen war. Die Nerven wahrscheinlich. Er durfte das nicht tun. Es war irrsinnig. Sie war zu jung für ihn. *Himmel*, sie hatten sich gerade erst kennengelernt.

»Ich glaube, das möchte ich gerne, aber es ist nicht der richtige Zeitpunkt«, brachte er unbeholfen hervor.

Einen Moment lang wirkte sie überrascht, doch sie sagte lachend: »Da ist wohl die Fantasie mit Ihnen durchgegangen.«

Er unterdrückte sein Lächeln. »Das wollte ich nicht, aber was sollte ich denn sonst denken?«

Er begleitete sie zurück zur Fähre. Die Stimmung zwischen ihnen hatte sich deutlich abgekühlt, aber er hakte sich bei ihr ein. »Sie haben mich noch nicht rehabilitiert«, sagte er und drückte ihren Arm leicht an seine Seite. »Ich könnte Ihnen eine neue Chance geben.«

»Hier ist meine Karte.« Es war ein unverbindliches Angebot.

Er steckte die Visitenkarte in seine Tasche. »Vielleicht darf ich Ihnen einen Einblick in unsere Holztransporte verschaffen.

Vielleicht könnte ich Sie sogar in einem Helikopter mitnehmen. Ich bin sicher, dass ich Sie überzeugen kann.« Er blickte freundlich zu ihr hinab und schüttelte ihre Hand.

Sie bedachte ihn mit einem schiefen Lächeln. »Es ist schon gut, dass Sie mich abgewiesen haben.«

»Wie meinen Sie das?«

»Sie sind unglaublich groß. Stellen Sie sich uns zusammen vor. Wir wären ein lächerliches Paar.«

Kapitel 3

Das Labour-Day-Wochenende begann damit, dass er die Ambleside Ufermauer entlangjoggte. Die ersten Sonnenstrahlen drangen über die Berge, und er spürte, wie die Temperatur anstieg. Dennoch verlangsamte er das Tempo nicht. Es war schließlich Therapie! Um sich abzulenken, plante er den Tag wie eine militärische Operation:

1) In die Stadt fahren und Rosie holen.
2) Mit ihr frühstücken.
3) Nach Egg Harbour hinüberfahren und mit Bruce und Linda auf ihrer Insel mittagessen.
4) Ihnen anbieten, an ihrem Blockhaus zu arbeiten (während Linda Rosie zum Nachbarn mitnimmt, um ihr die vietnamesischen Hängebauchferkel zu zeigen).
5) Nach Kitsilano zurückfahren, und anschließend nach Hause.
6) Die Wohnung staubsaugen.
7) Fenster putzen.
8) Rods neue Sicherheitsmaßnahmen lesen.
9) Schlafen gehen.

Ihm fiel kein zehnter Punkt ein, und aus irgendeinem Grund erfüllte es ihn mit prickelnder Unruhe, so als hätte sich eine Familie kleiner Krabben in seinem Bauch eingenistet, wo sie hin und her krabbelte. Er erhöhte das Tempo und erinnerte sich an Nobby Rods Allheilmittel: Der Adrenalinschub sollte das Krabbengekrabbel beenden. Eine oder zwei Meilen müssten genügen. Was sollte er auch sonst mit der fehlenden Zehn an diesem Tag anfangen?

Die Folge war, dass er später als geplant in die Wohnung zurückkehrte. Als er hineinstürmte, enthüllte ein Sonnenstrahl durch die Balkontüren den Staub auf allen Oberflächen und die Flecken von Meersalz, das der Wind an die Fenster wehte. Hausputz war nicht gerade seine starke Seite, deshalb war er erleichtert, als er die Nachricht seiner Eltern auf dem Anrufbeantworter abhörte, dass sie Frankreich ganz toll fanden, aber mit dem kühler werdenden Wetter nach Italien weiterreisen würden. Sie hatten einen Kochkurs in der Toskana gebucht, und Gabriella hoffte, einen Vetter zu treffen, den sie noch nicht kannte.

Er duschte und rasierte sich, suchte im Wäschekorb nach seinen einzigen Shorts und spülte zwei Bananen mit einem halben Liter möglicherweise nicht mehr einwandfreier Milch hinunter. Er wollte die Wohnung gerade verlassen, als das Telefon läutete. Er hielt inne und überlegte einen Moment, ob er abnehmen sollte. Vielleicht war es ein neuer Versuch von Mutter. Er lief zurück und hob ab.

»Hallo?«

»Kann ich bitte Gabriella Villeneuve sprechen?«

»Tut mir leid, sie ist nicht da. Kann ich ihr etwas ausrichten?«

Der unbekannt klingende Mann hielt ein oder zwei Sekunden inne. »Wann wird sie zurück sein?«

»Wer will das bitte wissen?«

Wieder eine Pause. »Darf ich fragen, mit wem ich spreche?«

»Ich habe zuerst gefragt.«

»Ja … natürlich. Mein Name ist Ken Baxter. Ich rufe aus Boulder, Colorado, an. Wann erwarten Sie Mrs. Villeneuve zurück?«

Daniel runzelte die Stirn. Colorado? »Ich glaube, Sie haben wahrscheinlich die falsche Mrs. Villeneuve gewählt. Worum geht es denn?«

»Eine private Angelegenheit. Wann wäre es denn möglich, sie zu erreichen?«

»Kann ich nicht sagen. Am besten hinterlassen Sie eine Nachricht.«

»Sie kennen nicht zufällig den Aufenthalt ihres Sohnes, oder?«

»Aber ja. Sie sprechen gerade mit ihm. Daniel Villeneuve.«

»Daniel?« Der Mann zögerte einen Moment. »Würden Sie so gut sein, mir zu sagen, ob Sie am 29. Juni 1971 geboren sind?«

Daniel zog eine Augenbraue hoch. »Ich glaube, Sie sollten mir erklären, warum Sie das wissen wollen.«

»Bitte, seien Sie so gut, Sir, dann kann ich Ihnen Näheres sagen.« Der Mann am anderen Ende der Leitung hatte eine bestimmte Absicht, eine Art Modus operandi, den er nicht aufgeben wollte. Wahrscheinlich wollte er etwas Teures verkaufen, oder er war ein Kreditkartenbetrüger.

»Nein.« Daniel schüttelte seinen Schlüsselbund und blickte zur Tür. »Sagen Sie zuerst, was Sie wollen.«

»Ich hatte gehofft, Ihr Name wäre Anil. Anil Villeneuve ...?«

»Aber wie ich schon sagte, bin ich nicht Anil.«

Nach einer kurzen Pause. »Stimmt das Geburtsdatum?«

»Ich bin wirklich in Eile. Worum geht es?«

»Sind Sie Mrs. Villeneuves *einziger* Sohn?«

Daniel fing an zu lachen. »Ich bin allerdings Mrs. Villeneuves einziger Sohn. Welchen Vergehens soll ich mich denn schuldig gemacht haben, Mr. Baxter? Meines Wissens bin ich noch nie in Boulder gewesen, aber he, ich habe Bilder gesehen. Nettes Städtchen!«

Der Mann lachte höflich. »Es tut mir leid, wenn meine

Andeutungen Ihnen nicht genügen, Mr. Villeneuve. Ich bin Privatdetektiv bei der in Denver ansässigen Firma HeirSearch International. Wir wurden von Ellis, Roberts und Merriman, den bestellten rechtlichen Vertretern von Mr. Pematsang Wangchuck beauftragt. Ich bin informiert, dass seit einigen Jahren kaum oder kein Kontakt bestand, aber wenn Sie Gabriella Villeneuves einziger Sohn sind, dann sind Sie auch den Geburtsdokumenten nach Mr. Wangchucks nächster Angehöriger.« Der Mann seufzte müde. »Es tut mir leid, Ihnen mitteilen zu müssen, dass Ihr Vater im Sterben liegt.«

Daniel zuckte zusammen. »Hören Sie, es tut mir leid, aber wir können das Gespräch beenden, denn Sie haben definitiv nicht die richtige Person. Der Name meines Vaters ist Frederique Villeneuve. Freddie erfreut sich bester Gesundheit an der französischen Riviera und liegt nicht in Boulder im Sterben.« Er warf einen Blick auf seine Uhr. »Das wird Sie wohl überzeugen, Mr. Baxter.«

Mr. Baxter schwieg einen Moment. »Es wäre vielleicht doch besser, wenn ich mit Ihrer Mutter reden könnte.«

»Das geht leider nicht.«

»Hmm … französische Riviera, haben Sie gesagt? Hätten Sie vielleicht den Hotelnamen oder eine Handynummer?«

Daniels Finger trommelten die Sekunden auf dem Flurtisch herunter. Er hatte sich den Aufenthaltsort seiner Eltern entlocken lassen. »Ich bin sicher, dass Ihre Zeit so kostbar ist wie meine oder die meiner Mutter. Klären wir das jetzt zwischen uns, Mr. Baxter, dann können wir beide unserer Wege gehen.«

»Ja, also gut«, stimmte der Mann zu. »Ich will Ihnen die Umstände erklären. Das Personal des Pflegeheims, in dem sich Mr. Wangchuck befindet, war der Meinung, dass er keine Angehörigen hätte. Aber vor Kurzem äußerte er den Wunsch, seinen Sohn zu sehen. Wenn Sie mir noch ein paar Minuten Ihrer Zeit schenken, können wir zu Ihrer und zu meiner Zufriedenheit ein paar Punkte abhaken. Meine Nachforschungen haben ergeben, dass Ihre Mutter Mathematiklehrerin ist, nicht wahr?«

»Ja … wie es der Zufall will.«

»Geboren am 22. Februar 1948?«

»Ja …«

»Ihr Mädchenname war Caporelli? Gabriella Caporelli. Eltern Italiener. Bianca Rosabella und Pasqualino.«

Eine lange Pause folgte. Der Mann räusperte sich mit einem verlegenen Hüsteln. »Es tut mir leid, wenn das alles verwirrend für Sie ist. Ich verstehe das.«

Daniel sank in den Lehnstuhl neben dem Telefon.

»Mr. Villeneuve?«

»Ja, ich bin noch dran.«

Aber seine Gedanken waren woanders, beim Abend seines dreißigsten Geburtstages.

Freddie war unterwegs zum Schnapsladen, um eine Flasche Champagner zu holen, während er Mutter in der Küche mit einem Gin Tonic Gesellschaft leistete. Amanda, obgleich bereits sichtbar schwanger, war zu einem Konzert in Seattle gefahren und würde erst am Morgen zurückkommen, was seine Mutter für ziemlich egoistisch hielt. Sie bereitete seine geliebte Spinatlasagne vor. Er sah ihr dabei zu, wie sie die flachen Nudeln, die Soße, den Käse, die frischen Kräuter, und – ihre ganz persönliche Note – die Walnüsse zusammenschichtete. Sie streute eine Hand voll Parmigiano über ihre Schöpfung und schob sie ins Backrohr.

»Mutter, warum sprichst du mit mir nie über meinen Vater?«

»Oh, nicht jetzt, mein Lieber.«

»Aber du hast ein paar Fotos. Seit ich ein Junge war, hab ich die nicht mehr gesehen.« Er stand auf und legte einen Arm um

ihre Schultern. »Komm schon, Mutter. Ich würde sie so gerne sehen.«

Mit einem wenig begeisterten Seufzen ging sie sie holen. Es existierten nur zwei Fotos, und er hatte schon fast vergessen, wie sein richtiger Vater aussah. Er setzte sich an den Frühstückstisch und musterte das Gesicht von Vincenzo Mario de la Pietra, einem Mann, der von Sizilien nach Montreal gekommen war (und der Himmel mochte wissen, was ihn von dort fortgetrieben hatte). Er eroberte Gabriella im Sturm, kaufte ihr einen ansehnlichen Diamanten und starb kurz darauf an einem Asthmaanfall. Ihre uneheliche Schwangerschaft war ein harter Schlag für ihre katholischen Eltern, aber das Baby war jedenfalls ein Geschenk der Liebe. Das war alles, was er über den elterlichen Skandal wusste.

»Kann ich diese Bilder haben, Mutter? Du willst sie eh nicht, oder?«

»Ich habe sie wegen Freddie immer versteckt«, erklärte sie. »Ich will ihn nicht mit diesen alten Geschichten konfrontieren.«

»Dann gib sie mir. Ich hab doch einen Wunsch frei an meinem dreißigsten Geburtstag.«

»Also gut, also gut, aber steck sie jetzt weg. Und vergiss nicht, wer dich aufgezogen hat. Freddie hat dich wirklich lieb, weißt du?«

Er warf einen letzten Blick auf die Fotos. Dabei fiel ihm etwas Seltsames auf. Auf dem hageren, gut aussehenden Gesicht war keine Adlerkralle zu sehen. Er hatte vor Kurzem erst herausgefunden, dass die geschlechtsabhängige Chromosomenanomalität fortwährend vom Vater auf den Sohn übertragen wurde. Würde Mutter es ihm übel nehmen, wenn er ihr darüber Fragen stellte? Dann schlug die Eingangstür zu.

»Holt die besten Gläser aus dem Schrank«, rief Freddie.

Daniel steckte die Fotos in seine Jackentasche.

Die entschuldigende Stimme von Mr. Baxter holte ihn in die Wirklichkeit zurück. »Sind Sie noch dran, Mr. Villeneuve?«

»Wie, sagten Sie, heißt der Mann?«

»Pematsang Wangchuck, Sir.«

»Noch einmal, bitte.«

Mr. Baxter buchstabierte es: »P-E-M-A-T-S-A-N-G-W-A-N-G-C-H-U-C-K.«

Daniel nahm einen Stift und notierte die Buchstaben auf der Rückseite einer Rechnung. Er blickte auf den Namen und hatte Mühe, ein Grinsen zu unterdrücken. »Guter Mann, Sie irren sich.«

Mr. Baxter ignorierte ihn. »Es war keine leichte Aufgabe, Sie zu finden, aber heutzutage gibt es viele Möglichkeiten. Es ist nur der Vorname, der nicht ganz stimmt. Ihr Geburtsname war Anil, aber ich nehme an, dass Daniel eine amerikanisierte Version des Namens ist.«

»Großer Gott, dieses Gespräch wird immer absurder!«

Mr. Baxter schien jedoch eine unendliche Geduld für solche Gespräche mitzubringen. Er war nicht leicht aus dem Konzept zu bringen. »Es tut mir leid, dass Sie auf diese Art die traurige Nachricht von mir erfahren müssen.«

»Wir sind hier definitiv nicht auf derselben Wellenlänge. Ich wollte sagen, dass es völlig unmöglich ist, dass ich einen Vater dieses Namens habe. Ich müsste es wissen.«

»Ich konnte nicht wissen, dass Sie mit dieser ... ah ... Situation nicht vertraut sind«, sagte Mr. Baxter nach einer Pause. »Glauben Sie mir, es macht mir keine Freude, Sie darüber zu informieren.«

»Ich glaube kein Wort davon.«

»Natürlich. Das ist verständlich.«

»Wenn ich das nächste Mal mit meiner Mutter spreche, werde ich meine Mutter fragen, ob sie etwas über diese Dinge weiß, und wenn ja, rufe ich Sie an. Wenn Sie nichts weiß, dann nicht.«

»Also gut, Mr. Villeneuve. Ich schätze, es liegt nun bei Ihnen. Aber ich muss Sie darauf hinweisen, dass die Mittel aus Mr. Wangchucks Erbmasse an den Staat von Colorado fallen, wenn Sie die Sache auf sich beruhen lassen. Und es gibt kein schriftliches Testament. Es wäre sehr hilfreich, wenn Sie so bald wie möglich Ihre Identität, wie ich sie dargelegt habe, bestätigen könnten.«

»Es ist sehr freundlich von Ihnen, meine Identität darzulegen«, erwiderte Daniel und hoffte, der Mann konnte das Lächeln in seiner Stimme nicht hören, »wenn ich auch überzeugt bin, dass Sie sich irren.«

»Das sollte einfach genug festzustellen sein, Mr. Villeneuve. Und bis das getan ist, bleibt mein Auftrag offen.« Da war ein bittender Unterton in seinen letzten Worten. Möglicherweise würden sich Ellis, Roberts & Merriman weigern, seine Rechnung zu begleichen, bis der verschollene Erbe gefunden war.

Mr. Baxter nannte seine Adresse und Telefonnummer und die der rechtlichen Vertreter des Sterbenden, die Daniel sich einprägte. »Reden Sie auf jeden Fall mit Ihrer Mutter, und Sie sollten es bald tun, wenn Sie Ihren ... Mr. Wangchuck treffen möchten. Wenn nicht, werden Sie von seinem Nachlassverwalter oder Bevollmächtigten zur gegebenen Zeit hören. Sie haben mich verstanden, nicht? Ihr Vater befindet sich im ... Endstadium.«

Er versuchte, nicht an den Anruf zu denken, während er durch die Stadt fuhr. Es war gruselig, eine bizarre Verwechslung, und er war verärgert. Solche Verwechslungen konnten manche Leute wirklich fertigmachen. Man stelle sich eine arme sensible Seele vor, die aus heiterem Himmel erfährt, dass ihr Vater im Sterben liegt! Oder jemanden mit einem schwachen Herzen – einen Bypassaspiranten. Besonders, wenn er gerade ein scheußliches Erlebnis gehabt hatte, etwa einen Kollegen dabei beobachtet hatte, wie er aus einem Helikopter in den Tod gesprungen war.

Er hatte seine Mutter zu erreichen versucht, bevor er losfuhr. Ihr Handy war, wie so oft, abgeschaltet oder nicht aufgeladen, und Freddie hatte nie eines besessen. Der Kontakt mit ihnen war immer höchst unregelmäßig zustande gekommen.

Er zweifelte nicht daran, dass Mr. Baxters Anruf kein Trick war, aber der Kerl erschien ihm ein wenig übereifrig. Wahrscheinlich machte er identische Anrufe bei Dutzenden von Leuten mit dem gleichen Namen. Vor Kurzem hatte das Fernsehen eine Dokumentation über diese Erbensucher ausgestrahlt, die mit Listen von nicht an den Mann gebrachten Nachlässen stapelweise Briefe losschickten in der Hoffnung, zufällig auch den richtigen Erben zu finden. Und die dann, wenn sie den glücklichen Gewinner hatten, einen großen Batzen des Erbes für ihre Bemühungen einstrichen. Wenn der arglose Erbe sich zu unterschreiben weigerte, enthielten sie ihm die Information vor. Aber um fair zu sein, Ken Baxter hatte keinerlei derartigen Handel angedeutet. Vielleicht, weil er, wie er durchblicken ließ, vom Nachlassverwalter direkt bezahlt wurde. Doch nur zur Sicherheit mochte es besser sein, in den nächsten Tagen ein Auge auf seine Kreditkartenabrechnung zu haben. Er sollte auch seine Eltern auf diese Gefahr aufmerksam machen, wenn er mit ihnen redete.

Gedankenversunken hatte er die Granville Street Bridge verpasst und einen Umweg über den Pacific Boulevard gemacht. Da ein Musikfestival stattfand, waren die Straßen bereits ziemlich verstopft. Er verfluchte den dummen Fehler und runzelte verärgert die Stirn, dann sah er, wo er war ... unter den in den Himmel ragenden Türmen von Yaletown. In einem dieser eleganten Apartments wohnte die kleine Frau, die ihn für eine Liebesbeziehung für zu groß hielt. An einer roten Ampel konnte er den opulenten Jachthafen zu seiner Rechten in Augenschein nehmen. Hatte sie nicht gesagt, dass sie von ihren Fenstern darauf hinausblickte? Vielleicht wohnte sie sogar hier in dem Gebäude. Er versuchte sich das Bild vorzustellen, das sie beschworen hatte. Er musste zustimmen, sie böten zusammen einen lächerlichen Anblick. Es wäre nicht befriedigend, obwohl er sich eine Möglichkeit vorstellen konnte ... oder zwei, oder drei. Ja, zweifellos drei. Da war ein ungewohntes Gefühl in seiner Lendengegend. Wie lange war es schon her? Verärgert über die testosterongesteuerten Bilder klopfte er sich mit der Faust an die Stirn. *Sie ist nicht mein Typ ... ich wette, ich bin alt genug, um ihr Vater zu sein.* Er fand schließlich die Brücke über den False Creek und konnte die raffinierte kleine Hexe aus seinen Gedanken vertreiben.

Amanda war noch immer seine Ehefrau und die Frau, die er liebte, wenn diese Liebe auch hart auf die Probe gestellt wurde. Er war im Grunde ziemlich wütend auf sie. Nach ihrer Trennung hatte sie sich dafür entschieden, wieder in das Künstlerambiente von Kitsilano zurückzukehren, wo sie vor ihrer Heirat lebte. Er hatte ihr verübelt, dass sie auf die andere Seite der Stadt zog, aber sie war nun mal eine Musikerin, ein sogenannter Freigeist. Das war das irische Blut in ihr, wie sie sagte. Für sie war Kits noch immer das Mekka der Gegenkultur von einst, obgleich er sie zu überzeugen versucht hatte, dass diese Tage längst vorbei waren. Natürlich beherbergte Kits noch immer eine pulsierende Atmosphäre mit Tai-Chi-Kursen, Kunstgalerien, Livemusik und ethnischen Restaurants, aber die unkonventionellen, muffigen alten Häuser wurden abgerissen, um Platz für Wohnanlagen und Stadthäuser zu schaffen. Sie bezahlte ein Vermögen an Miete für ein Überbleibsel, ein so gut wie abrissreifes Doppelhaus, zwei Straßen vom Strand den Hügel hinauf. Daniel blechte für Rosies Hälfte.

Trotz seiner Verbitterung über sie setzte sein Herz jedes Mal einen Schlag aus, wenn sie ihm die Tür öffnete. Sie sah mädchenhaft aus, Jahre jünger als vierunddreißig. Sie war keine Schönheit im üblichen Sinn, aber ihr stolzer Gang, ihr volles fuchsrotes Haar und die unergründlichen grünen Augen zogen noch immer Blicke auf sich. In letzter Zeit sah sie sogar noch strahlender aus mit rosigeren Wangen und schmalerer Taille, aber er hatte nicht vor, Rosie darüber auszuquetschen, was ihre Mutter vorhatte. Sie beharrte darauf, dass sie ihn nicht wegen eines anderen Mannes verlassen hatte, und sie hatte ihn niemals angelogen. Ihrer Ansicht nach hatten sie sich unwiderruflich auseinandergelebt, weil er sich eine Arbeit ausgesucht hatte, die ihn oft wochenlang, manchmal monatelang von seiner Familie fernhielt. Sie warf ihm vor, dass er sie ganz und gar für selbstverständlich nahm, sie und Rosie, und erwartete, dass sie da waren, wenn er gelegentlich auf einen kurzen »Besuch« vorbeikam. Obgleich er einwandte, dass er verdammt hart arbeitete, um seine Familie zu versorgen (allerdings in einem Beruf, den er liebte), wusste er doch, dass sie in diesem Punkt recht hatte. Welche Alternativen er auch vorschlug, sie hielt ihre Ehe für unrettbar zerbrochen.

Diesmal gab sie sich verärgert, aber er erkannte, dass sie nur Unsicherheit und Aufgeregtheit kaschierte. »Du bist spät dran, Daniel.«

»Ach, komm schon, Schatz. Das war eine Ausnahme. Normalerweise beklagst du dich, dass ich immer zu früh dran bin.«

»Ich hatte heute Morgen etwas vor. Mir bleibt nicht so viel Zeit für mich.«

Er verkniff sich eine Erwiderung. Wie oft hatte er ihr nicht gesagt, dass es allein ihre Entscheidung war, die alleinerziehende Mutter zu spielen, aber Amanda wollte frei sein. Frei von *ihm* jedenfalls.

Es kam ihm in den Sinn, dass er ihr von Ken Baxter erzählen sollte. Sie wäre fasziniert. Sie liebte solche merkwürdigen Geschichten. Es würde zu einer Diskussion voller Spekulationen und Hypothesen führen. Möglicherweise fragte sie ihn sogar, ob er Kaffee getrunken hatte, bevor er aufgebrochen war. Er hatte nicht und wäre dafür gestorben. Für ihren Frühstückskaffee lohnte sich das. Andererseits käme es ihm niemals in den Sinn, ihr von Kurt zu erzählen. Sie hasste alles, was mit Helikoptern zu tun hatte. Und während er sich überlegte, wie er für sie die Angelegenheit mit Baxter am besten in Worte fassen sollte, stürmte Rosie durch die Tür und in seine Arme. Sie hatte ihren Rucksack umgeschnallt und einen großen Eimer Legosteine unter den Arm geklemmt. Ihre Eltern lächelten beide erst sie an und dann einander. Ihr kleines Mädchen hielt sie mit einem unsichtbaren Band zusammen. Wie könnten sie aufhören, sich zu mögen und zu schätzen, wenn sie beide dieses Wunder vollbracht hatten? Leider ebnete ein Wunder nicht den Weg für andere Arten von Wundern. Er sah es allzu deutlich in Amandas Miene und in der Art, wie ihr Blick verstohlen die Straße hinabwanderte.

»Dann mal los, meine Kleine«, sagte er zu seiner Tochter. »Die Hängebauchschweinchen warten.«

Das im Bau befindliche Blockhaus von Bruce und Linda Hale stand auf Egg Island, einer kleinen Insel, nur einen Steinwurf von der Küste entfernt, in der Nähe von Fisherman's Cove. 1876 kam Bruce' Urgroßvater als erstes weißes Kind in West Vancouver zur Welt. Mit zweiundzwanzig kaufte er die Insel von einem Eingeborenen, als sie nicht viel mehr als ein Felsen mit einem kleinen Kiefernwald in der Mitte war. Sie lag in einem wilden und gefährlichen Gebiet, trotzdem wohnte Hale dort unter einem umgedrehten Boot, während er eine Hütte für seine Braut baute. Fünf Generationen von Hales hatten Grundstücke verkauft, aber das beste Stück Land für sich behalten, auch als sich die Stadt nach und nach zur felsigen Küste ausdehnte und der Wert der Küstengrundstücke stieg. Jetzt standen auf der Insel vierzehn Häuser, einfach die meisten, aber jedes ein Vermögen wert. Bruce hatte, wenn auch mit großem Bedauern, endlich die alte Hütte abgerissen, aber er liebäugelte damit, den alten mit einer Handkurbel und Ketten betriebenen Gemeinschaftskahn zu restaurieren, mit dem die Insulaner die neunzig Meter Wasser zu überqueren pflegten. Er rostete auf dem Festland vor sich hin, weil heute jeder mit seinem privaten Flitzer zu seiner Anlegestelle schipperte.

Auf diese Weise gelangten auch Daniel und Rosie auf die Insel. Nach einem kurzen Anruf vom Hafen kam Bruce sie mit der *Titanic* abholen. Der Name des Ruderbootes rührte von seiner Tendenz her, große Wassermengen aufzunehmen. Es war kurz nach zehn Uhr, und die Sonne funkelte auf den kleinen Wellen. Es sah nach einem guten Tag für Bauvorhaben aus, hoffentlich würde es nicht so heiß werden wie angekündigt. Eine vereinzelte Wolke brachte vorübergehend Schatten und ein leichter Wind trug den Duft von Kiefern und Seegras mit sich. Die Insel war normalerweise still, aber heute war offenbar ein Tag, an dem Familien zusammenkamen. Welchen schöneren Ort als dieses abgeschiedene Stück Paradies konnte es geben, um dort das letzte Sommerwochenende zu verbringen? Fast alle Häuser waren von Leben erfüllt, und Bewohner und Gäste saßen auf den Anlegestegen, tranken Bier, fischten oder trugen Stühle und Tische zum Grillen ins Freie. Nur das übellaunige Grunzen eines vietnamesischen Hängebauchmutterschweines übertönte gelegentlich die idyllischen Geräusche und verlieh dem Tag einen landwirtschaftlichen Beiklang.

»Hörst du das Oink-oink, Rosie?«, sagte Bruce, als er die *Titanic* gekonnt vom Kai abstieß. »Eines Tages wird himmlische Ruhe auf der Insel herrschen, und du wirst dich wundern, warum meine Tiefkühltruhe voller Würste ist.«

»Oh, krass«, protestierte Rosie und verbarg ein Lächeln hinter ihrer Hand.

»Also ehrlich, Kumpel! Das zeigt, dass du keine Kinder hast«, sagte Daniel stirnrunzelnd. »Rosie, leg die Schwimmweste an. Sofort.«

»Papa, wir sind schon fast da.«

»Leg sie an, verdammt!«

Rosie starrte ihn an.

»Beruhige dich, Paps«, mischte sich Bruce an. »Dafür bleibt ihr gar keine Zeit.«

Die *Titanic* war ein ziemlich kleines Boot, und die Drei-Personen-Fracht beträchtlich, dennoch saßen sie schon zehn Minuten später in Plastikstühlen auf dem Landungssteg hinter dem unfertigen Blockhaus. Normalerweise war das Stück Grund zwischen dem Wasser und dem Haus ein wunderschöner Garten, begrenzt von großen Granitblöcken, doch jetzt lagen überall die Stämme herum, die die Hales mit der Hilfe von Daniels Beziehungen auf die Insel geschafft hatten.

Linda war eine alte Schulfreundin Amandas, aber nach ihrer Trennung schien Daniels Freundschaft mit Bruce fester gewesen zu sein als die ihrer Frauen, denn Amanda pflegte keinen Kontakt mehr mit ihnen. Dafür war er dankbar. Im Allgemeinen nahmen die Frauen die Aufgabe wahr, die sozialen Kontakte zu pflegen, und er fragte sich, wie viele enge Freunde, abgesehen von den Piloten, die er gut kannte, ihm geblieben wären, nachdem er nicht mehr die Hälfte eines Paares war.

Bruce reichte ihm ein Bier. »Du willst also wirklich Hand anlegen?«

»Allerdings. Ich bin eine weitere Woche beurlaubt, und ich

brauche alle Arbeit und Ablenkung, die ich kriegen kann.« Er hatte es nicht so sagen wollen. Es klang zu sehr, als ob es ihm aus der Seele käme.

Bruce musterte ihn eingehend. »Du siehst ein wenig mitgenommen aus, Mann«, bemerkte er grinsend. »Ist es eine Frau?«

»Unsinn.« Daniel nickte leicht in die Richtung Rosies und ihrer kleinen gespitzten Ohren. Sie saß am Steg mit den Füßen im Wasser und sagte, ohne sich umzudrehen: »Er hat Wolkenfieber.«

»Wolkenfieber? An so einem sonnigen Tag?«, fragte Bruce. »Hör mal, Rosie. Ein paar Stunden harter Arbeit werden deinen Vater schon wieder auf die Reihe bringen. Ihr Mädels bratet ein Schwein, und wir Jungs bauen ein Haus.«

Linda winkte Rosie. »Lass die Angeber reden, Mädchen. Es gibt mehr als ein Schwein auf dieser Insel.«

Um zwei Uhr war es so heiß geworden, dass sie zu arbeiten aufhören mussten. Bruce nahm Daniel den Hammer aus der Hand und klopfte ihm auf den Rücken. »Ha, wir sind ein schönes Stück vorangekommen. Noch acht Dachsparren und wir können decken.«

Er stellte am Steg einen Sonnenschirm auf, und die beiden Männer zogen sich bis auf ihre Badehosen aus und sprangen kopfüber ins Wasser. Linda brachte einen Imbiss und Getränke aus dem Zelt. In diesem Augenblick erschien Mrs. Buckleys üppige Gestalt zwischen den Felsbrocken. Ihr gerötetes Gesicht glänzte vor Schweiß. »Bist du die Kleine, die meine Babys sehen möchte?«

Rosie sprang auf. »Die Hängebauchferkelchen?«

Mrs. Buckley streckte eine dicke Hand in ihre Richtung. »Komm, sie sind gerade beim Futtern. Das ist immer so ein lustiger Anblick.«

Rosie war fort wie ein Blitz.

»Geh nicht ans Ufer«, rief Daniel hinter ihr her, während er aus dem Wasser stieg.

Linda begann den Picknicktisch zu decken. »Sie ist bei der alten Säuferin in sicheren Händen«, flüsterte sie.

»Sie trinkt?«, sagte Daniel und spähte über die Felsen, zwischen denen die beiden verschwunden waren.

»Großer Gott, Daniel«, rief Bruce und setzte sich triefnass auf einen Stuhl. »Was ist nur aus dem lockeren Danny geworden? Du hast selber gesagt, dass du von Überfürsorglichkeit nichts hältst. Nur weil Amanda ...«

»Es hat nichts mit Amanda zu tun«, unterbrach ihn Daniel. »Es ist etwas Schreckliches passiert vor einigen Wochen, und es nimmt mich noch immer ziemlich mit, wenn ich daran denke. Aber ich versuche es in den Griff zu kriegen, glaubt mir.«

»Was ist passiert?«, fragte Linda.

»Einer unserer Piloten hat Selbstmord begangen.«

»Wirklich? Wie?«

»Er sprang aus einem Helikopter.« Er hielt inne und sah sich nach einem Stuhl um. »Er sprang während des Löschens in den brennenden Wald.«

»Himmel.« Bruce schüttelte den Kopf. »Das ist in der Tat heftig. Ist der Heli abgestürzt?«

»Nein ...« Er zögerte einen Moment. »Der Pilot hat ihn allein zurückgeflogen.«

»Das war sicher kein Vergnügen für ihn.«

Ein längeres Schweigen folgte. Nein, es war kein Vergnügen gewesen. Daniel schloss die Augen, um die Wahrheit zu verbergen. Er hatte es ihnen sagen wollen, um ein wenig von dem Entsetzen loszuwerden, das er noch immer spürte, aber es war ein zu perfekter Tag, um ihn mit seiner Geschichte von Feuer und Tod zu verderben. Außerdem wusste er nicht, wie er seine

Gefühle beschreiben sollte oder was er von seinem Ausbruch erwartete. Doch plötzlich öffnete er die Augen und fragte völlig unbeabsichtigt: »Würdet ihr sagen, dass ich ein waschechter Italiener bin?«

Die beiden sahen ihn an und warfen sich einen unmerklichen Blick zu.

»Also, was meint ihr?«

Linda setzte sich neben ihn. Zum ersten Mal fiel ihm auf, dass sie ihr Haar kurz trug. Er hatte ein schlechtes Gewissen, dass es ihm die ganze Zeit nicht aufgefallen war. »Deine neue Frisur«, sagte er rasch, »steht dir. Du siehst wie ein Junge aus. Ein Junge mit Busen.«

Sie lachte und fuhr mit den Fingern durch das sonnengebleichte Haar. »Was meinst du, wäre blonder besser?«

»Auf keinen Fall. Du siehst umwerfend aus. Einfach perfekt.«

Nach einer Weile meinte Linda vorsichtig: »Du bist Gabriellas Sohn, so viel ist sicher. Du hast ihre römische Nase und den breiten Mund.«

Daniel blickte ihr in die Augen. »Ich hab nicht gefragt, ob du mich für ihren Sohn hältst.«

Erneut tauschten die beiden einen heimlichen Blick aus, und Bruce sagte: »Was willst du denn eigentlich wissen?«

»Ich schätze, ich stelle mir selber Fragen über meinen wirklichen Vater. Ich habe euch erzählt... er war angeblich Italiener und starb während eines Asthmaanfalles, als ich kaum mehr als ein Stecknadelkopf im Bauch meiner Mutter war.«

Bruce stand auf, schnappte den Grillschürhaken und begann in der Kohlenglut herumzustochern, während Linda mit ihrem Stuhl zu Daniel rückte und seine Hand ergriff. »Also, Bruce hat diese Theorie, dass du einer von den sechzehn Millionen genetischen Nachfahren von Dschingis Khan bist...« Sie wandte sich Hilfe suchend zu Bruce um. »Nicht wahr, Schatz?«

»So habe ich das nicht gesagt«, murmelte Bruce. Er stand mit dem Rücken zu ihnen und legte Lachssteaks auf den Grill. »Ich habe nur über diese Entdeckung gelesen, dass sich praktisch eine ganze Rasse auf die Gene des alten Lüstlings zurückführen lässt.«

Sie hatten also darüber gesprochen, ihnen war etwas aufgefallen, das er ignoriert hatte. Linda streichelte Daniels Hand beruhigend. »Na ja, du selbst hast nie davon gesprochen, aber du musst wissen, dass sich eine Menge Leute Gedanken gemacht haben.«

»Eine Menge Leute?«

»Na ja, Freunde halt.«

»Worüber haben sie sich Gedanken gemacht?«

Bruce trat zu ihm und klopfte ihm unbeholfen auf die Schulter. »He! Woher das plötzliche Interesse?«

Daniel wusste, dass es nicht fair war, sie in diese peinliche Situation zu bringen. »Ich hatte heute Morgen einen verrückten Anruf von einem Privatdetektiv in Boulder, Colorado. Er hat behauptet, mein Vater läge im Sterben.«

»Colorado? Aber ... Freddie ist in Europa«, entfuhr es Bruce mit halb erhobenem Schürhaken.

»Genau! Und mein biologischer Vater ist seit vierzig Jahren tot.« Er wiederholte ihnen den Anruf Wort für Wort.

»Oh, Mann!«, sagte Bruce

»Was hab ich dir gesagt?«, meinte Linda selbstgefällig und öffnete neue Bierflaschen.

»Gabriella sagte immer, ich wäre meinem Vater, dem Sizilianer, wie aus dem Gesicht geschnitten.« Daniel lachte trocken. »Groß, dunkelhaarig und beinahe gutaussehend.«

»Nein, hör zu«, sagte Linda und griff nach seinem Unterarm. »Dieser Anruf hat die Katze endlich aus dem Sack gelassen. Die italienischen Gene sind nicht zu verleugnen. Aber da ist auch noch etwas anderes. Dieser alte Mann in Colorado muss ein Perser oder dergleichen sein. Vielleicht Neuseeländer. Nicki Borden hat gesagt, dass du wie einer der Spieler bei den Maori All Blacks aussiehst ... ich erinnere mich nicht mehr an den Namen ... Aber Rachel glaubt, dass du mehr mit Keanu Reeves gemeinsam hast. Persönlich glaube ich ...«

»Linda!«, sagte Bruce scharf. »Hör auf damit!«

»Nein«, protestierte sie. »Siehst du nicht, dass es ihm ein Bedürfnis ist, darüber zu reden?«

»Na, dann lass ihn um Gottes willen reden.«

Daniel hob die Hände. »Wartet ... wartet.«

»Was?«, riefen seine Gastgeber.

»Da ist eine Sache, die ungeklärt ist. Mein Muttermal! Es ist das Ergebnis einer seltenen Chromosomenanomalie, und es ist auf das männliche Geschlecht beschränkt, und das bedeutet: Es wird ausschließlich vom Vater auf den Sohn vererbt, immer im Gesicht, gewöhnlich rechtsseitig.«

Linda starrte ihn an und sagte: »Und der asthmatische Sizilianer hatte es nicht, richtig?« Als er nicht antwortete, warf sie die Hände hoch und rief triumphierend: *»Da haben wir es!«*

Daniel tätschelte ihr Knie. »Hör zu, liebe Freundin, was immer dahintersteckt, ich fürchte, der Detektiv ist auf dem Holzweg. Mein Geburtsort ist nicht Boulder. Mutter ist nie in den Vereinigten Staaten gewesen. Das sagt sie ständig. Sie hat wenig für die Amerikaner übrig. Mag der Himmel wissen, warum.«

Linda neigte den Kopf mit ungläubiger Miene, aber sie war zu höflich, seine Mutter eine Lügnerin zu nennen.

Es gab nichts mehr zu sagen. Bruce und Linda tranken Bier aus ihren Flaschen. Daniel starrte aufs Meer hinaus. Von den Felsbrocken her kam Rosies aufgeregte Stimme, mit der sie auf Mrs. Buckley einredete. »Sind Sie sicher? Was für eine Milch ist das?«

Die Sonne brannte herab, und der rauchige Geruch der Lachssteaks umgab sie. Daniel stand auf und legte sich im Schatten des Sonnenschirms auf die nackten Planken des Stegs. »Was soll ich nur tun?«, stöhnte er. »Ich *muss* wohl mit meiner Mutter darüber reden.«

»Ja, tu das!«, rief Linda.

»Himmel, nein«, meinte Bruce.

Daniel murmelte lachend: »Pematsang Wangchuck.«

»Was sagst du?«, fragte Bruce.

»Verdammt, verdammt ... Freddie hat, bei Gott, seine Fehler, aber er war ein guter Vater. Verlässlich. Lustig. Großzügig. Ich möchte auf keinen Fall die Pferde scheu machen und sollte die ganze Sache auf sich beruhen lassen.«

»Freddie weiß wahrscheinlich alles darüber«, meinte Linda.

Ihm flimmerte es vor den Augen. Er war müde, todmüde. Wenig später, er wusste nicht, wie viel später, hörte er Linda nach Rosie rufen. Das Abendessen stand auf dem Tisch, und Daniel erhob sich zögernd von den Brettern.

Ein dottergelbes Strandkleid erschien in seinem Blickfeld. Seine wunderschöne Tochter hüpfte über einen Felsbrocken wie ein Kind geradewegs aus dem Garten Eden, sonnengebräunt und mit glückseliger Miene. Ihr Haar schimmerte in allen Farben der Natur, Holz, Stein, Wasser. In ihren Armen wand sich hilflos ein kleines, dralles, fleischiges Ding ... Er sah ihr halb bewundernd und halb in Panik entgegen.

»Es gehört mir«, sagte sie mit einem seligen Lächeln, als sie den Steg erreichte. »Mrs. Buckley hat es mir geschenkt. Es ist das Kleinste des Wurfes, ein Kümmerling, und braucht besondere Fürsorge, sonst hat es keine Chance.«

»Mein kleiner Liebling«, sagte Daniel bittend. »Du weißt doch, dass du Mami kein Schwein ins Haus bringen kannst. Stell dir doch vor ... Bring es zu Mrs. Buckley zurück, Rosie.«

»Ich behalte es«, erklärte Rosie mit fester Stimme.

»Lass doch dem Kind das Schwein«, meinte Bruce und rülpste. »Eins weniger für meine Wurstfabrik.«

»Oh nein, auf keinen Fall, bitte«, stöhnte Daniel. »Amanda kriegt einen Anfall. Außerdem ist das Halten von Nutztieren in der Stadt gesetzlich untersagt.«

»Falsch«, sagte Bruce. »Schweine sind nicht viel anders als Hunde. Intelligenter, würde ich sagen. Irgendwo in Skandinavien werden sie zu Polizeischweinen ausgebildet, und sie sind großartige Haustiere. Ich habe einen Typ mit einem Schwein an der Leine im Stanley Park gesehen. Herrlich.«

Linda kicherte hinter vorgehaltener Hand, enthielt sich jedoch jeden Kommentars.

»Rosie, Schätzchen«, sagte Daniel und versuchte fest entschlossen zu klingen. »Es tut mir leid. Du kannst das Schwein nicht behalten. Bring es jetzt zurück.«

Rosie stampfte mit dem Fuß auf das Holz und zischte: »Du wirst fortgehen. Du wirst mich allein lassen. Ich will dieses Schwein, weil ich dich nicht haben kann.«

Bruce und Linda wandten den Blick ab.

»Aber ich komm doch zurück, Kleines. Du weißt doch, dass ich in zwei Wochen wieder da bin. Du kennst doch meine Arbeit.«

Rosie drückte das Schweinchen fester an sich und begann zu weinen. »Nein, Papa. Es sind die drei Wolken. Ich hab es geträumt. Ich träume jede Nacht davon, und deshalb weiß ich, dass es wahr ist.«

Daniel blickte sie bestürzt an. Gott sei Dank hatte er ihr nichts erzählt. Ein katastrophaler Flugunfall ... *standen noch zwei bevor?* Nein, er durfte sich nicht von ihren Phantasien beeinflussen lassen. Es waren nur Träume.

»Ich hab's dir gesagt. Ich hab's dir gesagt«, rief sie zornig. »Die dunklen Wolken werden alles kaputt machen.«

»Was meinst du damit, mein Liebling?«

»Geh nicht fort.« Sie stampfte erneut mit dem Fuß auf, trotzig und wütend. »Flieg nicht. Wenn du es tust ... wenn du fortgehst, behalte ich das Schwein.«

Er runzelte die Stirn und fragte sich, ob Amandas Worte ihre Träume beeinflussten. Rosie starrte ihn unnachgiebig an. Während er sie musterte, glitt ein Schatten über ihre Gesichter. Ein Vogel mit gewaltiger Flügelspannweite schwebte über sie hinweg. Er blickte hoch, doch gegen die Sonne vermochte er nicht auszumachen, was es war, ein Adler oder eine Eule vielleicht. Er sah wieder seine Tochter an. Instinktiv hatte sie die Gefahr erkannt und drückte das Schweinchen an sich. Dann nickte sie mit bleichem Gesicht und großen erschrockenen Augen.

Er spürte einen kalten Schauer und schüttelte heftig den Kopf. So etwas wie Omen gab es nicht ... wie konnte er das einem Kind nur begreiflich machen?

Kapitel 4

Daniel saß bei weit geöffneten Balkontüren im dunklen Wohnzimmer des Apartments seiner Eltern. Er hielt eine offene Flasche Wein in der Hand, eine von dreien aus ihrem Barschrank. Vom Sofa aus blickte er hinaus auf den breiten Streifen Mondlicht, der draußen am Wasser des Burrard Inlet begann und irgendwo unter seinem Balkon endete. Die Stanley-Park-Halbinsel lag schwarz und unheimlich jenseits des Wassers. Irgendwo dort hatte sich ein Finne an einem Baum erhängt. Er hatte unter Depressionen gelitten, wussten die Morgenzeitungen zu berichten, und der Park war streckenweise so urwüchsig und dicht, dass er dort – mitten in der Stadt Vancouver – wochenlang hing, bevor man ihn fand.

Er starrte auf die mächtigen Bäume des Parks und war wütend und fühlte sich hintergangen. Er machte sich selbst Vorwürfe, war er doch dumm und gutgläubig gewesen. Obgleich er sich der Ungereimtheiten in seiner Vergangenheit bewusst gewesen war, hatte er sie nie wirklich hinterfragt. Durch seine eigene Untätigkeit und Ignoranz hatte er vermutlich fast vierzig Jahre lang mit einer Lüge gelebt. Seine sonst herzlichen und liebevollen Gefühle für seine Eltern bekamen nun einen bitteren Beigeschmack. Die Menschen tun das, wie er gut genug wusste (schließlich hatte er es auch selbst getan), sie belügen ihre Kinder, um sie zu schützen, aber in Wirklichkeit sind sie zu faul und zu feige, um sich mit der Wahrheit auseinanderzusetzen. Er öffnete die zusammengebissenen Zähne und versuchte sich zu entspannen. Er durfte nichts überstürzen. Das wäre eine noch größere Dummheit. Es konnte immer noch eine Verwechslung sein. *Himmel*, das musste es sein!

Er nahm zum dritten Mal sein Handy und wählte die Nummer seiner Eltern. Schließlich läutete es am anderen Ende und seine Anspannung wuchs. Nach dreimaligem Läuten erklang eine automatische Ansage in italienischer Sprache, die ihm vermutlich erklärte, dass im Augenblick niemand erreichbar war. Er warf das Handy auf das Sofa und nahm einen Schluck aus der Flasche. Trotz seiner Entschlossenheit, nicht ein Wort zu glauben, bis er Beweise hatte, dachte er mit einer plötzlichen Reserviertheit an den Frankokanadier, der ihn adoptiert hatte. Gabriella hing an ihm, obwohl Freddie nun nicht gerade der große Fang war. Er war viel kleiner als sie, mager, fast dürr, und ein nervöses Bündel. Er rauchte wie ein Schlot. Sein französischer Akzent blieb ausgeprägt, und er vermittelte einen zwielichtigen Eindruck mit seinem fettigen schwarzen Haar und den Märchengeschichten von seinen Geschäften, Spekulationen und zu erwartenden Gewinnen. Es war Mutters Tätigkeit als Lehrerin, die sie ernährte, und schließlich ihr Erbe. Konnte sie Freddie über den Vater ihres Kindes belogen haben? Wenn ja, warum? Gabriella hatte eine snobistische Ader, und sie konnte eine bösartige Rassistin sein. Ein paar Drinks brachten diese Seite in ihr zum Vorschein. *In vino veritas!* Vielleicht gab es also einen zwielichtigen und verschweigenswerten Aspekt seiner Empfängnis.

Großer Gott. Diese unsinnige Grübelei musste ein Ende haben. Es würden sich noch genug Gelegenheiten ergeben, darüber nachzudenken und Fragen zu stellen.

Nach einem Augenblick beugte er sich vor, stellte die halb leere Flasche auf den Couchtisch und griff nach seinem Laptop. Mit dem Bildschirm als einziger Lichtquelle ging er auf die Google-Startseite und tippte: *Namen Länder männlich.* Er blätterte durch zahllose Seiten, bis er plötzlich bei »Pematsang« ankam. Es war offenbar ein tibetischer Name. Er blätterte weitere Seiten durch, bis er die Bestätigung hatte.

Dann suchte er nach »Wangchuck«. Auch der Name war tibetisch. Dieser Mann, Pematsang Wangchuck, war also Tibeter, oder seine Eltern oder Großeltern waren es. Wieder verspürte er den Drang laut aufzulachen. Gabriella … eine Affäre mit einem Tibeter. Nein, das war einfach zu unwahrscheinlich. Seines Wissens kamen Tibeter auf der Flucht vor der chinesischen Okkupation Tibets in den Westen, und in Gabriellas Welt waren politische Flüchtlinge und Asylsuchende nur unerwünschte Elemente.

Dann erinnerte er sich an »Anil«. Hatte nicht Mr. Baxter gesagt, dass das nur eine andere Form von Daniel wäre? Ausgehend davon, dass man es so schrieb, wie man es sprach, suchte er danach und fand heraus, dass es ein tibetischer und Hindi Name war, der ursprünglich aus dem Sanskrit kam.

Seine Bedeutung: Luft und Wind. Vom Wind oder Gott des Windes.

Er lachte erneut heftig auf. Es war einfach zu bizarr.

Luft, Wind. Ja, das passte zu ihm. Er hatte seine ganze Kindheit davon geträumt, hoch in der Luft zu sein und mit dem Wind zu fliegen. Nachdem er herausgefunden hatte, dass sich seine Chromosomenanomalie in gewissen Fällen auch auf das Gehirn ausbreiten konnte, verwirklichte er seine Träume. Dieses Damoklesschwert über seinem Haupt erschien ihm als ein guter Grund, abenteuerlicher und gefährlicher zu leben als alle anderen.

Er schaltete den Laptop ab und dachte an Rosie. Sie war ein ungewöhnliches Kind mit ihrer wilden Phantasie und exotischen Erscheinung. Hatte seine Tochter tibetische Gene?

Armes Kind. Das Hängebauchschweinchen war im Haus ihrer Mutter nicht freudig aufgenommen worden, auch der Umstand, dass es ein Kümmerling war und spezielle Pflege brauchte, änderte daran nichts. Amanda war trotz ihrer Künstlernatur und Liebe für Gottes Geschöpfe außer sich gewesen. Die Blitze aus ihren grünen irischen Augen hatten ihn förmlich durchbohrt. Als sie verlangte, dass er das Schwein fortschaffte, hatte er sich höchst feige aus der Affäre gezogen. Er war einfach gegangen. Während die schluchzende Rosie das quiekende Schweinchen an ihre Brust drückte, hatte er ihr einen Kuss gegeben und geflüstert: »Es wird uns schon was einfallen.« Damit war er nach draußen in seinen Wagen entschwunden und fortgedüst. Er hatte einfach nicht den Mut besessen, seiner Tochter das Schwein zu entreißen. Rosies Ausbruch auf Egg Island – die Furcht in ihren Augen – war ein verstörender Augenblick für ihn gewesen, und er fand einfach nicht die Kraft, ihr das dralle kleine Haustier zu verwehren.

Er nahm einen weiteren Schluck aus der Flasche und warf einen Blick auf die Uhr. Halb elf. Konnte er um diese Zeit noch anrufen? Wenn es schon zu spät war, was soll's. Sie konnte immer noch auflegen. Er nahm ihre Karte aus der Schüssel auf dem Couchtisch und griff wieder nach dem Handy.

»Katie Yoon«, sagte sie mit fester, zuversichtlicher Stimme.

»Anil Villeneuve«, sagte er ein wenig lallend.

Es schneite. Er hob sein Gesicht, während er lief, um den Schnee auf seinem heißen Gesicht zu spüren, dann sah er, dass es Asche war. Große Flocken fielen zwischen den Bäumen herab und überdeckten alles mit einem grauen Laken. Er sah einen Bären neben sich laufen. Dieser loderte wie eine Fackel und rannte, während seine Haut verbrannte und schwarz wurde. Er konnte sein verkohltes Fleisch riechen. Übelkeit stieg in ihm auf …

Er presste die Hand auf den Mund, weil er sich übergeben musste. Er atmete ein paarmal tief ein, bis die Übelkeit ein wenig schwand. Nach einem langen Moment drehte er den Kopf und öffnete die Augen einen Spalt. Sein Blick suchte die Uhr auf dem Nachttischchen. Aber sie war nicht an ihrem üblichen Platz.

Der Raum war zu hell. An der Wand befand sich ein großer Farbfleck, den er nicht erkannte. Er konzentrierte sich auf das leuchtende Rot und stellte fest, dass es sich um die Paul-Klee-Reproduktion handelte, die Mutter vor ein paar Jahren im Metropolitan Museum of Art in New York gekauft hatte.

Langsam drangen die Geschehnisse der vergangenen Nacht in sein Bewusstsein, und ihm wurde klar, wo er sich befand. Er drehte den Kopf auf die andere Seite. Katie Yoon schlief neben ihm. Ihr schmaler Po war in seinem Blickfeld, ihr langes schwarzes Haar floss wie schwarze Melasse über das Kissen … *Mutters Kissen!*

Er setzte sich halb auf. Wie hatte er es nur über sich bringen können, sie in das elterliche Schlafzimmer mitzunehmen? Dann erinnerte er sich. Sie hatte seine schmale Junggesellenliegestatt abgelehnt und sich nach einem Rundgang durch die Wohnung begeistert auf Freddies und Gabriellas breites Ehebett geworfen. Er war einfach nicht mehr dazu fähig gewesen, sie aufzuhalten. Sein gesamtes Blut war aus dem Hirn verschwunden und dorthin geströmt, wo es gebraucht wurde, außerdem hatte er zu viele Gläser Wein zu schnell hintereinander getrunken.

Sein Blick nach unten entdeckte Mutters makellose ägyptische Baumwolllaken zusammengeknüllt zwischen Katies Füßen, und eines der Gänsedaunenkissen lugte verräterisch in Hüfthöhe dazwischen hervor. Der Kissenbezug war nirgends zu sehen. Er erinnerte sich auch an ein Glas Wein, das vom Nachttischchen gekippt war, und an Katies Vorschlag, eine ganze Packung Salz auf den blutroten Fleck in Mutters weißen Teppich zu schütten.

Und genau in diesen Haufen Salz trat er nun, als er mit bleischwerem Kopf aufstand, um auf die Toilette zu gehen. Gestern war völlig verschwommen, aber langsam begannen einige Dinge klarer zu werden, Gespräche an die Oberfläche zu kommen: der Lauf am Morgen, Mr. Baxter aus Boulder, Egg Island, das Gespräch mit Bruce und Linda, Rosies Traum, ein kleines quiekendes Schwein und die Szene mit Amanda.

Er trat in die Duschkabine. Kaltes Wasser ist gut bei einem Kater. Er stellte sich dem eiskalten Strahl und schrubbte sich ausgiebig. Danach standen Rasieren und intensive Zahnhygiene auf dem Programm. Schließlich hatte er eine Frau in seinem Bett. Nein, nicht in seinem Bett. In Gabriellas und Freddies Bett. Autsch! Er schnitt sich mit seinem Rasierer in die Oberlippe. Blut begann durch den Rasierschaum zu sickern. Er starrte auf sein Gesicht und sah einen vollkommen Fremden vor sich, jemanden, der das Bild von dem alten Daniel, den er kannte, überlagerte. Er lehnte sich näher zum Spiegel. Sein Gesicht hatte, nun da er genauer danach suchte, definitiv asiatische Züge. Zudem war das Gesicht irgendwie älter, hagerer geworden, hatte einen gequälten Ausdruck angenommen. Die Ausläufer der Adlerkralle krochen über seine Stirn wie eine hässliche Spinne, streiften sein Auge, prall und blutrot wie frische Peitschenstriemen. War das Anil, sein neues Alter Ego, das ihm da entgegenstarrte? Er versuchte zu lächeln, aber selbst das Lächeln war ihm fremd.

In der Küche bereitete er eine Kanne Kaffee, schnappte zwei Tassen, Milch und Zucker und stellte alles auf ein Tablett. Dann sah er sich nach einem kleinen wohlschmeckenden Snack um, den er einer anspruchsvollen Besucherin anbieten konnte. Er fand eine Schachtel von Mutters heißgeliebten italienischen Mandelsplittern und schüttete eine Hand voll in eine Porzellanschale. Wie lange war es her, dass er einer Frau Frühstück ans Bett gebracht hatte? Wie lange, seit er eine Frau im Bett gehabt hatte? Zehn Monate waren vergangen, seit Amanda ihn verließ, und er war wie betäubt gewesen. Es gab wohl Momente, da er sich fragte, warum er nicht hin und wieder ein

Abenteuer suchte wie jeder gesunde männliche Single. Nur einmal, irgendwann im Frühling, war er mit einem Mädchen im Bett gelandet, das er an der Ufermauer im Stanley Park kennenlernte. Sie waren beim Anblick der Steinskulpturen an der felsigen Westküste des Parks ins Gespräch gekommen. Verrückte Künstler balancierten große runde Steine übereinander. Wie fast alle Spaziergänger hatte die pure Faszination sie zum Reden veranlasst, während sie eine Ewigkeit standen und spekulierten, wie es den oft sechs bis acht aufeinanderliegenden Steinen physikalisch überhaupt möglich war, so stabil zu stehen und nicht beim kleinsten Windstoß umzukippen. Es war pure Magie, nicht mehr und nicht weniger. An diesem Abend war er auf einem schaukelnden Wasserbett in einer Wohnung voller Hunde und Katzen und Cannabispflanzen gelandet. Alle paar Augenblicke war sie aufgestanden und mit einem silbernen Röhrchen in der Nase vor ihrem Kaffeetischchen gekniet. Es hatte ihm die Lust auf derlei Abenteuer für geraume Weile verdorben. Zu einem guten Teil hatte ihn auch die Furcht vor einer Schwangerschaft abgehalten. Er wollte das Risiko nicht eingehen, einen Sohn zu zeugen. Amanda hatte natürlich andere Pläne gehabt und Gott sei Dank eine Tochter zur Welt gebracht.

Er stöhnte laut auf. Er konnte sich nicht recht erinnern, was er alles vergangene Nacht mit Katie Yoon gemacht hatte, und ob sie für Verhütung gesorgt hatten. Er konnte sich nicht einmal mehr daran erinnern, überhaupt gefragt zu haben.

Er trug das Tablett in das mütterliche Schlafzimmer, auch diesmal mit moralischen Schuldgefühlen, aber als er Katie wach im Bett liegen und lächelnd seinem nackten Körper entgegenblicken sah, einer wunderschönen exotischen, vom Morgentau bedeckten Blüte gleich, die sich vor ihm öffnete, stellte er das Tablett rasch auf die Kommode.

Sie erschien ihm am Morgen ebenso himmlisch wie in der Nacht, und sie begehrte ihn ebenso sehr. »Du hast von drei

Arten geredet, aber ich kann dir Dutzende nennen«, sagte sie, als sie ihn zu sich heranzog. »Ich besorge eine dieser Wandtafeln, und wir können sie eine nach der anderen abhaken.«

»Du kommst also wieder, um dir noch mehr zu holen?« Er ergriff ihre Schenkel mit beiden Händen, zog sie auf sich und drang in sie. »Es tut mir leid, dass ich letzte Nacht so selbstsüchtig und so betrunken war ... ich musste mir eine Weile Mut machen, dich anzurufen ... musste einfach meine Umweltargumente aufpolieren.«

»Sei still«, sagte sie. »Lass mich machen.«

Sie bewegte sich langsamer, regte sich fast nicht mehr, krümmte den Rücken. Ihr Kopf fiel nach hinten, und ein heiseres Stöhnen entfloh ihren Lippen. Er sah ihren rosigen Gaumen mit seinen kleinen Wölbungen. Er war letzte Nacht dort gewesen, hatte diese Wölbungen gespürt. Er erinnerte sich ganz deutlich daran. An ihre Art von Fairness und ausgleichender Gerechtigkeit. Er musste lächeln.

»Was ist so lustig?«, fragte sie und blickte auf ihn hinab.

»Deine Art von Fairness.« Seine Hände fassten nach ihrem Hintern und versuchten sie nach vorn zu ziehen. »Komm herauf. Setz dich auf mich.«

»Nein«, rief sie, und ihr von kleinen Schweißtropfen glänzendes Gesicht wurde tiefer rot.

Es machte ihm nichts aus, nur zu geben, er brauchte sie nicht mehr auf diese Weise. Die Explosionen der letzten Nacht hatten sein Verlangen gestillt. Doch es war eine andere Art von Orgasmus, den er empfand, eine Erlösung, eine Befreiung von Myriaden von Zweifeln und Ängsten und Bildern. Er fühlte sich wie neugeboren, wie dieser Anil, den er nicht kannte, als wäre er in einer anderen Wirklichkeit erwacht. All die Dinge, die in der letzten Woche geschehen waren, verloren an Bedeutung und lösten sich in Luft auf. Es blieb nur das Hier und Jetzt – mit ihr.

Es war fast Mittag, als er in seine Jeans und ein T-Shirt schlüpfte, in die Küche ging und frischen Kaffee aufsetzte. Als Katie erschien, sah sie wie eine Göttin aus in ihrem weißen Sommerkleid. Ihr Haar, noch nass vom Duschen und aus dem Gesicht gekämmt, fiel wie ein glänzender schwarzer Fluss zu ihrer Taille hinab. Sie legte eine kühle Hand auf seinen Rücken, während er Wasser in die Cafetiere goss. Er lächelte sie an und war sich des Leuchtens in seinen Augen nur allzu bewusst.

»Setzen wir uns auf den Balkon«, schlug er vor und bemühte sich, ein breites Grinsen zu unterdrücken. »Ich wette, die Aussicht ist hier noch um einiges besser als bei dir.«

Er holte ihr ein Schultertuch vom Sofa, und sie saßen eine Weile stumm und genossen das Spiel der Septembersonne auf dem Wasser. Er musterte sie unverwandt und fragte sich, was in ihr vorging, während sie so selbstvergessen ihren Kaffee trank. Idiotischerweise hoffte er, dass sie das nicht allzu oft tat, sich auf Sex mit Männern einzulassen, die sie kaum kannte. In diesem Stadium ihrer Bekanntschaft war es absurd, derartig zu denken, aber er wünschte es sich trotzdem. Er lachte beinahe. Eifersucht war ein Gefühl, das er längst überwunden glaubte. Der Gedanke an ihr mitreißendes Verlangen und ihre tiefe Lust machte ihm deutlich, wie zurückhaltend Amanda in sexuellen Dingen gewesen war ... mit ihm zumindest. Amanda, die so leidenschaftlich in so vielen anderen Dingen sein konnte, war keine begierige Geliebte gewesen. Sex mit ihr war nie eine Achterbahnfahrt gewesen, mehr eine kultivierte unaufgeregte Annehmlichkeit, bei der sie dazu neigte, mehr zu empfangen als zu geben. Ihre lebhaften grünen Augen, die gewöhnlich verrieten, was sie fühlte, blieben während des Aktes immer geschlossen, selbst wenn er sie bat, ihn anzusehen. Katie erwiderte seine Blicke mit einer verwirrenden Intensität. In ihre Augen zu blicken war, als tauchte man in ein wirbelndes unbekanntes Gewässer. Aber das Unbekannte könnte bald zu Vertrautem werden, und ihm wurde überrascht bewusst, dass ihm der Gedanke gefiel.

»Wie alt bist du, Katie?«

»Sechsundzwanzig. Warum?«

»Verdammt!«, stöhnte er. »Warum musst du so jung sein?«

Sie lachte. »Gehe ich über deine Kräfte?«

Er schenkte ihr frischen Kaffee ein, zu dem sie unbekümmert um ihre Figur Sahne und Zucker nahm. Das gefiel ihm, aber das war nun mal der wartungsfreie Metabolismus der Jugend, nicht wahr? Gabriellas Mandelsplitter verschwanden ebenfalls. Sie wischte sich die Lippen mit einer Serviette ab und blickte auf die Uhr.

»Wie wär's mit ein paar Eiern?«, fragte er, darauf bedacht, sie noch ein wenig zum Bleiben zu bewegen. »Ich mache ein ganz gutes Käseomelette.«

»Nein, bleib hier bei mir sitzen«, erwiderte sie. »Ich muss bald weg.«

Während er sie ansah, spürte er erneutes Verlangen, sie in die Arme zu nehmen, aber sie sagte: »Als du mich letzte Nacht angerufen hast, nanntest du dich Emile. Ist das noch ein Vorname von dir?«

»Nicht Emile, sondern Anil, und ich weiß es nicht.«

»Was heißt, du weißt es nicht?«

»Es ist kompliziert.«

»Ich bin klug.«

»Ja, das weiß ich.« Er lächelte trocken. »Aber du hast nicht genug Zeit.«

Sie blickte auf ihre Uhr. »Ein paar Minuten bleiben schon noch.«

Einer relativ Fremden von dem Anruf aus Boulder zu erzählen, war wesentlich erleichternder als Bruce und Linda, die ihn und seine Eltern kannten und eine vorgefasste Meinung und bereits ihre Schlüsse gezogen hatten. Katie lauschte stumm, während er mit der ganzen Geschichte herausplatzte, der Reaktion seiner Freunde, der Entdeckung der Herkunft der Namen und seines Gemütszustandes, als er sie gestern anrief.

»Das ist eine unglaubliche Entdeckung.«

Er hob abwehrend die Hände. »Nein, nein. Für mich ist es keine Entdeckung, solange ich nicht mit meiner Mutter gesprochen habe. Ich denke jetzt über vieles nach, aber der Tibeter in Boulder muss ein Irrtum sein.«

»Warum rufst du deine Mutter nicht wieder an?« Sie nickte in die Richtung des Handys auf dem Tisch. »Ruf an, sobald ich weg bin. Bei solchen Dingen ist es immer am besten, die Initiative zu ergreifen und ihnen aktiv auf den Grund zu gehen.«

Er nickte. Trotz ihres Alters war sie eine Frau, die keine Ungewissheit duldete und nicht gerne im Dunkeln tappte. »Ja, ich versuche es weiter. Wenn ich nur wüsste, wo sie sich gerade aufhalten. Aber früher oder später werden sie ihr verdammtes Telefon einschalten oder mich anrufen.«

Katie lehnte sich vor und legte ihre Hand auf seine. »Aber dieser alte Mann in Boulder könnte inzwischen sterben. Wenn es der irre Zufall will, dass er sich wirklich als dein Vater herausstellt, wäre es dann nicht furchtbar, wenn du es versäumt hättest, ihn kennenzulernen?«

Daniel sah sie an. Der Gedanke war ihm auch schon gekommen.

»Hör zu, *Anil*, ich muss los«, sagte sie.

»Kann ich dich heute Abend zum Essen einladen? Als kleinen Ausgleich dafür, dass ich wie ein wildes Tier über dich hergefallen bin.«

Sie lachte. »Ja. Ruf mich an.«

Lange Abschiedsküsse waren offenbar nicht ihr Ding. »Bis später«, sagte sie, drückte rasch seine Hand und war fort.

Eine Stunde später saß er noch immer auf dem Balkon. Zwei Mal hatte er versucht, seine Mutter zu erreichen, und die gleiche aufgezeichnete Botschaft in italienischer Sprache erhalten. Die Initiative ergreifen ... Oder wie hieß es so schön neusprachlich? Proaktiv handeln ... Katie hatte natürlich recht. Warum sich noch länger mit dieser Ungewissheit quälen? Er würde die Sache nicht aus seinem Kopf bekommen, und es mochte Tage dauern, bis er Mutter endlich erreichte. Es war bereits schwer genug, mit Kurts Tod fertigzuwerden, mit den Bildern von brennenden Bären, mit Rosies beunruhigenden Träumen, und schon der Gedanke, wieder in einen Helikopter zu steigen, verursachte ihm tiefes Unbehagen. Er hatte noch eine Woche frei. Er konnte sich um die Sache kümmern, und es würde eine Sorge weniger sein.

Er holte tief Luft, griff nach dem Telefon und wählte die Nummer aus der Erinnerung. Es läutete viermal.

»Ellis, Roberts und Merriman.«

»Hallo. Mein Name ist Daniel Villeneuve.«

Es folgte keine Antwort, deshalb fuhr Daniel fort: »Ken Baxter von HeirSearch International gab mir Ihre Nummer. Ich rufe aus Kanada an ... aus Vancouver. Es betrifft einen Mr. Pematsang Wangchuck.«

»Ah ja, Mr. Wangchuck. Ich sehe nach, ob die rechtliche Vertretung des Falles jetzt für Sie zu sprechen ist.«

Gute zwei Minuten vergingen.

»Hallo, Mr. Villeneuve«, sagte eine tiefe melodische Frauenstimme. »Mein Name ist Anne Roberts. Ich bin die Anwältin, die für Mr. Wangchuck eingesetzt wurde.«

»Aha. Also ...« Plötzlich fühlte er eine gewisse Ratlosigkeit und wusste nicht recht, was er sagen sollte. »Gestern rief mich ein Ken Baxter an. Ist er ein echter Privatdetektiv, den Ihre Firma angestellt hat?«

»Ja, das ist richtig, Mr. Villeneuve.«

»Er glaubt, in mir den Sohn dieses Mr. Wangchuck gefunden zu haben. Ich halte ihn für verrückt.«

»HeirSearch International sind die Besten auf ihrem Gebiet«, sagte Anne Roberts. »Sie irren sich sehr selten.«

»Die Besten, sagen Sie? Er hat sich immerhin auf den falschen Namen versteift.«

Es folgte eine Pause. »Er hat mir gesagt, dass ihm die Suche nicht leicht gemacht worden ist.«

Daniel runzelte die Stirn. »Was soll das heißen?«

»Das weiß ich nicht, aber offenbar musste er einige ungewöhnliche Hürden überwinden, um an die Dokumente zu kommen.«

»Die Zahl der italienischen Einwanderer in Kanada geht in die Tausende, Mrs. Roberts. Vielleicht zog er übereilte Schlüsse, um ans Ziel zu kommen.«

Er konnte hören, wie sie in den Akten blätterte. »Hören Sie«, sagte sie ein wenig ungeduldig. »Ich weiß natürlich nicht, welche Probleme Sie mit der ganzen Sache haben, aber nun mal abgesehen von den emotionalen Gesichtspunkten, interessiert es Sie gar nicht, dass Sie Mr. Wangchucks Begünstigter sind?«

»Eine Erbschaft, meinen Sie?«, erwiderte Daniel eine Spur sarkastisch. »Mich interessiert mehr das Problem meiner Identität.«

»Ja, natürlich.« Anne Roberts' Stimme wurde mitfühlend. »Gibt es keine Angehörigen, die zur Klärung beitragen könnten?«

»Das ist das Problem. Meine Mutter ist außer Landes, und ich kann sie nicht erreichen.«

Daniel hörte, wie jemand seine Gesprächspartnerin um eine Unterschrift bat. Etwas lauter als zuvor sagte er: »Ich gehe davon aus, dass Sie Mr. Wangchuck getroffen haben, Mrs. Roberts.«

»Nur einmal, vergangene Woche«, erklärte sie. »Als ich zu seiner gesetzlichen Vertreterin bestimmt wurde, da keine Angehörigen gefunden werden konnten. Das Problem war, dass er unter hohen Dosen von Morphium steht und kaum ansprechbar ist. Ich fragte ihn wiederholt nach Familienangehörigen, und als ich schon aufgeben wollte, rief er nach seinem Sohn. Als ich nach dem Namen fragte, sagte er kein Wort mehr … Ich nahm an, dass es irgendein Zerwürfnis in der Familie gegeben hatte und dass er vielleicht auf eine Versöhnung in letzter Minute vor seinem Tod hoffte. Da ich nun mit einiger Sicherheit davon ausgehen konnte, dass ein Erbe existierte, musste ich der Sache nachgehen.«

»Ohne einen Namen? Wie wollten Sie das anstellen?«

»Seine Pfleger hatten nie etwas von Verwandten gehört, aber sie konnten mir einen Freund von Mr. Wangchuck nennen. Dieser schien sich an gewisse Fakten in der Vergangenheit Ihres Vaters zu erinnern, und Ken Baxter benutzte diese Angaben als Grundlage für seine weiteren Recherchen.«

Daniel wartete, dass sie weiterredete, doch Anne Roberts schien nicht bereit, weitere Details preiszugeben. Die ganze Geschichte war höchst seltsam.

»Ich überlege, ob ich kommen soll«, sagte Daniel schließlich.

»Tun Sie es bald, wenn Sie ihn noch kennenlernen wollen.«

»Wäre morgen passend?«

»Das wäre sicher in Ordnung.«

»Ich versuche einen Flug zu bekommen.«

»Denver ist der nächste internationale Flughafen. Nehmen Sie von dort den Bus oder mieten Sie einen Wagen. Sie fahren etwa eine Stunde. Das Hotel Boulderado böte sich für den Aufenthalt an. Wenn Kosten für Sie eine Rolle spielen, könnten Sie auch in Mr. Wangchucks Haus wohnen. Seine Erlaubnis hätten Sie. Es könnte eines Tages ohnehin Ihnen gehören.«

»Ich denke, ich werde ein Zimmer nehmen, danke.«

»Und bringen Sie möglichst alle Dokumente zu Ihrer Identifizierung mit, die Sie besitzen. Ich informiere Mr. Baxter über Ihr Kommen. Rufen Sie seine Handynummer an, wenn Sie in Denver sind. Dann können Sie einen geeigneten Treffpunkt vereinbaren.«

»Mit Ken Baxter? Nicht mit Ihnen, Ms. Roberts?«

»Wir werden uns im Verlauf der Klärung des Falles sicher treffen müssen, aber es ist die Aufgabe des Ermittlers, die Fakten und Dokumente zusammenzutragen, die die Identität beweisen können, und dem Gericht einen entsprechenden Bericht zukommen zu lassen.«

Sie nannte ihm für alle Fälle Namen und Nummer von Mr. Pematsang Wangchucks Pflegeheim und verabschiedete sich.

Daniel lehnte sich zurück und trank einen Schluck von dem kalten Kaffee in Katies Tasse, um seinen trockenen Mund anzufeuchten. Er war süß und durch die Sahne um einiges gehaltvoller im Gegensatz zu dem bitteren Gebräu, das er vorzog, aber er half. Daniel begann plötzlich zu lachen, als ihm ein Szenario in den Sinn kam. Ken und Anne saßen möglicherweise in einem anrüchigen Bierlokal in der East Hastings Street mit ein paar gestohlenen Handys und schlugen sich gegenseitig über ihren brillanten Plan auf die Schultern. Sie hatten problemlos herausgefunden, dass sich die Besitzer der Wohnung auf Europareise befanden, und lockten nun den leichtgläubigen Sohn auf eine Gespensterjagd nach Boulder, Colorado, um während seiner Abwesenheit in aller Ruhe das Apartment auszuräumen. Genial!

Das Lachen verging ihm jedoch. Welches Szenario würde den größeren Narren aus ihm machen: nach Boulder zu fliegen und herauszufinden, dass alles nur ein lächerlicher Irrtum war, oder hier vergeblich zu warten, um zwei Gaunern, die es wahrscheinlich gar nicht gab, die Tour zu vermasseln? Mit einem müden Seufzer traf er seine Entscheidung.

Kapitel 5

Er kaufte ein offenes Ticket und nahm den Nonstopflug Vancouver-Denver um 7 Uhr 30 am Montagmorgen. Dauer: etwa zweieinhalb Stunden. Im Flugzeug begann er sich zu fragen, worauf er sich da einließ und was ihn letztlich wirklich motiviert hatte. Er beschloss, einfach abzuwarten und zu sehen, was dabei herauskam. Als die Flugbegleiterin ihren Servierwagen neben seinem Sitz anhielt, um ihm ein Frühstückstablett zu reichen, lehnte er, selbst überrascht, ab und bestellte einen doppelten Whiskey.

Mit geschlossenen Augen nahm er einen Schluck und dachte an Rosie. Er war inzwischen ernstlich besorgt wegen dieser Ängste, die sie entwickelte, ihrer Träume von dunklen Wolken, sterbenden Menschen, Katastrophen ... die immer ihn betrafen. War es möglich, dass sie in ihrer Hypersensibilität seinen eigenen posttraumatischen Stress auslebte, den er selbst seit dem Löscheinsatz mit allen Mitteln unterdrückte? Zweifellos wäre es hilfreich, wenn er ihr zeigte, dass er Verantwortung übernehmen konnte und kein unzuverlässiger Vater war, der keinen festen Boden unter den Füßen hatte. Ein Zuhause war das Wichtigste. Er könnte eine kleine Hypothek aufnehmen, und er und Rosie würden sich nach einem Haus mit einem größeren Grundstück irgendwo außerhalb der Stadt umsehen, wo die Preise erschwinglich waren und man ein Hängebauchschwein halten und aufziehen konnte. Ein geräumiges Zimmer für Rosie, einen großen Sandkasten, eine Schaukel, einen Stall ... Er hatte Amanda schon vorgeschlagen, dass er Rosie die halbe Zeit in seine Obhut nahm, doch sie hatte mit der Begründung abgelehnt, dass er keinen festen Wohnsitz hatte. Er verstand nun, dass ihre Weigerung nicht unvernünftig war.

Sobald er ein eigenes Haus besaß, würde er das Thema wieder ansprechen und auf gemeinsamem Sorgerecht bestehen. Sein Job – wenn er den Mut fand, ihn wieder anzutreten – war geradezu ideal für ein solches Arrangement.

Seine Gedanken wanderten zu Katie. Trotz seiner impulsiven Entscheidung, nach Colorado zu fliegen, hatte er sein Versprechen gehalten und sie zum Abendessen ins Salmon House ausgeführt. Er war sich reuevoll bewusst, dass sie hauptsächlich über ihn und diese verrückte Krise in seinem Leben gesprochen hatten. Er hatte Katie kaum eine Chance gegeben, etwas über sich zu erzählen, außer dass ihre Mutter Engländerin war, die vor fünfzehn Jahren starb (Katie musste damals in Rosies Alter gewesen sein), und ihr Vater ein Geschäftsmann aus Korea, der jetzt mit einer koreanischen Frau in Toronto lebte.

Er vermisste sie bereits. Dieses physische Wiedererwachen brachte seinen Körper ins Schwingen wie eine Stimmgabel. Er hatte nur einmal so tief für eine Frau empfunden ... eine Frau, deren Liebe er zerstörte.

Rudi bestand auf einen letzten Drink in Gastown, und sie stellten überrascht fest, dass das Limp Rock Café gerammelt voll war. Sie hatten Glück und fanden noch zwei Plätze. Die Menge schien auf etwas zu warten. Bald wurde klar, was es war. Eine Band – eine junge Frau und drei Männer – kam auf die kleine dunkle Bühne am hinteren Ende des Raumes. Der Sänger begann Volkslieder aus den Sechzigern zu schmettern, aber der Star war das Mädchen. Die Gäste starrten gebannt in die dunkle Ecke, wo im gedämpften Licht das bleiche Gesicht des Mädchens leuchtete. Ihr ganzer Körper schien die kleine Fiedel unter ihrem Kinn zu spielen, ihre roten Locken tanzten wild, und die Töne, die sie ihrem Instrument entlockte, hätten die

Toten aufwecken können. Jemand schrie dem Sänger unhöflich zu, das Maul zu halten, und viele, eingeschlossen Daniel, pfiffen und johlten zustimmend. Wie alle anderen in dem Lokal war er hypnotisiert von der Magie des Mädchens. Rudi mit seinem Zigeunercharisma und seinen engen Designerjeans ging nach dem Auftritt sofort zu ihr und lud sie zu ihnen an den Tisch ein.

»Das ist Amanda«, sagte Rudi. »Du kannst mit ihr reden, aber sie gehört mir, okay?«

»Das werden wir sehen«, meinte Daniel und deutete einladend auf den Stuhl neben sich. Amanda, die über Rudi gelacht hatte, verstummte abrupt und starrte Daniel an, als wäre er ein Geist. Während sie zwischen ihnen saß, beachtete sie Rudi kaum, und als dieser zur Toilette ging, rückte sie näher zu Daniel.

»Eine Adlerkralle, stimmt's?«, sagte sie und griff hoch, um die erhabenen dunklen Linien zu berühren. Er konnte beinah die Abdrücke ihrer Finger auf seiner empfindlichen Haut spüren, und er wusste bereits, dass er ihr verfallen war. »Es ist eine Variante des Sturge-Weber-Syndroms. Außerordentlich selten. Geschlechtsspezifisch.«

Er schüttelte erstaunt den Kopf. »Woher wissen Sie das alles? Sind Sie eine Genetikerin?«

»Nein.«

»Eine Ärztin?«

»Meine Mitbewohnerin im College hatte ein unbehandeltes Hämangiom«, erklärte sie. »Ich fand es schrecklich, dass ihre Eltern nichts unternommen hatten. Wir betrieben ausgedehnte Nachforschungen über vaskuläre Muttermale, und sie konnte es sich schließlich operativ entfernen lassen. Auf die Adlerkralle stieß ich in einem obskuren medizinischen Lehrbuch. Es gab an, dass sie bei weniger als einem von 800 000 männlichen Babys vorkommt und ein wenig häufiger in der Himalaya-Region

und dem Korridor der Seidenstraße. Dann las ich eine Abhandlung, die das Phänomen auf einen ledigen Kaufmann zurückführte, der sein ganzes Leben auf dieser Handelsstraße zugebracht hatte.«

»Du meine Güte«, entfuhr es ihm lachend. »Dabei konnte ihm nicht viel Zeit für Geschäfte geblieben sein.«

Sie lachte und zog eine Braue hoch. »Sie kommen nicht zufällig aus dem Himalaya, oder?«

»Nein, ich bin in Kanada geboren und schleppe einen Haufen italienischer Gene mit mir herum. Und Sie? Sie müssen einfach irisch sein.«

Sie ignorierte seine Frage. »Wie gehen Sie mit der Möglichkeit um, dass sich die Kralle in ihr Gehirn ausbreitet?«

Er war sprachlos über die unbekümmerte Direktheit ihrer Frage, aber er fing sich rasch. »Ich versuche zu leben, als ob ich nicht mehr viel Zeit hätte … Sie werden mich doch heiraten, oder?«

Himalaya? Jetzt, da er sich an das Gespräch mit Amanda erinnerte, fragte er sich, warum er Amandas Worten nicht die rechte Bedeutung beigemessen hatte. Er las sogar die genannte Abhandlung, aber es war ihm nie in den Sinn gekommen, dass eine genetische Verbindung zwischen ihm und einem Lüstling bestehen könnte, der die Seidenstraße mit kleinen Jungs mit Adlerkrallen bevölkert hatte. Er schüttelte die Erinnerung ab. Nichts ergab im Augenblick irgendeinen Sinn, und Grübeleien würden ihn nur verrückt machen.

Er atmete erleichtert auf, als das Flugzeug sicher landete, und wurde sich bewusst, wie angespannt sein Verhältnis zum Fliegen noch immer war. Mit nur seinem Rucksack als Handgepäck war er rasch durch den Zoll und nahm den Shuttle-Bus zum Hertz-Büro. Er schwankte bei der Frage, wie lange er den Ford Taurus brauchen würde, und entschied sich für drei Tage.

Boulder war gut ausgeschildert. Er erreichte es bereits gegen Mittag. Die Stadt, oder zumindest die Kulisse, war weitaus schöner, als er erwartet hatte. Sie lag zu Füßen imposanter Felsformationen, wo die Ausläufer der Rocky Mountains in die weiten Prärien übergingen. Der Kontrast zwischen dem weiten Plateau und den himmelhohen Bergen war atemberaubend.

Er fand das Hotel Boulderado auf der 13. Straße, wie die von Hertz mitgelieferte Straßenkarte angegeben hatte, aber er war bestürzt über seine Größe und Eleganz. Es war ein Jahrhundertwendegebäude, vergleichbar mit dem historischen Hotel in Banff, in dem er seine Flitterwochen mit Amanda verbracht hatte. Ein Diener bot ihm an, den Wagen zu parken, und er gab der Versuchung nach, da er nun einmal da war, den Dingen ihren Lauf zu lassen.

In der wunderschönen Eingangshalle mit ihrer gewaltigen Buntglasdecke und ihrer frei tragenden Kirschholztreppe ereilte ihn ein erneuter Schauder bei den Preisen. Es gab keine Einbettzimmer, deshalb entschied er sich für die billigste Option, ein Standardzimmer im obersten Stockwerk. Er fand bald heraus, warum es billiger war. Der Aufzug war so antiquiert, dass der Hoteldiener zur Bedienung gerufen werden musste, eine Unbequemlichkeit, die die meisten Gäste zu meiden schienen. Rosie hätte es gefallen, und wenn nicht gerade die Schule begonnen hätte, wäre er gewiss der Versuchung erlegen, sie mitzunehmen. Sie, die so klug für eine Neunjährige war, hätte wahrscheinlich den dahinsiechenden Mr. Wangchuck bezaubert. Auf jeden Fall hätte sie an dem historischen Luxus des Boulderado Hotels einen Narren gefressen, sie, die in einer heruntergekommenen Bruchbude mit einem Schwein wohnte.

Von seinem Zimmer aus rief er Mr. Baxter an und stellte sicher, dass er und Anne Roberts kein Einbrecherpärchen in Vancouver waren, und um zwei Uhr traf er den Mann in der Eingangshalle. Er war jünger, als Daniel ihn sich vorgestellt hatte, schlank und hochgewachsen, wenn auch nicht so groß wie er selbst. Sein blondes welliges Haar war zu einem ordentlichen Pferdeschwanz gebunden, und er trug gut sitzende Jeans und einen Blazer. Trotz seiner entspannten Erscheinung wirkte er wie ein Profi.

»Willkommen in Boulder«, sagte er und schüttelte ihm die Hand. »Bitte nennen Sie mich Ken.«

Nach einem kurzen Austausch von Höflichkeiten schlug er vor, auf die Mezzaninempore zu gehen, wo sie ungestörter reden konnten. Sie ließen sich in bequemen Sesseln mit Blick hinab auf die Eingangshalle nieder. Daniel lehnte eine Einladung zu einem Kaffee ab und reichte Ken sofort seine Dokumente, Reisepass, eine Reihe von Bescheinigungen, Pilotenschein, Sozialversicherungskarte und kanadischen Staatbürgerschaftsnachweis. Ken studierte die Dokumente eingehend. Fünf Minuten vergingen in vollkommener Stille.

»Was ist mir Ihrer Geburtsurkunde?«, fragte er schließlich.

»Meine Mutter hat sie verloren. Dafür habe ich den kanadischen Staatsbürgerschaftsnachweis, der denselben Zweck erfüllt wie eine Geburtsurkunde.«

Kens Augen verengten sich ein wenig. »Ich meinte die amerikanische.«

»Amerikanische?« Daniels Erwartung schwand. Hatte er die Reise schließlich doch umsonst gemacht? »Da sehen Sie es«, sagte er heftig. »Sie haben gerade den Unsinn dieser ganzen Sache bestätigt. Ich bin gebürtiger Kanadier.«

Ken musterte ihn einen langen Moment. »Es macht nichts«, sagte er. »Ich habe eine Kopie aufgetrieben.«

»Einer amerikanischen Geburtsurkunde?«

»Ja. Ihrer.«

»Wie?«

»Einfach. Mithilfe eines Gerichtsbeschlusses.«

»Einfach vielleicht«, erwiderte Daniel hilflos, »aber für die falsche Person.«

Ken blätterte durch seine Papiere und reichte ihm ein Blatt, das aussah wie die Kopie einer Urkunde, auf der er den Namen Anil Goba Caporelli lesen konnte. Das bedeutete nichts. Vermutlich gab es mehrere Tausend Caporellis in den Vereinigten Staaten.

»He, schauen Sie«, rief Ken mit deutlicher Erleichterung. Er stand auf und lehnte sich über das Balkongeländer. »Anne!«, rief er. »Wir sind hier oben.«

Er drehte sich zu Daniel um. »Anne Roberts ist schon hier. Ich habe jetzt von Ihnen alles, was ich im Augenblick brauche. Sie wird sich weiter um Sie kümmern.«

Er hatte vor, den beiden zu sagen, dass er schon genug Zeit mit der Sache vergeudet hatte, und hielt zwischen den Rosenholzspindeln Ausschau nach der Anwältin in der Halle. Die Frau hatte eine reizende Stimme, aber dem Namen Anne Roberts nach stellte er sich eine alte, wenig attraktive, leicht übergewichtige Dame mit strenger Frisur, einer Brille und einer Perlenkette vor, der man das Familienerbstück ansah. Die Frau, die auf ihn zukam, ließ ihn seine Enttäuschung vergessen und bestürzt seine chauvinistischen Vorurteile überdenken. Sie hätte aus dem tiefsten Afrika kommen können und war eine ziemlich umwerfende Erscheinung. Sie mochte etwa in seinem Alter sein und hatte die Gestalt einer olympischen Athletin, schlank, drahtig und bekleidet mit einem figurbetonten hellgrünen Kostüm. Am eindrucksvollsten war ihr Haar, eine Fülle von Zöpfen, die im Nacken von einem farblich zum Kostüm passenden breiten Band zusammengerafft wurden.

Daniel hatte keine Ahnung, welche Vorstellung sie von ihm gehabt haben mochte, denn als sie auf ihn zutrat und mit festem Griff seine Hand schüttelte, musterte sie ihn und lachte vielsagend.

»Ken hat mir gesagt, dass Sie sich hier treffen«, stellte sie mit einem strahlend weißen Lächeln fest. Sie hatte einen gepflegten amerikanischen Akzent, ihr Auftreten war freundlich und entspannt. »Das Wetter ist so wunderbar, dass ich beschloss, Sie selbst an Ihren Bestimmungsort zu begleiten.«

»Ich glaube noch immer, dass Sie nur Ihre Zeit verschwenden und meine dazu«, sagte er mit hörbarem Unmut.

»Lassen Sie uns einen Schritt nach dem anderen machen«, schlug sie vor, offenbar unbeeindruckt von seinen Vorwürfen. »Kommen Sie, wir gehen zu Fuß. Das Rosewood-Pflegeheim ist nur zehn Minuten von hier, und Sie können ein wenig von der Stadt sehen.«

»Wir treffen uns im Gericht, Daniel«, sagte Ken, als er sich verabschiedete.

»Wann? Warum? Wie?«, fragte Daniel verwirrt.

»Ermittlung des Erben«, sagte sie zuversichtlich. »Ich werde versuchen, morgen einen Termin zu kriegen.«

Daniels Begeisterung über ein Zusammentreffen mit Mr. Wangchuck war auf weit unter null gesunken, und er war zu verwirrt, um der Stadt viel Aufmerksamkeit zu schenken. Aber er nahm war, dass sie eine wunderschöne Ladenstraße mit Bäumen und eleganten Geschäften entlanggingen.

»Ist alles in Ordnung?«, erkundigte Anne Roberts sich nach einer Weile.

»Um ehrlich zu sein, nein. Ken hat mich mit seiner Frage nach einer amerikanischen Geburtsurkunde völlig aus der Fassung gebracht. Ich hätte viel mehr Fragen stellen sollen, bevor ich mich auf den Weg machte. Ich kann unmöglich Ihr Mann sein.«

Anne Roberts nickte. »Ich glaube, Sie sind es, Daniel, aber Sie können immer noch einen DNA-Test verlangen, wenn Sie unbedingt sicher sein wollen. Möglicherweise verlangt das Gericht ohnehin einen, das hängt vom Richter ab.« Sie streckte die Hand aus und berührte ihn leicht am Arm. »Sie sollten sich Ihre Meinung erst bilden, wenn Sie Mr. Wangchuck gesehen haben. Aber seien Sie nicht zu enttäuscht, wenn Sie kein Wort aus ihm herausbringen. Vergessen Sie nicht, dass er sehr krank ist.«

Sie gingen eine Weile schweigend weiter.

»Mr. Wangchuck ist tibetischer Abstammung, nicht wahr?«

»Ja, er wurde in Tibet geboren und kam 1959 in die Vereinigten Staaten.«

»Warum gerade nach Boulder?«

»Um ehrlich zu sein, ich habe keine Ahnung. Aber so seltsam ist das wahrscheinlich gar nicht. Es gibt viele Tibeter hier. Boulder hat eine Städtepartnerschaft mit Lhasa, und es gibt ein tibetisches Buddhistisches Zentrum und ein Kloster in Colorado.«

»Gibt es einen besonderen Grund dafür? Ich meine, was war die ursprüngliche Verbindung?«

»Wahrscheinlich die Höhe und die Berge. Wir sind hier 1655 Meter über dem Meeresspiegel. Das ist etwa eine Meile hoch. Hoch für Amerika, aber natürlich nicht vergleichbar mit dem Dach der Welt. Wahrscheinlich kommt man nirgendwo in den USA näher an Tibets klimatische Bedingungen als hier.«

Wieder gingen sie einen Moment schweigend.

»Was fehlt denn Mr. Wangchuck genau?«

»Gehirntumor im letzten Stadium.«

»Ist das der Grund, weshalb Sie ihn nicht zum Reden bringen konnten?«

»Nein, es ist augenscheinlich nicht die Art von Tumor, die die Wahrnehmung beeinträchtigt«, erklärte sie. »Aber als ich ihn am Dienstag sah, war er verwirrt. Von den Medikamenten, nehme ich an.«

Er blieb stehen. »Warum gerade jetzt? Wenn er seinen Sohn sehen wollte, hätte er den Wunsch längst äußern können.«

»Ich habe keine Ahnung.« Sie legte ihre Hand hinter seinen Ellenbogen, damit er weiterging. »Aber da er einen Erben nannte, muss das Gericht versuchen, ihn zu finden. Bis vorige Woche schien es, als gäbe es niemanden. Vermutlich fände man entfernte Verwandte in Tibet, aber unser Budget würde für eine derartige Suche nicht ausreichen. Vergessen Sie nicht, er war ein halbes Jahrhundert lang in den Vereinigten Staaten und hatte, wie es scheint, jegliche Verbindung zu seinem Heimatland abgebrochen. Wenn der Freund nicht Ihre Existenz bestätigt hätte, wäre die Angelegenheit längst zu den Akten gelegt worden.« Sie drehte sich zu ihm um. »Wie ich schon sagte, als vom Gericht eingesetzte Anwältin hatte ich keine andere Wahl, als nach Ihnen zu suchen. Niemand gewinnt hier irgendetwas durch Ihre Existenz, wenn Sie das vielleicht glauben.«

Ihre Worte klangen in Daniels Ohren verteidigend und ein wenig verärgert. Wahrscheinlich hatte sie Dankbarkeit und kein Misstrauen erwartet. Möglicherweise nahm sie ihm auch seine Ahnungslosigkeit über seinen angeblichen Vater gar nicht ab.

»Sie kennen die menschliche Willenskraft«, fuhr sie fort. »Vielleicht hat sich Mr. Wangchuck die letzten paar Tage nur ans Leben geklammert, weil er wusste, dass wir nach Ihnen suchen. Die Ärzte gaben ihm nur noch Stunden, höchstens Tage. Aber auch Ärzte liegen nicht immer richtig, richtig? Ich weiß nicht, ob ich es Glück nennen soll, aber Sie kommen, und er ist noch am Leben. Gerade noch.«

Köpfe drehten sich nach ihr um, als sie mit ihren langen Beinen den Weg fortsetzte. Daniel folgte mit zunehmendem Unbehagen. Sie bogen nach rechts ab, dann nach links, während Anne auf Sehenswürdigkeiten hinwies und Touristenattraktionen und gute Restaurants nannte. Fünf Minuten später standen sie vor einem hübschen alten Gebäude mit gelb gestrichener Holzverkleidung und großen Fenstern. Es stand in einem wunderschönen Garten voll Rosen, Weiden und Birken.

Daniel war beeindruckt. »Sieht aus wie ein Ort, an dem man alt werden möchte.«

»Es war einst das Rosewood Hotel, aber es scheint, dass mit der Pflege älterer Menschen mehr Geld verdient werden kann. Es ist eigentlich eher ein Hospiz, ein Platz für die letzten Tage, wenn Sie verstehen, was ich meine.«

Sie betraten eine große Rezeption. Auf einer Schwesternstation stellte ihn Anne drei Schwestern vor und streckte ihm dann die Hand entgegen. Daniel blickte auf die ausgestreckte Hand und murmelte: »Lassen Sie mich jetzt allein hier?«

»Ich glaube, es ist besser, wenn Sie allein zu Mr. Wangchuck gehen. Vielleicht können wir morgen früh alles Weitere besprechen. Ken oder ich werden Sie anrufen.«

»Ja, gut. Also dann ... danke für Ihre Bemühungen, Anne.«

Sein Blick folgte ihr hinaus, und er kam sich plötzlich ziemlich verlassen vor. Er drehte sich zu den Schwestern um und sah, dass sie miteinander tuschelten. Vielleicht unterhielten sie sich über die exotische Erscheinung der Anwältin oder aber über ihn.

»Gibt es ein Problem?«, fragte er barsch.

»Entschuldigung«, sagte die Älteste der drei.

Er war nervös, und der Humor war ihm auch abhandengekommen. Er konnte kaum klar denken. Er straffte sich und sagte: »Also, wo kann ich Mr. Wangchuck finden?«

Das brachte die Jüngste der drei zum Kichern. »Du meine Güte, Sie sind ja noch größer als er.« Sie deutete in den Korridor. »Mr. Wangchuck ist in Zimmer 28 auf der linken Seite.« Die puppenhaft hübsche Pflegerin kam hinter dem Schalter hervor. »Ich bringe Sie hin, Mr. Villeneuve.«

Der Korridor kam Daniel endlos vor. Die Pflegerin ging voran. Sie schwang die Hüften und wandte sich immer wieder grinsend nach ihm um. Er versuchte zu lächeln, aber sein Herz pochte wie wild. Sie ging ein wenig langsamer, bis er sie eingeholt hatte.

»Jetzt ist ein guter Zeitpunkt, wissen Sie. Mr. Pemmy ist heute Morgen in relativ guter Verfassung.«

»Mr. Pemmy?«

Sie kicherte. »In seiner Gegenwart nennen wir ihn nicht so. Wie ich schon sagte, er ist heute recht gut beisammen, viel klarer als in den letzten Wochen. Er hat ein halbes Ei zum Frühstück gegessen, das Erste, was er seit Tagen zu sich genommen hat.« Sie senkte die Stimme. »Wir sind alle überrascht, dass er noch bei uns ist. Wir wussten nichts von irgendwelchen Verwandten, bis ihm Anne Roberts ein paar Fragen zu stellen versuchte, und er plötzlich nach seinem Sohn rief.« Sie hob eine Augenbraue, und ihr Ton wurde förmlich. »Dieser alte Freund war ein paarmal hier mit seiner Tochter, wissen Sie, aber Familie ist nie erschienen. Es wäre schön gewesen, wenn sich jemand gekümmert hätte ...«

Oh, bitte, *seien Sie still*, dachte Daniel, *bitte*.

Schließlich erreichten sie Zimmer 28. Daniel hielt an der Tür inne, während sie hineinging und trällerte: »Heute werden wir aber glücklich sein, Pematsin. Sie haben etwas zum Frühstück gegessen, und jetzt schauen Sie, wer hier ist!«

Die Gestalt auf dem Bett bewegte sich ein wenig.

»Aufgewacht, aufgewacht, Pematsin. Sie haben Besuch.« Sie winkte Daniel hereinzukommen.

Mit finsterem Blick sagte er: »Bis später. *Danke!*«

»Schon gut«, sagte sie mit einem Schulterzucken und wandte

sich mit einem enttäuschten Seufzen zum Gehen. Zweifellos hätte sie gerne ihren Kolleginnen von der Vater-Sohn-Begegnung berichtet. Das Klacken ihrer Schwesternpantoffeln entfernte sich draußen im Gang.

Er stand nun allein in der Tür und blickte auf den Mann im Bett. Der hatte die Augen geöffnet und sah ihm mit leerem Blick entgegen. Daniel holte überrascht Luft. Selbst aus dieser Entfernung konnte er das Mal auf dem Gesicht des alten Mannes sehen, und seine Knie drohten nachzugeben.

Was er vor sich sah, war er selbst, der ältere Mann, den er gestern im Spiegel betrachtet hatte, doch dieser Mann war noch älter, seine asiatischen Züge noch ausgeprägter. Die Adlerkralle verlief von seiner Schläfe über Braue und Wange hinab. Der Tod leuchtete aus seinem Gesicht. Es war, als stünde er an der Schwelle zum Jenseits, bereit zum letzten Schritt.

Er hob eine schwache Hand und winkte Daniel hereinzukommen. Daniel ging ans Bett, verwirrt und aufgewühlt und unfähig, irgendetwas zu sagen oder zu tun. Sie blickten einander offen an. Mr. Wangchuck musterte ihn stumm mit vor Schmerz verschleierten Augen. Sein Gesicht war eingefallen und schwer von seiner Krankheit gezeichnet.

Das ist mein Vater.

Diese überwältigende Entdeckung ließ ihn keuchend Atem holen. Nach einigen Augenblicken fing er sich endlich. Er beugte sich vor und berührte die Hand des Mannes. Sie glich seiner so sehr – seine würde einst so wie diese sein –, nur dass die des alten Mannes zitterte. Er spürte, wie ihm die Tränen kamen.

Der alte Mann zog seine Hand weg und drehte sein Gesicht langsam der Wand zu. Das war ein seltsames Verhalten in Daniels Augen.

»Ist alles in Ordnung?«, fragte er hilflos.

»Warum hat man Sie hergebracht?«, flüsterte der Mann mit starkem ausländischem Akzent.

Daniel blickte auf das reglose Profil. »Was meinen Sie damit?«

Es schien eine Ewigkeit zu dauern, bis der alte Mann antwortete.

»Ich kenne Sie nicht.«

»Das stimmt, Mr. Wangchuck. Wir kennen einander nicht, aber es sieht so aus, als wäre ich Ihr Sohn.«

»Nein.« Der alte Mann schüttelte den Kopf. »Ich habe keinen Sohn.«

Daniel starrte ihn verblüfft an. Nur ein Blinder hätte nicht zu sehen vermocht, dass sie Vater und Sohn waren. Er verstand jetzt, warum Anne Roberts sofort überzeugt war, als sie einander begegneten, und warum die Schwestern bei seinem Anblick getuschelt hatten. Welche seltsamen Umstände auch immer zu seiner Empfängnis geführt hatten, es bedurfte keiner weiteren Tests, um sie zu beweisen. Sie sahen einander gespenstisch ähnlich, glichen einander wie ein Ei dem anderen, abgesehen von ihrem Alter, doch selbst wenn das nicht der Fall gewesen wäre, blieb immer noch die Adlerkralle als Beweis für die genetische Verbindung.

»Ich wäre der Erste gewesen, der gesagt hätte, dass Sie nicht mein Vater sind, Mr. Wangchuck. Glauben Sie mir, ich hatte inständig gehofft, dass alles ein Irrtum ist. Ich war recht glücklich mit dem Vater, den ich hatte, aber jetzt, da ich Sie vor mir sehe, weiß ich ganz sicher, dass ich Ihr Sohn bin.«

Der alte Mann schloss seufzend die Augen, als wäre es sinnlos, weiterzumachen. Als hätte er umsonst gewartet. Daniel spürte Panik aufsteigen. War er dabei, loszulassen? *Und zu sterben?* Aber Mr. Wangchuck regte sich wieder und sprach langsam und mit schwerem Atem: »Es tut mir leid, dass Sie getäuscht worden sind. Sie sind nicht mein Sohn.«

»Sehen Sie mich doch an«, bat Daniel ihn. »Was Sie sehen, ist Ihr eigenes Gesicht. Ich finde meines in Ihrem wieder.«

Mr. Wangchuck drehte sein Gesicht nicht von der Wand. Seine ausgedörrten Lippen bewegten sich, als er wieder zu sprechen versuchte. »Ich weiß, wer Sie sind«, flüsterte er schließlich. »Aber Sie sind nicht mein Sohn.«

»Erklären Sie mir das«, verlangte Daniel mit gepresster Stimme. »Ich sehe, wie schwer Ihnen das Sprechen fällt, aber bitte, versuchen Sie es. Ich denke, das schulden Sie mir.«

Es schien zu viel für den alten Mann zu sein. Er bewegte seine Hand und drückte einen Knopf an der Seite seines Bettes. Ein grünes Licht leuchtete auf, und bereits nach ein paar Sekunden erschien eine Pflegerin, eine, die Daniel noch nicht gesehen hatte.

Mr. Wangchucks Hand winkte zittrig und unmissverständlich abweisend. Er wollte, dass Daniel ging.

»Ich gehe schon«, sagte Daniel knapp zu der Pflegerin. »Sie brauchen mich nicht hinauszubringen.«

Die Worte des alten Mannes hätten befreiend sein und das Ende der ganzen verrückten Suche bedeuten können. Aber nun, da er den Mann getroffen und den leibhaftigen Beweis für ihre Blutsverwandtschaft mit eigenen Augen gesehen hatte, war er tief erschüttert. Als er um seine Fassung ringend den Korridor entlangschritt, holte ihn die Pflegerin ein. Sie war eine Frau in den Vierzigern mit einem mitfühlenden, intelligenten Gesicht. Sie legte eine Hand auf seine Schulter, um ihn aufzuhalten. »Warten Sie einen Moment. Ich weiß nicht, was er da drinnen zu Ihnen gesagt hat, aber er ist ein übellauniger Mann. Er hat Metastasen in der Wirbelsäule und große Schmerzen. Das Morphium lässt ihn nicht klar denken. Lassen Sie sich davon nicht abschrecken. Es wird jetzt nicht mehr lange dauern.«

»Danke«, sagte Daniel, fast irrational dankbar für ihre verständnisvollen Worte. Er hätte sie umarmen können. »Ich werde daran denken.« Er war ziemlich sicher, dass sie das Gespräch nicht mit angehört hatte und daher die eindeutige Erklärung des alten Mannes nicht kannte.

Er hastete hinaus in den Sonnenschein und in die nächste Kneipe.

Nach einem großen Jack Daniels auf Eis begannen sich seine Bestürzung und sein Ärger und seine Verwirrung zu verflüchtigen. Er hatte sich geschworen, nun da er auf dem Weg war, den Dingen einfach ihren Lauf zu lassen. Das war ein guter Vorsatz gewesen. Ganz gleich, wie absurd eine Erfahrung ist, die man macht, Emotionalität hilft nicht weiter. Aber es hatte ihm einen gewaltigen Schock versetzt, den Mann vor sich zu sehen, der ohne jeden Zweifel sein Vater war, und gleichzeitig abgewiesen zu werden. Der alte Mann war benommen von den Schmerzmitteln und hatte vielleicht das Mal in Daniels Gesicht gar nicht wahrgenommen, oder der Tumor verwirrte seine Gedanken, auch wenn Anne Roberts anderer Meinung war. Möglich war auch, dass ihm der junge Mann nicht gefiel oder dass er einfach nur seine Meinung geändert hatte. Das wahrscheinlichste Szenarium war aber, dass der alte Mann, als er nach seinem Sohn rief, gar nicht wirklich wollte, dass man ihn suchte und zu ihm brachte. Ausgelöst durch Anne Roberts' hartnäckige Fragen mochte er einfach nur seinem Herzen über eine alte Erinnerung Luft gemacht haben.

Diese Überlegungen warfen die Frage auf, der nachzugehen er seit Baxters Anruf keine Zeit mehr gehabt hatte: Welche Motive konnte seine Mutter gehabt haben, ihn über seinen Vater zu belügen? War es die Scham ihrer streng katholischen Erziehung über ihr fremdländisches Abenteuer, die sie einen netten italienischen Jungen erfinden ließ? Andererseits konnte es sein, dass Vincenzo Mario de la Pietra nicht erfunden war, sondern nur nicht wusste, dass das Baby im Bauch seiner Verlobten einen anderen Vater hatte. Wie war die Beziehung zwischen Pematsang Wangchuck und Gabriella wirklich gewesen? Wo fand sie statt, wie lange dauerte sie, und weshalb fand sie ein Ende? Pematsang Wangchuck war in jungen Jahren sicherlich ein imposanter Mann gewesen, und vielleicht hatte sich Gabriella, als sie Anfang zwanzig war, nach einem exotischen Abenteuer gesehnt. Vielleicht hatte sie auch gegen das strenge konservative Leben rebelliert ... bevor sie später in ihre katholische Wirklichkeit zurückfand. Was immer auch zwischen seinen Eltern vorgefallen war, abgesehen von seiner Zeugung, mochte dafür verantwortlich sein, dass der alte Mann beim Anblick Daniels an etwas Unerfreuliches und Schmerzliches erinnert wurde, das mit seiner Beziehung mit Gabriella zu tun hatte, oder mit der Art und Weise ihrer Trennung.

Es war heutzutage recht einfach, Menschen aufzuspüren. Ken Baxter hatte nur ein paar Tage gebraucht. Wenn er in seiner ursprünglichen Geburtsurkunde, die er nie gesehen hatte, Anil hieß, konnte sein Name durch einen einfachen Gerichtsbeschluss in Daniel geändert worden sein. Hatte Gabriella den Mann geliebt und dem Kind einen Namen geben wollen, der sie an ihn und seine Kultur erinnerte? War es ihr später zu beschämend gewesen oder zu »ethnisch« erschienen, dass sie ihn änderte? Freddie hätte das nie von ihr verlangt. Er war ein zu unbekümmerter Typ, ganz im Gegensatz zu ihr.

Welche Überlegungen er auch anstellte, die Möglichkeiten waren alle ziemlich bizarr.

Er trank aus und sah sich in der Kneipe um und nahm zum ersten Mal richtig wahr, wo er sich befand: in einem kühlen, weißen Raum mit dunkelroten Samtsofas, halb abstrakten Gemälden von roten Tulpen à la Georgia O'Keefe, Töpfen mit Palmfarnen und einer Glasfront, die sich breit auf die Straße hinaus öffnete. Eine dichte Baumreihe überschattete den Gehsteig. Die vorbeischlendernden Menschen waren schlank und gesund und sahen betucht aus. Er hatte in einer Broschüre im Hotelzimmer gelesen, dass Boulder die Wahl zum »erstrebenswertesten Wohngebiet der gesamten USA« gewonnen hatte. Soweit er das von hier aus erkennen konnte, schien es zuzutreffen. Er lehnte sich zurück und genoss den warmen Septemberwind im Gesicht und fühlte sich ein wenig schwindlig. Wahrscheinlich lag es an dem ganzen Stress seit dem Morgen, und die Höhe tat ein Übriges. Schließlich waren es weit über fünfzehnhundert Meter.

Während er die sonnige Szenerie betrachtete, kam ihm ein Gedanke, und er richtete sich kerzengerade auf. Die Geburtsurkunde! War er hier zu Hause? War vielleicht sogar diese Stadt sein Geburtsort? Wenn es stimmte, war er kein Kanadier, *sondern Amerikaner!* Er spürte einen plötzlichen Stich in den Schläfen. Er war nicht nur ein Amerikaner. Zur Hälfte war er auch Tibeter. *Tibeter!* Sein so sicheres, festgefügtes Ich, dem in neununddreißig Jahren nicht mehr Turbulenzen widerfahren waren als das unrühmliche Ende einer Ehe, wurde nun systematisch demontiert. Seine ganze Identität wurde infrage gestellt. *Wer war er wirklich?*

Kapitel 6

Zeitweilig tief in Gedanken versunken spazierte er meilenweit in der Stadt umher und orientierte sich durch einen gelegentlichen Blick nach Westen, dort, wo am Stadtrand die gewaltigen, fast vertikalen Felswände, die sogenannten Flatirons, in den Himmel ragten. Schließlich gelangte er wieder dorthin zurück, wo er aufgebrochen war, in die pulsierende, schattige Ladenstraße, die Pearl Street. Sie war der reinste Designerdschungel mit Blumen, Bäumen und Büschen, Klinkerwegen, Skulpturen und Brunnen. Makellos renovierte Gebäude verliehen der Ladenstraße eine reizvolle Jahrhundertwendeatmosphäre. Es war so ganz anders als das Gefühl zwischen den Glasmegalithen der Innenstadt von Vancouver.

Er spürte plötzlich einen nagenden Hunger und ging in das nächste Straßencafé und setzte sich unter eine gelb gestreifte Markise. Der freundliche mexikanische Kellner empfahl ihm das Räucherlachssandwich mit Salat und Fritten. Egal!

Den späten Nachmittag verbrachte er damit, in den Läden nach einem Mitbringsel für Rosie Ausschau zu halten. Wie würde es das arme Kind aufnehmen, wenn es erfuhr, dass es einen weiteren Großvater hatte, noch dazu einen, den sie ganz sicher nie kennenlernen würde? Sollte er ihr überhaupt davon erzählen? Das Problem war ihr verdammtes Gespür. Jeder Versuch, sich zu verstellen, wäre fruchtlos, sie würde ja doch jede Veränderung bei ihm bemerken. Für Rosie war er ein offenes Buch.

Die Geschäfte waren so anspruchsvoll wie die Bewohner. Es gab viele Verkaufsstellen für ausgefallen schöne Kunstgegenstände, Schmuck und indianische Artefakte. Rosie war kein Kind, das sich für Spielsachen oder Mädchenkram interessierte. Ein Laden mit dem Namen Tibet Imports zog ihn magisch an. Er hätte gern mit dem jungen Mann hinter dem Ladentisch gesprochen, der offenbar selbst Tibeter war, doch der nahm nicht für eine Sekunde das Handy von seinem Ohr. Daniel lauschte interessiert der fremden Sprache, während er für ein kleines Amulett an einer silbernen Kette bezahlte.

In einem großen Buchladen suchte er nach Büchern, die seine Tochter interessieren könnten, Architektur, Landschaften, Bäume, Schweine, Schweineaufzucht. Er blätterte in einem Buch über die Gebäude in der Pearl Street, fand aber, dass das keine aufregende Lektüre für ein kleines Mädchen war. Er sah einige Stadtführer durch in der Hoffnung, ein wenig mehr über die Tibet-Boulder-Verbindung zu erfahren. Die Auswahl vermittelte den Eindruck, dass die Stadt bemüht war, blühendes Yuppietum mit alternativen Gesinnungen in Einklang zu bringen. Ein Führer listete zwei tibetische Restaurants auf. Er holte einen Stift aus dem Rucksack und notierte sich die Adressen. Was er dort tun wollte, wusste er selbst nicht so genau. In einem Buch mit dem Titel »Spirituelles Boulder« suchte er nach Hinweisen auf das Tibetische Buddhisten Center und Kloster, als sein Blick auf ein Bild fiel, das ein Gefühl von Vertrautheit in ihm weckte. Er wusste, dass er das Gebäude schon mal irgendwo gesehen hatte. Er holte seine Kamera aus dem Rucksack und überflog die Fotos zurück bis zu dem Morgen vor etwa zwei oder drei Wochen, als er und Rosie das Haida-Dorf am Kits Strand bauten. Rosie hatte schließlich anstatt der Haida-Hütten etwas ganz anderes gebaut … Mit einer Hand hielt er das Buch, mit der anderen die Kamera. Großer Gott! Auf beiden war dasselbe Gebäude abgelichtet. Er studierte die beiden Bilder eine lange Zeit und entdeckte nur kleine Unterschiede, was wohl daran lag, dass Rosie das Bauwerk aus Sand errichtet hatte.

Das Foto im Buch zeigte den Großen Stupa im Shambala

Mountain Center in der Nähe von Boulder. Ein Stupa? Er hatte noch nie von einem Stupa gehört. Er las den Text unter dem Bild:

»Der tibetische Stupa ist einzigartig unter allen Formen sakraler Architektur, ein klares traditionelles Bauwerk, das Unausgewogenheiten in Elementen und Energien verändert und in Einklang bringt. Er ist ein Symbol des erleuchteten Geistes des Buddha und unseres eigenen Potenzials als menschliche Wesen.«

Rosie hatte einen tibetischen Stupa gebaut! Dieser groteske Zufall ließ sich natürlich erklären. Rosie liebte Fernsehsendungen über andere Kulturen und merkte sich alle Gebäudeformen. Wie er besaß sie ein außerordentliches Gedächtnis. Es hatte vier Generationen gute Dienste geleistet, besonders in der Schule, und war die hypothetische Erklärung für Gabriellas mathematische Begabung. Rosie war gut im Rechnen, aber es war eine räumliche Begabung, mit der sie wirklich glänzte. Sie konnte sich Gebäudedetails bis zum letzten Dachziegel einprägen, und auf diese Weise hatte sie zweifellos den Stupa am Strand kopiert.

Schließlich kaufte er für sie ein Flatirons Taschenmesser und für sich zwei Bücher über Tibet. Die Sonne ging unter und die Hitze ließ nach. Er ging zum Boulderado Hotel zurück in der Absicht, früh zu Bett zu gehen und wohlverdienten Schlaf nachzuholen. Hier sah man wenige Autos. Die Leute schienen hauptsächlich Fahrräder zu benutzen. Boulder war in der Tat ein verschlafener und zivilisierter Ort für einen Mann aus dem zerrütteten und unterdrückten Tibet. Was hatte Pematsang Wangchuck aus diesem fernen Land hierhergeführt? Es gab so viele Fragen und so wenige Antworten, aber er vertraute auf den Entschluss, den er gefasst hatte, den Dingen ihren Lauf zu lassen. Doch Katies Worte fielen ihm ein. *Es ist immer besser, die Initiative zu ergreifen und den Dingen aktiv auf den Grund zu gehen.* Wenn er nur diesen Balanceakt vollbringen könnte, während seiner Nachforschungen seine Gefühle im Griff zu behalten. Er verschob die Entscheidung über seine nächsten Schritte auf den Morgen. Es schien ihm sinnvoll, noch einmal in das Pflegeheim zu gehen und zu versuchen, mit seinem Vater zu sprechen. Aber instinktiv wusste er auch, was er *nicht* tun würde, nämlich Anne, Ken Baxter, dem Arzt oder den Schwestern erzählen, dass sein Vater nichts von ihm wissen wollte. Und er hoffte, dass auch Pematsang Wangchuck kein Wort darüber verlor ... wenn er morgen noch lebte.

Er erwachte durch das Telefon auf seinem Nachttisch. Es war Anne Roberts. Er blickte auf die Uhr. 7 Uhr 45. Er fuhr hoch.

»Nun?«, fragte sie ohne Vorrede. »Sind Sie jetzt überzeugt?«

»Ja«, antwortete er. »Als ich Mr. Wangchuck sah, hatte ich keine Zweifel mehr.«

»Ich wusste, dass Sie das sagen würden. Wie aus dem Gesicht geschnitten. Dann erledigen wir den Papierkram.« Sie klang angespannt und in Eile, und er war ein wenig verärgert, dass sie gar nichts über die Begegnung mit seinem Vater oder seine Gefühle über diese unglaubliche Entdeckung wissen wollte. »Wir treffen uns um 11 Uhr im Boulder County Justice Center und schließen das Erbenermittlungsverfahren ab. Dann können wir, wenn Sie möchten, einen Gerichtsbeschluss erwirken, Sie als Verwalter des Nachlasses Ihres Vaters einzusetzen.«

»Was?« Es war ihm nie in den Sinn gekommen, dass er seines Vaters Nachlassverwalter sein könnte. Anne war vermutlich heilfroh, die ganze Arbeit und Verantwortung auf ihn abzuwälzen, sobald Pematsang starb. »Ist das die übliche Verfahrensweise?«

»Nicht sehr üblich!«, erwiderte sie mit einem trockenen Lachen. »Es ist allerdings nicht ungewöhnlich, dass Leute mit ihren Verwandten keinerlei Kontakt mehr haben. Mit ein wenig Glück haben wir das alles heute noch erledigt, dann können Sie übernehmen.«

»Himmel, das geht alles so schnell. Muss ich?«

»Nein«, sagte sie ein wenig überrascht. »Meine Rolle hierin ist die des öffentlichen Vollstreckers, aber als privat Beauftragte könnte ich Ihren Vater weiter rechtlich vertreten.«

»Es ist nur so, dass ich wieder zur Arbeit muss.«

»Natürlich. Das verstehe ich.«

Er hoffte, dass sie ihn jetzt nicht für völlig gefühllos hielt. Um den Eindruck abzuschwächen, fuhr er fort: »Eigentlich ist es nicht die Arbeit. Mein Leben ist in letzter Zeit ziemlich aus den Fugen geraten, und in meinem Kopf ist die Hölle los.«

»Ja, natürlich, das verstehe ich. Das muss Sie alles ziemlich überrumpelt haben … Hören Sie, da Sie jetzt überzeugt sind, dass Mr. Wangchuck Ihr Vater ist, würde es das ganze Verfahren beschleunigen, wenn Sie Ihre anfänglichen Zweifel bei der Anhörung gar nicht zur Sprache bringen. Verstehen Sie, was ich meine, Daniel?«

»Ah … wenn Sie es für das Beste halten.«

»Und wenn Sie es mit Ihrer Abreise so eilig haben, wollen Sie doch sicher auch die Umstände vermeiden, die mit einem DNA-Test verbunden wären. Wenn für den Richter alles ganz klar ist, wird er den Beschluss anordnen, und Sie können schon morgen unterwegs sein. Bringen Sie alle Dokumente mit. Ken wird kommen, um seine Beweise für die biologische Verwandtschaft vorzulegen.«

»Warten Sie, Anne. Nicht so schnell! Was passiert nach diesem Gerichtsbeschluss? Was muss ich dann tun?«

»Keine Angst«, sagte sie ein wenig entspannter. »Ich werde mich um alles kümmern.«

Daniel zögerte. »Was ist zum Beispiel mit dem Begräbnis? Werden Sie sich auch darum kümmern?«

»Das kann ich tun, wenn Sie es wollen ... aber vielleicht möchten Sie das lieber selbst tun. Das Yew-Tree-Beerdigungsinstitut ist eine gute Adresse. Der Name des Leiters ist Carlos Benedict. Nett und freundlich, preiswert und effizient. Er arrangiert auch den Transport für den Fall, dass Sie den Leichnam nach Kanada bringen wollen.«

Daniel schauderte. Pematsang lebte noch, und es erschien ihm makaber, über ihn bereits wie über eine Leiche zu sprechen. »Ich werde es mir überlegen. Wie sehen uns um 11 Uhr.«

Er lag auf dem Rücken im Bett und starrte an die Decke. Die Wände und die Decke waren mit einem blau-weißen Blumenmuster tapeziert. Dazu gab es passende Vorhänge und viktorianische Möbel. Er fragte sich, ob Rosie das Zimmer gefallen hätte. Wenn jetzt noch eine Tasse Kaffee aus dem Nichts erscheinen würde ... Außerdem meldete sich wieder der Hunger. An Appetit mangelte es ihm nicht. Er hatte gestern nur eine Mahlzeit gehabt. Das Frühstück wurde in einem luxuriösen Speisezimmer serviert. Das würde auch nicht billig sein.

Gerichtsbeschlüsse ... Bestattungsarrangements ... Erbscheinausstellung. Und der Mann war noch nicht einmal tot. Flüchtig fragte er sich, was er davon hatte. Er interessierte sich überhaupt nicht für den Nachlass des alten Mannes, und Pematsang hatte ihn zurückgewiesen, ja verleugnet. Wenn er sich an die Begegnung erinnerte, war er den Tränen nahe. Er fragte sich, wie wohl andere Leute mit solch einer Situation fertig würden. Entschlossen, den Dingen ihren Lauf und sich nicht unterkriegen zu lassen, bemühte er sich, diese Gedanken zu verdrängen, zumindest bis er seine schwer zu erreichende Mutter an der Strippe hatte.

Er griff rasch nach dem Handy und wählte Gabriellas Nummer. Es war sein zehnter Versuch, und er begann sich Sorgen zu machen. Seine drängenden Fragen waren zweitrangig, wenn es ihnen nur gut ging. Vielleicht war ihr Handy verloren gegangen oder gestohlen worden, aber hätten sie dann nicht angerufen, um ihm das mitzuteilen?

»Darling!«

Die Stimme seiner Mutter erfüllte ihn mit Erleichterung und Ärger zugleich. »Mutter, wo seid ihr abgeblieben?«

»Wir sind in Italien, Darling, und wohnen bei meinem Vetter Luigi.«

Er schwang die Beine aus dem Bett und setzte sich auf. Er war nicht sicher, wo er anfangen sollte, und holte tief Luft, um einen Schwall an Frust, Fragen und Anschuldigungen loszulassen, aber schließlich war alles, was er sagte: »Mutter, ich bin in Boulder, Colorado.«

Keine Antwort.

»Hast du mich gehört?«, fragte er nach einer langen Pause. »Ich bin in Boulder und habe einen Mann mit Namen Pematsang Wangchuck besucht ...«

Noch immer kein Wort.

»Mutter?«

Er hörte, wie sie erstickt Luft holte, und wartete, bis sie sich gefangen hatte.

»Wie hast du ... Wer hat mit dir gesprochen?«

»Ist das nicht egal?«

»Daniel, jetzt hör mir zu!« Sie fand ihre Stimme wieder, mit einem schrillen hysterischen Unterton, der vergeblich den Eindruck von Autorität erwecken wollte. »Es gibt einige Dinge, die ich dir erklären muss, aber in der Zwischenzeit darfst du *nichts* glauben, was man dir sagt. Hörst du mich?«

»Ach, komm schon, Mutter. Da ist doch nichts mehr zu leugnen. Ich habe meine amerikanische Geburtsurkunde gesehen, schwarz auf weiß, und ich habe den Mann gesehen, der offenbar mein leiblicher Vater ist.«

Wieder folgte ein längeres Schweigen, und alles, was Daniel hören konnte, war ihr heftiges Atmen. Daniel wartete.

»Nein!«, rief sie schließlich. »Ich werde keine Diskussion darüber am Telefon beginnen. Es muss warten, bis wir wieder zu Hause sind.«

»Lass mich mit Freddie reden.«

»Um Himmels willen ...«, zischte sie. »Wage es nicht, Freddie da mit hineinzuziehen.«

»Warum nicht? Vielleicht weiß er das eine oder andere darüber, wer ich bin.«

»Er ist nicht da, und du wirst nicht mit ihm darüber reden.« Er konnte ihren Zorn über die Verbindung fast körperlich spüren. Was immer hinter der Geschichte steckte, schien sie mit großer Bitterkeit zu erfüllen oder vielleicht mit Furcht. *Furcht wovor?*

»Dann tappt der gute alte Freddie also auch im Dunkeln?«

»Glaub mir, ich werde nicht zulassen, dass du meine Ehe durcheinanderbringst. Meine Vergangenheit ist ganz allein meine Sache, Daniel. Du wirst meine Privatsphäre respektieren!«

»Respektieren? Da muss ich lachen, Mutter.«

»Du hättest mit mir reden müssen, statt Gerüchten hinterherzujagen. Ich sage dir, du hättest diese Reise nicht machen dürfen, und das ist mein letztes Wort, bis wir nach Hause kommen ... wann immer das sein wird.«

»Ich kann nicht glauben ...«

»Nein, Daniel«, schrie sie fast hysterisch. »Du hast mich damit überfallen, und ich bin nicht bereit, am Telefon darüber zu reden. Fahr nach Hause und lass diese Dinge ruhen.«

»Ich soll nach Hause fahren und das alles vergessen? Das muss wohl ein Scherz ...«

Er hörte ein Klicken, und dann war Stille.

Er starrte auf das kleine Gerät in seiner Hand. *»Das war*

meine liebende Mutter!«, sagte er zu ihm. Vielleicht waren sie unterbrochen worden, doch sie war dafür bekannt, Gespräche rüde zu beenden, selbst mit ihren Freunden und Lieben. Er legte sich zurück aufs Bett, nahm die Betrachtung der geblümten Decke wieder auf und ließ das Gespräch Revue passieren.

»Wer hat mit dir gesprochen?« – »Du darfst *nichts* glauben, was man dir sagt.« Was bedeutete das? Wer sollte ihn denn belügen wollen? Nein, es war Gabriellas übliche Art und Weise, auf Zeit zu spielen. Gott sei Dank war die Mutter seiner Tochter anders. Er konnte Amanda gar nicht genug Anerkennung dafür zollen. Plötzlich hatte er das Verlangen, ihre Stimme zu hören. Er würde ihr erzählen, was los war. Wie immer sie zueinander standen, in der Not war sie eine phantastische Ratgeberin, wahrscheinlich die einzige Person, die seiner Geschichte mit echtem Mitgefühl lauschen würde.

Er wartete, bis sich sein Puls wieder normalisiert hatte, und griff erneut nach dem Telefon. Es läutete eine ganze Weile.

Dies ist die Mailbox von Amanda Byrne. Bitte hinterlassen Sie eine Nachricht.

Amanda *Byrne!* Villeneuve war also Schnee von gestern, und sie hatte ihren Mädchennamen wieder angenommen. Das war kein gutes Zeichen. Und wie stand es um Rosie Villeneuve? Sein Verlangen, die Stimme seiner einstigen Gemahlin zu hören, verflüchtigte sich.

»Rosie! Amanda!«, sagte er. »Ich bin es. Nehmt bitte ab.«

»Ich bin hier, Papa«, meldete sich Rosie. »Wo bist du?«

»Hi, mein Liebling. Ich bin noch in Boulder.« Er holte tief Luft. »Wie war der neue Schulanfang?«

»Krass! Jenny ging nach Halifax, und Miss Ekman hat einen dicken Bauch. Ich bin sicher, sie kriegt ein Baby. Und ich bin die Größte in meiner Klasse, größer als die Jungs.«

»So ist das Leben, mein Blümchen!«, entgegnete er scherzend, aber ihm war schwer ums Herz. Miss Ekman war eine wundervolle Lehrerin, dazu kam, dass sie seine Tochter gern mochte und ihre Eigenheiten zu verstehen schien. Wenn sie schwanger war und ihren Mutterschaftsurlaub antrat, bedeutete das eine weitere Veränderung und einen weiteren Verlust für Rosie. »Hör zu, mein kleiner Liebling. Ich weiß, wie übel das ist, aber das alles hier ist komplizierter als erwartet ... und wenn ich zurückkomme, wartet wahrscheinlich schon die Arbeit auf mich. Aber ich mach es wieder gut, das verspreche ich. Wir machen etwas ganz Besonders, sobald ich wieder frei habe. Wie wäre es zum Beispiel mit einem Besuch in Disneyland? Wir könnten hinfliegen ...«

»Du wirst das mit Mami besprechen müssen«, sagte sie mürrisch. »Sie und Tony haben so viele Pläne.«

Tony? Das war es also. Er hatte längst so einen Verdacht. Es gab einen Mann im Leben seiner Frau.

»Kann ich nicht immer bei dir bleiben, Papa? Nur du und ich?«

Das hatte sie ihn noch nie gefragt. Die Frage traf ihn völlig unvorbereitet. »Ja, das möchte ich sehr gern ... deine Mami und ich reden darüber, wie wir beide so viel wie möglich von dir haben können, also mach dir keine Sorgen. Ich bin immer in der Nähe ...«

Rosie sagte nichts.

»Kleines, kann ich einen Moment mit Mami reden?«

»Geht nicht. Mami und Tony sind auf einen Kaffee ins Starbucks gegangen.«

»Bist du allein im Haus?«, fragte er und bemühte sich, nicht alarmiert zu klingen.

»Keine Angst. Sie sind gleich wieder da, und ich erziehe Grunzi-Lu zum Polizeischwein. Hier ist sie, Papa. Sag etwas.«

Er hörte die grunzenden Schweinelaute, als die Nase des Tieres an den Hörer gehalten wurde.

»Hör zu, Polizeischwein. Pass gut auf mein liebes Mädchen auf, klar, oder ich mache Schinken aus dir.«

»Papa!«, rief Rosie. »Sei nicht gemein. Sie ist noch so klein. Aber Arnie sagt, er will uns wegen ihr mittieren.«

»Was? Was meint er mit mittieren?«

»Er meint damit, dass er uns aus dem Haus jagen will.«

»Das werden wir ja sehen! Wer zum Teufel, ist Arnie?«

»Unser Nachbar.«

»Ich werde ihm den Hintern mittieren, mach dir keine Sorgen«, sagte er, aber die Nachricht trieb ihm die Sorgenfalten auf die Stirn. Sie konnten natürlich exmittiert werden. Das Letzte, was Rosie jetzt brauchte, war ein neuer Wohnungswechsel. Er hatte solche Sehnsucht nach ihr. Was kam noch alles auf das Mädchen zu?

»Ich muss jetzt gehen«, sagte sie. »Ich muss Grunzi-Lus Kiste sauber machen und dann in die Schule. Rufst du mich morgen an?«

»Gleich in der Frühe, Kleines.« Er zögerte einen Augenblick. »Sag mal, kannst du dich an eine Fernsehsendung über Tibet erinnern? Du erinnerst dich sicher an die phantastischen Gebäude, die sie Stupas nennen.«

Rosie schwieg einen Moment. »Nein, daran erinnere ich mich nicht.«

»Hast du sie vielleicht in einem Buch gesehen?«

»Nein.«

Natürlich würde sie sich erinnern. Sie vergaß nie etwas. Es war auch nicht leicht, sie zu überrumpeln, deshalb entschied er sich, es geradeheraus zu sagen. »Sie sehen so aus, wie das Gebäude, das du bei unserem letzten Ausflug am Strand gebaut hast.«

»Oh, das. Ich hab dir gesagt, dass ich es geträumt hab.«

»Ja, das hast du.«

»Ich komm zu spät, Papa. Hab dich lieb.«

Trotz seiner Angst um sie war er wenigstens über eines erleichtert: Sie hatte weder die drei dunklen Wolken erwähnt noch ihre Ängste, dass er fortgehen und nicht mehr zurückkommen könnte. Andererseits hielt sie vielleicht Boulder gar nicht für einen gefährlichen Ort. Möglicherweise wusste sie etwas, von dem er nichts wusste.

Widerstrebend legte er auf. Was hatte sich Amanda bloß dabei gedacht? Man lässt eine Neunjährige nicht allein zu Hause. Niemand geht zu Starbucks und kommt gleich wieder. Nicht mit einem neuen Freund. Tony! Er würde seinen verdammten Arsch auch gleich mittieren, wenn er schon dabei war.

Das Boulder County Justice Center war ein ziemlich neues Gebäude am Eingang des Boulder Canyon. Trotz des vielen Betons war es recht ansehnlich, und er zückte die Kamera, um ein paar Fotos für seine kleine Architektin zu schießen.

Zwanzig Minuten später saßen er, Anne Roberts und Ken Baxter einem freundlichen Richter gegenüber. Er war längst über das Pensionierungsalter hinaus, dicklich, und hatte ein schlecht sitzendes Toupet. Das dunkelbraune Ding hing wie ein toter Biber auf seiner Schädeldecke. Daniel fiel auf, dass er keinen Ehering trug, was ihn nicht überraschte. Keine Frau, die auch nur einigermaßen bei Sinnen war, würde ihren Gatten mit einem verfilzten Biber auf dem Kopf aus dem Haus gehen lassen. Ken Baxter andererseits hatte seine Jeans abgelegt und war in einen eleganten beigen Leinenanzug geschlüpft. Anne trug statt hellgrün jetzt kornblumenblau und stellte wie eine exotische afrikanische Prinzessin jeden und alles um sich herum in den Schatten.

Ken breitete seine dokumentarischen Funde aus den Vereinigten Staaten und aus Kanada auf dem ausladenden Tisch vor dem Richter aus, und Anne präsentierte alle Dokumente im

Zusammenhang mit Pematsang Wangchuck. Daniel reichte ihm seinen Reisepass, seine Sozialversicherungskarte, den kanadischen Staatsbürgerschaftsnachweis und legte auch seinen Pilotenschein noch drauf. Der Richter studierte den Stapel vor sich eine Weile. Anne legte demonstrativ Daniels Passfoto neben das jahrzehntealte Foto von Pematsang Wangchuck auf seinem Antrag zur Erlangung der amerikanischen Staatsbürgerschaft. Daniel lehnte sich wiederholt vor und studierte die Fotos. Der Anblick seines Vaters in mittleren Jahren ließ ihn noch einmal den Schock der ungeheuerlichen Entdeckung spüren. Abgesehen von einer leichten Abweichung in der Hautfarbe schienen die Bilder dieselbe Person zu zeigen. Der Richter blickte einen Moment auf die Fotos, nickte und wandte sich an Daniel.

»Mr. Villeneuve. Ich vermag mit dem bloßen Auge zu erkennen, dass Sie unser Mann sind, aber da besteht eine Unstimmigkeit zwischen dem Namen auf Ihrer Geburtsurkunde, Anil Goba Caporelli, und dem Namen, den Sie als kanadischer Staatsbürger benutzen, Daniel Villeneuve. Können Sie diese Diskrepanz erklären?«

Das konnte er nicht. Als er den Mund öffnete, um sein Nichtwissen zu bekunden, unterbrach ihn Ken Baxter.

»Euer Ehren. Mr. Villeneuves Mutter, Gabriella Caporelli, kehrte 1972 aus den Staaten nach Kanada zurück und heiratete Frederique Villeneuve 1974. Daraufhin wurden Daniels Name und Nachname durch beantragten Gerichtsbeschluss geändert.«

Daniel starrte ihn an. Dieser junge Pinkel aus der Großstadt wusste mehr über ihn als er selbst.

Der Richter wandte sich an Daniel. »Sind Sie rechtskräftig von Frederique Villeneuve adoptiert worden?«

»Ja, ich ...«, begann er.

»Nein. Ist er nicht«, warf Ken Baxter ein. »Er ...«

Der Richter hob abwehrend die Hände. »Warum lässt man den guten Mann nicht für sich selbst sprechen?« Er starrte Ken tadelnd an, wobei er die Augenbrauen in gefährliche Reichweite des Bibers hob.

Als Daniel minutenlang verwirrt schwieg, deutete Ken auf eines der Dokumente. »Er nahm einfach den Namen seines Stiefvaters an.«

Daniel wusste, dass er etwas sagen musste, aber der pure Unglaube raubte ihm die Worte. Konnte es wirklich wahr sein, dass ihn Freddie nie adoptiert hatte? War das auch eine Lüge? Anne durchbohrte ihn mit ihrem Blick. Ihre Anregung, sein Unwissen zu verbergen, war nun wichtiger als seine Gewissensnöte.

»Es ist richtig, was Mr. Baxter sagt«, stellte er rasch fest. »Ich habe einfach den Namen meines Stiefvaters angenommen.« Es war im Grunde keine Lüge, aber wie sollte er zur Adoption oder Nichtadoption etwas sagen, wenn Baxter ganz offensichtlich seine Hausaufgaben gemacht hatte und *er* nicht? Noch vor ein paar Tagen hatte er Freddie für nichts anderes als seinen alten Paps gehalten.

»Sie sind also von Ihrem biologischen Vater, diesem Mr. ...«, der Richter probierte den Namen erst, bevor er ihn laut aussprach, »*Wangchuck* getrennt worden?«

Daniel blickte zu Anne, die auffordernd nickte. »Ja, ich war noch zu jung, um es zu verstehen, und später hatte ich keine Anhaltspunkte über seinen Aufenthalt.«

»Ich nehme an, Sie haben ihn jetzt hier in Boulder getroffen.«

Daniel spürte ein beunruhigendes Aufwallen von Gefühlen, und seine Stimme zitterte ein wenig, als er antwortete: »Ja, Euer Ehren, das habe ich.«

Der Richter blickte auf und nickte mitfühlend. Dann blickte er erneut auf die Fotos. »Verrückt, wie das Leben so spielt.«

»Ja, es ist voller Überraschungen«, sagte Anne und legte eine beringte Hand auf Daniels Arm. »Mr. Wangchuck bat uns, seinen Sohn zu finden und jetzt ... sind Vater und Sohn wieder vereint.« Sie hielt clever inne, um das emotionsgeladene Bild auf den Richter einwirken zu lassen. »Wie ich schon ausführte, Euer Ehren, ist Mr. Wangchuck schwer krank, aber nach meinem damaligen Gespräch mit ihm bin ich überzeugt, dass er seinen Sohn als seinen Nachlassverwalter und Erben eingesetzt sehen möchte. Wir haben uns über jeden begründeten Zweifel hinaus vergewissert, dass es keine weiteren Blutsverwandten gibt, Euer Ehren.«

Daniel versuchte ein Lächeln zu unterdrücken, als er sah, wie sie dem Richter mit ihren langen Wimpern zuklimperte.

Selbst eine Frau von Annes Scharfsinn und professionellem Format setzte also hin und wieder weibliche List ein, um die Dinge zu beschleunigen. Die umwerfende Anwältin wusste ihre Zeitpläne einzuhalten.

»Also gut«, sagte der Richter mit einem kurzen Blick auf ihren Busen. »Ich bin ein vernünftiger Mann, und ich weiß, Sie beide verstehen Ihr Handwerk. Erledigen Sie die Formalitäten. Mrs. Andersen, glaube ich, steht heute dafür zur Verfügung.«

Eine Stunde später standen sie im Sonnenschein vor dem Gebäude. Anne hielt einen Stapel Papiere in Händen, darunter eine Kopie der Geburtsurkunde, die er nie gesehen hatte, ein Stück Papier, das einen unglaublichen Tatbestand dokumentierte ... seine Geburt als amerikanischer Staatsbürger.

»Ich muss los«, sagte Ken Baxter und reichte ihm die Hand. »War nett, Sie kennenzulernen.«

»Ich habe Ihre Nummer«, erwiderte Daniel, ergriff die Hand und schüttelte sie fest. »Darf ich Sie anrufen, wenn ich weitere Fragen über mich habe?«

»Klarer Fall, Kumpel«, sagte Baxter und war sich der Ironie gar nicht bewusst. »Passen Sie auf sich auf.« Er zog einen Umschlag aus seiner Aktenmappe und legte ihn auf den Stapel in Annes Händen, dann eilte er zu einem silbernen BMW auf dem Parkplatz.

»Das war seine Rechnung, nehme ich an«, meinte Daniel, nachdem der Mann außer Hörweite war, und als sie nicht antwortete, hakte er nach: »Wer bezahlt ihn eigentlich?«

»Sie aus Ihrer Erbmasse.«

»Ich muss also dafür bezahlen, dass ich mich selbst gefunden habe? Dabei wollte ich es gar nicht wissen.«

Anne lächelte und zeigte ihre schönen Zähne. »Wie der Mann sagte: Verrückt, wie das Leben so spielt.«

»Sie übernehmen also die Nachlassverwaltung? Ich kann alles Ihnen überlassen, nicht wahr?«

»Ja, alles ... wenn Sie es so eilig haben, hier zu verschwinden.« Sie sah ihn fragend an. »Man hat mir gesagt, Ihr Vater hat nicht mehr lange zu leben.«

»Ja, das sagen alle, aber wer weiß das schon so genau?« Daniel hängte sich den Rucksack um. »Ich bleibe noch ein paar Tage hier, bis zum Wochenende zumindest. Ich würde ihn gern noch ein wenig besser kennenlernen.« Er hatte plötzlich ein verzweifeltes Bedürfnis, ihr zu erzählen, was zwischen ihm und seinem Vater vorgefallen war, doch er sah, dass sie es eilig hatte, zu ihrem nächsten Termin zu kommen. Für Anne war das alles eine geschäftliche Angelegenheit. Außerdem hätte es nur alles kompliziert, wenn sie von Pematsangs beinharter Zurückweisung wüsste. Aber er ließ sich dazu hinreißen, ihr ein wenig seine Gefühle zu offenbaren.

»Das ist ein völlig unwirklicher Ort für mich. Ich warte hier, dass mein Vater stirbt, ein Vater, den ich nie gekannt habe. In meinem Hirn ist die Hölle los. Ich bin kopfüber in diesen Strudel von Ereignissen gerissen worden, und ich weiß nicht, wie es mir gehen wird, wenn ich auf der anderen Seite wieder herauskomme. Es ist völlig absurd.«

Seine Anwältin schien ein wenig verunsichert von diesen emotionalen Offenbarungen zu sein. Sie begab sich wohl selten auf ein solch persönliches Niveau mit einem Klienten. Er hatte sich schon gewundert, wie es eine so ungewöhnlich aussehende Anwältin ausgerechnet nach Boulder verschlug. Es war klar, dass sie aus einer anderen Gegend stammte. Ihr Akzent ließ ihn an New York denken. Nicht, dass es Boulder an Kultiviertheit mangelte, ganz im Gegenteil, aber die Stadt hatte immer noch eine Aura der Ausgrenzung von Bewohnern, die in ein Herkunftsschema passten, kaukasischer Art hauptsächlich, wie modern und tolerant sie auch sein mochten. Ein Blick auf die Ringe an ihren Fingern verriet ihm, dass kein Ehering dabei war.

Sie musterte ihn, wie er sie musterte. »Kann ich Ihr Herz ein wenig leichter machen, wenn ich Sie zum Mittagessen einlade?«

Er lachte unsicher. Erbarmte sie sich seiner? Als eine Sekunde verstrich und sie auf die Uhr blickte, sagte er: »Schon gut, danke, aber ich möchte den Rest des Tages für ein paar wichtige Angelegenheiten nutzen, Sie wissen schon, Sarg und Transport und derlei, wie Sie es mir vorgeschlagen haben.«

Sie brach nicht gleich auf, als wäre sie unentschlossen und wollte darauf bestehen. Aber nach einem Moment sagte sie:

»Ich kam gestern an Mr. Wangchucks Haus vorbei. Die Lage ist wirklich sehr schön, aber das Haus selbst macht einen eher tristen Eindruck. Ich lasse es ausräumen und übergebe das Objekt einer Immobilienfirma, es sei denn, Sie möchten es behalten, bis die Preise steigen.«

»Nein, das wäre unsinnig.«

»Ich sollte es eigentlich zu diesem Zeitpunkt nicht tun, aber ich werde Ihnen den Schlüssel übergeben.« Sie griff in ihre

Aktentasche und holte einen einzelnen Schlüssel an einem Ring mit einem blauen Anhänger heraus. Sie ließ ihn in seine Hand fallen. »Sehen Sie sich um, vielleicht finden Sie etwas, das Sie behalten möchten und das Ihnen den Strudel von Ereignissen, in den Sie geraten sind, verständlicher macht. Der Rest wird wahrscheinlich in der Müllverbrennung landen.«

»Danke. Das tue ich.« Er steckte den Schlüssel ein, lehnte aber ihr Angebot ab, ihn zu dem Haus zu bringen. Sie gab ihm die Adresse und eine Wegbeschreibung, und er verabschiedete sich. Aber einen Häuserblock weiter machte Daniel kehrt und rannte zurück, und erwischte sie gerade noch, als sie in einem glänzenden schwarzen Audi vom Parkplatz fuhr. Sie ließ das Fenster heruntergleiten.

»Haben Sie es sich mit dem Mittagessen überlegt?«, fragte die Anwältin lächelnd.

Er schüttelte den Kopf. »Pematsangs Freund!«, sagte er atemlos. »Wer ist das?«

Sie schaltete auf Leerlauf und blätterte durch einen umfangreichen Terminkalender, schrieb einen Namen und eine Nummer auf einen Block, riss das Blatt ab, und drückte es ihm in die Hand.

Die Aussicht auf einen Besuch im Yew-Tree-Bestattungsinstitut war wenig verlockend, umso mehr, als es ihm unvorstellbar erschien, ein Begräbnis für eine noch lebende Person auszurichten, auch wenn er wusste, dass es ihm oblag, das traurige Ereignis zu planen. Sicher hatte das Yew Tree Institut sieben Tage die Woche geöffnet, deshalb verschob er diesen Punkt ans Ende der Liste. Mit Hilfe des Hotelstadtplanes und Annes Wegbeschreibung wanderte er erneut durch die Straßen Boulders.

In einem grünen Vorort mit Namen Newlands, direkt an den

Gebirgsausläufern, fand er die Cheyenne Avenue sofort. Sie führte von der Broadway Street steil bergauf, und Pematsangs Haus stand auf dem letzten Grundstück unter dem fast vertikalen, grasbedeckten Hang. Das Haus war von hohen Bäumen umgeben. Mehrere Kastanien und zwei hohe Pappeln raubten sich gegenseitig das Licht. Ihre Äste hingen gefährlich weit über das Dach. Das Haus war ein einfacher Bungalow in Holzrahmenbauweise, kleiner und älter als die anderen Häuser in der Nachbarschaft. Es stand leicht schräg auf dem Grundstück, als wäre es lange vor der Straße gebaut worden und hatte durch reinen Zufall in die Planung gepasst. Der Garten war wohl früher gut gepflegt worden, sah jetzt jedoch verwildert aus, abgesehen von einer kleinen Rasenfläche vor dem Eingang, die jemand vor Kurzem gemäht hatte.

Daniel sah sich um, ob seine Ankunft beobachtet wurde. Das Haus hatte eine Weile leer gestanden. Er wusste nicht, wie viele Wochen oder Monate Pematsang schon krank war. Eigentlich hätte er erwartet, dass nun einer der Nachbarn auftauchte und ihn fragte, was er hier wolle. Aber das Haus war schlecht einsehbar. Mittag war gerade vorbei und der Tag heiß und still.

Unkraut wucherte in den Spalten des alten Betons der Einfahrt. Er stieg ein paar Holzstufen hinauf zu einer kleinen, hinter einem Fliegengitter verborgenen Veranda. Er öffnete die Fliegengittertür und trat in das Reich seines Vaters. Er kam sich wie ein Eindringling vor, aber seine Neugier überwog bei Weitem seine Bedenken. Auf der armseligen kleinen Veranda stand ein einsamer Lehnstuhl, dessen Polsterung längst Farbe und Muster eingebüßt hatte.

Er griff in die Tasche nach dem Schlüssel, um die Haustür aufzusperren. Als er den Schlüssel ins Schloss steckte, bewegte sich die Tür einen Spalt weit. Sie war bereits offen. Er schob, und sie schwang in ihren alten knarrenden Angeln nach innen.

Verdutzt klopfte er laut gegen den Türrahmen und rief: »Hallo! Ist jemand da?«

Kein Laut war zu vernehmen. Mit einem flauen Gefühl in der Magengrube betrat er das Haus. Er hatte ein Recht, hier zu sein, dennoch erwartete er jeden Augenblick, einer wütenden, mit einem Nudelholz bewaffneten Tibeterin gegenüberzustehen, oder mit seinem Fuß zwischen die Kiefer eines nicht weniger aufgebrachten Hundes zu geraten. Doch niemand stellte sich ihm entgegen. Das Haus war still und verlassen. Aber wer mochte dann die Tür offen gelassen haben? Kaum hatte er sie hinter sich geschlossen, drang ihm ein starker Verwesungsgeruch in die Nase. Mit einer bangen Vorahnung stapfte er durch den engen Flur und fand zu seiner Rechten das Wohnzimmer. Die Vorhänge des kleinen Zimmers waren zugezogen. Es brauchte eine Weile, bis sich seine Augen an das Dämmerlicht im Haus anpassten. Es sah chaotisch und verlassen aus. Der Boden war kniehoch übersät mit allen möglichen Gegenständen, aber Möbel gab es keine. Auf einem hohen Regal saß im Schneidersitz eine fast metergroße Bronzestatue einer fernöstlichen Figur, die dort völlig fehl am Platze wirkte. Daniel ließ den Blick nicht mehr von dieser Figur, als wäre sie die Rettungsinsel in dem trügerischen Meer aus Müll.

Er war sicher, dass es sich um einen Buddha handelte, auch wenn der dralle Bauch, das Lächeln und die langen Ohrläppchen fehlten. Die Figur war schlank, und ihre Züge offenbarten reinste Harmonie. Sie war von außerordentlicher Schönheit. Ein Lichtstrahl, der sich durch die zerschlissenen Vorhänge verirrte, fiel auf das Gesicht. Daniel fühlte sich magisch angezogen. Er stieg vorsichtig durch den Müll, um es sich genauer anzusehen.

Eine unirdische Weisheit lag in diesen Zügen, eine heitere Gelassenheit in ihrer Haltung, doch die Figur war beschädigt. Ein Bein fehlte und hatte ein großes Loch hinterlassen. Impulsiv berührte er den Rand der Öffnung. Das Innere war weiß und gipsartig. Die Statue schien aus ganz gewöhnlichem, kunstfertig bronzefarben bemaltem Gips zu bestehen. Er kratzte sich den Finger an etwas Scharfem, Spitzem auf. Er zog es heraus und hielt das geradegebogene Ende eines Drahtkleiderbügels in der Hand. Es sah so aus, als hätte jemand damit im Inneren der Statue herumgestochert. Er wunderte sich kaum darüber. Der ganze Ort war so verdammt absonderlich! Er warf es weg und löste unwillig seinen Blick von dem friedvollen Gesicht, um sich weiter im Haus umzusehen. Wie konnte der alte Mann in all dem Dreck nur leben? Natürlich war er sehr alt und hatte wohl nicht mehr die Kraft und den Antrieb aufzuräumen.

Er betrat die Küche. Der Schmutz und die Unordnung machten ihn traurig. Wie lange hatte der alte Mann wohl seine Mahlzeiten auf dem heruntergekommenen Ofen gekocht und ganz allein auf dem Stuhl an dem weißen Plastikgartentisch gegessen, jener Art Möbel, wie man sie am Ende des Sommers bei Costco praktisch nachgeworfen bekam. Eine abstoßend gemusterte Resopalablage thronte über verzogenen und fleckenübersäten Schranktüren. Die Lagen von abblätternder Farbe am Geschirrschrank zeugten vom fragwürdigen Geschmack einer Reihe von Vorbewohnern des Hauses. Eine große Hundeklappe führte hinaus in den Garten. Alle Türen und Schubladen waren offen. Ihr Inhalt lag verstreut herum. Ein gesprungenes Keramikspülbecken war schwarz von Dreck, und der Boden ... er ertrug den Anblick nicht. Das Licht des Kühlschrankes leuchtete gespenstisch in einer Ecke. Die Tür stand weit offen. Gläser und offene Nahrungsmittelpackungen lagen davor, und er fragte sich mit gerümpfter Nase, ob sie die Quelle des grässlichen Gestankes waren. Vielleicht, vielleicht auch nicht.

Während er sich umsah, wurde ihm plötzlich klar, dass dieser Zustand nicht nur eine Folge von altersbedingter Vernachlässigung war. Mit einer gewissen Erleichterung schloss er, dass Einbrecher hier gewesen sein mussten. Sie konnten sich problemlos durch die Hundeklappe hereingezwängt haben, und er fragte sich, warum sie trotzdem die Tür aufgebrochen hatten. Er ging zur Klappe und versuchte sie mit dem Fuß zu öffnen. Sie war versperrt und wurde elektronisch gesteuert, vermutlich durch das Hundehalsband.

Rasch inspizierte er die beiden Schlafzimmer. Jeder Raum im Haus war durchwühlt worden. Die Matratzen hatte man von den Betten gezerrt und aufgeschlitzt, die Fußbodenleisten herausgerissen, Möbel zertrümmert. Da und dort war der Fußboden aufgerissen, vermutlich mit einem Brecheisen, mit dem auch die Tür aufgebrochen worden war. Jemand hatte entdeckt, dass das Haus leer stand, war eingebrochen und hatte gründlich nach Wertsachen gesucht. Vielleicht waren es nur die Kinder aus der Nachbarschaft gewesen, die das Haus verwüstet oder gedacht hatten, der alte Mann hätte Bargeld in seinen Matratzen oder unter dem Fußboden versteckt, wie man das immer wieder einmal hörte.

Er stand einen Augenblick lang in Nachdenken versunken. Es schien kaum etwas von Wert in diesem Haus zu geben. Alles konnte verbrannt werden. Dann trat er in den Flur hinaus und hielt inne. Dort am Ende des Flurs war eine weitere Türe, die er noch nicht geöffnet hatte, die Toilette wahrscheinlich. Er zögerte. Der widerwärtige süßliche Geruch wurde stärker, als er darauf zuging. Er zuckte verunsichert die Schultern und lachte unterdrückt. Er war nicht bei klarem Verstand, so viel stand fest. Seine Einbildung ging mit ihm durch.

Kapitel 7

Er öffnete die Tür und begriff nicht, was er sah. Instinktiv sprang er zurück und schlug sie wieder zu. Keuchend vor Entsetzen stand er einen Augenblick da und versuchte, seine Fassung wiederzugewinnen. Was sollte er jetzt tun? Er spürte keinerlei Verlangen, einen zweiten Blick hineinzuwerfen, um herauszufinden, was geschehen war. Er lief durch den trüben Flur zur Haustür, wo er ein Telefon gesehen hatte. Dort nahm er den Hörer ab und erhielt zu seiner Überraschung ein Freizeichen. Fast panisch überlegte er, welche Nummer er wählen musste, dann rief er an und hörte eine weibliche Stimme sagen: »Welchen Notdienst benötigen Sie denn?«

»Hier gab es einen ... einen Vorfall«, stieß er hervor. »Es ist alles voller ... ich glaube, Blut ... sehr viel Blut ...«

»Sir, brauchen Sie einen Krankenwagen? Wie lautet die Adresse, bitte?«

»Krankenwagen? O Gott! Ich bin nicht sicher.« Er hielt inne. Was wollte er eigentlich melden? »Hören Sie, ich muss ... ich rufe gleich wieder an.«

Er legte auf und holte langsam und tief Luft. Er blickte zur Tür am Ende des Flurs und setzte sich in Bewegung. Er versuchte sich ein wenig zu entspannen. Was immer er gesehen hatte, war nicht heute passiert und auch nicht gestern. Es gab nichts zu fürchten. Ihm drohte im Augenblick keine Gefahr. Er griff nach der Klinke und stieß die Tür auf. Er blinzelte.

Der Boden war mit einer trockenen braunen Substanz bedeckt. Da und dort hatten sich Lachen von rötlichem geronnenem Schleim gebildet. Es musste Blut sein. An den weißen Fliesen klebten Spritzer, als hätte eine Blutorgie stattgefunden. Es blieb ihm nichts anderes übrig, als in den Schleim zu treten, um nach der Quelle zu suchen. Zu seiner Linken lag zwischen dem Waschbecken und der Wand eine große, schwarze, haarige Masse. Daniel tat einen Schritt darauf zu, dann einen zweiten, und beugte sich über sie. Der Gestank war unerträglich. Instinktiv presste er die Hand auf den Mund.

Es war eine Hundeleiche. Er konnte nun den Kopf erkennen. Das Tier war eindeutig ein Rottweiler, eine große Hündin. Sie hatte Stichwunden im Gesicht und am Hals, an der Seite, im Bauch und in der Brust. Sie musste trotz ihrer Wunden immer wieder angegriffen haben. Er nahm an, dass es ein Kampf auf Leben und Tod gewesen war, bei dem die Furcht Mann und Hund in pure Raserei versetzt hatte. Welchen anderen Grund sollte es geben, dass jemand das arme Tier so schrecklich verstümmelte? Daniel machte, dass er aus dem Raum kam. Er war nahe daran, sich zu übergeben.

»Ja, Sir. Ein Einbruch«, sagte der ältere der beiden Polizisten, als sie im Flur standen und einen Blick ins Wohnzimmer warfen. »Sie haben etwas über einen Hund erzählt.«

»Dort hinten«, erklärte Daniel und deutete auf die Tür zum Badezimmer, verzichtete jedoch darauf, sie zu begleiten. Er begab sich ins Wohnzimmer und wartete dort auf sie.

»Großer Gott!«, hörte er einen von ihnen rufen. »Was ist hier passiert?«

Es verging keine Minute, bis sie zu ihm ins Wohnzimmer kamen.

»Und? Was halten Sie davon?«, fragte Daniel.

»Da hat jemand eine böse Überraschung erlebt«, sagte der andere Polizist. »Der Einbrecher wusste wohl nichts von dem Hund im Haus, aber es überrascht mich, dass er so weit gekommen ist. Normalerweise wäre ein Wachhund schon an der Tür, wenn der Kerl das Brecheisen ansetzt.«

»Der Hund könnte hinten im Garten gewesen sein«, meinte Daniel. »Dort gibt es einen eingezäunten Bereich und eine Hundehütte und eine Hundeklappe in die Küche. Sie könnte durch die Klappe gekommen sein, als der Einbrecher bereits im Haus war.«

»Ja, möglicherweise«, sagte der Polizist. »Vielleicht gibt es auch einen Nachbarn, der etwas gegen den Hund hatte. Das Gekläff kann manche Leute zur Raserei treiben.«

Die Polizisten sahen sich mit offenem Abscheu im Zimmer um. »Hier hat wirklich jemand gewohnt?«

Daniel nickte. Eine plötzliche Traurigkeit befiel ihn. Es war unglaublich erbärmlich, wie sein Vater gelebt hatte. Der jüngere Polizist zog die Vorhänge zurück, und sie fielen mitsamt der Stange in einer Staubwolke auf den Boden. Licht flutete in den Raum.

»Können Sie sagen, was fehlt?«

»Nein, ich habe keine Ahnung«, gestand Daniel. »Wie ich schon sagte, es ist das Haus meines Vaters. Ich habe wirklich keine Ahnung, was er hier alles hatte.«

Unter den Augen des Buddhas stocherten die Beamten respektlos mit den Schuhen zwischen den Gegenständen auf dem Boden herum. Daniel fiel auf, dass sich die Miene heiterer Gelassenheit der Figur in fast herrische Missbilligung gewandelt hatte, als wäre die achtlose Entweihung des Raumes durch die Polizisten nicht weniger frevelhaft als die der Einbrecher.

Sie begaben sich in die Schlafzimmer.

»He! Sehen Sie sich das an«, rief der jüngere Polizist und zog eine aufgeschlitzte Matratze zur Seite, unter der ein flacher glänzender Fünfzig-Zoll-Pioneer-Plasmafernseher lag. »Die Einbrecher nahmen ihn von der Wand und ließen ihn dann liegen. War wahrscheinlich zu schwer.« Er wandte sich an Daniel. »Den würde ich an Ihrer Stelle mitnehmen. Die Einbrecher sind dreist genug, sich das Ding vielleicht doch noch zu holen.«

Daniel wollte es sich ansehen und trat fast in einen großen, verglasten Rahmen, in dem sich fünfzig oder sechzig alte Münzen auf königsblauer Samtunterlage befanden. Sie sahen wertvoll aus, aber vielleicht nicht für ein paar Beute suchende Rowdys.

Der jüngere Polizist durchwühlte einen CD-Haufen. »Keine schlechte Sammlung. Ihr Vater hatte einen guten Musikgeschmack. Und hier ist die leere Tasche eines Acer Laptops, aber den werden wir wohl kaum wiederfinden. Es ist eines von diesen kleinen Geräten, die in jede Manteltasche passen.«

Diese Funde erzählten eine ganze Menge über Pematsang Wangchuck. Er hatte offenbar durch Fernsehen, Internet und Musik seinen Horizont erweitert, aber warum in diesem winzigen Schlafzimmer? Vielleicht war das Wohnzimmer sein Ort der Verehrung, der Ort, an dem er mit dem Leben vor seiner Auswanderung in dieses fremde Land verbunden war.

Ihre Durchsuchung des Hauses offenbarte, dass die Diebe viele wertvolle Dinge übersehen hatten: ein kunstvoll geschmiedetes Schwert mit Goldintarsien im Griff, eine Sammlung von Messern. Eine Vielzahl von Werkzeugen lag verstreut am Boden. Diese Einbrecher waren unterstes Niveau und ignorant oder einfach Amateure gewesen.

Der ältere Polizist wandte sich an Daniel. »Wissen Sie, was ich glaube? Das sieht nicht nach einem gewöhnlichen Einbruch aus. Ich denke, die Burschen waren gar nicht auf Wertsachen aus.«

»Da stimme ich zu«, sagte Daniel. »Wenn die Sache mit dem Hund nicht wäre, hätte ich gesagt, es waren Jungs, die einfach die Chance genutzt und nach Bargeld gesucht haben.«

»Ich weiß nicht ...« Der Polizist massierte nachdenklich sein Kinn. »Ich habe den Eindruck, dass es einen anderen Grund für diesen Vandalismus gegeben haben muss.«

»Was meinen Sie damit?«

Er musterte Daniel einen Augenblick. »Entweder hatte der Eigentümer des Hauses Feinde, jemanden, der herkam und alles verwüstete, um eine alte Rechnung zu begleichen. Oder die Einbrecher haben nach etwas Speziellem gesucht.«

»Was sollte das sein?«

»Wie soll ich das wissen?« Der Polizist hielt inne, um einige zerrissene Schriftstücke vom Boden aufzuheben. »Was macht Ihr Vater beruflich?«

»Er ist sehr alt«, erklärte Daniel. »Ich nehme an, er ist seit vielen Jahren im Ruhestand.«

»Sie nehmen an!«, wiederholte der Polizist stirnrunzelnd.

»Um ehrlich zu sein, ich kenne meinen Vater eigentlich gar nicht. Ich bin zum ersten Mal in diesem Haus.«

Der große Mann starrte ihn an. »Wie das?«

»Das ist eine lange Geschichte.« Daniel schüttelte den Kopf. »Ist es notwendig, das alles jetzt durchzuhecheln?«

»Es könnte helfen.«

»Mein Vater liegt todkrank im Rosewood-Pflegeheim, und ich bin hergekommen, um ihn zum ersten Mal seit neununddreißig Jahren zu treffen.«

Die beiden Beamten wechselten einen Blick, der Daniel nicht entgehen konnte. Er sprach Bände.

»Zu schade«, meinte einer der beiden mit einem selbstgefälligen Lachen. »Abgesehen von dem Plasmafernseher ist für den verlorenen Sohn hier nicht viel zu holen, nicht wahr?«

Daniel sträubten sich die Haare. »Sie haben keine Ahnung, warum ich hergekommen bin. Außerdem hat das nichts mit Ihrer Anwesenheit zu tun. Hier ist ein Verbrechen geschehen, und ich würde es begrüßen, wenn Sie die Sache ernst nähmen.«

Der Beamte blickte ihn scharf an und holte einen Notizblock aus seiner hinteren Hosentasche. Er schlug ihn auf und sagte: »Nennen Sie mir Ihren vollen Namen, Sir, und Ihre

Adresse. Und ich muss Sie bitten nachzuweisen, dass Sie der rechtmäßige Sohn des Besitzers dieses Anwesens sind.«

Na schön! Lästig kann ich auch sein, dachte Daniel. Er öffnete seinen Rucksack und holte den Stapel Dokumente heraus, den ihm Anne gegeben hatte, dazu alle seine eigenen Papiere. »Hier. Und jetzt sagen Sie mir, was Sie zu tun gedenken.«

»Da nichts abhandengekommen zu sein scheint und es keine anderen Hinweise oder offensichtlichen Motive gibt, werden wir die Sache als einfachen Einbruch mit Tierquälerei erfassen. Wir werden in den Krankenhäusern in der Gegend nachfragen, ob jemand mit Hundebissen behandelt worden ist, und werden den Kadaver von einem Labor zwecks einer eingehenden Untersuchung abholen lassen. Ich schlage vor, Sie besorgen sich neue Schlösser, um das Haus zu sichern.«

»Schicken Sie keine Spurensicherung her, um Blutproben, Fingerabdrücke und dergleichen zu nehmen?«

Die Beamten ließen demonstrativ die Blicke über den Dreck und die Verwüstung gleiten. Sie waren deutlich erkennbar der Meinung, dass jeder weitere Einsatz in diesem Müllhaufen Zeitverschwendung war.

Eine halbe Stunde später erschien ein Mann mit einem Lieferwagen der South Boulder Emergency Pet Clinic, um den Hund abzuholen. Danach war Daniels Stimmung auf dem absoluten Tiefpunkt. Er wünschte sich weit fort aus dieser verdammten Stadt. Von Ekel erfüllt öffnete er das Badezimmerfenster und machte sich daran, den Boden aufzuwischen, dann versuchte er in den anderen Zimmern aufzuräumen, aber er wusste gar nicht, wo er anfangen sollte. Dabei wurde ihm bewusst, dass er eigentlich das tun sollte, weswegen er nach Boulder gekommen war: den alten Mann kennenlernen, der angeblich sein Vater war. Aber da er wusste, dass er nicht willkommen war, erschien ihm auch ein weiterer Besuch im Pflegeheim nicht sehr verlockend. *Na komm, reiß dich zusammen*, mahnte er sich selbst. Wer weiß, vielleicht ist der alte Mann heute ganz anders. Vielleicht hieß er seinen Sohn mit offenen Armen willkommen, oder nahm seine Anwesenheit gar nicht wahr, oder war einfach ohne Bewusstsein. Aber da war die Frage, auf die er keine Antwort fand – warum hatte ihn der alte Mann so entschieden abgewiesen? Er hatte nach seinem Sohn gerufen, und dann, als er ihn in Fleisch und Blut vor sich sah, sein Ebenbild aus jüngeren Jahren, geleugnet, dass er einen Sohn hatte. Vielleicht gab es einen tieferen psychologischen Grund, warum die Konfrontation mit der jüngeren Version seiner selbst, so gesund und voll Leben, unerträglich für ihn war. Vielleicht, weil sie ihm bitter seine eigene Hilflosigkeit und Todesnähe vor Augen führte. Aber es war schwer vorstellbar, dass ein erwachsener Mann, und ein Buddhist noch dazu, solche kleingeistigen und irrationalen Gefühle haben könnte. Es ergab einfach keinen Sinn.

Er war dabei, die vergammelten Lebensmittel vom Küchenboden in einen großen Müllsack zu kehren, als er ein Geräusch im Flur hörte.

Dann die Stimme eines Mannes. »Wangchuck! Sind Sie das?«

Daniel ließ den Sack los und ging zur Tür. Ein untersetzter Mann Anfang fünfzig stand draußen. Seine Miene verriet eine Mischung von Verwirrung und Misstrauen. Als er Daniel sah, rief er erschrocken:

»Ich sehe einen verdammten Geist! Wer *sind* Sie?«

»Daniel. Pematsang Wangchucks Sohn. Und wer sind Sie?«

»Ich bin Bob von nebenan. Bei allen Heiligen, Sie sehen dem alten Mann verdammt ähnlich. Eine weiße Version.« Er schüttelte den Kopf. »Sogar mit Muttermal. Direkt unheimlich.«

Sie musterten sich gegenseitig einen Augenblick.

»Das muss ich Marla erzählen«, fügte Bob mit einem albernen Grinsen hinzu. Er hatte gar nichts gemein mit den eleganten und modernen Einwohnern von Boulder, die Daniel bisher zu Gesicht bekommen hatte. Er war unfrisiert und unrasiert und roch nach Schnaps und Tabak.

»Ich nehme an, Sie haben gar nicht mitbekommen, dass hier eingebrochen worden ist«, sagte Daniel.

»Ich hab die Bullen wegfahren sehen und dachte, ich schau mal nach. Schätze, der alte Mann hat den Löffel abgegeben, hm?« Ohne auf eine Antwort zu warten, kam er herein und warf einen Blick ins Wohnzimmer. »Himmel ... die haben die Bude aber gründlich auf den Kopf gestellt!«

Er drehte sich zu Daniel um, und seine Stirn furchte sich. »Wo sind *Sie* denn auf einmal hergekommen? Ich wusste gar nicht, dass Wangchuck einen Sohn hatte.«

»Ich wusste nicht, dass ich einen Vater hatte«, erwiderte Daniel verärgert. Dieses ganze unverdiente Misstrauen von allen Seiten begann ihn wirklich zu nerven. »Und nein, er hat den Löffel noch nicht abgegeben, aber er ist sehr krank. Sie haben ihn also nicht besucht?«

Bob schien die Frage als Vorwurf zu empfinden und erwiderte ebenso verärgert: »Er ist ein Nachbar und nicht gerade mein Freund. Ich hab den Hund gefüttert und den Rasen gemäht. Ich denke, das reicht.«

»Wann haben Sie den Hund zuletzt gefüttert?«

Der Mann kniff die Augen zusammen. »Was soll das? Marla stellt ihm jeden zweiten Tag oder so eine große Schüssel Trockenfutter und einen Eimer Wasser vor die Hütte. Der Hund ist fast immer im Haus. Vermisst den alten Mann, schätze ich.«

»Der Hund ist tot. Er lag erstochen im Badezimmer.«

Bobs Augen weiteten sich vor Entsetzen. Er war ganz klar nicht der Nachbar, der etwas gegen das unglückliche Tier gehabt hatte. »Himmel! Armes Luder. Sicher, mit ihr war nicht zu spaßen, aber sie war eine treue Seele.«

»Sie haben meinen Vater also nicht sehr gut gekannt?«

Bob schüttelte den Kopf. »Meine Frau erbarmte sich seiner und brachte ihm hin und wieder was zu essen. Eines Tages brachte sie ihm eine Suppe und musste einen Krankenwagen rufen. Er war offenbar in keinem guten Zustand.«

Die tiefe Traurigkeit überkam Daniel wieder bei dem Bild eines einsamen alten Mannes, der bis zuletzt in seinem Haus zu bleiben versucht hatte. In keinem guten Zustand ... Der Gedanke an die Schmerzen und das Elend seines Vaters trieb ihm fast Tränen in die Augen, und er wandte sich ab, um seine Gefühle zu verbergen. Bob bereiteten Gefühlsausbrüche offenbar Unbehagen, denn er hatte es eilig, aus dem Haus zu kommen.

Daniel fasste sich und rief hinter ihm her: »Warten Sie! Darf ich Sie etwas fragen?«

Bob hatte schon eine Hand am Türrahmen. Zögernd drehte er sich um. »Was?«

»Kennen Sie irgendwelche Freunde meines Vaters?«

»Wie ich schon sagte, meine Frau versorgte ihn gelegentlich. So ist sie halt. Kümmert sich immer um Hilflose und Streuner.«

»Sonst niemand?«

»Ein alter Mann kam gelegentlich vorbei. Stammt wohl aus derselben Gegend wie ihr. Himalaya, oder wie das heißt. Aber er ist schon lange nicht mehr hier gewesen.«

Plötzlich läutete das Telefon im Flur, und Bob suchte das Weite, während Daniel beinahe rannte, um das schrille Geräusch zu beenden.

»Hallo?«, sagte er zögernd.

»Glück gehabt«, sagte die vertraute Stimme von Anne Roberts. »Ich hoffte, dass sie da wären.«

»Ja, na ja, hier ist es ...«

»Daniel«, unterbrach sie ihn. »Wenn Sie Ihrem Vater Lebewohl sagen wollen, dann kommen Sie sofort ins Pflegeheim. Mit Pematsang geht es zu Ende.«

Er hetzte durch die Straßen und war sich schmerzlich bewusst, wie sehr er seinen Vater wiedersehen, seine Stimme wieder hören, und ihn zu verstehen versuchen wollte. Warum war er nicht gleich am Morgen zu ihm gegangen? Jetzt hatte er den größten Teil des Tages vergeudet und damit die Chance, Pematsang Wangchuck zu verstehen, oder zumindest die letzte Gelegenheit, ihn noch einmal lebend zu sehen.

Er fand sich in Boulder inzwischen gut zurecht, daher erreichte er schon zwanzig Minuten später das Rosewood-Pflegeheim. Er hielt gar nicht erst an der Rezeption an, sondern ging rasch durch den Korridor, in dem sich das Zimmer seines Vaters befand. Schweiß rann ihm über die Stirn, und sein Rücken war nass. Er rang nach Atem. Als er eintrat, stand die Pflegerin an Pematsangs Bett auf und überließ ihm den Stuhl. Es war dieselbe freundliche Frau, die ihm gestern aus dem Zimmer gefolgt war.

Mit einem Kopfnicken in die Richtung des Sterbenden und einem ermutigenden Klaps auf Daniels Schulter flüsterte sie: »Ich lasse Sie allein, ja?« Sie deutete auf den Summer neben dem Bett. »Rufen Sie, wenn Sie mich brauchen.«

»Danke.«

Sie ging hinaus und schloss die Tür hinter sich. Außer Pematsangs schwerem Atmen war es vollkommen still im Raum. Die herabgezogenen Jalousien an den Fenstern filterten die grelle Nachmittagssonne. Kerzenlicht beleuchtete eine kleine Buddhafigur auf dem Nachttisch.

Daniel brauchte einen Augenblick, um selbst wieder zu Atem zu kommen. Er schob den Stuhl näher ans Bett, setzte sich jedoch nicht. Stattdessen stand er eine lange Zeit neben dem Bett und blickte auf die ausgezehrte Gestalt seines Vaters hinab. Er war ein großer Mann, so groß, dass seine Füße gegen das Bettende stießen. Pematsangs Gesicht wirkte noch tiefer eingefallen. Seine schmale Nase trat spitzer und länger hervor, seine geschlossenen Augen und der breite Mund bildeten nur mehr Schlitze in der dünnen Gesichtshaut. Aber selbst in diesem todesnahen Zustand war die Ähnlichkeit nicht zu übersehen. Daniel war es, als sähe er sich selbst, als blickte er auf das schonungslose Abbild seines eigenen Todes. Seine Unausweichlichkeit wurde ihm so deutlich wie niemals zuvor, und seine Gedanken wanderten zu Rosie, der einzigen Person, die zu verlassen ihm unendlich schwerfallen würde. Es kam ihm in den Sinn, dass sie vielleicht gar nicht von seinem Tod geträumt hatte, sondern von Pematsang und die dunkle Wolke über seinem Totenbett sah. Er schüttelte diese irrationalen Gedanken ab, spürte aber ein großes Bedauern, dass Enkelin und Großvater einander nie sehen würden. Welche Gefühle Pematsang auch gegen seinen eigenen Sohn hegte, Rosie hätte er sicherlich nicht zurückweisen können.

Er studierte jeden Winkel und jede Kerbe des Gesichtes, um sich für alle Zeiten an die Züge seines Vaters zu erinnern. Es war alles, was ihm bleiben würde.

Pematsangs Atem war flach und begleitet von einem röchelnden Laut bei jedem Luftholen. Er schien dem Tod ganz nah zu sein. Jeder dieser Atemzüge mochte der letzte sein. Zehn Minuten vergingen. Fünfzehn. Zwanzig. Pematsang atmete rasselnd weiter, ohne dass sich sein Gesicht oder sein Körper regte.

»Pematsang?«, flüsterte Daniel schließlich verzweifelt und berührte den alten Mann am Arm. »Vater?«

Es folgte keine Reaktion.

»Kannst du mich hören?«

Das Rasseln brach ab, und Daniel zuckte zusammen. Hatte Pematsang zu atmen aufgehört ... doch seine Lippen bewegten sich. Er öffnete die Augen. Langsam drehte er sein Gesicht Daniel zu. Beim Anblick seines jungen Doppelgängers wurden seine Augen weit und furchterfüllt, als stünde der Teufel an seiner Seite.

»Schon gut, alles in Ordnung«, sagte Daniel ruhig. »Ich will nur bei dir sein. Dir Gesellschaft leisten. Mach dir keine Sorgen.«

»Wer bist du?«, flüsterte Pematsang.

»Ich bin Daniel ... *Anil.* Ich bin dein Sohn, erinnerst du dich?«

»Grabe sie aus. Suche ... sie.«

Daniel beugte sich über ihn. »Was? Was denn?«

»Jam ... jam ...«

»Was ist das«, fragte Daniel und fühlte sich schrecklich hilflos. Sein Vater sprach sicher seine letzten Worte, und er konnte sie nicht verstehen.

»Gib sie ihm«, keuchte Pematsang.

»Eine Person? Dein Freund? Kann ich ihn für dich rufen?«

Die einzige Antwort war ein peinvolles Rasseln, als Pematsang um Atem rang.

»Du hast Schmerzen!«, rief Daniel. »Ich hole den Arzt!«

»Nein!«

»Bist du sicher?«

Plötzlich griff der alte Mann nach seinem Handgelenk. Der Griff war überraschend kräftig. »Hund ...« Er hielt inne. Seine Augen zuckten furchterfüllt hin und her, als er Daniel anzusehen versuchte. »Hund ... Garten ...«

»Dein Hund?« Gott sei Dank wusste er nichts vom Schicksal seines Hundes. Daniel drückte seine Hand auf die Pematsangs und sagte: »Keine Angst. Ich werde mich gut um sie kümmern. Meine kleine Tochter liebt Tiere und ...«

»Nein!«, zischte Pematsang und versuchte sich fieberhaft verständlich zu machen. »Hundegehege. Unter einem Stein.«

»Hundegehege? Was ist damit?« Daniel beugte sich dichter über ihn, um ihn zu verstehen. »Was machst du dir für Sorgen? Sag es mir ... lass dir Zeit.«

Eine Minute verging. Pematsangs kalte Hand umklammerte noch immer sein Handgelenk. Daniel tätschelte die Hand, um ihn zu ermuntern weiterzusprechen. Wieder begannen sich Pematsangs Lippen zu bewegen, aber seine Stimme war fast unhörbar. Daniel hielt sein Ohr dicht an den Mund seines Vaters und lauschte konzentriert.

»Grabe sie aus ...«

»Was soll ich ausgraben?«

»Grabe sie aus und gib sie Jam Jam Togden. Er ... ist ... in MacCloud ...«

»Ist das ein Ort?«

»MacCloud ... MacCloud ... Ganch.«

Ein plötzlicher langer röchelnder Atemzug ließ ihn abbrechen. Daniel zuckte bei diesem schrecklichen Geräusch zusammen, aber er wollte den Blick nicht abwenden. Ihre Blicke hingen in beiderseitiger Furcht aneinander. Ein Augenblick verging, und Pematsang atmete wieder aus. Es schien eine Ewigkeit zu dauern. Seine Lunge hatte sich endlich geleert, und Daniel wartete, dass das Röcheln erneut begann, doch eine Sekunde verstrich, und noch eine, und noch eine. Der Atem setzte nicht mehr ein. Er starrte auf seinen Vater hinab, dessen Blick noch immer auf ihn gerichtet war.

Daniel schüttelte seinen Arm heftig, in der Hoffnung, ihn wieder zum Einatmen zu bewegen, doch bald war ihm klar, dass es keinen weiteren Atemzug mehr geben würde. Der verkrampfte Griff an seinem Handgelenk löste sich langsam, und die Hand glitt auf das Bett hinab.

In einer ersten Reaktion wollte er den Summer drücken,

doch er hielt inne. Es bestand keine Eile. Sein Vater war gestorben, alles andere denn friedlich, und das sicherlich durch seine Schuld. Der bohrende Blick war noch auf ihn gerichtet, kündete von einer unerledigten Angelegenheit, einem letzten Wunsch, oder Furcht, oder Bedauern. Und sein Sohn war außerstande gewesen, ihn zu verstehen und ihm zu helfen. Mehr noch, seine Anwesenheit hatte den alten Mann aufgeregt und möglicherweise seinen Tod beschleunigt. Das Mindeste, was er tun konnte, war, hier bei ihm zu sitzen und Totenwache zu halten, bis die Schwester kam und die Stille brach.

Er schloss die toten Augen und ließ den Tränen freien Lauf, die er seit gestern zurückgehalten hatte, und wusste, dass diese Tränen ihm ebenso galten wie dem alten Mann. Hätte dies nicht alles früher passieren können. Hätte es nicht eine Chance geben können, einander kennenzulernen, oder wenigstens eine Gelegenheit, ihn zu fragen, warum er seinen Sohn verleugnet hatte, nicht nur jetzt zum Schluss, sondern die ganzen vier Jahrzehnte. Pematsang hätte das tun können, was auch Anne Roberts getan hatte, nämlich einen Privatdetektiv beauftragen, der seinen Sohn in wenigen Tagen fand. Warum tat er das nicht?

Er hatte das Gesicht noch immer in den Händen vergraben, als eine halbe Stunde später die Pflegerin auf Zehenspitzen ins Zimmer kam.

Im Verwaltungsbüro des Pflegeheims rief er Carlos Benedict im Yew Tree Bestattungsinstitut an, der meinte, dass es ihm eine Ehre wäre, den Verstorbenen zu beerdigen. Jeff Randall, Pematsangs Arzt, stellte den Totenschein aus. Er war ein freundlicher und hilfsbereiter Mann, aber er wusste weder Geheimnisvolles noch Erhellendes über Pematsang Wangchuck zu berichten. Alle waren sehr hilfsbereit und gefällig, aber

Daniel konnte eine gewisse Erleichterung beim Pflegepersonal spüren. Ohne die Hilfe einer Familie war die Pflege Pematsangs zweifellos eine größere Bürde gewesen als die anderer Patienten.

Am frühen Abend verließ Daniel das Rosewood-Pflegeheim. Er wusste, er würde niemals mehr hierher zurückkommen. Die untergehende Sonne zog seinen Blick auf sich. Das Licht brach sich hinter den felsigen Gipfeln der Rockies. Welche gemischten Gefühle ihm sein Aufenthalt in Boulder auch bescherte, er konnte nicht leugnen, dass die Gegend von unerwarteter Schönheit war. Es drängte ihn plötzlich danach, in diese wilden Berge hinaufzusteigen oder einen dieser endlosen Wanderwege entlangzugehen, für die Boulder bekannt war. Vielleicht konnte er in den nächsten Tagen mit seinem Mietwagen, den er bisher gar nicht benutzt hatte, zu dieser tibetischen Stupa hinauffahren. Aber jetzt war es schon zu spät für Ausflüge, außer einem. Der Abend brach herein, und er hatte das Haus seines Vaters in einem Zustand verlassen, der geradezu zu neuerlichem Vandalismus einlud. Er musste versuchen, es einbruchsicher zu machen.

Er wanderte wie betäubt auf dem Broadway nach Norden. Er fühlte eine Leere in seiner Brust, war sich jedoch nicht sicher, was sich dort vorher befunden hatte, was ihm abhandengekommen war. Er hatte seinen Vater überhaupt nicht gekannt. Der Verlust betraf also mehr die Vaterfigur an sich, nicht den Mann, der gerade gestorben war. Er vermutete, dass der wirkliche Verlust er selbst war, die Person, für die er sich gehalten hatte. Die Erfahrungen ließen sein eigenes Ich verschwimmen und stießen gleichzeitig die Tür zu einer anderen Identität auf. Besaß er genug Mut, sich mit diesem anderen Selbst vertraut zu machen, den Genen, dem Hintergrund, der Geschichte – dieses Mannes mit Namen Anil?

Er marschierte die ganze Cheyenne Avenue entlang und sah

bald die hohen Pappeln vor sich. Das Viertel war eine Mischung aus Sechzigerjahre-Bungalows und brandneuen individuell gestalteten Einfamilienhäusern. Er erreichte Pematsangs Haus und blickte auf die dunklen Fenster. Ein paar Lampen mit Zeitschaltuhren würden wahrscheinlich schon genügen, um unwillkommene Besucher fernzuhalten. Er nahm sich vor, am nächsten Tag welche zu kaufen.

»Hallo«, rief jemand.

Eine dünne Frau in einem Jogginganzug aus rosa Veloursstoff rannte zu ihm herauf. Ihr Haar war pechschwarz gefärbt und zu einem beeindruckenden Bienenkorb hochtoupiert.

»Ich bin Marla«, sagte sie, »Bobs Frau.«

»Hallo, Marla«, sagte er und schüttelte ihre Hand. Ein Stein an ihrem Finger bohrte sich in seine Handfläche.

»Bob hat recht«, bemerkte sie, als sie ihn musterte. »Sie sind Pematsangs Ebenbild, sogar mit derselben Narbe. Was haben Sie gemacht? Ein Bleichbad genommen?«

Daniel lachte über ihre Unverfrorenheit. »Ja, aber erzählen Sie es nicht weiter.«

»Wie Michael Jackson, ha?« Ihre Augen funkelten interessiert. »Ich habe nie an diese Weißfleckenkrankheit geglaubt. Der Kerl hatte sich mit was gebleicht. Es gibt keine Krankheit auf der ganzen Welt, die aus einem Schwarzen einen Weißen macht.«

»In Wirklichkeit ist meine Mutter Italienerin«, gestand Daniel ernüchternd. »Bleich wie ein Bettlaken.«

»Hmm.« Sie betrachtete ihn skeptisch. »Wenn Sie es sagen.«

»Hören Sie. Könnten Sie mir einen Schraubenzieher leihen? Ich habe heute Nachmittag hier keinen gesehen.«

»Klar«, erwiderte sie. Sie war wenigstens zehn Jahre jünger als ihr Mann und sehr viel attraktiver, und sie hatte ein hungriges Funkeln unter ihren getuschten Wimpern. »Warten Sie einen Moment, ich hole einen. Brauchen Sie auch eine

Schraube? Ich meine, das eine ist nicht viel wert ohne das andere.«

Daniel drehte sich um und blickte auf das Haus, um sein Grinsen zu verbergen. Die Frau war ein Lichtblick nach diesem schrecklichen Nachmittag, aber er wollte sie lieber nicht allzu sehr ermutigen. »Keine Schraube«, sagte er, »aber danke für das Angebot.«

»Bin gleich wieder da.« Sie lief nach Hause, während er in die kleine Veranda trat. Obwohl das Schloss halb herausgebrochen war, fehlte keine der Schrauben. Aber wieder festschrauben wäre nicht genug. Er würde am Morgen einen Schlosser holen oder Anne darum bitten müssen. Er ließ sich in den alten Lehnstuhl sinken und wartete. Er hatte keine Lust, im abendlichen Zwielicht ins Haus zu gehen. Bald darauf hörte er, wie Marla eine Tür zuschlug, und dann ihre flinken Schritte auf dem Gehsteig.

Als sie in die Veranda trat, sagte er: »Ich hätte es Ihnen längst sagen sollen ... mein Vater ist heute Nachmittag gestorben. Bob hat mir erzählt, dass Sie ihm hin und wieder etwas zu essen brachten. Das war sehr freundlich von Ihnen, Marla.«

»Oh, Mist«, sagte sie mitfühlend. »*Mein Beileid!* Ich hätte Sie nach Ihrem Vater fragen müssen. Verdammt, wo sind nur meine Manieren geblieben? Aber wenn man dauernd mit *ihm* zusammen ist ...« Sie deutete in die Richtung ihres Hauses. »Er ist seit drei Jahren arbeitslos. Wir hatten einen Klempnerladen, aber Bob konnte nicht mit Geld umgehen. Geblieben ist uns nur das Haus. Und er ...« Sie deutete erneut geringschätzig mit dem Daumen. »Arbeitslosigkeit macht einen Mann fertig. Sie haben einen Beruf, nicht wahr, Daniel?«

Er kratzte sich am Kopf. »Ich denke schon. Genau werde ich es in ein paar Tagen wissen.«

Sie nickte mitfühlend. »Ne Menge Leute werden heutzutage entlassen. Ich bin Zimmermädchen im Boulderado Hotel.

Keine schlechte Arbeit. Bessere Leute, keine Flecken auf den Matratzen, wenn Sie wissen, was ich meine?«

»Ja, sicher.« Genau genommen konnte man nicht so sicher sein. Sonderlinge, Spinner, gebleichte und entwurzelte Leute wohnten auch dort. Er stand auf und nahm ihr den Schraubenzieher aus der Hand. »Marla, hat Ihnen Bob von dem Hund erzählt?«

»Scheiße, ja. Unglaublich! Ich werde im Haus zusätzliche Riegel anbringen. Ihr Vater ging kein Risiko ein. Er hatte zwei von diesen Hunden, Schwestern. Die andere hatte auch einen schrecklichen Tod.«

»Wirklich? Was ist denn mit ihr passiert?«

»Sie wurde offenbar vergiftet.« Marla zuckte unsicher die Schultern. »Zumindest hat das die Tierarzthelferin ihrer Nichte erzählt, die es einem unserer Nachbarn gesagt hat.«

»Vergiftet? Wer würde so etwas tun?«

»Weiß der Himmel. Jemand, der Hunde hasst ... oder Ihren Vater.«

Daniel machte einen Schritt auf sie zu und legte eine Hand auf ihren Arm. »Sie können ganz offen zu mir sein, Marla. Die Polizisten machten Andeutungen, dass Pematsang möglicherweise ... wie soll ich sagen ... Feinde hatte. War mein Vater kein guter Mensch?«

Marla hob abwehrend ihre Hände. »Oh, Gott, nein, nein, was denken Sie! Er war ein Lamm, Ihr Vater. Er hat nicht viel geredet, aber glauben Sie mir, er war ein sehr anständiger alter Mann.«

Daniel seufzte erleichtert. »Da bin ich wirklich froh. Ich habe ihn nie gekannt, wissen Sie.«

»Ein Lamm«, wiederholte sie und schüttelte den Kopf. Ihre baumelnden Ohrringe klingelten leise.

»Wie haben die Hunde geheißen? Nicht zufällig Jam Jam, oder MacCloud, oder Ganch?«

Sie feixte. »Der Letzte hieß Lasya. Klingt lieb, aber sie war ein bösartiges Miststück. Die Vergiftete hieß Lhamu. Ihr Vater war immer auf Sicherheit bedacht. Er ging sogar immer nur mit einem Hund spazieren, weil er das Haus nicht ungeschützt lassen wollte, außerdem hatte er ein sehr schlimmes Bein. Ich glaube nicht, dass er uns Einheimischen über den Weg traute. Aber seine Hunde, die hat er geliebt.« Sie blickte Daniel mit einem traurigen Ausdruck an. »Ich erinnere mich noch, als er Lhamu im Hundegehege begraben hat. Er weinte. Er hat mir so leid getan, so leid.«

»Hundegehege ...« Daniel blinzelte. »Haben Sie Hundegehege gesagt?«

»Ja, hinter dem Haus.«

Er starrte sie an, und seine Gedanken flogen. »Wissen Sie noch, wo das genau war?«

»Wo was war?«

»Die Stelle, wo er den Hund begraben hat.«

Marla fixierte ihn misstrauisch. »Warum wollen Sie das wissen?«

»Bin nur neugierig«, sagte er ausweichend. »Vielleicht unter einem Stein? Hat er das Grab mit einem Stein markiert?«

»Wie soll *ich* das wissen?«

»Vielleicht haben Sie gesehen, wie er das Loch gegraben hat?«

Marla schauderte und machte einen Schritt zurück. »Also, ich muss jetzt los. Will Bob nicht warten lassen. Er weiß natürlich, dass ich hier bin.«

»Himmel«, entfuhr es Daniel. »Ich habe Sie erschreckt.« Er schlug sich reuevoll gegen die Stirn. »Das tut mir wirklich leid. Hören Sie, da liegt ein fünfzig Zoll Pioneer Plasmafernseher hinten. Ich kann ihn nicht mitnehmen. Könnten vielleicht Sie ihn brauchen?«

Die Arme schützend auf ihren mageren Busen gepresst, wich

sie durch die Fliegengittertür zurück nach draußen. »Ja, sicher … könnten wir schon. Ich schicke Bob rüber.«

Als sie weg war, ging er zurück ins Haus und rief Anne an und erwischte sie gerade noch, als sie ihr Büro verlassen wollte. Er berichtete ihr von Pematsangs Tod, dem Einbruch, dem Hundemassaker und den wenig verständnisvollen Polizisten. Sie war entsetzt und mitfühlend und offenbar eine wesentlich sensiblere Person, als er angenommen hatte. Sie versprach, sich über den Stand der polizeilichen Ermittlungen zu informieren, und bat ihn, sie jederzeit anzurufen, wenn er das Bedürfnis verspürte, darüber zu reden.

Es war spät, als er mit dem Haus fertig war. Er hatte die Vorhangstange repariert und ließ eine Lampe in der Küche brennen. Im Grunde war es ihm egal, ob noch jemand in das Haus einbrach. Pematsang war tot, und er wollte nichts. Bei seiner gründlichen Suche nach Fotos, Dokumenten oder Briefen hatte er nichts gefunden, das ihm Aufschluss geben konnte, wer Pematsang wirklich war. Der Rest des Inventars würde vor dem Aufstellen eines »Zu Verkaufen« Schildes entsorgt werden. Den Fernseher hatte Bob begeistert fortgekarrt. Was blieb, waren die gerahmten Münzen. Er steckte sie in seinen Rucksack. Gefühlsmäßig fand er es nicht richtig, dass er sie an sich nahm, aber wer hätte sonst ein Anrecht darauf gehabt? Sicherlich nicht die Einbrecher. Da er sich nicht mit einem großen Schwert in der Hand auf den Marsch durch die Stadt machen konnte, beschloss er, es am Morgen mit dem Wagen zu holen, und, wenn es irgendwie möglich war, den Buddha zu bergen und nach Hause transportieren zu lassen. Er wollte nur noch eines: in sein Zimmer im Boulderado zurückkehren, oder noch besser, ein Flugzeug nach Vancouver nehmen und sich in Katie Yoons Arme stürzen.

In einer italienischen Spelunke nahm er ein Nudelgericht zu sich und trank ein Glas sauren Rotweins, dann stolperte er in den sicheren Hafen seines Zimmers. Nach mehreren Telefonanrufen zog er sich aus, putzte sich die Zähne und verschwand zwischen den einladenden Laken. Er streckte seine müden Glieder in alle Richtungen und sank tief in die weiche Matratze, wo er beabsichtigte, sich bis zum frühen Morgen nicht mehr zu bewegen. Er konnte heute ohnehin nichts mehr tun und war physisch und emotional völlig ausgelaugt.

Aber er spürte, dass es eine lange schlaflose Nacht werden würde. Zweifellos hatte ihn der Höhepunkt seines Boulderbesuches, nämlich der Tod seines Vaters, mit einem derben Schlag auf die Erde zurückgeholt. Während es ein Teil von ihm zu verdrängen suchte, sehnte sich ein anderer nach seinem normalen alltäglichen Leben zurück. Aber wenn seine Gedanken in der Zeit vorwärts wanderten zum Montag, an dem er wieder in B.C. sein sollte, um mit seinem Heli Holz aus der Wildnis auszufliegen, wurde ihm klar, dass es diese Normalität nicht mehr geben würde. Nicht nur der Tod seines Vaters, auch Kurts Tod hatte etwas in ihm verändert. Das Ereignis war eine Art Wendepunkt in seinem Leben gewesen. Warum oder wie, konnte er sich nicht erklären. Kurt, der Mann, hatte jedoch zu verblassen begonnen. Alles, was er sehen konnte, war Kurts Körper, brennend auf dem Baum. Und am Rande seines Blickfeldes den brennenden Bären, dessen grauenvolle Schreie ihn in seine Träume verfolgten. Es half nicht, dass sein vertrautes Leben und seine Identität sich aufzulösen und zu verwandeln schienen. Rosie war die Einzige, die sein Schicksal gesehen hatte ... Rosie, sein kleines Orakel.

Wenn er methodisch ans Werk ging und sich ranhielt, konnte er vermutlich am Samstag abreisen, einen Tag mit Rosie verbringen (und eine Nacht mit Katie), und am Montagmorgen, wie abgemacht, ins Camp fahren. Er legte sich zurück und ging in Gedanken die wesentlichen Dinge durch, die er morgen erledigen musste. Dann ergriff er den Boulderadoblock und begann aus der Erinnerung die Unterhaltung mit seinem Vater niederzuschreiben. Pematsangs letzte Worte: Hundegehege. Unter einem Stein. Grabe sie aus und gib sie Jam Jam Togden. Das war zweifellos ein Name, aber was, zum Teufel, meinte er? Nach seinem Gespräch mit Marla hatte er angenommen, dass es um den begrabenen Hund ging und dass der Hund »unter einem Stein« begraben lag. »Grab sie aus.« Also im Ernst! Wollte der alte Mann, dass er die Hündin ausgrub, um sie beide zusammen zu begraben? Nein, er sagte: »Gib sie Jam Jam ... er ist in MacCloud.«

Der Hund sollte exhumiert und an Jam Jam übergeben werden, der sich bereits in MacCloud befand. Das war vermutlich ein Ort. Nichts ergab irgendeinen Sinn. Es war nur das Geschwafel eines alten Mannes, dessen Verstand bereits in eine andere Welt hinüberglitt. Aber was ihm keine Ruhe ließ, war der so hartnäckig geäußerte Wunsch: »Grab sie aus!« Warum war das unbedingt notwendig? Die verdammte Hündin war wahrscheinlich längst im Hundehimmel, vor allem, da sie vergiftet worden war ...

Er zog den Zettel, den ihm Anne gegeben hatte, aus der Tasche. Tenzing Gyaltsen war allem Anschein nach Vaters einziger Freund. Vielleicht konnte der ein wenig Sinn in die letzten Worte seines Vaters bringen.

Kapitel 8

Der Mittwoch kam früh, zu früh. Er hatte eine schlimme Nacht mit quälenden Träumen hinter sich. Das Zimmer war zu warm – er hatte vergessen, das Fenster zu öffnen –, und im Nebenzimmer war eine wilde Party in Gang gewesen, die offenbar in einer regelrechten Orgie endete. Eine schmerzhafte Erektion hatte ihn mit Traumgefühlen überwältigt, nicht von seiner schönen Katie, sondern von schnappenden Hunden, scharfen Schwertern und zurechtgebogenen Drahtkleiderbügeln. Er wurde in einem Zustand emotionaler Taubheit wach. Voller Zweifel und der Wirklichkeit völlig entfremdet fragte er sich: Hatte das alles gestern wirklich stattgefunden?

Er lag in der Stille der Morgendämmerung und wartete, dass die Zeit verging. Um halb sieben läutete ein Wecker in einem der umliegenden Zimmer. Er war sofort hellwach, stand auf und ging duschen. »Morgen, Anil«, sagte er grimmig zum Badezimmerspiegel. Er musterte sein zerzaustes Spiegelbild einen Moment, das »weiße« Abbild seines Vaters. Sein ohnehin üblicherweise hageres Gesicht wirkte eingefallen. Das dichte glatte Haar war seit mehreren Wochen nicht mehr unter die Schere gekommen. Alles in allem sah er aus, als hätte er ein Besäufnis hinter sich. »Reiß dich zusammen, Alter«, knurrte er. »Such dir einen Friseur in Boulder.«

Bevor er das Zimmer verließ, wählte er Amandas Nummer. Es war ein wenig früh für einen Anruf, aber er hatte es Rosie versprochen, und als Frühaufsteherin müsste sie eigentlich bereits auf den Beinen sein und sich für die Schule fertig machen. Eine unbekannte weibliche Stimme meldete sich nach dem ersten Läuten.

»Tut mir leid. Ich glaube, ich habe mich verwählt«, sagte er.

»Wen wollten Sie denn?«

»Rosie?«

»Sie schläft noch.«

»Wer sind Sie?«

»Tony. Tony mit Y.«

Er runzelte ein wenig verdattert die Stirn. War das ein Witz?

»Sind Sie sicher, dass Rosie noch schläft?«, fragte er, und versuchte sich seine Verwirrung nicht anmerken zu lassen.

Eine Pause folgte. »Habe ich doch gesagt. Kann ich etwas ausrichten?«

»Es ist sieben Uhr früh, Tony mit Y. Wieso sind Sie am Telefon meiner Frau?«

»Ich glaube, das geht Sie gar nichts an.«

»Ich möchte mit Amanda sprechen.«

»Sie hat gerade zu tun.«

»Schön, Tony. Dann richten Sie ihr etwas aus. Sagen Sie meiner Frau, sie soll Rosie nicht mehr allein im Haus lassen. Nicht für fünf Minuten, nicht für eine Minute, überhaupt nicht! ... Haben Sie verstanden?«

Tony legte auf. Eine Sekunde später hätte er sich am liebsten selbst geohrfeigt. Was war nur in ihn gefahren? Er konnte sich gut vorstellen, was diese Tony (mit einem solchen Namen konnte sie nur von der militanten Sorte sein) zu Amanda sagen würde: *Hat dieses Arschloch immer so mit dir geredet? Lass dich von dem Idioten scheiden!* Er wollte sich gar nicht vorstellen, was Amanda antworten würde.

Es gab nur einen positiven Aspekt an dem bescheuerten Anruf: Tony war kein Mann!

Um halb neun wartete ein freundlicher Hoteldiener mit seinem Mietwagen auf der Straße vor dem Hoteleingang. Das Fahrzeug war seit seiner Ankunft unbenutzt geblieben und hatte Unmengen an Geld verschlungen, aber er war an einem Punkt angelangt, da es ihm gleichgültig war. Die Hotelrechnung würde ebenfalls ein kleines Vermögen kosten, doch er hatte keine Lust, woanders abzusteigen. Das luxuriöse Bett mit der leichten Federdecke und dem Daunenkissen war so einladend und wohltuend, das Personal so höflich und entgegenkommend, das Zimmermädchen eine freundliche Marla-Version (der er jeden Morgen einen Zehn-Dollar-Schein hinterließ), die es zu schätzen wusste, dass er seine Matratze sauber hielt, und das Frühstück war einfach himmlisch.

Der Hoteldiener hielt ihm die Wagentür auf und bekam ebenfalls ein beachtliches Trinkgeld. Wenn er weiter mit Geld so um sich warf, würde der Ankauf eines Hauses in Vancouver auf unbestimmte Zeit verschoben werden müssen. Er stieg ein und fuhr die Spruce Street in westlicher Richtung hinab. Die Arapahoe Road war leicht zu finden, denn sie verlief parallel zur Spruce Street und durchschnitt die Stadt von Osten nach Westen. Er fuhr auf der Arapahoe auf die Berge zu, vorbei an Wohnblöcken, Bürohäusern und Läden. Er verlangsamte sein Tempo und hielt links und rechts Ausschau. Doch das Yew-Tree-Bestattungsinstitut war nicht zu übersehen. Eine Neonschrift verkündete weithin sichtbar »KAPELLE DER LETZTEN RUHE«.

Erstaunt sah er, dass sein Vater bereits hierhergebracht worden war. Seine gestrigen vagen Anweisungen hatten die Dinge offenbar sofort ins Rollen gebracht. Der Totenschein war registriert und das Bett frei gemacht worden. Natürlich musste das alles rasch geschehen. Eine Leiche durfte nicht länger als ein paar Stunden ohne Kühlung im Pflegeheim bleiben.

»Ich habe den Verstorbenen eben aufgebahrt«, erklärte Carlos Benedict und schüttelte ihm herzlich die Hand. »Ich bringe Sie in die Halle. Dort können Sie bleiben, solange Sie wollen. Ich habe heute Nacht zwei weitere Aufträge hereinbekommen und werde den ganzen Vormittag beschäftigt sein.«

Er war ein kleiner stämmiger Mann mit einem leichten spanischen Akzent. Sein schwarzer Anzug war makellos und seine Miene ernst und entschuldigend. Es war schwer vorstellbar, dass es fröhliche Momente in Mr. Benedicts Arbeitswoche geben könnte, und Daniel empfand sofort so etwas wie Mitleid für den Mann.

Er führte Daniel durch den hinteren Teil des Gebäudes, dann über einen Hof in einen mobilen Container, der mit aufwendigem Dekor als Kapelle hergerichtet war. Schwarze Samtvorhänge hielten das Sonnenlicht ab. Goldgesprenkelte Tapeten funkelten im gedämpften Kerzenlicht. In der Mitte stand auf einem Podest aus Marmorimitat ein schwarzer lackierter Sarg, der üppig mit plissierter weißer Seide ausgekleidet war. Darin lag, angetan mit einem dunklen Anzug, einem weißen Hemd und einer roten Fliege, Pematsang Wangchuck.

»Vielen, vielen Dank«, sagte Daniel, gerührt von der Sorgfalt, die der Bestatter dem alten Mann hatte angedeihen lassen. »Sie haben Wunder an ihm vollbracht, Mr. Benedict. Es sieht alles großartig aus.«

»Das freut mich. Lassen Sie sich jetzt ruhig Zeit, und wenn Sie fertig sind, werden wir über das Geschäftliche reden.« An der Tür hielt er inne. »Möchten Sie, dass ich Ihnen eine Tasse Kaffee und etwas zum Knabbern bringe? Ich habe gerade diese Mandelpuddingtaschen geholt, die ein Gedicht sind.«

Daniel zuckte zusammen. »Nein, danke ... ich habe gerade gefrühstückt.«

»Kommen Sie zu mir, wenn Sie fertig sind«, sagte Mr. Benedict.

Plötzlich allein gelassen in dem abgedunkelten Container

konnte es Daniel kaum erwarten, wieder draußen zu sein. Die Anwesenheit eines rasch verwesenden Leichnams, die Sauerstoff fressenden Kerzen und der leichte Geruch von Chemikalien ließen Übelkeit in ihm aufsteigen. Obgleich er gesäubert und perfekt hergerichtet worden war, wirkte Pematsang wie eine Wachsfigur von jemandem, der vor langer Zeit gelebt hatte. Hoffentlich wäre er mit diesem Ort einverstanden gewesen. Er fragte sich, ob Anne Roberts das Yew Tree allen ihren Klienten empfahl. Nicht sehr wahrscheinlich. Welche Schlüsse hatte sie also wohl aus seiner Situation gezogen? Diese Frage beschäftigte ihn während der ganzen schicklichen fünfzehn Minuten, die er mit seinem Vater verbrachte.

Später, als er in Mr. Benedicts Büro saß, trank er dankbar einen Kaffee. Man hatte ihm eine Preisliste in die Hand gedrückt, und er hatte sich für Einäscherung entschieden, vor allem wegen seiner Phobie vor kleinen, geschlossenen Räumen wie ein Sarg unter der Erde, Fleisch, das von den Knochen faulte, Würmern, die sich durch Organe fraßen, Augen, die in ihren Höhlen verwesten, und dergleichen Dingen.

Eine Idee kam ihm. Sie war ausgefallen genug, dass sie machbar schien.

»Mr. Benedict. Wie schnell kann das alles über die Bühne gehen?«

»Das hängt vom Krematorium ab ... und von Ihren Wünschen bezüglich eines Gottesdienstes. Was hatten Sie sich vorgestellt?«

Daniel spürte, dass er offen mit Mr. Benedict reden konnte. »Mein Vater war Buddhist, und um ganz ehrlich zu sein, ich habe keine Ahnung, welche Art von Ritualen Buddhisten zu solchen Anlässen durchführen, zudem bin ich zu sehr in Eile, um mich mit der Materie vertraut zu machen.«

Mr. Benedict ermunterte ihn mit einem Kopfnicken, fortzufahren.

»Daher schlage ich vor, dass mein Vater so schnell wie möglich eingeäschert wird, dass ich seine Asche mit nach Kanada nehme und mich dann in Ruhe mit der Sache vertraut mache und herauszufinden versuche, was er selbst gewollt hätte, und dann einen letzten Ruheplatz für ihn finde oder seine Asche in seinen Heimatort zurückbringe. Ja! Ich glaube, das möchte ich tun.«

Mr. Benedict nickte zustimmend. »Mr. Villeneuve, das halte ich für eine großartige Idee ... aber so ganz ohne wenigstens einen kurzen Gottesdienst? Er findet üblicherweise *vor* der Verbrennung statt.«

»Können Sie den kurzfristig organisieren?«

»Sicherlich, besonders bei dieser Hitze. Morgen ist mein Terminkalender voll, aber am Freitag könnte ich es machen.«

»Sehr gut! Und die Einäscherung?«

»Ich rufe das Krematorium sofort an.«

Das ging doch! Daniel unterdrückte ein Lächeln, während er zuhörte, wie Mr. Benedict mit dem Krematorium einen Notfalltermin aushandelte. Er nickte Daniel triumphierend zu, als er auflegte.

»Freitag klappt. Wenn die Papiere in Ordnung sind, holen sie ihn gleich nach der Messe. Wir erweisen ihm die letzte Ehre, laden ihn ein und fahren durch die Stadt. Sie können die Urne am Samstagmorgen abholen, vorausgesetzt die Asche ist kalt genug.«

»Das ist wundervoll«, rief Daniel mit einem Gefühl großer Dankbarkeit. »Mr. Benedict, Sie sind ein Zauberer.«

Anschließend fuhr er quer durch die Stadt nach Norden. Er verfuhr sich zweimal, ehe er die Vororte verließ und auf eine Landstraße gelangte, die in die sanft gewellten Ausläufer des Gebirges hinaufführte. Die Sonne brannte herab. Er genoss einen weiteren der dreihundert Sonnentage, für die diese Gegend bekannt war. Sein Ziel lag tiefer in den Bergen. Die wenigen und weit auseinanderstehenden Drehkiefern auf den Hängen beeinträchtigten kaum den Ausblick. Gelegentlich warf er einen Blick auf den Zettel mit der Wegbeschreibung auf dem Beifahrersitz, die er telefonisch von Tenzing Gyaltsens Tochter erhalten hatte.

Pematsangs Freund wohnte in einem großen Holzhaus am Ende einer nicht asphaltierten Straße. Das Wohnhaus stand abseits von mehreren Reihen von Ställen. Boulder und die Flatirons waren von hier aus nicht mehr zu sehen, denn das Haus wurde von einem kleinen Tal eingeschlossen. Die Lage war abgeschieden und idyllisch. Die Gebäude verrieten beträchtlichen Wohlstand.

Als er auf einen geschotterten Parkplatz fuhr, kam ein Mann durch die Haustür. Er schien den Besuch erwartet zu haben, obgleich seine Tochter Daniel am Telefon gewarnt hatte, dass Tenzings Gedächtnis nicht mehr das beste war. Trotz seines Alters ging er rasch und aufrecht wie ein junger Mann. Er schien die Art von Person zu sein, die aus der Menge hervorstach, nicht so sehr aufgrund seines Aussehens, sondern eher wegen seiner Haltung und der Würde, die er ausstrahlte. Sein Gesicht war wettergegerbt, aber straff, die Falten in den Winkeln seiner Augen verrieten ein fröhliches Temperament. Er war von mittlerer Größe, breitschultrig, aber schlank und geschmeidig, und trug eine abgetragene Levis-Arbeitshose und ein weiches rotkariertes Hemd. Die Kleidung passte gut zu den Ställen und dem glänzenden roten Traktor daneben. Was nicht dazu passte – das charakteristischste Merkmal an ihm –, war der beeindruckende silberne Ohrring mit einem auffälligen Türkis, der von seinem linken Ohr baumelte. Der Mann bemerkte Daniels Blick.

»Der bewahrt mich davor, als Esel wiedergeboren zu werden«, erklärte er mit einem Funkeln in den Augen.

Machte er Witze? »Ich bin so dankbar für diese Gelegenheit, mit Ihnen zu sprechen«, sagte Daniel und schüttelte ihm die Hand. »Ich habe eine Million Fragen, und Sie werden mir ganz sicher schon bald sagen, ich solle mich um meine eigenen Angelegenheiten kümmern.«

»Ich wohne im Blockhaus.« Der Mann deutete auf ein Espengehölz. »Die Farm gehört meiner Tochter und meinem Schwiegersohn. Meine Tochter hat ihre kleine Enkeltochter in die Ballettstunde gebracht, aber wenn sie zurückkommt, wird sie uns ein richtiges tibetisches Essen zubereiten.« Er winkte. »Momos. Ich wette, die haben sie noch nie gegessen.«

»Habe ich ganz sicher nicht«, erwiderte Daniel lächelnd. »Das ist ja noch viel besser, als ich erhofft hatte.«

Tenzing legte einen väterlichen Arm um seine Schultern, und wieder spürte er den unerfreulichen Klumpen in seiner Brust. Er holte tief Luft. »Mr. Tenzing, hat Ihnen Ihre Tochter erzählt, dass mein Vater gestern gestorben ist?«

»Ihr Vater?« Tenzing blickte ihn fragend an.

»Ja. Pematsang Wangchuck«, sagte Daniel. »Er ist gestorben.«

Der alte Mann schüttelte den Kopf. »Pematsang ist schon seit Langem tot.«

Diese düstere Antwort ließ Daniel verstummen. Er wollte nicht fragen, was sie bedeutete, wenigstens nicht sofort.

Der alte Mann führte ihn zu dem Gehölz und einen Fußweg entlang zu einem kleinen Blockhaus zwischen den hohen Espen. Die Blätter raschelten beruhigend im leichten Wind. Die Szenerie war wie ein kleines Paradies und das Blockhaus wie aus einem Märchenbuch. Tenzing führte ihn ein paar Stufen zu einer Veranda hoch, und sie nahmen in offenbar selbst gezimmerten Lehnstühlen Platz. Zwischen den Bäumen konnte er das große Haus erkennen und das Wiehern von Pferden hören. Tenzings Tochter hatte es zu etwas gebracht im Leben, das war offensichtlich.

Tenzing öffnete eine Thermoskanne und goss eine heiße Flüssigkeit in zwei Steingutbecher und reichte Daniel einen.

»Buttertee«, erklärte er. Nach einem Moment meinte er: »Sie kommen mir bekannt vor.«

»Natürlich«, erwiderte Daniel mit kaum verhohlener Ungeduld. »Ich dachte, Ihre Tochter hätte es Ihnen gesagt ... ich bin Pematsangs Sohn.« Er begann den Verdacht zu hegen, dass mit dem alten Tenzing nicht alles stimmte. »Wussten Sie nicht, dass er einen Sohn hatte?«

»Er hatte keinen Sohn«, sagte der alte Mann.

Daniel starrte ihn lange an. »Ich fürchte doch. Sie können doch selbst sehen, dass ich sein Sohn bin«, sagte er und deutete auf seine Adlerkralle. Nach einem Moment versuchte er eine andere Taktik.

»Gibt es irgendeinen Grund, warum Pematsang seinen Sohn verleugnet hätte?«

Tenzing schüttelte mit sorgenvoller Miene den Kopf. »Pematsang hatte so viele Dinge im Kopf.«

Daniel verspürte einen Hauch von Optimismus und wartete darauf zu erfahren, was seinen Vater so sehr beschäftigt hatte, aber es folgte keine weitere Erklärung. »Was zum Beispiel?«, fragte er gespannt.

»Sehen Sie ...« Tenzings Stirn war tief gefurcht, als versuchte er sich zu konzentrieren. »Pematsang nahm den Untergang des Projektes sehr schwer. Selbst nachdem er alles verloren hatte, rannte er den höchsten Leuten in der Behörde die Türen ein.«

Alles verloren? Daniel schüttelte den Kopf. »Bitte, Mr. Tenzing, vergessen Sie nicht, dass ich praktisch überhaupt nichts über meinen Vater weiß.«

Tenzing trank einen Schluck aus seinem Becher. »Tut mir leid«, sagte er. »Entschuldigen Sie. Ich bin sehr vergesslich geworden.«

Daniel beugte sich erwartungsvoll vor, um sich kein Wort entgehen zu lassen, doch Tenzing war in den Anblick eines Rotkehlchens vertieft, das auf einer Steinplatte am Ende der Veranda Körner pickte.

»Mr. Tenzing, ich möchte liebend gern mehr über seine Familie und Verwandten hören. Sie sagten, er hätte alles verloren. Das ist für mich ganz wichtig, weil ...«

»Nein, ich meinte das Projekt«, unterbrach ihn Tenzing. »Das war ein Verwirrspiel. Selbst unsere Ausbilder kannten das ganze Ausmaß nicht.«

Daniel sagte rasch: »Bitte, erzählen Sie mir davon. Was war das für ein Projekt, an dem Sie beteiligt waren?«

Tenzing sah sich wachsam um, ehe er verstohlen flüsterte: »Wir sind zur Geheimhaltung verpflichtet worden. Wir leisteten einen Eid.«

»Wirklich? Wann war das?«

»Es ist viel Zeit vergangen. Ich vergesse mehr und mehr, wie weit das schon zurückliegt.«

Daniel erkannte, dass dieses Gespräch sehr schwierig werden würde, und beschloss, sich in großer Geduld zu üben, wie heftig er auch, bildlich gesprochen, am liebsten die Informationen aus dem alten Mann herausgeschüttelt hätte.

»Die Behörde?«, sagte er. »Was war das für eine Art Behörde?«

Tenzing blickte ihn ungläubig an und brach in unterdrücktes Lachen aus. »Haben Sie noch nie von der CIA gehört, junger Mann?«

Daniel lachte ebenfalls und nickte. »Natürlich. Der Nachrichtendienst. Wo war ich nur mit meinen Gedanken?«

Tenzings Konzentration ließ rasch nach. Er beobachtete das Rotkehlchen mit fröhlicher Miene. Der Vogel war auf das Geländer geflogen und hatte sich zu einem kleinen, gefiederten Ball aufgeplustert.

»Und das Projekt, an dem Sie und Pematsang beteiligt waren?«

»Oh ja ... ST Circus. Davon haben Sie wahrscheinlich noch nie etwas gehört.« Wieder senkte er die Stimme. »Es war geheim. Top Secret.«

Daniel nickte, als ob er verstünde, worum es ging. »Aber wie Sie schon sagten, das ist lange her. Diese Dinge haben ein Verfallsdatum, nicht wahr?«

»Vielleicht haben Sie recht.«

»Bitte erzählen Sie doch mehr darüber. Was war ST Circus?«

»Ich schätze, es gibt heute keinen Grund mehr, nicht darüber zu sprechen.« Tenzings Miene spannte sich und wurde finster. »Sie müssen wissen, die meisten von uns waren Khampas, aus dem Königreich Kham, die gefürchtetsten Krieger in ganz Tibet.« Er zupfte stolz an seinem Ohrring.

»War Pematsang auch aus diesem Königreich?«, fragte Daniel.

»Oh ja. Er war ein typischer Khampa, sehr groß und stark, ein außerordentlich wilder und kämpferischer Mann. Sein Vater war Leiter der Verwaltungsbehörde in einem entlegenen Gebiet Khams und sehr mächtig. In den Anfangsjahren schützten sie die östlichen Grenzen vor dem chinesischen Ungeziefer. Aber sie waren eine bescheidene Familie ... Pematsang war sehr religiös, ein echter Krieger Buddhas.«

»Und was führte ihn hierher?«

Wieder sah sich Tenzing um und senkte seine Stimme zum Flüstern. »Wir wurden von der Behörde aus Tibet geholt, zur Ausbildung in Camp Hale für eine geheime Mission. Camp Hale ist nicht weit weg von hier, wissen Sie, oben in den Bergen. Es wurde von der Militärpolizei schwer bewacht. Nicht einmal die Einheimischen wussten, was dort vorging. Jetzt ist alles verfallen. Wenn man hinaufwandert, kann man noch die Reste der Baracken sehen. Es ist ein hässlicher Fleck in der schönen Landschaft. Diese Landschaft erinnerte ein wenig an Tibet, deshalb wählten sie Colorado für unser Training.«

Daniel hielt festen Blickkontakt mit dem alten Mann in der Hoffnung, dass er weiterreden würde.

»Wir sollten zu Geheimmissionen über Tibet abspringen. Als das Projekt zurückgeschraubt wurde, war die Enttäuschung unter uns Überlebenden groß und die Kampfmoral gebrochen. Unsere Männer wurden nach Mustang gebracht und starben wie die Fliegen. Nur eine Handvoll blieb hier. 1974 war der Widerstand vorbei.«

»Was war Pematsangs Rolle dabei, Mr. Tenzing?«

Der alte Mann schien ihn gar nicht gehört zu haben. »Kissinger machte einen geheimen Chinabesuch. Alle bewunderten diesen Mann, aber er war ein Verräter ersten Ranges.«

»Und Pematsang ...?«

»Pematsang? Er fand alles über Kissingers Besuch heraus. Wie, weiß ich nicht.« Tenzing schüttelte den Kopf und schwieg in Gedanken versunken. Eine Minute verging.

»Und ... was hat mein Vater getan?«

»Ihr Vater?«

»Ich meine Pematsang. Was hat er getan, als er herausfand, dass Kissinger in China war?«

Tenzing rieb sich die Hände und lachte unterdrückt. »Oh, ob er Ärger gemacht hat? Oh, ja! Er weigerte sich, den Mund zu halten. Er verstand es wirklich, ihnen Ärger zu machen, obwohl er natürlich lieber weitergekämpft hätte. Er war ein geborener Krieger, verstehen Sie, ein Anführer der Chushi Gangdruk, aber er war bei einem Überfall schwer verletzt worden. Die Chinesen zerschossen ihm sein Bein. Das war das Ende der Kampfeinsätze für ihn, aber er schaffte es, die amerikanische Staatsbürgerschaft zu bekommen, weil er wusste, dass er von hier aus noch eine ganze Menge tun konnte.«

»Was, zum Beispiel?«

Tenzing lachte auf. »Was glauben Sie denn? Die Weltpresse über das ganze Ausmaß des Verrates zu informieren.«

»Welchen Verrat meinen Sie?«

»Welchen Verrat?«, rief Tenzing ungläubig. »Dieser Schurke Nixon hat dem Teufel selbst die Hand geschüttelt.« Er blickte auf seine eigenen Hände hinunter, als hätte er eben ihre zerstörerische Macht erkannt.

»Dem Teufel? Es tut mir leid, Mr. Tenzing. Ich kann Ihnen nicht folgen ...«

»Der Vorsitzende Mao! Von ihm haben Sie doch sicher gehört. Durch die verbesserten Sino-Amerikanischen Beziehungen wurde die Unterstützung der tibetischen Guerilla eingestellt. ST Circus wurde unter den Teppich gekehrt, und uns Freiheitskämpfer ist man losgeworden.«

»Losgeworden? Wie meinen Sie das?«

»An ein paar Dinge möchte ich mich nicht erinnern, junger Mann. Ich bin ziemlich hungrig geworden. Wie ist es mit Ihnen?«

»Auch, natürlich ...«

Sie saßen eine Weile schweigend und nippten an ihrem salzigen Tee. Daniel speicherte das Gespräch in seinem Gedächtnis ab und sah aus den Augenwinkeln, dass dem alten Mann der Kopf ein paar Mal auf die Brust zu sinken begann. Er drohte einzuschlafen.

»Ich hoffe, dass Sie mir alles über Pematsangs Arbeit erzählen werden«, sagte Daniel ein wenig lauter, aus Furcht, dass das Interview zu einem vorzeitigen Ende kommen könnte. »Aber ich möchte auch einiges über sein persönliches Leben erfahren. Gab es eine Frau in seinem Leben? Gabriella? Können Sie mir darüber etwas sagen, Mr. Tenzing?«

»Eine Frau?«

»Ja, meine Mutter, Gabriella Caporelli. Über ihre Beziehung zu meinem Vater.«

»Die Mathematikerin ...«

»Ja, die Mathematikerin.« Daniel wartete gespannt, aber der alte Mann schien den Faden zu verlieren. Nach einem Augenblick wandte er sich mit einem bittenden Blick an Daniel, als wollte er etwas gestehen. »Ich war ihm keine Hilfe. Es gab nur noch uns beide hier, und ich war müde, vollkommen desillusioniert. Ich nahm ihr Angebot an und schwor zu schweigen, aber Pematsang brachte sie in große Verlegenheit. Sie versuchten ihn fortzuschicken, aber sie konnten ihn nicht loswerden. Deshalb beseitigten sie die Frau und das Kind in der Hoffnung, dass er dann seine Aktionen aufgeben und sich seinen Landsleuten in Indien oder sonst wo anschließen oder in Tibet den Tod finden würde.«

Daniel lehnte sich vor. »Was meinen Sie damit, dass sie die Frau und das Kind beseitigten?«

»Ach!« Tenzing zuckte die Achseln. »Was weiß ich? Eines Tages waren sie einfach fort.«

»Und Pematsang hat nicht gewusst, wohin sie verschwunden waren? Oder warum?«

»Pematsang hatte so viele Dinge im Kopf.«

Daniel lehnte sich zurück und schloss einen Moment lang die Augen. Das Gespräch war für ihn fast so anstrengend wie für den alten Mann neben ihm der Rückblick in seine alten Erinnerungen. Gabriella war also in Colorado gewesen, vielleicht sogar hier in Boulder. Musste er davon ausgehen, dass Pematsang andere Prioritäten hatte als seinen kleinen Sohn? Vielleicht sollte er keine Vermutungen anstellen. Er besaß nicht genug Informationen und lief Gefahr, das Wenige, das er erfahren hatte, in einem falschen Licht zu sehen. Doch dies war eine Chance, etwas über seinen Vater zu erfahren, eine Chance, wie sie sich nicht wieder ergeben mochte. Tenzing war schließlich ein sehr alter Mann.

Ein leichter Wind war aufgekommen, und Daniel blickte zu

den kleinen Wolken hoch, die über den blauen Himmel jagten. »Hat Pematsang je über Versuche gesprochen, seinen Sohn wiederzufinden?«, fragte er. »Wollte er nie etwas über das Kind wissen?«

Tenzing blickte ihn forschend an. Er schien vergessen zu haben, wen er vor sich hatte. Er lächelte entschuldigend. »Ich erinnere mich an keinen Sohn. Wissen Sie, Pematsang hatte so viele Dinge im Kopf.«

»Er hat nach Jam Jam gefragt«, sagte Daniel, obgleich er wusste, dass er ihn zu sehr drängte. »Jam Jam Togden. Wissen Sie zufällig, wer damit gemeint ist?«

»Ich habe noch nie von diesem Mann gehört«, erwiderte Tenzing, abgelenkt von einem Chevrolet Suburban, dem er zuwinkte, als er vor dem Haus hielt. »Meine Tochter ist zurück. Sie müssen hungrig sein. Gehen wir hinunter und sehen ihr beim Kochen zu, ja, dann können Sie auch die Kleine kennenlernen.« Er lachte. »Vier Jahre alt und ein kleiner Sonnenschein.«

»Mr. Tenzing. Pematsang hat noch etwas zum Schluss gesagt … er erwähnte einen Namen oder Ort. ›MacCloud‹, oder ›MacCloud ganch‹, Mr. Tenzing? Was könnte er damit gemeint haben?«

Tenzing sah ihn an und nickte plötzlich wissend. »McLeod Ganj. Dort hält sich Seine Heiligkeit auf.«

»Seine Heiligkeit?«

Tenzing war aufgestanden. Er schien genug von Daniels endlosen Fragen und seiner offensichtlichen Unwissenheit zu haben.

»Nur noch eines, bitte. Als Pematsangs einziger Freund haben Sie vielleicht irgendeine Idee, was sein Wunsch bezüglich seiner Asche wäre?«

»Asche?« Tenzing blieb stehen und überlegte. »In Tibet zerstückeln wir unsere Toten und überlassen sie in den Bergen den

Geiern. Sie fressen Fleisch und Knochen. Nichts bleibt übrig. Wir nennen das ein Himmelsbegräbnis. Aber die Asche eines Menschen ... wenn Sie sie eines Tages in seine Heimat bringen können, steigen Sie auf eine Hochebene und übergeben Sie sie der Luft und dem Wind.«

Daniel nickte. Nichts überraschte ihn mehr. »Luft und Wind«, sagte er leise und erhob sich. »Das ist mein Name.«

Der alte Mann hielt inne. Er runzelte die Stirn. »Anil? Anil Goba. Ist das Ihr Name?«

Daniels Stimmung schnellte hoch. »Dann erinnern Sie sich an mich? Ich bin Pematsangs Sohn.«

Seine Augen verschleierten sich. »Ich denke, Sie irren sich. Er hatte keinen Sohn.«

Daniel war der Verzweiflung nahe, aber Tenzing lachte. »Eine seltsame Namenwahl.«

»Ist sie das? Was bedeutet Goba?«

»Es ist dieser mächtige Vogel, der Adler.«

Adler! Ein Adler, der sich in die Luft erhebt und vom Wind getragen wird. Wie hätte jemand ahnen können, dass Fliegen seine Leidenschaft sein würde. »Mr. Tenzing, warum könnte mein Vater solche Namen für mich ausgesucht haben?«

»Nein, nein, nicht Ihr Vater. Die Namen der tibetischen Kinder werden von einem hohen Lama bestimmt. Ihr Name ist glückverheißend. Er wurde mit großer Sorgfalt ausgewählt.«

Tenzing atmete tief und wandte sich zum Gehen. Zu jeder seiner Offenbarungen hatte Daniel ein Dutzend Fragen, aber vorerst würde er keine weiteren Antworten erhalten. Er folgte dem rüstigen alten Mann, der die Verandastufen hinabsprang.

Daniel hatte keinen Hunger. Im Augenblick sehnte er sich danach, ungestört in seinem Ford Taurus auf einem Hügel, mit Blick auf die große kontinentale Wasserscheide, zu sitzen und die Informationen zu verdauen, die er von Tenzing erhalten hatte. Aber die Höflichkeit erforderte es, dass er blieb, und obgleich Tenzings Tochter gesagt hatte, dass sie nicht viel von alledem wüsste, mochte vielleicht doch das eine oder andere ans Licht kommen, das ihm weiterhalf. Er biss die Zähne zusammen und stapfte stumm hinter seinem Gastgeber her, wenig begeistert von einem Mittagessen mit Bitty, dem kleinen Sonnenschein.

Den ganzen Weg zurück nach Boulder war er in Gedanken versunken. Tenzings Informationen drehten sich im Kreis in seinem Kopf. Die Erwähnung der Mathematikerin war der wichtigste Punkt des ganzen Interviews. Es konnte sich nur um Gabriella handeln! Sie hatte einen bedeutenden Preis und ein Stipendium in ihrer Jugend erhalten, doch sie hatte sich gegen eine glänzende akademische Laufbahn entschieden und stattdessen an verschiedenen innerstädtischen High Schools Mathematik unterrichtet. Wie und wann war sie nach Colorado gekommen? Pematsang Wangchuck war diesen Informationen nach definitiv kein gewöhnlicher Immigrant oder Flüchtling gewesen. Wenn er den alten Mann richtig verstanden hatte, kämpften sie in einem gescheiterten CIA Projekt mit Namen ST Circus für die Freiheit ihrer Heimat. Es klang alles ein wenig wie die Schweinebucht, der Versuch der CIA, in Kuba zu landen, Castro zu stürzen und das Land von der kommunistischen Herrschaft zu befreien. Kuba war eine Sache, China eine ganz andere: eine Supermacht mit »dem Teufel selbst« am Ruder. Die CIA konnte doch nicht ernsthaft erwogen haben, Tibet mit ein paar von diesen wilden Khampas zu befreien. Wenn dieses bizarre Tibet-Projekt wirklich existiert hatte, musste es doch irgendeine Art von Literatur darüber geben, ein Buch, einen Zeitungsartikel … es sei denn, ST Circus existierte nur in Tenzings Phantasie, war nur der Wunschtraum eines alten Mannes, für die Freiheit Tibets gekämpft zu haben.

Google … ST Circus … ja, hatte es tatsächlich gegeben, doch außerordentlich wenig war darüber geschrieben worden. Daniel saß an einem Computer im Boulderado Hotel Business Center und las begierig und erkannte, dass Tenzing die Wahrheit gesagt hatte. ST Circus war der Codename einer geheimen CIA-Operation, ein wenig bekannter Nebenschauplatz des Kalten Krieges. Zwanzig Jahre lang hielt die US-Regierung alles gut unter Verschluss: die Ausbildung der tibetischen Kämpfer in Camp Hale, die Überwachungseinsätze in Tibet, die Waffenlieferungen an die tibetische Widerstandsbewegung. Als sich das Klima änderte und Nixon dem Vorsitzenden Mao in den Arsch kroch, waren Machenschaften wie ST Circus ungelegen und wurden abgebrochen und unter den Teppich gekehrt. ST Circus und die Männer, die ihr Leben für Tibet riskiert hatten, verschwanden in der Versenkung. Tibet stand allein da und war China ausgeliefert.

Daniel spürte, wie ihn eine Woge von Zorn überschwemmte. Er wusste so wenig über die Heimat seines Vaters, aber instinktiv sympathisierte er mit den solcherart Betrogenen. So waren die Amerikaner. Sie reichten Mao die Hand und ließen Tibet fallen wie eine heiße Kartoffel. In einer schnelllebigen Welt fand diese Sache kaum einen Weg in die Medien, wozu auch beitrug, dass die CIA-Operation geheim gewesen war. Niemand blickte zurück und fragte, wo etwas falsch gelaufen war, niemanden kümmerte es … Falsch! *Sie haben die Frau und das Kind beseitigt.* Seine Gedanken wanderten zu Pematsangs Hunden, Lasya und Lhamu … die erschlagen und vergiftet worden waren. *Jemanden kümmerte es.*

Kapitel 9

Nach einer weiteren unruhigen Nacht wachte er spät auf, zu spät, um Rosie noch anzurufen. Sie würde von ihm enttäuscht sein, da sie üblicherweise fast jeden Tag miteinander redeten. Er konnte nichts daran ändern, bis sie am Nachmittag aus der Schule kam.

Er ging in die Empfangshalle hinunter, aber dann überkam ihn bei dem Gedanken an die vollen Frühstücksplatten ein Gefühl der Übelkeit. Er drückte sich eine Weile herum und beobachtete das Treiben. Dann blätterte er lustlos Touristeninformationen durch und sah aus den Augenwinkeln jemanden auf sich zukommen, abrupt stehen bleiben und wieder kehrtmachen. Er blickte auf und erkannte die hohe schwarze Bienenkorb-Frisur einer schlanken Frau in einem schwarzen Hosenanzug.

»Hallo, Marla!«

Sie hielt abrupt an und wandte sich zögernd um. »Was machen Sie denn hier?«

»Ich wohne hier.«

»Sie sind einer unserer Gäste?«, frage sie misstrauisch mit einem Blick auf seine Jeans und sein T-Shirt.

»Na und?«, entgegnete er herausfordernd. »Ich kann es bezahlen.«

»Na, dann«, sagte sie mit gespielter Höflichkeit. »Was kann ich für Sie tun?«

»Ich könnte sterben für eine einfache Tasse Tee. Kriegt man so was hier unten?«

»Sie können eine ganzen Eimer davon zu Ihrem Frühstück haben.«

»Mir ist nicht nach Frühstück.« Er verzog das Gesicht und hoffte, damit das Eis zu brechen.

Sie kniff die Augen zusammen. Vermutlich dachte sie, dass er einen Kater hatte. »Waren Sie schon im Dushanbe Teehaus?«

»Nein.«

»Dort haben sie jede Menge Tee für Sie.« Sie kam näher, schnappte eine der Informationsbroschüren und reichte sie ihm. »Größte Attraktion der Stadt. Die Straße hinunter bis über die Pearl Street, die Walnut Street und den Canyon Boulevard. Gleich links ist es. Sie können es gar nicht verfehlen.«

»Marla, warten Sie«, rief er.

Sie blieb stehen, ohne sich umzudrehen. »Ich habe in der Empfangshalle nichts verloren, und ich werde nicht mehr über tote Hunde reden.«

»Ja, gut, nicht mehr über die Hunde, aber eine Bitte. Ich wäre Ihnen sehr dankbar, wenn Sie morgen zu Pematsangs Totenmesse kommen würden«, sagte er zu ihrem Rücken und fügte rasch hinzu: »Sie und Bob natürlich.«

»Kann ich nicht«, erwiderte sie und drehte den Kopf. »Ganztagsschicht morgen.«

»Sie ist sehr früh. Halb zehn. Und kurz.« Sie schien zu zögern. »Ach, kommen Sie, Marla. Sie sind die eine Hälfte von Pematsangs beiden Freunden. Tun Sie es für den alten Mann. Im Yew-Tree-Institut auf der Arapahoe. Ich nehme Sie im Wagen mit, wenn Sie möchten.«

»Ich komme selber hin ... wenn ich gehe.«

»Sie sind ein Schatz, Marla. Ich verlasse mich auf Sie.«

Er beobachtete sie, als sie in ihrem schwarzen Zimmermädchenhosenanzug die breite Kirschholztreppe hinaufeilte. Ein wahres Energiebündel. Bob war ein Glückspilz. Der Kerl konnte den ganzen Tag vor seinem Pioneer Plasmafernseher hocken bleiben, während seine alte Lady herumschwirrte und für ihren Lebensunterhalt sorgte.

Er blickte auf das Informationsheft in seiner Hand. Darin befand sich ein Foto vom Inneren eines Restaurants oder

Cafés. Er las: *Dieses handgefertigte, farbenprächtige, ungewöhnliche Meisterwerk wurde von Handwerkern in Dushanbe, Tadschikistan, hergestellt und in Einzelteilen nach Boulder transportiert. Es ist das eindrucksvollste Geschenk, das je eine Stadt von einer anderen Stadt erhalten hat. Sie finden dort Gerichte und Tees aus ganz Asien, darunter auch einige seltene limitierte Sondermischungen …*

Fantastisch. Er beschloss, sofort dorthinzugehen.

Da ihm sein Appetit abhandengekommen war, widmete er sich ganz der Teekarte. Er war übermäßig durstig, als hätte er in der Tat die ganze Nacht gezecht. Während er seinen parfümierten Tee schlürfte, bewunderte er das außerordentliche Können der Kunsthandwerker aus Dushanbe. Rosie wäre vollkommen verschossen in dieses Teehaus, und er wünschte sich sehr, sie könnte zusammen mit ihm hier sein.

Er nahm seine Kamera und stand auf. Niemand schien sich an seiner Knipserei zu stören. Nach etwa dreißig Aufnahmen setzte er sich wieder und blätterte zurück zu einem Foto von Rosie. Er vermisste sie und machte sich aus verschiedenen Gründen Sorgen um sie. Der neueste: der gestrige Anruf, als eine Frau mit Namen Tony sich weigerte, ihn mit seiner Tochter sprechen zu lassen. Was ging da vor?

Er hörte auf, durch die Bilder zu scrollen und starrte eine lange Weile auf ein Foto, dann sprang er auf und rief nach der Rechnung.

Er rannte zum Hotel zurück, was ihm ein paar verwunderte Blicke einbrachte. Dann holte er seinen Wagen, tankte und fuhr nach den Anweisungen seiner ergoogelten Straßenkarte los. Er folgte einer Fernstraße nach Norden. Bei Fort Collins bog er nach einer Tankstelle, die sich Ted's Place nannte, links ab. Von dort ging es stetig bergauf, durch ein langes Tal auf die hoch aufragenden Felsen der Rockies zu, tief hinein in die Wildnis Colorados. Schließlich nahm er eine nicht asphaltierte Straße, die durch eine Reihe grüner Täler führte. Der würzige Duft von Salbei drang durch das offene Wagenfenster. Der Duft und die stetig zunehmende Höhe verursachten ein Rauschgefühl. Er sah eine Herde Wildpferde in der Ferne dahingaloppieren und fragte sich, ob es eine Halluzination war. Die Zeit schien hier stillzustehen.

Die Fahrt dauerte länger, als er erwartet hatte, und es wurde früher Nachmittag, bis er endlich ankam. Die Luft war kühler und noch dünner. Vom Parkplatz führte ein sandiger Pfad durch einen bewaldeten Talkessel. Flatternde Fähnchen wiesen den Weg zwischen den Bäumen, über schmale Holzbohlenwege und durch eine Art Camp. Holzhäuser und unzählige Zelte dienten den Bewohnern des Shambala Mountain Centers als Unterkunft. Er nickte und lächelte einigen Leuten zu und folgte weiter den Fähnchen, die ihn an sein Ziel führen würden.

Zwanzig Minuten später, als er in der Ferne eine Turmspitze hoch über die Baumwipfel herausragen sah, hielt er an. Dort, vor ihm, mitten in der Wildnis, stand das gewaltige Bauwerk, das er das erste Mal gesehen hatte, als Rosie es auf dem Kits Strand aus Sand baute.

Der Anblick des Großen Stupa traf sein Herz und seinen Verstand mit solcher Wucht, dass er gar nicht anders konnte, als überzeugt sein, dass seine Tochter einen prophetischen inneren Blick besaß. Sie hatte dieses Gebäude irgendwo in ihren Visionen über seine Zukunft gesehen, dessen war er sich nun sicher. Sie hatte gespürt, dass es eine besondere Bedeutung für ihn besaß, und das machte ihm Angst, denn *das war nicht das Einzige, was sie gesehen hatte.*

Er blieb eine lange Zeit voll Ehrfurcht vor dem großartigen Bauwerk stehen, beeindruckt von seiner Größe und Schönheit. Dann, als die anderen Besucher verschwanden, genoss er die friedvolle Unvergänglichkeit des Ortes und das Gefühl der Ruhe, das er in ihm bewirkte. Er wusste fast nichts über Buddhismus. Er hatte sich für einen Agnostiker gehalten, doch jetzt fühlte er sich mit etwas an diesem Ort verbunden. Gabriella und Freddie praktizierten hin und wieder ihren katholischen Glauben, aber er fand ihn bedrückend. Amanda, deren spirituelle Interessen einen weiten Bogen umspannten, pflegte zu sagen, dass er keine Seele besäße. Er spürte diese Seele jetzt in sich erwachen.

Ein Mann in orangefarbenem Gewand kam auf ihn zu. Vermutlich hatte er ihn schon länger beobachtet. Eine ungekünstelte Autorität ging von ihm aus. Er schien hierherzugehören, denn er hielt einen großen Schlüsselbund in der Hand. Sein freundliches Gesicht zeigte deutlich asiatische Züge.

»Ist es Ihr erster Besuch des Großen Stupa?«, sagte er mit einem leichten singenden Akzent.

»Ja.« Und als müsste er seine Anwesenheit rechtfertigen, fügte er hinzu: »Meine Tochter ... hat mich hergeführt.«

Der Mann sah sich um.

»Nein. Was ich sagen will, ist ... sie ist der Anlass für meinen Besuch.« Er schuldete dem Mann keine Erklärung, aber seine Welt war nicht mehr dieselbe. Er suchte nach einem Licht in der Dunkelheit, das ihm den Weg wies, und es drängte ihn danach, mit jemandem darüber zu reden, wie ihm zumute war.

»Ist Ihre Tochter Buddhistin?«

Daniel lachte. »Gefühlsmäßig vielleicht. Sie ist erst neun.«

Der Mann lächelte. »Mir ist aufgefallen, dass Sie noch nicht drinnen waren.«

»Stimmt«, gab Daniel zu und suchte nach Worten, womit er

seine Empfindungen beschreiben könnte. »Ich war nicht sicher … ich glaube, das war der nächste Schritt, den ich tun wollte.«

Der Mann nickte, als verstünde er es vollkommen. »Wir schließen in ein paar Minuten, Sie können sich also noch umsehen. Es ist einer der wenigen Stupas auf der Welt, die man wirklich betreten kann. Der Buddha im Inneren ist etwas Besonderes.«

Daniel sah sich um und bemerkte, dass sie allein waren. »Tut mir leid. Halte ich Sie auf?«

Der Mann beäugte ihn mit geneigtem Kopf. Sein Schädel war kahl geschoren, und es war schwer, sein Alter zu schätzen. »Ich kann eine Weile warten. Sie werden es nicht bereuen.«

Daniel begab sich zum Haupteingang, zog die Schuhe aus, und betrat den Stupa. Der Mann hatte recht gehabt. Ein riesiger goldener Buddha füllte die halbe Halle aus. Daniel setzte sich auf einen Stuhl und spürte sogleich, wie die Stille ihn umhüllte. Er blickte an der gewaltigen Figur empor und sah, dass ihre Augen auf ihm ruhten …

Das Nächste, das er bewusst wahrnahm, war der Mann in dem orangefarbigen Gewand, der ihn an der Schulter berührte. Er hatte fest geschlafen.

Der Mann lächelte wissend. »Machen Sie sich keine Sorgen. Das passiert vielen Leuten.«

»Es tut mir aufrichtig leid. Ich bin gleich draußen.«

»Hier ist niemand in Eile.«

Mit einem letzten Blick auf den Buddha folgte Daniel dem Mann hinaus in die untergehende Sonne. Er zog seine Schuhe an und dankte ihm. »Es war wirklich ein Erlebnis. Ich wünschte, meine Tochter könnte das alles sehen.«

Der Mann schmunzelte. »Er wird noch lange hier sein. Der Stupa wurde aus sehr widerstandsfähigen Materialien erbaut, um mehr als tausend Jahre zu überdauern. Er wurde zu Ehren des verstorbenen buddhistischen Lehrers Chogyam Trungpa Rinpoche errichtet, der 1987 starb. Seine sterblichen Überreste sind darin begraben. Seine Asche.«

»Ich dachte, Tibeter bekämen ein … Himmelsbegräbnis. Dass man den Leichnam als Futter für die großen Vögel in die Wildnis bringt.«

Der Mann nickte. »Ja, so machten wir es in Tibet.«

Daniel sah einen Hoffnungsschimmer. »Sie sind ein Tibeter?«

»Oh ja. Ich bin Tibeter.«

»Hören Sie. Ich weiß, dass es wahrscheinlich eine dumme Frage ist, aber kannten Sie zufällig einen Mann aus Boulder mit Namen Pematsang Wangchuck?«

»Ja, natürlich kenne ich ihn«, erklärte der Mann. »Und Sie müssen sein Sohn sein.«

»Ja.« Daniel tat einen Schritt auf den Mann zu und schüttelte ihm impulsiv die Hand. »Ich bin … Anil Goba«, platzte er heraus. »Es freut mich sehr, Sie kennenzulernen.«

»Ich bin Netsang Dawa. Wie geht es Ihrem Vater?«

»Er ist leider am Dienstag gestorben.«

»Das tut mir sehr leid.«

»Können Sie mir etwas über ihn erzählen? Ich weiß nichts über ihn. Sie müssen verstehen, dass ich ihn nie persönlich kennengelernt habe.«

Netsang Dawa schien nicht überrascht zu sein. »Ich war in der tibetischen Befreiungsbewegung sehr aktiv, bevor ich schließlich diese Arbeit hier übernahm, und Ihr Vater kam manchmal zu unseren Treffen in Denver.« Netsang nickte bei diesen Erinnerungen. »Ihr Vater war ein Khampa. Er war mit manchen Ansichten Seiner Heiligkeit über friedliche Lösungen bei der chinesischen Okkupation Tibets nicht einverstanden. Als ich hier im Center mit meinen Vorlesungen begann, begegneten wir uns wieder. Seit der Einweihung des Großen Stupa 2001 kam er mehrmals im Jahr hierher.«

»Erinnern Sie sich, wann Sie ihn zum letzten Mal gesehen haben?«

»Natürlich erinnere ich mich daran. Es war im letzten Februar an einem besonders kalten Tag, und er war nicht entsprechend gekleidet. Es hatte heftig geschneit. Ich glaube, er hatte vergessen, wie rau das Klima hier oben sein kann. Ich holte ihm eine Decke, und er machte seine *Koras* um den Stupa, sieben Mal, wie er es immer tat. Der arme Mann hinkte sehr stark, und der Schnee lag kniehoch. Er sagte mir, dass ihm sein Bein sehr zu schaffen machte, und er sah nicht gut aus, deshalb begleitete ich ihn auf seiner letzten Runde. Dann sah ich ihn nicht mehr wieder und fragte mich oft, ob ihm dieser kalte Tag die Kraft für weitere Besuche genommen hatte.«

»Gibt es noch etwas, an das Sie sich erinnern?«

Netsang zögerte einen Moment. »Nun, ja. Es ist vielleicht nicht wichtig, aber er bat mich einst um einen Gefallen. Das ist lange her, sieben oder acht Jahre. Er brachte eine kleine Kassette. Sie war nicht größer als ein Ziegelstein.« Netsang deutete ihre Maße mit den Händen an. »Er fragte mich, ob ich sie sicher aufbewahren könnte. Als ich ihn nach dem Inhalt fragte, wollte er es mir nicht sagen, aber er meinte, in seinem Haus wäre sie nicht sicher. Ich habe sie unter mein Bett geschoben und dann vergessen. Eines Tages kam er wieder hierher und fragte danach. Er war normalerweise ein ruhiger, gelassener Mann, aber er schien äußerst besorgt um diese Kassette zu sein. Er sagte, dass er sie nach Indien bringen müsse und dass er das schon vor langer Zeit hätte tun sollen.«

»Wirklich? Ist er nach Indien gereist?«

»Ich glaube nicht. Er sagte mir später, dass er sich nicht gut genug für die Reise fühle.«

Daniels Aufregung wuchs. Er glaubte nun zu wissen, warum Rosie ihn hierhergeführt hatte. Es ging nicht nur um den Stupa und den Umstand, dass Pematsang hierhergepilgert war, es ging um *den Mann mit dem Schlüssel* ... Er hatte Mühe, seine Euphorie zu beherrschen und Netsang nicht an den Schultern zu packen.

»*Eine Kassette.*«

Netsang blickte ihn prüfend an. »Ja, eine Kassette.«

»Vielleicht können Sie mir noch in einer anderen Sache weiterhelfen ... Mein Vater sagte ein paar seltsame Dinge auf dem Totenbett. Er erwähnte etwas oder jemanden, den er Jam Jam Togden nannte. Haben Sie eine Ahnung, was er damit meinte?«

Netsang grübelte stirnrunzelnd. »Jam Jam sagt mir nichts, könnte es nicht Jamyang sein? Jamyang Togden ist ein Name.«

»Wirklich? Von jemandem, den Sie kennen?«

»Nein, aber diese Namen sind nicht ungewöhnlich.«

»Und MacCloud Ganch? Ich habe das vielleicht nicht richtig verstanden ... ich weiß nicht, wie man es buchstabiert.«

»Sie meinen McLeod Ganj, den Sitz der tibetischen Exilregierung, wo sich der Dalai Lama aufhält.« Netsang sprach es sorgfältig aus.

»Ich dachte, der wäre in Dharamsala.«

»Das stimmt. McLeod Ganj ist der obere Teil von Dharamsala.«

»Aha ...«, sagte Daniel, so ruhig er konnte. »Ich verstehe.«

Sie unterhielten sich noch eine Weile, und Daniel versuchte, ihm weitere Informationen zu entlocken, aber so sehr Netsang ihm auch helfen wollte, er wusste nicht mehr. Daniel dankte ihm überschwänglich und versprach, eines Tages mit seiner Tochter wiederzukommen, die sich sehr für Bauwerke interessierte.

»Unsere Begegnung ist eine glückliche Fügung«, sagte Daniel lächelnd.

Netsang Dawa lachte fröhlich. »Ich freue mich auf den Besuch Ihrer Tochter.«

»Morgen früh findet in Boulder eine Totenmesse für meinen

Vater statt. Ich weiß, es ist weit, aber es wäre mir eine Ehre, wenn Sie kommen könnten.«

»Nein. Ich verlasse diesen Ort nicht oft«, erwiderte Netsang. »Aber ich werde Ihren Vater in meine Gebete einschließen.«

Sie gaben sich noch einmal die Hand, und Netsang ging weiter seiner Arbeit nach.

Als er dastand und einen letzten Blick auf dieses wunderschöne Symbol des Buddhas warf, wusste Daniel, dass er zurückkommen würde. Es war eindeutig, dass dieser Ort, oder was er symbolisierte, eine tiefgreifende Bedeutung in seinem zukünftigen Leben haben würde. Auch wenn er noch keine Vorstellung hatte, auf welche Weise.

Aber seine ruhige Gelassenheit hatte einem unbezwingbaren Bedürfnis zu handeln Platz gemacht. Er eilte zum Parkplatz zurück und startete seinen Ford Taurus. Zwei Stücke des Puzzles könnten zusammenpassen. Er musste sie nur noch zusammenbringen. Das war seine nächste Aufgabe, und er konnte es kaum erwarten, sich die Finger schmutzig zu machen.

Es war wieder ein strahlender Sonnentag gewesen, aber der lebensspendende gelbe Ball sank langsam auf die Berge nieder und wurde auf seinem Weg größer und färbte sich tiefrot. Als Daniel in der Cheyenne Avenue ankam, war es bereits dunkel. Ein Halbmond schien durch die Bäume. Er parkte um die Ecke und schlich zum Haus. Er hatte es jetzt eilig, aber in gewisser Weise war es ihm ganz recht, diese Angelegenheit im Dunkeln zu erledigen.

Er suchte überall, innerhalb und außerhalb des Hauses, aber er konnte keine Schaufel finden. Das Letzte, was er brauchte, war jetzt, Bob und Marla um eine Schaufel bitten zu müssen. Es wäre unerträglich zu wissen, dass sie ihn aus irgendeinem

Fenster beobachteten und Mutmaßungen darüber anstellten, welche morbiden Motive einen Mann dazu treiben mochten, im bleichen Mondschein den verwesenden Kadaver eines Hundes auszugraben.

Pematsang hatte seinen Garten selbst bearbeitet, also musste er doch irgendeine Art von Spaten besessen haben. Daniel suchte erneut gründlich. Er wollte seinen Plan nicht auf morgen verschieben. Ein Licht leuchtete nebenan auf und erlosch wieder. Als er unter die Veranda kroch – was sicherlich nicht unbeobachtet blieb –, fand er eine rostige alte Schaufel und nahm sie mit nach hinten in den Garten. Zu seiner Erleichterung standen die Bäume und Büsche rundum so dicht, dass Bob und Marla keine Chance haben würden, sein bizarres Verhalten zu beobachten.

Es gab ein Hundegehege. Die Kaninchendrahtumzäunung umfasste einen großen Teil des Gartens, in dem auch eine geräumige Hundehütte stand. Diese war jedoch umgeworfen oder von einem Sturm umgerissen worden. Daniel öffnete das Gatter und begann das Gehege methodisch abzuschreiten. »Unter einem Stein« war nicht gerade ein präziser Hinweis. Er lächelte über das kurzzeitige Aussetzen seines gesunden Menschenverstandes. Dies hatte nichts mit einem toten Hund zu tun. Er war hergekommen, weil er glaubte, dass etwas anderes unter dem Stein versteckt war. Eine ziegelsteingroße Kassette möglicherweise, eine kleine Kiste, die Pematsang nicht in seinem Haus aufzubewahren wagte. Vermutlich genau das Objekt, auf welches die Eindringlinge es abgesehen hatten, diese sogenannten Einbrecher, die nichts von Wert mitgenommen hatten. Aber warum ...? Und wenn er dieses Ding fand, hatte er noch immer keine Ahnung oder Theorie über die Person namens Jamyang Togden. Was sollte er also mit seinem möglichen Fund machen? Wenn die Geschichte des alten Tenzing auch nur annähernd der Wahrheit entsprach, hatte Pematsang wirklich Feinde. Mächtige Feinde. Aber das war vor so langer Zeit. Es erschien unvorstellbar, dass er nach vierzig Jahren etwas in seinem Besitz haben könnte, das die CIA interessierte.

Das Gehege war unkrautüberwuchert, und in der Dunkelheit war es unmöglich, zu erkennen, was sich unter den Disteln und Brennnesseln befand, aber als er zufällig über einen viereckigen Stein stolperte, unternahm er seinen ersten Grabversuch. Trotz des harten Bodens mühte er sich eine Weile ab, stieß aber nur auf weitere Steine. Das war unberührter Boden, dessen war er sicher. Er ging weiter hin und her und tastete mit den Füßen um sich.

Mehrere Male begann er mühselig in der harten Erde zu graben, ohne etwas zu finden. Er hatte das ganze Gehege abgeschritten und viele große und kleine Steine umgedreht. Dann wandte er sich der umgestürzten Hundehütte zu und sah, dass der Boden dort aufgewühlt worden war. Die Hütte war also nicht vom Wind umgeworfen, sondern absichtlich zur Seite gerollt worden. Statt aufzugeben, wie er es vorgehabt hatte, widmete er sich der Suche mit neuer Entschlossenheit. »Unter einem Stein« war nicht unter der Hundehütte. Die Eindringlinge hatten nichts gefunden.

Er begann wieder zu gehen und drückte das Unkraut mit den Füßen auseinander. Der Boden war von Steinen übersät. Er kickte sie alle um, jeden einzelnen, und prüfte mit seinem Schuh den Boden darunter. Er fand Scherben von alten Fliesen, eine alte Gartenschere, einen Kamm, Stücke von zerkautem Schlauch, viele Knochenreste von den Mahlzeiten der bösartigen Schwestern, eine große verrottete Ledersandale, die der Größe nach seinem Vater gehört haben musste.

Er wollte schon wieder aufgeben, als ihm ein kleiner flacher Stein auffiel. Er war fast vollkommen rund. Er hob ihn auf und drehte ihn um. Die Unterseite war glatt und hatte eine, wie es aussah, künstliche Markierung in der Mitte. Sein Herz begann vor Aufregung zu hämmern. Er wischte die Erde ab und nahm das Zeichen in dem spärlichen Licht genauer in Augenschein. Was er sah, machte ihn zutiefst betroffen. Es war ein perfekt graviertes Nazi-Hakenkreuz!

Was verriet ihm das über Pematsang? War er in seiner Antipathie für die chinesischen Kommunisten zum Rechtsextremisten geworden? War das eine weitere irritierende Erkenntnis über seinen Vater, die er wohl oder übel würde akzeptieren müssen? Es war schwierig, aber er hatte beschlossen, sich nicht von seinen Gefühlen leiten zu lassen. Im Zuge der Ereignisse, die Ken Baxters Anruf ausgelöst hatte, verstand er immer weniger und wurde zunehmend verwirrter. Aber er konnte Abstand bewahren und die Dinge auf rein intellektuelle Weise als Rätsel sehen. Ein Rätsel, das er sicherlich lösen würde. Die Antwort, wenigstens zu einem Teil des Geheimnisses, war nur bei seiner Mutter Gabriella zu finden. Sie würde die vier Jahrzehnte von Lügen und Vorspiegelungen falscher Tatsachen beenden und ihm die Wahrheit sagen müssen.

Nach einem langen Blick auf das Emblem steckte er den Stein in die Tasche und begann zu graben.

Spät in der Nacht saß er im Schneidersitz auf dem Teppich in seinem Hotelzimmer, sein Schatz vor ihm auf dem Boden ausgebreitet. Aus einer großen von Erdreich beschmutzten Plastiktüte hatte er ein Päckchen herausgeholt, das in eine zweite dicke, mit Klebeband verschlossene Plastikschicht eingewickelt war. Mit dem Taschenmesser, das er für Rosie gekauft hatte, schnitt er die Umhüllung auf und stieß darunter auf eine Schicht Zeitungspapier. Vorsichtig öffnete er die Zeitung. Sie war ein wenig feucht, aber sonst in gutem Zustand, und in einer Ecke einer Seite entdeckte er das Datum. Die Zeitung war fast sechs Jahre alt.

Unter der Schicht Zeitungspapier befand sich die Kassette. Sie bestand aus einem dunkelgrün lackierten Metall. Der Deckel war zugelötet, vermutlich, um die Feuchtigkeit abzuhalten. Er drehte die Kassette mehrmals um, schüttelte sie vorsichtig, dann heftiger. Die Art und Weise, wie der Inhalt hin und her rutschte, vermittelte ihm den Eindruck, dass es sich um keine harten Gegenstände handelte, sondern Papiere, Dokumente, vielleicht ein kleines Buch oder eine Broschüre.

Er war hin und her gerissen zwischen Neugier und Gewissen. So sehr es ihn auch drängte zu erfahren, was sich in der Kiste befand, durfte er doch nicht übereilt handeln. Schließlich erbte er völlig unverdient ein Haus auf einem wertvollen Grundstück und anderes Hab und Gut. Die letzten Worte seines Vater sagten es klar und deutlich: Diese Kassette war nicht für ihn bestimmt. Er wollte, dass sie Jamyang Togden übergeben wurde, wer immer das war.

Daniel entschied, dass er zumindest vorerst der Versuchung, die Kiste zu öffnen, widerstehen würde, um seine Möglichkeiten zu überdenken. Er hatte bereits ein paar Ideen. Wenn sie alle zu nichts führten, würde er die verdammte Kiste aufmachen. Vielleicht gab dann der Inhalt über den geheimnisvollen Empfänger Aufschluss.

Er stand auf und trug sie zu seinem Kleiderschrank, in dem sich auch ein Safe befand. Er legte sie hinein und gab seine übliche PIN-Nummer ein. Dann löschte er sie wieder, einer Eingebung folgend, und wählte eine andere, den Todestag von Quassel, seinem Papagei, vor achtundzwanzig Jahren. Man konnte nicht vorsichtig genug sein, das hatte er in den letzten Tagen gelernt. Zufrieden ging er zurück, ließ sich wieder auf den Boden nieder und begann die Zeitung zu lesen. Sechs Jahre alte Nachrichten weckten schließlich eine ganze Menge Erinnerungen.

Kapitel 10

Amanda Byrne.«

Byrne! Er hielt sich zurück. Es war nur ein Name. »Guten Morgen. Ist Rosie wach?«

»Nein, sie hat sich gestern einen Film angesehen und ist lange aufgeblieben.«

»Einen Film? Die Schule hat wieder angefangen, da muss sie doch ihre Hausaufgaben machen und früh ins Bett gehen.« Er biss sich auf die Lippe und verfluchte seinen selbstherrlichen Tadel. Amanda war eine gute Mutter, wenn auch unkonventionell, jemand, der gern aus stumpfsinniger Routine ausbrach.

»Vergisst du nicht, dass ich die Verantwortung für sie habe?«, sagte sie nachsichtig.

Er wickelte den Gürtel seines Boulderado-Bademantels fest um sein Handgelenk. »Nein, das vergesse ich nicht, auch wenn es keine gerichtliche Verfügung dazu gibt.«

»Sie ist neun Jahre alt, Daniel.«

Der Gürtel behinderte den Blutfluss in seine Hand. Langsam löste er ihn. »Sie ist neun, wenn es dir in den Kram passt.«

»Ach, Daniel. Es ist zu früh am Morgen, um zu streiten.« Und nach einer Pause fuhr sie fort: »Wo bist du überhaupt? Rosie hat etwas von Boulder erzählt. Das ist in Arizona, oder?«

»Colorado.«

»Ein neuer Job schon wieder? Ich dachte, an der Holzfliegerei in Britisch Kolumbien hättest du ein wenig länger Spaß. Du hast immer gesagt, wie gefährlich sie war.«

Er hörte den leichten spöttischen Unterton deutlich und vermied es, darauf einzugehen. »Ich bin nicht zum Arbeiten hier.« Er schwang den Gürtel durch die Luft. »Kann ich dir eine persönliche Frage stellen? Was hat es mit deiner neuen Freundin auf sich, dieser fröhlichen Tony?«

Amanda schwieg. Als er seine Frage auf weniger sarkastische Art wiederholen wollte, sagte sie: »Ich sage dir gleich, spitze Bemerkungen über Tony kannst du dir sparen.«

»Ich kenne die Frau nicht einmal.«

»Dann hast du dich also nicht über sie geärgert.«

»Neulich hatte sie nichts Besseres zu tun, als meinen morgendlichen Anruf bei Rosie abzuwimmeln«, wandte Daniel ein, und seine Stimme hob sich merklich.

»Rosie ist eben nicht immer für dich da.«

Daniel peitschte mit dem Gürtel nach einer imaginären Tony. »Seit wann entscheidet das Tony, verdammt noch mal? Wer ist sie überhaupt?«

Eine Pause folgte. »Kannst du dir das nicht denken?«

Er hatte ein flaues Gefühl im Magen. »Was nicht denken?«

»Warum glaubst du, dass wir nie so richtig zueinanderfanden?«, sagte sie sanft.

Einen Moment lang war er verblüfft, dann gewann der Ärger die Oberhand. »Soweit ich mich erinnere, fanden wir unglaublich gut zueinander.«

»Ja ... aber warum war es nicht von Dauer?«

»Weil du immer gesagt hast, dass mir mein Job wichtiger ist als meine Familie. Weil ich zu oft und zu lange fort war. Weil ich auf Gefahr und Abenteuer und Herausforderungen aus war. Weil ich nicht kompromissbereit genug war, einen Bürojob anzunehmen. Das waren die Gründe. Oder, Amanda?«

»Ja, natürlich. Stimmt schon.« Sie zögerte. »Und ich bin dir nie auf irgendeine andere Weise zwiespältig vorgekommen?«

»Nein.« Er peitschte die seidenen Bettlaken mit seinem Gürtel. Sie konnte nicht wirklich meinen, was sie andeutete. »Um Himmels willen, Amanda. Hör auf, drum herumzureden.

Willst du mir allen Ernstes sagen, dass ich eine Lesbe geheiratet habe?«

Kaum ausgesprochen bedauerte er seine Worte, vor allem das L-Wort, weil es so feindselig und kompromisslos war. Er wollte nicht nachdenken, was es wirklich bedeutete.

»Es tut mir leid, Daniel. Wir haben beide Mist gebaut, okay?«

Es folgte ein längeres Schweigen. Er spürte, wie ihm das Blut ins Gesicht stieg, als er die Wahrheit begriff. Er konnte kaum glauben, was geschah. Ein weiteres Scheinleben, das er geführt hatte, ein weiterer Endpunkt ...

Als sie wieder sprach, klang ihre Stimme versöhnlich. »Hör zu. Ich möchte gern, dass wir das alles endgültig abhaken. Jetzt, wo du Bescheid weißt, ist es vielleicht einfacher für uns, Freunde zu bleiben. Wir waren immer Freunde, oder nicht? Unsere Freundschaft war unsere große Stärke.«

Daniel rang nach Worten. »Ich kann mich nur schwer damit abfinden, dass mich die Liebe meines Lebens immer nur als Freund gesehen hat.«

»Die Liebe deines Lebens?« Ihr Ärger kam wie immer rasch hoch. »Die Liebe deines Lebens, das bist du in einem Helikopter, und dann vielleicht noch Rosie.«

»Dann war unser Leben also eine Lüge, Amanda? Du hast mich zehn Jahre lang belogen.«

»Das siehst du ganz falsch. Du warst nur nie lange genug zu Hause, dass mir aufgefallen wäre, was mein Problem ist. Und es ist nicht wirklich ein Problem. Mein Problem ist gelöst.«

Er hörte gar nicht, was sie sagte. Die Enthüllung hatte seine Empörung und seinen Zorn rasch in Furcht verwandelt. Sein kurzes Gespräch mit Tony – einer Frau, die auf einen Mann sofort ablehnend und aggressiv reagierte – hatte eine neue Bedeutung gewonnen: Sie nahm sich bereits das Recht heraus, Einfluss auf seine Beziehung zu Rosie zu nehmen.

»Ist Tony bei dir und Rosie eingezogen?«

»Das überlegen wir gerade. Es wäre billiger für dich. Ich könnte die ...«

»Lass das«, unterbrach er sie barsch. »Lass das Geld aus dem Spiel. Ich bezahle für Rosie, wer immer bei dir einzieht.«

»Wir reden darüber, wenn du dich beruhigt hast«, sagte sie kühl und legte auf, bevor er antworten konnte.

Sie waren eine beklagenswert kleine Gruppe, Daniel und Carlos Benedict, Anne, Marla und Dolma Whiteread, Tenzings Tochter. Tenzing selbst hatte nicht kommen wollen, aber Dolma entschied für sich, dass es sich gehörte, auch wenn sie, wie sie sagte, Pematsang selten gesehen hatte.

Anne und Marla sahen aufregend aus, Anne in einem Kleid in dunklem Lila, das wunderbar zu ihrem Hautton passte, Marla in enger schwarzer Hose und einem wie Leopardenfell gemusterten Top und viel Make-up und Schmuck. Ihr Bienenkorb war zu noch nie da gewesener Höhe frisiert. Es gefiel Daniel, dass sich die beiden für diese Gelegenheit so herausgeputzt hatten. Dolma sah dagegen langweilig und trist aus in ihrem braunen Kostüm. Daniel, der nur zwei Garnituren Kleidung nach Boulder mitgebracht hatte, trug seine grüne Chinohose und ein weißes Hemd.

Er beobachtete die zusammengewürfelte Gruppe am Sarg in der von Kerzen erhellten Trailer-Kapelle. Außer Marla hatte keiner mit dem Verstorbenen jemals engeren Kontakt gehabt, noch kannten sie einander. Es war eine traurige Offenbarung. Niemand sollte diese Welt so schrecklich allein verlassen müssen.

Carlos Benedict ergriff dankenswerterweise die Initiative und sprach einige gut gewählte Worte. Die Abwesenheit eines Kirchenvertreters erklärte er damit, dass Pematsang ein strenggläubiger Buddhist war. Die Abwesenheit von Familienangehörigen führte er auf Pematsangs ferne Heimat zurück, und das Fehlen von Freunden ... nun, jeder, der ein solch ansehnliches Alter erreichte, hätte wohl längst die meisten seiner Altersgenossen verloren.

Bewegt von Mr. Benedicts feinfühligen Worten erzählte Daniel das Wenige, das er über die Vergangenheit seines Vaters erfahren hatte, dass Pematsang sein Leben für sein fernes, bedrängtes Heimatland eingesetzt hatte, dabei ließ er fast alles aus, das er von Tenzing erfahren hatte. Dann erzählte er seine eigene verrückte Geschichte, wie er seinen unbekannten Vater kaum eine Woche nach Ken Baxters Anruf fand. Als er diese Entdeckung in Worte fasste, konnte er seine Gefühle kaum zurückhalten, aber diese Menschen würde er wahrscheinlich nie mehr in seinem Leben wiedersehen, was spielte es also für eine Rolle? Außerdem fühlte er, dass seine Geschichte dieser Abschiedsfeier ein wenig Substanz verlieh.

Als er alles gesagt hatte, blickte er in die Runde. Keinen von ihnen kannte er länger als ein paar Tage. Jeder schien angemessen bewegt zu sein, außer Dolma. Zweimal war ihm aufgefallen, dass die ihn mit eisigem Misstrauen betrachtete.

»Eine Kanne Kaffee und ein Tablett mit Gebäck wartet im Büro auf Sie«, sagte Carlos Benedict in der folgenden Stille.

Gehorsam und erleichtert, dass die Pflicht ein so rasches Ende fand, strömten sie hinaus. Daniel war der Letzte. Er blickte noch einmal zurück. Das schreckliche Gefühl der Unwirklichkeit überkam ihn wieder. Weshalb gab er in dieser geschmacklosen Kapelle einem Fremden das letzte Geleit, einem tibetischen Mann, der ihn zurückgewiesen hatte? Seinem Vater, der heftig bestritten hatte, dass Daniel sein Sohn war.

Er folgte den anderen über den kahlen Hof. Dann standen sie alle in einem kleinen Raum neben dem Büro und tranken Kaffee aus Plastikbechern und aßen von dem angebotenen

Gebäck. Daniel hakte sich bei Dolma unter und führte sie ein paar Schritte weg von den anderen.

»Ist alles in Ordnung, Dolma?«

»Ja, es geht mir gut«, erwiderte sie knapp.

»Ich hatte noch keine Gelegenheit, Ihnen für das Essen gestern zu danken. Ich weiß, ich war ein wenig abgelenkt, aber wie ich Ihnen schon sagte, habe ich meinen Vater nur zweimal getroffen, und jetzt habe ich ihn verloren.«

Dolma zeigte kein Mitgefühl. »Pematsang ist sehr alt geworden. Sie hätten sich schon ein wenig früher um ihn kümmern können.«

Er ging nicht auf ihre Anschuldigung ein. Er drückte ihren Arm ein wenig. »Helfen Sie mir, Dolma, bitte. Ich hatte keine Gelegenheit, mit Ihnen zu sprechen, als wir dieses herrliche Mittagessen hatten. Tenzing hat mir Verschiedenes erzählt, aber ich habe immer noch so viele Fragen.«

Sie zuckte die Achseln und befreite ihren Arm aus seinem Griff. »Ich weiß sehr wenig über Pematsang. Fast nichts.«

»Hat Pematsang oder Ihr Vater je meine Mutter oder mich erwähnt?«

»Nein.«

»Wie ist es mit Pematsangs jungen Jahren in Tibet ... bevor er in die Staaten kam? Was hat er gemacht? Sie müssen doch sicher irgendetwas wissen ... er war ein langjähriger Freund Ihres Vaters.«

Der Frau war anzusehen, dass ihr diese Befragung nicht sonderlich behagte. »Ich weiß nur, dass Pematsang aus einer einflussreichen Khampa-Familie stammte. Seine Angehörigen wurden während der Kulturrevolution von der Volksbefreiungsarmee umgebracht.«

»Umgebracht? Seine ganze Familie ... ermordet?«

Ihr Verhalten hatte sich von Reserviertheit zu unverhohlener Abneigung gewandelt. »Hören Sie. Er hat das erfahren, aber er ging nie zurück, um herauszufinden, ob es stimmte.«

»Vielleicht hat er ...«

Dolma unterbrach ihn. »Ich möchte nicht mehr über dieses Thema reden. Haben Sie mich verstanden?«

Daniel war verwirrt. Sie war nicht gerade eine Frohnatur bei seinem ersten Besuch gewesen, aber diese Reaktion grenzte an Feindseligkeit. »Dolma, habe ich Sie in irgendeiner Weise gekränkt?«

Sie nahm ihre Handtasche unter den Arm. »Es ist so. Mein Vater hat sich durch Ihren Besuch ziemlich aufgeregt. Gespräche über die Vergangenheit wecken Dinge, die er vergessen muss. Belästigen Sie ihn also bitte nicht mehr.«

»Es tut mir leid, das zu hören«, sagte Daniel und trat einen Schritt zurück. »Ich hatte ganz sicher nicht die Absicht, das zu tun, aber sicher verstehen Sie meine berechtigte Neugier.«

Sie starrte ihn wütend an. »Um ehrlich zu sein, es ist nie die Rede von einem Sohn gewesen. Sie sehen also ein wenig wie Pematsang aus, das heißt, Sie sind groß und Sie haben ein ähnliches Muttermal. Na und, was beweist das schon?«

»Moment mal ...«, begann er.

»Warum nehmen Sie nicht Ihr Erbe und genießen Ihr Leben? Warum einem geschenkten Gaul ins Maul schauen?«

Anne Roberts war die Letzte, die ging. Sie lud ihn ein, in ihrem Wagen mitzufahren, und sie folgten dem Leichenwagen hinaus aus Boulder. Im Krematorium fand kein formelles Zeremoniell mehr statt. Carlos Benedict verabschiedete sich, und Anne leistete Daniel in dem kahlen, klimatisierten Vorraum Gesellschaft, während noch eine andere Einäscherung im Gange war. Als sie in die Haupthalle gerufen wurden, sahen sie zu, wie Pematsangs Sarg begleitet von schwermütiger Orgelmusik durch eine Klappe im Boden hinabgelassen wurde.

»Erstaunlich, wie rasch ein ganzes Leben beseitigt werden kann«, sagte Anne leise.

»Körper und Geist heute ... Asche morgen«, erwiderte Daniel. »Morgen hole ich die Urne. Ich kann sie in meinen Rucksack stecken, aber sie wird wahrscheinlich in den Frachtraum müssen.«

»In welchen Frachtraum?«

»Im Flugzeug. Ich möchte morgen abreisen.«

»Schon?«

Er sah sie an. »Es gibt nichts mehr, das mich hier hält. Sie werden sich um alles kümmern, stimmt's?«

Sie erwiderte seinen Blick. »Sie können sich darauf verlassen.«

»Kann ich Sie zum Mittagessen in die Karma Kitchen einladen?«

Sie nickte. »Das ist ein Angebot. Ich hatte keine Ahnung, dass eine Leichenverbrennung so hungrig macht.«

Das Essen dauerte länger als beabsichtigt. Das Restaurant war ein ziemlich obskures Etablissement auf der Arapahoe mit authentischer – daher billiger – tibetischer Küche, das irgendwie dem wachsamen Auge der Gesundheitsbehörde entgangen war. Doch das Essen war köstlich und der Dekor eine aufregende Sammlung von Gemälden, die haarige Yaks und Tibeter in ihrer einheimischen Kleidung vor dem Hintergrund schneebedeckter Berggipfel zeigten. An einer Wand hing ein Teppich, auf dem der Potala Palast in Lhasa zu sehen war. Auf einer großen Anschlagtafel fanden sich Hinweise auf Zusammenkünfte und Kundgebungen, auf Buddhisten-Center, Kurse und Feste. Fotos, die Gräueltaten der Chinesen an Tibetern zeigten, warfen einen düsteren Schatten über die fröhliche Atmosphäre.

Die Eigentümer des Restaurants schienen zwei junge Männer zu sein, die unter der Aufsicht einer runzeligen alten Oma sowohl kochten als auch bedienten. Er hätte ihnen gern tausend Fragen gestellt, aber er schuldete Anne seine ganze Aufmerksamkeit, denn es gab eine Reihe von Dingen zu besprechen. Anne hatte in ihrer Aktenmappe einige Dokumente, die er unterzeichnen musste, und versicherte ihm, dass sie ihn über jedes Angebot informieren und nichts ohne seine Zustimmung unternehmen würde. Ihrer Meinung nach war das Haus ein Abrissobjekt, denn das Grundstück bot genug Raum für ein größeres Einfamilienhaus mit Garten und Pool. Er fragte sie, ob sie den Transport des tibetischen Schwertes und des beschädigten Gipsbuddhas in Pematsangs Haus nach Vancouver veranlassen könne, zu welchen Kosten auch immer.

»Mit Geld ist alles möglich«, versicherte sie ihm.

Er mochte Anne. Er mochte sie sehr, und er vertraute ihr. Während sie ihr *Thenthuk* und *Shabri* aßen, kam er mehrfach in Versuchung, ihr zu erzählen, was Pematsang auf dem Totenbett gesagt hatte und dass er Tenzing und den Stupa besucht habe, und auf welche seltsamen Informationen er dabei gestoßen war. Eine vernünftige Einschätzung der Dinge wäre ihm sicherlich sehr dienlich gewesen. Aber jedes Mal, wenn er dazu ansetzte, ihr die verwirrenden Ereignisse zu offenbaren, schreckte er davor zurück. Wenn er ihr erzählte, dass er in Pematsangs Hundezwinger einen alten Metallbehälter ausgegraben hatte, würde sie ihn wahrscheinlich für verrückt halten. Außerdem hatte er kein Recht, sie mit dieser Sache weiter zu belasten.

Es war kurz nach drei, als sie das Lokal verließen.

»Kann ich Sie zu Ihrem Wagen zurückbringen?«

»Nein, danke, Anne, Sie haben sich schon viel zu viel um

mich gekümmert, und ein Spaziergang ist jetzt genau das Richtige.« Und er fügte hinzu: »Ich bin Ihnen sehr dankbar für alles, was Sie für mich getan haben.«

Sie gaben sich die Hand. Er ergriff ihre mit beiden und beugte sich voller Dankbarkeit vor und küsste sie auf die Wange. Sie lächelte und überspielte ihre Verlegenheit rasch mit ihrer Anwaltsmiene. »Das ist mein Job, und ich werde dafür gut bezahlt. Was Sie angeht, wird Ihnen, wenn alles abgewickelt ist, ein beträchtlicher Scheck ins Haus flattern.«

»Kommt mir vor wie ein obskurer Lotteriegewinn. Wo ist der Haken dabei?«

Sie bedachte ihn mit einem umwerfenden Lächeln. »Geben Sie nicht alles auf einmal aus.«

Er blickte ihr nach, als sie ging. Die dunkle lila Seide ihres Kleides raschelte sinnlich mit jedem Schritt. Eine Frau mit einem erstklassigen Geschmack für Kleidung und der entsprechenden Erscheinung, um es auch zu zeigen. Eine Frau mit einem scharfen Verstand und einem unverkennbaren Sinn für Humor. Davon abgesehen wusste er nichts über sie, und nun war es zu spät, mehr herauszufinden.

In dem Augenblick, in dem er die Tür zu seinem Hotelzimmer öffnete, wusste er, dass jemand hier gewesen war, jemand anderer als die Zimmermädchen. Es war sowohl ein Gefühl als auch Gewissheit, auf Grund dessen, was er sah. Das Zimmer schien auf den ersten Blick unberührt zu sein, aber wie immer erinnerte er sich genau, wo und wie auch die unbedeutendsten Dinge gewesen waren, als er den Raum verließ. Das Bettzeug war angefasst worden, das Mobiliar bewegt. Am verräterischsten war die Kleiderschranktür. Sie war geschlossen, aber das Schloss nicht eingerastet, während Marlas penible Kolleginnen das Zimmer stets in makellosem Zustand verließen. Und als er in den Schrank blickte, sah er sofort, dass man sich an dem Safe zu schaffen gemacht hatte. Das Holzregal, an dem der Safe befestigt war, hatte einen diagonalen Riss. Rasch tippte er die Quassel-PIN-Nummer ein und versicherte sich, dass der Inhalt unberührt geblieben war. Diese Hotelsafes waren recht zuverlässig, doch der Rand der Tür hatte zwei Kerben, die vorher nicht da gewesen waren und von einem Brecheisen herrühren mochten ... von der Brecheisenbande? Die tibetischen Münzen lagen an ihrem Platz. Es gab keinen Zweifel. Jemand wollte um jeden Preis diese verdammte Kassette an sich bringen. Sie hatten Pematsangs Haus durchsucht, in seinem Garten gegraben, und sich jetzt das Hotelzimmer vorgenommen. Und was als Nächstes? Wie weit würden sie gehen und warum?

Daniel spürte einen Anflug von Furcht wie einen schmerzhaften Stich in seinen Eingeweiden und lachte gleichzeitig schallend laut auf. Die ganze Sache war einfach zu absurd. Die einzige weit hergeholte und unsinnige Erklärung deutete auf die CIA als Täter. Wie Tenzing sagte, hatte Pematsang alles geopfert, um die »Behörde« bloßzustellen. Hatte Pematsang Informationen besessen, die jetzt nach vierzig Jahren noch so brisant waren, dass die CIA sofort auftauchte, als Pematsang sein Haus nicht mehr schützen konnte? Das kam ihm eher unwahrscheinlich vor. In einigen Ländern, wozu auch Pematsangs Heimat gehörte, hätte man ihn einfach verhaftet und die benötigte Information mit einem elektrischen Viehtreiber oder einer Zange oder der verlässlichen Wasserfolter zutage gefördert.

Die Hotelleitung einzuschalten erschien ihm sinnlos, ebenso die Polizei, aber er war nicht erbaut darüber, dass er ein so begehrtes Ding in seinem Besitz hatte. Wenn er die Kassette nur jemandem geben könnte, der wusste, was damit geschehen musste. Pematsang hatte sie in seiner letzten verzweifelten Anstrengung, sich einer Pflicht zu entledigen, die er nicht mehr erfüllen konnte, Daniel anvertraut, in der Hoffnung, dass dieser einen Weg finden würde, sie Jamyang Togden zu übergeben.

Er nahm sie aus dem Safe und drehte sie in den Händen. Die Neugier wurde zu stark. Ach, zum Teufel! Er holte das Universaltaschenmesser heraus, das er für Rosie erstanden hatte, und kniete sich auf den Boden. Er benutzte jedes integrierte Werkzeug, um die Kassette aufzukriegen, aber der Dosenöffner gab den Geist auf, ebenso das Messer und der Nagelknipser. Die Lötung hielt. In seinem Frust stampfte er mit dem Fuß auf die Kante, um mit purer Gewalt einen Bruch herbeizuführen. Der Behälter verbog sich, doch der Deckel blieb fest mit ihr verbunden.

Er ließ sich in einen Lehnstuhl sinken und starrte auf den misshandelten Gegenstand auf dem Boden. Er wollte einfach nicht geöffnet werden. Nach einem Moment des Überlegens entschied er sich, seinen Prinzipien treu zu bleiben und die Kassette nicht zu öffnen ... außer wenn es unbedingt erforderlich werden sollte. Er konnte die ganze Sache als einfache geschäftliche Transaktion betrachten: Er hatte ein Haus, das einen ansehnlichen Wert besaß, als Gegenleistung für eine Übergabe angeboten bekommen. Er hatte das Angebot faktisch bereits akzeptiert. Aus dieser Sicht der Dinge musste er den letzten Wunsch seines Vaters nach bestem Wissen und Gewissen erfüllen. Mehr konnte ein Mensch nicht tun, als *sein Bestes geben*.

Er legte die Kassette zurück in den Safe. Dann ging er zur Tür, um sich zu vergewissern, dass sie verschlossen war. Morgen früh würde er als Erstes den Mittagsflug nach Vancouver buchen, dann direkt zum Krematorium fahren, die Asche an sich bringen, und so schnell wie möglich aus Boulder verschwinden. Er rief in der Rezeption an und bat um einen Weckruf um sieben Uhr.

Er zog die Schuhe aus, legte sich aufs Bett und stellte eine Liste all der Dinge zusammen, die mit ins Flugzeug mussten:

1) Eine versiegelte Metallkassette, hinter der die CIA her war,
2) Zahnbürste + Zahncreme + Rasierer,
3) eine Urne mit noch lauwarmer menschlicher Asche,
4) Karma-Beutel mit sechs Käsemomos,
5) Regenschirm (nie benutzt),
6) eine amerikanische Geburtsurkunde (nie benutzt),
7) Taschenmesser (nicht mehr brauchbar, entsorgen – nicht im Handgepäck lassen),
8) Tibetische Münzen, gerahmt,
9) eine schmutzige Chinohose und Hemd, Unterwäsche desgleichen,
10) eine sechs Jahre alte Zeitung

Er überlegte noch eine Weile, dann zerriss er die Liste in kleine Stücke und spülte sie die Toilette hinunter. Hatte er nicht genug Filme gesehen, um genau zu wissen, wie man belastende Dokumente loswurde? Schließlich stand er auf, öffnete seinen Rucksack und begann zu packen. Das dauerte ganze drei Minuten. Er blickte auf sein prall gefülltes Gepäck und fragte sich, wie groß die Urne sein würde und ob sie noch in seinen Rucksack passte. Sie musste. Er würde den Toten nach Vancouver bringen, und wenn er die Asche lose in seinen verdammten Hosentaschen transportieren musste.

Kapitel 11

Er lehnte sich in seinen Sitz zurück und genoss mit großer Erleichterung den Flug. Das Gefühl der Unwirklichkeit schwand nach und nach, und er fand zu seinem Leben vor Ken Baxters Anruf zurück. Rosie wartete auf ihn und er hoffte, dass das auch Katie tat. Alles würde beim Alten sein, wenn er erst wieder in der Pilotenkanzel einer S-61 saß und der Tätigkeit nachging, die alle seine allzu männlichen Unsicherheiten neutralisieren konnte, eine Art Bestimmung, die irgendein hoher Lama vorausgesehen hatte, als er ihm seinen verheißungsvollen Namen gab. Er musste über die verrückten Gedanken lächeln, die in den letzten Tagen alles, was er glaubte, infrage gestellt hatten. Er würde vorsichtig sein müssen, wenn er sich nicht unvermutet auf dem Weg zum Nirwana wiederfinden oder wie seine Tochter werden wollte, von seltsamen Ideen und Omen, Träumen und Gott weiß was für Zukünfte verheißenden Prophezeiungen geplagt. Seine Sorge um Rosie wischte das Lächeln aus seinem Gesicht. Er erinnerte sich, was er beim Anblick des Großen Stupa gedacht hatte. Seine Tochter besaß eine besondere Gabe, und das war wirklich nicht zum Lachen. Er betete, dass ihre »sensitive« Veranlagung mit der Pubertät geringer würde oder ganz verschwand ... aber sie mochte andererseits auch stärker werden. Alles, was er sich für Rosie wünschte, waren Glück und Licht, nicht dunkle Gedanken, Ängste und prophetische Träume. Amanda nannte es eine Gabe. Er hatte es nie solcherart zu sehen vermocht.

Amanda ... seit ihrem gestrigen Gespräch hatte er es vermieden, an sie zu denken. Ehe sich eine Reihe unerfreulicher Gedanken in seinem Kopf breitmachen konnten, kam ein junger Mann vom Kabinenpersonal und stellte ein Mittagstablett vor ihn hin. Essen! Wann hatte er das letzte Mal gegessen? Er schob alle Gedanken beiseite und machte sich über das kleine Tablett her. Nur eine geradezu übermenschliche Willensanstrengung hielt ihn davon ab, auch noch Rosies Momos in sich hineinzustopfen. Als er alles vertilgt hatte und das Tablett abgeräumt war, blickte er auf die Gebirgskette der Rocky Mountains unter ihm auf der Erde hinab, über deren Bergmassive die Maschine nach Norden flog. Erst als er den Gipfel des Baker Mountain in der Ferne sah, erinnerte er sich wieder daran, was ihn noch zu Hause erwartete – die Tragödie, die er hinter sich gelassen hatte. Dort in der Kaskadenkette, zwischen dem Mount Baker und dem Glacier Peak, lag der verbrannte Snoqualmie Wald, wo er einen Kollegen in einem Baumwipfel zurückgelassen und wo sich die Qualen eines brennenden Bärenjungen in seinem Gedächtnis verewigt hatten.

Die kanadische Grenze war nicht mehr weit, und er konnte bereits die grauen Wolken über dem Land sehen. Der Aufforderung, die Sitzgurte zu schließen, folgte die Durchsage des Flugkapitäns, und schon befand sich die Maschine im Landeanflug auf Vancouver. Zu Hause! Er hatte sich nirgendwo mehr zu Hause gefühlt, seit Amanda ihre gemeinsame Eigentumswohnung in Nord-Vancouver verkaufte, aber im Augenblick bedeutete zu Hause Rosie, Arbeit und ... Katie.

Die flüchtige Abmachung, die er mit dem Geist seines Vaters getroffen hatte, war dem Ansturm dieser Gefühle nicht gewachsen.

Der Vancouver International Airport stellte ein wahres Fest der Kunst der Haida und der anderer kanadischer Ureinwohner dar. Überall fiel der Blick auf große Holzschnitzereien, Wandteppiche und Bronzeskulpturen. Für Besucher war es eine beeindruckende Einführung in die Kultur Britisch Kolumbiens, und den heimkehrenden Vancouveranern vermittelte es sofort wieder das Gefühl, in vertrauten Gefilden zu sein.

Daniel holte seinen Rucksack vom Gepäckförderband. Er versuchte möglichst unauffällig zu wirken, als er durch den Zoll schlich, was bei seiner Größe nicht einfach war, und betete, dass ihn niemand aufhielt, um sein Gepäck zu durchsuchen.

Außerhalb des Flughafengebäudes nahm er einen tiefen Zug britisch-kolumbianischer Luft. Ein feiner Nieselregen tauchte alles in Grau. Anhaltender Regen war im Herbst eine gewohnte, deprimierende Wettererscheinung in Vancouver. Er ging auf dem überdachten Fußgängerweg zum Dauerparkplatz hinaus, wobei er sein Handy einschaltete und Rosie anrief.

»Papa!«

»Hallo, Kleines. Ich bin wieder da.«

»Komm und hol mich, Papa.«

»Frag erst deine Mutter.«

»Die ist nicht da.«

»Nicht da? Bist du allein im Haus?«

»Nein. Tony ist hier. Willst du, dass ich sie frage?«

»Nein! Es genügt, wenn du es ihr sagst.«

»Alles klar«, meinte sie verständnisvoll.

Dann rief er Katie an. Die Begrüßung war unerwartet herzlich. »Ich gebe es nicht gerne zu«, sagte sie, »aber ich habe an dich gedacht.«

Er lachte, erfreut, solch ein Gefühlsbekenntnis von so einer harten Nuss von einer Frau zu hören.

»Dann sieh zu, dass du heute Abend Zeit für mich hast«, sagte er. »Ich muss am Montag bei Tagesanbruch zur Arbeit.«

»Um unsere Wälder weiter zu dezimieren«, sagte sie nicht ohne einen Anflug von Humor in der Stimme. »Ich will mal einen Blick in meinen Terminkalender werfen.« Es folgte eine lange Pause. »Ja. Das lässt sich einrichten. Treffen wir uns im Yakomono auf der Robson Street. Ich könnte einen großen Teller Sushi vertragen. Du kennst das Lokal, nehme ich an?«

»Ich freue mich schon sehr, dich wiederzusehen, Katie«, sagte er aufrichtig.

»Ich bin schon sehr gespannt, wie es dir in Boulder ergangen ist.«

»Ich werde dir alles erzählen.«

»Bis um acht dann.«

»Ja, bis um acht.«

Als er im Auto saß, wählte er eine weitere Nummer, die von Nobby Rod.

»Hallo Rod. Melde mich nur zurück. Bin am Montag einsatzbereit.«

Es folgte eine kurze Pause. »Wie geht's Ihnen, Kumpel?«

»Alles bestens, Rod. Und Ihnen?«

Rod lachte. »Oh, ich kann nicht klagen. Sind Sie sicher, dass Sie schon wieder fliegen wollen?«

»Hören Sie zu! Ich bin schon halb verrückt, und wenn Sie mich vom Arbeiten abhalten wollen, werden Sie mich festbinden müssen. Das ist mein Ernst.«

»Gut, gut. Das wollte ich nur hören. Die Sache ist die, wir haben einen neuen Anwärter aufgenommen. Connor Payne. Er hat einen Haufen Flugstunden für einen Piloten seines Alters, aber Holztransporte hat er noch nicht gemacht. Ich will ihn aus vielerlei Gründen nicht mit Robin zusammenstecken ...« Rod hielt inne. »Er braucht jemand mit Erfahrung, der ihm zeigt, wo's langgeht ... ich denke, ihr zwei werdet gut miteinander auskommen.«

Daniel zog die Stirn in Falten. Ein Neuling bei der Heli-

Holzfällerei war entweder ein Traum oder ein Albtraum, ganz gleich, wie viele Flugstunden er hatte. Außerdem hieß das, dass er mehrere Wochen lang nur als Kopilot fliegen würde, bevor er abwechselnd in den Pilotensitz durfte. »Sicher. Ich kann ihn schon unter meine Fittiche nehmen. Aber gönne anderen auch das Vergnügen«, sagte er seufzend. »Schätze, dann geht alles wieder seinen gewohnten Gang.«

»Genau, was ich hören wollte«, sagte Rod.

Er parkte vor Rosies Haustür und stieg aus. Auf dem Gehsteig blieb er stehen und betrachtete das Domizil seiner Tochter, das einst ein imposantes Hotel gewesen war. Ein paar hundert Meter dahinter rollten die Wogen des Pazifiks an einen wunderschönen Strand und die Straßen strahlten Atmosphäre aus. Auf einer schiefen, überdachten Veranda standen unzählige Blumentöpfe und dazwischen lagen knorrige, verwachsene, vom Wasser ausgebleichte Stücke Treibholz. Runde Buntglasfenster, Eichenspindeln und geschnitzte Fassadenschindeln waren die Überbleibsel einer vergangenen Zeit. Das war alles ein reizvoller Anblick, aber nun im Regen ließ das Haus den unkonventionellen Charme vermissen, den es an einem sonnigen Tag besaß.

Er konnte jetzt sehen, wie heruntergekommen es wirklich war, kaum bewohnbarer als Pematsang Wangchucks Haus. Die Hartholzschiebefenster bedurften dringend einer umfangreicheren Instandsetzung, und einige Dachziegel fehlten. Sich vorzustellen, dass der unverschämte Arnie-Typ in der anderen Haushälfte den Nerv besaß, sich über ein Ferkel zu beschweren! Seine Hälfte war in noch üblerem Zustand.

»Es ist eine Bruchbude, nicht wahr?«, hörte er jemanden sagen.

Dieser Jemand hatte die Tür geöffnet, aber es war nicht

Rosie. Eine junge Frau mit kurzem Haar blickte ihm entgegen. Er runzelte die Stirn und ging auf sie zu, während er überlegte, wer sie sein mochte. Sie kam ihm halb entgegen und reichte ihm die Hand.

»Ich bin Tony«, sagte sie.

Er starrte sie überrascht an. In seiner Vorstellung war sie eine große, nikotinsüchtige Frau in den Vierzigern mit dicken Schenkeln. Tony sah schockierend jung aus, war mittelgroß und von zierlicher Elfenhaftigkeit. Ihre Hand fühlte sich zerbrechlich an in seiner, wie ein kleiner verwundeter Vogel. Ihre Augen waren von einem tiefen Blau, wie er es nie zuvor gesehen hatte, und ihr ganzes Gesicht war übersät mit Sommersprossen. Mit spitzen grünen Schuhen und einem Zauberstab hätte sie geradewegs aus einem Märchen kommen können.

»Ich habe Sie mir irgendwie anders vorgestellt«, sagte er ein wenig hilflos.

Sie verdrehte die Augen. »Ja, das kann ich mir vorstellen.«

»Ich möchte Rosie abholen.«

»Hätten Sie Lust auf eine Tasse Minzetee?«

Er musterte sie und fragte sich nach ihrem Motiv für die Einladung.

»Ja, danke«, sagte er. Es mochte eine gute Gelegenheit sein, sie kennenzulernen, und für sie, herauszufinden, was für ein umgänglicher Kerl er doch war, auch wenn Amanda ihr vielleicht etwas anderes erzählt hatte.

Er folgte ihr ins Haus. Es war chaotisch, noch chaotischer und vollgestopfter als je zuvor, aber es besaß diese heimelige, bewohnte Atmosphäre, die Amanda überall erzeugte, wo sie sich aufhielt. Farbenprächtige Teppiche lagen auf dem Fußboden, hingen an den Wänden und bedeckten sogar in mehreren Schichten die Treppe.

»Aladins Höhle!«, sagte er zu sich, als er Tony zur Küche folgte.

»Das ist mein Geschäft«, sagte sie, ohne sich umzudrehen. »Ich kaufe sie in Peru, Indien und Marokko und verkaufe sie hier.«

»Wie schön für Sie.«

»Sind Sie immer so sarkastisch?«

Sie hatte eine schlaksige, lockere Art zu gehen. Ein langer lila Rock aus einem durchscheinenden Material umwogte ihre bloßen Füße. Kleine Glöckchen klingelten an ihren Knöcheln. In der Küche schob sie einen Stuhl für ihn zurecht. Der Tee war bereits fertig, und sie goss ihn aus einer exotischen Bronzekanne mit langem Schnabel in zwei kleine Gläser.

»Es war nicht sarkastisch gemeint«, erklärte er. »Klingt nach einer Arbeit, die Spaß macht.«

Sie wirkte gelangweilt. »Es geht mir ums Geld, nicht um den Spaß.«

»Na dann«, sagte er und hätte beinahe hinzugefügt: Wie schön für Sie, aber er beherrschte sich. Er wusste nicht, was er sonst noch zu der Frau sagen sollte, deshalb hob er das dampfende Getränk an die Lippen. Es duftete stark nach frischer Minze und schmeckte wundervoll süß vom Honig.

»Das ist ein sehr gutes Glas Minzetee«, bemerkte er nickend. »Wie in Marokko. Sind Sie inzwischen eingezogen?«

Sie zuckte die Achseln. »Wegen des verdammten Schweins müssen wir uns eine neue Wohnung suchen.«

Es war keine Antwort auf seine Frage, aber es war ein deutlicher Vorwurf. Er versuchte eine klare Antwort zu formulieren. »Ich bin sicher, Amanda wird mit mir reden, wenn es zum Problem wird.«

Tonys lebhafte blaue Augen begegneten seinem Blick einen Moment und wandten sich dann ab. »Das Schwein behindert uns, wenn Sie verstehen, was ich meine.«

Er dachte einen Moment über diese kryptische Bemerkung nach. »Ein neunjähriges Mädchen behindert Sie wohl ebenso, könnte ich mir vorstellen.«

»Was wollen Sie damit sagen?«

Er spreizte die Hände und zuckte die Schultern. »Es war nur ein Vergleich. Schweine können einem manchmal die Pläne durchkreuzen – metaphorisch gesprochen.«

Sie blickten einander einen Moment lang misstrauisch an. Ihr schelmisches Gesicht hatte einen listigen Ausdruck angenommen, und nun offenbarte sich, dass sie gar nicht so jung war. In diesen leuchtenden blauen Augen ließ es sich schwer lesen. Ihre zierliche Erscheinung schien von einer raffinierten Zielstrebigkeit abzulenken, dennoch ging etwas Verführerisches von ihr aus. Er konnte fast verstehen, was Amanda in ihr sah. Obgleich es ihr an Schönheit und Charme fehlte, besaß sie eine gewisse Anziehungskraft.

Er fand, dass er nichts zu verlieren hatte, deshalb sagte er: »Ich will ganz ehrlich zu Ihnen sein, Tony. Ich hatte gehofft, dass Amanda und ich wieder zusammenkämen. Da das nicht der Fall ist, mache ich mir Sorgen um meine Beziehung zu Rosie. Versetzen Sie sich in meine Lage. Da taucht plötzlich eine Fremde auf, die mir meine Tochter abspenstig zu machen versucht ...«

»Das ist nicht wahr«, protestierte sie. »Ich versuche gar nichts Derartiges. Ich habe mir das Kind nicht ausgesucht. Rosie ist etwas ganz Besonderes, verstehen Sie mich nicht falsch, aber es ist Amanda, die ich liebe.«

Daniel spähte auf den Gang hinaus und hoffte, dass Rosie nicht zuhörte. »Das dachte ich mir«, sagte er ruhig. »Wenn es ein Problem gibt, wird Rosie bei mir leben, ist das klar? In der Zwischenzeit möchte ich, solange ich zwei Wochen arbeite und zwei Wochen frei habe, eines Tages ...« Er brach ab. Was tat er hier? Dieses Gespräch sollte er mit Amanda und nicht mit ihrer neuen Geliebten führen. »Hören Sie, Tony. Es war nett, Sie kennenzulernen.«

Als er aufstehen wollte, hielt Tony ihn mit einer Hand am

Arm zurück. »Wie Sie wissen, ist Amanda kein Finanzgenie. Ihre Band löst sich nach Eddies Ausscheiden auf. Soloauftritte hat sie nur hin und wieder ...«

»Wollen Sie Geld von mir?«

»Oh, nein! Ich wollte Ihnen erzählen, dass ich sie als meine Einkäuferin anstellen möchte. Sie hat erstaunliches Flair und ein wirklich gutes Gefühl fürs Geschäft. Sie wollen doch auch, dass sie auf eigenen Beinen stehen kann, ohne auf Ihre Hilfe angewiesen zu sein, oder?«

»Das glaube ich einfach nicht«, sagte er lachend. »Amanda ist eine Geigenvirtuosin ... keine Teppichhändlerin.«

Tonys Augen verengten sich zu eisigen Schlitzen. »Das haben nicht Sie zu entscheiden. Sie hat das Recht, ihr Leben selber zu gestalten, glauben Sie nicht auch?«

»Himmel, als ob ich das nicht wüsste!«, stieß er hervor. »Warum reden Sie dann mit mir darüber?«

»Weil ich denke, dass wir beide uns eine ähnliche Lösung vorstellen könnten.«

Steckte Amanda mit ihr unter einer Decke, oder schmiedete Tony diese Pläne hinter ihrem Rücken? »Einkäuferin? Heißt das nicht, dass sie dauernd unterwegs sein wird ... in all den Ländern, die Sie aufgezählt haben?«

Tony nickte geduldig. »Sehen Sie jetzt, worauf ich hinauswill?«

»Ich glaube schon. Wie passt denn Rosie in Ihre Pläne?«

Tony lehnte sich auf ihrem Stuhl zurück und zuckte ihre mageren Schultern. »Darüber könnten wir beide uns unterhalten.«

»Danke für den Tee.« Er stand auf und brüllte: »ROSIE!«

Sie wanderten am Kitsilanostrand entlang. Der Nieselregen hatte aufgehört, aber die Feuchtigkeit war allgegenwärtig. Er trug sein gesamtes Gepäck auf dem Rücken, da er es nicht im Auto lassen wollte. Die Abdeckklappe in seinem Kofferraum existierte nicht mehr, und er wollte nicht, dass seine wertvolle Fracht Parkplatzstreunern ins Auge stach. Rosie hatte ihren eigenen Rucksack mit Gerätschaften gefüllt. Sie trug Jeans, eine Windjacke und weiß-rot getupfte Gummistiefel. Ihr Haar wurde von einem Gummiband zusammengehalten, und ihr langer Pferdeschwanz schwang hin und her, als sie ihren Vater den Strand entlang mit sich zog. Sie wirkte konzentriert, doch ihr Gesicht war blass.

»Ist alles in Ordnung, Schatz?«, fragte er.

»Ich glaube schon.«

»Ich habe heute Tony kennengelernt«, sagte er beiläufig.

»Pippi Langstrumpf«, erwiderte sie feixend.

»Gartenzwerg«, konterte er.

»Mrs. Spock.«

»Wichteline.«

Sie blieb stehen und begann hysterisch zu kichern. Er wusste, dass es nicht richtig war, aber es tat gut, sie so fröhlich zu sehen. Er fing ebenfalls zu lachen an. Sie stapften über den Strand und gaben Tony weitere alberne Koboldnamen, bis ihnen nichts mehr einfiel. Er nahm ihre Hand. »Wir sind gemein, Rosie. Jetzt haben wir unseren Spaß gehabt und vergessen wieder alles, was wir gesagt haben. Und wir dürfen nie, nie, nie wieder so schreckliche Dinge über Tony sagen, und wir müssen besonders nett zu ihr sein.«

Ihre Fröhlichkeit schwand. »Aber ich mag sie nicht.«

»Ist sie nicht nett zu dir?«

»Ja, doch, sie ist nett zu mir.«

»Warum magst du sie dann nicht?«

»Sie hasst Grunzi-Lu. Sie mag überhaupt keine Tiere.«

»Aber dafür kann sie nichts, Schatz. Deswegen ist sie nicht gleich eine Hexe.«

»Hexe!«, sagte Rosie nickend. »Darauf sind wir nicht gekommen.«

»Kennt Mami Tony schon lange?«

»Ich darf dir nichts darüber erzählen.«

Sie gingen schweigend zusammengedrängt unter Daniels Regenschirm. Er bemühte sich, zu verbergen, wie wütend er war. Er hätte nicht für möglich gehalten, dass Amanda Rosie zu solchen Spielchen anstiften würde. Kein Wunder, dass das Kind sich quälte.

Nach einer Weile deutete Rosie auf einen neuen Kiosk auf der Promenade. »Sie haben vegetarische Hotdogs, Papa. Ich bin sehr hungrig.«

»He!« Er hielt an. »Vergiss die Hotdogs. Ich habe ein paar Momos, und sie sollten langsam gegessen werden.«

»Was sind Momos?«

Sie setzten sich auf einen Baumstamm, und Daniel zog das zerknautschte Folienpäckchen aus seiner Jackentasche. »Das essen die Tibeter.« Er öffnete das Päckchen und runzelte die Stirn. »Sie haben gestern wesentlich besser ausgesehen«, gestand er. »Aber ich bin sicher, man kann sie noch essen.«

Regentropfen fielen auf das traurig aussehende Mitbringsel. Mit spitzen Fingern nahm sie eine der sichelförmigen Teigtaschen und knabberte an einem Ende. Sie nickte. »Sie sind okay.«

»Es tut mir leid«, sagte er. »Es ist das einzige Souvenir, das ich dir mitgebracht habe. Was bin ich nur für ein Vater? Erschießen sollte man mich.« Dann fiel ihm das tibetische Amulett ein, aber er erinnerte sich nicht mehr, wo er es hingetan hatte, deshalb schwieg er.

Nach einem Augenblick sagte sie: »Dann bist du also schon dort gewesen. Ich dachte mir, dass du das wahrscheinlich tun würdest.« Sie bedachte ihn mit einem finsteren Blick. »Der Anruf aus Boulder war also geschwindelt?«

Einen Moment lang hatte er keine Ahnung, wovon sie redete. Dann lachte er. »Großer Gott, nein. Ich war nicht in Tibet. Nur in einem tibetischen Restaurant. In Boulder.«

Sie schwieg einen langen Augenblick. »Verflixt!«

»Was ist verflixt?«

»Dann musst du dich auf den Weg machen.«

»Wohin?«

»Dorthin.«

Er starrte sie an. »Weshalb glaubst du, dass ich nach Tibet gehen muss?«

Sie zuckte die Schultern, blickte hinaus aufs Meer und knabberte an dem Momo.

»Wieder einer von deinen Träumen?«

»Du hast es mir gesagt«, murmelte sie.

»Nein, das habe ich ganz sicher nicht.« Er fuhr ihr mit der Hand durchs Haar. »Wie kommst du nur auf solche Ideen?«

Ihre Miene verfinsterte sich. Sie stieß seine Hand von ihrem Kopf und warf den Rest Momo in den Sand.

»Du hörst mir nie zu«, rief sie. »Du glaubst mir nicht ein Wort.«

»Aber natürlich, Rosie«, sagte er, bestürzt über ihren Ausbruch. »Ich höre auf dich mehr als auf sonst jemanden auf der Welt.«

»Ja, aber du glaubst mir nicht.«

Er starrte sie an. Sie hatte recht. Er wollte ihr nicht glauben. Er hatte Angst davor. »Ich versuche ja, dir zu glauben, Liebling. Ich weiß, dass du mir keine Lügengeschichten erzählst. *Das weiß ich.* Und manchmal glaube ich dir absolut und vollkommen, aber es fällt mir nicht so leicht …«

»Also gut, Papa«, sagte sie herausfordernd und zornig. »Dann glaub mir, wenn ich dir sage, dass du am Montag nicht zur Arbeit gehen darfst. Erinnerst du dich an die drei dunklen Wolken? Du wirst aus dem Helikopter fallen, oder er wird abstürzen, oder die Rotorblätter werden dich in Stücke hacken.«

»Großer Gott, Rosie!«

Obgleich sie sich sträubte, zog er sie an sich und schüttelte sie ein wenig. »Hör zu, Kleines. Hör gut zu. Ich werde nicht aus einem Helikopter fallen oder in Stücke gehackt werden. Wir haben alle Angst vor gewissen Dingen, aber das heißt nicht, dass sie eintreten werden. Jeder Mensch hat schlimme Träume. Das ist nur ein Zeichen, dass wir uns Sorgen über viele Dinge machen. Das ist ganz normal. Ich habe zum Beispiel Angst vor Aufzügen. Ich träume davon, in einer tiefen Höhle eingeschlossen zu sein. Ich hatte den Traum, seit ich so alt war wie du, und schau mich an ...« Er breitete die Arme aus, um ihr zu zeigen, dass ihm nichts fehlte. »Ich lebe immer noch.«

Er redete weiter und wiegte ihren erstarrten Körper in seinen Armen, während er die ganze Zeit an Kurt dachte. *Menschen sterben.* Eine Katastrophe war bereits eingetreten, doch er fuhr fort, ihre Ängste zu zerstreuen. Er wusste, dass es falsch war, und unhöflich und herablassend, aber wie sollte er sonst damit umgehen? Er wollte so sehr, dass sie normal war, oder nur ... neurotisch. Aber verdammt, nicht *übersinnlich!*

»Ich muss am Montag zur Arbeit gehen, meine Kleine. Du musst die Zähne zusammenbeißen und mir glauben. Ich rufe dich jeden Tag an.«

»Fein. Dann stürz dich doch in dein Unglück.« Sie wand sich aus seinen Armen und begann seinen Rucksack zu öffnen. Sie stöberte durch den Inhalt und fing an, Dinge herauszunehmen. Er hielt sie nicht davon ab. Irgendwie schuldete er ihr Erklärungen für das, was mit ihm geschah. Vielleicht würde sie der Inhalt des Rucksackes zu Fragen ermuntern, auf die er ihr dann Antworten zu geben versuchen konnte.

»Was ist in dieser Kassette?«, fragte sie, während sie sie herauszog und leicht schüttelte.

»Keine Ahnung. Sie ist zugelötet.«

Sie drehte sie in den Händen und betrachtete die beschädigten Kanten des Deckels eingehend. »Ja«, sagte sie und legte sie ohne ein weiteres Wort in den Sand.

Als Nächstes zog sie die gerahmten Münzen heraus. Auch die begutachtete sie eingehend. »Kann ich das haben?«, fragte sie.

»Du weißt, was das ist?«

Augenrollend erwiderte sie: »Das sind Münzen, Papa.«

»Klar, Kumpel, du kannst sie haben.«

»Danke.«

Er überlegte sich bereits hastig eine Erklärung für die Urne, das heißt, wenn sie überhaupt eine verlangte. Sie entdeckte die Urne ganz unten im Rucksack. Das in sein Hemd eingewickelte Gefäß aus Marmorimitat war das kleinste, das sie im Krematorium hatten, doch es sah riesig aus in ihren Händen. Sie hielt es einen Augenblick und ließ es dann abrupt in den Sand fallen.

»Iiii!«, schrie sie auf. »Das ist widerlich!«

»Nun … ja«, stimmte er müde und nicht wirklich überrascht zu.

»Lass es uns eingraben, Papa. Ich hab eine Schaufel dabei.«

»Warum möchtest du es denn eingraben?«

»Ich weiß nicht. Ich möchte es nur loswerden.«

Er hob es auf, wickelte es wieder in sein Hemd und steckte es zurück in den Rucksack. »Ich werde es schon loswerden, versprochen«, sagte er ruhig. »Aber jetzt noch nicht.«

Zwei Jungen kamen durch den Regen am Wasser entlanggelaufen und kickten einen Ball zwischen sich hin und her. Rosie setzte sich wieder auf den Baumstamm und beobachtete sie, während Daniel die restlichen Momos wieder einwickelte und in seine Tasche stopfte. Rosie hob die grüne Kassette auf und drückte sie an ihre Brust. Nach einer Weile stellte sie sie auf ihre Knie und sagte mit leiser, drängender Stimme: »Vergraben wir die Kassette. Dann bleibt sie unser Geheimnis. Niemand außer uns kann sie finden.«

Er kniff die Augen zusammen. »Du überraschst mich, Sherlock. Hast du die Strandräuber vergessen? Ein Metalldetektor kann sie schon aus zwanzig Schritten Entfernung aufspüren.«

»Hm«, murmelte sie.

Die dichte graue Wolkenschicht brach einen Moment lang auf und enthüllte die Zwillingsgipfel der Lions an der Nordküste. Er konnte von hier aus fast die Wohnung seiner Eltern auf der anderen Seite der Bucht sehen. Dabei wurde ihm bewusst, wie sehr sich alles verändert hatte. Beim nächsten Zusammentreffen mit seinen Eltern würden seine Gefühle für sie nicht mehr dieselben sein. Gabriella hatte ihn über seine Herkunft belogen und Freddie über die Adoption. Er fragte sich, ob er ihnen überhaupt noch in die Augen sehen oder sie umarmen konnte.

Die Jungen rannten mit ihrem Ball den Strand hinunter, doch Daniel und Rosie blieben noch eine Weile sitzen und beobachteten einen waghalsigen Windsurfer, der über die Wellen sprang, bis er nur noch ein kleiner Punkt in der Ferne war und sein weißes Segel wie ein Schmetterling über die Wogen flatterte.

Daniel hatte eine Idee und drehte sich zu Rosie um. »Was meinst du, Sherlock, fällt dir noch irgendein anderer Ort ein, wo wir die Kassette verstecken könnten?«

»Na klar«, sagte sie sofort aufgeregt und schien den bevorstehenden Tod ihres Vaters vollkommen vergessen zu haben. »Ich weiß den perfekten Platz – bei Arnie.«

»Arnie von nebenan? Der Typ, der dir wegen Grunzi-Lu solchen Ärger macht? He, das halte ich nicht gerade für die beste Idee, die du je hattest.«

»Er ist *mittiert* worden, oder?«, sagte sie grinsend. »Gestern. Das passiert, wenn man anderen Leuten Ärger machen will. Er hat seinen eigenen Hintern mittiert.«

Sie lachten beide boshaft. Doofer Arnie!

»Aber dann wird ein neuer Mieter kommen, Rosie.«

Sie schüttelte den Kopf. »Negativ. Sie werden das Haus abreißen, weil es verrottet ist.«

»Abreißen?« Er packte sie am Arm. »Wann?«

»Keine Sorge. Erst in sechs Monaten.«

»Weiß Mami davon?«

»Ein Mann hat ihr eine Mittionsmitteilung gebracht. Wir müssen nach Weihnachten aus dem Haus. Sie bauen zehn Eigentumswohnungen.«

Es war also gar nicht das verdammte Schwein. Tony war noch viel durchtriebener, als er angenommen hatte. Er sollte sich dafür verantwortlich fühlen, dass sie ausziehen mussten. Er wollte nicht, dass Rosie sich jetzt Gedanken machte, wohin es sie verschlagen würde, deshalb fragte er gar nicht. Er hatte das dumpfe Gefühl, dass Amandas und Rosies Zukunft jetzt in den Händen eines Gartenzwerges lag.

»Bei Arnie«, sagte er und rieb sich am Kinn. »Phantastisch, Sherlock! Kennst du die Wohnung?«

»Natürlich. Sie ist wie unsere, nur anders herum.«

»Alles klar. Was wäre also ein gutes Versteck für einen Schatz?«

Sie stand auf und biss sich auf die Unterlippe und begann überlegend im Sand hin und her zu gehen und ihn hin und wieder mit den Schuhen hochzukicken. »Ich hab's! Fahren wir hin. Ich zeig es dir.«

»Das Haus ist doch sicher abgeschlossen.«

»Ja, aber ich weiß einen geheimen Eingang.«

Hand in Hand liefen sie zurück und duckten sich unter einem plötzlichen Regenschauer.

Zwei Stunden später stellte er den Wagen auf dem Parkplatz neben dem Ruderclub am Rand des Stanley Parks ab und folgte der Ufermauer um Coal Harbour herum. Er trug wieder den Rucksack auf dem Rücken, der nun um die Metallkassette leichter war. Die Urne mit der Asche seines Vaters drückte gegen sein Rückgrat.

Was, zum Teufel, sollte er nur mit der Urne tun? War es einem Toten nicht völlig egal, wo seine Überreste lagen? Er war versucht, über die Straße zu gehen und die Asche in das seichte Wasser der Lost Lagoon zu schütten. Und wenn er schon dabei war, hätte er auch gleich die grüne Kassette hier versenken können. Und die ganze verdammte Sache wäre erledigt. Aber da war dieses Versprechen, das er in Carlos Benedicts Büro bei einer lauwarmen Tasse Nescafé gegeben hatte: nämlich, den sterblichen Überresten seines Vaters zur angemessensten Ruhestätte zu verhelfen, die er finden konnte. Wenn es möglich war, würde er seinen Vater in das Land zurückbringen, in dem sein Leben begonnen hatte, in seine Heimat. Andererseits mochte es in Vancouver einige Tibeter geben, vielleicht konnte ihm einer von ihnen einen Rat geben. Es hatte keine Eile. Er sollte auch eines Tages mit Rosie den Großen Stupa besuchen. Die Wälder dort wären ein passender Ort, um die Asche zu verstreuen. Alternativ böte sich Indien an, das schwer erreichbare McLeod Ganj. Würde es Pematsang gefallen, in der unmittelbaren Nähe Seiner Heiligkeit, des Dalai Lama, zu sein? Nein, die Lost Lagoon wäre kein Ort für Pematsang Wangchuck.

»Pematsang«, murmelte er. »Ich weiß, du möchtest gern deine letzte Ruhe finden, und ich schwöre, dass ich mich so bald wie möglich um den richtigen Ort dafür kümmern werde. In der Zwischenzeit werden wir beide mit Katie Yoon zu Abend essen. Ich glaube, ich hätte sie gern als meine feste Freundin. Sie ist eine harte Nuss, aber aufrichtig und tritt für das ein, was sie glaubt. Sehr attraktiv ... rabenschwarzes Haar, zierliche Figur ... etwas jung für mich, aber was soll's, ich bin gut in Form, oder? Wir müssen uns von unserer besten Seite zeigen, denn ich möchte, dass sie mich für länger in Betracht zieht, wenn du verstehst, was ich meine. Ich weiß, ich überstürze das alles vielleicht, weil ich nicht viel über sie weiß, aber andererseits weiß ich auch nicht viel über mich selber.«

Er lachte in sich hinein und griff nach hinten, um die Urne zu tätscheln. Wenn ihn jetzt einer von Helicap sehen könnte – einen Seniorpiloten mit einem toten Mann im Rucksack, mit dem er auch noch redete.

Kapitel 12

Er lag wach in einem großen, hellen Zimmer und blickte aus einem riesigen Panoramafenster ohne Vorhänge oder Jalousien. Katie hatte offenbar keine Probleme mit Schlaflosigkeit. Sie schlief tief und fest neben ihm, eine Frau offenbar ohne Sorgen, Ängste und Schuld. Wie hätte sie sonst noch so völlig entspannt schlummern können, obgleich der Tag längst angebrochen war?

Vorsichtig glitt er aus dem Bett und ging aus dem Zimmer. Im Badezimmer fand er ein großes Handtuch, das er sich um die Hüften schlang. Dann begab er sich in die Wohnküche mit der Absicht, sich eine Tasse irgendeiner heißen Flüssigkeit zuzubereiten. Die Küche war sehr gepflegt, aber die Schränke waren ziemlich leer. Katie schien eine dieser unhäuslichen Frauen zu sein, die nicht gern kochten und die meisten ihrer Mahlzeiten in Restaurants einnahmen. Die Fächer ihres übergroßen Kühlschrankes hatten mehr zu bieten: Gläser mit eingelegtem Ingwer, Oliven, Essiggurken, Wasabi, Hering, Räucherlachs und verschiedene Käse. Er nahm einen bereits geöffneten Camembert heraus, öffnete ihn und sah, dass ihm das Alter ziemlich zugesetzt hatte. Ein Stück von der Form eines menschlichen Gebisses fehlte. Er begutachtete den Rand eingehend. Zahnabdrücke! Natürlich, es war etwas definitiv Animalisches an der Frau.

Als noch besser erwies sich die Kühlschranktür: drei Flaschen Moët, eine Bollinger, zwei Chablis, eine Flasche Bombay Gin, Tonic Dosen, Sojasoße, Grapefruit Juice und Milch. Er nahm einen Schluck Juice direkt aus der Packung (nur weil auch sie es offenbar zu tun pflegte – er gewahrte Lippenstift an der Öffnung), holte die Milch zwischen den Weinflaschen hervor und roch daran. Eine Kaffeemaschine stand auf der

Anrichte, und er suchte nach der erforderlichen Substanz für eine Füllung. Schließlich fand er sie: eine ungeöffnete Packung Fair-Trade-Kaffee. Er musste lächeln. Fair Trade, lachhaft! Gestern Abend, als sie sich über eine Riesenportion Sushi hermachte, hatten sie eine lautstarke Diskussion zum Thema Überfischung des Thunfisches. Er hatte ausreichend Munition, sie anzugreifen, und sie, in ihrer Versessenheit auf Sushi, kratzte das Allerletzte an Argumenten zu einer guten Verteidigung zusammen. Und es schien, dass bei Katie aggressive Auseinandersetzungen zu explosivem Vorspiel führten. Zu diesem Schluss war er später in der Nacht gekommen. Für ihn war das eine wesensfremde Vorstellung, denn er hatte mit Amanda eher gegenteilige Erfahrungen gemacht. Auch war er keineswegs sicher, ob das gesundes Verhalten war. So geladen mit Aggression und Lust war der Abend gewesen, dass sie bis auf ein paar oberflächliche Bemerkungen gar nicht dazu gekommen waren, über die Ereignisse in Boulder zu sprechen.

Er schenkte sich eine Tasse Kaffee ein und begab sich zum Wohnzimmerfenster. Es war mehr eine Glaswand als ein Fenster. Er blickte hinab auf die Bucht. Auf der Uferpromenade drängten sich Fußgänger, Jogger, Radfahrer und Rollschuhläufer. Im Jachthafen schrubbten Besatzungen die Decks, und Kapitäne brunchten mit ihren leicht bekleideten Frauen in der frischen Luft. Winzige Passagierfähren von der Größe von Walnusshälften tuckerten über die Bucht hin und her und brachten ihre Fahrgäste zu ihren Anlegestellen. Auf der anderen Seite der Bucht waren der Granville Island Markt in vollem Gang und die Straßenrestaurants bereits überfüllt.

Da er seine Sachen im Schlafzimmer gelassen hatte, sah er sich nach einem Telefon um. Er fand eines und ließ sich in einen dänischen Designersessel fallen, ein klassisches Modell, das er von Fotos kannte und zweifellos ein Vermögen gekostet hatte. Obgleich der Sessel nicht so bequem war, wie er sein sollte, bot er von seinem Standort aus einen guten Blick auf False Creek. Er wählte die Nummer und wartete.

»Tony, Amanda und Rosie«, sagte Amandas Stimme.

»Schon?«, erwiderte er und bemühte sich, leise zu sprechen. »Wann ist sie eingezogen?«

»Hallo, Daniel. Wie geht es dir an diesem hellen und wunderschönen Morgen?«

»Ich bin erschüttert, danke der Nachfrage. Ich versuche mich von der Bombe zu erholen, die bei mir eingeschlagen ist.«

»Welche Bombe?«

»Tony! Und was sie so alles erzählt hat.«

»Sie ist gut für mich, Daniel. Versuche das zu akzeptieren. Wir beide haben uns schließlich getrennt. Wollen wir nicht endlich die Vergangenheit ruhen lassen und einen Schritt nach vorn machen?«

»Ja, klar!« Er schwieg und biss die Zähne zusammen. »Sag Rosie, dass es ein wenig später wird. Ich werde in einer Stunde da sein.«

Amanda antwortete erst nach einer kurzen Pause. »Hat dir Rosie nichts gesagt? Sie kommt heute mit uns. Wir fahren nach White Rock, wo wir Tonys Eltern treffen. Es ist wichtig, Daniel. Eine heikle Angelegenheit. Rosie wird die große Besänftigerin sein.«

»Ist das wirklich fair, sie so zu benutzen?« Er hatte es kaum gesagt, als ihm einfiel, dass er in Boulder Rosie gern für den gleichen Zweck dabeigehabt hätte. »Das bedeutet aber, dass ich sie jetzt zwei Wochen lang nicht mehr sehe.«

Amanda seufzte tief. »Das liegt an deinem Beruf, nicht?«

»Will Rosie das machen?«

»Ja, sie ist schon aufbruchbereit und hat einen großen Beutel Legosteine dabei für den Fall, dass es langweilig wird.«

Er war zu müde, um mit ihr zu streiten, und wusste, dass ohnehin nichts dabei herauskommen würde. »Gut, dann sag ihr, dass ich am Abend vorbeikomme. Wir plaudern auf eurer Veranda oder gehen eine heiße Schokolade trinken oder dergleichen. Wann werdet ihr zurück sein?«

Sein Kaffee wurde kalt. Er blieb sitzen und versuchte das aufkommende Gefühl der Ohnmacht zu unterdrücken. Tony, Amanda und Rosie. Die drei brachen also auf zu einer Familienbeichte. Na toll! Seine Familie Hand in Hand mit einem Kobold, einem Wesen aus einer anderen Welt, das sie verzaubert hatte.

Unter ihm waren die Straßen False Creeks voller Väter und Mütter, die mit ihren Kindern einen Ausflug machten. Dabei kam ihm in den Sinn, dass er wahrscheinlich nie wieder Teil einer solchen Gruppierung sein würde. Die größer werdende Kluft zwischen ihm und Amanda schien nicht mehr überbrückbar zu sein, und er würde keine Kinder mehr mit einer anderen Frau haben. Seine Furcht vor der Zeugung eines Sohnes und damit der Weitergabe der fehlerhaften Chromosomen war zu groß. Es war nicht nur die Adlerkralle, sondern ihre möglichen gefährlicheren Auswirkungen. Rosie war das einzige Kind, das er wollte, doch ihm wurde nun schmerzlich bewusst, wie jung Katie war, jung und kinderlos ...

Er versuchte diese Gedanken abzuschütteln. Hier und jetzt zählte, und er wollte dieses neu erwachte und belebende Gefühl, das ihn im Lauf der Nacht mehr und mehr erfasst hatte, einfach nur festhalten. Es war nicht daran zu rütteln: Er war im Begriff, sich Hals über Kopf in Katie Yoon zu verlieben. Die bitteren Erfahrungen in Boulder waren vorüber. In den nächsten beiden Wochen würde er tun, was er am meisten liebte – fliegen. Und wenn ihn das nicht genug aufmunterte, dann war da noch der Sommer, den der Morgen zurückgebracht hatte.

Er vernahm Lebenszeichen aus dem Schlafzimmer, dann die Toilettenspülung. Er wandte den Blick von False Creek ab und richtete ihn auf die Wohnung. Sie war bequem und sorgfältig ausgestattet, wenn auch ein wenig steril. Das überraschte ihn nicht sonderlich. Katie war eine Geschäftsfrau und eine Aktivistin, im Gegensatz zu Amanda, der Künstlerin, die ein echtes Bedürfnis hatte, ihr Heim zu formen und zu verschönern. Und obgleich er Amandas besondere Art und Weise geliebt hatte, sah er nun eine Art Freiheit in dem herben Minimalismus der Wohnung seiner Geliebten.

Die Schlafzimmertür tat sich auf. Katie stand da und blickte ihn an, ihr kleiner, schlanker Körper ein Beweis für Vollkommenheit.

»Einen schönen Nachmittag, Fräulein Yoon.«

Sie lächelte. »Du starrst mich merkwürdig an.«

Er zuckte hilflos die Schultern. »Ich gaff dich nicht an, ehrlich. In meinem Kopf wirbeln so viele Gedanken, und mein Blick schwenkte automatisch auf ein sich bewegendes Objekt.«

Sie kam zu ihm und machte es sich auf seinem Schoß bequem. »Und welche Gedanken sind in deinem Kopf herumgewirbelt?«

Er wollte es ihr nicht sagen, und er war sicher, sie wollte es auch nicht hören, aber dann kamen die Worte trotzdem über seine Lippen. »Ich dachte über die größer werdende Kluft zwischen mir und Amanda seit unserer Trennung nach.«

»Ich hoffe, du gibst nicht mir die Schuld daran.«

Er legte seine Arme eng um ihre angezogenen Beine und drückte sein Gesicht in ihr Haar. »Wäre es denn so schlimm, wenn du etwas damit zu tun hättest? Deine Gegenwart hilft mir, nach vorn zu blicken, statt zurück.«

Katie war sehr still. Lange Zeit sagte sie nichts. Er fing schon an zu glauben, er hätte etwas völlig Unpassendes gesagt.

Schließlich besaß er keine Erfahrung, welche Stolpersteine das moderne Werben um einen Partner bereithielt.

»Habe ich etwas Dummes gesagt?«

»Daniel, ich muss dir etwas sagen.« Katie drehte sich in seinen Armen und sah ihn an. »Ich mag den Eindruck erwecken, frei zu sein, aber langfristig gesehen bin ich es nicht. Ich bin mit einem koreanischen Mann verlobt.«

Daniel starrte sie an, sprachlos über ihre beiläufige Bemerkung. »Das ist ein Scherz, oder?«

»Es ist eine Art Vereinbarung. Mein Vater steht schwer in seiner Schuld für etwas, das er mir nicht sagen will. Aber es ist nicht *so* schlimm. Harvey stammt aus einer außerordentlich reichen Familie, sieht gut aus und ist ein sehr interessanter Mann. Ich habe zugestimmt, nicht nur, weil mein Vater möchte, dass ich ihn heirate, sondern weil ich weiß, dass wir gut zusammenpassen.«

Daniel packte sie an den Schultern und schob sie von sich. »Was machst du dann um Himmels willen nackt auf meinem Schoß?«

»Ach, komm schon, entspann dich. Die Hochzeit ist erst im Mai. Er hält sich in London in seiner Firma auf, und ich bin noch nicht bereit, meinen Job hier aufzugeben, weil ich verdammt gut in meiner Arbeit bin, verstehst du. Wir haben beschlossen, dass jeder bis zur Hochzeit sein eigenes Leben weiterführt.«

Etwas in ihm begann auseinanderzufallen. Er schob sie von sich. »Das ist mir zu viel.«

Sie bewegte sich wie der Blitz und hielt ihn am Arm fest. »Jetzt mach kein Theater, Daniel. Das ist kein Grund für eine Szene. Ich will ja nur sagen, bau nicht zu fest auf mich.«

»Ich baue gar nicht auf dich. Ich verschwinde.«

»Du Heuchler«, sagte sie heftig. »Du bist doch verheiratet, oder hast du das vergessen?«

»Dann ist es doppelt falsch. Und das ist schon das zweite Mal, dass du mich einen Heuchler nennst.«

Sie schüttelte den Kopf, und ihr Griff an seinem Arm lockerte sich ein wenig. »Sei nicht so empfindlich, Daniel. Wir beide brauchen jemanden, und wir vögeln gern. Mir gefällt's. Was hast du denn dagegen?«

»Ja, was wohl?« Er starrte sie an. »Lass mich das zusammenfassen: Alles, was ich für dich bin, ist ein Fick?« Er hörte sich reden, und es klang irgendwie lächerlich und pathetisch, als hätte sie ihm einen Job angeboten, und er jammerte über die Jobbezeichnung.

»Ja, du bist ein Fick, und ein verdammt guter.«

»Und das ist alles?«

»Worauf warst *du* denn aus? Hausmannskost und gebügelte Hemden?«

»Ha!«, sagte er mit einem Blick in die Runde. »Das wäre utopisch! Aber wie wär's mit so klischeehaften, wenig originellen Dingen wie Anstand, Vertrauen und Ehrlichkeit?«

»Habe ich doch eben bewiesen? Ich hab dir die Wahrheit gesagt.« Sie lächelte und genoss die Auseinandersetzung offensichtlich. Es erinnerte ihn an seinen ersten Eindruck von ihr, und die Romanze zwischen ihnen war noch nicht einmal verblasst. Sie hatte noch gar nicht begonnen.

Sie ließ ihn los und lehnte sich an die Wand und verschränkte die Arme über den Brüsten. »Ich hätte wissen müssen, dass dir das zu viel wird. Es erfordert halt einen gestandenen Mann. Aber Harvey weiß, was ich will.«

»Oh, ja? Dann weiß er auch über uns Bescheid?«

»Schon möglich.«

»Dann geh doch zu deinem Harvey, verdammte Hexe!«

Es war eigentlich zum Lachen, aber er war wütend. Er spürte, dass sie ihn zum Narren hielt, auch wenn er nicht genau wusste wie. Er machte einen Schritt auf sie zu. Sie stachelte ihn mit ihrem Blick an. Sie wartete, dass er handelte. Als er nichts tat, schlug sie ihn mit überraschender Härte ins Gesicht, dass sein Kopf herumflog und seine Wange brannte. Er machte einen Sprung und drückte sie mit einer Hand an der Brust gegen die Wand. Dort hielt er sie, und sein wütender Blick forderte sie heraus, ihn noch einmal zu schlagen. Selbst in seiner Wut dachte er: *Sie ist halb so groß wie ich, und schau dir an, was ich mache.* Diesmal sah er den Schlag kommen und packte ihr Handgelenk und hielt ihr die Arme über den Kopf. Er verstand sie inzwischen gut genug. Der kleine Drache würde noch ein wenig warten müssen, doch ihr Körper war glatt und wendig wie eine Schlange. Sie zerrte eine Hand aus seinem Griff und riss ihm das Handtuch von den Hüften. Es gab nur einen Weg, sich ihrer zu erwehren. Er drang in sie ein und begann sie an die Wand zu rammen.

»Sieh dir mein Handgelenk an«, sagte sie, als es vorüber war, und zeigte ihm den beginnenden Bluterguss. »Wie konntest du nur so unbeherrscht sein?« Sie beschwerte sich nicht. Sie wollte nicht, dass er seine Wut zügelte, sondern herausfand, wie er sie am besten wecken konnte.

»Den Grund solltest du bei dir suchen«, erwiderte er, während er sich auf den weichen weißen Teppich zurücksinken ließ und ihren Kopf an seine Brust drückte. Es gefiel ihm nicht, wie er sich aufgeführt hatte, aber er brauchte keinen Seelenklempner, um es zu erklären. Wut war die Reaktion des männlichen Neandertalers auf Schmerz. Er konnte es einfach nicht ertragen, wieder jemanden zu verlieren. So vieles hatte er in den letzten paar Wochen verloren. Seine Frau, seinen Vater, einen Kollegen, den Mann, den er für seinen Vater gehalten hatte, und in gewisser Weise auch seine Mutter. Noch vor einer Stunde hatte er zu glauben begonnen, das Schicksal wolle ihn mit

Katie für alles entschädigen. Aber sie kannten sich nicht einmal zwei Wochen, und wenn er an ihr erstes Treffen zurückdachte, hätte ihm klar sein müssen, dass sie nur an einer zwanglosen Beziehung interessiert war. Wenn er nicht damit zurechtkam, dass er sie nicht ganz haben konnte, dann war das *sein* Problem und nicht ihres, und sie hatte recht, er war nicht in der Position, über sie zu urteilen. Er trug noch immer einen Ring am Finger.

Sie rollte sich auf ihn. »Und das? Spürst du das? Ich hab Teppichschrammen auf dem Hintern.«

»Dein Hintern ist nicht das einzige Problem.«

»Sei nicht so schrecklich zu mir«, schnurrte sie.

»Versuch nicht, niedlich zu sein, denn das bist du nicht.«

Er rollte sie von sich und drehte sich zu ihr auf die Seite.

»Jetzt sei ehrlich. Was würde dein Freund tun, wenn er von uns wüsste.«

»Er würde dir seine bezahlten Helfer auf den Hals hetzen.«

»*Mir?* Was ist mit dir? Du bist seine treulose Verlobte.«

»Er würde einen seiner Lakaien beauftragen, mir eine Lektion zu erteilen. Mithilfe von Säure wahrscheinlich.«

»Im Ernst. Was würde er tun?«

»Er wäre stinkwütend – koreanisch stinkwütend –, aber keine Sorge, er ist in London.«

Er musterte ihr Gesicht eingehend und versuchte zu deuten, was er dort sah. Sie konnte den Mann kaum lieben. Daniel lächelte. Sie zu vögeln hatte sein angeschlagenes Ego wieder hergestellt. Und die Herausforderung für den brusttrommelnden Neandertaler war: *Ich kann sie umstimmen.* Es durfte keine verdammte Hochzeit im Mai geben. Dafür würde er sorgen!

»Dann mal los! Ich möchte, dass du die Leute in *meinem* Team kennenlernst. Zieh dich an, Verführerin. Wir fahren nach Egg Island.«

Kapitel 13

Daniel erwachte mit einem Ruck zwei Stunden vor dem Läuten des Weckers. Er fühlte sich schuldig und elend. Der Besuch auf Egg Island hatte sich bis in die Nacht hinein erstreckt. Er hatte die feste Absicht gehabt, Rosie vor seinem Einsatz einen kurzen Besuch abzustatten, doch dann war er in Feierlaune gekommen und hatte seine oberste Priorität völlig vergessen. Da es für eine Rückfahrt in die Stadt bereits zu spät war, hatte er sie angerufen, doch ihr war sofort sein Alkoholkonsum aufgefallen. Rosie wurde von allen enttäuscht, selbst von ihrem eigenen Vater.

Bis zu diesem Zeitpunkt war es ein vergnüglicher Abend gewesen, der normalste und geselligste seit Monaten. Am warmen Lagerfeuer und bei gutem Wein redete er sich sogar seine ganzen Boulder-Erlebnisse von der Seele, und seine Zuhörer waren fasziniert gewesen. Bruce schien sehr beeindruckt von seiner neuen Freundin. Katie und Linda kamen glänzend miteinander aus, so grundverschieden sie auch waren. Linda konnte Bäume fällen wie ein alter Holzfäller, während Katie mit Sergio-Rossi-Pfennigabsätzen herumstiefelte. Bei all ihrem Einsatz für den Schutz der Umwelt erschien es Daniel kaum vorstellbar, dass sie je ein Blockhaus bauen oder einen Sommer im Zelt verbringen könnte. Aber, zum Kuckuck, er mochte sich auch irren. Sie steckte voller Überraschungen. Sie war der grollende, zähnefletschende Drachen einerseits und zärtlich und rücksichtsvoll andererseits. Außerdem war sie so anständig gewesen, nüchtern zu bleiben und ihn nach Hause zu kutschieren. Sie selbst nahm danach ein Taxi nach Yaletown. Der lange zärtliche Kuss, mit dem sie sich für zwei Wochen von ihm verabschiedet hatte, machte bei Weitem die heftige Ohrfeige vom Morgen wett. Und wenn er aus dieser Frau auch nicht schlau wurde, so wusste er eines sicher: Er würde sie der reichen großen Nummer aus Korea nicht kampflos überlassen.

Er rollte aus dem Bett, duschte und packte seine Sachen. Da er früh dran war, räumte er die ganzen verdorbenen Nahrungsmittel aus dem Kühlschrank und fing an, die Teppiche zu saugen, bis Mrs. Edderhouser aus der Wohnung unter ihm verärgert mit ihrem Gehstock gegen die Decke klopfte. Daniel schaltete den Staubsauger aus und bereitete sich ein Käse-Gurken-Sandwich für die Fahrt. Früher oder später würde diese dumpfe Katerstimmung verschwinden und der Hunger zurückkehren. Er ließ eine Nachricht für seine Mutter auf der Küchenablage. *Ruf mich zwischen acht und zehn über die Satellitenverbindung im Camp an. Ich muss mit dir reden.*

Er nahm den Bus nach Vancouver Island über die Horseshoe Bay, die Fähre nach Nanaimo und von dort einen weiteren Bus. Am Beaver-River-Sammelpunkt bestieg er zusammen mit sieben anderen Helicap-Angestellten und zwei einheimischen Kwakwaka'wakw-Fischern ein Wasserflugzeug. Ihr Ziel: das Kwakwaka'wakw-First-Nation-Gebiet im Herzen des sogenannten Great-Bear-Regenwaldes, sechshundert Kilometer nördlich der Beton-und-Glas-City von Vancouver.

Daniel machte es sich auf seinem Sitz bequem und wartete auf den Start. Als sie in der Luft waren, nahm er seine beiden Bücher über Tibet heraus und wickelte sein Sandwich aus, das nicht mehr in allerbestem Zustand war. Der durchdringende Geruch von altem Cheddar und zerronnener Butter wehte durch die Kabine, und nach zwei Bissen schloss er die Alufolie rasch wieder. Er kaute an einem steinharten Apfel, während er die Erde tief unten beobachtete. Die Sonne hatte die letzten morgendlichen Wolkenschleier aufgelöst. Die fernen schneebedeckten Gipfel der Costal Range sahen atemberaubend aus. Der lange Sommer hatte den eisblauen Gletschern und blendend weißen Schneefeldern nichts anzuhaben vermocht.

Bald überflogen sie das Forbidden Plateau südlich des Comox-Gletschers. Das Ski Resort, wo er vor eineinhalb Jahren mit Amanda und Rosie Weihnachten verbracht hatte, war gerade noch zu erkennen. Am Rande des Plateaus war auf unberührtem Land eine Straßenbaufirma dabei, Zufahrtswege für eine Wohnsiedlung durch den Wald zu schlagen. Keine Demonstranten weit und breit, die sich an die Maschinen ketteten. Es war kein so gefühlsgeladenes und aufsehenerregendes Anliegen wie tausendjährige Bäume. Doch Menschen planten dort zu wohnen. Die dunkle Vergangenheit des Plateaus war offensichtlich in Vergessenheit geraten. In alten Zeiten schickte das Comox-Volk seine Frauen und Kinder dorthin, wenn Gefahr von anderen Stämmen drohte. Aber einmal, während eines Angriffs der Cowichans, verschwanden alle Frauen und Kinder spurlos. Das ungelöste Rätsel wurde von Generation zu Generation weitererzählt. Rosie, die damals acht Jahre alt gewesen war, hatte sich vor diesem Ort gefürchtet. Sie hatte Kinder in der Nacht schreien gehört. Daniel und Amanda hatten angenommen, dass ihr jemand im Hotel die Geschichte erzählt hatte und dass sie sich, sensibel wie sie war, das schreckliche Geschehen in ihrer Fantasie vorstellte. Schließlich hatten sie nicht mehr ertragen, wie sie sich quälte, und den Urlaub abgebrochen.

Um sich von den Gedanken an Rosie abzulenken, begutachtete er den Umschlag eines der Bücher, »Leben auf dem Dach der Welt«. Er schlug es auf und begann das Vorwort zu lesen. Der größte Teil Tibets lag 4500 Meter über dem Meeresspiegel und war eine weite, wilde Hochebene, die teilweise an die gewaltige Bergkette des Himalaya grenzte. Jedes Wort, das er las, ließ ihm Tibet wie ein Land auf dem Mars erscheinen, wie einen

Ort, an dem Menschen für einen westlichen Beobachter völlig fremdartig lebten und dachten und handelten ... bis die chinesische Invasion verheerende Veränderungen brachte. Das Vorwort endete mit einer grimmigen Beschreibung der Vernichtung von Tibets fragilen Strukturen und hilflosen Menschen, der fortdauernden Auslöschung alles Tibetischen, sei es Kultur, Sprache, Religion und Lebensweise.

Begleitet vom Dröhnen des Motors der DeHavilland vertiefte sich Daniel in die Beschreibung des Heimatlandes seines Vaters. Eine gute Stunde Fluges über den Desolation Sound zurück zum Kontinent lag noch vor ihnen, aber einige Zeit später wurde es in der Kabine plötzlich dunkler, und das Dröhnen schwoll an, begleitet von einem unheimlichen Echo. Daniel legte das Buch weg und blickte hinaus. Die Maschine flog zwischen hohen Felshängen knapp über dem Wasser. Sie hatten die zerklüftete Küste hinter sich gelassen und Kurs durch den Coyote Canyon genommen, einen der vielen Fjorde, die tief in das Land hineinschnitten.

Daniel beugte sich tief in die Fensterluke und blickte zu den Gipfeln hoch. Dort wuchsen Hemlocktannen, Douglasfichten, Drehkiefern und Rotzedern. Manche von ihnen waren mehrere Hundert Jahre alt. Als diese alten Bäume keimten, hatten zwei Dutzend Eingeborenenstämme an dieser entlegenen Küste gelebt. Jetzt waren nur noch wenige übrig, und nur eine Handvoll kannte noch die alten Sprachen. Daniel entgingen nicht die ironischen Parallelen zu dem, was er gerade gelesen hatte. So wie in Tibet hatten Invasion und Ausplünderung hier nicht weniger brutal stattgefunden, wenn auch ein Jahrhundert vergangen war und die Ereignisse bequemerweise nur noch historischen Charakter hatten. Und jetzt war er hier, um weiter zu plündern und zu rauben, die Reichtümer aus diesen alten Wäldern zu holen, die einst den nun fast völlig ausgelöschten Stämmen gehört hatten.

Die Maschine tauchte tiefer, berührte das Wasser des schmäler werdenden Fjords, und dann war plötzlich das Camp vor ihnen. Aus der Luft bot es einen bizarren Anblick, eine schwimmende »Waterworld«, ein Altmetallkonglomerat, das am Fuß der fast senkrechten Felswände festgemacht war. Das Camp befand sich auf zwei gewaltigen, rostzerfressenen Kähnen, die schon vor langer Zeit ausgemustert und hierhergeschleppt worden waren, wo sie Platz für Mannschaftsunterkünfte, Küchen, Gemeinschaftsräume, Lagerräume und Wartungshangars aus verschiedensten, nicht immer zusammenpassenden Fertigbauteilen boten. Drei mit gelben Ringen markierte Hubschrauberlandeplätze lagen nun während des Tages verlassen.

Bis zu dreißig Männer hielten sich fast immer hier auf, Piloten, Ersatzmannschaften, Flughelfer, Mechaniker und anderes Bodenpersonal. Wendy Two-Rivers, eine kräftige Ureinwohnerin, leitete das Ganze. Sie hatte die Figur eines Sumoringers, eine ausgezeichnete Ausbildung als Koch und leitete einen Stab von vier sich ständig abwechselnden High-School-Abbrechern.

Daniel schlief unruhig in seiner Kabine und war bereits hellwach, als um halb sieben die Glocke läutete. Er duschte und zog sich rasch an, machte sein Bett und begab sich in die Kantine, ein freistehender Decksaufbau am anderen Ende des Kahns. Obwohl er wenig Appetit hatte, bestellte er sich ein Frühstück aus Eiern, Tomaten, Pfannkuchen und Fruchtsalat, wohl wissend, wie wichtig eine ordentliche Mahlzeit war. Denn zur Mittagszeit war er in der Regel zu genervt und hatte zu wenig Zeit. Mit einem Blick auf die Uhr schlang er das Essen hinunter und trug das Tablett zur Theke zurück, eine Gefälligkeit, mit der er ziemlich der Einzige im Camp war.

»Wo, zum Teufel, sind Sie denn gewesen?«, polterte Wendy Two-Rivers.

»Ach, ich hatte frei, um meine Gehirnfunktionen wiederzubeleben«, erklärte er.

Wendy kicherte. »Wenn das der Maßstab für Urlaub wäre, würde der Kahn hier eine Geisterstadt sein.«

Sie lachten beide. »Wie geht es Ihnen eigentlich?«, fragte er und stellte fest, dass ihr Gesicht mehr Farbe hatte als sonst.

»Höherer Blutdruck, mehr Medikamente«, antwortete sie resigniert.

»Sie brauchen auch Urlaub.«

»Träumen Sie weiter!«, sagte sie. »Wie geht es Ihrem kleinen Mädchen, Rosa heißt sie, nicht?«

»Rosie geht's gut«, log er. »Ich muss los, Wendy. Bis zum Mittagessen.«

Er stieg hinüber auf den anderen Kahn, auf dem sich die Helikopter und Landeplätze befanden. Piloten und Mechaniker warteten schon ungeduldig auf ihn bei den zwei Maschinen. Er zuckte schuldbewusst zusammen. Wie schnell man vergaß, dass es um jede Minute ging!

Er wurde rasch mit Connor Paine bekannt gemacht, dem eifrigen jungen Mann, der sein Kopilot sein würde. Er war ihm schon im Flugzeug aufgefallen, hatte aber keine Gelegenheit gehabt, sich vorzustellen. Der junge Connor war höchst erfreut über sein Glück. Es war nicht leicht, solch einen Job zu kriegen, dessen Gefährlichkeit einen Piloten aufs Äußerste forderte und bis zu zweitausend absolvierte Flugstunden voraussetzte.

»Sie hatten es eilig, Sie einzusetzen«, sagte Daniel gut gelaunt, während er ihm die Hand schüttelte.

»Ja«, erwiderte der. »Einer Ihrer Piloten ist ausgestiegen, wie ich hörte.«

»So kann man es auch nennen«, erwiderte Daniel steif, bevor ihm bewusst wurde, dass der arme Kerl wahrscheinlich gar nichts über Kurts Selbstmord erfahren hatte. »Jedenfalls herzlichen Glückwunsch zu Ihrer Einstellung. Sie werden feststellen, dass dieser Job eine nie endende Herausforderung ist.«

»Ich bin voller Wissensdurst«, erwiderte der junge Mann übertrieben förmlich mit einem vergnügten Lächeln.

»Keine Angst, den können Sie ausreichend löschen. Wir sind zwölf bis vierzehn Stunden im Einsatz, davon mindestens acht Stunden in der Luft.«

»Das ist ganz nach meinem Geschmack«, erwiderte der junge Pilot. »Halten Sie mich nur ständig auf dem Laufenden, was Sie gerade tun.«

»Gut, Connor. Sie kümmern sich um die Maschine, und ich fliege sie, alles klar?«

Connor blickte an dem imposanten S-61 empor und tätschelte ihre Hülle. »Ich behandle sie wie meinen eigenen Lamborghini.«

Daniel zog eine Augenbraue hoch. »Sie haben einen Lamborghini?«

Connor bedachte ihn mit einem entschlossenen Blick. »Noch nicht.«

Als sie von dem Kahn abhoben, wickelte sich das achtzig Meter lange Seil unter dem Bauch des Hubschraubers ab, bis der Haken am Ende frei über der Landestelle hing und sie Kurs auf das Einsatzgebiet nehmen konnten. Der Kahlschlag begann versteckt hinter den Küstenbergen. Kreuzfahrtschiffe nahmen auf ihrem Weg nach Alaska die Küstenroute, und den Wald in ihrem Blickfeld nicht abzuholzen, war ein Zugeständnis an den Eindruck von unberührter Wildnis, so falsch er auch war. Auch so dauerte die Flugzeit vom Kahn zum Einsatzort nur neunzig Sekunden.

Daniel sah, dass sein junger Begleiter zum Haken am Ende des Seiles hinabblickte, der praktisch die Baumspitzen berührte.

»Hier ist es anders als bei den meisten Flugeinsätzen. Wir fliegen den ganzen Tag in der unmittelbaren Gefahrenzone, und Sie wissen sicher, wie gefährlich das sein kann.«

Schwarze Wolken, Papa, rief Rosies Stimme in seinem Kopf. *Du fliegst … Menschen sterben.* Er blickte in plötzlicher Panik zu Connor. Heiliger Strohsack, nein! Lächerlich! Der Mann machte einen vollkommen gesunden und zurechnungsfähigen Eindruck. Er war mit Sicherheit kein Springer.

Connor starrte ihn ebenfalls an und ebenso merklich beunruhigt. Aber aus einem anderen Grund. Die unmittelbare Gefahrenzone. Offenbar hatte ihm niemand erklärt, wie tief sie über die Baumwipfel fliegen würden.

»Und noch etwas. Ich habe heute ein schlechtes Beispiel gegeben … mit meiner Verspätung«, fuhr Daniel beruhigend fort. »In diesem Job zählen Sekunden. Die Kosten für den Hubschraubereinsatz belaufen sich auf zweihundert Dollar pro Minute. Dadurch wird schon der kleinste Verzug extrem teuer.«

»Keine Angst, Captain«, sagte Connor ein wenig selbstgerecht. »Ich weiß durchaus, was der Betrieb eines S-61 kostet.«

Als sie am Ladeplatz, einem Holzeinschlag an einem außerordentlich steilen Hang, ankamen, war ihr Flughelfer, Goran Lindstrom, bereits vor Ort. Er war mit einem Diensthelikopter hergebracht worden. Daniel ließ den S-61 langsam zu der orange gekleideten Gestalt hinabsinken, die auf einem Stapel von Stämmen stand und bereit zum Anhängen der ersten Ladung war. Er war ein massiger Schwede, schon ein wenig in die Jahre gekommen für einen Job, der Zähigkeit, Geschwindigkeit und gutes Reaktionsvermögen erforderte, doch das machte er mit seiner zwanzigjährigen Erfahrung in den Wäldern seiner Heimat wett.

Daniel lehnte sich in der Kanzel vor, um den Boden unter

sich zu sehen und dem Kollegen zu zeigen, wie man den Haken sicher zu dem Mann am Boden manövrierte.

»Sehen Sie die vielen Stämme da unten? Der Flughelfer sollte nicht über die Stämme klettern müssen, um den Haken zu erwischen. Sie müssen ihn zu ihm bringen, und rasch dazu. Der Dollarzähler tickt ununterbrochen.«

Daniel beobachtete den Mann unten. Er sah, wie Goran sich bückte, um den Haken in den Ring am Stamm zu stecken. Dann richtete er sich auf, winkte, und sprang wie eine Bergziege über die Stämme, in sicherem Abstand. Daniel wartete, bis er über Funk sein »Fertig« hörte. Erst dann begann er aufzusteigen und den gewaltigen Stamm glatt und problemlos vom Stapel zu heben.

Er frage Connor nach dem Gewicht, und der Junge antwortete sofort. Der Stamm schaukelte am Stahlseil, als sie den steilen Hang hinab zum Coyote Canyon flogen, wo er ihn neben dem Wassertraktor in die Fluten fallen ließ. Der ganze Arbeitsvorgang hatte nicht länger als drei Minuten gedauert.

»Es scheint, dass der Flughelfer in der Hauptsache dafür verantwortlich ist, die Ladung richtig zu befestigen«, meinte Connor, als sie zum Hang zurückflogen. »Der Pilot braucht nur zu fliegen.«

»Falsch«, entgegnete Daniel scharf. Er deutete auf ihren Ladeort. »Aus der Luft sieht es aus, als bräuchte man nur einen Stamm zu packen und hochzuheben, aber in Wirklichkeit ist es wie ein Mikadospiel. Wenn man sich vor Augen hält, dass jeder Stamm fünf Tonnen wiegen kann, dann hebt man ihn nicht bedenkenlos auf. Viel kann schiefgehen, deshalb horcht man genau auf die Anweisungen des Mannes am Boden. Er ist der Boss.«

»Verstanden, Captain.«

Daniel hatte die Flüge nicht gezählt, als sie am Ende des Einsatzes auf dem Kahn zum Auftanken landeten. Die Mittagspause schien aus irgendeinem Grund noch in weiter Ferne zu liegen. Sie waren erst eineinhalb Stunden geflogen. Er könnte wirklich einen Kaffee brauchen, aber er beschränkte sich aufs Pinkeln.

Er hatte genau drei Minuten Zeit fürs Klo. Als er völlig versunken dastand und sich erleichterte, blitzte plötzlich ein Bild über seine Netzhaut: der hingeschlachtete Rottweiler. Das Bild löste eine kalte Gänsehaut aus, gefolgt von einem Anfall von Panik. *Was hatte er getan?* Er musste völlig verrückt gewesen sein, Rosie die grüne Kassette zu zeigen und sie zu diesem Versteckspiel aufzufordern. Zu dem Zeitpunkt war es ihm harmlos erschienen, aber wie konnte er nur vergessen, wie viel der Inhalt jemandem bedeutete, wer immer es sein mochte? Bis zu diesem Augenblick war es ihm gar nicht in den Sinn gekommen, dass ihm dieser Jemand oder die Behörde nach Vancouver gefolgt sein könnte. Es war, als hätte mit der Abreise aus Boulder die ganze Sache ihren Ernst verloren. Doch jemandem war es sehr ernst damit gewesen, die Kassette in die Hände zu bekommen. Hatte er Rosie in Gefahr gebracht? Er rief sich jeden Schritt, den er seit seiner Ankunft am Flughafen gemacht hatte, in Erinnerung: Er war in Kits angekommen, mit Rosie aus dem Haus gegangen, am Strand spaziert und dann in Arnies einstige armselige Bleibe geschlichen. Dort hatte er sich sorgfältig umgesehen, während Rosie mit dem Riegel am Kellerfenster beschäftigt gewesen war. Nein, es gab kein Anzeichen in seinen Erinnerungen, dass er verfolgt oder beobachtet worden wäre. Trotzdem verschwanden weder das flaue Gefühl in seinem Bauch noch das schreckliche Bild des Hundekadavers.

Er holte mehrmals tief Luft und versuchte sich zu beruhigen. Im Augenblick konnte er es sich absolut nicht leisten, darüber nachzugrübeln. Er zog den Reißverschluss zu und ging rasch zurück. Er duckte sich unter die wirbelnden Rotorblätter und setzte sich neben seinen Kopiloten, der wiederholt auf die Uhr blickte.

»Noch bin ich hier der Kapitän, du kleiner Streber«, murmelte Daniel lautlos zu sich selbst, während er mit der Hand schützend über den Augen über die Berge blickte. Die Luft auf dem Kamm flimmerte in der aufsteigenden Hitze. Eine halbe Stunde später war es in der Kanzel so heiß, dass er gerne den Winter zurückgehabt hätte. Der Antrieb der Rotoren hatte eine heizkörperartige Wirkung, und das Kanzelfenster wirkte wie ein Treibhaus in der Mittagsonne. Seine Besorgnis schwand nicht, vor allem, da ihn die Hitze an den Waldbrand erinnerte, dessen Glut das Cockpit füllte. Er wischte sich mit einem Zeigefinger den Schweiß von der Stirn und verdrängte diese Gedanken.

Er arbeitete bei jedem Flug ein wenig härter und schneller, um die vergeudeten Minuten vom Morgen aufzuholen, und die Geschwindigkeit, mit der die Zahl der Stämme im Wasser wuchs, beruhigte ihn.

Sie hatten noch einen letzten Flug vor dem zweiten Auftanken. Daniel ließ eine gewaltige Hemlocktanne in den Fjord fallen und beschleunigte auf dem Flug den Hügel empor auf hundert Knoten. Als er die niedrigeren Bäume der Ladestelle erreichte, verlangsamte er, bis er reglos schwebte. Er beugte sich vor und beobachtete den Haken dicht über den Baumwipfeln. Dann tauchte er fünfzehn Meter in die Tiefe. Ein paar kleine Korrekturen, und der Haken bewegte sich fast wie von selbst in die Hände des Flughelfers.

»He!«, rief Connor beeindruckt aus. »Das war perfekt!«

Gorans Stimme kam über den Bordfunk. »Ich habe drei an zweien. Ein Stamm ist etwas eingeklemmt unter einem Stück Abfallholz, Sie müssen sehen, wie sie ihn freikriegen.«

Daniel drehte sich zu Connor. »Verstanden? Er hat uns gesagt, dass wir drei Stämme an zwei Ringen heben müssen, und wie wir die Last am besten hochbekommen.«

»Verstanden.« Der Junge begann im Laufe der Flüge seine Arroganz zu verlieren, wohl etwas eingeschüchtert durch den Umstand, dass er in ein paar Wochen selbst abwechselnd den Pilotensitz einnehmen würde.

Goran meldete sich wieder. »Ich hab hier in der engen Schlucht nicht mehr viel Ausweichmöglichkeit, also behalten Sie mich im Auge, wenn Sie hochziehen.«

»Keine Angst!«, rief Daniel über den Lärm. »Ich sehe das Problem.«

Er beobachtete, wie Goran zum Rand der Schlucht lief, und hörte ihn rufen: »Fertig!« Er blickte hinunter auf das Durcheinander von Ästen und Stämmen.

»Mann oh Mann. Na, dann los«, sagte er zu Connor. »Bei Stämmen aus einem solchen Gewirr kann man froh sein, wenn nicht der halbe Hang mitfliegt.«

Connor lachte nervös.

Daniel begutachtete den Stapel am Boden und fand, dass es nicht allzu verwickelt aussah. Die beiden Stämme an dem einen Ring lagen frei am Stapel, und er konnte erkennen, dass der einzelne Stamm nur etwa drei Meter unter einem Querlieger steckte. Er begann vorsichtig aufzusteigen und die Stämme zusammenzubringen. Dieser erste Schritt geschah in einer glatten koordinierten Bewegung. Als sich die Ringe an den Stämmen zu spannen begannen, gab er mehr Gas, um das Gewicht der Last aufzunehmen.

Hinter sich konnte er die Turbinen hochfahren hören, und Connor begann Motor- und Gewichtshöchstgrenzen auszurufen, wie er es offenbar in der Flugschule gelernt hatte.

Die ersten beiden Stämme an dem einen Ring kamen problemlos aus dem Astgewirr frei, doch der einzelne Stamm am anderen Ring steckte fest und wollte sich nicht bewegen, nicht einen Zentimeter.

Daniel, der an die tickenden Sekunden dachte, aber nicht

aufgeben wollte, bewegte den Helikopter langsam in kleinen Kreisen, die er langsam ausweitete, während er das Tempo steigerte, ein Hin- und Herziehen wie bei einem hartnäckigen Unkraut im Rasen. Schließlich begann der festsitzende Stamm nachzugeben.

Gorans Stimme kam aus dem Funkgerät. »Es klappt nicht. Ist meine Schuld. Lassen Sie ihn runter, dann kann ich ihn aushaken.«

»Warten Sie«, rief Daniel zurück. »Ich spüre, dass er kommt.«

In einer fließenden Flugbewegung zog er ein letztes Mal hangaufwärts und spürte, wie der Stamm freikam. Er wandte sich mit nach oben gestrecktem Daumen an Connor, aber der Kopilot hatte seinen Blick auf den Boden gerichtet. Daniel lehnte sich nach vorn, um nach dem Seil zu sehen, und sah seinen Irrtum. Das schmale Ende des Stammes war noch immer eingeklemmt und hatte sich, da es sehr lang und nachgiebig war, um das querliegende Holz herumgebogen. Es sah nicht gut aus. Das verdammte Ding konnte brechen oder schlimmer, wie eine große Feder wirken und dann den ganzen Holzstapel auseinanderschleudern.

Er entschied sich, sofort abzubrechen, aber noch bevor er handeln konnte, ging ein heftiger Ruck durch die Maschine, dem eine gewaltige Explosion folgte. Neunzig Meter unter ihm war das befürchtete Ereignis eben eingetreten. Der Druck sandte zersplitterte Holztrümmer in alle Richtungen. Zwei von ihnen von der Größe von Zaunpfosten rasten direkt auf den Flughelfer zu. Goran stand gute dreißig Meter entfernt, doch Daniel konnte nichts tun, als hilflos von oben zusehen, wie die Trümmer auf den Mann zuflogen.

Während er es voll Grauen beobachtete, schien sich die Zeit zu verlangsamen und fast stehen zu bleiben. Über ihm verstummte das Geräusch der Rotoren. Er starrte auf die langsam fliegenden Holzteile. Es schien eine Ewigkeit zu währen, bis sie ans Ende ihrer Flugbahn kamen. Das erste Stück flog dicht über Goran Lindstrom hinweg, aber die Bahn des zweiten verlief ein wenig tiefer. Als ihn das Stück mit der Wucht einer Kanonenkugel an der Brust traf, flog er nach hinten gegen den scharfen Fels.

Daniel hörte Connor brüllen, aber er war zu keiner Bewegung fähig. Urplötzlich geriet die Welt um ihn aus den Fugen, und er dachte an Rosie, während er auf den zerschmetterten Körper an der Felswand hinunterblickte.

Kapitel 14

Zwei Tage Chaos folgten auf den Tod von Goran Lindstrom. Ein Vorfall wie dieser legte den Betrieb des Camps vollkommen lahm. Jeder Aspekt des Unfalls musste genau untersucht, dokumentiert und protokolliert werden. Trotz seiner lähmenden Trauer, seiner Schuldgefühle und Wut – denn er hielt sich allein für verantwortlich –, versuchte er, so gut es ihm möglich war, zu kooperieren, doch es fiel ihm schwer, sich zu konzentrieren. Soweit es um seine Rolle in der Katastrophe ging, ließ ihn sein legendäres Erinnerungsvermögen völlig im Stich. Er verlor immer wieder den Faden, vergaß, was ihn zu seinen Flugmanövern veranlasst hatte, vergaß, wann und wie und warum er so gehandelt hatte. Das Untersuchungsteam führte es auf Schock zurück und hielt sich vorwiegend an Connors detaillierte Beschreibung des Unfallherganges.

Nur Daniel selbst kannte die Gründe für seinen inneren Aufruhr – er musste versuchen, damit fertig zu werden, dass er einen Mann getötet hatte, und ihn quälte eine Todesangst um Rosie. Die Furcht war vielschichtig. Nun glaubte er alles, was Rosie gesagt hatte. Sein kleines Orakel wusste, dass er verhext, dass er eine Gefahr für andere und für sich selbst war. Aber noch bedrohlicher war der nagende Gedanke, dass *Rosie* verhext war. Ihre albtraumhaften Voraussagen trafen letztendlich stets ein. Wenn es nun gar keine Voraussagen waren? Wenn sie, weil sie so sehr wollte, dass er bei ihr blieb und zu fliegen aufhörte, diese Unfälle verursachte? Nein! An eine solch gnadenlose Böswilligkeit in einem kleinen Mädchen vermochte er nicht zu glauben.

Dann war da noch diese Kassette. Er wusste, dass er vorschnell gehandelt hatte, als er sie bat, sie zu verstecken. Es schien damals ein harmloses Spiel zu sein, aber seine übersensibilisierten Instinkte sagten ihm nun, dass er sie möglicherweise in Gefahr gebracht hatte. Er musste schnellstens zu ihr. Trotz der verheerenden Tragödie, die er verursacht hatte, trotz aller Trauer und Bestürzung im Camp und der Unterbrechung des gesamten Betriebes, kreisten seine Gedanken nur um diese eine Sache. Sobald sie ihm zu gehen erlaubten, würde er sich auf den Weg machen. Erst wenn er Rosie außer Gefahr wusste, konnte er sich den Luxus eines totalen Nervenzusammenbruchs erlauben.

Am Donnerstag war er endlich unterwegs nach Vancouver. Nach Verlassen der Fähre in Horseshoe Bay nahm er ein Taxi zur Wohnung, rannte hinauf, ließ seine Tasche fallen und schnappte sich seine Autoschlüssel. Er fuhr so rasch es der Verkehr erlaubte über die Lions Gate Bridge, durch den düsteren Stanley Park, auf die belebte Denman Street, die Beach Avenue entlang und über die Burrard Bridge, bog links in die Cypress Street ab und hielt mit kreischenden Bremsen vor der roten Ziegelfassade der Henry-Hudson-Grundschule ... zehn Minuten, bevor die Glocke läutete.

Er stellte sich ans Tor und beobachtete die Kinderscharen, die durch die Türen strömten und die Stufen herabkamen. Als er Rosie bemerkte, winkte er heftig und rief ihren Namen. Er sah, wie sie sich suchend nach ihm umblickte. Sie war größer als die meisten Gleichaltrigen und, in seinen Augen wenigstens, anmutiger und würdevoller, wie eine junge Tänzerin, die sich ihrer Bewegungen auf natürliche Art bewusst war.

»Papa«, rief sie, ihre Selbstbeherrschung vergessend, und stürzte sich in seine Arme. »Du bist da«, sagte sie, fragte aber nicht warum.

»Ja, Kleines, ich musste einfach kommen.«

Sie suchte in seinen Taschen nach seinem Handy. »Ruf Mami an und sag ihr, dass ich bei dir bin.«

Sie gingen zum Auto, während Rosie aufgeregt über alte DVDs von der Serie »Nummer 6 – The Prisoner« schwatzte, die sie sich aus der Videothek geholt hatte. Daniel erinnerte sich gut an die britische Kult-Fernsehserie, deren Wiederholungen er selbst in jungen Jahren gern gesehen hatte.

»Ich glaube, dass das Dorf wirklich existiert«, sagte er. »Irgendwo in Wales.«

»Wirklich?«, rief sie und ergriff seine Hand. »Wo ist das? Können wir hinfahren?«

»Ja, klar. Ich nehm dich irgendwann mit nach Wales. Warum nicht?«

»Gehen wir zu dir und bauen wir es«, sagte sie aufgeregt, ganz die Alte, fröhlich und mit blitzenden Augen. »Bauen wir das Dorf aus Lehm.« Sie holte eine Hand voll weißer Ballons aus ihrer Tasche. »Ich hab die hier. Wir können sie mit Wasser füllen und als Blobs verwenden … du weißt schon, die hinter den Leuten her sind, die zu fliehen versuchen.«

»Ja, ich erinnere mich an die Blobs. Ich hatte Albträume wegen ihnen.«

Sie klatschte in freudiger Erwartung in die Hände.

»Aber hör zu, Liebling«, sagte er, und es fiel ihm nicht leicht, sie zu enttäuschen. »Können wir die Bautätigkeit aufschieben, nur für einen Tag? Lass uns lieber spazieren gehen und am Granville Market Mittag essen. Ich habe seit gestern nichts im Magen.«

»Ich hab schon gegessen«, sagte sie enttäuscht.

»Du könntest wenigstens so tun als ob und zum Schein mit mir noch einen Happen essen«, meinte er. »Oder du könntest einfach Ja sagen, weil ich dein Papa und schwach vor Hunger bin.«

»Aber dann würde ich lügen.«

»Nein, du lässt nur etwas aus, das ist etwas anderes. Manchmal ist das in Ordnung, wenn es niemandem schadet und Leute sich dadurch besser fühlen.«

Sie warf ihm einen prüfenden Blick zu. »Machst du das oft, Papa, Sachen auslassen?«

»Jeder macht das hin und wieder«, antwortete er ausweichend.

Sie war sich also der Anomalität seiner Rückkehr nach Vancouver schon nach drei Tagen durchaus bewusst, aber sie wollte den Grund gar nicht wissen. Er würde aufpassen müssen, dass er ihre Begeisterung darüber nicht mit seiner Furcht und Trauer und Selbstquälerei verdüsterte.

Sie parkten auf der Walnut Street und gingen am Strand entlang in westlicher Richtung die ganze Strecke bis Jericho Beach, wo er zur Umkehr drängte. Das Wetter war deutlich herbstlich, mit rasch dahinjagenden Wolken, anhaltender Schauerneigung, unterbrochen von kühlen sonnigen Abschnitten. Da er weitgehend unempfindlich gegen die Kälte war, hatte er seine Jacke ausgezogen und Rosie um die Schultern gelegt. Sie schwatzte vergnügt die ganze Zeit, aber nicht einmal entfloh ihr ein Wort über die *drei dunklen Wolken* oder weshalb er hier war.

Zwei Stunden später erreichten sie erschöpft und hungrig Granville Island und steuerten auf den Markt zu, jenes farbenfrohe, von Menschenmassen bevölkerte Wunderland der Düfte. Er klopfte ihr auf die Schulter. »Wir sind am Ziel, Kommandant. Wir haben uns aus der Mittagsmahlzone herausgebeamt und können unser Hungerschiff nun sicher im Abendessenwarp landen.«

»Aye, Captain«, erwiderte Rosie. »Übrigens, ich bin jetzt Vegetarierin.«

»Ist deine Mutter damit einverstanden?«

»Ja, sie hat nichts dagegen. Der Zwerg ist auch eine.«

Der Markt war dicht bevölkert mit anderen Leuten, die hungrig im Abendessengewühl gelandet waren, und die beiden verbrachten eine ganze Weile vor den Buden, bevor sie einen Tisch am Fenster mit Blick auf False Creek ergattern konnten. Während Rosie die Sitzplätze bewachte, holte er eine Auswahl aus verschiedenen vegetarischen indischen Gerichten, die sie sich teilten. Sein Appetit auf Fleisch und Geflügel kam ihm im Stress immer abhanden, deshalb war er froh, mit ihr vegetarisch zu speisen. Auf der Platte war zudem genug Essen für ein ganzes indisches Dorf, zumindest was den Anteil an Kohlehydraten betraf.

»Wie kommt Mami mit Grunzi-Lu zurecht?«

»Gut«, erklärte Rosie. »Sie mag sie jetzt richtig gern. Tony hasst sie.«

Er legte die Gabel nieder und kam zur Sache. »Hör zu, Liebling. Wir müssen über die Kassette reden ...«

»Schhhh!« Rosie blickte sich verstohlen um und verbarg den Mund hinter ihrer Serviette. »Wir können hier nicht darüber reden.«

»Es ist in Ordnung, Kommandant.« Er senkte die Stimme. »Wir sind inkognito hier.«

Sie beugte sich zu ihm und flüsterte ihm ins Ohr: »Sie ist jetzt woanders.«

»Was?«

»Unsere Kassette«, murmelte sie, »ich hab sie woanders hingebracht.«

Er runzelte die Stirn. »Warum, Rosie? Warum hast du sie woanders hingebracht?«

»Weil ein Mann nach ihr sucht.«

»Du meinst, dass Leute kommen und sich Arnies Wohnung ansehen?«

»Nein, Papa. Ein Mann hat es auf die Kassette abgesehen.«

Er erschrak zutiefst, aber er versuchte es sich nicht anmerken zu lassen. »Okay, Sherlock. Ich möchte Details hören.«

»Er hat gestern vor der Schule auf mich gewartet und ist mir nach Hause gefolgt.«

Der Atem stockte ihm. »Bist du sicher, dass er nicht zufällig in deine Richtung gegangen ist?«

»Bin ich. Ich habe ihn schon früher gesehen.«

»Wo?«

»Vor dem Haus. Letztes Wochenende. Er beobachtete Arnies Haus, als wir von Tonys Eltern zurückgekommen sind. Als er uns sah, hat er sofort eine Fliege gemacht.«

»Wie sieht er aus?«

»Jünger als du. Dunkle Sonnenbrille. Baseballmütze. Braunes Haar. Jeans. Am Sonntag kam er mit dem Fahrrad und hatte diesen bescheuerten Helm auf, aber das war so mega-offensichtlich daneben.«

»Hat ihn deine Mutter auch bemerkt? Hast du es ihr gesagt?«

»Nein«, erklärte sie und stocherte mit ihrer Gabel im Essen herum. »Ich erzähle Mami und Tony nichts davon. Das ist allein unsere Sache, nicht? Wir haben es geschworen, oder etwa nicht?«

Unwillkürlich sah er sich um. Eine Gänsehaut lief ihm eiskalt den Rücken hinab. »Hat dieser Mann irgendetwas gesagt? Hat er dich anzusprechen versucht?«

»Nein.« Rosie schob den Teller zur Seite. »Aber ich bin sicher, dass er hinter der Kassette her ist.«

Sein Instinkt war also richtig gewesen. Er hatte allen Grund, sich Sorgen zu machen. Waren seine Erlebnisse in Boulder nicht Hinweis genug auf die Wichtigkeit der verdammten Kassette? Und jetzt schnüffelte jemand Rosie hinterher. Wer stand noch unter Beobachtung? Amanda, vielleicht auch Katie …

Wurde Rosie beobachtet, weil man alle anderen möglichen Aufbewahrungsorte inzwischen schon gründlich durchsucht hatte, die Wohnung seiner Eltern, die Tiefgarage, seinen Wagen ... oder aus einem anderen Grund? Rosie war nur ein kleines Mädchen, weshalb sollte sie irgendetwas darüber wissen? Es sei denn ... wenn die Kassette wirklich so lebenswichtig war, mochte die Entführung eines Kindes ein wirkungsvolles Mittel sein, um sie rasch ans Licht zu bringen.

Die Vorstellung ließ ihn zusammenzucken und sichtbar schaudern. Die einzige andere Erklärung war nicht weniger teuflisch: Der Mann, der seine Tochter beobachtete, war ein Pädophiler, der hübschen vorpubertären Mädchen auflauerte.

»Rosie«, sagte er ruhig. »Das ist kein Spiel, verstehst du? Du sagst mir doch die Wahrheit?« Er konnte an ihrer Miene sehen, dass er die Frage nicht hätte stellen sollen. Sie würdigte ihn keiner Antwort.

»Also gut«, sagte Daniel mit zusammengebissenen Zähnen. »Geben wir diesem Kerl, was er unbedingt haben will. Ich begleite dich ab morgen auf dem Weg zur Schule und zurück, bis wir ihn sehen und ihm diese verdammte Kassette geben können. Wo ist sie?«

Schweigen folgte. Rosie blickte zu Boden. »Das sag ich nicht. Ich will nicht, dass der Mann sie kriegt. *Sie gehört uns!*«

Daniel packte sie am Arm. »Nein, sie gehört *nicht* uns!« In seiner Panik hätte er sie fast geschüttelt. Er hatte sie in ein gefährliches Spiel verwickelt und in Gefahr gebracht, und er musste jetzt einen kühlen Kopf bewahren. Er musste es sehr schlau anstellen, um sie zu überzeugen, ohne sie zu sehr zu erschrecken. Vor allem musste er ruhig bleiben.

»Wir können nur eines tun«, flüsterte er verschwörerisch. »Wir müssen die Kassette öffnen.«

Skeptisch schürzte sie ihre Lippen. »Du weißt also nicht, was drinnen ist?«

»Nein, keine Ahnung. Wie ich schon sagte, gehört sie jemand anderem. Ich sollte nur der Überbringer des verdammten Dinges sein, aber unsere Pläne haben sich geändert. Sag mir, wo die Kassette ist, Rosie!«

Ihre Augen wurden zu schmalen Schlitzen. Sie ahnte zu Recht, dass an dieser Planänderung etwas faul war. Ihre Lippen pressten sich aufeinander.

»Rosie«, knurrte er. »Wenn du es mir nicht sagst, bleibt mir nichts anderes übrig, als die Polizei zu rufen. Ich kann nicht tatenlos zusehen, wenn dir fremde Männer folgen. Das ist kein Spaß mehr. Das ist sehr ernst, und du wirst mir jetzt sagen, wo die Kassette ist.« Er drückte ihren Arm ein wenig fester, und sie wich vor ihm zurück.

»Ja, ich mach's ja«, zischte sie wütend und zerrte ihren Arm aus seinem Griff. »Dann gehen wir und holen sie eben.«

Er wartete auf der Veranda auf sie, während sie hineinlief, um die Kassette aus ihrem neuen Versteck unter all den Sachen in ihrer Spielzeugtruhe zu holen. Während er wartete und die abblätternde blaue Farbe an dem morschen Türrahmen betrachtete, kam Tony heraus.

»Hallo, Daniel.«

»Hallo.«

»Ich dachte, Sie wären jetzt zwei Wochen oben im Norden beim Bäume fällen.«

»Aha.«

Sie war barfuß, und ihr kurzes, dünnes Haar stand in alle Richtungen, als wäre es elektrisch aufgeladen. Sie trug ein flottes weißes Tunic-Shirt mit dazu passender Hose. Im schwindenden Licht hatte ihre Erscheinung etwas Magisches, als ob sie durchscheinend wäre. Jeder normale Mensch würde in diesem Aufzug frieren. Einen Moment lang stellte er sie sich in den Armen seiner Frau vor, drängte aber das Bild rasch beiseite.

Sie setzte sich auf die alte Holzschaukel, die er auf einem Antikmarkt in Seattle für Amanda gekauft hatte, und verschränkte die Beine. Nach einem Moment sagte sie: »Haben Sie darüber nachgedacht?«

»Worüber nachgedacht?«

Sie seufzte tief und leidend auf und blickte zum Himmel.

Ihre herablassende Art machte ihn wütend. »Was wollen Sie?«

»Haben Sie unser Gespräch vergessen, Daniel?«

»Ich erinnere mich an jedes Wort, das Sie gesagt haben, aber das geht mich alles nichts an, außer, wenn es um Rosies Wohlergehen und Glück geht.«

»Darum geht es mir«, erwiderte sie. »Um Rosies Wohlergehen.«

»Das glaube ich weniger. Ich denke, Sie wollen Rosie von ihrer Mutter trennen und hoffen auf meine Mithilfe dabei. Ich rede nur mit Amanda über Rosie, und ich lasse mich nicht für Ihre Pläne einspannen.«

Sie bedachte ihn mit einem eisigen Blick. »Ich dachte, Sie wären darauf aus, mehr von Rosie zu haben. Wir reden doch über Rosies Wohlergehen. Dabei bin ich ganz auf Ihrer Seite, Mann. Warum stellen Sie sich nur so an? Himmel, ich fange an, Amanda zu verstehen.«

Er hatte keine Lust, diese Art von Gespräch fortzusetzen. Er stand an der Tür und wartete auf Rosie.

»Das Schwein wiegt inzwischen fünfzehn Kilo«, sagte Tony nach einer Weile. »Es wächst.«

»Das haben Ferkel so an sich«, sagte er. »Ist Amanda zu Hause?«

»Sie hat Probe. Aber wie ich schon sagte, es ist nicht mehr wie früher. Ihre Art von Musik ist in Vancouver nicht mehr so gefragt.«

»Das ist merkwürdig, sie war es immer. Aber ich schätze, sie ist besser dran, mit Ihnen in der Welt herumzukutschieren, stimmt's?«

Tony gab keine Antwort.

Er dachte an das Schwein. Es freute ihn, dass sich Amanda anscheinend mit dem Tier arrangiert hatte, aber er konnte nicht erwarten, dass sie ein ausgewachsenes vietnamesisches Hängebauchschwein beherbergen und versorgen würde. Der Gedanke war allzeit präsent im Hintergrund seiner Überlegungen. Und obgleich er es nicht zugeben wollte, fand er Tonys angedeuteten Vorschlag attraktiv ... und gar nicht unpassend. Denn von jetzt an war er in der Lage, sich Vollzeit um sowohl Grunzi-Lu als auch ihre Eigentümerin in einem hübschen Bauernhaus am Stadtrand zu kümmern. Er fragte sich flüchtig, wie wohl Katie auf einen Bauernhof passen würde, aber er konnte sie sich nicht als Frau auf dem Lande vorstellen. Amanda fügte sich nahtlos in dieses Bild, hatte sich jedoch für eine andere Zukunft entschieden. Er merkte sich vor, Anne Roberts anzurufen und nachzufragen, ob das Haus seines Vaters schon angeboten wurde. Er würde jeden Cent brauchen, wenn er in der Lower-Mainland-Region Vancouvers eine Immobilie kaufen wollte. Anne Roberts! Sechs Tage waren erst vergangen, seit er mit ihr in dem tibetischen Restaurant saß, aber es war so viel geschehen, dass es ihm wie sechs Monate vorkam. Wie dem auch sei, vielleicht ließ sich das Haus gar nicht so einfach verkaufen. Dabei kam ihm in den Sinn, dass er auch dort sein Domizil aufschlagen könnte, im Haus seines Vaters in Boulder. Es besaß ein perfektes Schweinegehege im Garten. Er lachte innerlich. Es gab gewiss schlechtere Orte, an dem ein junges Mädchen aufwachsen konnte.

Er hörte Rosie die Treppe herabpoltern.

»Hier ist deine Kassette, Papa«, sagte sie steif und hielt ihm ein in ein altes Tuch gewickeltes und mit Juteschnur zugebundenes Päckchen entgegen. Dieser Versuch, die Kassette zu tarnen, ließ ihn insgeheim lächeln.

Tony erhob sich rasch und kam auf sie zu. »Was für eine Kassette?«

Rosie wich zurück. Sie hatte Tony auf der Schaukel nicht bemerkt. »Nichts«, entfuhr es ihr. »Nur ein Geschenk für meinen Papa. Er hat bald Geburtstag.«

»Oh, natürlich. Wann hat dein Vater Geburtstag, Rosie?«

Daniel runzelte die Stirn. Er hatte etwas gegen Tonys zudringlichen Ton, und Rosie war ihr nicht gewachsen. Sie konnte weder gut lügen noch etwas verbergen. »Nächste Woche«, erwiderte sie nervös.

Tony machte einen Schritt auf Rosie zu und sagte mit leiser Stimme: »Aber, Rosie. Weißt du denn gar nichts? Man überreicht ein Geschenk erst, wenn es so weit ist«, sagte sie und streckte ihre Hände aus. »Gib es mir. Verabschiede dich von deinem Papa, und dann verstecken wir es bis nächste Woche.«

Rosie drehte sich zu ihm um. Ihre dunklen Augen waren vor Furcht weit geöffnet. »Papa?«

»Halten Sie sich raus, Tony«, sagte er.

Tony blickte einen Moment auf das Päckchen, dann drehte sie sich um und verschwand nach drinnen, wobei sie die Fliegengittertür hinter sich zuknallte.

»Cruella de Ville«, murmelte Rosie.

Sie schien auf eine schlagfertige Erwiderung seinerseits zu warten, aber seine Gedanken waren woanders. Er starrte auf die noch immer zitternde Fliegengittertür, während ihn eine wachsende Besorgnis erfüllte. Was hatte sie so unverblümt gesagt? *Wir reden über Rosies Wohlergehen.* Großer Gott! Wie lange war diese undurchsichtige Person schon hier? *War es denkbar?*

Er nahm die Kassette und klemmte sie sich unter seinen rechten Arm und nahm Rosies Hand mit der linken. »Ruf im Auto deine Mutter an«, sagte er. »Du bleibst heute Nacht bei mir.«

Als sie zur Wohnung zurückkamen, läutete das Telefon, während er aufschloss. Rosie schoss als Erste in die Wohnung und flitzte zum Apparat.

»Oma!«, rief sie. »Wo bist du? Ich hab dich seit Ewigkeiten nicht gesehen.«

Er lauschte und war froh, dass Rosie da war und abgehoben hatte. So oft hatte sie ihn gefragt, wo ihre Großeltern denn waren. Sie hatte immer Freddie lieber gemocht als Gabriella, die nicht gerade die warmherzigste aller Frauen war. Freddie war ein Naturtalent mit Kindern, und er mochte Rosie.

Nach fünf Minuten Schwatzen und vielen geräuschvollen Küssen reichte ihm Rosie den Hörer.

»Darling!« Eine schrille weibliche Stimme, die er kaum wiedererkannte. »Hier ist deine launenhafte Mutter.«

»Das habe ich mir bereits gedacht.«

»Dein kleines Mädchen klingt schon so erwachsen.«

»Mutter! Wann kommst du zurück? Ich muss mit dir reden!«

»Ja, ja, das weiß ich, aber ich habe dir schon gesagt, dass ich nicht am Telefon darüber reden werde.«

»Warum rufst du dann an?«

Sie seufzte geräuschvoll. »Um zu erfahren, ob du aus Boulder zurück bist und ob es Rosie gut geht.«

»Rosie geht es so gut, wie die Umstände es erlauben: Ihre Eltern haben sich getrennt und ihre Großeltern sind unerreichbar auf der anderen Seite des Atlantiks.«

»Jetzt hör doch mal zu, Darling. Wir haben noch mehr Verwandte in Neapel gefunden, und das Ganze entwickelt sich zu einem großen Familientreffen. Wir fahren morgen. Eines Tages musst du das kleine Mädchen herbringen, damit sie einige ihrer Vettern und Kusinen kennenlernt …«

Er blickte auf Rosie, die an jedem seiner Worte hing. Er unterbrach ihren Redefluss und fragte: »Wann kommt ihr nach Hause?«

»Wir haben unsere Tickets noch nicht gebucht, aber ich schätze, in drei Wochen oder so, vielleicht ein wenig später. Freddie will unbedingt ein kleines Häuschen in der Toskana kaufen. Er ist ganz begeistert von Italien und entwickelt Ambitionen architektonischer Art. Ein Grund mehr, die Kleine herzubringen. Sie hat ein Faible für Häuser, nicht wahr?«

»Du meinst Rosie, oder? So heißt sie nämlich.«

So verlief das Gespräch weiter, bis alles gesagt war. Als er auflegte, sah er, dass Rosie die Stirn runzelte.

»Warum bist du so wütend auf Oma?«

»Vielleicht bin ich eifersüchtig«, improvisierte er. »Deine Oma ist ganz begeistert von den neuen Verwandten, die sie in Italien kennenlernt. Aber das musst gerade du sagen. Es passiert doch alle naselang, dass man auf seine Eltern wütend ist, nicht wahr, Rosie?«

Er war froh, dass Rosie abgehoben hatte, aber er war fast krank vor Frust. Er musste seiner Mutter die Wahrheit entlocken, denn selbst wenn Rosie nicht hier gewesen wäre, hätte Gabriella wie üblich das Gespräch dominiert und ihre eigenen Angelegenheiten in den Vordergrund gerückt. Er versuchte den Ärger über sie abzuschütteln. Es war nicht so wichtig. Wenn man gerade einen Menschen umgebracht hat, ist das Rätsel der eigenen Herkunft von keiner großen Bedeutung mehr.

Er gab sich große Mühe, so normal wie möglich zu sein, und bis jetzt hatte Rosie kein Wort über seine Gemütsverfassung verloren. Sie steckten bis zu den Ellenbogen in Lehm, aber es war nicht zu übersehen, dass sie mit »Nummer 6« nicht viel im Sinn hatte. Mit verkniffener Miene zerstörte sie abermals die Häuser, die sie geformt hatte. Schließlich blickte sie ihn an.

»Du hast noch immer Wolkenfieber, Papa.«

Er lachte zu laut. »Was, um Himmels willen, ist Wolkenfieber?«

»Schlimme Wolken, die dich krank und traurig machen.«

»Da hast du recht, Sherlock. Ich kann es nicht leugnen, dass ich mich schon besser gefühlt habe. He, weißt du was?« Er klopfte mit dem Zeigefinger auf seine Uhr. »Ab in die Falle. Du musst morgen zur Schule.«

»Aber ich habe Hunger. Der Arzt sagt, ich muss viel essen. Ich wachse einen halben Zentimeter in einem Monat.«

»Einen halben Zentimeter in einem Monat? Heiliger Bimbam, Kind!« Es stimmte. Sie schien hochzuschießen. Kein Wunder bei der geheimnisvollen »Khampa«-Herkunft. Groß und wild...

Daniel ging in die Küche und durchsuchte die Lebensmittelschränke und ärgerte sich, dass er sie seit Wochen nicht aufgefüllt hatte. In seiner Verzweiflung durchsuchte er auf Händen und Knien die hintersten Ecken der unteren Fächer. Dort entdeckte er ein ganzes Lager von Leckerbissen. Gabriella hatte also alles, was sie gern mochte, hinter den Töpfen und Pfannen versteckt. Er lachte glucksend. Welche Art von Mutter machte sich solche Umstände, um Essen vor ihrem Sohn zu verstecken? Aber so war sie nun mal!

Mit einer Packung Oliven-Fusilli, einem Glas Pilz-Pesto und ein paar Streifen sonnengetrockneter Tomaten zauberte er einen brauchbaren spätabendlichen Imbiss. Sie saßen auf dem Sofa und aßen aus Schüsseln und betrachteten stumm die kleinen italienisch anmutenden Häuser auf Gabriellas Kaffeetischchen. Rosie hatte Anweisungen über ihre Form und Größe gegeben, aber es war deutlich zu sehen gewesen, dass ihre Begeisterung über »Nummer 6« verflogen war. Als er vorschlug, die weißen Ballons aufzublasen, hatte sie nur die Schultern gezuckt, einen Schmollmund gezogen und den Lehm an ihren Händen angestarrt. Nicht ein einziges Mal erwähnte sie die Kassette, die er in sein Zimmer gebracht hatte.

Das Telefon läutete. Rosie rannte, um den Hörer abzunehmen. Es war Amanda, die wissen wollte, was sie Grunzi-Lu zum Fressen geben sollte. Dann verlangte sie, mit ihrem Vater zu sprechen, und bombardierte ihn mit Vorwürfen, weil er Rosie ohne vorherige Absprache mitgenommen hatte. Daniel nahm das Telefon mit in die Küche und sprach mit leiser Stimme. »Wie und wann hast du Tony kennengelernt?«

»Wechsel nicht das Thema, Daniel.«

»Was weißt du eigentlich über sie?«

Amanda lachte. »Genug. Sie ist eine Psychopathin und vorbestraft wegen Kindesmisshandlung, Erpressung und Auftragsmorden. Aber Rosie und ich helfen ihr, sich zu bessern.«

»Sehr lustig.«

»Warum kümmerst du dich nicht um *dein* Leben, Daniel?«

»Genau das tue ich. Hör zu, wir müssen uns ausführlich unterhalten. Ich werde mir ein Haus kaufen, und ich möchte mit dir Sorgerechtsvereinbarungen treffen.«

Nach einem Augenblick sagte Amanda: »Ja. Wenn du das Haus hast, werde ich gern mit dir darüber reden. Warum bist du nicht im Camp?«

»Unwichtig. Ich möchte Rosie übers Wochenende bei mir haben.«

Er hörte, wie sie die Hand über die Sprechmuschel hielt und gedämpft mit jemandem sprach. »Einverstanden. Hat sie genug zum Anziehen dabei?«

»Wir werden was einkaufen.«

»Warum hat Rosie über deinen Geburtstag gelogen? Dein Geburtstag ist im Juni. Hör auf, Rosie zum Flunkern anzustiften, und hör auf, zu Tony so unhöflich zu sein. Ich werde das nicht dulden.«

»Ein schönes Wochenende, Amanda.«

Er ging zurück ins Wohnzimmer und sah, dass Rosie noch immer lustlos an dem Dorf herumbastelte. Er wechselte rasch die Laken im Bett seiner Eltern und holte einen Pyjama und ihre Zahnbürste aus Rosies Übernachtungsschublade.

»Rosie, Zeit zum Schlafengehen. Wir haben weder Hausaufgaben gemacht noch deine Unterwäsche gewaschen, noch hast du gebadet, und jetzt ist es zu spät dafür. Wir müssen früh losfahren. Alle die verdammten Brücken sind ein Albtraum am Morgen. Ich hab dich viel zu lange aufgehalten. Ich bin ein schlechter Vater und sollte ausgepeitscht werden.«

»Du bist gar nicht so schlecht«, sagte sie steif. »In Mamis Haus sind wir auch nicht so pingelig.«

»Wie auch immer, ein Mädchen muss baden und Hausaufgaben machen. Ich werde mir ein Buch über Kindererziehung zulegen.« Er deutete zum allerheiligsten Privatgemach ihrer Großeltern. »Wahrscheinlich bräuchtest du ein Boot zum Schlafen. Das Bett ist der reinste Ozean.«

Rosie bekam einen Kicheranfall und weckte damit ein plötzliches Glücksgefühl in ihm. Das fröhliche Lachen eines Kindes ließ das Herz überquellen. So viel zumindest wusste er über Kindererziehung.

Nachdem er Rosie zu Bett gebracht hatte, begab er sich in sein Schlafzimmer, um Katie anzurufen. Als sie seine Stimme hörte, klang sie ziemlich aufgedreht. »Ich habe gewartet. Warum hast du nicht früher angerufen? Du hinterlässt mir eine Nachricht über irgendeinen schrecklichen Unfall, und dann höre ich zwei Tage lang nichts von dir.«

Das Letzte, was er brauchte, war noch eine Frau, die ihm Vorwürfe machte, aber er ertappte sich dabei, dass er sich über ihre Reaktion freute. Sie legte den Schluss nahe, dass sie großen Anteil an seinem Leben nahm.

»Ich weiß noch nicht, wann wir uns wiedersehen können, und es liegt nicht daran, dass ich nicht möchte«, sagte er. »Ich habe Rosie übers Wochenende, und ich muss etwas mit dieser Kassette unternehmen, von der ich dir und Bruce und Linda erzählt habe.«

»Was hast du denn damit vor?«

»Ich muss sie loswerden.«

»Warum? Was, um alles in der Welt, war denn drin?«

»Das weiß ich noch nicht ...« Er fuhr fort, ihr die ganze Geschichte zu erzählen. Von dem entsetzlichen Unfall, dem Mann, der seine Tochter verfolgte, seinem Verdacht über die Frau, die sich in das Leben seiner Frau und seiner Tochter geschlichen hatte. Sie hörte aufmerksam zu. Als er seinen etwas sprunghaften Bericht über die letzten drei Tage beendete, schwieg sie längere Zeit.

»Weißt du was?«, sagte sie schließlich. »Ich glaube, du schnappst langsam über. Erst erzählst du mir, dass die CIA hinter der Kassette her ist, dann ist es plötzlich ein Pädophiler und jetzt gar ein Schwarm lesbischer Elfen. Merkst du nicht selbst, wie verrückt das klingt? Und die Sache mit Rosie, dass sie Dinge prophezeit ... als Nächstes sagst du mir, dass rosa Elefanten durch die Luft fliegen.« Sie hielt einen Augenblick inne. »Es tut mir leid. Das klingt für mich nach irgendeinem Stresssyndrom gepaart mit extremer Paranoia. Ich meine, du solltest dich beruhigen, abschalten und deinen Kopf wieder freikriegen. Nur, erzähl es niemandem mehr, wenn du nicht willst, dass dich die Männer in den weißen Kitteln abholen kommen.«

Er bedauerte, dass er sich ihr anvertraut hatte. Er wusste ja, was für eine hartgesottene Pragmatikerin sie trotz ihrer Jugend war. Gleichzeitig gäbe er viel dafür, wenn sie nur recht hätte mit dem, was sie sagte. Wie viel einfacher wäre es, wenn er sich alles nur einbildete. Aber nachdem er eine Weile über ihre realistischen Ansichten nachdachte, glaubte er, dass manche ihrer Argumente nicht von der Hand zu weisen waren. Vielleicht sah er die Realität nicht mehr so klar nach allem, was im Camp geschehen war.

»Dann soll ich wohl deiner Meinung nach nicht die Polizei rufen?«

Sie lachte unterdrückt. »Wenn du meinst, dass es notwendig ist, Daniel. Ich kann mir jedoch nicht vorstellen, was die machen könnten. Warum öffnest du die Kassette nicht? Wie Bruce schon gesagt hat, enthält sie wahrscheinlich Vaters alte Weihnachtskarten. Willst du wirklich die Zeit der Polizei vergeuden und einen kompletten Idioten aus dir machen?«

Nein, er wollte keinesfalls einen noch größeren Idioten aus sich machen, als er es schon bisher getan hatte. Schmerzlich war ihm bewusst, dass sie ihm wenig wirklichen Zuspruch geben konnte. Der Tod eines Mannes schien ihr nicht allzu viel zu bedeuten, und das galt wohl auch dem Umstand, dass ihr Geliebter die Ursache dafür gewesen war.

»Aber, hör mal«, fuhr sie fort, »ich muss dir auch ein paar Dinge erzählen. Keine Angst, es wird den Abstand zwischen uns auf der Paranoia-Skala ziemlich ausgleichen.«

»Dann schieß los.«

»Nein, nicht am Telefon. Kann ich zu dir kommen? Würde es Rosie was ausmachen? Wir könnten reden, wenn sie im Bett ist, was meinst du?«

Er zögerte. Es war nicht gerade ein günstiger Zeitpunkt für Rosie, wenn sie nachts aufstand, die Geliebte ihres Vaters kennenzulernen. Das arme Mädchen hatte schon genug damit zu tun, Tony zu verkraften. Außerdem war er wirklich müde.

»Bitte, Daniel. Ich muss mir ein paar Dinge von der Seele reden. Ich komme später, wenn es dir recht ist. Ganz gleich, wie spät.«

»Können wir uns nicht morgen treffen? Zum Essen vielleicht?«

»Ja, natürlich«, sagte sie. Die Enttäuschung war ihr anzumerken. »Bis morgen dann.«

Er wollte noch das eine oder andere erledigen, aber er ließ sich auf sein Bett sinken – nur für einen Augenblick, sagte er sich. Gedanken wirbelten durch seinen Kopf, und nach und nach wurden sie wirr, voll surrealer Drehungen und Wendungen, und er wusste, dass ihn der Schlaf übermannte. Er ließ sich tiefer sinken. Es war ein fast katatonischer Zustand, aus dem ihn ein leises Geräusch wieder zurückholte, es war nur ein Scharren, ein gelegentliches kleines Rumpeln, als würden Gegenstände bewegt. Er lauschte einen Moment, um sich über den Ursprung der Geräusche klar zu werden. Vielleicht war es Mrs. Edderhouser mit ihrem Stock bei einem späten Hausputz. Dann erkannte er, dass die Geräusche nicht von unten kamen, sondern aus dem Wohnzimmer. Er schnellte aus dem Bett, war in drei großen Schritten bei der Tür und riss sie auf.

Er sah Rosie vor dem Kaffeetischchen auf dem Boden knien. Er wollte aufschreien vor Erleichterung und ihr eine Standpauke halten, weil sie ihn zu Tode erschreckt hatte, aber er hielt inne, als er sah, was sie machte. Sie hatte das Dorf zerstört, die ganzen Lehmklumpen zusammengedrückt, und formte daraus ein seltsames Bauwerk.

Er holte tief Luft. »Nummer 6 ist also Schnee von gestern«, stellte er fest, und versuchte ganz normal zu klingen. »Und ich war der Meinung, wir hätten es ganz gut hingekriegt.«

»Ich brauchte den ganzen Lehm«, murmelte sie.

»Ich dachte, wir wären übereingekommen, schlafen zu gehen, weil wir morgen früh einen längeren Schulweg haben.«

Sie ignorierte ihn und beugte sich über ihr Projekt. Er setzte sich auf das Sofa und beobachtete sie. Sie formte ein großes Gebäude mit Terrassen, Türmen und Treppen. Ihre Finger kneteten und schnitten und fügten rasch und zielsicher Lehm aneinander. Sie arbeitete konzentriert und selbstvergessen. Es war, als entspränge das Gebäude direkt einem komplexen Bild in ihrem Kopf. Die langen Ärmel ihres Pyjamas waren schwer von feuchtem Lehm. Er saß auf dem Sofa und wusste nicht, was er sagen oder tun sollte, und war den Tränen nahe. Ehrfurcht vor ihrem Talent erfüllte ihn. Welch großes Potential in ihrer Fähigkeit lag. Aber die Konzentration, mit der sie arbeitete, war beunruhigend … und völlig unnatürlich für ein kleines Mädchen.

»Was ist das?«, fragte er schließlich. »Was machst du da?«

Sie hielt inne und blickte ihn an, als sähe sie ihn zum ersten Mal dort sitzen. »Ich glaube, ich habe mich geirrt«, sagte sie. »Ich hab mich mit dem Gebäude geirrt, das ich damals am Strand machte, erinnerst du dich? Zu diesem Haus hier wirst du gehen, Papa. Ich kann dich davorstehen sehn.«

Kapitel 15

Er rannte durch den brennenden Wald, hinaus aus der Schlucht, fort von Goran Lindstroms Schmerzensschreien. Der Bär lief neben ihm, Flammen zuckten an seinem Fell. Er stürzte einen bewaldeten Hang hinunter. Anne Roberts fing ihn auf. Sanft zog sie die Hände von seinen Augen und gab ihm den Schlüssel für das Haus seines Vaters. Er wog schwer in seiner Hand. Rosie zupfte ihn am Arm und erklärte ihm, dass es der Schlüssel zur Burg sei und dass er dorthin gehen müsse. Er hatte Angst und versuchte, den Schlüssel im Inneren des Buddha zu verstecken, aber dabei verletzte er sich die Handfläche an etwas Spitzem. Dolma Whiteread zog ihn fort und riet ihm, einem geschenkten Gaul nicht ins Maul zu schauen. »Sie sind nicht sein Sohn«, höhnte sie. »Gehen Sie nach Hause!«

Ruckartig setzte er sich auf. Es war noch dunkel. Ihm wurde bewusst, dass er die ganze Nacht völlig bekleidet auf dem Bett gelegen hatte. Ein Blick auf seinen digitalen Wecker zeigte ihm, dass es fünf Uhr morgens war.

Er wusste, was er zu tun hatte, aber eine Weile lag er nur einfach da und grübelte über den Traum nach. Der Schlüssel ... ein Symbol? Was mochte er bedeuten? Aber seine Gedanken waren so wirr und durchgedreht wie der Traum selbst. Er war so müde. Es war Mitternacht gewesen, als er Rosie zurück ins Bett gebracht hatte. Davor war das erstaunlichste Bauwerk entstanden, eine Art Burg. Baustil und Herkunft waren ihm fremd. Auch Rosie selbst vermochte ihm nicht zu sagen, wo sie es gesehen hatte oder wie es ihr in den Sinn gekommen war. Ihre Überzeugung, dass er fortgehen musste, konnte nur der Ausdruck einer tiefen inneren Furcht sein, ihrer Angst, ihn zu verlieren, ihrer Gewissheit, dass ihn drei Katastrophen ereilen würden. Vielleicht spürte sie bereits, dass er jemanden getötet hatte. Er klammerte sich an den Gedanken, dass ihre paranormale Voraussicht durch den seelischen Schock der Trennung ihrer Eltern ausgelöst worden war, aber dann erinnerte er sich, dass sie längst davor die Schreie auf dem Forbidden Plateau gehört hatte. Sie musste vorausgesehen haben, dass es um ihre Ehe nicht zum Besten stand. Aber was nützten alle diese Erklärungen? Er erkannte sie als Versuch, die schreckliche Wahrheit nicht akzeptieren zu müssen: dass Rosie ganz genau wusste, wohin ihn sein Weg führen würde.

Er knipste die Nachttischlampe ein und stand auf. Er holte das verschnürte Paket vom Computertisch und legte es aufs Bett, öffnete rasch die Juteschnur und wickelte die Kassette aus dem Tuch. Da lag er, der grüne Bleibehälter, die Quelle aller Geheimnisse, Gefahren und Ängste. Ohne Zeit mit Grübeln zu verlieren, machte er sich ein zweites Mal an den Versuch, mit einem großen Schraubenzieher und einer Zange aus seinem Werkzeugkasten die Lötnaht aufzubrechen. Er suchte nach einem Spalt und fand schließlich eine kleine Öffnung, bohrte sie mit dem Schraubenzieher auf und setzte die Zange an. Dann bog er den Deckel auf. Die weiche Bleikassette sah aus, als wäre sie unter einen Bus geraten, als sie geöffnet vor ihm lag.

Sie enthielt mehrere Gegenstände. Ein kleines Notizbuch und ein augenscheinlich großes Blatt Papier, das mehrfach gefaltet war, drei Blatt sehr dünnes Papier von der Größe seiner Handfläche mit winzigen Zeichnungen, offenbar von Bergen, und mehrere alte Fotografien, die ebenfalls bergiges Terrain zeigten. Alle Fotos und Zeichnungen waren mit einem kleinen Hakenkreuz versehen.

Als Erstes untersuchte er das Notizbuch. Es sah alt aus wie die Notizbücher, die er aus seiner Kindheit kannte, im Taschenformat mit graubraunem Pappumschlag und billigem liniertem Papier. Es roch modrig, und jede Seite war vollgekritzelt. Der

Inhalt blieb ihm verschlossen, denn die fremdartige Schrift konnte er nicht lesen. Sie mochte tibetisch sein, wenn die Zeilen von Pematsang stammten. Andererseits mochte er ebenso gut nicht der Verfasser, sondern nur der Verwahrer gewesen sein. Daniel blätterte es durch. Es enthielt sechzehn Seiten. Einer Eingebung folgend schaltete er seinen Scanner ein und legte die erste Seite auf das Glas. Während der Scanner arbeitete, faltete er das große Blatt auseinander. Was er sah, zauberte ein zufriedenes Grinsen auf sein Gesicht, denn das war etwas, womit er sich bestens auskannte. Mit seiner Pilotenausbildung, seinem guten räumlichen Orientierungssinn und seinem stets zuverlässigem Gedächtnis war er ein Experte im Kartenlesen.

Er breitete die Karte auf seinem Bett aus und studierte sie eingehend, während er zwischendurch immer wieder das Notizbuch im Scanner umblätterte. Die Karte war handgezeichnet und detailliert, sie zeigte ein Gebirge zwischen zwei Plateaus und einen See am westlichen Rand. Der Name des Gebirges war in einer Sprache vermerkt, die er lesen konnte: *Thangtak La*. Der See: *Neykhor Tso*. Ein kleines Hakenkreuz markierte einen Ort nahe einer Senke zwischen zwei Gipfeln, und neben dem Hakenkreuz befand sich eine seltsame Zeichnung. Sie sah aus wie ein schmales grinsendes Maul mit drei spitzen Zähnen. Etwas Finsteres, Bedrohliches ging davon aus, aber es gab keinerlei erklärenden Hinweis dazu.

Eine rote Linie teilte die Karte entlang der Bergkette in Nord-Süd-Richtung. Das mochte irgendein Grenzverlauf sein. Das einzige von Menschen geschaffene Objekt oder Bauwerk war ein kleines Rechteck am östlichen Fuß der Berge.

Er überprüfte noch einmal die Gesamtkarte und verglich sie mit den Fotos und Zeichnungen, bevor er sie vorsichtig entlang der Faltlinien in zwölf Teile auseinanderriss. Jeden Teil prägte er sich dann genau ein. Nach einer halben Stunde schloss er die Augen und rief sich die zwölf Teile nacheinander ins Gedächtnis. Nach jedem öffnete er die Augen und verglich mit der Karte. Er war zufrieden, er hatte keine Fehler gemacht, nichts ausgelassen. Wenn er wollte, oder wenn es je notwendig werden sollte, vermochte er sich an alle Umrisse, Gipfel, Schluchten, Orientierungspunkte und die Lage des Sees genau zu erinnern. Er wusste den exakten Punkt in der Mitte der Karte, das kleine rote Hakenkreuz und den maulartigen Schlitz mit den Zähnen daneben. Er holte den Namen des Gebirges und des Sees aus dem Gedächtnis. Nachforschungen würden ihm schnell offenbaren, welchen Teil der Welt die Karte darstellte. Aber jetzt arbeitete er mechanisch, ohne sich von Fragen oder Gefühlen ablenken zu lassen. Dafür würde er in den kommenden Wochen und Monaten Zeit genug haben.

Am Ende des Scannens kopierte er das Notizbuch auf eine Disk und löschte es von der Festplatte. Dann suchte er aus seiner CD-Sammlung ein Exemplar heraus, das Amanda ihm geschenkt hatte. Es war das Album einer Country-und-Western-Band, die er nicht kannte und deren Musik ihm auch nicht sonderlich gefiel. Er nahm die Disk aus der Klarsichtbox, öffnete das Fenster und ließ sie fliegen. Wie eine silberne Frisbeescheibe segelte sie in die Morgendämmerung. Er beobachtete ihren Flug über die Ufermauer und wie sie in die dunklen Fluten der Bucht eintauchte. Dann schloss er das Fenster. In die leere CD-Hülle drückte er die Disk mit Pematsangs Notizbuch und ordnete sie wieder an ihrem Platz in der alphabetischen Reihenfolge unter »Verschiedenes« ein. Sie würde vermutlich ebenfalls in der Bucht landen, aber er wollte das erst entscheiden, wenn er etwas Abstand gewonnen hatte.

Nacheinander legte er die drei Zeichnungen und die Fotos auf den Tisch und fotografierte sie mit seiner Pentax Pocketkamera. Die Umrisse jedes Berges in den drei Zeichnungen übertrug er in seinen Terminkalender. Nur die Umrisse, und zwar untereinander.

Rasch holte er ein Feuerzeug und einen Lappen, raffte alles zusammen und trug es hinaus auf den Balkon. Dort begann er die Sachen nacheinander in einem leeren Blumentopf zu verbrennen. Die Flammen erhellten einen Moment lang die Dunkelheit, dann löschte er sie mit dem Lappen und sammelte die Reste auf: eine Handvoll zwei Finger breiter Streifen von Notizbuchseiten, auf denen die fremde Schrift stellenweise noch zu lesen war, die bis zur Unkenntlichkeit verblassten Überbleibsel der Fotos und kleine Schnipsel der Zeichnungen. Von der Karte behielt er zwei versengte Randstücke, von denen eines die Umrisse eines steilen Berges zeigte. Als sie abgekühlt waren, legte er die verkohlten Reste zurück in die Kassette und trug diese ins Zimmer.

Auf ein leeres Blatt Papier schrieb er folgende Mitteilung:

Erst vor ein paar Tagen traf ich meinen Vater zum ersten Mal. Er lag im Sterben und konnte kaum sprechen, aber er beschrieb mir das Versteck der Kassette, die Sie eben geöffnet haben. Zwar schaffte er es nicht mehr, mir eine Erklärung über den Inhalt zu geben, oder einen Hinweis, was ich mit ihr tun sollte, aber seine Furcht, dass sie in die falschen Hände fallen könnte, war unmissverständlich. Ereignisse in den vergangenen paar Tagen machten mir klar, wie berechtigt diese Sorge meines Vaters war. Um selbst wieder Ruhe zu finden, meine Familie zu schützen und den letzten Willen meines Vaters zu ehren, habe ich soeben die Kassette geöffnet und die Dokumente darin vernichtet: ein Notizbuch in einer unverständlichen fremden Schrift, einige Landschaftsfotos und Zeichnungen und eine Landkarte ohne jegliche Beschriftung.

Mein Vater ist tot. Ich weiß nichts über sein Leben und habe kein Interesse an seinen Geheimnissen. Wenn also jemand wagen sollte, mich, meine Tochter, meine Eltern, Familie oder Freunde aufzusuchen, zu verfolgen oder zu bedrohen oder sich

Zugang zu ihren Wohnungen, Autos, Büros zu verschaffen oder sich auf andere Weise an ihrem Besitz zu vergreifen, werde ich keine Mühen scheuen, diesen Jemand zu vernichten – mit der gleichen Genugtuung.

Ergebenst, Daniel Villeneuve.

Er legte den Brief zu den Überresten in die Kassette. Es war ihm bewusst, dass der Inhalt ein wenig kindisch klang. Eine höfliche Drohung sollte es sein, klang aber mehr nach einer genervten Aufforderung, endlich Ruhe zu geben. Dennoch hoffte er, dass seine Zeilen den Finder dieser kärglichen Überreste überzeugten, und dieser keine weiteren Schritte mehr unternahm.

Er drückte den verbogenen Deckel zu und wickelte die Juteschnur fest um die Kassette, steckte sie in eine feste Einkaufstüte und stellte sie in die Diele. Dann bedachte er sie mit einem zufriedenen Blick. Sie war zur Übergabe bereit, und er hoffte inständig, dass er mit dem verdammten Ding nun keine Scherereien mehr haben würde. Rosie und er würden nun wieder ihre Ruhe haben, und die CIA, oder wer immer so interessiert daran war, konnte abziehen und sich um akutere Dinge kümmern, von denen es sicherlich eine ganze Menge gab.

Eine singende weibliche Stimme holte ihn aus dem Tiefschlaf auf dem Sofa. Rosie vergnügte sich in der Dusche lautstark mit Madonnas Lied »Papa don't preach ...«. Singen war jedoch nicht eines ihrer Talente. Er lauschte und schauderte, nicht nur, weil sie so falsch sang, sondern auch über den Text. Er betete, dass sie nicht eines Tages eine alleinerziehende Mutter wurde. Kinder brauchten Väter, so viel stand fest.

Rosie machte sich problemlos für die Schule bereit. Sie fand

Toast im Kühlschrank und bereitete für sie beide klebrigen Honigtoast mit Sonnenblumenkernen. Sie konnten früh losfahren. Daniel war gereizt und besorgt. Er hoffte, dass der Kerl, der Rosie nachstellte, seine Aktivitäten noch nicht abgebrochen hatte, sodass er ihn zur Rede stellen konnte. Er versuchte sich einen Plan zurechtzulegen, wie er vorgehen wollte, wenn er den Mann erwischte. Vermutlich würde er niemanden antreffen, aber er hatte Geduld und würde warten, und wenn es den ganzen Tag dauerte. Insgeheim hoffte er noch immer, dass alles nur Rosies lebhafter Phantasie entsprang, wusste jedoch sogleich, dass diese Hoffnung vergebens war.

Der Freitagmorgenverkehr war so schlimm wie erwartet. Bis zur Lions Gate Bridge brauchten sie fast fünfzehn Minuten, obgleich die Brücke nur einen Steinwurf von der Wohnung entfernt war. Zu allem Überfluss begann es auch noch heftig zu regnen. Wie lange würde er zwischen West Vancouver und Kitsilano noch hin- und herfahren? Was auch immer die Zukunft für ihn bereithalten mochte, er würde näher bei seiner Tochter wohnen müssen, um für sie da sein zu können.

Als sie die Schule erreichten, waren die Kinder bereits aus dem Regen ins Gebäude geströmt, obgleich der Unterricht erst in fünf Minuten begann. Als Rosie aussteigen wollte, hielt Daniel sie mit der Hand zurück.

»Warte! Wirf einen Blick in die Runde, Rosie. Siehst du irgendwo den Mann, der hinter der Kassette her ist? Schau dich gründlich um.«

Sie schien den Plan vergessen zu haben und blickte nun ängstlich durch die nassen Scheiben die Straße hinauf und hinunter. Plötzlich rief sie: »He, da ist Tony!«

Er drehte sich herum in die Richtung, in die Rosie schaute. Dort stand neben dem Tor der Kobold mit einer Tasche in der Hand unter einem Regenschirm. »Warte hier«, sagte er zu Rosie. »Steig nicht aus.«

Er schnappte sich den Einkaufsbeutel mit der Kassette, um ihn Tony in die Hand zu drücken. Er zweifelte nicht mehr, dass sie zu den Verschwörern gehörte, die hinter der Kassette her waren. Aber während er wie ein Bulldozer auf sie zustrebte, öffnete Rosie das Wagenfenster und rief: »Papa! Papa!«

Er hielt widerstrebend und wandte sich um. Sie deutete heftig in die andere Richtung. »Dort drüben, Papa. Ich wette, das ist er. Ich kann ihn sehen.«

Er spähte durch den Regen. Sie hatte recht. Dort unten stand jemand halb hinter einem Baum. Daniel drehte sich um und begann in die Richtung zu gehen. Dann begann er zu laufen. Er rannte über die Straße, und der Mann kam heraus. Mit erschrockener Miene begann er ebenfalls zu laufen. Daniel hatte nicht vor, die Verfolgung aufzugeben. Seine Beine waren lang, und er war fit, zumindest im Vergleich zu dem anderen Mann, der zwar breitschultrig und stämmig, aber wesentlich kleiner war. Fünfzig Meter weiter holte Daniel ihn ein. Behindert durch den Beutel in seiner Hand packte er den Kerl mit seiner Linken hart am Nacken.

»Bleib stehen, du Mistkerl, oder ich mach dich kalt«, keuchte er.

Der Mann war jünger, als er von hinten ausgesehen hatte, Mitte zwanzig, ziemlich unscheinbar mit dunklem Haar und blasser Haut. Unregelmäßige Flecken von Haarflaum bedeckten seine Wangen. Er betrieb offensichtlich Krafttraining, denn seine Lederjacke spannte in den Schultern. Seine Augen hefteten sich hoch auf Daniels Mal, dessen klauenartige Linien vor Wut dunkel hervorgetreten waren, und er gab verwirrt seinen Widerstand auf.

Daniel schüttelte ihn. »Das ist eine Jedermann-Festnahme, Sie verdammter Kinderschänder. Ich werde die Polizei rufen.«

»Langsam, langsam«, wandte der Mann ein. »Ich stand hier

nur, weil ich gerade Lust dazu hatte, das ist alles, verdammt noch mal.«

»Warum sind Sie dann gerannt, als ob der Teufel hinter Ihnen her wäre?«

»Heiliger Strohsack! Ihr Gesicht hat mir einen verdammten Schrecken eingejagt, Mann ...«

»Hören Sie auf, Scheiße zu reden! Sie haben meiner Tochter aufgelauert.«

Der Mann versuchte seinen Hals aus dem Griff zu winden. »Sie sind auf dem Holzweg. Ich interessiere mich nicht für Kinder.«

Daniel ließ seinen Hals los und versetzte ihm einen heftigen Stoß gegen die Schulter. »Was wollen Sie dann, verdammt noch mal? Reden Sie rasch, Mann, oder ich dreh Ihnen den Hals um, dass Sie sich selber am Arsch lecken können!«

Als er Daniels Grimm sah, seine Bereitschaft, seine Drohung auszuführen, erfasste den Mann Panik. »Es ist ein Auftrag ... ich habe keine Ahnung, warum ich es machen soll. Ich beobachte nur, das ist alles. Berichte, was das Kind so treibt. Wer sie zur Schule bringt und wer sie abholt und wer bei ihr daheim aus und ein geht. Ehrlich! Ich spreche sie nicht an und komme nicht in ihre Nähe.«

»Wer, zum Teufel, sind Sie?«

»Das kann ich Ihnen nicht sagen.«

»Das überrascht mich nicht. Und wer hat Sie geschickt?«

»Ich habe nur eine Handynummer.«

»Sind Sie von der CIA?«

Der Mann schüttelte heftig verneinend den Kopf und unterdrückte ein ungläubiges Grinsen.

Daniel versetzte ihm einen weiteren harten Stoß. »Machen Sie das Maul auf, Sie Stück Scheiße ... warum will jemand mein Kind beobachten lassen? *Warum?* Erklären Sie mir das!«

Der Mann zuckte hilflos die Achseln. »Ehrlich. Ich habe nicht die geringste Ahnung. Ich stelle keine Fragen.«

»Na gut, dann rufen wir jetzt an.«

»Was? Jetzt gleich?«

»Jetzt gleich, verdammt!«

Der junge Mann zögerte. Er schien seine Alternativen abzuwägen: eine Prügelei mit dem wutentbrannten Irren vor ihm, eine Verhaftung und möglichen Polizeigewahrsam, oder seinem Angreifer zu gehorchen und den Zorn seines Auftraggebers auf sich zu laden. Er griff in seine Jackentasche und holte ein Handy heraus. Er drückte eine Reihe von Zahlen, während Daniel verstohlen zusah und sich die Nummer merkte. Es dauerte einen Augenblick.

»Hier ist Pete. Hören Sie, ich bin auf ein Problem ...«

Daniel riss ihm das Telefon aus der Hand. »Sein Problem ist Daniel Villeneuve. Sie sollen wissen, dass ich das Arschloch umbringen werde, das in Ihrem Auftrag meiner Tochter nachspioniert.«

Niemand antwortete, aber er konnte ein leises Atmen hören.

»Geht es um die verdammte Kassette?«, schrie Daniel.

»Ja, um die geht es«, sagte eine männliche Stimme mit einem leichten Akzent, den Daniel nicht zuordnen konnte. »Das wäre ein guter Anfang.«

»*Ein guter Anfang?* Was wollen Sie noch ...?«

»Okay, beruhigen Sie sich. Haben Sie die Kassette?«

»Ja, sie ist in meiner Hand.«

»Was wollen Sie?«

»Was, zur Hölle, meinen Sie damit?«

»Wie viel?«

Daniel hielt stirnrunzelnd inne. »Wie viel ist sie wert?«

Wieder folgte ein längeres Schweigen. »Ich werde mich erkundigen. Ich rufe Sie gleich zurück.«

»*Warten Sie!* Ich bin an Geld nicht interessiert, und die Kassette ist mir scheißegal. Wie wär's, wenn ich sie einfach dem Arsch hier gebe?«

Stille. »Eine sehr weise Entscheidung!« Der Ton war drohend, verriet aber eine gewisse Überraschung. Der unbekannte Drahtzieher traute offenbar seinem Glück nicht ganz. »Geben Sie meinem Mann die Kassette und das Telefon.«

»Ein paar Worte noch, Freundchen. Sie kriegen die Kassette und verschwinden aus meinem Leben. Ich will niemanden mehr je in meiner Nähe oder der meiner Tochter oder Familie sehen. Ich besitze nichts mehr, was für Sie von Interesse wäre. Haben wir uns verstanden?«

»Gut. Das ist alles, was wir wollen. Geben Sie ihm die Kassette, Mr. Villeneuve.«

Daniel reichte dem jüngeren Mann das Handy, dann nahm er die Kassette aus dem Beutel und rammte sie ihm gegen die Brust.

»Ich habe das Objekt«, keuchte er ins Telefon, schaltete es ab und schob es in die Tasche. »Alles klar! Ich verschwinde«, sagte er zu Daniel und wandte sich zum Gehen.

»Nein, nicht so schnell«, erwiderte Daniel und stellte sich ihm rasch in den Weg. »Geben Sie mir Ihre Brieftasche.«

»Auf keinen Fall.«

»Geben Sie mir Ihre Brieftasche, oder ich schlage Ihnen die Zähne ein.«

Der Mann sprang plötzlich zur Seite und begann zu rennen, doch die Kassette in seinen Händen behinderte ihn. Daniel hetzte hinterher, packte seinen linken Arm und drehte ihn auf den Rücken. Die Kassette fiel scheppernd auf den Gehsteig. Mit schmerzverzerrtem Gesicht griff der Mann in seine Gesäßtasche und reichte ihm zögernd eine abgewetzte Brieftasche. Daniel stellte einen Fuß auf die Kassette, während er den Inhalt durchsah: zwei Kreditkarten und ein Führerschein. »Das sind

Sie also? *Peter Jeremy Wesley, 84 Parker Avenue, Denver.* Ich behalte Ihren Führerschein.«

»Oh nein, das nicht. Bitte.«

»Hören Sie, Sie mieses Stück Dreck. Ich brauche ihn, denn ich werde ihn und Ihr Foto der Polizei übergeben, wenn es notwendig werden sollte. Aber wenn Sie mir je wieder unter die Augen kommen, oder meiner Tochter, haben Sie mehr als die Polizei zu fürchten. Dann komme ich persönlich nach Denver und nehme Sie auseinander. Und ich bringe Ihre verdammten Hunde um, wenn ich schon mal da bin. Wenn Ihnen nicht klar ist, was ich meine, Peter Jeremy Wesley, dann fragen Sie Ihren Auftraggeber.«

»Alles klar.«

»Und sagen Sie ihm das: Ich habe vor drei Tagen einen Mann umgebracht. Am Dienstag, um genau zu sein. Vor dem Mittagessen. Ich hatte nicht vor, ihn zu töten, aber ich hab's getan.«

»Klar, klar«, wimmerte der junge Mann mit verzerrtem Gesicht. »Ich werde denen alles ausrichten. Ich bin sicher, Sie brauchen sich keine Sorgen mehr zu machen.«

»Guter Junge.« Daniel warf die Brieftasche auf die Kassette.

Der junge Mann bückte sich, raffte die Kassette und die Brieftasche an sich und rannte los. Daniel sah ihm nach, bis er aus dem Blickfeld verschwand. Er fühlte sich plötzlich müde, vollkommen kraftlos, als hätte er den Mann wirklich zusammengeschlagen und auf die muskulöse Brust wie auf einen Sandsack bis zur Erschöpfung eingeprügelt. In Wirklichkeit hatte er den Kerl nur am Genick gepackt, um ihn aufzuhalten, und ihm ein paar freundliche Knüffe verpasst. Er hoffte nur, dass er instinktiv richtig gehandelt hatte.

Er steckte den Führerschein des Mannes ein und ging langsam zur Schule zurück. Tony war ihm gefolgt und beobachtete ihn aus einiger Entfernung.

»Wo ist Rosie?«, rief er. »Haben Sie sie aus den Augen ...?«

»Beruhigen Sie sich!«, rief sie zurück. »Sie ist reingegangen. Als die Glocke läutete, habe ich sie dazu aufgefordert. Ich hielt es nicht für eine gute Idee, dass sie mit ansehen musste, wie ihr Vater einen harmlosen Kerl auf offener Straße verprügelt.«

Er ging zu ihr hin. »Was wissen Sie schon, Tony mit Y! Der harmlose Kerl war hinter Rosie her. Und wenn Sie ihn hier noch einmal sehen, rufen Sie die Polizei. Haben Sie mich verstanden?«

Tony starrte ihn an. Sie sah in ihrem sariähnlichen Gewand und der kleinen Strickweste selbst ziemlich schutzbedürftig aus. Ihre dünnen Handgelenke waren blau vor Kälte. »Das wusste ich nicht«, sagte sie merklich erschüttert. »Ich werde es Amanda sagen.«

»Das besorge ich schon selbst.« Er starrte sie an. »Was machen Sie überhaupt hier? Sie haben gar keinen Grund, hier zu sein.«

Tony hielt die Tasche hoch. »Ich hab ein paar Sachen für Rosie eingepackt, das ist alles. Ich wusste, dass Sie sie zur Schule bringen, und dachte, ich gebe sie Ihnen. Der Wetterbericht fürs Wochenende ist scheußlich. Sie wird ihre Gummistiefel und ihren Regenmantel brauchen.«

Daniel holte tief Atem und ließ ihn langsam wieder ausströmen. Vielleicht hatte Katie recht. Ein guter Teil seines Misstrauens war offensichtlich reine Paranoia. »Es tut mir leid«, sagte er. »Ich hätte so mit Ihnen nicht reden dürfen. Ich bin einfach ausgerastet. Aber es war ernst gemeint, was ich gesagt habe. Wenn Sie diesen Kerl noch einmal sehen, rufen Sie die Polizei, ja?«

Tony reichte ihm die Tasche. »Ich glaube nicht, dass er sich je wieder in Kits blicken lassen wird. Sie hätten sich selber sehen sollen.«

Daniel lächelte reumütig. »Ich hoffe, Sie haben recht. Sie frieren. Kann ich Sie zurück nach Hause fahren?«

»Das wäre schön.«

Während sie die drei Blocks zu Amandas Haus zurückfuhren, erzählte Tony etwas über das Haus, aber er hörte nicht richtig zu. Er schlug sich mit den verschiedenen beunruhigenden Szenarien herum und überlegte, ob es wirklich weise gewesen war, die Dokumente zu verbrennen. Vielleicht hatte er mit ungenügender Voraussicht gehandelt und sich mehr von seinem Ärger als vom gesunden Menschenverstand leiten lassen. Aber was war gesunder Menschenverstand, wenn man einen vollkommen unbekannten Gegner hatte? Jetzt musste er davon ausgehen, dass die Leute hinter dem Kindesbeobachter den Inhalt der Kassette für außerordentlich wichtig hielten, und er begann sich zu fragen, ob sie sich wirklich mit seinem Brief zufriedengeben würden. Vielleicht hätte er sich ihr Angebot anhören sollten. Das wäre ein Hinweis auf den Wert gewesen. Aber wozu? Er hätte gar nicht danach fragen sollen. Oh, Gott, hatte er das Richtige getan? Ein Teil von ihm war noch immer um Rosies Sicherheit besorgt, ein anderer wollte verdammt sein, wenn er sich von diesen Banditen unterkriegen ließ. War dies wirklich die Operationsweise der CIA? Er hatte einen ganzen Haufen Filme gesehen und Thriller gelesen, aber Kindesentführung gehörte wohl nicht zu ihrem Metier.

Er war früh dran für seine Verabredung mit Katie, deshalb ließ er trotz des Regens den Wagen in English Bay stehen und machte sich zu Fuß auf den Weg die Ufermauer entlang. Er brauchte frische Luft und hätte meilenweit gehen können, einfach nur einen Fuß vor den anderen setzen, kreuz und quer durch den weiten Stanley Park. Er war ohne Furcht vor der bedrohlichen Wildnis und den Obdachlosen, Frauenschändern und Drogenabhängigen, die sich dort eingenistet hatten. Der Finne, der sich an einem Baum erhängte, hatte keine Angst gehabt, und jetzt verstand er den Grund. Es gab einen Punkt im Leben eines Menschen, an dem nichts, was heute geschehen würde, schlimmer sein konnte, als das, was sich gestern zugetragen hatte.

Eine steife Brise peitschte den Regen vom Meer heran, und schwere Wellen rollten auf den gelben Sandstrand. Er hielt sein Gesicht in den Regen, um es von den Ereignissen des Morgens reinzuwaschen. *Ich habe vor drei Tagen einen Mann umgebracht. Am Dienstag, um genau zu sein. Vor dem Mittagessen. Ich hatte nicht vor, ihn zu töten, aber ich hab's getan.* Er murmelte die vier Sätze immer wieder, wie ein Mantra, als könnten diese Wiederholungen ungeschehen machen, dass er sich schamlos einer schrecklichen Tragödie bedient hatte, um einen Mann das Fürchten zu lehren.

Das Teehaus, eine Oase der Vornehmheit, entpuppte sich als stilvolles Restaurant in der Nähe des Strandes in einem ziemlich abgelegenen Teil des Parks. Katie hatte im Wintergarten an einem Tisch am Fenster Platz genommen, und er konnte sie schon von Weitem dort sitzen sehen. Er schüttelte sich im Eingang wie ein nasser Hund und wurde von einer sichtlich misstrauischen Empfangsdame zum Tisch geführt. Er war es gewohnt, dass die Leute das Mal in seinem Gesicht anstarrten, und das war auch ganz in Ordnung, solange er einen gepflegten Eindruck vermittelte und ordentlich gekleidet war, aber kombiniert mit anderen sichtbaren Verstößen gegen Norm und Anstand, wie zum Beispiel seinem triefnassen Mantel und den zerzausten Haaren, konnte er ziemlich bedrohlich, ja, sogar richtig

Furcht einflößend aussehen. Als die betont förmliche Empfangsdame die Frau entdeckte, die auf ihn wartete, atmete sie hörbar auf.

»Ich möchte einen Scotch auf Eis, bitte«, sagte er zu ihr. »Nein, lieber einen doppelten.«

»Ich bin nicht Ihre Bedienung«, erwiderte sie kühl. »Jemand wird an Ihren Tisch kommen, um die Bestellung aufzunehmen.«

Er versuchte sie anzulächeln, doch sie hatte sich bereits abgewandt.

Katie sah in ihrer Arbeitskleidung, einem maßgeschneiderten mitternachtsblauen Kostüm und einer perfekt gebügelten blendend weißen Seidenbluse, umwerfend und vornehm aus. Ihr zu einem makellosen, kerzengeraden Pferdeschwanz zusammengebundenes Haar glänzte wie polierter Onyx. Sie trank ein Glas Weißwein.

»Du siehst mitgenommen aus«, stellte sie stirnrunzelnd fest.

»Hallo, Liebling. Du siehst hinreißend aus.«

»Was war denn los?«

»Ich hatte keine schizophrenen Wahnvorstellungen. Ein Typ lungerte vor den Schultoren herum, und ich gab ihm die Kassette.«

»Irgendein Typ? Du hast die Kassette einfach irgendeinem Typen gegeben?«

»Nicht direkt.«

»Was meinst du damit? Hast du die Kassette aufgemacht?«

»Ja. Ich habe mir den Inhalt eingeprägt und dann verbrannt.«

Sie starrte ihn an und schüttelte dann den Kopf. »Gott, ist mein Leben langweilig im Vergleich zu deinem. Ein Nervenkitzel nach dem anderen, Liebling.«

»Lass den Sarkasmus, Schatz. Gestern Nacht hast du mich noch für verrückt erklärt.«

»*Na schön*«, sagte sie spitz und zuckte die Achseln: »Nach all dem Theater, was war denn in der Kassette?«

»Eine alte Landkarte, ein paar Fotos und ein Notizbuch.«

»Was stand drin?«

»Das weiß der Himmel ... die Schrift war tibetisch.« Er sah sich nach ihrer Bedienung um, konnte sie jedoch nirgends entdecken.

»Du kannst Tibetisch auswendig lernen? Du hast mehr Talente, als ich dachte.«

Er blickte wieder in Katies Gesicht. Sie lächelte ihm zu. »Nein, ich hab es auf eine CD kopiert und die dann versteckt.«

»Mann, oh Mann, was habe ich doch für einen aufregenden Freund?«

»Können wir über was anderes als deinen Freund reden, bitte?«, sagte Daniel und erwiderte ihr Lächeln. »Ich weigere mich, mit ihm Mittag zu essen.«

Sie schloss einen langen Moment die Augen, als wollte sie die Gefühle verbergen, die das Thema bei ihr auslöste. Als sie sie wieder öffnete, war ihre Miene ernst geworden. »Das wollte ich dir erzählen ... ich glaube, er hat es herausgefunden.«

Seine Stimmung hob sich ein ganzes Stück, doch er gab sich besorgt. »Mist! So ein Pech. Können wir etwas zu trinken bestellen, während wir reden? Ich hatte einen verdammt unerfreulichen Vormittag.«

Katie biss unübersehbar die Zähne zusammen und schnippte mit den Fingern.

Sie studierten die Speisekarte, während sie auf sein Getränk warteten. Als es gebracht wurde, nahm Daniel einen kräftigen Schluck und blickte Katie mit einer hochgezogenen Augenbraue an. »Also, lass hören. Warum glaubst du, dass Harvey von mir weiß ... von uns weiß?«

»Er stellte eine Menge seltsamer Fragen.« Sie schloss wieder die Augen. »Ich weiß auch nicht ... er ist nicht sehr glücklich mit mir. Möglicherweise hat er jemanden, der mir nachspioniert.«

Daniel verschluckte sich beinah. »Großer Gott! *Nicht auch noch dir!*«

»Was soll ich deiner Meinung nach tun?«

»Das fragst du *mich?*« Er musterte sie einen Moment, dann schüttelte er den Kopf und lachte unterdrückt. »Du hast es nicht begriffen, oder? Ich nehme hier nicht deine Interessen wahr. Mehr noch, ich erzähle Harvey selbst alles und erspare ihm den ganzen Ärger. Nichts würde mich glücklicher machen, als dass Harvey dir den Laufpass gibt. Ich will dich für mich haben, Katie.« Er nahm ihre Hand und wiederholte: »Für mich allein.«

»Nein, das willst du nicht«, sagte sie und entzog ihm ihre Hand. »Du bist zu gut für jemanden wie mich.«

»Das ist lächerlich«, entfuhr es ihm. *Ich habe vor drei Tagen einen Mann getötet ... ich habe einen Mann getötet ...*

»Sieh mal ... du weißt doch überhaupt nichts von mir.«

»Ich weiß genug. Du bist eine gemeine kleine Hexe, aber deswegen bin ich nicht weniger verrückt nach dir.«

»Hör mir doch zu! Ich bin nicht ganz ehrlich zu dir gewesen«, sagte sie angespannt. »Du hast mir meine Schau geglaubt, ohne Wenn und Aber, weil du so verdammt naiv bist.«

Er runzelte die Stirn. »Und? Wer bist du wirklich?«

Sie lächelte schwach. »Noch immer Katie Yoon. Gut im Bett, Diplomchemikerin, erfolgreiche Verkäuferin.«

»Und?«

»Nichts weiter. Ich bin eine Pappfigur, erdacht, entwickelt und perfektioniert von meinem Vater, Lee Yoon.«

Er zuckte die Achseln. »Das tun alle Eltern oder versuchen es wenigstens. Wir sind alle vorprogrammiert, Katie. Hab keine Angst, für mich bist du vollkommen einzigartig.«

»Das ist nicht der Punkt. Ich empfand immer uneingeschränkte Ehrfurcht vor meinem Vater. Das ist wohl kulturbedingt, schätze ich. Es war allein seine Entscheidung, dass ich Harvey heiraten sollte. Ich mag ihn weder besonders, noch liebe ich ihn, aber ich stimmte zu, weil da eine Schuld ist, die beglichen werden muss, und, aus meiner Sicht, weil er mir ein sorgloses, aufregendes Leben ermöglicht. Harvey will mich unbedingt haben. Es ist also eine faire Abmachung für jeden von uns.«

Daniel nickte. Obwohl er über eine solche Abmachung entsetzt war, schwemmte eine Woge von Optimismus über seine Entrüstung. Sie mochte den Kerl weder, noch liebte sie ihn.

Katie konnte ihm nicht in die Augen sehen und zupfte an der Serviette auf ihrem Schoß. »Alles, was ich tue, ist falsch. Ich hasse meinen Job, aber ich mache ihn, weil es mein Vater so will. Er hat Anteile an der Firma, und der Präsident ist ein Freund.«

Daniel stützte sich mit den Ellenbogen auf den Tisch. »Na schön, du bist also mit einigen Entscheidungen, die du getroffen hast, unzufrieden. Aber ein Job ist nicht fürs ganze Leben. Eine Verlobung muss auch nicht fürs Leben sein. Es ist nicht leicht, einen mächtigen und herrschsüchtigen Vater zu haben, besonders für eine Frau, kann ich mir vorstellen. Aber du bist ein beherztes Mädchen, Katie, und ich kann mir nicht vorstellen, dass du nicht gegen ihn rebellierst. Besonders jetzt …«

»Oh, ich rebelliere schon. Ich habe so meine Methoden …« Sie hielt inne und holte tief Luft. »Ja, also, wie sage ich es? Ich glaube, es wird dich umhauen, wenn du das hörst.« Sie hielt inne. »Dieser ganze Umweltschutzaktionismus ist nur eine Schmierenkomödie. Vater ist der größte Verschwender von Ressourcen, und um der Wahrheit die Ehre zu geben, mir ist das auch alles scheißegal. Ich bin auch nicht der Typ, der sich um die Umwelt Sorgen macht.«

Er starrte sie vollkommen verwirrt an. »Das glaube ich dir nicht, Katie.«

Sie zuckte die Achseln. »Es überrascht mich, dass dir das nicht schon längst aufgefallen ist bei all deinem Scharfsinn.« Sie deutete auf ihre Brust und sagte heftig: »Das bin ich. Verstehst du? Ich mache Dinge aus ganz anderen Gründen als du.«

»Ja, schon gut, schon gut. Aber warum protestierst du dann? Warum gehst du auf die Straße und ...?«

Sie lehnte sich zurück. »Erinnerst du dich an die Kundgebung vor dem Helicap-Gebäude?«

»Wie könnte ich die vergessen?«

»Erinnerst du dich an die Presse? Ich gab ihnen den Tipp.«

»Ja. Und?«

Sie kreuzte ihre Arme vor der Brust. »Warum glaubst du wohl?«

Er zuckte die Schultern.

»Um meinem Vater die Zeitungsausschnitte zu schicken, anonym natürlich, mit den Bildern von mir im Vordergrund. Er ist vor Wut fast geplatzt! Das ist eins der Dinge, mit denen ich es ihm heimzahlen kann. Er ist der Meinung, dass dieser ganze Mist nur den Fortschritt aufhält. Er hält es für die größte Plage des Planeten. Wen kümmert es, wie es in hundert Jahren aussieht? Vor Kurzem verlor er fast eine Million Dollar wegen eines Klugscheißers, der beweisen konnte, dass ein Damm das Aus für eine Handvoll Bauern gewesen wäre. Vater würde am liebsten alle Umweltschützer und Tierschützer zusammentreiben und erschießen.« Sie grinste höhnisch. »Ich kenne ein paar, die ich selber gern aus dem Weg räumen würde ... ein paar von diesen verkorksten Bäumerettern, zum Beispiel.«

Daniel trank aus und blickte in den Regen hinaus. Die optimistische Welle verlief sich und machte einem Gefühl der Freudlosigkeit Platz. Es gefiel ihm nicht, was sie sagte. Er wusste gut genug, wie kaltschnäuzig sie sein konnte, aber ihr

Einsatz für eine so gute Sache hatte alles in einem anderen Licht erscheinen lassen.

Er drehte sich wieder zu ihr um. »Das ist eine seltsame Art, dich an deinem Vater zu rächen, Katie. Wäre es nicht einfacher, ihm zu sagen, wie dir ums Herz ist?«

»Du hast ja keine Ahnung, wie die Dinge bei uns laufen.«

»Du hast dir den Umweltaktivismus nicht leicht gemacht. All die Recherchen ...« Er ließ seinem Sarkasmus freien Lauf.

»Ja, sicher. Und ein gutes Mundwerk dazu«, erwiderte sie gleichgültig.

»Dann sag mir, was dir im Leben wirklich etwas bedeutet, Katie.«

»Nichts. Geld, schätze ich. Macht vielleicht auch. Am Ende bin ich genau wie er.«

»Was ist mit deiner Mutter? Hast du gar nichts von ihr?«

»Woher soll ich das wissen? Vater redet nie von ihr.«

»Warum erzählst du mir das alles?« Er glaubte zu wissen, warum. Ihr Geständnis könnte eine Menge Probleme lösen. Wenn er jetzt einen Rückzieher machte, brauchte sie sich nicht zu entscheiden.

Sie dachte kurz über seine Frage nach, dann ballte sie die Fäuste und rief: »Ich möchte, dass du weißt, mit wem du es zu tun hast, das ist der Grund. Ich möchte, dass mich jemand so sieht, wie ich wirklich bin, selbst wenn nicht viel Sehenswertes da ist.« Sie bedeckte ihr Gesicht mit den Händen.

Daniel blickte sich um. Es war noch immer früh und der Ansturm der Mittagsgäste stand noch aus. Niemand schien von dem emotionsgeladenen Gespräch an ihrem Tisch Notiz zu nehmen. Er zog eine Hand von ihrem Gesicht. Zum ersten Mal glaubte er Furcht in ihren Augen zu sehen.

»Ha ... du machst dir wirklich Sorgen, nicht wahr?«

»Ja. Koreanische Männer können es nicht ertragen, hintergangen zu werden.«

Er fühlte eine Leere und Kälte, aber trotz all der Dinge, die sie ihm erzählt hatte, wurde ihm überrascht bewusst, dass er sie noch immer so begehrte wie zuvor. Jetzt, im Zuge dieser neuen Ehrlichkeit, konnte er vielleicht besser verstehen und mit anderen Augen sehen lernen. Er war sicherlich nicht in der Position, ein Urteil über sie zu fällen.

Sie sah so jung und verletzlich aus, wie sie da saß. Er ergriff ihre Hände und küsste sie. »Mach dir keine Sorgen, Katie. Ich werde dich beschützen. Wirklich ... Harvey kann dir nichts anhaben. Er wird sich damit abfinden.«

Kapitel 16

Die Tage nach seinem Wochenende mit Rosie liefen schon nach kurzer Zeit mit einer festen Routine ab. Er stand in der Morgendämmerung auf und ließ Katie schlafend im Bett seiner Eltern zurück. Er spazierte über den ganzen Nordstrand, von Horseshoe Bay über die Berge nach Deep Cove, die Wanderwege hinauf in den Capilano Canyon und Lynn Valley. Erschöpft, durchnässt und schmutzig kehrte er am frühen Nachmittag wieder in die Wohnung zurück. Er duschte, las Bücher über Tibet und durchforstete das Internet. Dann fuhr er nach Kitsilano, um Rosie von der Schule abzuholen. Wenn das Wetter es erlaubte, verbrachten sie viel Zeit am Strand. Wenn es regnete, brachte er sie zurück in die Wohnung, wo sie sich mit ihrer Burg beschäftigte, die immer aufwändiger wurde. Am frühen Abend brachte er sie nach Kitsilano zurück.

Seine Geliebte kam stets spät in der Nacht zu ihm. Er spürte ein schwer zu zügelndes Verlangen nach ihr, und es erschien ihm ironisch, dass er allein in ihrer Gesellschaft Frieden fand. Trotz ihrer Unzulänglichkeiten, ihrer leeren Seele und ihrer seichten Lebensart, trotz des Mannes, den zu heiraten sie noch immer beabsichtigte, war er von ihr verzaubert.

Er rechtfertigte seine Vernarrtheit, indem er sie als Ganzes höher bewertete als die Summe ihrer Teile. Er liebte ihr Auftreten und ihre Direktheit, ihren scharfen Verstand, und fand in ihrem Körper einen nie versiegenden Quell an Trost und Erleichterung ... Liebe war blind. Er hasste dieses Klischee, aber es beschrieb seinen Zustand perfekt.

Am Donnerstag, als er von seiner täglichen Wanderung zurückkehrte, stand ein FedEx-Mann mit einem großen, unförmigen Paket vor der Tür. Er quittierte den Empfang, trug es in die Wohnung und öffnete es. Und da waren sie: der zerbrochene Buddha und das Schwert. Er rief Ellis, Roberts & Merriman an.

»Daniel? Schön, von Ihnen zu hören«, sagte Anne. »Haben Sie die Lieferung erhalten?«

»Ja. Tausend Dank dafür.«

»Was macht der Gedankenwirbel? Sind die Dinge klarer geworden?«

»Ah, nein. Da waren ein paar dunkle Wolken am Horizont, aber das ist eine lange Geschichte. Ich erzähle sie Ihnen bei Gelegenheit.« Er hielt kurz inne. »Wie geht es Ihnen, Anne?«

»Stecke tief in der Arbeit, wie immer.«

»Schalten Sie nicht mal ab?«

»Ja, naja ... ich bin gelegentlich unterwegs zu einem Marathon.«

Das konnte er sich gut vorstellen. »Aber Anne, das klingt nach mehr harter Arbeit. Ich meinte mehr Entspannung ... Urlaub.«

»Was ist das?« Sie lachte unsicher. »Die Arbeit hält mich von Dummheiten ab. Übrigens ... ich habe vor ein paar Tagen bei der Polizei angerufen, aber es gibt keine neuen Erkenntnisse über den Einbruch in das Haus Ihres Vaters oder das Schicksal des Hundes, tut mir leid. Ich bin ein paar Mal vorbeigefahren, fand aber keine weiteren Anzeichen für einen erneuten Einbruch. Ich werde nächste Woche wieder nachfragen, ob sie weitergekommen sind.«

»Was das betrifft, sind meine Erwartungen gering. Diese Beamten haben ziemlich offen gezeigt, dass sie an dem Fall kein sonderliches Interesse haben. Aber trotzdem danke. Ich weiß es wirklich zu schätzen.«

»Noch etwas«, sagte Anne. »Ich sprach heute Morgen mit Barbara Wignall, der Immobilienmaklerin. Sie hat einen möglichen Käufer ... der aber nur am Grundstück interessiert ist. Wir warten natürlich auf weitere Angebote. Es ist die Lage, die zählt. Die Lage, verstehen Sie? Meiner Meinung nach ist das Grundstück unbezahlbar. Es ist groß und die beiden Pappeln sind ...«

»Moment, Moment«, unterbrach er sie. »Ich bin mir jetzt nicht mehr sicher.«

»Über was?«

Sie hatte keine Ahnung, was er meinte. »Können Sie noch eine Weile abwarten ... ein paar Wochen?«

»Keine Angst, Daniel. Wir warten auf das bestmögliche Angebot. Und Sie entscheiden dann.«

»Nein. Das ist es nicht. Ich ... ich möchte den Verkauf eine Weile aufschieben. Rückblickend muss Ihnen das ein wenig verrückt erscheinen, aber ich möchte das Haus gerne meiner Tochter zeigen. Ich meine, sie sollte sehen, wo ihr Großvater gewohnt hat. Sie leidet selber unter all den Geschehnissen.« Er wusste, dass er zu schwafeln aufhören und auflegen sollte. Anne hatte Wichtigeres zu tun.

»Alles klar, kein Problem«, erwiderte sie. »Ich sage Barbara, dass sie den Käufer vorerst vertrösten soll. Er ist so scharf darauf, dass er auch warten wird. Hören Sie, lassen Sie es mich wissen, wann Sie kommen wollen. Ich würde Sie und Ihre Familie gern zum Essen einladen oder dergleichen.«

»Wir werden nur zu zweit kommen, Rosie und ich«, erwiderte er. »Meine Frau und ich haben uns getrennt.«

Nach einem Moment des Schweigens sagte sie: »Tut mir leid, ich dachte ... na ja, Sie hatten diesen nicht zu übersehenden Ring am Finger.«

»Ja, stimmt«, sagte er. »Ich hatte Probleme, ihn abzuziehen, wenn Sie verstehen, was ich meine. Aber jetzt geht er ab.«

Gleich nach dem peinlichen Gespräch ging er in die Küche und suchte nach dem italienischen extra nativen Olivenöl. Nach ein paar Tropfen glitt der Ring vom Finger. Er betrachtete ihn und ließ ihn dann in die Schublade mit den Schlüsseln und Gummibändern fallen und überlegte, wie er es Rosie beibringen würde. Auch wenn Amanda ihren schon lange abgelegt hatte, blieb seiner stets ein Symbol der Hoffnung für ihn und Rosie. Aber wahrscheinlich war sein kleines Mädchen längst einen Schritt weiter als er. Sie wusste vermutlich seit geraumer Weile, dass es endgültig vorbei war.

Ein weiteres Wochenende kam und verging ohne drohende Telefonanrufe, ohne dass Wohnungen durchwühlt wurden oder Männer in Trenchcoats sich blicken ließen. Wer immer hinter der Kassette her gewesen war, schien seinen Brief ernst genommen zu haben. Rosie war offenbar in bester Stimmung und berichtete nichts Verrücktes oder Ungewöhnliches. Die Spannung begann ein wenig nachzulassen, und er konnte sich der Trauer hingeben, die er bislang nicht zugelassen hatte. Die Frage, wie er wiedergutmachen konnte, was seinem Kollegen durch ihn widerfahren war, beschäftigte ihn.

Man hatte ihm eine Mitfahrgelegenheit nach Victoria angeboten, aber der Gedanke, mit jemandem mehrere Stunden lang in einem Auto und auf der Fähre zu sitzen und sich unterhalten zu müssen, verursachte ihm Unbehagen. Deshalb nahm er einen frühen Bus und hoffte, dass er dort in Ruhe gelassen würde. Die Überfahrt war rau, und er fühlte sich seekrank. Er brauchte dringend frische Luft, doch in der Eile, den Bus zu erreichen, hatte er seinen Mantel vergessen, und der schlecht sitzende Anzug bot wenig Schutz vor dem eiskalten Wind, der über den Kanal pfiff. Nach kurzer Zeit an Deck fing er unkontrolliert zu zittern an und musste wieder hineingehen. Sobald er die Durchsage für die Busreisenden hörte, eilte er sofort zum Autodeck hinunter und stieg dankbar ein.

Als der Bus im Depot in Victoria ankam, unternahm er einen Spaziergang durch das Hafengelände. Die biedere Alte-Welt-Atmosphäre der Stadt war ihm stets angenehm gewesen, aber in seinem gegenwärtigen Zustand kam sie ihm fremd vor, so als wäre er in England um die Mitte des zwanzigsten Jahrhunderts angekommen. Er fühlte sich schwach und schwindlig von seinem Anfall von Seekrankheit und lenkte seine Schritte in eine ruhige Seitenstraße und in eine Kaffeestube, um sich zu stärken. Der Gastraum war um diese Zeit zwischen Frühstück und Mittagessen leer, aber eine hübsche Bedienung begrüßte ihn freundlich.

Er studierte die Karte und fragte schließlich: »Haben Sie nicht irgendwas, das nicht gestorben ist?«

Lachend nahm sie ihm die Karte aus der Hand und überflog sie. »Verdammt! Fast alles auf dieser Speisekarte ist gestorben: Speck, Würste, Hühnchen, Truthahn, Lachs, Thunfisch, Eier ... hmmm. Wie wär's mit Ziegenkäse und Pinienkernsalat?«

Er schüttelte den Kopf. Käse schreckte ihn auch eher ab, vor allem von Ziegen.

Er trank einen entkoffeinierten Kaffee nach dem anderen, um die Zeit zu überbrücken. Zwei Frauen mittleren Alters kamen herein. Ihre Hüte bekräftigten seine Vorstellung von einem Zeitsprung in die Vergangenheit.

»Ruft die Arbeit?«, fragte das Mädchen, als er schließlich zur Theke kam, um zu zahlen.

»Nein, ich muss zu einem Begräbnis.«

»Ah, hätte ich mir denken können. Der Anzug und das tote Essen. Ich will Ihnen ja nicht zu nahe treten, aber Schwarz steht Ihnen nicht besonders.«

»Ich weiß, der Anzug ist scheußlich. Ich musste ihn überstürzt kaufen ... für ein anderes Begräbnis vor ein paar Wochen.«

»Sie Armer«, entgegnete sie mitfühlend. »Zwei Begräbnisse hintereinander. Ziemlich deprimierend.«

»Eigentlich sind es drei! Eines kam mir in Boulder, Colorado, dazwischen, aber ich hatte den verdammten Anzug gar nicht dabei. Es kam alles recht unerwartet.« Er legte das Geld auf die Theke, und sie gab ihm das Wechselgeld.

»Kommen Sie wieder mal vorbei?«, fragte sie und schnippte eine blonde Haarlocke aus der Stirn.

Er wollte das recht offene Gespräch nicht mit belanglosen Höflichkeiten beenden und war selbst überrascht von seinen Worten: »Nein, ich glaube nicht, dass ich noch einmal hierherkomme. Ich würde am liebsten Kanada ganz verlassen.«

Sie starrte ihn an, während er ein ansehnliches Trinkgeld über die Theke schob und dann auf die Straße hinauseilte.

Der Friedhof war mit Birken bepflanzt worden. Während er zusah, wie der Sarg in die Grube hinabgelassen wurde, fragte er sich, ob die Begräbnisstätte deshalb ausgewählt worden war, weil Birken in Schweden, der Heimat des Toten, weit verbreitet waren. Die Blätter begannen sich zu verfärben und verliehen dem farblosen Herbsttag orange und gelbe Tupfen. Ein heftiger Wind peitschte den am Grab Stehenden ins Gesicht. Der großen Zahl der versammelten Freunde und Nachbarn nach zu schließen, war Goran Lindstrom ein beliebter Mann gewesen. Daniel hatte den schwedischen Flughelfer geachtet und gemocht, aber privat kaum gekannt. Sie hatten sich gelegentlich über ihre Einsätze in verschiedenen Ländern unterhalten. Goran besaß einen großen Erfahrungsschatz und war an den langen Winterabenden im Camp ein beliebter Erzähler, doch Daniel nahm selten an diesen spätabendlichen Zusammenkünften teil. Goran war Junggeselle gewesen, und tief unter all dem Entsetzen spürte Daniel eine schuldbewusste Erleichterung, dass er keine trauernde Witwe und keine vaterlosen Kinder hinterließ. Gorans einzige Verwandte, eine ältere Schwester, war aus Uppsala in Schweden gekommen, um sich um seine Angelegenheiten zu kümmern.

Ingrid Lindstrom warf eine Handvoll Erde in die Grube. Der Pfarrer sprach die abschließenden Worte. Ein feierliches Schweigen folgte. Nach ein paar Minuten begann sich die Versammlung aufzulösen. Rod Noblieh trat zu ihm.

»Endlich habe ich eine Gelegenheit, mit Ihnen zu sprechen, Danny«, murmelte er und klopfte Daniel auf den Rücken. »Kommen Sie mit. Ich lade sie irgendwo auf einen Drink ein.«

»Danke, Rod, aber ich muss meinen Bus erwischen.«

»Kein Problem, ich nehme Sie mit. Ich bin mit dem Jaguar hier.«

Daniel wollte nicht unhöflich sein. »Ich habe auch noch einiges zu ...«

Rod winkte abwehrend. »Hören Sie. Ich habe versucht, Sie anzurufen, bekam aber immer nur die Mailbox. Ich muss mit Ihnen reden. Anweisung des Chefs.«

»Worüber?«, fragte Daniel vorsichtig.

»Ihre Kündigung.«

»Rod, meine Kündigung ist nicht verhandelbar.«

»Schauen Sie. Wir hatten gestern eine außerordentliche Besprechung deshalb, und absolut niemand gibt Ihnen die Schuld an dem Unfall. Geoffrey hat mich persönlich eingespannt, um Sie zu überreden. Er meint, ich hätte Sie auf gar keinen Fall so kurz nach Kurts Wahnsinnstat wieder einsetzen dürfen, und er ist fuchsteufelswild, dass ich Sie gleich am ersten Tag mit Connor zusammengesteckt habe. Danny, hören Sie doch, Sie müssen Vernunft annehmen. Jeder würde bei zwei solchen Vorfällen hintereinander ausflippen, aber deshalb kündigen ...

ist das nicht ein wenig überzogen? Wir hatten drei Todesfälle in fünf Jahren. Es ist ein mit hohem Risiko behafteter Job, wie die Bezahlung schon zeigt. Es war ein Unglück. Unglücke passieren im Leben, Danny.«

Daniel schüttelte den Kopf. Für ihn war Goran Lindstroms Tod kein Unglück. Er resultierte aus dem fahrlässigen Verhalten des Piloten, der schrecklichen Missachtung der Anweisungen des Flughelfers. Daniel hatte ein Manöver, dessen Abbruch verlangt worden war, nicht rechtzeitig abgebrochen. Es ging um nicht weniger als Fehleinschätzung, Sorglosigkeit und Verantwortungslosigkeit ... mit anderen Worten, er war kein zuverlässiger Pilot mehr und sollte nicht mehr in einen Helikopter steigen.

Das sagte er auch Nobby Rod, aber der Mann fuhr fort, zu widersprechen, zu rechtfertigen, zu überreden und Daniels Einwände nicht gelten zu lassen. Daniel stand da und blickte auf Nobbys Mund, aber verschloss nach einer Weile die Ohren vor dieser unnachgiebigen Stimme und sah sich nach der Person um, mit der er sprechen wollte.

Rod packte ihn am Arm und rief: »Hören Sie mir überhaupt zu, Villeneuve?« Ein paar Trauergäste, die noch am Grab standen, blickten zu ihnen herüber. »Sie schulden es sich selber, dass Sie sich die Sache noch einmal überlegen. Es ist Ihr Beruf, Ihr Broterwerb ...«

»Rod! *Wir sind hier auf einem Begräbnis.* Ich sehe Sie später, einverstanden?«

Er sah, dass Ingrid Lindstrom im Gehen begriffen war. Er ließ Rod stehen und rannte, um sie einzuholen. Er berührte sie an der Schulter, und sie drehte sich zu ihm um.

»Ich bin Daniel Villeneuve, der Pilot, der für den Tod Ihres Bruders verantwortlich ist«, sagte er ohne Vorrede.

Die Frau, die er auf Anfang fünfzig schätzte, war fast so groß wie er und eine elegante Erscheinung, so ganz anders als ihr stämmiger Bruder. Dank ihrer Größe musterten sie einander auf Augenhöhe. Er sah an den Flecken auf ihren Wangen, dass sie geweint hatte.

»Man hat mir den Ablauf des Geschehens genau beschrieben«, sagte sie in makellosem Englisch. »Danach ist menschliches Versagen ausgeschlossen.«

»Nein. Sie müssen wissen ...«

Sie unterbrach ihn mit erhobener Hand. »Ein Stamm brach während des Anhebens unter Belastung durch ein unbekanntes Gewicht und zersplitterte. Mein Bruder hat den notwendigen Sicherheitsabstand falsch eingeschätzt und konnte in der engen Schlucht nicht mehr entkommen.«

»Ja, aber ...«

»Er hat einen sehr gefährlichen Beruf ausgeübt, Mr. Villeneuve. Schon oft war ihm großes Glück beschieden, auch schon als junger Mann in Schweden. Es überrascht mich, dass überhaupt jemand diese Arbeit machen will.«

»Ich denke, ich sollte darauf hinweisen, dass ...«

Wieder unterbrach sie ihn mit einer Handbewegung. »Ich gebe niemandem eine Schuld«, sagte sie knapp. »Ich bin sicher, das Ereignis liegt schon schwer genug auf Ihrer Seele. Ich möchte es Ihnen wirklich nicht noch schwerer machen.«

»Dann lassen Sie mich Ihnen von ganzem Herzen mein Beileid aussprechen«, sagte er und gab sich geschlagen. »Ich möchte gerne ... Gab es irgendeine Sache, die Goran am Herzen lag, für die er sich einsetzte? Eine, zu der ich etwas beitragen könnte?«

»Goran war nicht der Typ für derlei Dinge«, erwiderte sie mit einem missbilligenden Ton in der Stimme.

»Na schön, aber bitte, Ms Lindstrom, erlauben Sie mir, es für mich zu tun, wenn schon nicht für Goran. Ich habe gerade eine Erbschaft gemacht, und ich möchte eine Spende in Gorans Namen machen. Ich weiß, dass es unter den gegebenen Umständen vielleicht banal klingt, aber ich bitte Sie, mir das nicht zu verwehren. Wenn Sie einen Vorschlag machen könnten, dann wüsste ich, dass es wenigstens im Sinne seiner Familie ist ...«

Sie runzelte die Stirn und schien ihn zum ersten Mal wirklich wahrzunehmen. »Es tut mir leid. Ich wollte nicht abweisend sein. Es ist nur, ich ...« Ihr Gesicht rötete sich, und sie konnte ihre Tränen kaum zurückhalten. »Goran und ich standen uns nicht wirklich nahe. Seltsam ist nur, dass ich in den letzten Monaten oft an ihn gedacht habe und schließlich sogar plante, nach Britisch Kolumbien zu kommen, um ihn wiederzusehen. Wir hatten uns sieben Jahre lang nicht gesehen.«

Daniel spürte eine Welle von Mitgefühl und Zerknirschung und vermochte ihr nicht in die Augen zu blicken. Er sah auf seine Schuhe hinab. »Es tut mir so sehr leid.«

Sie zog ein Taschentuch heraus und tupfte damit ihre Nase. »Ich sage Ihnen was. Wenn Sie unbedingt das Bedürfnis haben, dann kann ich Ihnen ein Anliegen nennen, das ich auch selbst unterstütze.« Sie hob die Aktentasche in ihrer Hand und deutete auf einen kleinen Aufkleber an der Seite.

Er beugte sich hinab, um ihn genauer zu betrachten, und seine Augen wurden weit.

»Ich kenne es«, war alles, was er herausbrachte.

Sie nickte, schüttelte ihm zum Abschied die Hand, und setzte ihren Weg zum Friedhofsausgang fort. Er stand erstarrt da und blickte ihr nach. »Warten Sie!«, rief er ihr nach, als er die Starre endlich abschüttelte. »Können wir darüber reden?«

Sie hielt nicht inne. Er war nicht einmal sicher, ob sie ihn überhaupt gehört hatte. Vielleicht wollte sie auch nicht mehr mit ihm sprechen. Die Aktentasche schwang wie ein Fanal in ihrer Hand. Daniel lächelte reumütig.

Free Tibet!

Und er hatte nie an Omen geglaubt.

»Das ist eine außerordentlich großzügige Spende, Mr. Villeneuve«, sagte Mr. Ngapo beim Anblick des Schecks.

»Ich möchte ihn Ihnen im Namen von Goran Lindstrom überreichen, der vor Kurzem gestorben ist.«

»Ich kann Ihnen gar nicht sagen, wie hilfreich diese Zuwendung für uns im Augenblick ist. Wir haben gerade ein mobiles medizinisches Versorgungsprogramm in den ländlichen Gebieten Tibets gestartet, und ich kann Ihnen versichern, dass jeder Cent für einen sehr guten Zweck eingesetzt wird. Wenn Sie keine Einwände haben, werde ich Mr. Lindstroms Namen in unserem Mitteilungsblatt nennen.«

Mr. Ngapo, ein Mann Mitte dreißig, war der Leiter des örtlichen Zweiges der Frontiers of Tibet Association in Vancouver, einer gemeinnützigen Organisation, die unabhängig vom politischen Geschehen agierte. Daniel hatte den Morgen über im Internet nach Verbänden gesucht, die sich für Tibet einsetzten, und war beeindruckt von ihrer Arbeit gewesen. Tibet befreien zu wollen erschien ihm als erstrebenswerte Aufgabe, aber das gegenwärtige Leiden der Bevölkerung zu lindern, schätzte er in seinem augenblicklichen Gemütszustand höher ein. Er hoffte, dass auch Ingrid Lindstrom dieser Meinung war.

Die Gesellschaft betrieb ein Ein-Zimmer-Büro in unmittelbarer Nähe von East Hastings, nicht gerade in der gesündesten innerstädtischen Gegend Vancouvers. Mr. Ngapo bot ihm einen Stuhl an und bereitete ihm eine Tasse starken Tees. Stolz berichtete er, wie sehr sich die Mitglieder für ihre Landsleute in Tibet einsetzten. »Gott sei Dank ist fast meine gesamte Familie hier in Vancouver und in Seattle, und mein Bruder und seine Familie leben in Dharamsala.«

»Dharamsala?«

»Er wollte immer in der Nähe Seiner Heiligkeit sein. Jedes Jahr unternehmen meine Eltern und ich eine Pilgerfahrt, um ihn zu besuchen. Aber in Indien leben ... nein. Es geht uns hier in Kanada besser«, sagte er mit einem entschuldigenden Lächeln.

»Mr. Ngapo, verzeihen Sie die Frage, wenn sie dumm sein sollte, aber ich nehme an, dass Sie Tibetisch sprechen können?«

»Ja, natürlich.«

Daniel lehnte sich vor und stellte die Teetasse ab. »Und die tibetische Schrift lesen können?«

Der Mann wirkte verlegen. »Nun, ja, aber ich habe hier sehr selten Gelegenheit dazu.«

»Kennen Sie jemanden, der Übersetzungen macht?«

Er überlegte einen Augenblick. »Ja. Mrs. Lhapka war in ihrer Jugend Studentin an der Lhasa-Universität. Sie erteilt einigen Mitgliedern unserer Gemeinschaft Sprachunterricht, um das Tibetische lebendig zu erhalten, und hat viele Bücher übersetzt. Bis voriges Jahr war sie die Leiterin unserer Gesellschaft und die treibende Kraft hinter allen unseren Aktivitäten, doch unglücklicherweise entschied sie schließlich, dass sie zu alt für diese Rolle geworden sei.«

»Mr. Ngapo, glauben Sie, dass sie Interesse an einem kleinen Auftrag haben könnte?«

Er entdeckte sie sofort. Das Café war ziemlich leer. Es war nicht eins der Lokale, in denen man sich länger als notwendig aufhielt. Sie saß am Fenster und hatte eine größere Handtasche vor sich auf dem Tisch liegen. Er schätzte sie Mitte siebzig. Sie hatte kurzes graues Haar und trug eine typische Gelehrtenbrille. Sie war so offensichtlich tibetisch, obgleich Daniel nicht zu sagen vermocht hätte, warum, denn viele Tibeter hatte er in seinem Leben noch nicht gesehen. Er stellte sich vor und bestellte rasch zwei Cappuccinos.

»Ich bin so froh, dass Sie bereit waren, mich zu treffen, Mrs.

Lhapka«, sagte er und stellte das Tablett auf den Tisch. Er nahm ihr gegenüber Platz und blickte vorsichtig zu den Tischen in unmittelbarer Nähe.

»Es ist mir ein Vergnügen«, erwiderte sie. »Ngapo hat mir von Ihrer großzügigen Spende berichtet. Außerdem bin ich immer froh, wenn ich eine Übersetzung machen kann. Ich werde nicht oft gebeten.« Sie stützte die Ellenbogen auf den Tisch und musterte ihn interessiert. »Sie haben mir am Telefon nichts über die Länge des Dokumentes und seinen Inhalt erzählt.«

»Ja, also«, sagte Daniel. »Es ist nicht lang, und da ich kein Wort Tibetisch verstehe, habe ich auch keine Ahnung vom Inhalt.« Er wischte sich den Cappuccinoschaum von der Oberlippe und sagte leise: »Es handelt sich um ein Notizbuch, das mir mein Vater hinterlassen hat. Ich hoffe, es wird keine allzu schwierige Aufgabe für Sie sein.«

Ein Augenblick verstrich, und sie nickte erwartungsvoll.

»Ah ja.« Er griff in seine Aktentasche. »Hier ist es.« Erneut blickte er sich um und reichte ihr vorsichtig den Stapel Blätter, den er kurz zuvor in einem Drogerieladen in der Denman Street ausgedruckt hatte.

Sie warf einen Blick auf die erste Seite. Der Text schien sie zu interessieren, denn sie rückte ihre Brille zurecht, und ihre lebhaften braunen Augen flogen über die Seite.

»Bitte, stecken Sie es ein«, sagte Daniel nach einem Augenblick. »Ich meine, nehmen Sie es mit nach Hause und lesen Sie es in Ruhe durch.«

Sie blickte ihn mit einem leichten Stirnrunzeln über den Rand ihrer Brille hinweg an.

»Ich möchte Ihnen einen Vorschuss geben«, sagte er und suchte in seiner Jackentasche nach seiner Geldbörse. »Sagen Sie mir, wie viel?«

»Himmel, nein! Ich berechne nur die fertige Arbeit.«

»Dann sehen Sie zu, dass es sich für Sie auch lohnt.«

Sie griff über den Tisch und legte ihre kleine Hand auf seine große. »Vergessen Sie das Honorar. Ich mache das gern als kleine Gegenleistung für ihre großzügige Unterstützung.«

Er wollte protestieren, kapitulierte aber vor ihrer entschlossenen Miene. »Tausend Dank, Mrs. Lhapka. Treffen wir uns wieder hier in ein paar Tagen?«

»Ich rufe Sie an, wenn ich fertig bin«, sagte sie und tätschelte seine Hand. »Sorgen Sie sich nicht, meine Arbeit bleibt immer streng vertraulich.«

Er verließ das Café und ging an der English Bay an den Strand. Schwitzende Jogger rannten am Ufer entlang, und engagierte Hundefreunde schaufelten Kothaufen in Plastikbeutel. Ein schwarzes Mädchen mit Rastalocken und einer atemberaubenden Figur flitzte auf Rollschuhen vorbei und erinnerte ihn an Anne Roberts ... ein Fels in der stürmischen Brandung. Meine erste Anwältin, dachte er liebevoll. Wenn seine Ehe geschieden werden musste, würde sie ihn vertreten können? Er spürte ein plötzliches Verlangen, mit ihr zu reden, war aber nicht sicher, was er sagen wollte: *Übernehmen Sie meine Scheidung. Ich möchte frei sein.*

Er setzte sich in den Sand und lehnte sich an einen verwitterten Holzbalken. Dann nahm er die CD-Box aus der Tasche und öffnete sie. Mit einem scharfen Stein zerkratzte er die Oberfläche der schimmernden Scheibe, bis sie völlig unleserlich war. Er stand auf und wanderte den Strand entlang, bis er eine Stelle erreichte, wo er ganz allein war. Mit einem entschuldigenden kleinen Gebet zu irgendeinem Geist des Meeres warf er sie weit hinaus ins offene Wasser.

Kapitel 17

Brahms' Violinkonzert dröhnte durch die offene Wohnzimmertür, und die Fenster standen weit offen und gewährten der kühlen Brise Einlass. Es war zehn Uhr am ersten Donnerstag im Oktober, und Katie hatte ihn davon abgehalten, in der Morgendämmerung zu einer weiteren ziellosen Wanderung aufzubrechen. Sie hatte keinerlei Verpflichtungen und verlangte nach besonderen Aufmerksamkeiten. Solchen überzeugenden Argumenten konnte er sich nicht verschließen.

Sie war auf Händen und Knien im Bett, ihr Körper glänzte von Schweiß. Sie rammte ihr Hinterteil gegen ihn und stöhnte frustriert auf. »Schlag mich, du verdammter Schlappschwanz.«

»Nein. Geschlagen wird nicht.«

»Dann pack wenigstens meine Hüften und gib's mir richtig!«

Er lachte unterdrückt. »Langsam mit den wilden Pferden. Läuft doch bestens.«

So sehr er auch ihre Leidenschaftlichkeit genoss und mit Freuden ihren Ausflügen in die variationsreiche Welt des Kamasutra folgte, so wenig begeistert war er über ihr Verlangen nach hartem Sex, vor allem, seit er zu verstehen begonnen hatte, weshalb sie Schmerzen und Bestrafung suchte.

Sein Zeigefinger glitt über die kleinen Hügel ihrer Wirbelsäule. Mit der anderen Hand griff er nach ihrem Haar. Es floss über ihren Rücken. Er nahm es, und es war wie etwas Flüssiges zwischen seinen Fingern. Er dachte, es würde heiß wie Lava sein, doch es fühlte sich kühl, fast kalt an. Nie zuvor in seinem Leben hatte er Haar wie dieses berührt.

Sie protestierte inständiger, und er ließ ihre Mähne los und fügte sich in ihre Regieanweisungen. Er begann zu keuchen.

»Nur eine Minute noch, und ich bin da«, stellte sie prosaisch fest.

Für ihn war die Erlösung nicht so leicht. Er schloss fest die Augen und verlor sich in der Schwärze. Brahms' rasche Passagen und das rhythmische Spiel der Violine vertieften seine blinde Lust bis zu jenem Punkt, an dem es kein Zurück mehr gab, an dem die Explosion der Lenden so vollkommenes Verlöschen versprach, doch nie ganz zuwege brachte. Übergangslos wurde er sich einer Veränderung bewusst, einer Öffnung, eines Luftzuges. Er wandte den Kopf und öffnete ein Auge, um festzustellen, woran es lag.

Gabriella und Freddie standen in der Tür.

Daniel zuckte zurück. »Oh, Himmel! *Mutter!*«

Katie sah mit einem leisen Aufschrei hoch. Sie rollten auseinander und rangen unbeholfen um das Laken, um sich zu bedecken. Er sah seine Mutter nach der Klinke greifen und die Tür zuschlagen.

Sie saßen einen Moment betäubt auf dem Bett, dann legte Katie die Arme um ihn und drückte ihn mit unerwarteter Ruhe an sich. »Sie werden dir schon verzeihen«, flüsterte sie und küsste ihn auf die Schulter. »Nüchtern besehen ist es nämlich völlig bedeutungslos.«

Er schüttelte stöhnend den Kopf. »Es tut mir so leid, Katie. Ich hatte keine Ahnung, dass sie heute zurückkommen.«

Er war beeindruckt, wie würdevoll sie diese absolut peinliche Situation meisterte. Die meisten Frauen wären in ihre Kleider geschlüpft und hätten das Weite gesucht, aber Katie zog sich mit ruhiger Gelassenheit an, kämmte sich, trug ein wenig Lippenstift auf und begann dann die Betttücher zusammenzufalten. Gemeinsam räumten sie das Zimmer auf, inspizierten die Dusche, ließen die Fenster weit offen und kamen zusammen heraus.

Gabriella und Freddie saßen ein wenig steif im Wohnzimmer, jeder mit einem beruhigenden Glas Cognac in der Hand, und Daniel musste ihnen zugutehalten, dass sie sich jeder unerfreulichen Bemerkung enthielten, als er seine Geliebte vorstellte.

»Es tut mir leid, dass wir uns auf diese Weise kennenlernen, Mr. und Mrs. Villeneuve«, sagte Katie freundlich und ohne eine Spur von peinlicher Berührtheit. Sie lächelte sie an. Ihre Wangen waren unverschämt rosig von sexueller Befriedigung, ihr sinnlicher Mund noch geschwollen vom Küssen. »Ich war schon so gespannt auf Sie. Daniel spricht ständig von Ihnen, und es klingt alles so interessant.«

Interessant! Daniel zog eine Braue hoch. Alles, was Katie von Gabriella wusste, war der Umstand, dass sie ihren Sohn über seine Herkunft belogen hatte. Er warf einen Blick auf seine Mutter, um ihre Reaktion auf das taktvolle Kompliment zu sehen, aber Gabriellas steinernes Gesicht verriet nichts.

Nach einer Minute höflicher Floskeln sagte Katie, dass sie gehen müsse. Nur Freddie stand auf, um ihr warm die Hand zu schütteln. Daniel entging nicht sein Augenzwinkern. Wenn sich Gabriellas Empörung gelegt hatte, würde er seinem Sohn auf den Rücken klopfen und ihm zu der tollen Kleinen gratulieren. Freddie, der Amanda einst sehr gemocht hatte, fand, dass Daniel die »launische Tussi« endlich vergessen und sich nach etwas Neuem umsehen sollte.

Daniel begleitete Katie hinaus und zog sie verstohlen draußen vor der Tür in die Arme.

»Was tun wir jetzt?«, flüsterte sie.

»Ich muss mich nach einer eigenen Wohnung umsehen.«

»Weißt du was? Zieh eine Weile bei mir ein.«

»Bei dir einziehen?« Er hielt sie auf Armlänge von sich und musterte sie. »Das meinst du nicht wirklich?«

Sie zuckte die Achseln und blickte ihn mit großen Augen an. »Warum nicht?«

Er lachte. »Du hast Panik, mich mit nach Hause zu nehmen, und jetzt lädst du mich ein, bei dir einzuziehen ... mit allem Zubehör? Habe ich dich richtig verstanden?«

»Ja, was soll's. Bring mit, was du brauchst. Ich mach Platz in meinem Kleiderschrank. Komm heut Abend.«

Er widerstand dem Drang zu lächeln, um seinen Triumph zu verbergen. *Mach Platz, Harvey!* Stattdessen sagte er nachdenklich: »Ich werde es mir überlegen.«

Gabriella saß noch immer auf dem Sofa und umklammerte ihr Cognacglas. Sie hatte ein wenig zugenommen und sah etwas jünger, weniger abgehärmt aus. Ihr Haar war zu einem modischen Zopf geflochten, und das dunkelgraue Kostüm, das sie mit so natürlicher Eleganz trug, kündete von Paris oder Rom. Ihr mediterranes Temperament hingegen war ungebrochen.

»Das war ein abscheulicher Empfang«, zischte sie. »Wie konntest du nur?«

»Tut mir leid, Mutter. Du hättest anrufen sollen.« Er beugte sich zu ihr, um ihr einen flüchtigen Kuss auf die Wange zu geben, aber sie drehte sich zur Seite.

»*Das habe ich!* Ich hinterließ dir vorgestern eine Nachricht mit unserer Flugnummer und Ankunftszeit. Du hättest uns am Flughafen abholen können. Stattdessen fahren wir in einem Taxi nach Hause und finden unseren Sohn und eine Ausländerin in unserem eigenen Bett vor, *die es wie zwei Hunde treiben.*« Sie deutete mit der Hand durch das Wohnzimmer. »Und wie es hier aussieht! Was macht diese Lehmburg auf meinem Kaffeetisch?«

Daniel stieg vor Wut und Scham die Farbe ins Gesicht. »Es tut mir wirklich aufrichtig leid, dass ich die Nachrichten nicht abgehört habe, und ich entschuldige mich für den Lehm und die Hundenummer ...«

»Rede nicht so mit mir!«, fauchte sie. »Es war abscheulich.«

»Ja, du hast recht. Es war ziemlich übel.«

Freddie blickte sie beide etwas verwundert an, hielt sich aber heraus. Er öffnete seinen Koffer und begann exotische Flaschen herauszuholen, die in Kleidungsstücke eingewickelt waren. Liebevoll wickelte er sie aus und stellte sie auf den Tisch.

Gabriella goss sich Cognac nach. »Wie lange läuft das schon?«

»Eine Weile. Ich benutze euer Schlafzimmer seit zwei Wochen.«

»Ich dachte, du wolltest Amanda zurückholen.«

»Mutter, Amanda will nicht zurückgeholt werden.«

»Kommt schon, ihr zwei.« Freddie richtete sich auf und wandte sich an Daniel. »Schau mal, deine Mutter ist ziemlich müde. Sie spürt den Jetlag, das geht uns beiden so. Aber du weißt doch, worum es ihr geht, nicht wahr, Danny? Wenn ihr etwas heilig ist, dann ihr Bett.«

Daniel wusste, dass Freddie recht hatte, aber er wusste auch aller Wahrscheinlichkeit nichts von dem Gespräch, das Mutter und Sohn am Telefon gehabt hatten. Wenn er die Wahrheit nicht kannte, warum ihn dann davor bewahren?

»Mutter, warum reden wir nicht über Pematsang Wangchuck?«

Sekundenlang war es totenstill. Er musterte das Gesicht seiner Mutter, doch sie blickte nur in ihr Glas, das sie zwischen den Fingern hin und her drehte.

»Dann ist es also wahr«, sagte Daniel bitter. »Du hast vierzig Jahre lang einen Narren aus mir gemacht.«

»Moment. Immer mit der Ruhe«, sagte Freddie stirnrunzelnd. »Was willst du denn damit sagen?«

»Schau mich an, Freddie«, sagte er und deutete auf sein eigenes Gesicht. »Weißt du, wer mein Vater ist?«

»Wir sind gerade erst zur Tür hereingekommen, um Himmels willen!«, warf Gabriella ein. »Ich bin nicht in Stimmung für eine Diskussion.«

»Bei allen Heiligen!« Daniel tat einen Schritt auf sie zu. »Wir werden endlich darüber reden!«

Gabriella deutete mit dem Finger auf ihn. »Was denkst du dir eigentlich? Du hast immer gewusst, dass du adoptiert worden bist. Zeig ein wenig Respekt vor deinem Vater. Er steht vor dir, hier, in diesem Zimmer.«

»Oh ja, *die Adoption!*«, entfuhr es Daniel. »Noch so eine Lüge!«

Freddie trat zu ihm, klopfte ihm auf die Schulter und sagte verlegen: »Also gut, Sohn. Ich gestehe, die Adoption ging nicht durch, nicht dem Gesetz nach. Ich wurde wegen eines kleinen Vergehens in meinen Jugendjahren als Kandidat abgelehnt, aber hattest du je Grund, an meiner Bereitschaft und Zuneigung zu zweifeln?«

Daniel sah ihn an und legte eine Hand auf seine Schulter. »Freddie, du warst immer ein großartiger Vater und Freund, aber warum die Lügen? Du hättest es mir sagen können, es hätte nichts geändert.« Er wandte sich seiner Mutter zu. »Aber jetzt habe ich ein ernsteres Hühnchen mit dir zu rupfen. Vincenzo Mario de la Pietra ist nicht mein Vater, nicht wahr? Gibt es ihn überhaupt?«

»Damit du es weißt«, knurrte Gabriella. »Du kannst Gott danken, dass ich eine gute Katholikin bin, sonst wärst du nie zur Welt gekommen. Ich bin sicher, du verstehst, was ich sagen will.«

Sie starrten einander an.

»Ich glaube, es wäre mir lieber gewesen, das nicht zu erfahren«, sagte Daniel schließlich schockiert darüber, dass sie eine solche Maßnahme überhaupt erwogen hatte und dass es ihr so aalglatt über die Lippen kam. »Aber du leugnest nicht, dass Pematsang Wangchuck mein wirklicher Vater ist?«

»Ja, das leugne ich kategorisch.«

»Was du nicht sagst. Vor zehn Tagen war ich in Boulder und fand meinen Vater auf dem Totenbett vor. Ich ließ eine Totenmesse für ihn lesen und seine Leiche verbrennen. Ich habe seine Asche in meinem Zimmer, wenn du mir nicht glaubst.«

»Oh, Gott«, stöhnte Gabriella. »Ich glaube das alles nicht!«

»Du hast mir verdammt viel zu erklären.«

Gabriella fing sich rasch. »Da bin ich anderer Meinung«, stieß sie hervor. »Ich habe ein Recht, ein paar Dinge für mich zu behalten. Es gibt keinen guten Grund, die Vergangenheit aufzuwühlen. Sie ist vorbei, vergessen.«

»Fein«, sagte Daniel und ignorierte Freddies Versuche einzugreifen. »Ich habe auch Rechte. Ich habe das Recht zu wissen, wer ich bin. Zum Beispiel, dass Daniel Villeneuve nicht mein richtiger Name ist.«

»Was, zum Teufel ...?« Freddie starrte sie beide nacheinander an.

»Ich wurde als amerikanischer Bürger geboren, und mein Name ist Anil Goba.«

Gabriella schüttelte den Kopf. »Das ist lächerlich.«

»Du hast mich belogen. Verkaufe mich nicht auch noch für dämlich.«

Freddie schlug mit der Faust auf den Tisch, dass seine kostbaren Flaschen gefährlich klirrten. »Erklärt mir jetzt endlich jemand, worum es geht?«

Gabriella griff sich mit beiden Händen an den Kopf und jammerte: »Ich lasse mir das nicht gefallen.« Wieder richtete sie einen anklagenden Finger auf ihren Sohn. »Ich denke, ich habe richtig gehandelt, Daniel, und du wirst meine Privatsphäre respektieren. Ich sage kein Wort mehr.«

»Das ist nicht dein Ernst.«

Sie stand auf und ging in ihr Schlafzimmer und schlug die Tür hinter sich zu. Freddie warf ihm einen verwirrten Blick zu und folgte seiner Frau. Durch die halb offene Tür hörte Daniel sie zu ihm sagen: »Hast du eben gehört, wie mein Junge mit mir geredet hat?«

»Siebenunddreißig Jahre sind wir jetzt verheiratet...« Bitterkeit war in Freddies Stimme.

»Spiel du mir nicht den Moralapostel, Mister«, zischte sie. »Du hattest selber genug Dreck am Stecken.«

»Wenigstens habe ich nie jemandem etwas vorgemacht.«

Eine Stunde später war er aufbruchbereit. Er hatte zwei Reisetaschen mit seinen Kleidern und Lieblings-CDs gefüllt und auch Computer und Kameras eingepackt. Zurück blieben nur seine Musiksammlung, Bücher, Pematsangs Buddha, Schwert und Asche. Das würde er alles abholen, sobald er sich klar wurde, wo er sein Domizil aufschlagen konnte.

Er vernahm ein zaghaftes Klopfen. Gabriella öffnete die Tür und blickte auf den leeren Kleiderschrank, den leeren Tisch und ihren Sohn, der im Schneidersitz auf dem Boden saß und Papiere sortierte.

»Was hast du denn vor?«

»Ich ziehe zu Katie«, erklärte er, ohne aufzublicken.

Sie kam herein und strich ihm unbeholfen übers Haar. »Das musst du doch nicht, Darling.«

»Ich bin schon viel zu lange hier«, erwiderte er schroff.

»Geh noch nicht. Freddie ist irgendwohin was trinken gegangen. Er ist sehr böse auf mich.«

»Wundert dich das?« Er hob den Kopf und blickte sie durchdringend an. »Rede mit mir über Pematsang Wangchuck, Mutter. Jetzt gleich, oder ich verschwinde.«

»Hör mich an, Daniel. Du bist wütend, das kann ich verstehen. Wie es dir gelungen ist, diesen Mann zu finden, ist mir ein Rätsel. Ich habe alle Spuren so sorgfältig verwischt...«

Er wollte sie fragen, was sie damit meinte, aber sie fuhr rasch fort: »Er war nur eine kurze Bekanntschaft. Er hat mir nichts bedeutet. Ich war weit weg von zu Hause und einsam, das ist alles. Ich verließ die Vereinigten Staaten, und er hat gar nichts von der Schwangerschaft erfahren.«

»Hör auf!«, entfuhr es Daniel. »Schluss mit den Lügen.« Aber im nächsten Augenblick kamen ihm Zweifel. Pematsang hatte ihn verleugnet. War das möglicherweise ein Beweis, dass sie die Wahrheit sprach? Dass er nichts von der Schwangerschaft gewusst hatte? Nein, das konnte nicht stimmen. Tenzing hatte in seinen widersprüchlichen Aussagen davon gesprochen, dass Pematsang eine Beziehung mit einer Mathematikerin hatte und ein Sohn geboren wurde ... in den Vereinigten Staaten. Außerdem gab es Ken Baxters Nachforschungen und die Geburtsurkunde als Beweis.

»Mutter, Pematsang Wangchuck wusste von der Schwangerschaft. Ich kam in den USA zur Welt. Willst du meine Geburtsurkunde sehen? Ich habe sie in meiner Aktentasche.«

Gabriella ließ sich auf sein Bett sinken. Eine Weile starrte sie aus dem Fenster in die grelle Mittagssonne. »Also gut. Ich schenke dir reinen Wein ein, Daniel. Ich erzähle es einmal, und ich will keine Kommentare und keine Beschuldigungen hören und nicht mit Fragen gelöchert werden. Einverstanden?«

Er erhob sich und nahm neben ihr auf dem Bett Platz. »Einverstanden. Leg los.«

Sie verzog das Gesicht und holte tief Luft. »Ich bekam eine einjährige Dozentenstelle in Boulder nach Abschluss meines Studiums. Zuvor war ich noch nie längere Zeit alleine von zu Hause fort gewesen und sehnte mich nach ein wenig Abstand von den elterlichen Fittichen. Am Anfang genoss ich meine Freiheit. Ich konnte Aussagenlogik, mein Lieblingsthema, unterrichten, und verdiente mein eigenes Geld. Dann fing ich an, mich einsam zu fühlen. Ich begegnete Pematsang in der Stadtbücherei. Ich ging dorthin, weil das ein Ort fern aller Studenten war, wo ich in Ruhe arbeiten konnte, und er pflegte dort zu sitzen und ging dort seiner Arbeit nach, was immer sie war. Ich habe ihn nie danach gefragt, was er tat. Fast täglich sah ich ihn, und er begann mich zu faszinieren. Er war ein sehr großer Mann und auf eine alarmierende, gefährliche Art und Weise attraktiv. Er sah bedrohlich aus. Er hinkte stark von einer Schussverletzung im Bein – ein Stück des Schenkels fehlte –, und er hatte ein Muttermal genau wie deines, aber noch auffälliger, entstellender. Die Leute starrten ihn oft an. Frag mich nicht, warum ich mich zu ihm hingezogen fühlte. Es war offensichtlich genug, dass wir aus verschiedenen Welten kamen, außerdem war er alt genug, um mein Vater sein zu können. Ich schätze, wir waren beide Fremde an diesem Ort, und irgendwie funkte es zwischen uns, so wie sich Gegensätze anziehen. Er war ein richtiger Mann, und ich war bisher, wenn überhaupt, nur mit Jungen ausgegangen. Ob du es glaubst oder nicht, ich war mit dreiundzwanzig noch immer Jungfrau und zu dumm, um an Verhütung zu denken. Natürlich wurde ich schwanger.«

Sie legte in einer versöhnlichen Geste ihre Hand auf Daniels. »Ich dachte ernsthaft an eine Abtreibung, aber ich konnte nicht gegen meinen Glauben handeln. Ebenso wenig konnte ich nach Hause gehen. Meine Eltern wären vor Scham gestorben. Pematsang sagte, er könne mich nicht heiraten, aber er würde für uns sorgen, und so entschied ich mich, in Boulder zu bleiben. Was hätte ich auch sonst tun können? Dann … einige Zeit nach deiner Geburt, vermisste ich mein Zuhause und kehrte nach Kanada zurück.«

Sie sah ihn an und nickte, als wäre das das Ende der Geschichte.

»Moment mal«, sagte er und entzog ihr seine Hand. »Und Pematsang? Was hat er gesagt, als du ihn mitsamt seinem Sohn verlassen hast? Hattet ihr noch Kontakt? Wollte er keinen Kontakt mehr mit mir haben?«

Sie sah seine Bestürzung und wand sich vor Unbehagen. »Eigentlich schon, aber ...«

»Aber *was*, Mutter?«

»Er wusste nicht, wo wir uns aufhielten. Meine Eltern waren nach Sault St. Marie gezogen, ich kehrte also nicht direkt nach Montreal zurück. Ich bekam eine Lehrerstelle in einer kleinen Stadt im Norden von Quebec.«

»Dann wusste der arme Kerl also gar nicht, wo du seinen Sohn hingebracht hast?«, stellte er anklagend fest. »Das erscheint mir als ein ziemlich mieses Verhalten gegenüber dem Mann.«

»Ja, *ja*«, stieß sie hervor. »Aber du vergisst, dass Pematsang mich nicht heiraten wollte. Außerdem lebte er in seiner eigenen Welt. Es war nicht einfach mit ihm. Was immer er plante, verdeckte Aktionen gegen die politische Situation in seinem Land, beschäftigte ihn mehr und mehr. Er war ständig auf irgendwelchen Zusammenkünften und Reisen, und fremde Leute gingen in unserem Haus ein und aus. Ich spürte, dass ich nicht dazugehörte, und wollte weg. Als mir also eine Summe Geldes angeboten wurde, wenn ich verschwände, tat ich es.« Sie starrte ihn zornig an. *»Jetzt weißt du es!«*

Er runzelte die Stirn. »Augenblick. Pematsang hat dir Geld dafür geboten, dass du aus seinem Leben verschwindest?«

Sie antwortete nicht sofort, und er hakte nach. »Hat er?«

»Nein, nicht er ... ich hatte ohnehin vor, ihn zu verlassen. Ich musste an mich denken, und an dich natürlich.«

»Mutter! Wovon redest du eigentlich?«

Sie drehte sich zu ihm und blickte ihm ins Gesicht. »Folgendes ist passiert. Zwei Männer sprachen mich auf dem Parkplatz eines Supermarktes an. Sie sagten, dass sie mit mir über Pematsang reden wollten. Sie sagten, sie sei CIA-Agenten und dass er eine Gefahr für die nationale Sicherheit sei, und dass ich Amerika verlassen und mit meinem Kind nach Kanada zurückgehen solle. Das klang so weit hergeholt, dass ich ihnen nicht glaubte und sie ignorierte und in meinen Wagen steigen wollte. Einer der Männer stellte sich vor den Wagen und öffnete einen Aktenkoffer auf der Motorhaube. Wir waren am Ende des Parkplatzes, aber viele Leute waren in der Nähe, sodass ich mich nicht wirklich bedroht fühlte. Als er mich aufforderte, einen Blick hineinzuwerfen, tat ich es. Der Aktenkoffer war voller Banknoten. Er sagte, da sind sechzigtausend Dollar drin. Damit können Sie sich irgendwo niederlassen und ein oder zwei Jahre leben. Wenn Sie es nehmen, sagen Sie kein Wort darüber zu Pematsang. Sie packen Ihre Koffer, wenn er aus dem Haus ist, und verschwinden. Sie gehen irgendwohin, wo er Sie nicht findet, und Sie brechen jeden Kontakt mit ihm ab.«

Daniel starrte sie an. Die Geschichte hätte höchst unwahrscheinlich geklungen, wenn er sich nicht an etwas erinnert hätte, das Tenzing sagte. Er erinnerte sich an den genauen Wortlaut.

Pematsang brachte sie in große Verlegenheit. Sie versuchten ihn fortzuschicken, aber sie konnten ihn nicht loswerden. Deshalb beseitigten sie die Frau und das Kind, in der Hoffnung, dass er dann seine Aktionen aufgeben und sich seinen Landsleuten in Indien oder sonst wo anschließen oder in Tibet den Tod finden würde.

Was meinen Sie damit, dass sie die Frau und das Kind beseitigten?

Ach! Was weiß ich? Eines Tages waren sie einfach fort.

»Das ist es also, Mutter. Du hast das Geld genommen und bist abgehauen.«

»Ja, mein Sohn, das habe ich getan. Damals war das viel Geld. Und ich musste an mich und mein Kind denken. Meine Eltern hatten mich ein Jahr lang nicht gesehen, und als ich schließlich zurückkam, präsentierte ich ihnen einen kleinen italienischen Jungen. Es fiel ihnen schwer genug, mit einem unehelichen Kind zurechtzukommen. Ein asiatischer Vater wäre einfach zu viel gewesen.«

»Also hast du sie belogen und hast Freddie belogen, als du ihn kennenlerntest, hast mich und alle anderen belogen.«

Sie blickte ihn finster an. »Ich hatte keine Wahl. Das war die Abmachung.«

»Und du hast mit meinem Vater nie wieder Kontakt aufgenommen?«

»Ich hinterließ ihm einen Brief, in dem stand, dass es vorbei wäre, und er solle nicht nach uns suchen«, sagte sie. »Ich nehme an, er hat es akzeptiert.«

»Warum glaubst du, dass er uns nie gesucht hat? Vorhin hast du gesagt, dass *du alle Spuren so sorgfältig verwischt hast...* «

Sie zuckte die Achseln und murmelte mit zusammengebissenen Zähnen: »Wie ich schon sagte, das wurde von mir verlangt.«

»Das stinkt zum Himmel, Mutter.«

Sie begann die Fassung zu verlieren und stand wütend auf. »Wie kommst du dazu, meine Handlungen zu kritisieren? Du solltest dankbar sein, dass es Freddie war, der dich aufgezogen hat. Er schenkte dir eine normale Kindheit. Er war ein richtiger Vater.«

»Das ist nicht der Punkt, Mutter, und das weißt du auch.«

Einen Moment lang starrten sie einander an. Gabriella senkte als Erste den Blick. Daniel griff in seine Aktentasche und holte die beiden Fotos heraus. Er hielt sie seiner Mutter entgegen. »Und wer ist dann dieser Vincenzo?«

Sie nahm ihm die Fotos aus der Hand und zerriss sie in kleine Stücke.

Kapitel 18

Bereits am dritten Tag wusste er, dass er in dem Yaletown-Apartment nicht wohnen bleiben konnte. So sehr er auch mit Katie zusammen sein wollte, so unmöglich begann er dieses Arrangement zu finden. Sie redete nicht darüber, aber Daniel konnte sehen, dass sie hin und her gerissen war. Einerseits machte sie sich Sorgen, dass Harvey von seiner Anwesenheit erfahren könnte, gleichzeitig schien es, dass sie bereit war, dem Schicksal seinen Lauf zu lassen. So sehr er sie auch begehrte, war er doch nicht glücklich darüber, eine von zwei Optionen zu sein, und er wusste, dass er verschwinden sollte. Der Ferngesprächsverlobte hatte nur einmal angerufen, doch ihr Gespräch hinter verschlossenen Türen war kurz gewesen. Daniel hörte, wie sie den Anruf mit »liebe dich«, beendete, aber es klang falscher als falsch. Er wand sich innerlich bei dieser entwürdigenden Heuchelei, sie bereitete ihm extremes Unbehagen, und er versuchte ihr wiederholt klarzumachen, wie absurd es war, dass sich eine gebildete Frau, die auf eigenen Beinen stand und im modernen Kanada lebte, »verkaufen« ließ, um die Schuld ihres Vaters zu tilgen. Sie hörte das gar nicht gern, weil sie es für ebenso absurd zu halten begann, wie er hoffte ... oder weil sie nicht zugeben wollte, wie verlockend ihr die Aussicht auf Reichtum erschien. Und solange sie nicht bereit war (oder sich davor fürchtete), die Verlobung aufzulösen, riskierte er nur weiteren Schaden für seine ohnehin brüchige Selbstachtung.

Am vierten Morgen stieg er, nachdem sie zur Arbeit unterwegs war, in seinen Wagen und fuhr nach Süden, um sich in dem Gebiet zwischen Vancouver und der amerikanischen Grenze nach einem Stück Land umzusehen. Aber nachdem er eine Weile kreuz und quer durch die Gegend gefahren war, fand er sie zu flach und bei dem Gedanken an den herannahenden Winter zu trostlos. Was sollten er und Rosie in Delta, Surrey oder Port Coquitlam anfangen? Schweine züchten? Gemüse anbauen? Nein, er hatte keine landwirtschaftlichen Ambitionen, keine Lust, den Bauern zu spielen. Es wäre jeden Tag eine Wahnsinnsfahrt, um Rosie zur Schule zu bringen. Außerdem würde ihn Katie hier wohl kaum besuchen wollen, geschweige denn bei ihm einziehen. Auf der Rückfahrt von Coquitlam hielt er auf einem Parkplatz, um ein Sandwich zu essen. Er nahm einen Stift aus dem Handschuhfach. Trauer, Schuld und Wut mochten ihn übermannen, aber Chaos war nicht akzeptabel.

»PROBLEME:« schrieb er als Überschrift auf die Papierserviette.

1) Ehefrau (ausgeflogen)
2) Kurt Manlowe (tot)
3) Pematsang Wangchuck (tot)
4) Goran Lindstrom (tot)
5) Tochter in Gefahr
6) Beruf gekündigt
7) Rosies Vorahnungen
8) Entfremdung von Eltern
9) DIE KASSETTE
10)

Er suchte eine Weile nach einer Nummer 10. Er war nahe dran, »Harvey« hinzuschreiben, als ihm klar wurde, dass das nicht *sein* Problem war. Eine Liste ohne einen zehnten Punkt gab immer Anlass zur Sorge, aber andererseits, irgendeinen geringfügigen Ärger zum Problem hochzujubeln, nur um eine Lücke zu füllen ...

Er wusste, was Rosie sagen würde: *Zehn ist eine dunkle Wolke über deinem Kopf, Papa.* Er hatte zwei Flugkatastrophen überlebt, aber es stand noch eine bevor. Er zog grimmig einen Kreis um »Beruf gekündigt«. *Na also!* So konnte sich Rosies Prophezeiung einfach nicht mehr erfüllen.

Sie setzten sich an denselben Tisch wie beim letzten Treffen, doch diesmal flackerte die Angst in Mrs. Lhapkas Augen. Ihr Gesicht war bleich, und sie sah sich immer wieder um. Sie nahm eine Faltmappe aus Plastik aus der Tasche auf ihrem Schoß und schob sie verstohlen über den Tisch.

»Es steht mir nicht zu, den Inhalt des Notizbuches Ihres Vaters zu kommentieren«, murmelte sie, »aber ich muss sagen, dass ich erschüttert war. Dieses Dokument zu besitzen, bürdet Ihnen eine große Verantwortung auf. Ich hoffe sehr, dass Sie etwas unternehmen werden.«

Daniel runzelte die Stirn. »Was schlagen Sie vor, Mrs. Lhapka?«

Sie schüttelte den Kopf. »Ich habe keine Ahnung, um ehrlich zu sein. Vielleicht sollten Sie mit jemandem von der tibetischen Exilregierung sprechen. Ich wäre geneigt, es einigen Leuten zuzusenden.«

»Ich muss es erst lesen ... Ihre Arbeit bleibt doch vertraulich, nicht, Mrs. Lhapka?«

»Selbstverständlich«, erwiderte sie. »Aber das Dokument hat mich tief berührt.«

Er dankte ihr noch einmal und versuchte ihr ein Honorar für ihre Arbeit anzubieten, was sie entschieden ablehnte. Sie erhob sich ebenfalls, aber dann fiel ihm noch etwas ein, und er hielt sie ein wenig unbeholfen zurück. »Mrs. Lhapka, da ist noch etwas ... auf einigen der Papiere meines Vaters befand sich ein Zeichen, ein Symbol. Ich glaube, es diente zur Kennzeichnung eines Ortes, aber ... es war ein Hakenkreuz. Ich hatte gehofft, dass es für einen Tibeter eine andere Bedeutung hätte als jene, die ich kenne.«

Sie zuckte die Schultern. »Da brauchen Sie sich keine Sorgen zu machen. Ein Hakenkreuz ist ein altes Symbol. Im Buddhismus ist es ein universales Symbol, das für die innere Bewegung des Kosmos und die Zyklen der Wiedergeburt steht.«

Daniel lächelte schwach. »Nichts Schlimmes also. Gott sei Dank.«

Als sie fort war, verließ auch er das Lokal und eilte im Laufschritt die Denman Street hinunter zur West Georgia Street und von dort an der Ufermauer entlang in den Stanley Park. Das Wetter war winterlich, aber trotz der tief hängenden dichten grauen Wolkendecke über der Stadt regnete es nicht. Er setzte sich auf eine Bank mit Blick auf Deadman's Island. Jenseits der schmalen Wasserfläche von Coal Harbour verschwanden die Wolkenkratzer von Vancouver City in den Wolken, als würden sie direkt in den Himmel ragen.

Er war sicher, hier allein zu sein, nahm die Plastikfaltmappe aus der Aktentasche und zog mit einem beklemmenden Gefühl die erste Seite heraus. Das Papier zitterte in seiner Hand.

Ich, Pematsang Wangchuck, Kommandant der Chushi Gangdruk, der Rebellentruppe der tibetischen Widerstandsbewegung, berichte an diesem 16. Tag des Februar des Jahres 1961 Folgendes:

Am 2. Tag dieses Monats führte ich eine zehn Mann starke berittene Guerillaeinheit von unserem Camp in Mustang aus über die Grenze nach Tibet zu einem Routineüberfall entlang der Lhasa-Xinjiang-Straße. Nach drei harten Tagesritten ohne Feindberührung entdeckten wir einen PLA-Konvoi von nur vier Fahrzeugen. Meine Männer, die seit mehreren Wochen nicht mehr gegen die Invasoren gekämpft hatten, waren ganz aufgeregt.

Wir legten uns zwischen den Felsen in den Hinterhalt und konnten sie aus unserer Position gut beobachten, während sie langsam um Schlaglöcher und Sandverwehungen, welche die Straße versperrten, herum auf uns zufuhren.

In den Fahrzeugen befanden sich dreizehn Männer und drei Funktionärinnen. In dem anschließenden Schusswechsel töteten wir alle bis auf einen Mann. Er versuchte in wildem Zickzacklauf zu fliehen und hielt auch nach einem Treffer in der Schulter nicht an. Einer meiner Männer verfolgte ihn zu Pferde und tötete ihn. Er hatte eine große Ledertasche bei sich, und später in dieser Nacht begann ich zu verstehen, warum er mit allen Kräften versucht hatte, uns zu entkommen.

Drei meiner Männer waren verwundet. Einer von ihnen war Lobsang, der Übersetzer in unserer Gruppe. Er war ein Golok-Mönch, der zusammen mit mir in Camp Hale ausgebildet worden war, ein außerordentlicher Sprachgelehrter, der sowohl des Englischen als auch des Chinesischen mächtig war und passabel Hindi sprach. Er war bei dem Schusswechsel schwer verwundet worden und hatte eine Kugel im Bauch.

Es wurde rasch dunkel, und wir zogen uns in einen nahen Wald zurück, wo wir lagern mussten. Es war zu gefährlich, Feuer zu machen, und auch unsere Ausrüstung von der CIA konnte uns vor der Kälte nicht schützen. Dennoch öffnete ich die Tasche, die wir dem fliehenden Offizier abgenommen hatten, und fand darin ein großes Bündel von amtlichen Dokumenten in chinesischer Sprache. Lobsang wollte sie sich trotz der Schmerzen, die er durch seine Verletzung litt, ansehen. Im Schein einer Taschenlampe überflog er die Dokumente. Immer wieder bat ich ihn, aufzuhören und für den Rückweg Kräfte zu sammeln. Er war bei Weitem das wertvollste Mitglied unserer

Gruppe, und meine Befehle lauteten, ihn unter allen Umständen zu schützen. Er ignorierte meine Bitten und fuhr fort zu lesen und sagte mir, dass wir etwas Außerordentliches gefunden hätten, das um jeden Preis an die Außenwelt weitergegeben werden müsste. Er konnte mir sagen, dass sie die Langzeitpläne für die Hanisierung Tibets enthielten: die Methoden und Taktiken, mit deren Hilfe Tibets Volk, Kultur und Religion innerhalb eines halben Jahrhunderts so gut wie ausgelöscht sein würde. Die »friedliche Befreiung« Tibets durch das »Mutterland« war nichts anderes als ein kaltblütiger Stufenplan der Vernichtung, aber das wussten wir nur zu gut. Unsere Väter wurden ermordet, unsere Mütter und Frauen vergewaltigt, unsere Klöster geplündert und angezündet, unsere Besitztümer konfisziert. Als ich ihm das sagte, packte Lobsang meinen Arm und rief: »Natürlich wissen wir es, aber hier ist der Beweis. Dies wird die Welt aufrütteln ... dies wird die Vereinten Nationen nicht mehr ruhig zusehen lassen. Amerika wird handeln. Wenn sie dieses Dokument gesehen haben, bleibt ihnen keine andere Wahl mehr.« Er hob ein Blatt Papier hoch und hielt es zitternd vor meine Augen. »Das könnte Tibet retten.«

Am Morgen war Lobsang tot. Wir schafften es nicht mehr über die Grenze zurück.

Zwei Tage später, am 4. Februar, als wir nach Mustang zurückzukehren versuchten, wurden wir selbst in einer Schlucht von einer PLA-Schwadron überfallen. Alle meine Männer außer zweien wurden erschossen. Ich war verwundet, konnte aber entkommen. Dorje und Tsering gerieten in Gefangenschaft. Unsere CIA-Kontakte hatten uns die Cyanid-Kapseln der Fallschirmjäger verweigert, und zum ersten Mal war ich verbittert über die Behörde. So viel stand auf dem Spiel. Unter der ausgeklügelten chinesischen Folter mochten selbst die Tap-

fersten Geheimnisse verraten … zudem war es so sinnlos, sie den Qualen wochen- oder monatelanger Folter auszusetzen, wenn ihnen der Tod ohnehin gewiss war.

Ich wage nicht daran zu denken, was sie jetzt erleiden mussten. Für sie muss ich weitermachen. Für sie und all die anderen, die unter meinem Kommando gestorben sind, muss ich den Beweis für unsere Vernichtung sicher zurückbringen.

Ich ritt westwärts, wo meines Wissens nach die PLA-Präsenz geringer war. Doch ich war von der Grenze abgeschnitten, zum Teil durch militärische Aktivität, zum Teil durch schlechtes Wetter und die unüberwindlichen Berge, deren Namen ich längst nicht alle kenne. Ich bin jetzt ganz sicher, dass sie nach mir suchen und mich jagen. An klaren Tagen ist gelegentlich ein chinesischer Düsenjäger am Himmel, doch bis jetzt konnte ich immer rechtzeitig Unterschlupf finden. Es gibt genug Spione und Verräter, von denen sie wissen, dass ich nicht zum Camp zurückgekehrt bin. Ich war nicht unter den Toten, und meine beiden glücklosen Kameraden mochten bereits zum Reden gebracht worden sein.

Je weiter nach Westen ich reite, desto unbekannter wird das Terrain. Die Karte, die ich besitze, ist nutzlos geworden.

Ein Tropfen klatschte auf das Papier und holte Daniel in die Gegenwart zurück. Er sah auf. Die Wolken hingen jetzt noch tiefer. Jeden Moment würden sich die Schleusen öffnen. Er schob die Blätter rasch zurück in die Faltmappe, steckte sie in die Aktentasche und begann wie benommen zur Stadt zurückzugehen.

Katie lag auf dem Sofa im Wohnzimmer und wartete auf ihn. Sie hatte ihre Arbeitskleidung ausgezogen und trug Jeans und

Turnschuhe. Es war nicht ihre Art, ihm entgegenzukommen, aber sie sprang auf und rannte fast auf ihn zu. Ihre gewohnte Gelassenheit und Selbstsicherheit waren verschwunden, und ihr Gesicht kalkweiß.

»Harvey«, flüsterte sie und schlang die Arme um ihn. »Er weiß alles über uns. Er sagt, er hat Fotos, kannst du dir das vorstellen? Er will, dass ich sofort nach London komme. Mein Vater rief gerade an. Er schäumt vor Wut.«

Daniel fasste sie an den Schultern und hielt sie auf Armlänge, erschrocken über die Furcht in ihrer Stimme. »Katie, meine Liebste. Wäre nicht jetzt der Zeitpunkt, ihm zu sagen, dass du die Verlobung auflösen willst? Du bist doch kein Gegenstand, den man verkaufen oder verschachern kann, verdammt noch mal. Warum sagst du Harvey und deinem Vater nicht, dass sie zum Teufel gehen sollen?«

»Du bist so naiv, Daniel. Aber *du* bist es doch, um den ich mir Sorgen mache.«

Er sah sie an und fragte sich, ob er glücklich sein ... oder Angst haben sollte. »Hör zu, Kleines. Ich habe in den letzten Wochen so viel Unerfreuliches erlebt, dass es auf ein paar koreanische Schläger nicht mehr ankommt. Wenn sie unbedingt mit mir reden wollen, dann werde ich ihnen in deinem Namen sagen, dass du aussteigst.«

»Ich glaube nicht, dass sie dich reden lassen werden. Du kannst froh sein, wenn sie dir genug Luft zum Atmen lassen.«

»Das Risiko nehme ich auf mich. Du kennst meine Gefühle für dich.«

»Du kennst mich noch nicht lange genug«, sagte sie. »Wie kannst du dir da so sicher sein?«

Er schüttelte leicht ihren Arm. »Siehst du nicht, dass es darum doch gar nicht geht, Katie? Deine Verlobung ist eine Farce. *Du magst und liebst Harvey nicht.*«

Diese Zuspitzung der Dinge kam ihm im Augenblick ganz

und gar ungelegen. Er wollte das Tagebuch seines Vaters lesen, außerdem war er müde, gefühlsmäßig ausgelaugt, und konnte wirklich keine weiteren emotionalen Turbulenzen brauchen. Aber früher oder später forderte diese Situation Entscheidungen, und er war Teil davon. Er war bereits zu tief involviert. Noch tiefer, und er geriet in Gefahr, ganz unterzugehen.

Er ließ ihren Arm los. »Was auch immer du machen willst, fühle dich zu nichts verpflichtet. Du und ich, wir überstürzen nichts und sehen, was wird. Triff du nur keine Entscheidungen, die du später bedauern wirst. Überleg dir gut, was du willst. Ich werde jetzt zu Rosie fahren, dann hast du Muße, über alles nachzudenken.«

»Nein«, klagte sie. »Geh nicht, bitte. Wir müssen reden.«

»Nein, Katie. Es gibt nichts mehr zu reden. Du weißt, dass ich hinter dir stehe, aber ich werde nicht hier sitzen bleiben und dich umzustimmen versuchen. Du musst selbst entscheiden.«

»Dann lass mich wenigstens mitkommen«, bettelte sie. »Ich möchte Rosie kennenlernen ... wirklich, das möchte ich.«

Es war zum ersten Mal, dass sie Interesse bekundete, seine Tochter zu treffen, aber er wusste, dass es nicht die richtigen Gründe dafür waren. Sie wollte nur mit ihrem Dilemma nicht allein bleiben.

»Rosie weiß nichts von uns beiden. Ich will ihr nichts von uns erzählen, solange du mit einem anderen Mann verlobt bist. Lass uns dieses Problem erst aus dem Weg schaffen.«

Er führte sie zum Sofa und setzte sich neben sie. Er nahm ihre Hand. »Im Augenblick musst du eine Entscheidung treffen. Gehorchen und nach London gehen ... oder bleiben. Wenn du bleibst, werde ich hier sein und dir zur Seite stehen.«

Ein gequältes Stöhnen drang über ihre Lippen, und sie vergrub ihr Gesicht in den Händen. Daniel erhob sich, schnappte seine Aktentasche und verließ die Wohnung.

Er führte Rosie ins Keg Caesars auf der Hornby Street zum Abendessen aus. Ihm war feierlich zumute, auch wenn er nicht wusste, was es zu feiern geben könnte. Vielleicht das hübsche karierte Kleid, das sie zu dem Anlass angezogen, und die dazu passenden Bänder, die Amanda ihr in die Zöpfe geflochten hatte. Als sie saßen, studierte sie die Speisekarte sehr konzentriert.

»Ich bin jetzt ein Fischitarier.«

»Was ist ein Fischitarier?«

»Ein Vegetarier, der Sachen isst, die im Wasser leben. Wenn du einverstanden bist, nehme ich zuerst Knoblauchshrimps und dann den Ahi-Tunfisch mit dem Caesar Salad.«

»Lieber Gott«, sagte er lachend. »Das Kindermenü ist dann wohl Schnee von gestern? Warum nimmst du nicht Wasserbüffel und Wal? Die leben auch im Wasser.«

Sie kicherte. »Papa!«

»Ich fürchte, jetzt, wo der Pflegeaufwand für dich steigt, werde ich mich nach einer gut bezahlten Arbeit umsehen müssen, Kleines.«

Sie neigte den Kopf und sah ihn an. »Du *hast* eine Arbeit.«

»Hm, ja«, erwiderte er, weil er keine Lust verspürte, sich vor dem Essen Löcher in den Bauch fragen zu lassen.

Sie aßen in geselligem Schweigen. Sie deutete mit der Gabel auf seinen Teller. »Warum bist du nicht hungrig, Papa?«

»Bin ich, aber offenbar längst nicht so wie du.«

Sie aß alles auf und begann dann Garnelen von seinem Teller zu picken. Er beobachtete sie staunend.

»He, du schießt hoch wie eine Bohnenstange. Man kann

dir beim Wachsen zusehen. Ich höre praktisch deine Knochen knirschen.«

»Ich weiß«, sagte sie kauend. »Alle meine Hosen sind zu kurz geworden. Und sag nicht Bohnenstange zu mir. Ich werde schon in der Schule wegen meiner Größe gehänselt.«

Wieder war er versucht, ihr von ihrem Großvater zu erzählen und von dem unerschütterlichen Volk, von dem sie abstammte, doch obgleich sie sich wie ein viel älteres Kind benahm und aussah, war sie noch immer ein sehr junges Mädchen. Zudem trug sie eine Bürde, die kein Kind in ihrem Alter auf seinen Schultern haben sollte. Das einzige Gute, das ihre schrecklichen Prophezeiungen gebracht hatten, war, dass er sich nun voll um sie kümmern konnte. Natürlich musste er sich erst nach neuen Verdienstmöglichkeiten umsehen, und er hatte eine Reihe von Fähigkeiten, auf die er zurückgreifen konnte. Mathematik zum Beispiel, wie Gabriella, oder Informatik, oder vielleicht das Bauhandwerk. Er war gut mit Hammer und Säge ...

»Worüber lächelst du, Papa?«

»Ich überlegte, in welchen Jobs ich gut wäre.«

»Du bist ein Pilot.«

Er begegnete ihrem bohrenden Blick. »Vielleicht werde ich kein Pilot mehr sein.«

»Doch, das wirst du.«

Er lachte. »Also gut, Schlaumeierchen, was brütest du jetzt wieder aus?«

Sie zuckte die Achseln. »Ich möchte lieber nicht darüber nachdenken, Papa, aber du vergisst die dunklen Wolken.« Sie langte auf seinen Teller und durchbohrte eine weitere Garnele. »Tot!«, rief sie vergnügt. Er starrte sie an, und ein Anflug von Angst erzeugte ein eisiges Prickeln in seinem Nacken.

Nachdem er Rosie heimgebracht hatte, saß er eine Weile im Wagen und fragte sich, wohin er jetzt fahren sollte. Die Aktentasche war auf dem Sitz zwischen seinen Knien. Obgleich seine Gedanken bei Katie waren, brannte er darauf, irgendwo an einem stillen Ort das Tagebuch seines Vaters zu Ende zu lesen. Einer Eingebung folgend fuhr er zu dem Gasthof in False Creek und nahm sich dort ein Zimmer. Als er schließlich mit der Übersetzung auf den Knien auf dem Bett saß, rief er Katie an.

»Wie geht's dir?«

»Wo bist du, Daniel?« Ein Hauch von Panik lag in ihrer Stimme.

»Ich bin im Gasthof in False Creek. Was ist los?«

»Ich habe mit Harvey gesprochen. Ich versuchte ihm beizubringen, dass ich die Verlobung lösen möchte. Ich hab's wirklich versucht, aber es hat nicht funktioniert. Er ist sehr wütend geworden. Er hat gesagt, er kommt mich holen.«

»Was meint er damit? Will er dich entführen?«

»Seine *Ware* abholen, schätze ich.«

»Hör zu, ich komme morgen früh sofort zu dir. Dann können wir uns überlegen, was wir tun.«

»Nein, ich komme zu dir. Welche Zimmernummer hast du?«

Er blickte auf die Blätter auf seinem Schoß. *Himmel noch mal!* Alles was er wollte, waren ein paar Stunden, um das Tagebuch zu lesen. Mrs. Lhapkas Worte kamen ihm wieder in den Sinn …

Es steht mir nicht zu, den Inhalt des Notizbuches Ihres Vaters zu kommentieren, aber ich muss sagen, dass ich erschüttert war. Dieses Dokument zu besitzen, bürdet Ihnen eine große Verantwortung auf …

»Katie, Liebling. Wenn der Kerl nicht teleportieren kann, braucht er ein oder zwei Tage, um nach Vancouver zu kommen.«

»Du kennst ihn nicht, Daniel.«

»He! Das glaube ich jetzt nicht. Hast du Angst vor dem Mann? Wo ist das Mädchen, das mich der hungrigen Protestmeute zum Fraß vorwerfen wollte? Wo ist die verruchte Sexmaschine, die im Bett ihren Verlobten vergessen hat?«

Der Hörer klickte. Sie hatte aufgelegt, und er wusste, dass es ihm nur recht geschah.

Kapitel 19

Zwei Wochen sind vergangen, seit ich meine Männer verlor, und meine Vorräte sind fast aufgebraucht. Die Verletzung an meinem Oberschenkel hat sich entzündet. Hunger und Erschöpfung sind meine steten Begleiter. Auch mein Pferd scheint krank zu sein. Es ist schwach geworden. Auf dem Weg habe ich mit kleinen Gruppen von Nomaden gesprochen, aber ich machte Umwege um Dörfer, und zwar zu meinem und zu ihrem Schutz. Vor drei Tagen kam ich an einen Ort, auf den ersten Blick eine niedergebrannte Stadt an einem See. Es stellte sich heraus, dass es sich um das Sumdo-Kloster handelte, in dem zweitausend Mönche gelebt hatten. Es war verlassen bis auf einen Yakhirten, der durch den Verlust seiner Familie den Verstand verloren hatte. Er hatte sein Weiderevier verlassen und im Keller des geplünderten Klosters Unterschlupf gefunden. Er grub Gräber auf dem Gelände, da er nicht wusste, was er sonst mit den Dutzenden verwesenden Leichen in dem leeren Gebäude tun sollte. Er erzählte mir, dass Hunderte von Mönchen verhaftet worden waren. Die anderen waren geflohen, einige über die Grenze nach Nepal, aber die meisten, um ihre Gewänder abzulegen und ihre Gelübde zu widerrufen und zu den Waffen zu greifen.

Beim Anblick der Schändung und Entweihung war mir zumute, als würde mir ein eisiger Dolch ins Herz gestoßen. Alte Pergamentblätter mit dem Wissen von Jahrhunderten wirbelte der Wind durch den Staub. Ein großer uralter Buddha war enthauptet worden. Der Kopf war noch heil, obgleich man ihn über die Stufen des Tempels hinuntergeworfen hatte. Das strahlende Gesicht war mit Kot verschmiert. Alle anderen Statuen lagen zerschmettert am Boden und heilige Objekte waren im

Schutt verstreut. Die Dächer waren verbrannt und die Gebäude schutzlos Wind und Wetter preisgegeben. Ich vermag meine Wut bei diesem Anblick nicht zu beschreiben, eine Wut, gedämpft durch Traurigkeit und Niedergeschlagenheit. Es war, als stünde ich am Eingang einer verlassenen Höhle, in der das Echo von tausend Jahren zum letzten Mal erklang.

Ich machte einige Fotos und unterhielt mich eine Weile mit dem verrückten Mann, doch ich brachte es nicht über mich, die Nacht in dieser Geisterruine zu verbringen.

Gestern ritt ich den ganzen Tag über ein weites, windgepeitschtes Plateau und folgte einem ausgetrockneten Flussbett. Ich hatte Angst, gesehen zu werden, war jedoch zu müde, um an den Berghängen entlangzureiten, wo ich Schutz zwischen den Felsen gefunden hätte. Mehrere gewaltige Gipfel ragten in der Ferne in den Himmel. Ich erkannte sie nicht, denn dieser Teil meines Landes war mir vollkommen fremd, aber ich machte Fotos und fertigte einige Zeichnungen über ihre jeweilige Position an.

Als ich schon fast alle Hoffnung aufgegeben hatte, entdeckte ich am fernen westlichen Rand des Plateaus ein einfaches Kloster. Die bescheidenen Gebäude waren von dem Fels, auf dem sie standen, kaum zu unterscheiden, und erst als ich näher kam, konnte ich zweifelsfrei erkennen, dass es sich um keine Luftspiegelung handelte.

Ich befinde mich in einem kleinen Raum und schreibe beim Licht einer Kerze. Nur sechzig Mönche leben hier in dem Wissen, dass ihre Tage hier gezählt sind. Der leitende Abt ist ein junger Tulku von knapp über zwanzig Jahren, aber er ist weise über sein Alter hinaus. Er erklärt mir, dass nur die abgeschiedene Lage das Kloster bisher vor Schaden bewahrt hat. Wir sind nur fünfzehn Kilometer von der Ladakh-Grenze entfernt, die in etwa entlang der Bergkette über uns verläuft, aber der fünftausend Meter hohe Thangtak La ist zwar im Sommer ver-

hältnismäßig leicht zu überqueren, jedoch um diese Jahreszeit extrem gefährlich. Er ist meine einzige Fluchtmöglichkeit. Mir bleibt keine andere Wahl.

Es war ein Fehler, mit der PLA auf den Fersen hierherzukommen. Ich fürchte, ich habe dieses alte Kloster vielleicht ins Verderben gestürzt. Der Feind kann nicht weit hinter mir sein. Ich selbst bedeute meinen Verfolgern nichts, aber sie wollen um jeden Preis die Tasche in meinem Besitz in ihre Gewalt bringen.

18. Februar 1961

Meine schlimmsten Befürchtungen wurden noch in derselben Nacht wahr, in der ich das Yabyum Kloster erreicht hatte. Kaum hatte ich die Kerze ausgeblasen, als Mörsergranaten donnernd im Hof einschlugen. Die Chinesen waren mir wohl dicht auf den Fersen gewesen, hatten angenommen, dass ich hier Schutz gesucht hatte, und mit ihrem Angriff auf den Einbruch der Nacht gewartet. Das war ihr Fehler, denn wie sich später herausstellte, ermöglichte es mir die Flucht.

Der Abt kam in mein Zimmer gestürmt. Sein Gesicht war bleich, aber er bewahrte seine Fassung. Ich hatte ihn bereits über meine Stellung informiert, über meine Ausbildung in den Vereinigten Staaten und den Inhalt meiner Tasche. Jetzt befahl er mir, damit zu fliehen. Er sagte mir: »Von der Küche aus führt ein gut verborgener Pfad durch die Westmauer hinaus. Er verläuft steil den Berg hinauf. Die Wolken sind dicht und hängen tief, und der Mond scheint nicht. Damit haben Sie eine gute Chance. Wir werden versuchen, sie so lange wie möglich aufzuhalten. Wir haben selbst ein geheimes Waffenlager.«

Ich versuchte ihn zu überreden, die Tore zu öffnen und sich zu ergeben, sobald ich weg wäre, doch er wollte sich auf keine Diskussion einlassen.

Er besaß eine Autorität und Würde, wie man sie selten bei einem Mann findet, und obgleich er mindestens ein Jahrzehnt jünger war als ich, gehorchte ich seinem Befehl.

Hastig und mit seiner Hilfe packte ich einige Vorräte zusammen, und als ich aufbrechen wollte, hielt er mich zurück. »Kommen Sie«, sagte er. Er eilte mir voraus über den Hof und die Stufen hinauf zu einem kleinen Tempel. Dieser war voll heiliger Schätze und alter Wandmalereien. Er bedeckte seine Faust mit seinem Ärmel und zerschlug das Glas einer Vitrine. Mit beiden Händen holte er die Statue eines Buddhas heraus, die ganz aus Gold war.

»Hier. Sie müssen ihn mitnehmen. Es ist der Buddha der Freiheit. Er ist viele hundert Jahre alt und das größte Heiligtum des Landes. Der dritte Dalai Lama ließ ihn anfertigen, und bei seinem Anblick weissagte sein persönliches Orakel, dass er eines Tages Tibet helfen würde, einen mörderischen Invasor zu überwinden. Dieses Orakel war berühmt für die Genauigkeit seiner Prophezeiungen. Die Statue befindet sich gerade wegen der Abgeschiedenheit in der Obhut dieses Klosters. Wenige Feinde sind im Lauf der Jahrhunderte bis hierher vorgedrungen, aber jetzt bange ich ernstlich um seine Sicherheit. Es gibt kein Versteck mehr, das sicher genug wäre. Nehmen Sie den Buddha mit nach Indien und bringen Sie ihn Seiner Heiligkeit.«

Ich blickte entsetzt auf diese schwere Bürde, doch als der Buddha in meine Hände gedrückt wurde, hatte ich keine andere Wahl, als ihn zu nehmen. Ich schätzte sein Gewicht auf zehn bis fünfzehn Kilo, da er hohl war, und seine Größe auf fast einen halben Meter.

»Wäre es nicht besser, ihn in die Obhut eines Ihrer Mönche zu geben?«, bat ich. »Er kann mich begleiten. Ich muss bereits die Tasche und meine Vorräte und Ausrüstung tragen, und mein Bein ist kaum noch zu gebrauchen.«

»Nein, Sie sind ein Khampa und von den Amerikanern aus-

gebildet worden. Sie besitzen die Fähigkeiten und den Willen zu überleben. Meine Mönche sind keine Krieger. Ein zweiter Mann würde sie nur behindern.« Er lächelte traurig. »Aber unsere Gebete werden Sie begleiten, dessen können Sie gewiss sein.«

Er ließ keine Einwände gelten, und jede Minute war kostbar. Rasch wickelten wir den Buddha in eine Wolldecke und befestigten ihn mit einer langen Schärpe auf meinem Marschgepäck.

Drei Stunden später, bei Tagesanbruch, beobachtete ich von weiter oben am Berg, wie der heilige Ort von chinesischen Soldaten überrannt wurde. Mit hilflosem Grimm lauschte ich den widerhallenden Schüssen und Schreien. So schnell ich zu humpeln vermochte, setzte ich meinen Weg fort.

Als ich in größere Höhe gelangte, setzte heftiger Schneefall ein. Ich folgte dem schmalen Pfad, der streckenweise an nahezu senkrechten Felswänden entlangführte und aus dünnen Stämmen bestand, die in kleine Felsrisse geschlagen waren und auf denen flache Steine ruhten. Hin und wieder war diese gewagte Konstruktion abgebrochen, und ich musste mit der kostbaren Last auf meinem Rücken über den Abgrund springen. Mein verletztes Bein zitterte unkontrollierbar von diesen Strapazen.

Im Verlauf des Tages hörte das Schneetreiben auf, aber als ich mich dem in Sichtweite gekommenen Kamm des Passes näherte, wurde mir klar, dass ich vom Pfad abgekommen oder dass der Pfad einfach zu Ende war. Mehrere Stunden lang stolperte ich weiter und entfernte mich anscheinend wieder vom Pass. Ich fand keinen Weg nach oben. Es wurde dunkel, und ich wusste, ich brauchte einen Lagerplatz, um mein Zelt aufstellen zu können, doch ich fand keine ebene Stelle dafür. Schließlich entdeckte ich doch einen brauchbaren Platz, aber zu allem Unglück riss mir ein Windstoß das Zelt aus den Händen. Es flog über die Felsen hinab in die Tiefe. Da überkam mich Verzweiflung, und ich war sicher, ich würde erfrieren.

An der nahen Felswand sah ich einen schmalen Sims und fragte mich, ob dieser vielleicht Teil des Pfades war, den ich verloren hatte. Mir blieb nichts anderes übrig, als den Weg dort fortzusetzen. Der Sims schien immer schmäler zu werden. Ein Absturz hätte den sicheren Tod bedeutet. Plötzlich tat sich vor mir ein horizontaler Spalt auf. Es war der Eingang zu einer niedrigen, aber tiefen Höhle. Ich musste mich hinlegen, um mich hineinzurollen, und sah zu meiner Erleichterung, dass ich drinnen fast knien konnte. Hier bin ich jetzt, frierend, aber relativ sicher, und warte auf den Morgen.

Meine Gedanken weilen bei den Männern da unten. Ich denke auch an mein Pferd. Es wird mir fehlen.

19. Februar 1961

Während der Nacht begann es wieder stark zu schneien, und der Schnee fiel bis weit in den Morgen hinein. Als ich aus der Höhle blickte, sah ich nichts als eine weiße Leere. Aufzubrechen wäre Wahnsinn. Tsampa und Butter von den Mönchen geben mir Kraft und werden noch etwa fünf Tage reichen, aber mein Bein ist stark entzündet, und ich bin fiebrig und schwach. Ich hatte noch keine Gelegenheit aufzustehen, um zu sehen, ob das Bein mein Gewicht tragen kann, ganz zu schweigen von der zusätzlichen Last. Wenn ich es über die Berge schaffen will, bleibt nur eines zu tun. Ich muss mich von all dem toten Gewicht trennen. Das bedeutet, alles zurückzulassen, was ich in den nächsten beiden Tagen nicht brauchen werde. Die Schätze, die ich bei mir habe, werde ich in dieser Höhle verstecken. Es könnte schwierig werden, diesen Ort wiederzufinden, aber ich glaube, dass es mit einer detaillierten Karte und Fotos von den Bergen der Umgebung möglich sein müsste, im Früh-

ling von Ladakh aus aufzusteigen und sie zu bergen. Wenn es mir sicher genug erscheint, und das muss schon bald sein, werde ich aufbrechen. Ich werde das Notizbuch und die Kamera mitnehmen und genaue Zeichnungen von der Landschaft anfertigen, wie es mir die CIA-Ausbilder beigebracht haben.

Ich weiß nicht, wie weit ich noch von einem indischen Grenzübergang oder von einer menschlichen Ansiedlung entfernt bin. Ich bin nicht einmal sicher, ob ich mich auf tibetischem oder indischem Gebiet befinde. Wenn ich sterbe und meine Leiche gefunden wird – hoffentlich bereits auf indischem Territorium – werden diese Hinweise vielleicht in die richtigen Hände gelangen. Die Chance ist zwar nur gering, aber mehr vermag ich nicht mehr zu tun.

21. Februar 1961

Der Himmel war blau, als ich erwachte, doch es weht ein eisiger Wind. Heute verlasse ich diese Höhle oder sterbe hier.

Ich habe den Buddha mit Teer geschwärzt, in Staub gewälzt und mit Gewalt in einen Spalt am hinteren Ende der Höhle gezwängt. Man kann ihn nur mit einem starken Licht erkennen. Die chinesischen Dokumente sind eng zusammengerollt und mit Streifen der Decke zusammengebunden in der heiligen Statue verborgen.

29. März 1961

Nachdem ich drei Tage schneeblind, dehydriert und mit schlimmer werdender Blutvergiftung gewandert war, fand mich eine Gruppe von Changpas, Nomaden des Changthang-Plateaus im Osten Ladakhs. Ich sah ihre Gesichter und vernahm ihre Sprache mit Erleichterung, denn sie waren mir vertraut. Ich hatte mich im Kreis bewegt, befand mich aber nicht weit von dem Pass entfernt, den ich überquerte, dem Thangtak La, etwa zwölf Kilometer von den Ufern des heiligen Sees Neykhor Tso entfernt, von wo aus ein Hirtenpfad über den Khung La führt und schließlich in die Straße nach Leh mündet.

Ich war dem Tode nah und sie transportierten mich in zwei Tagen auf einem Yakkarren nach Karu, von wo aus mich ein Militärfahrzeug in das Krankenhaus nach Leh brachte. Eine Operation rettete mir das Leben, kostete mich aber einen großen Teil der Muskeln meines Oberschenkels. Nach zwei Wochen der Schmerzen und Fieberfantasien und vielen Befragungen durch indische Beamte wurde mir gestattet, nach Mustang zurückzukehren, wo ich mich jetzt erhole.

14. April 1961

Mr. Smith, mein CIA-Kontaktmann, nahm meinen Bericht mit einiger Skepsis entgegen. Er bat mich, den genauen Wortlaut der chinesischen Dokumente niederzuschreiben, so wie sie mir Lobsang übersetzt hatte. Das erwies sich als schwierig. Mein alter Freund und Waffengefährte war bei der Lektüre viel zu aufgeregt gewesen, um mir alles wortgetreu zu übersetzen, und fasste nur die wichtigsten Punkte zusammen. Mr. Smith fragte mich, ob Lobsang, der innerlich verblutet war, vielleicht phantasiert haben könnte. War es möglich, dass er sich diesen absurden chinesischen Plan nur zusammengereimt hatte? Wie konnte er solch einen monströsen und allumfassenden Plan erkennen, wenn er die schwierige chinesische Schrift todkrank und in dem spärlichen Licht entziffern musste?

Ich habe die höchste Achtung vor Mr. Smith, seinen guten Absichten, seinen Führungseigenschaften, seinem Wohlwollen gegenüber den tibetischen Auszubildenden, aber ich war fassungslos über seine Einstellung, seine Furcht, die CIA-Operationen in Tibet könnten öffentlich werden und seine Regierung somit in Verlegenheit bringen. Ich begann zum ersten Mal zu begreifen, was es bedeutete: Die Vereinigten Staaten würden niemals – und planten niemals – mehr für Tibet tun, als den chinesischen Kommunisten ein paar kleine Stacheln ins Fleisch zu setzen.

Für den Moment verlangte Mr. Smith meine Anwesenheit in Colorado und bat mich, meine Pläne für eine Bergung der Dokumente aufzuschieben. Wenn sie so gut versteckt waren, wie mein Bericht ausführte, konnte ihre Bergung warten, bis sie »gebraucht« wurden.

13. November 1966

Über fünf Jahre sind seit meiner Flucht vergangen. Wegen meiner Verwundung war ich nicht mehr in der Lage, an Überwachungs- und Guerillaeinsätzen teilzunehmen. Stattdessen arbeite ich nun hier in Camp Hale als Ausbilder für eine Anzahl auserwählter Landsleute, um sie auf die Arbeit vorzubereiten, für die ich selbst ausgebildet wurde. All meine Zeit und Kraft gilt dieser lohnenswerten Aufgabe. Jedoch wurde Camp Hale zu meiner großen Bestürzung und all derer von uns, die so hart gekämpft haben, plötzlich geschlossen. In der Tat ist es so, dass die CIA ihre Unterstützung für Tibet mehr und mehr einschränkt. Mr. Smith und andere Ausbilder sind für andere, dringlichere Aufgaben abgezogen worden, und nun bin ich allein hier in Boulder, Colorado, und warte auf Anweisungen.

Trotz fortgesetzten Kontaktes mit der CIA konnte ich die Behörde bisher nicht dazu bewegen, eine Expedition zu entsenden, um die chinesischen Dokumente zu bergen. Ein illegales Eindringen in chinesisch besetztes Gebiet ist nicht ratsam, sagt man mir. Doch der Buddha der Freiheit muss geborgen werden, und es ist meine heilige Pflicht, ihn zu finden und seiner Heiligkeit zu überreichen. Wenn ich nicht solche Probleme beim

Gehen und vor allem beim Klettern hätte, würde ich diese Expedition selbst führen. Ich stehe in enger Verbindung mit den Chushi Gangdruk *in Mustang und versuche Freiwillige für solch eine Mission zusammenzutrommeln, aber gegenwärtig hat man dort größere und dringendere Probleme. Es scheint, dass etwas, das sich »Kulturrevolution« nennt, in Tibet in Gang gesetzt wird, ausgerufen von Mao und durchgeführt von den jungen »Roten Garden«. Dabei geht es, wie man mir berichtete, um die Auslöschung der »Vier Alten«: Alte Ideen, Alte Kultur, Alte Traditionen und Altes Brauchtum. Es wird berichtet, dass jedes Kloster und heiliges Gebäude in Tibet, das noch nicht geplündert worden ist, systematisch zerstört werden soll, zusammen mit allen alten Schriften, Statuen, Stupas, Tempelmalereien, Manisteinen, Straßenschreinen und so weiter.*

Die so präzise in den Dokumenten im goldenen Buddha beschriebenen Pläne erweisen sich also als korrekt. Ich weine um mein Land und möchte es so gerne verteidigen, aber Mr. Smith sagte mir – vertraulich – am Telefon, dass man mich nicht mehr zurückkehren lassen würde, wenn ich die Vereinigten Staaten verlassen sollte. Doch was kann ich von einem verarmten, seuchengeplagten Flüchtlingslager in Mustang, Nepal oder Indien aus erreichen? So sehr ich meine Landsleute auch vermisse, muss ich doch im Westen bleiben und weiter Unterstützung für unsere Sache zu finden versuchen.

Januar 1971

Mr. Smith ist Anfang des Jahres in den Ruhestand gegangen, jedoch, wohlwollend und hilfsbereit wie immer, tat er mir einen letzten Gefallen und half mir, die amerikanische Staatsbürgerschaft zu erlangen. Nachdem dieser wichtige Schritt getan ist, kann ich nun, ohne Deportation befürchten zu müssen, fortfahren, an das Gewissen der Amerikaner zu appellieren.

Dezember 1971

Ich habe ausreichende Mittel gesammelt, geborgt und gespart, um meine eigene heimliche Reise nach Tibet zu finanzieren und wiederzuholen, was ich in der Höhle zurücklassen musste. Als ich versuchte, einige amerikanische Tibeter für mein Projekt zu gewinnen, wurden meine Pläne seltsamerweise aufgedeckt, und die CIA verbot mir weitere Schritte in dieser Richtung. Mr. Smith wurde aus einem Angelurlaub mit seiner Frau zurückgeholt und zu einem Gespräch mit mir genötigt. Er fragte mich: Wie wollte ich den Besitz dieser Dokumente erklären, ohne meine Zusammenarbeit mit der CIA und das Ausmaß der CIA-Operationen zu enthüllen? Wie wollte ich erklären, warum sie all diese Jahre versteckt gewesen waren? Außerdem, wenn die Dokumente zur Veröffentlichung gelangten, würde die chinesische Regierung sie sofort als Fälschung bezeichnen. Nein, zu diesem heiklen Zeitpunkt einer zaghaft beginnenden amerikanisch-chinesischen Freundschaft wäre es unklug, in solch ein Hornissennest zu stechen. Es brächte die amerikanische Regierung in Verlegenheit und wäre keine Hilfe für die tibetische Sache.

Mr. Smiths Worte ließen durchblicken, dass die CIA, sollte die tibetische Lage breite internationale Empörung auslösen, jede weitere Unterstützung unwiderruflich einstellen würde. In der Tat höre ich von meinen Kameraden in Mustang, dass die CIA den furchtlosen Khampa-Kriegern jetzt Geld anbietet, dass sie den Kampf gegen die Chinesen einstellen und (auf Maos Wunsch) Mustang verlassen und sich dauerhaft in Indien ansiedeln.

Und Mr. Smith, der zweifellos inzwischen bedauert, mir zur amerikanischen Staatsbürgerschaft verholfen zu haben, rät mir dringend, mich ihnen anzuschließen ... um mir ein Leben unter meinesgleichen aufzubauen.

Ich sehe den unmittelbar bevorstehenden Zusammenbruch

der Widerstandsbewegung voraus. Nichts macht mich trauriger. Doch die Unterdrückung, Zerstörung und Grausamkeit, die nun in Tibet alltäglich geworden sind, werde ich niemals akzeptieren. Wie sehr mich die CIA auch aus dem Land haben will, ich bleibe hier, ein steter Dorn in ihrem Fleisch.

Daniel erwachte in den frühen Morgenstunden inmitten der auf dem Bett verstreuten Tagebuchseiten. Verwirrt setzte er sich auf. Er wusste, dass etwas Wichtiges geschehen war. Erinnerungen an die Nacht kehrten zurück. Mit heftig pochendem Herzen sammelte er die Blätter auf und versuchte sie zu ordnen.

Bis gegen zwei Uhr früh war er wach gewesen und hatte das kurze Tagebuch seines Vaters immer und immer wieder gelesen. *Seines Vaters!* Die Eintragungen von 1979 waren besonders bitter gewesen. Nicht mit einem einzigen Wort wurde erwähnt, dass ihm eine junge italienisch-kanadische Frau einen Sohn geboren hatte. Pematsangs Gedanken hatten einzig und allein seiner durchkreuzten Mission, dem CIA-Verrat und dem Schicksal seiner Khampa-Krieger gegolten. Wie konnte er nur solch ein Ereignis wie die Geburt seines Sohnes unerwähnt lassen? Wer weiß, vielleicht hatte Pematsang Gabriellas Kind niemals anerkannt oder sogar gedacht, dass es nicht seines wäre … so wie er ihn am Ende trotz des deutlichen Beweises in seinem Gesicht abgelehnte. Kein Wunder vielleicht, dass Gabriella das Geld nahm und sich aus dem Staub machte!

Er wollte mit jemandem reden, seine Gefühle zum Ausdruck bringen, seine Empörung und den Schmerz, den er fühlte, aber mit wem? Er wusste, dass Katie nicht interessiert sein würde, nicht in ihrer gegenwärtigen Verfassung. Außerdem war sie wahrscheinlich wütend auf ihn. Er nahm ein Blatt nach dem anderen und las in wahlloser Reihenfolge. Während der letzten Woche hatte er zahllose Beiträge im Internet über ST Circus und das Schicksal der tibetischen Widerstandsbewegung gelesen: Die Basis der Khampa-Krieger war eine Zeit lang Mustang. Von dort aus operierten sie, doch als der Konflikt um Tibet zwischen China, Nepal und Indien eskalierte, sandte Seine Heiligkeit, der Dalai Lama, eine Botschaft an die Khampas mit der Bitte, die Waffen für eine mögliche friedliche Zukunft niederzulegen. Als sie hörten, dass ihr geistiger Führer kapituliert hatte, gehorchten die Khampas und ergaben sich, doch sie wurden von der nepalesischen Regierung verraten. Sie inhaftierte viele von den Khampa-Kriegern, und manche von ihnen schnitten sich selbst vor Scham und Verzweiflung die Kehle durch.

Über diese abschließende Tragödie stand nichts im Notizbuch seines Vaters. Wie niederschmetternd musste der Zusammenbruch der mutigen tibetischen Widerstandsbewegung für Pematsang Wangchuck gewesen sein. Vor allem der Umstand, hier in der Sicherheit und Geborgenheit von Boulder, Colorado, davon zu hören.

Daniel sank auf die Kissen zurück und blickte ins Leere. Allmählich wurde ihm das Ausmaß der Verantwortung, die nun auf seinen Schultern ruhte, deutlich und bewusst. Der Beweis, dass China vom ersten Augenblick an die Absicht gehabt hatte, Tibet vollkommen niederzumachen, das ganze Land und seine Menschen auszulöschen, war einfach ungeheuerlich. Die unbarmherzige Unterdrückung war in Tibet immer noch im Gange und lastete auf dem Gewissen der Welt. Aber hatte sich nicht die Welt in den paar hektischen Jahrzehnten des Konsumdenkens von Tibet abgewandt und den Chinesen die Dollars, Euros und Pfunde in den Rachen gesteckt? Daniel wurde sich nur allzu deutlich bewusst, dass praktisch alles in seinen noch nicht ausgepackten Reisetaschen in Katies Wohnung in China hergestellt worden war: seine Kleidung, seine Schuhe, seine Kamera, sein Computer, selbst seine Zahnbürste. Aber andererseits wiederum, warum sollte das chinesische Volk boykottiert und bestraft werden? Hatten die Menschen nicht ebenso unter der brutalen Tyrannei ihrer Regierung gelitten?

Daniel stöhnte und bedeckte das Gesicht mit den Händen. Die Welt war blind und taub geworden …

Er dachte an den Augenblick, als er die Kassette seines Vaters in Peter Jeremy Wesley's muskulöse Arme gerammt hatte. Kein Wunder, dass die undurchsichtigen CIA-Leute aufgehört hatten, ihn zu belästigen. Als er den Inhalt der Kiste verbrannte und ihnen die Reste übergab, hatte er ihnen damit nicht einen ungeheuren Gefallen getan? War es nicht genau das, was sie selbst vorgehabt hatten: die Beweise vernichten, dass der chinesische Plan für Tibet in ihre Hände hätte gelangen können und dass sie genauestens darüber informiert waren. Pematsang Wangchuck wurde behindert, desillusioniert, diskreditiert, und als er alt wurde, hatte die CIA schließlich nicht mehr geglaubt, dass er noch Schaden anrichten könnte. Sein Tod jedoch hatte dann wohl Anlass zu Besorgnis gegeben, ja vielleicht sogar Panik ausgelöst: Gab es möglicherweise doch noch irgendwelche schriftlichen Beweise … und in wessen Besitz mochten sie sich jetzt befinden? Sie hatten nicht mit dem Auftauchen des verlorenen Sohnes gerechnet, für dessen Verschwinden sie seinerzeit sechzigtausend Dollar zahlten.

Es erklärte alles: den Tod von Pematsangs wilden Wachhunden, den »Einbruch« in sein Haus, während er im Krankenhaus lag, das Durchwühlen seines Gartens, die Durchsuchung von Daniels Zimmer im Boulderado Hotel. Frust und Angst hatten sie schließlich wohl veranlasst, jemanden auf Rosie anzusetzen. Eine Warnung wäre wohl der nächste Schritt gewesen. Welcher Vater hätte nicht selbst seine Seele hergegeben, um sein bedrohtes Kind zu retten.

Er stand auf und überprüfte die Blätter. Mrs. Lhapka hatte

sie in weiser Voraussicht nummeriert. Er ordnete sie rasch. Als er sich bückte, um einen Stift vom Boden aufzuheben, sah er ein einzelnes Blatt halb unter dem Bett liegen. Er hob es auf und sah sofort, dass er dieses Blatt noch nicht gelesen hatte. Es war der letzte Eintrag von vor knapp über fünf Jahren.

Jamyang Togden – es gibt nicht viele Männer, denen ich diese Kassette anvertrauen würde. Du bist kein Krieger, deshalb kannst du nicht wie ein solcher denken, aber ich glaube, dass der Buddha der Freiheit dich nicht ruhen lassen wird. Dies ist meine letzte Eintragung, und diesmal werde ich die Kassette zulöten. Sie birgt nun den Weg zur Höhle. Ich weiß, wo du dich aufhältst, aber ich kann nicht reisen, deshalb werde ich tun, was ich vermag, und beten, dass sie in deine Hände gelangt.

Daniel starrte auf das Blatt und las es noch einmal. Pematsang war also nicht im Delirium gewesen, als er diesen Namen nannte, und hier fand sich noch ein Hinweis. Jamyang Togden war kein Krieger, mit anderen Worten, kein Mitglied der *Chushi Gangdruk*. Oder etwa doch? War er ein alter Gefährte, der sich nicht würdig genug erwiesen oder den Weg der Gewaltlosigkeit (so wie ihr geistiger Führer) dem des Kampfes gegen die Chinesen vorgezogen hatte? Vielleicht war er ein Mönch, der junge Abt, dem sich Pematsang verbunden fühlte und dessen Namen er nicht nannte. *Der Buddha der Freiheit wird dich nicht ruhen lassen!* Wer wusste noch von dem goldenen Buddha?

Eines schien jedoch sicher zu sein. Wer immer dieser Mönch oder verhinderte Krieger war, er musste inzwischen ziemlich alt, vielleicht sogar tot sein. Kein Wunder, dass Pematsang über alle Maßen frustriert und niedergeschlagen gestorben war. Daniel verstand jetzt den letzten verzweifelten Wunsch seines Vaters, einen Überbringer zu finden …

Er steckte die Übersetzung sorgfältig in die Faltmappe und zurück in die Aktentasche und ging sich duschen. Er musterte den Mann, der ihm im Badezimmerspiegel entgegenblickte, den Mann mit der Adlerkralle.

Kapitel 20

Ein eisiger Nebel wogte über den Burrard Inlet heran. Katie zog sich den Schal fester um den Hals und schlüpfte in glatte Lederhandschuhe. Daniel redete und redete und beendete seinen Monolog mit den Worten: »Das ist alles. Ich fahre, sobald ich kann.«

»Ich kann einfach nicht glauben, dass du so egoistisch bist«, rief Katie aus und hielt mitten im Schritt inne. »Was ist mit mir? Du hast gesagt, dass du mich beschützen wirst!« Wieder an ihr Dilemma erinnert, schaute sie zum fünften Mal nach, ob eine neue Nachricht auf ihrem Mobiltelefon eingegangen war.

»Es gibt eine bessere Lösung«, sagte er. »Du begleitest mich.«

»Nach Indien?«

»Genau.« Er hakte sich bei ihr unter. »Wenn du nicht Harvey in die Arme laufen willst, was wäre dann besser, als ein oder zwei Wochen von hier zu verschwinden?«

Sie beschleunigten ihre Schritte unter den massiven Stahlbögen der Lion's Gate Bridge und erreichten Prospect Point. Es war die schattige Nordseite des Stanley Parks. Niemand befand sich an der Ufermauer, außer einem Schwarm Möwen, der mit einem weggeworfenen Sandwich beschäftigt war.

»Harvey würde ausrasten, wenn er nach der langen Reise niemanden …«

»Zum Teufel mit Harvey!«, schnappte er und ließ sie los. »Ich habe endgültig genug von dem Kerl.«

»Er wird mich aufspüren.«

»Nicht dort, wo ich hingehe«, sagte Daniel düster. »Dort wird er dich nicht finden, da kannst du sicher sein.«

Die Möwen flogen kaum weg und kreischten laut, als er mit Katie auf dem schmalen Spazierweg vorbeiging. Die verdammten Vögel führten sich auf, als ob ihnen jedes Sandwich in der Stadt gehörte. Es ließ ihn an Geier denken, die von Menschenfleisch fett wurden.

»Ich muss es tun, Katie. Es geht nicht, dass ich den Rest meines Lebens nicht weiß, was in dieser Höhle ist, und ich fürchte, dass außer mir niemand auf der Welt an der Bergung interessiert ist. Wer wollte auch so ein verrücktes Wagnis eingehen? Man würde es gar nicht erst glauben, besonders, wenn ich zugeben muss, dass ich die Aufzeichnungen meines Vaters verbrannt habe. Aber die Originaldokumente, versehen mit den offiziellen chinesischen Militärstempeln und Unterschriften ... stell dir nur den weltweiten Skandal vor, den Druck, den er in der Tibetfrage auf die chinesische Regierung ausüben würde.«

Katies Miene blieb skeptisch.

»Wie auch immer, wenn ich mich nicht sofort auf die Reise mache, bricht der Winter herein, und es wird zu spät sein. Im Frühjahr kann ich mich vielleicht nicht mehr aufraffen.« Er gab ihr einen kleinen Stups. »Ich muss es tun, Katie Yoon, und *du* musst hier eine Woche oder zwei verschwinden.«

Sie spazierten schweigend weiter, aber nach einem Augenblick hielt er an und sah ihr ins Gesicht. »Ich brauche dich. Ich werde noch heute Nachmittag ein Ticket buchen und ein Expressvisum beantragen. Sag ja, Katie.«

Sie musterte ihn einen langen Moment forschend. »Also gut«, sagte sie schließlich. »Ich komme mit. Ich will dich nicht verlieren, Daniel, und du hast recht. Wie könnte ich Harvey besser begreiflich machen, wo ich stehe, als durch meine Abwesenheit.«

Daniel blickte ihr in die Augen. Er konnte sehen, dass sie endlich ihre Entscheidung getroffen hatte. Er wollte sie in die Arme ziehen, doch sie hielt ihn zurück. »Ich bin keine Rucksacktouristin. Ich hab es gern ein wenig bequemer. Wie verrückt wird dieses Abenteuer?«

Er schüttelte lachend den Kopf. »Gut, gut, vergiss den Marsch. Du kannst in Leh auf mich warten. Ich finde ein Fünfsternehotel, wenn es eines gibt, was ich bezweifle.«

»Wo, zum Teufel, ist Leh?«

»In Ladakh, einem entlegenen Winkel im Norden Indiens, westlich von Tibet, südlich von China und Kaschmir, östlich von Pakistan. Es liegt extrem hoch und ist von gewaltigen Bergen umgeben. Mit anderen Worten, am Ende der Welt.«

Sie grinste. »Könnte es einen besseren Ort für einen Urlaub geben?«

Die Glocke der Henry-Hudson-Grundschule läutete, und fünf Minuten später sprang Rosie in den Wagen. In gerade mal zwei Tagen schien sie sich verändert zu haben. Sie sah anders aus, älter. Ihr Haar war zu einem festen ordentlichen französischen Zopf geflochten, und sie hatte sich die Ohren stechen lassen. Ihre Ohrläppchen sahen entzündet aus, und kleine silberne Stifte waren eingesetzt worden. Aus irgendeinem Grund war ihm zum Heulen. Was war es, das ihn traurig machte? Dass sein kleines Mädchen so schnell erwachsen wurde? Oder dass etwas so Unberührtes verstümmelt worden war? Er wollte etwas sagen, erkannte aber, dass es sinnlos war. Sie hatte ihre eigene Entscheidung getroffen, und es war ohnehin nicht mehr rückgängig zu machen.

Ohne Begrüßung holte sie ihren Zeichenblock aus der Schultasche und blätterte ihn durch.

Er küsste sie auf die Stirn. »Möchtest du zuerst etwas unternehmen oder starten wir gleich einen Angriff auf den neuen Burger-Laden Ecke Broadway und Main Street, wo sie ihre Frikadellen mit Kichererbsen statt mit halb verfaultem Tierfleisch zubereiten?«

»Warte. Ich möchte dir etwas zeigen.« Sie blätterte um und hielt ihm dann eine Zeichnung von einer Landschaft entgegen. Sie zeigte eine von Bergen umgebene Ebene. Im Vordergrund strebten zwischen Felsen mehrere vertikale Mauern in die Höhe. Es sah wie ein Bauwerk aus, das halb fertig oder halb verfallen war. »Weißt du, was das ist, Papa?«

Er betrachtete es. »Es sieht aus ... wie eine Ruine.«

»Stimmt. Es sind die Überreste der Burg, die ich bei Oma gebaut habe.«

»Warum machst du jetzt eine Ruine daraus? Sie hat wirklich großartig ausgesehen.«

Sie hob die schmalen Schultern und spreizte die Hände in einer Geste, die unleugbar von ihren mediterranen Genen zeugte. »Das ist nicht *meine* Schuld. So sieht sie jetzt aus.«

»Jetzt?« Sie hatte offenbar erraten, was mit ihrer Lehmburg passiert war, die ihre sauberkeitsfanatische Großmutter vermutlich in den Müll geworfen hatte. »Sei unbesorgt. Wir können eine neue bauen ... wenn ich zurückkomme.«

»Aha. Du fährst also weg«, sagte sie stirnrunzelnd. »Dann wirst du ja selbst sehen, dass sie zerstört ist, in Stücke geschossen und verbrannt.«

Er starrte sie lange an und wandte sich schließlich ab, um sein Gesicht zu verbergen. Er sah auf die belebte Straße hinaus und beobachtete die Kinder auf dem Heimweg oder beim Einsteigen in die Autos ihrer Eltern, kindliche, unschuldige, ahnungslose Kinder. *Normale* Kinder. Er biss sich hart auf die Unterlippe und schalt sich für seine schrecklichen Gedanken. Wenn er nur sehen könnte, was sie sah, begreifen könnte, wie die Teile des rätselhaften Puzzles ihres Verstandes zusammenpassten.

Ohne sie anzusehen, fragte er: »Wo glaubst du denn, dass ich hinfahre, Rosie?«

Sie drehte sich zu ihm und rief: »Woher soll ich denn das wissen? Du allein weißt das.«

Er schüttelte verzweifelt den Kopf. »Also gut. Ich sage dir, wohin die Reise geht. Ich fliege morgen nach Indien. Nicht für lange, hoffe ich. Ich rufe dich an, so oft ich kann, sodass jeder immer weiß, wie es dem anderen geht.«

Ihre Miene verdüsterte sich, und sie zog die Knie an, stellte die Fersen auf den Sitz und trat dann mit ganzer Kraft mit dem rechten Fuß gegen das Armaturenbrett. Die Wucht ihres Trittes verursachte einen kleinen Sprung im Plastikmaterial.

»He!«, entfuhr es ihm. »Mach mein Auto nicht kaputt. Es ist das einzige, das ich habe.«

Sie brach in Tränen aus. »Du bist dumm, dumm, *dumm!*«

»Aber Liebling. Ich muss hin und wieder fort. Das gehört zu meinem Job. Das weißt du doch.«

Sie schlug mit ihrer Faust nach ihm. »Dummer Lügner!«

Dummer Lügner. Er schloss die Augen. *Es schien in der Familie zu liegen.* Da er nicht wusste, was er darauf antworten sollte, startete er den Motor und begann die Cypress Street hinabzufahren, weg vom regen Treiben des Schulgeländes. Rosie weinte noch immer, mehr wütend als elend. Er fuhr die steilen Straßen von Kitsilano auf und ab, bis sie sich beruhigt hatte, dann fuhr er an den Bordstein heran und parkte.

»Lass uns darüber reden, Rosie, aber bitte hör auf, das Fahrzeug zu zertrümmern.«

»Mami hört auf mich, aber sie ist nicht wichtig«, sagte Rosie schluchzend. »Sie gehört zu Tony.«

»Ich höre dir zu, Liebling. Ich höre viel zu viel zu. Und was Mami angeht, so ist sie sehr wichtig. Tony oder nicht. Sie hat dich furchtbar lieb.«

»Oh, das glaubst nur du. Sie und Tony gehen auf Reisen.«

Daniel runzelte die Stirn. »Wann?«

»Ich höre doch, was sie reden, was glaubst du denn? Ich höre alles.«

»Was hast du gehört, Rosie?«

»Hab ich dir doch gerade gesagt. Sie ziehen aus und gehen irgendwohin auf Reisen. Und du jetzt auch, aber du hast eine dunkle Wolke. Du wirst vom Himmel fallen. Ich hab's dir gesagt, glaub es mir doch.«

Zwei Stunden später hielt er vor Amandas Haus. Er umarmte seine Tochter innig und lange. Es war ein bitterer Abschied, denn er hatte sie nicht zu beruhigen vermocht. Wiederum konnte er nur hoffen, dass ihre Voraussicht nur eine Manifestation ihrer Furcht und ihrer Wut auf ihre Eltern war. Wenn nicht, was sollte er dann davon halten? Vermochte dieses kleine Mädchen einen Flugzeugabsturz vorherzusehen? Er konnte aber sein Leben einfach nicht nach ihren Träumen ausrichten. Er durfte sich nicht von ihren Vorhersagen beeinflussen lassen. Würde ihm da nicht jeder Psychologe zustimmen? Das Schlimme daran war, dass er sie mit seinem Verhalten verletzte, wenn er sie spüren ließ, dass ihm ihre Ängste und Träume nichts bedeuteten. Er sagte ihr im Grunde, dass er ihr nicht glaubte.

»Ich hab dich lieb, Rosie«, war alles, was er herausbrachte. Es war im Augenblick auch das Einzige, von dem er wusste, dass es hundertprozentig der Wahrheit entsprach. Sie nickte und öffnete die Wagentür. Als sie ausstieg, sagte er: »Rosie, wenn deine Mami zu Hause ist, möchte ich gern mit ihr sprechen. Könntest du sie herausschicken?«

»Du willst sie über die Reise fragen, die sie miteinander machen wollen, nicht wahr?«

»Ja«, gab er zu. »Ich werde versuchen, nicht zu sagen, woher ich es weiß.«

»Lüg lieber nicht. Dazu hast du kein Talent.«

Er beobachtete sie, wie sie die wacklige Treppe zur Veranda hinaufstieg. Sie war größer und langbeiniger denn je. Man hätte sie fast für einen Teenager halten können. Die Umstände zwangen sie, schneller erwachsen zu werden, und ihr Körper versuchte Schritt zu halten. Im letzten Augenblick drehte sie sich um und sah ihn an. Ihr ängstliches und trauriges Gesicht drehte ihm das Herz um. Zögernd hob sie die Hand und winkte. Er winkte zurück.

Fünf Minuten vergingen, dann sah er Amanda aus dem Haus kommen.

Sie öffnete die Wagentür und setzte sich auf den Beifahrersitz. »Hallo, Daniel.«

Sie hatte ihr Haar mit einem Band zusammengebunden, nur eine einzelne, lila gefärbte Korkenzieherlocke hing ihr in die Stirn. Sie war nicht mehr im richtigen Alter für solche modischen Extravaganzen, aber es stand ihr trotzdem. Sie sah strahlend aus, doch ihr Anblick berührte ihn nicht wie sonst. Wenn seine Gefühle für seine Tochter stärker geworden waren, so waren die für seine Frau verblasst. Er spürte, dass die Bande endlich zerrissen waren.

»Hallo, Amanda. Wie geht's?«

»Gut. Rosie hat gestanden, dass sie dir über unsere Pläne erzählt hat.«

»Warum erzählst *du* mir nicht etwas darüber.«

Sie blickte wehmütig zum Haus hinüber. »Weißt du, das Haus war mein Traum. Ich bin so gern hier gewesen, aber alle guten Dinge sind einmal zu Ende.« Sie sah ihn an und war sich der Bedeutung ihrer Worte wohl bewusst. »In zwei Monaten müssen wir draußen sein.«

»Und dann?«

»Tony hat eine kleine Eigentumswohnung. Sie ist im Augenblick vermietet, aber ...«

»Ach, komm schon. Reden wir nicht um den Brei herum. Du treibst dich mit Tony in der Welt herum.«

»Hör zu«, entfuhr es ihr, und ihr angeborenes Temperament

brachte sie ihn Fahrt. »Du warst ständig auf dem ganzen verdammten Planeten unterwegs. In den letzten zehn Jahren bist du überall herumgereist, und ich musste zu Hause sein. Ich habe Heim und Herd gehütet, aber jetzt bin ich an der Reihe. Ich hatte nie eine Chance, etwas von der Welt zu sehen.« Sie blitzte ihn an. »Das kannst du nicht bestreiten, oder, Daniel?«

Er wusste, dass sie recht hatte. Er hatte an allen Ecken und Enden der Welt gearbeitet, und sie war zu Hause angebunden gewesen. »Nein, das bestreite ich nicht.«

»Ich möchte ein Jahr lang meine Kunst an den Nagel hängen und mit Tony arbeiten. Ein Jahr ... ungefähr ein Jahr, denke ich. Und du kannst dich eine Weile um Rosie kümmern, du hast ja auch noch deine Eltern, die dir helfen können.«

»Kein Problem. Ich nehme Rosie. Ich nehme das Schwein. Ich werde mich irgendwo niederlassen.«

Sie starrte ihn an. Seine Einwilligung überraschte sie. »Was ist mit deiner Arbeit?«

»Das ist mein Problem. Ich kümmere mich schon um meine Tochter, mach dir keine Sorgen.«

Sie runzelte die Stirn. »Ich dachte, du hättest jemanden kennengelernt. Rosie redete davon.«

»Rosie hat es gesagt?« Er lächelte. »Ja, Rosie entgeht nicht so leicht etwas, nicht wahr? Wenn sie es sagt, dann wird es schon stimmen.«

»Ist diese Frau gut für Rosie?«

»Hast du dich das je bei Tony gefragt?«

Sie schüttelte verneinend den Kopf. »Dann sind wir uns einig?«

»Sagen wir in zwei Monaten. Ich fliege morgen nach Indien, werde aber nicht länger dortbleiben als unbedingt nötig.« Er sah sie an und fragte sanft: »Hältst du es wirklich ein ganzes Jahr ohne deine Tochter aus?«

»Natürlich nicht! Wir kommen geschäftlich immer wieder her, aber nur für kurze Zeit.«

»Ich kann dir noch nicht sagen, wo wir wohnen werden, aber ich sehe mich nach einem Haus um.«

Sie lächelte. »Wo auch immer! Ich werde euch finden. Und da ist noch etwas, Daniel. Ich bin bei einem Anwalt gewesen ...«

Sie hob die Hand und berührte sein Muttermal und fuhr mit ihrem Finger der Linie über seiner Braue entlang.

Er war verblüfft, zuckte fast vor ihrer Hand zurück. Es war lange her, dass sie ihn berührt hatte. Obgleich die Geste nicht ohne eine Spur von Bedauern und Zuneigung war, spürte er den endgültigen Abschied.

Kapitel 21

Delhis nationaler Flughafen war um vier Uhr morgens kein sehr angenehmer Aufenthaltsort, doch nach zwei Tagen in der Stadt und dem Versuch, einen Flug nach Leh zu organisieren, kam er Daniel wie das wahrhaftige Tor aus der Hölle vor. Selbst die Fahrt durch das nächtliche Delhi enthüllte das volle Ausmaß an Armut und Elend. Überall schliefen Obdachlose auf den Gehsteigen, mit ihren Schuhen als Kopfkissen und ohne einen Fetzen Stoff, um sich zuzudecken. Zutiefst erschüttert über diese Eindrücke erschien ihm das schrecklichste Bett seines Lebens in dem mittelmäßigen Hotel am Connaught Square, das er gerade dankbar verlassen hatte, längst nicht mehr so schrecklich. Katie, die den Kulturschock noch schwerer ertrug, es sich aber nicht anmerken ließ, vermied den Blick aus dem Fenster, während das Taxi durch die dunklen Straßen fuhr.

Ladakh war eine heikle Gegend, und die Flughafenpolizei zeigte starke Präsenz. Männer und Frauen checkten getrennt ein und wurden generell einer Leibesvisitation unterzogen. Das Gepäck wurde am Check-in mit Anhängern versehen und durchlief zwei weitere Kontrollen. Die ganze Prozedur und der personelle Aufwand galten letztendlich nur zwölf Passagieren in der Maschine. Der frühe Aufbruch war notwendig, erklärte man ihnen, weil Leh zu stürmischem Wetter neigte und die Windgeschwindigkeiten im Laufe des Tages zunahmen. Der Luftverkehr zwischen Delhi und Leh war noch nicht lange in Betrieb. Noch vor wenigen Jahren war die einzige Verbindung nach Ladakh eine Straße gewesen, die über die höchsten mit Motorfahrzeugen befahrbaren Pässe der Welt führte. In den nächsten ein oder zwei Wochen würde der Schnee die

Schließung der Pässe mit sich bringen, und Ladakh würde von der Welt abgeschnitten sein. Bei all den Sicherheitsvorkehrungen zweifelte Daniel, ob sie auf diesem Weg das Land wieder verlassen konnten, wenn er fand, was er zu finden hoffte. Hoffnung ... Er zog die Stirn in tiefe Falten, als sie zur Maschine gingen: War dieser ganze Plan wirklich auf Hoffnung begründet? Was hatte er denn vorzuweisen? Eine Geschichte, eine Landkarte im Kopf und ein paar Zeichnungen. Es erschien ihm jetzt schon als der reine Wahnsinn.

Der Pilot manövrierte die Maschine sicher zwischen den Bergspitzen der Transhimalaya-Region. Unter ihnen waren gewaltige Bergketten, das Zanskargebirge, Stok und Karakorum im Norden, und Daniel musste zugeben, dass dies einer der eindrucksvollsten Flüge war, die er je unternommen hatte. Die Sonne ging auf und warf einen tiefen rosa Schimmer über die unberührten Eisfelder. Er hatte in einem Reiseführer gelesen, dass der Flug nach Ladakh spektakulär, aber nichts für schwache Nerven war. Er senkte das Fernglas und blickte zu Katie, die sich in ihr Buch vertieft hatte. Sie war seit ihrer Landung in Delhi ungewöhnlich still gewesen, und er hoffte, dass sie ihre Entscheidung nicht bereute. Ihren Verlobten zu verlassen und die damit verbundene Zukunft aufzugeben, war keine Kleinigkeit. Aber sie war hier, an seiner Seite, was auch immer kommen mochte.

»He, schau mal.« Er stieß sie an und deutete auf einen prachtvollen, schneebedeckten Gipfel in der Ferne. Der Berg ragte weit über die anderen hinaus und leuchtete in der Morgensonne. »Ich wette, das ist der K2.«

»Ja, fantastisch«, sagte Katie und riss sich zögernd von ihrem Buch los.

Er lehnte sich zum Fenster vor, um den Anblick in seiner

ganzen Schönheit aufzunehmen, und dachte an die Dutzende von Bergsteigern, die tot auf diesem Berg lagen und wahrscheinlich nie geborgen werden würden. Wie leicht man in diesen Bedingungen den Tod finden konnte, und er war nie ein Kletterer gewesen. Was wusste er schon vom Überleben im Hochgebirge? Er blickte hinab auf die Reihen von Berggipfeln entlang des tibetischen Hochlandes. Das Plateau selbst lag bereits doppelt so hoch wie Boulder. Irgendwo da unten befand sich ein Pass, den er zu Fuß erreichen wollte, nicht weit vom Neykhor Tso, einem heiligen See »von erstaunlicher Schönheit« am Fuße des Thangtak La. Er hatte sich vergewissert, dass es seit der Zeit, da Pematsang fiebrig und schneeblind Mitte Februar über den Pass gewandert war, eine Transportmöglichkeit mit Fahrzeugen (irgendwelcher Art) zu dem See gab. Eine Expedition, die vor sechs Jahren noch völlig unmöglich gewesen wäre, war somit in greifbare Nähe gerückt. Daniels Hand griff instinktiv in seine Tasche nach einem Blatt Papier mit einer Reihe von Umrisslinien, die nur für ihn Sinn ergaben, Umrisse, die er nach ein paar Fotos und drei kleinen Zeichnungen angefertigt hatte.

Bald darauf sank die Maschine zu einem gewaltigen wüstenartigen Talkessel hinab, der wie eine Mondlandschaft wirkte. Kilometerbreite nackte Geröllhalden erstreckten sich hinab bis zu einem Streifen mit dürftiger Vegetation entlang eines wilden Flusses. Am fernen Ende dieses gewaltigen Kessels konnte er am Fuß der Berge eine Art Ansiedlung ausmachen, und er nahm an, dass es sich um Leh handelte.

Als sie tiefer gingen und sich Leh näherten, sah er gut gehegte Felder und ansprechende Häuser zu beiden Seiten des Flusses, mit den allgegenwärtigen hohen, schlanken Pappeln dazwischen. Die Blätter hatten sich zu verfärben begonnen und verbreiteten entlang des Tales einen orangen Schein wie verglühendes Feuer. Abgesehen von diesen kleinen Anzeichen menschlicher Besiedlung war die Landschaft endlos und öde. Dünen von reinem Sand kamen von den Bergen herab wie stillstehende Lawinen oder steile Wüsten, deren Sand wie durch magische Kräfte gehalten an den Abhängen klebte.

Die Sicherheitsmaßnahmen waren am Flughafen in Leh ebenso gründlich und zudem merklich von militärischer Präsenz geprägt. Vor den Toren des Gebäudes warteten Männer, die sofort ihre Dienste als Taxifahrer, Fremdenführer oder Unterkunftsbeschaffer anboten. Ihre Gesichter verrieten die unterschiedlichste ethnische Herkunft, aber alle sprachen passables Englisch. Katie ging geradewegs zu einem uniformierten Mann mit einem sauber wirkenden Taxi.

»Welches ist das beste Hotel in Leh?«, fragte sie.

»Es gibt viele Hotels, aber nur eines mit einer Heizungsanlage, Ma'm. Das Indus Palace Hotel. Es hat vor Kurzem geöffnet.«

Katie fand das sofort nach ihrem Geschmack, und Daniel stellte ihre beiden Taschen in den Kofferraum. An der Hauptkreuzung kennzeichnete eine farbenprächtige, große Gebetsmühle den Eingang zur alten Stadt, die einst ein Stützpunkt für Karawanen auf der Seidenstraße zwischen China und dem Mittelmeer war. Die Straße war einst der Tummelplatz eines fahrenden Händlers mit einer Adlerkralle im Gesicht gewesen. Daniels Hand griff unwillkürlich an den erhabenen Tentakel seines Muttermals, und er fragte sich, ob er sich mit diesem Ort irgendwie verwandt fühlte.

»Ich möchte zum Neykhor Tso«, sagte Daniel zu dem stellvertretenden Vizekommissar, einem pickeligen jungen Ladakhi Anfang zwanzig. »Ich habe gehört, man braucht dafür eine Sondererlaubnis.«

»Ich glaube nicht, dass das möglich sein wird. Das Gebiet steht unter Armeekontrolle.«

Daniel lächelte liebenswürdig. »Das weiß ich. Deshalb die Sondererlaubnis, nicht wahr?«

»Im Winter sind Reisen in Sperrgebiete wie Neykhor Tso wenig gefragt, deshalb werden einige der Armeekontrollstellen geschlossen.«

»Moment, Moment«, wandte Daniel ein, »hier in Ihren Touristenbroschüren steht, dass das Gebiet geöffnet bleibt, bis es zu schneien beginnt ... Ich bin Vogelkundler, müssen Sie wissen. Ich habe erfahren, dass erst vor einer Woche ein Schwarzhalskranichpärchen am Neykhor Tso gesichtet worden ist. Ich erfuhr das von einigen Touristen in unserem Hotel in Delhi, deshalb buchten wir auch sofort den ersten Flug nach Leh.«

Der junge Mann schüttelte den Kopf. »Sie brauchen wenigsten vier Personen für eine Sondererlaubnis. Einer ist nicht genug. Zwei ebenso wenig.«

Ein hübsches Mädchen in unglaublich engen Jeans klopfte ans Bürofenster, um den Junior Assistent Deputy Commissioner, wie sein vollständiger Titel lautete, auf sich aufmerksam zu machen. Er winkte ihr und hielt fünf Finger hoch. Daniel wandte sich an Katie und knurrte: »Ich will nach Neykhor Tso und wenn ich den verdammten Weg zu Fuß gehen muss.«

»Ich würde alles tun ... jeden Preis bezahlen ...«, sagte er zu dem jungen Mann. »Es ist sehr wichtig für mich. Die Schwarzhalskraniche sind so ziemlich die seltensten Vögel auf der Welt und ihr Aufbruch in den Süden steht kurz bevor.«

»Also gut«, sagte Katie merklich gereizt. »Damit es mehr werden, schließe ich mich der Expedition zu den Kranichen an. Wenn das auch nicht reicht, möchten wir mit dem Kommissar selbst reden.«

Der junge Mann zuckte die Achseln. »Wie Sie wollen. Man wird Sie an den Armeekontrollpunkten aufhalten und zurückschicken, aber wenn Sie es riskieren wollen ... Wir benötigen drei Passfotos, fünf Fotokopien der Pässe, drei für mich, zwei für Sie, und zweihundert Rupien für jeden. Kommen Sie um fünf Uhr wieder.«

Sie gingen hinaus in das grelle Sonnenlicht der belebten Straßen Lehs. Ein Bauernmarkt schien gerade im Gange zu sein. Ältere Männer und Frauen, manche von ihnen so runzelig, dass ihre Züge fast ganz unter Falten verschwanden, saßen mit getrockneten Aprikosen in großen Körben am Straßenrand und wogen sie in Zeitungspapiertüten auf altmodischen Waagen. Es hatte etwas von einem Jahrmarkt an sich. Gebetsfahnen flatterten überall an den Balkonen und zwischen den Dächern der eng zusammengedrängten Häuser. Miniaturkühe und Miniaturesel, kaum größer als Labradorhunde, liefen frei auf den Straßen herum und schlugen sich die Wänste mit den Haufen von Gemüseabfällen voll. Auch die Ladakhi waren klein, zumindest im Vergleich mit Bewohnern der Stadt, die aus Indien und Kaschmir stammten. Die farbenfrohe Kleidung wurde auch von meist jungen, wenig betuchten Abendländern getragen. Neben dem florierenden Handel gab es in den engen Straßen auch jede Menge Esslokale, tibetisch, ladakhi, indisch und westlich. In einigen wurden die Speisen noch unter Bäumen in hübschen Gastgärten serviert, obgleich es bereits viel zu kalt war, um im Freien zu sitzen. Über allem thronte auf einem steilen Hügel jenseits der Stadt ein gewaltiges Bauwerk, ein Palast oder Kloster, das augenscheinlich dem Verfall preisgegeben war.

Daniel und Katie spazierten die Hauptstraße hinauf und hinunter, auf der Suche nach einem Laden, in dem sie Fotos und Fotokopien für ihre Sondererlaubnis anfertigen lassen konnten, während Ladenbesitzer alles daransetzten, sie in ihre dunklen Verkaufshöhlen zu locken. Trotz des äußeren Scheins und ihrer Lage am Ende der Welt hatte Leh alles an moderner Technologie zu bieten. Es gab zahllose Internetcafés, Fotoshops, Videotheken, Geschäfte für Trekkingausrüstung und alles, was man auf einer Einkaufsstraße im Westen auch finden würde, wenn auch weniger aufwendig zur Schau gestellt. Während sie an einem verbeulten Ladentisch in einer der Verkaufshöhlen auf die Entwicklung ihrer Passfotos warteten, legte Daniel einen Arm um Katie.

»Bist du dir sicher … ich meine, dass du mich begleiten willst?«

»Nein.«

Er ließ Katie mit Kopfschmerzen und mit quälenden Atembeschwerden im Hotel zurück und nahm ein Taxi nach Camp Nr. 2, einem tibetischen Flüchtlingslager, das ihm der hilfreiche Empfangschef des Hotels empfohlen hatte. Der Fahrer kutschierte ihn aus der Stadt hinaus und die Straße hinunter in die Mitte des Tales. Die kahle Landschaft war übersät mit Hunderten von weißen Stupas, mit deren Aussehen er inzwischen vertraut war. Einige sahen alt und in beinah formloser Weise aufgeschichtet aus, als hätte ein großer weißer Vogel überall auf der Ebene seine Exkremente hinterlassen. Er fragte sich, wer sie alle gebaut hatte und warum. Der Fahrer fuhr dicht an den Straßenrand, um einen Konvoi von Militärfahrzeugen vorbeizulassen. »Militärisches Übungsgelände«, erklärte er und deutete auf die weiten sandigen Flächen zu den Hängen hin.

Die bedrückende Armeepräsenz löste ein flaues Gefühl in Daniels Magen aus. Der ganze verrückte Plan war so überstürzt und unüberlegt, aber er hielt sich vor Augen, dass die Zeit davonlief. Jeden Tag mochten nun ein Temperatursturz oder einsetzende Schneefälle das Unternehmen vereiteln. Wenn er sein

Vorhaben jetzt nicht ausführte, würde er es mit größter Sicherheit nie mehr tun.

In kurzer Zeit erreichten sie die tibetische Ansiedlung, eine hässliche Ansammlung von hastig auf staubigem Boden errichteten niedrigen Gebäuden. Räudige Hunde liefen in den ungepflasterten Straßen herum. Er bat den Fahrer, auf ihn zu warten, und fragte ihn nach einer amtlichen Stelle, wo er Informationen erhalten könnte. Der Fahrer zuckte die Achseln. Vielleicht verstand er die Frage nicht oder hatte keine Ahnung. »Tempel«, sagte er und deutete auf ein großes gelbes Gebäude, das inmitten des niedrigen grauen Häusermeeres nicht zu übersehen war.

Es gab keine Autos, keine Klänge von Musik, keine lachenden Kinder. Man konnte nur vermuten, dass die Leute hier wirklich hinter den fensterlosen Fassaden lebten oder draußen bei der Arbeit waren. Daniel betrat durch ein Tor den Tempelhof. Er blickte sich um, doch niemand war zu sehen. Er öffnete das Tempeltor und trat ein. Es war deutlich erkennbar ein neues, unfertiges Bauwerk. Ein zehn Meter großer Buddha dominierte den mächtigen Raum. Bilder bedeckten die Wände vom Boden bis zur Decke. Sie waren grob skizziert, und die Maler hatten ihre Arbeit begonnen. Drei Männer standen auf einem Gerüst und waren mit feinen Pinseln und Farbtöpfen dabei, die komplexen Zeichnungen mit Farbe zu vollenden. Alle drei hielten inne, blickten ihn an und setzten wortlos ihre Arbeit fort.

»Verzeihen Sie«, rief Daniel verlegen. Es war offensichtlich, dass er in einen Bereich eingedrungen war, in dem er absolut nichts zu suchen hatte. »Kann ich mit jemandem sprechen? Englisch? Spricht jemand Englisch?«

Ein Mann um die fünfzig legte den Pinsel zur Seite und kletterte langsam die Leiter herab. Sein Arbeitsmantel leuchtete in allen Farben des Regenbogens. *»Jule«*, sagte er höflich. »Kann ich helfen?«

»Jule«, erwiderte Daniel. »Ja, das hoffe ich. Ich suche einen tibetischen Führer. Jemand, der Neykhor Tso kennt und englisch spricht.«

Der Mann beäugte ihn misstrauisch. »Tibetischen Führer? Warum?«

Daniel zuckte die Schultern. »Ich will keinen indischen Führer.«

»Viele Ladakhi-Führer und auch einige tibetische Führer im Reisebüro in Leh.«

Daniel trat ein wenig näher zu dem Mann. »Ich will keinen Führer aus einem Reisebüro. Ich möchte einen tibetischen Führer, der sich in der Gegend um den Neykhor Tso auskennt. Jemanden, der von dort aus Tibet nach Ladakh gekommen ist, über den Thangtak La.«

Der Mann warf einen Blick auf die Maler auf dem Gerüst und sagte dann leise: »Wer sind Sie?«

»Niemand von Bedeutung, nur ein Mann aus Kanada. Mein Vater war ein tibetischer Flüchtling, der über den Thangtak La nach Ladakh gelangte. Ich möchte es mir ansehen. Verstehen Sie ... ich möchte es mit meinen eigenen Augen sehen.«

Der Mann musterte ihn einen langen Augenblick. »Ja«, sagte er dann. »Ich verstehe.« Er nahm ein kleines Mobiltelefon aus der Tasche, wandte Daniel den Rücken zu und sprach eine Minute lang mit leiser Stimme.

»Tashi kommt. Eine Minute. Warten Sie hier.«

Ein paar Minuten später kam ein junger Mann hereingestürmt. Er war etwa fünfundzwanzig, schlank und breitschultrig. Er hatte ein offenes, gewinnendes Gesicht. Sein langes schwarzes Haar war zu einem Pferdeschwanz gebunden. Seine Jeans und Lederjacke verrieten seine Zugehörigkeit zu einer westlich orientierten Generation. Er machte einen außerordentlich fitten Eindruck. Daniel vermutete, wenn Katie dieses Exemplar aus allen Nähten platzender Männlichkeit zu Gesicht bekam, würde er sie vermutlich zum Mitkommen bewegen können.

»Ich bin Tashi«, sagte er. Er begrüßte Daniel mit einem warmen Händedruck. Er ließ keinen Zweifel daran, dass er auf den Job erpicht war.

»Schön, Sie kennenzulernen, Tashi. Ich brauche einen Führer, der gut mit der Gegend um den Neykhor Tso vertraut ist. Sind Sie schon dort gewesen?«

»Ich kenne die Gegend sehr gut, Sir.«

»Bitte, nennen Sie mich Daniel. Können Sie ein Fahrzeug beschaffen? Mit Allrad?«

»Mein Onkel hat eines, das er mir vermietet. Einen Toyota Landcruiser. Wenn Sie wollen, können wir auch etwas anderes in Leh mieten, aber dann wird es teurer werden. Wann wollen Sie aufbrechen?«

»Morgen. Ich habe mir noch nicht genau überlegt, was ich machen werde, aber um ganz sicher zu sein, kann ich den Landcruiser und Sie für möglicherweise eine Woche mieten?«

»Eine Woche!«, rief Tashi und versuchte nicht den Eindruck zu erwecken, als ob er im Lotto gewonnen hätte.

»Meine Begleiterin und ich würden lieber nicht mit dem Flugzeug nach Delhi zurückkehren. Würden Sie uns nach Manali fahren, wenn wir am Neykhor Tso fertig sind? Wir können von dort einen Bus oder Zug nehmen.«

»Sicher«, erklärte Tashi begeistert. »Ich fahre Sie überall hin … auch bis nach Delhi, wenn Sie möchten. Solange die Straße aus Ladakh offen ist. Aber sie wird bald geschlossen werden.«

Sie gingen in die Sonne hinaus, um die Details zu besprechen. Tashi erzählte ihm, dass er mit zwölf Jahren zusammen mit seinem Großvater über die Berge ausgewandert war. Sein Großvater war kurz nach der Ankunft gestorben, und er wuchs in einem tibetischen Kinderdorf in der Nähe auf. Dort lernte er auch die englische Sprache.

»Und Sie sprechen auch Ladakhi?«

»Natürlich«, erwiderte er eine Spur geringschätzig. »Es ist nur eine archaische Form des Tibetischen, wie die Menschen auch.«

Daniel verkniff sich ein Lächeln. »Gut. Das wird vielleicht nützlich sein. Ich hole unsere Sondergenehmigungen um fünf Uhr ab«, sagte er. Ich weiß nicht, wie es bei Ihnen ist. Brauchen Sie eine?«

»Kein Problem«, sagte Tashi. »Ich kümmere mich darum.«

Tashi glaubte nicht, dass die Soldaten an den Kontrollpunkten eine Gruppe aufhalten würden, wenn sie nicht vollzählig war, vor allem, wenn Daniel ein paar Schachteln amerikanische Zigaretten und vielleicht eine Flasche Whisky dabeihatte. Es mochte sich als brauchbar erweisen, mehr davon mitzunehmen, da sie ja nicht nur einen Kontrollpunkt passieren mussten.

»Wie sieht es mit Ausrüstung aus? Können Sie uns für ein paar Tage Campen ausstatten? Zelte, Essen, Schlafsäcke?«

»Ausländer sollen nicht am heiligen See campen, aber manche Leute machen das natürlich trotzdem gelegentlich. Dort ist nicht viel Militär. Es ist sehr abgelegen.« Er lächelte breit und gewinnend. »Natürlich kann ich Sie ausrüsten. Bedenken Sie aber, dass es in der Nacht jetzt kalt ist. Eisige Temperaturen.«

»Was ist mit chinesischen Grenzpatrouillen? Machen sie ausländischen Trekkern Schwierigkeiten?«

»Ja, es gibt gelegentliche Patrouillen in der Nähe des Passes, aber wir hatten meist Glück.« Tashi schnaubte verächtlich und erzählte ihm, dass in den vergangenen zwei Jahrzehnten Hunderte von Tibetern über den Pass gekommen waren, nur im letzten Jahr hatten chinesische Soldaten eine Gruppe von

Flüchtlingen unter Feuer genommen, wobei ein Mönch sein Leben verlor. »Ich weiß, wo ihre Standorte sind. Aber sie brauchen nichts zu befürchten, solange Sie nicht zu nah an die Grenze kommen.«

»Dies ist kein gewöhnlicher Ausflug, Tashi.« Daniel senkte seine Stimme. »Denn genau dort will ich hin.«

Tashi starrte ihn an. »Warum?«

»Mein Vater war Tibeter. Er überquerte den Thangtak La 1961, und er musste etwas auf der tibetischen Seite der Grenze zurücklassen. Ich möchte versuchen, es zu finden. Sie können mich zum Pass hinaufführen und dann zurückgehen und auf mich warten.« Er hielt inne und musterte das Gesicht des jungen Tibeters eingehend. »Wie denken Sie über eine solche Expedition? Ich verlange nicht, dass Sie sich in Gefahr begeben, aber Sie sollen wissen, worauf Sie sich einlassen, wenn Sie den Job annehmen.«

Tashis Blick wurde grimmig, und Daniel nahm an, dass es mit der Erinnerung an seine eigene Überquerung des Passes zu tun hatte. »Ein bisschen Gefahr ist gut für einen Mann«, sagte er und schlug Daniel auf die Schulter. »Glauben Sie nicht auch, Mr. Daniel?«

»Bin ganz Ihrer Meinung, und nennen Sie mich nicht Mister.« Er zog seine Brieftasche heraus und entnahm ihr ein Bündel Fünfhundert-Rupien-Scheine. »Besorgen Sie uns alles, was wir für einen fünftägigen Ausflug brauchen.«

Er bat den Taxifahrer, ihn ganz unten in der Stadt aussteigen zu lassen, und ging dann eine der Hauptstraßen hinauf und hielt Ausschau nach einer Möglichkeit zum Telefonieren. Der Markt war noch immer in vollem Gang. Frauen in weiten Wollkleidern knieten auf dem Pflaster und boten ihre kärglichen bäuerlichen Waren feil, oft nur einen Bund Karotten oder Pastinaken oder gebündeltes Grünzeug. Die Menschen, die sich durch den Markt drängten, trugen zum Teil traditionelle und zum Teil westliche Kleidung. Die Gesichter konnten ihre tibetische Herkunft nicht verleugnen, wie Tashi gesagt hatte. Viele zeigten auch Merkmale von indoiranischem Blut, etwa welliges Haar oder dichten Bartwuchs oder markante Nasen. Die aufdringlichen Ladenbesitzer waren offensichtlich Inder oder Kaschmirer. Vieh und die verschiedensten Hundearten liefen frei umher. Was hätte Rosie wohl von diesem erstaunlichen Ort gehalten? Sie stand wohl jetzt gerade auf, fütterte Grunzi-Lu und führte sie hinaus in den Hinterhof, bevor sie zur Schule ging. Er schmunzelte bei der Vorstellung – sie hätte wahrscheinlich an Leh nichts merkwürdig gefunden.

Er eilte die Straße hinauf, entschlossen, gleich mit ihr zu sprechen, denn es mochte mehrere Tage bis zum nächsten Anruf dauern. Möglicherweise Wochen, Monate oder Jahre, wenn ihn die chinesische Grenzpatrouille erwischte und in eines der berüchtigten Gefangenenarbeitslager steckte.

»Verstehst du mich?«, rief er in den Hörer.

»Laut und deutlich, Captain. Es ist sechs Uhr früh. Over.«

»Du klingst, als wärst du nebenan, Baby. Tolle Technologie, was? Kannst du dir vorstellen, wie unsere Stimmen über all diese unglaublich hohen Berge springen?«

»Sie werden zu einem Satelliten hochgeschickt, Papa.«

»So so, Schlaumeier.«

Sie gab keine Antwort. Nach einem Moment sagte er: »Geht es dir gut, Rosie?«

»Nein, ich hab Wolkenfieber.«

»Oh nein, nicht du auch, Liebling.«

»Überall sind Wolken. Schlimme Wolken. Ich fühle mich ganz krank.«

»Ich verstehe.« Er überlegte einen Augenblick. »Also, hier, wo ich jetzt gerade bin, gibt es gar keine Wolken. Die Sonne scheint, und die Luft ist so klar, wie du sie noch nie gesehen hast. Es ist, als hätte man sein ganzes Leben lang eine angelaufene Brille aufgehabt, und plötzlich hat sie einem jemand abgenommen. Und die Häuser würden dir gefallen. Es gibt Gompas, die sind wie kleine Klöster, fast auf jedem Hügel. Sie sehen aus, als wären sie direkt aus den Felsen gewachsen, und du würdest …«

»Papa!«, schrie sie. »Hör auf!«

»Willst du denn gar nicht hören, was ich hier mache«, fragte er lahm.

»Nein.«

»Ist alles in Ordnung, Rosie? Gibt es irgendwelchen Ärger …?«

»Ja, wenn du es wissen willst … Ein Mann kam gestern zu mir und hat mich gefragt, wo du bist.«

Er schloss für einen kurzen Moment die Augen, um der Panik ihren Lauf zu lassen. »Derselbe Mann wie damals?«

»Nein. Er war ein Chinese. Ziemlich groß, fast wie du. Machte einen netten Eindruck, und es war auch nett, mit ihm zu sprechen.«

»Rosie!«, entfuhr es ihm. »Himmel! Du weißt doch, dass du nicht mit Fremden reden sollst. Habe ich dir das nicht immer wieder eingetrichtert? Kleine Mädchen reden niemals, *niemals* mit fremden Männern. Auch wenn sie einen netten Eindruck machen, heißt das nicht, dass sie nicht üble, ausgeflippte Typen sein können.«

»Ich hab ihm gesagt, dass du wieder irgendwo Helikopter fliegst. Aber, weißt du, ich glaube, das hat er schon gewusst. Er hat nur gefragt, weil er höflich sein wollte.«

»Wieso bist du allein gewesen, Rosie? Ich dachte, deine Mami würde dich zur Schule bringen und wieder abholen. Sie hat es mir versprochen. Ich möchte mit ihr reden. Rufst du sie bitte? Jetzt gleich. Ich muss mit ihr reden.«

»Pass auf dich auf, Papa.«

»Ja, meine Kleine, ich hab dich lieb.«

Er wartete kochend vor Wut und Besorgnis. Minuten vergingen, aber er wusste, dass Amanda einen festen Schlaf hatte und manchmal nicht leicht zu wecken war.

Wer war dieser Mann ... groß, Chinese, gut aussehend? Ein weiterer CIA-Agent wahrscheinlich. Die Kassette, der verbrannte Inhalt und das briefliche Täuschungsmanöver hatten wohl doch nicht so gewirkt wie erhofft.

Dann kam ihm eine andere Möglichkeit in den Sinn. War es möglich, dass ...?

»Harvey«, murmelte er zähneknirschend. Wenn es nicht ein weiterer CIA-Idiot war, konnte es möglicherweise der verschmähte Verlobte sein, der nach ihm Ausschau hielt. Oder *war Rosie das Ziel?*

»Daniel ... weißt du, wie spät es hier in Vancouver ist?«

Seine Sorge ging mit ihm durch. »Es ist mir egal, wie spät es ist. Habe ich dir nicht gesagt, dass unserer Tochter ein Mann aufgelauert hat? Ich will nicht, dass Rosie allein zur Schule geht. Du hast es versprochen!«

»Schrei nicht mit mir, Daniel. Der Kerl hat sich nicht mehr blicken lassen, seit du ihm gedroht hast, ihm den Hals umzudrehen, dass er sich selber am Arsch lecken kann. Hör auf, so hysterisch zu sein. Nicht jeder Mann ist ein Kinderschänder, ich möchte nicht, dass unsere Tochter Antipathien gegen Männer entwickelt ...« Eine Pause folgte. »Was ist denn los mit dir? Du solltest dich reden hören.«

Er schaffte es, sich ein wenig zu beruhigen, obwohl ihm danach war, ins Telefon zu brüllen, dass sie eine unfähige Mutter war. Es war die Panik, die mit ihm durchging. Er wusste, dass es nicht ihre Schuld, sondern seine war.

»Hör zu, Amanda. Ein anderer Typ hat sich an sie herangemacht. Ich möchte, dass du sofort die Polizei rufst und ...«

»Hör auf! Auf keinen Fall. Ich bin sicher, sie hätte es mir erzählt. Du weißt selbst, dass ihre Fantasie manchmal mit ihr durchgeht. Lass mich mit ihr reden. Ich werde sie auf keinen Fall von der Polizei befragen lassen.«

Daniel grub die Zähne in seine Fingerknöchel und versuchte, klar zu denken. Amanda hatte in einem Punkt recht: das Letzte, was Rosie brauchte, war ein Polizeiverhör oder eine polizeiliche Beschattung, oder schlimmer noch, dass man sie zum Schutz bei irgendwelchen fremden Leuten versteckte. Aber das brachte ihn auf eine Idee.

»Rosie flunkert nicht, Amanda, aber ich stimme dir zu, was die Polizei angeht. Sobald ich zurückkomme, erkläre ich dir alles. Die Sache ist zu komplex für ein Telefongespräch, außerdem bin ich nicht sicher, wer hinter Rosie her ist.« Er holte Luft. »Ich werde Bruce und Linda anrufen. Ich werde Bruce bitten, heute früh zu dir zu kommen und Rosie abzuholen. Ich möchte, dass er sie auf Egg Island bringt, bis es sicher genug ist, sodass sie wieder nach Hause kommen kann.«

»Um Himmels willen, Daniel. »Du kannst doch nicht einfach ...«

»Streite nicht mit mir«, knurrte er. »Wenn du nicht willst, dass Bruce sie holt, werde ich selbst die Polizei anrufen. Rosie könnte in großer Gefahr sein. Glaub mir, was ich sage.«

Amanda schwieg eine Weile, und er fragte sich, ob sie aufgelegt hatte.

»Also gut ...«, stammelte sie. »Ich packe ein paar Sachen für sie zusammen.«

»Versuch nicht, Bruce oder Linda anzurufen. Das mache ich von hier aus.«

Er hatte Glück. Bruce war schon beim zweiten Läuten am Handy. Mit hastigen Worten versuchte Daniel zu erklären, in welcher Gefahr Rosie schwebte, und um welchen Gefallen er ihn bitten wollte.

»Großer Gott!«, dröhnte Bruce' Stimme. »In was bist du da hineingeraten? Natürlich kann Rosie bei uns bleiben. Linda arbeitet von zu Hause aus, seit wir Internetanschluss haben. Das Schwein kann natürlich mitkommen. Mach dir keine Sorgen, Mann. Deiner Prinzessin wird hier nichts passieren.«

»Ich weiß gar nicht, wie ich dir danken soll, Bruce. Das hört sich jetzt wahrscheinlich paranoid an, aber bitte hole sie mit einem Taxi ab. Ich möchte nicht, dass jemand deine Autonummer sieht.«

»Mach ich, Kumpel.« Bruce redete ihm ein paar Minuten beruhigend zu, dann verabschiedeten sie sich, und Daniel versprach, sich gleich nach der Rückkehr von seiner Expedition zu melden.

Er fühlte sich schwach in den Knien, als er für die Telefonate zahlte. Auf dem Weg zum Indus Palace Hotel verirrte er sich im Gewirr der Gassen. Seine Entschlossenheit geriet ins Wanken. Sollte er nicht besser das ganze Unternehmen aufgeben? Es gab nur zweimal in der Woche einen Flug aus Leh, dennoch konnte er in fünf Tagen zu Hause sein, vielleicht sogar in vier. Wut stieg in ihm auf. Wie konnte es dieser Mistkerl wagen, sich an ein neunjähriges Kind heranzumachen! *Wenn es Harvey war!* Wenn der Typ Informationen besaß, dass sich irgendein entstellter Hurensohn seine Verlobte unter den Nagel gerissen hatte, mochte er wohl einen koreanischen Rachefeldzug starten. Aber jetzt, da Rosie in Sicherheit war, würde die Auseinandersetzung warten müssen. Wenn ihm der Affenmensch die Eier ausreißen und in den Rachen stopfen wollte, würde er sich gedulden müssen, bis sein Opfer die Aufgabe erledigt hatte, für die er hergekommen war.

Er überquerte eine kleine Fußgängerbrücke, auf der Gebetsfahnen heftig flatternd Gebete in die Luft sandten. Er verhielt einen Moment bei ihrem Anblick und sandte sein eigenes Gebet für die Sicherheit seines kleinen Mädchens hinaus ... dass sie fröhlich und glücklich war, und dass ihr Wolkenfieber bald verschwand.

Als er ins Hotel zurückkam, fiel ihm auf, dass Katie blass aussah. Sie lag in ihr Buch vertieft auf dem Bett und atmete flach. Er hielt es für besser, ihr vorerst nichts über die Anrufe zu erzählen. Das Wissen um Rosies Verfolger würde sie nur unnötig ängstigen

»Geht es dir gut, Liebling?«, fragte er und setzte sich neben sie aufs Bett.

»Nur ein wenig Kopfweh.«

»Dann leg endlich das verdammte Buch weg. Lesen macht es nur schlimmer.«

Er hatte selbst nie an der Höhenkrankheit gelitten. Es kam ihm in den Sinn, dass das an seinen himalayischen Genen liegen mochte. Auf dem Dach der Welt bevorzugte die natürliche Auslese jene mit Ausdauer und großem Brustkorb.

Er strich ihr übers Haar. »Ich habe einen tibetischen Führer mit einem Fahrzeug gefunden. Wir brechen morgen früh um fünf auf.«

Sie legte das Buch weg und berührte ihn. »Liebe mich.«

»Großer Gott, nein«, sagte er schroff. »Auf keinen Fall. Du bist so schon am Keuchen. Der Himmel weiß, was passieren könnte.«

»Ich werde mich nicht bewegen. Ich liege einfach nur auf dem Rücken, vollkommen still«, sagte sie und drückte seine

Hand auf ihre Brust. »Wir sterben vielleicht da oben in den kalten Bergen. Wär's dir dann nicht lieber, du hättest mich noch ein letztes Mal gevögelt?«

»Bist du sicher, dass du mitkommen willst, Katie? Es könnte länger dauern als ein oder zwei Tage. Du wirst in einem Zelt in einem klebrigen Schlafsack schlafen müssen, und es wird kalt sein. Die Temperatur sinkt in der Nacht auf den Gefrierpunkt.«

»Oh, Gott. Ich weiß nicht ... Was soll ich in dem schrecklichen Hotelzimmer machen?«

»Geh spazieren. Es gibt viele Restaurants und schöne Läden. Es ist so eine malerische kleine Stadt. Du bist hier völlig sicher. Um ehrlich zu sein, ich möchte gar nicht, dass du mitkommst.«

»Nein. Bitte, lass mich nicht hier zurück!« Sie fasste ihn vorne am T-Shirt. »Was ist, wenn Harvey ...? Wie auch immer, ich möchte bei dir bleiben. Ich kümmere mich um euch Männer. Ich werde auch kochen.«

»Ja, schon gut. Sehen wir deine Sachen durch, ob du alles hast. Da ist ein guter Trekking-Laden auf der ...«

Sie drückte ihm die Hand auf den Mund. »Ich keuche nicht mehr. Mach jetzt genau, was ich sage.«

Kapitel 22

»Wir haben schon bezahlt«, sagte Daniel zu dem verschlafen wirkenden Nachtwächter, als sie ihre Ausrüstung in die Nacht hinausschleppten.

Tashi wartete wie verabredet bereits auf sie in der Kälte des dämmernden Morgens. Die Feuchtigkeit seines Atems dampfte um ihn. Er hatte die Hände tief in den Taschen vergraben. Sein Haar hing offen um die Schultern, aber wirr auf dem Kopf, als wäre er eben aufgestanden. Der Toyota Landcruiser stand mit laufendem Motor an der Straße. Daniel dankte ihm für seine Pünktlichkeit und stellte ihm Katie vor. Er fragte sich, ob sie ihren Führer als Lichtblick in dieser düsteren Tour erachten würde. Sie taxierte den jungen Tibeter kühl, während er ihr Gepäck in das Fahrzeug lud. Ihre Miene verriet jedoch nicht, was sie dachte. So oder so überließ ihr Daniel gern den Beifahrersitz.

Sie fuhren durch das schlafende Leh. Die einzigen wachen Lebewesen waren drei kleine Esel, die nebeneinander die Straße hinabtrotteten. Tashi wartete gutmütig, bis sie ihn vorbeiließen. Als sie aus der Stadt hinausfuhren, kamen sie an der Kreuzung mit der großen Gebetsmühle vorüber. Daniel beobachtete zwei alte Frauen mühselig in der Dämmerung ihre Gebetsrunden schlurfen, als wären sie seit Jahrhunderten unterwegs.

Von einem Augenblick zum nächsten war es hell. Er blickte auf die Uhr und sah, dass er zwei Stunden auf dem Rücksitz mit dem Kopf tief in seinem Gänsedaunenmantel geschlafen hatte. Sie fuhren nicht mehr auf der Hauptstraße zwischen Leh und Manali. Die veränderte Geschwindigkeit und der holprige Straßenbelag hatten ihn geweckt. Er setzte sich auf. Etwa zweihundert Meter vor ihnen befand sich der erste Militärposten. Tashi hielt an der Schranke und hatte alle Papiere bereit. Drei Soldaten kontrollierten den Übergang. Tashi stieg aus und schüttelte allen dreien die Hände. Es war offensichtlich, dass sie einander kannten, wahrscheinlich von vorausgegangenen Fahrten mit Trekkern und Vogelbeobachtern. Der älteste der drei befragte ihn ausführlich in schnellen ladakhischen Worten, wobei er hin und wieder auf das Fahrzeug und seine Insassen deutete. Tashi bot ihm eine Zigarette an, und sie rauchten beide während des Gesprächs. Es schien der Befragung die Schärfe zu nehmen.

»Bei einem gemeinsamen Vergnügen zeigen sich die Leute von ihrer besten Seite«, stellte Daniel fest und bedachte Katie mit einem Augenzwinkern. »Und manchmal von ihrer schlimmsten.«

»Wovon redest du?«, sagte sie gereizt.

»Lächeln, Katie. Das entspannt.«

Die Straße war voller Schlaglöcher und Steine, und die Landschaft war von den sandigen Geröllhalden in eine Schlucht zwischen felsigen, zerklüfteten Bergen übergegangen.

»Von jetzt an geht es aufwärts«, sagte Tashi. »Auf dem Changthang-Plateau wächst nichts außer Gras. Nur nomadische Hirten leben dort, die Changpas-Stämme.«

»Ich hoffe, sie sind freundlich?«, sagte Katie.

»Nein. Sie entführen schöne Mädchen und kochen sie in großen Töpfen«, erwiderte Tashi. »Wenn wir Glück haben, sind ein paar Changpas in der Nähe. Sie werden uns in ihr Zelt einladen und mit *Chang* betrunken machen.«

Auf einem abschüssigen Plateau saßen sie kurz auf Steinen an einer Mauer und tranken einen Becher Tee. Keine Wolke trübte den Morgen, und in dieser Höhe war der Himmel dunkelblau. Alles war klar umrissen, als wäre es von einer himmlischen Wesenheit gereinigt worden. Obgleich die Gipfel in der Ferne weiß von Schnee leuchteten, waren die umliegenden Berge noch frei und zeigten sich in wechselnden Schattierungen von Violett und Braun. Daniel saß an die Mauer gelehnt und genoss die Wärme der Morgensonne auf seinem Gesicht. Er knabberte an dem teigigen Klumpen *Tsampa*, den Tashi mit der Hand geknetet hatte.

»Probier auch einen«, sagte er zu Katie. »Schmeckt gut, ein wenig wie durchweichte Frühstücksflocken.«

Katie sah ihn entsetzt an. Er stand auf, streckte sich, atmete tief ein, um seine Lungen mit der dünnen Luft zu füllen. Er musterte die mehrere Meter dicke Steinmauer, die sich in die Ferne erstreckte.

»Wer macht sich die Mühe, hier draußen im Nichts diese endlose Mauer zu bauen?«, sagte er. Er hob einen Stein auf und sah, dass auf der Oberfläche Schriftzeichen eingeritzt waren. Die gesamte Mauer schien aus solchen beschrifteten Steinen zu bestehen. »Das ist Wahnsinn«, entfuhr es ihm. »Jeder einzelne Stein ist ...«

»Legen Sie ihn bitte zurück«, unterbrach ihn Tashi stirnrunzelnd. »Das ist eine Manimauer. Pilger haben seit Jahrhunderten Mantras in diese Steine gekerbt. Die Mauer ist ein Wegweiser für andere zum heiligen See.«

»Wunderbar«, sagte Daniel geläutert. »Worauf warten wir noch? Folgen wir dem Weg, den sie uns weist.«

Daniel übernahm das Steuer, um Tashi Gelegenheit zu geben, sich auszuruhen, und sie fuhren eine Stunde über das wellige Plateau. Katie saß hinten, aber sie wirkte ruhelos und schien sich nicht wohlzufühlen. Schließlich lehnte sie sich nach vorn und fragte: »Wie weit ist es noch bis zum See?«

»Etwa drei Stunden, wenn wir durchfahren«, erwiderte Tashi. »Ein weiterer Armeeübergang.«

Daniel beobachtete sie im Rückspiegel mit einer Mischung aus Ärger und Verlangen. In den Wanderklamotten und ohne Make-up war sie in seinen Augen noch schöner, aber würde sie das wirklich durchstehen? »Hör zu, Katie. Wir können noch immer umdrehen und dich für ein paar Tage im Hotel unterbringen. Aber entscheide dich rasch, bevor wir zu weit von Leh weg sind.«

»Nein, wirklich, Daniel. Mir geht es gut.«

Sie fuhren schweigend weiter. Der Pfad begann steil anzusteigen. Sie überquerten mehrfach Geröllhalden, und die Spitzkehren erforderten Daniels ganzes Geschick am Lenkrad, denn es gab keine Barrieren, die den Landcruiser bei einem Fahrfehler von einem Sturz in den Abgrund bewahrt hätten.

Sie hatten die Vegetationsgrenze hinter sich gelassen. Die steilen Hänge waren mit dunklem, grobem Sand bedeckt, als hätte eine gewaltige Hand ihn über die Berge geschüttet und dann mit einem Fixativ besprüht. Als sie das nächste Plateau erreichten, wies ihn Tashi an, den Pfad zu verlassen und über ein weiteres Geröllfeld zu fahren. Es erstreckte sich über ein gewaltiges schüsselförmiges Terrain. In der Ferne ergriff eine Herde wilder Esel die Flucht, als das Motorgeräusch des Fahrzeuges die Stille zerriss. Eine Stunde verging, ohne dass sich diese Mondlandschaft änderte.

»Tashi ... das ist kein Pfad«, sagte Katie besorgt. »Wir fahren quer durch die Wildnis. Wissen Sie wirklich, was Sie tun?«

»Ich kenne jeden Zentimeter im östlichen Ladakh«, erklärte er mit einer Spur Schärfe in der Stimme. »Das ist eine Abkürzung zum See ... Daniel, ich fahre jetzt besser selbst. Setzen Sie sich zu Katie nach hinten.«

Bald hatten sie Reifenspuren vor sich und erreichten ein Stück weiter den letzten militärischen Übergang. Es schien der abgelegenste Ort der Erde zu sein. Barbarisch aussehende Soldaten drückten ihre Nasen gegen die Scheiben und starrten auf Katie. Langeweile, Kälte und Verzweiflung hatten Spuren in ihre Gesichter gegraben. Tashi wirkte angespannt und flüsterte ihnen zu, im Wagen zu bleiben. Zigaretten und Whisky wurden übergeben, und die Soldaten ließen die Flasche kreisen. Sein wachsender Beschützerinstinkt ließ Daniel nach Katies Hand greifen. Gleichzeitig verfluchte er sich, dass er sie mitgenommen hatte. Um sie vor Harvey zu schützen, schien er sie nun einer wesentlich größeren Gefahr auszusetzen.

Eine halbe Stunde später wurden die Pässe und Genehmigungen zurückgegeben, und die Soldaten ließen sie zögernd passieren. Sie setzten ihre Fahrt hinab in eine breite Schlucht fort, einen versandeten Fluss entlang, der weiß wie Milch war. Steine und Felsbrocken waren über das sandige Terrain verstreut. Gewaltige Erdrutsche hatten eine chaotische Landschaft geformt, als hätte das Geröll hier seinen Halt verloren, den Klebstoff, der es an den Hängen festhielt. Über ihnen stieg die Sonne über den Kamm und füllte die tiefblaue Kuppel mit ihren grellen Strahlen. Wasser stürzte schäumend Schluchten hinab und ergoss sich in den Fluss, aber Tashi umfuhr geschickt jedes Hindernis. Vor einem Spalt am Ende der Schlucht verlangsamte er auf Schritttempo. Der Spalt schien ins Leere zu führen, aber als sie die Kuppe erreichten, lag plötzlich der heilige See Neykhor Tso unter ihnen.

»Bitte, halten Sie an!«, rief Daniel. »Lieber Gott … so etwas habe ich noch nie gesehen.«

Sonnenlicht spielte auf der spiegelglatten Oberfläche in einer atemberaubenden Farbpalette: blau, grün, violett, purpur und orange. Selbst Katie schien hingerissen von dem Anblick zu sein. Sie stiegen aus und beobachteten einige Minuten lang stumm das Schauspiel. Das Wasser schien sich in steter Bewegung und Veränderung zu befinden.

»Der See hat keinen Abfluss«, sagte Tashi. »Wasser kommt von den fernen Gletschern herunter. Seit Tausenden von Jahren hat sich Treibsand angesammelt. Die Sonnenstrahlen werden von den Mineralien in allen Farben zurückgeworfen.«

Daniel vergaß für einen Augenblick seine nagenden Sorgen um Rosie und die Gründe für seinen Ausflug zum Ende der Welt. Dann hob er den Blick zu den Bergen jenseits und erschauerte. Mehrere Minuten lang sagte keiner ein Wort.

Tashi brach das Schweigen. »Das ist Tibet für mich. Wenn mir um die verlorene Heimat schwer ums Herz wird, komme ich hierher.« Er deutete auf die zerklüfteten Felsen am Westufer, die sich vollkommen auf der Wasseroberfläche spiegelten. »Das ist Thangtak, die Bergkette, die ich überquerte, als ich mein Heimatland für immer verließ.«

Mit einem freundlichen Klaps auf Daniels Schulter stieg er ein, und sie fuhren zum See hinab.

Sie lagerten im Schutz eines gewaltigen Findlings am Seeufer. Welche geologischen Turbulenzen ihn hier abgelagert hatten, war nur zu erahnen. Spuren verrieten, dass vor ihnen schon andere Reisende hier gerastet hatten. Obgleich es in dieser Höhe keine Bäume gab, hatte jemand in einem Steinring ein Feuer gemacht. Während er sich mit der Luftmatratze abmühte, die ihrem Aussehen nach schon viele Kunden vor ihm benutzt haben mussten, sah er Katie in der Kühlbox wühlen. Zweifellos bereute sie ihr voreiliges Angebot zu kochen bereits. Tashi war weggegangen, kehrte aber nach einer halben Stunde mit einem Korb voll getrocknetem Dung zurück.

»Yakmist«, erklärte er. »Die Changpas sind vor Kurzem hier gewesen, aber inzwischen wohl weitergezogen. Schade. Es hätte Ihnen gefallen, sie kennenzulernen.«

Er spritzte einen Brandbeschleuniger auf die Dungbrocken

und zündete sie an. Der Kochvorgang dauerte endlos in der dünnen Luft, doch schließlich wurde eine spartanische Mahlzeit aus Reis und Kichererbsen auf einem metallenen Gestell gar, die sie mit Bier und anschließend Tee hinunterspülten. Katie aß nur Bananen und Fruchtschnitten, weil sie sich weigerte, Essen zu sich zu nehmen, das mit Hilfe von Exkrementen gekocht worden war. Tashi öffnete einen Beutel mit kleinen getrockneten Aprikosen, den Handelsfrüchten von Ladakh. Auch sie schmeckten wie kleine Dungstücke und sahen auch aus wie Schafskot, aber nach ein paar Minuten auf der Zunge wurden sie weich und belohnten die Geduld mit Süße und intensivem Geschmack.

Nach dem Essen verließ Daniel seine Reisebegleiter und wanderte am Seeufer entlang. Er blickte ins Leere, um seinen Kopf von Gedanken und Bildern frei zu machen, und holte Pematsangs Karte aus den Tiefen seines Gedächtnisses. Nach ein paar Minuten Konzentration hatte er die Umrissdetails wieder vor sich. Er blickte auf und vermochte bereits die Gipfel zwischen der Grenze und dem See zuzuordnen. Dann nahm er das Blatt mit den Zeichnungen aus der Tasche. Bezweifelte jedoch, dass irgendwelche der Umrisse Thangtak La von dieser Seite der Berge zeigten. Erst von oben in den Bergen würde er sie zuordnen können. Er schützte die Augen vor der untergehenden Sonne und musterte die Gipfel eingehend. Hinweise auf eine chinesische Militärpräsenz entdeckte er keine. Obgleich China eine große Hochlandregion, Aksai Chin, ein Stück weiter nördlich, von Indien gestohlen und in Besitz genommen hatte, gab es für keines der Länder etwas von Wert in diesem unwirtlichen Gebiet. Zudem war die gesamte Länge dieser Berggrenze fast unmöglich zu überwachen. Wie auch immer, er würde hinaufsteigen. Sein kleines Orakel hatte vorhergesagt, dass er noch einmal unter einer dunklen Wolke wandeln würde. Ein Sturz aus großer Höhe? Obwohl sie einen

Flugunfall erwähnte, hatte er vor, sich in dieser schroffen, steilen Bergwelt mit aller Vorsicht zu bewegen. Selbst jetzt, nachdem er schon so weit gekommen war, fragte er sich, was ihn eigentlich antrieb, sich solchen Gefahren auszusetzen. Er konnte noch immer umkehren. Allein den heiligen See gesehen zu haben, war Rechtfertigung genug für die Reise.

Er hielt an und blickte zum Lager zurück. Es war bereits dunkel genug, dass er den Schein des Feuers sehen konnte. Im herannahenden Abend waren die Wasser des Neykhor Tso dunkel und seltsam durchsichtig geworden. In seinen Tiefen sah er Schichten von Smaragdgrün und Mitternachtsblau, die sich veränderten und schließlich im Zwielicht schwarz wurden.

Er machte sich auf den Rückweg und sah in der Ferne eine Gestalt auf sich zukommen. Bald konnte er erkennen, dass es Tashi war. Er schritt rasch und hatte die Hände in den Taschen. Irgendetwas an seiner Haltung verriet Daniel, dass er besorgt war, und er beschleunigte ebenfalls seinen Schritt.

»Ist alles in Ordnung?«, rief er.

»Ja, ja.« Tashi erreichte ihn und schwieg eine Weile betreten. Dann sagte er: »Ich denke, Sie sollten Ihrer Freundin raten, nicht mit hinaufzusteigen.«

»Warum?«

»Es ist zu anstrengend und sie ist klein. Man muss sehr fit sein. Der See liegt über viertausend Meter hoch.«

»Vielleicht haben Sie recht. Ich werde mit ihr reden.«

Sie begannen zum Lager zurückzugehen. Das kalzifizierte Ufer schimmerte wie Schnee, und das Salz knirschte geräuschvoll unter ihren Schuhen.

»Tashi, Sie müssen bei Katie im Lager bleiben.«

Tashi schob seine Hände tief in die Taschen. Enttäuschung war in seinen Zügen, ließ ihn älter, härter aussehen. »Ich möchte den Aufstieg machen. Ich hatte auch einen Vater.«

»Das verstehe ich … aber wir können sie nicht allein zurücklassen. Außerdem habe ich meine Bedenken, *Sie* in Gefahr zu bringen. Wenn uns eine Grenzpatrouille überrascht, wird man mich vielleicht eine Weile einsperren, aber Sie landen in einem Arbeitslager oder Schlimmerem …«

Der junge Mann zuckte missmutig die Acheln. »Schade. Ich habe mich darauf gefreut, am Thangtak La zu stehen und über die Ebene zu blicken und das Land meiner Vorfahren zu sehen. Ein zerstörter Gompa befindet sich am Fuß des Berges, das Yabyum-Kloster. Viele Jahrhunderte lang hatte jede Generation meiner Familie den jüngsten Sohn dorthin geschickt, um Mönch zu werden. Aber das alles fand ein Ende, als die Chinesen kamen.«

Yabyum. Die Heimstatt des goldenen Buddhas. Er war also am richtigen Ort.

Tashi musterte ihn mit zusammengekniffenen Augen. »Also, Daniel, was hoffen Sie wirklich hier zu finden?«

»Mein Vater musste etwas in einer Höhle zurücklassen … Tashi, Sie sind ein Buddhist. Glauben Sie, dass eine Darstellung Buddhas einer Idee oder Vision Macht verleihen kann …?« Er runzelte die Stirn. »Wie soll ich die Frage besser formulieren? Wenn vor langer Zeit ein weiser und berühmter Dalai Lama eine goldene Statue Buddhas geschaffen hat, und sein Orakel, welches die Besetzung Tibets prophezeit hat, bei ihrem Anblick erklärte, sie würde dem Volk die Macht verleihen, Tibet von seinen Unterdrückern zu befreien … wenn dieser Buddha gefunden würde und sein Ursprung und die Weissagung bewiesen wären, würden Sie dann an seine Macht glauben?«

Tashi überlegte. »Ja, wenn es bewiesen werden könnte, würde ich an seine Macht glauben. Aber ich denke nicht, dass dieser Buddha einer Idee Macht verleihen würde, wie Sie sagen, vielmehr denke ich, dass er eine Verkörperung dieser Macht, dieser Vision wäre. Tibeter haben einen starken Glauben an die

Überlegenheit und Kraft ihres Landes in der Vergangenheit, doch sie haben die Hoffnung für die Gegenwart und die Zukunft verloren. Solange der Dalai Lama lebt, ist er unser Symbol der Hoffnung. Aber er wird nicht ewig leben. Ja, ich würde an diesen Buddha glauben. Hoffnung ist eine Sache, Überzeugung eine ganz andere. Sie gibt den Menschen Kraft, denken Sie nicht auch?« Er hielt inne und betrachtete Daniel lange. »Ist es das, was Sie da oben finden wollen?«

Daniel nickte. »Es hört sich weit hergeholt an, aber *ich weiß*, dass er da oben irgendwo ist.«

»Lassen Sie mich doch mitkommen und Ihnen helfen«, sagte Tashi heftig, doch Daniel hörte ihn nicht. Sein Blick hatte sich plötzlich auf den heiligen See gerichtet. Er starrte in das schwarze Wasser. Etwas an seiner unergründlichen Tiefe erfüllte ihn mit Furcht.

Kapitel 23

In den frühen Morgenstunden hatte er einen Traum; zumindest dachte er, es wäre ein Traum, nicht nur seine Gedanken und Ängste. Rosie stand in ihrem gelben Strandkleid mit dem Schweinchen im Arm vor ihm. *»Das ist mein voll ausgebildetes Polizeischwein«*, sagte sie feierlich. *»Aber alles ist ruhig, und die arme Grunzi-Lu hat gar nichts zu tun. Ich werde ihre Polizeimarke sauber machen und ihr einen Eintopf kochen. Hörst du das, Papa?«*

Polizeischwein! Er zog den Schlafsack über seinen Kopf und versuchte sich die Schlagzeilen vorzustellen: »Erstes Schwein in der königlichen kanadischen berittenen Polizei.« »Schwein nach Drogenrazzia befördert.« »Schwein erhält Tapferkeitsmedaille.« »Polizeischwein schließt Schlachthof, verbietet Speck ...«

Durch den verschlissenen Stoff sah er den zuckenden Strahl einer kleinen Taschenlampe. Es war Katie, die in ihrer Ausrüstung kramte.

»Alles in Ordnung?«, murmelte er schläfrig.

»Ja, alles klar.«

»Himmel Herrgott, du bist ein ruheloser Geist. Kannst du nicht einfach liegen bleiben und die Leute schlafen lassen.« Er griff nach ihr und zog sie zu sich. »Komm her, Unruhestifterin.«

Sie wehrte ihn kichernd ab. »In diesen Schlafsack kriegst du mich nicht. Eine ganze Armee hat darin wahrscheinlich schon geschwitzt und gefurzt und gevögelt.«

»Dann machen wir dasselbe in deinem.«

»Ein anderes Mal, Romeo. Der Tibeter ist bereits auf den Beinen.« Sie rollte herum und spähte durch die Fensterklappe. »Er ist gerade mit dem Feuer beschäftigt.«

»Sein Name ist Tashi. Wie geht es deinem Atem?«

»Phantastisch«, erwiderte sie, setzte sich auf und wand ihre schlanken Hüften aus dem Schlafsack. »Ich habe mich vollkommen akklimatisiert.«

»Nein. Steh nicht auf«, protestierte er. Er fuhr mit der Hand unter ihr T-Shirt, um ihren Rücken zu streicheln und mit den Fingern über die vertrauten Wölbungen ihrer Wirbelsäule zu tasten. »Tashi wird mich eine Stunde begleiten und kommt dann zurück, um dir Gesellschaft zu leisten.«

»He! Warum habe ich nur das Gefühl, dass ihr zwei Chauvinisten euch verschworen habt, mir das Abenteuer zu verderben?« Sie schlüpfte in wollene Socken. »Ich werde nicht den ganzen Tag an diesem gruseligen Ort herumhocken. Das könnt ihr euch abschminken.«

Fünfundvierzig Minuten später waren sie aufbruchbereit. Es war noch dunkel, aber der Schein des zunehmenden Mondes tauchte die Landschaft in ein fahles Licht. Keiner sprach, während sie ihre Zelte zusammenpackten und ihre Rucksäcke umschnallten. Daniel spürte Tashis Unmut. Ganz offensichtlich war in seinen Augen dieses Unternehmen eine Männersache. Die Frau war eine Behinderung, kleinwüchsig, nicht kräftig genug, aber eigensinnig und rechthaberisch. Katie, umgekehrt, dachte ebenso offensichtlich, dass sie mit beiden Männern leichtes Spiel hatte.

Sie setzten sich am Ufer entlang auf die Berge zu in Bewegung. Der See glänzte gespenstisch. Er sah größer aus, eine endlose Fläche eisiger Schwärze, reglos, gläsern. Daniel schritt zügig voran. Ihr Atem wallte in der kalten Luft. Nach etwa einer Stunde erreichten sie die Schlucht, die Tashi für den besten Weg zum Pass hielt. Es war noch zu dunkel für den Aufstieg, deshalb setzten sie sich und warteten auf das erste Licht.

Tashi brachte eine Thermosflasche und kleine Plastikbecher zum Vorschein, und in gespanntem Schweigen tranken sie die salzige Flüssigkeit, die Daniel als Tenzings Buttertee kennengelernt hatte.

Ein graues Licht färbte den Himmel.

»Sechs Uhr«, sagte Tashi. »Gehen wir.«

»Katie, lass mich wenigstens deine Sachen tragen«, bot Daniel an. Ihr kleiner roter Designerrucksack hätte leicht in seinem eigenen Platz.

»Nein, danke«, erwiderte sie, zu stolz, Gefälligkeiten anzunehmen. Sie musste jetzt etwas beweisen. Er schmunzelte in sich hinein. Es wäre leichter gewesen, einem Terrier einen Knochen zu entreißen.

Sie setzten sich wieder in Bewegung und folgten den felsigen Spalten der Schlucht, stiegen höher entlang natürlicher Stufen, die kleine Bäche ausgewaschen hatten. Tashi ging voran, gefolgt von Katie. Bald wurden die Steinstufen zu schroff, und Tashi führte sie auf einen Pfad, den Wild oder Chirus, eine einheimische Antilopenart, benutzten. Auf diese Weise den schlängelnden Pfaden folgend und manches Mal eine Abkürzung durch ein Bachbett nehmend gelangten sie höher und höher.

Bei Tagesanbruch machten sie erneut Rast. Daniel suchte mit dem Fernglas die Berge ab, entdeckte aber keine Zeichen von menschlicher Anwesenheit. Der Pass schien so nah zu sein, doch vermutlich war es zu früh, um das zu beurteilen. Die intensive Klarheit der Sicht ließ alles näher erscheinen, als es wirklich war. Wie auch immer, es war schwer zu sagen, welcher Teil der Grenze wann patrouilliert werden würde. Schnee war bis jetzt nicht gefallen, doch wenn sie Pech hatten, konnte dies der erste Wintertag sein. Wenn das Wetter so blieb, war es ein perfekter Tag zum Wandern. Er blickte hinab und sah, wie weit sie in diesen gut zwei Stunden gekommen waren. Die Hochebene lag tief unter ihnen. Nicht ein einziger Baum wuchs auf der weiten Fläche. Dort gab es kein Versteck ... wenn man in die Verlegenheit kam, eines zu brauchen. Der Mangel an Deckung betraf nicht nur das Seebecken, sondern erstreckte sich bis zu den kahlen Bergen. Zumindest von dieser Warte aus befand sich das Lager so gut wie unsichtbar hinter dem gewaltigen Findling. Der See selbst erwachte, leuchtete in tiefem Purpur in der Mitte, das zu den Ufern hin in ein schlammiges Orange überging.

Sie benutzten die Becher, um Wasser aus einem Bach zu schöpfen, doch Tashi warnte sie, nicht zu viel davon zu trinken. Die Mineralien in den Bächen konnten zu heftigen Bauchschmerzen führen. Daniel ließ sich auf einen flachen Felsen zurücksinken. Seine Begleitung bereitete ihm mehr und mehr Unbehagen. Tashi durfte es keinesfalls riskieren, an die Grenze zu gehen, und für Katie gab es keinen vernünftigen Grund, sich in Gefahr zu begeben.

Entschlossen setzte er sich auf und sagte: »Ihr beide werdet jetzt umkehren. Ich steige dort allein hinauf.«

»Ich kann gut mithalten«, protestierte Katie.

Er sah sie finster an. »Also gut, Mädchen, ich kann dir nicht vorschreiben, was du tun sollst, aber halte mich nicht auf ... Und Sie, Tashi, Sie sind derjenige, der die meisten Schwierigkeiten hätte, wenn man uns da oben erwischt. Das will ich nicht auf mein Gewissen laden.«

»Was ist mit euch? Ihr zwei könntet Spione sein.«

»Kanadische Spione? Nicht sehr wahrscheinlich. Wir sind nur Trekker, die sich verirrt haben. Überlegen Sie doch, Tashi. Es gehört nicht mehr zu Ihren Pflichten und ist es nicht wert, dass Sie Ihre Freiheit riskieren.«

»Welche Freiheit?«, murmelte Tashi. Daniel konnte die Enttäuschung im Gesicht des jüngeren Mannes sehen, die Enttäuschung einer ganzen Generation junger Tibeter, die in Flüchtlingslagern in einer freudlosen Gegenwart ohne Zukunft aufwuchsen. Zögernd gab Tashi schließlich nach, doch nicht, ohne ihm ernste Warnungen einzutrichtern. Sie mussten allerspätestens um drei Uhr mit dem Abstieg beginnen. Wenn sie später aufbrachen, würden sie sich in der Dunkelheit verirren.

»Der Blick auf den See wird uns leiten«, sagte Daniel mit einem Lächeln.

Tashi erwiderte das Lächeln nicht. »So einfach ist das nicht. Der See ist größer, als Sie denken. Sie müssen immer auf das nördliche Ende zuhalten.« Er deutete in die Tiefe. »Hier unter uns enden die Felsen in tiefem Wasser.«

»Wenigstens werden wir im Mondlicht wandern.«

»Vielleicht auch nicht«, entgegnete Tashi und deutete nach Norden. »Dort sind dunkle Wolken am Horizont.«

Daniel und Katie erreichten die Passhöhe lange vor dem Mittag. Der Ausblick über Tibet tat sich vor ihnen auf: eine weitere, gewaltige Hochebene, unfruchtbar und unbewohnt, in der Ferne von weiteren Bergen des Himalaya begrenzt. Im Südosten ragte der pyramidenförmige Gipfel des Mount Kailash, des heiligsten Berges der Welt, wie ein Edelstein aus dem Dunst. Daniel hatte ihn noch nie selbst gesehen, aber erkannte ihn von Fotografien wieder. Trotz seiner Abgelegenheit und Unzugänglichkeit brachen Pilger vieler Glaubensrichtungen zu ihm auf, um sich zu läutern und Erleuchtung zu erfahren. Ihn jetzt zu sehen, war ein unerwartetes Geschenk, das er für ein gutes Omen hielt. Keine dunkle Wolke verbarg seinen gleißenden Gipfel.

Katie zog ihn am Ärmel. »Schau, dort ist ein Steinhaufen … und noch einer.«

Es war klar, dass die in neuerer Zeit aufgeschichteten Steinhaufen von beträchtlicher Größe die umstrittene Grenze zwischen den beiden Ländern markieren sollten. Daniel sah sich um und suchte die umliegenden Berge mit dem Fernglas ab. Die einzigen Lebewesen, die er entdeckte, waren zwei Geier, die hoch über ihnen kreisten.

»Warum holst du nicht deine Karten heraus?«, beschwor ihn Katie. Sie stützte die Hände auf ihre Knie und atmete keuchend. »Je früher wir es tun und wieder unten sind, desto besser.«

Er warf ihr einen finsteren Blick zu. »Ich hab dir gesagt, bleib unten.«

»Aber Daniel. Was willst du denn sonst noch hier? Es könnte Stunden dauern, diese verdammte Höhle zu finden, wenn wir sie überhaupt finden.«

»Wenn wir sie heute nicht finden, komme ich morgen wieder und übermorgen und am Tag danach. Wir haben Tashi für eine Woche gemietet, wenn das Wetter es erlaubt.« Er kniete sich nieder und öffnete seinen Rucksack, aber es waren keine Karten, die er suchte, denn die hatte er ja im Kopf.

Katies Augen wurden groß. »Um Himmels willen, Daniel! Du hast das grauenhafte Ding in deinem Rucksack?«

»Ich hatte mehr als einen Grund, auf diesen Berg zu steigen«, erklärte er. »Ich werde die Dinge in der richtigen Reihenfolge erledigen, für den Fall, dass es Probleme gibt und sich keine Gelegenheit mehr bietet.« Er schritt zu der unsichtbaren Linie zwischen den Steinhaufen und betrat Tibet. Er erwartete, dass ihm Kugeln um die Ohren flogen, doch er spürte nur den Wind. Nichts sonst regte sich. Er kletterte auf einen Felsen. Der leichte Wind wehte vielversprechend von Westen nach Osten über den Pass. Er nahm den Deckel von der Urne, hielt sie über den Felsvorsprung hinaus, kippte sie langsam und übergab den eingeäscherten Körper Pematsang Wangchucks dem Wind. Das Königreich Kham lag irgendwo in der Ferne. Die Luft trug seine Asche hoch in den Himmel auf den geheimnisvollen Ort zu, von dem er stammte. Auch Katie beobachtete stumm, wie der Wind davontrug, was von dem Mann übrig war.

Daniel lehnte sich ein wenig weiter vor, um die letzten grauen Reste verschwinden zu sehen, und entdeckte etwas tief unter ihm. Verfallene Mauern und Wälle, vermutlich die Überreste des Yabyum Klosters, der Heimstatt des goldenen Buddhas. Dort stand es, genau wie Rosie es gezeichnet hatte. Ein halbes Jahrhundert war seit seiner Zerstörung vergangen, aber es sah aus wie die Überreste einer längst vergessenen Zivilisation, deren Zeugnis auf dieser einsamen Hochebene von den vergehenden Jahrtausenden langsam ausgelöscht wurde.

Ein streckenweise erkennbarer Pfad wand sich zum Kloster hinab.

»Ich gehe da hinunter«, rief er Katie zu. »Ich muss den Berg aus dieser Richtung sehen.« Er sprang vom Felsen herab. Sie sahen einander einen Moment lang an, und dieses Mal ging sie auf ihn zu. Ihre Umarmung fühlte sich nach der gereizten Stimmung der Reise beruhigend und gut an.

»Beeile dich, hörst du? Lass uns deinen verdammten Schatz finden und dann hier verschwinden.«

»Aber es ist wunderschön, Katie. Du wirst nie wieder einen Ort wie diesen sehen.«

»Ja, ja, es ist wunderschön. Und jetzt lass uns keine Zeit verlieren.«

Er suchte nach dem Pfad, während Katie sich mit dem Fernglas und einer Pfeife auf den Felsen setzte, um Ausschau zu halten und Daniel gegebenenfalls vor menschlichen Aktivitäten zu warnen. Eine halbe Stunde ging es rasch nach unten. Er blickte sich gelegentlich um, beobachtete den Berg und suchte das umgebende Gebiet nach Anzeichen von militärischer Präsenz ab. Er verfolgte Pematsangs Schritte zurück, sah, was er gesehen hatte, bemerkte, was er bemerkt hatte. Als er dem Pfad ein Stück aufwärts folgte, erreichte er einen ebenen Bereich aus nacktem, schwarzem Fels. Der Pfad verschwand, aber der Pass, ein deutliches V zwischen zwei Steilhängen, lag nur fünfhundert Meter weiter oben. In einem Schneesturm würde man ihn unmöglich sehen oder den Weg dorthin finden können.

Zwei Stunden lang kletterte er zwischen den Felsen unterhalb des Passes herum. Gelegentlich blickte er auf die Uhr. Die Sonne schien über den Himmel zu eilen. Die Temperatur stieg, und da und dort verschwand der Reif, wenn die Schatten wanderten. Der Wind blies sanft über den Kamm, während die beiden Geier in der Strömung ihre Kreise zogen, ohne die beiden einsamen Gestalten am Hang aus den Augen zu lassen.

Katie folgte ihm in einiger Entfernung und schonte ihre Kräfte, indem sie Abkürzungen nahm, um ihn im Blick zu behalten. Eine Stunde noch, dann würden sie sich an den Abstieg machen müssen. Er kletterte über Felsen, überquerte schmale Geröllhalden, und versuchte, die Suche einzugrenzen. Er glaubte am richtigen Ort zu sein und hasste es, aufzugeben, auch wenn er wusste, dass er morgen diese Stelle leicht wiederfinden würde. Aber morgen mochte der Hang bereits von Schnee bedeckt sein, oder schlimmer, von den Chinesen kontrolliert werden.

Er entdeckte einen kleinen ebenen Fleck unter sich am Rand eines steilen Abgrundes. Ein paar Grasbüschel wuchsen dort, und er winkte Katie, zu ihm herabzukommen. Es war ein guter Platz für ein Picknick vor der Rückkehr in die Sicherheit am Neykhor Tso. Er ließ sein Gepäck vom Rücken gleiten und schlüpfte aus seinem Gänsedaunenmantel. Er setzte sich am Rand des Abgrundes nieder und beobachtete das tibetische Plateau mit dem Fernglas. Es erschien ihm unvorstellbar, dass ein menschliches Wesen dort unten unterwegs sein könnte, wo es nichts als Wind und Staub gab. Im Anschluss an seinen Rastplatz befand sich eine gekrümmte Felswand, an der ein schmaler Sims entlangführte. Es sah aus, als hätte die Natur eine Art Ablage aus dem Fels gehauen. Etwas an diesem Sims weckte eine Erinnerung. *An der nahen Felswand sah ich einen schmalen Sims und fragte mich, ob dieser vielleicht Teil des Pfades war, den ich verloren hatte.*

Er sprang auf und näherte sich ihm beklommen. Er war nicht breiter als einen Viertelmeter und fiel gefährlich nach außen ab. Wenn der Felsen mit Schnee und Eis bedeckt war, hätte ein Mann kaum Halt finden können. Er schob sich Zentimeter für Zentimeter voran und vermied es, in den Hunderte von Metern tiefen Abgrund unter seinen Füßen zu blicken. Als er um eine Biegung kam, befand sich unvermittelt ein breiter Spalt im Felsen vor ihm. Er starrte ungläubig darauf. Keine Frage, es war der schmale, grinsende Rachen mit den drei zahnartigen Felsspitzen, der ihm auf Pematsangs Landkarte so unheimlich erschienen war. Wie betäubt und mit angehaltenem Atem blickte er auf seinen Fund. Die Götter mussten ein Auge auf Pematsang gehabt haben, denn den Weg zur Höhle kletterte er Hand in Hand mit dem Tod.

Er war sich so sicher, die richtige Höhle gefunden zu haben, dass er gar keinen Blick hineinwarf. Er kehrte am Sims so schnell er es vermochte zurück. Sein Herz pochte rasend, und sein Mund war trocken vor Aufregung. »Katie!«, rief er. »Ich habe sie gefunden!«

Sie erreichte die flache Stelle, hörte ihn rufen und presste einen Finger an die Lippen. Sie hatte recht, es war keine gute Idee, auf ihre Anwesenheit aufmerksam zu machen, auch wenn sie die einzigen lebenden Menschen auf der Welt zu sein schienen. Er griff nach ihr und zog sie fest an sich.

»Komm und hilf mir, Katie.«

Sie war atemlos und bleich und hatte nicht vor, über diesen

Sims zu klettern. »Nein, Daniel. Dir gebührt der ganze Ruhm. Du holst dir selbst das verdammte Ding.«

Er ließ den Rucksack bei ihr und nahm nur die Taschenlampe und eine einen guten halben Meter lange Eisenstange mit, die er im Landcruiser gefunden hatte und die ihm als Brechstange oder Pickel von Nutzen sein mochte.

Als er sich langsam über den Sims auf die Höhle zubewegte, rief sie ihm zu: »Sei vorsichtig, Liebling. Denk an Tashis Worte. Wir müssen spätestens um drei mit dem Abstieg beginnen. Beeil dich bitte, ja?«

Er legte sich am Rand des Höhleneinganges auf den Rücken und schob sich hinein. Sich in den unbekannten Hohlraum eines Berges zu wälzen, war mit einem beunruhigenden Gefühl verbunden. Wenn er in die falsche Höhle kroch, mochte ein Abgrund auf ihn warten, aber das konnte er nur herausfinden, wenn er mit dem Kopf voran eindrang. Er hatte nicht viel übrig für Höhlen, nicht mehr als für Aufzüge und andere enge Räume.

Nach etwa zwei Metern wölbte sich die Decke ein wenig nach oben und bot ihm genug Platz zum Knien, so wie es Pematsang beschrieben hatte. Er konnte nicht erkennen, wie groß die Höhle war, doch er sah keinen Abgrund. Der Boden war weitgehend flach, doch die Deckenhöhe variierte. Wasser tropfte überall. Es platschte myriadenfach, ein Geräusch, das einen Mann in den Wahnsinn treiben konnte, und die Panik griff bereits mit kalten Klauen nach ihm.

Sein Blick richtete sich auf den beruhigenden Spalt ins Tageslicht hinaus, doch das verhinderte, dass sich seine Augen an die Dunkelheit gewöhnten. Er biss die Zähne zusammen und drehte sich mühsam um und starrte in die dunkle Tiefe der Höhle. Er zog seine Taschenlampe heraus und leuchtete hinein. Spalten und Hohlräume verliefen tief in den Berg hinein. Ähnliche mochten sich ebenso zu seinen Füßen öffnen und ihn in die Tiefe reißen ... er war nicht überrascht über seinen totalen Mangel an Mut in dieser Situation. Während das Blut in seinen Ohren rauschte und ihm der Schweiß in die Augen rann, kroch er auf Ellenbogen und Knien vorwärts, wobei er mit der rechten Hand um sich tastete und mit der linken die Lampe hielt.

Er kroch etwa zehn Meter ins Innere, vermochte aber nichts zu entdecken. Der geteerte Buddha konnte überall sein. Er sah sich immer wieder um, als könnte der Lichtspalt, der mit jedem Meter kleiner wurde, plötzlich ganz verschwinden und er endgültig in diesem Berg begraben sein. Sein Herz begann rasend zu pochen, und er legte sich ein paar Sekunden auf den Rücken, um ein inneres Gleichgewicht zu finden. Er atmete tief, bis seine Nerven sich beruhigten, und ließ den Schein seiner Lampe über die Decke wandern, um nach Fledermäusen und ähnlichen Höhlenbewohnern Ausschau zu halten. An einer Stelle fiel ihm etwas auf. Es war nur eine glatte, runde Oberfläche, scheinbar festgekeilt, wo die Wand in die Decke überging.

Auf dem Rücken rutschte er darauf zu und stocherte mit der Eisenstange danach. Steine brachen los und fielen auf seine Brust herab. Eine Wolke von Staub und Kies folgte und drang ihm in Mund und Augen. Hustend wischte er mit dem Ärmel über sein Gesicht. Er griff nach oben und tastete nach einem Spalt für seine Finger, und langsam, nach mühsamem Drücken und Zerren und Hebeln mit der Stange, löste sich das schwere Objekt und fiel ihm in die Arme. Er begann sich sofort zum Licht zurückzuschieben und zog die schwarze Figur mit sich.

Er schwang den Unterkörper aus der Höhle, bis seine Knie den Sims berührten. Er hätte am liebsten laut gelacht, oder vielleicht geweint und geschrien, so groß war seine Erleichterung.

Stattdessen füllte er seine Lungen mit Luft, und zum ersten Mal wurde ihm bewusst, wie sehr sein Körper nach dem lebensspendenden Sauerstoff verlangte. Dann begutachtete er, was er aus der Höhle mitgebracht hatte. Es war fast unglaublich. Er hatte das Relikt gefunden, das sein Vater hier versteckte.

Er legte den Buddha an den Spaltenrand und untersuchte ihn. Er war schmutzig und schwarz, nicht gerade ein Symbol für die Befreiung einer Nation, doch er erkannte die heiteren Züge sofort. Das genaue Abbild saß in einer Wohnung in West Vancouver und wartete auf die Reparatur eines seiner Knie. Die Unwahrscheinlichkeit, das pure Wunder, hier auf diesem fernen Dach eines Kontinents Tausende von Meilen von zu Hause darauf zu stoßen war schwindelerregend. Er ging ein paar Schritte, um nach Katie hinter der Biegung zu sehen und sie an der absurden Begeisterung, die er verspürte, Anteil haben zu lassen. Sie war nicht mehr da. Sein Mantel und Rucksack lagen noch dort, doch der von Katie war verschwunden.

Kapitel 24

Katie!«, rief er.

Er erhielt keine Antwort. Der Wind war kräftiger geworden, und das Geräusch übertönte seine Stimme. Er rief erneut nach ihr, doch sie antwortete nicht. Eine plötzliche Unruhe vertrieb die Begeisterung über seinen Fund. Er blickte über den Rand des Abgrunds, aber bei einem Absturz wäre sie zwanzig Meter tief auf ein steiles Geröllfeld gefallen und nicht mehr zu sehen. Und mit Sicherheit nicht mehr am Leben.

Er griff nach seinem Fernglas, hängte es sich um den Hals und begann hochzuklettern. Gelegentlich glitten die Schatten der noch immer mit leichtem Flügelschlag im Aufwind kreisenden Geier über ihn hinweg. Beunruhigt dachte er an den großen Vogel, der über Egg Island seinen Schatten geworfen und Rosie so erschreckt hatte. Er hatte zu ihr gesagt, dass es so etwas wie Omen nicht gibt. Ihr war nicht bewusst gewesen, was er damit meinte.

Er wollte eben erneut Katies Namen rufen, als er an eine unwahrscheinliche Möglichkeit dachte. Waren sie einer chinesischen Grenzpatrouille aufgefallen, die sie mit Ferngläsern und Teleskopen beobachtet und Soldaten ausgeschickt hatte, um sie zu verhaften? Aber er hätte sie aus der Ferne sehen müssen. Vielleicht waren sie speziell für solche Verfolgungen ausgebildet. Sein Herz begann heftig zu schlagen. Er duckte sich unwillkürlich und spähte um sich, konnte jedoch nichts Ungewöhnliches entdecken. Das war die Gefahr, vor der er Katie gewarnt hatte, aber er hätte nie angenommen, dass sie Katie verhaften würden und nicht ihn.

Er richtete sich wieder auf, setzte seinen Weg fort und behielt die Berghänge im Auge. Immer wieder hielt er an und

»War das eine Art Telefon, in das du vorhin gesprochen hast?«

Ihr Lächeln schwand von ihren Lippen. »Hast du mir nachspioniert?«

»Was ist es? Ein Satellitentelefon?«

»Glaubst du vielleicht, ich klettere hier ohne eine Sicherheitsvorkehrung herauf?«

Er streckte die Hand aus. »Kann ich es sehen?«

»Später, verdammt. Geh und hol den Buddha.«

»Zeig es mir, Katie.«

Sie starrte ihn einen Moment wütend an, dann griff sie in ihren Rucksack und holte eine Art verlängertes Handy heraus. Es war etwa fünfzehn Zentimeter lang und besaß eine kurze, dicke Antenne.

Er sah es interessiert an und versuchte Zeit zu gewinnen. »Thuraya SO-2510«, las er laut. »Es ist schon erstaunlich, was es heutzutage alles gibt. Es ist wirklich winzig für ein Satellitentelefon, verglichen mit dem klobigen Ding, das wir im Camp benutzen.« Seine Gedanken wirbelten durcheinander, seine Phantasie ließ ihn in immer dunklere Abgründe blicken. »Mit wem, zum Teufel, hast du geredet ... *hier oben?*«

»Daniel, Liebling«, sagte sie mit kaum verhohlenem Sarkasmus. »Ich habe Tashi über unsere letzte Position informiert.«

»Tashi?«

»Er wollte, dass ich das Telefon mitnehme, für den Fall, dass wir Ärger haben. Er hält deine Einstellung und das ganze Unternehmen für leichtsinnig. Ich glaube, er sagte sogar *unverantwortlich*.«

Er starrte sie an und wusste nicht, was er glauben sollte. Tashi war eindeutig ein Männertyp. Wenn er gewollt hätte, dass sie ein Satellitentelefon mitnähmen, dann hätte er es *ihm* gegeben. Nein, in Wahrheit war dieses Thuraya ihr eigenes Gerät, und sie hatte mit Harvey gesprochen. In diesem Moment verstand er auch, was es bedeutete: Sie hatte ihre Meinung geändert.

Er wusste, dass das weder der rechte Ort noch die rechte Zeit für einen Streit war. Er warf ihr das Telefon vor die Füße. »Tashi und du, ihr habt also Telefonnummern ausgetauscht? Wie nett!«

»Ach, verpiss dich, Daniel. Hol die verdammte Statue und lass uns hier verschwinden.«

Wortlos packte er seinen Rucksack und stieg auf den Sims.

Er schob Pematsangs Urne in die Höhle und mühte sich ab, den Buddha in seinen Rucksack zu stopfen, war aber zu durcheinander, um überlegt zu handeln. Schließlich drehte er den Rucksack um und stülpte ihn über den Buddha. Zu seiner Erleichterung klappte das. Nur die Knie sahen oben heraus. Mit dem Strick, den er mitgebracht hatte, band er ihn oben zu, sodass zumindest der Oberkörper nicht mehr herausrutschen konnte. Die Unterseite war mit einer Schicht verrotteter Fasern von den Stoffstreifen bedeckt, in die die Dokumente eingewickelt waren. Mit großer Wahrscheinlichkeit war der ganze Inhalt von der Feuchtigkeit in der Höhle zerstört worden.

Er lud die unförmige Last auf seinen Rücken. Sie war nicht sehr schwer, aber unbequem zu tragen. Daran konnte er jetzt nichts ändern. Die Fundstücke mussten so rasch wie möglich nach Ladakh. Die Uhr zeigte bereits kurz nach drei. Sie durften keine Zeit mehr verlieren.

»Ich habe ihn«, rief er Katie zu, als er sich vorsichtig um den Felsen herumschob. »Pack deine Sachen zusammen. Wir müssen los.«

Sein Zorn kam wieder hoch, als er sah, dass sie keine Anstalten machte, seine Aufforderung zu befolgen. Sie stand nur reglos da und blickte ihn an. Als er näher kam, sah er, weshalb seine Instinkte *Verrat* geraunt hatten. Aber er hatte es missverstanden. Er starrte auf das Ding in ihrer Hand und fragte naiv: »Wo hast du die her?«

Sie zuckte die Achseln. »Von einem Agenten mit Namen Mr. Wong in Leh.«

»Wirst du mich jetzt erschießen?«

Er sah nun die wirkliche Katie und wusste, dass er sie die ganze Zeit gesehen hatte, so selbstsicher und so distanziert wie an jenem ersten Tag, als sie ihn vor der johlenden Meute zum Gespött gemacht hatte. Seltsamerweise war die Spannung aus ihren Zügen gewichen, als ob der Job nun fast erledigt wäre und eine wohlverdiente Ruhepause auf sie wartete. Mit einem Nicken zum Pass hin sagte sie: »Ich müsste dich töten, aber du könntest den Rucksack liegen lassen und die Flucht ergreifen. Ich werde schießen, aber ich könnte das Ziel verfehlen. Das passiert schon mal, nicht wahr?«

Das war also ihr Angebot – ihn zu verschonen, als kleine Belohnung dafür, dass er es ihr so leicht gemacht hatte, oder vielleicht für die echten Gefühle, die er ihr entgegengebracht hatte. Er blickte den Berg hoch und wusste, dass er ihr Angebot annehmen sollte. Vielleicht ließ ihn Neugier schwanken und auch Traurigkeit. Er wollte so sehr glauben, dass sie ihm nichts tun würde.

»Rede mit mir, Katie.«

»Komm schon, Daniel. Ich biete dir eine Chance. Hau ab.«

»Wir kommst *du* hier weg?«

»Ich habe mir ein Taxi gerufen, und sie schicken eines, das mich abholt. Mich und den Rucksack. Zu dem Zeitpunkt sollst du bereits tot sein.« Ohne emporzublicken, deutete sie zum Himmel. »Siehst du diese Geier. Sie sind in Tibet beheimatet. Sieh dir an, wie groß sie sind. Sie würden dafür nicht lange brauchen.«

»Wer sind *sie*? Die Leute mit dem Taxi.«

»Die Regierung dieses Landes.« Sie hob die Waffe einige Zentimeter und hielt sie mit beiden Händen mit ausgestreckten Armen. »Stell den verdammten Rucksack hin. Der Buddha und das Dokument gehören dem Mutterland.«

Er starrte sie an. »*Deinem* Mutterland?«

»Natürlich.« Sie deutete mit der Waffe auf den Boden vor ihm. »Stell den Rucksack hin, verdammt.«

Er ließ ihn von den Schultern gleiten und stellte ihn vor seinen Füßen ab. »Du bist also nicht halb englisch und halb koreanisch, oder halb irgendwas?«

Sie zuckte die Achseln. »Man kann sich die Augenlider an jeder Straßenecke in Peking verändern lassen, auch wenn ich mir nicht vorstellen kann, warum jemand wie ein *Guilo* aussehen möchte. Mein Einsatzleiter war der Meinung, dass es für meine Rolle hilfreich wäre. Ich hatte keine Wahl.«

Er lachte ungläubig, als ihm die ganze Wahrheit zu dämmern begann. Die CIA hatte also gar nichts damit zu tun. Die Behörde war nie an Pematsangs Geschichte interessiert gewesen, hatte sie wahrscheinlich auch nicht geglaubt. Aber China erinnerte sich. Der Verlust der Dokumente musste für sie ein ernster und peinlicher Schnitzer gewesen sein, und sie wollten die Herren über ihre Geschichte sein. Sie verbrannten sogar Bücher und schrieben die Vergangenheit um.

Sie schien seine Gedanken zu lesen. »Du kennst ja die Chinesen«, sagte sie lachend. »Wir sind abergläubisch. Der Buddha ist wertlos, aber es ist uns lieber, wenn wir ihn haben. Und was die Dokumente angeht …« Sie lächelte reizend. »Selbst ein Idiot würde verstehen, warum wir sie wiederhaben wollen. Stell dir ihren Inhalt im Internet vor: der Beweis für Chinas Plan, Tibet zu vernichten, die restlichen Tibeter einzusperren und zu unterjochen, jede Spur ihrer Kultur auszulöschen. Gar nicht nett, nicht?«

»Es ist eine Gräueltat!«

»Ja«, sagte sie, und ihre Waffe schwankte leicht. »Alles Geschichte. Wie du und ich.«

»Wie, zur Hölle, hast du mich gefunden?«

»Das brauchst du nicht zu wissen.« Sie blickte sich ungeduldig um. »Aber ich will es dir sagen. 2002 hat dein Vater einem chinesischen Regierungsbeamten gegenüber, der in diplomatischer Mission in den Vereinigten Staaten weilte, höhnisch verlauten lassen, dass er die gestohlenen Dokumente in seinem Besitz habe. Großer Fehler, nicht wahr? Danach stand er unter Beobachtung. Wir hätten ihn leicht töten lassen können, aber der verschlagene alte Mistkerl versteckte seine Beute gut. Wie sich herausstellte, war es den Einsatz der Agenten nicht wert, denn die Sachen befanden sich nicht wirklich in seinem Besitz, sondern hier in Tibet, in einer gottverdammten Höhle. Zum Glück hatten wir Geduld genug ... denn dann kamst *du*.«

Daniel lachte leise auf bei dem Gedanken. »Pematsang war also verschlagen und ich ein Idiot, deshalb schickten sie ein Flittchen, um mich auszuhorchen. Das passt.«

Sie verzog verärgert das Gesicht. »Ich ziehe Einsätze vor, die meinen Verstand fordern, aber hin und wieder muss jemand der Honig für die Schmeißfliegen sein.«

»Schmeißfliegen«, wiederholte er überlegend. »Du meinst sicher *Scheiße*. Du bist Scheiße für Schmeißfliegen. Fliegen interessieren sich nicht für Honig.«

»Du tust dir keinen Gefallen, wenn du so redest. Ich bin klug, gebildet, eine exzeptionelle Linguistin und verdammt gut in meinem Job.« Sie schüttelte spöttisch bedauernd den Kopf. »Aber ich muss zugeben, dass du ein durchtriebener Kerl bist. Erst versteckst du die Kassette, dann verbrennst du die Karte. Wenigstens konnte ich einen Blick in das Tagebuch in deiner Aktentasche werfen.«

»Ich habe nichts vor dir versteckt. Ich hätte dir sogar die Kassette gegeben, wenn du mich nett darum gebeten hättest.«

Sie lächelte selbstzufrieden. »Kassette hin oder her, ein wenig Honig hat gereicht, dass du mich hergeführt hast.«

»Ja, Mädchen, du vögelst gut. Ich bin einfach kleben geblieben.«

Ihre Miene wurde kalt, und die Schönheit, die er immer in ihrem Gesicht gesehen hatte, schwand. »Je länger du hierbleibst und mich beleidigst, desto früher erschieße ich dich. Stell dir vor, wenn ich nicht danebenschieße, und du verletzt wirst. Stell dir vor, wenn du hier verwundet zurückbleibst.« Sie deutete kurz zum Himmel.

»Katie, Katie«, murmelte er. »Ich kann mir nicht vorstellen, dass du mir das antust. Ich habe in deinen Armen gelegen, habe dich gespürt, dein Herz schlagen gehört. Das kannst du mir nicht alles vorgemacht haben.«

»So naiv, armer Daniel. Du hast keine Ahnung, was ich bin.«

Er wusste, dass er auf Zeit spielte und sein Leben riskierte. »Hör zu, ich mache dir einen Vorschlag. Einen wirklich fairen. Du kannst die Dokumente haben, und ich behalte den Buddha. Wir holen die Beute jetzt aus dem Rucksack und teilen sie.« Ohne den Blick von ihren Augen zu lassen, nahm er den Rucksack an beiden Trägern und hielt ihn an seine Brust.

»Lass ihn los«, rief sie. Die Waffe zitterte ein wenig. Die Arme schienen ihr schwer zu werden.

»Du hältst das nicht mehr lange durch, nicht, Katie?« Er sah die Unentschlossenheit in ihrem Gesicht und bezweifelte, dass sie eines kaltblütigen Mordes fähig war. »Du hast noch keinen umgebracht, stimmt's?«

»Wann hast du das letzte Mal mit Rosie gesprochen?«, kreischte sie.

Er erstarrte. *»Was meinst du damit?«*

Er machte einen Schritt auf sie zu, aber sie richtete die Waffe auf seinen Kopf. »Was ist mit Rosie?«, knurrte er.

»Ching-Ku hat sie … das ist mein *Harvey*, wenn du so willst. Sobald ich hier mit der Beute verschwunden bin, lässt er sie gehen. Du bist vielleicht tot, aber wir töten selten Kinder. Selten!«

Ob es stimmte oder nicht, diese widerwärtige Behauptung ließ ihn rot sehen. Er drückte den Rucksack an seine Brust und machte einen Schritt vorwärts. Als sich Katies Finger um den Abzug krümmte, schleuderte er ihr den Rucksack mit beiden Armen entgegen, blitzschnell und mit solcher Kraft, dass sie instinktiv abwehrend ihren Unterarm hob. Der Rucksack traf sie im selben Augenblick, als sich mit ohrenbetäubendem Knall der Schuss löste, doch die Kugel verfehlte seinen Kopf und traf den Rucksack.

Er warf sich auf sie, und sie fielen zu Boden. Sie war viel stärker, als er gedacht hatte, doch er rang sie mühelos nieder und schlug ihr die Waffe aus der Hand. Er sah, dass sie gefährlich nah am Abgrund zu liegen kam. In diesem Moment der Unaufmerksamkeit fuhr ihre Hand zwischen seine Beine, und der Schmerz ließ die Galle in ihm aufsteigen. Er ließ sie stöhnend los und löste mit einem Ruck ihren Griff. Er sah nach der Waffe, aber sie kroch bereits auf allen Vieren darauf zu. Er hechtete hinterher und landete gerade, als sie danach greifen wollte, auf ihrem Unterkörper. Wenn es ihm gelang, die Waffe über den Rand zu stoßen, hatte er verhältnismäßig leichtes Spiel, zumindest bis ihre Verstärkung eintraf. Während er sie auf den Boden drückte, drehte er sich, und es gelang ihm, die Waffe mit seinem Fuß in den Abgrund zu kicken. Sie kämpfte noch immer wie ein wildes Tier, blind und instinktiv. Auf ihr liegend drückte er ihr seinen Unterarm an die Kehle.

»Sag mir, was mit Rosie ist, du Schlampe.«

»Hör auf, Daniel«, keuchte sie. »Hör auf, oder sie muss sterben.«

»Du auch. Wo ist sie …?« Er verstärkte den Druck seines

Armes und hörte sie würgen. »Du lügst. Sag mir, dass du lügst.«

Dann hörte er laut und klar eine Stimme in seinem Kopf. *Aber alles ist ruhig, und die arme Grunzi-Lu hat gar nichts zu tun. Ich werde ihre Polizeimarke sauber machen und ihr einen Eintopf kochen. Hörst du das, Papa?*

Als ihm die Bedeutung klar wurde, lockerte er überrascht seinen Druck auf die Kehle seiner Gegnerin. Sie wand sich heftig und biss ihn ins Handgelenk. Ihre Zähne gruben sich tief in sein Fleisch. Er schrie auf. Blut spritzte aus der Wunde über ihr Gesicht, und er riss seinen Arm zurück, um sie abzuschütteln. Seine andere Hand hielt ein Büschel ihres Haares. Er beobachtete verwirrt, wie ihre glatte schwarze Mähne wie Öl durch seine Finger glitt, aber als er die Faust schloss, war es schon zu spät. Seine Hände fassten nur Luft, als sie in die Tiefe fiel.

Mit wild rudernden Armen halb über dem Abgrund hängend sah er, wie sie auf dem Geröllhang aufschlug. Sie rollte wie eine kleine Stoffpuppe, zerschlagen und leblos, aus seinem Blickfeld.

Kapitel 25

Schmerz pochte in seiner Hand und zwischen den Beinen, aber er blieb bewegungslos halb über dem Abgrund hängend liegen, während das Geschehen immer wieder vor seinem inneren Auge ablief – Katie, wie sie fiel und sich überschlug und aus seinem Blickfeld verschwand –, so, als könnte er die Zeit zurückdrehen und ihren Tod ungeschehen machen.

Schließlich wurde es still, bis auf das Geräusch des Windes, und er blickte hoch. Die Geier kreisten jetzt tiefer und weiter, die Hälse in die Richtung der Felsen gereckt. Ihr Anblick war ihm unerträglich, deshalb kroch er vom Abgrund zurück und ließ sich auf den Rücken fallen. Tränen rannen ihm übers Gesicht. Einen kurzen Moment lang versuchte er sich einzureden, dass ihr Unvermögen, ihren Auftrag auszuführen – ihn zu töten, wie man es von ihr verlangte –, am Ende ihren Widerstand erlahmen ließ und sie den Tod wählte, um den Konsequenzen zu entgehen. Wenn seine Erinnerungen nur solcherart gewesen wären, aber es stimmte nicht. Sie hatte um ihr Leben gekämpft, und er hatte sie in den Abgrund gestoßen. Er hatte sie getötet. *Er hatte Katie getötet.*

Er wusste, dass er sich zusammenreißen und fliehen musste, doch im nächsten Augenblick war es zu spät. Wie ein Echo aus einer anderen Zeit drang das Geräusch von Rotorblättern zu ihm. Er sprang auf und suchte den Himmel ab, sah aber nichts. Wenn es ein chinesischer Helikopter war, konnte er nicht von der indischen Seite des Bergkammes kommen. Wo war er nur? Er schnappte Mantel und Rucksack und zog sich rasch aus dem offenen Gelände zurück. Angestrengt lauschte er und fragte sich, ob er sich das Geräusch vielleicht nur eingebildet hatte. Helikopter konnten höchst eigenartig sein. Manchmal hörte man den Rotorenlärm meilenweit, aber ebenso mochte es sein, dass das Geräusch den Ohren einen Streich spielte, leiser wurde, fast ganz aufhörte und dann wieder ertönte. Nein, das war keine Einbildung. Sie kamen, aber er hatte keine Ahnung, aus welcher Richtung.

Mit dem Rücken zum Abgrund bewegte er sich vorsichtig über den Sims zur Höhle, wobei er die verletzte Hand in die Tasche steckte, um keine Blutspur zu hinterlassen. Als er um die Biegung kam, wurde das Dröhnen des Helikopters so laut, als schwebte er direkt über ihm. Er tauchte kopfüber in die Höhle und zog Mantel und Rucksack hinterher.

Als er zitternd auf dem Boden lag, wurde ihm übel. Er betrachtete sein verletztes Handgelenk und kämpfte gegen den Drang, sich zu übergeben. Es blutete noch immer stark aus einer aufgerissenen, hoffentlich nicht durchgebissenen Ader. Trotz der Gefahr über ihm war er noch immer entsetzt darüber, dass er Katie in den Abgrund gestoßen hatte, über ihren Verrat, über Rosies Schicksal, ihre mögliche Entführung, und nicht zuletzt darüber, was ihm selbst zugedacht war: *Zu dem Zeitpunkt sollst du bereits tot sein.*

Der Helikopter zog weite Kreise über dem Berghang. Alle paar Minuten sah er den Schatten über den Höhleneingang gleiten. Die Kreise wurden enger, und schließlich war der Lärm der Rotorblätter überwältigend. Die Luft selbst erzitterte um ihn. Er kannte das Geräusch sehr gut aus den fernen Camps in Kanada, den »drei-pro«-Klang eines Astar oder seines chinesischen Gegenstücks. Er schwebte irgendwo ganz in der Nähe. Er fragte sich, wie er die Stelle hatte finden können, wie war es Katie gelungen, sie so exakt zu beschreiben? Wie viel hatte sie ihnen erzählt? Hatte sie den Sims und die Höhle beschrieben? Dann dachte er, dass es zwei andere mögliche Antworten darauf gab, warum sie gerade hier schwebten. Es war der einzige Platz, der eben genug für eine Landung war, und *Katies roter Rucksack lag noch immer dort.*

Sein Adrenalinpegel stieg und drängte ihn, hinauszustürmen und zu rennen oder zu kämpfen, aber das wäre Wahnsinn. Er konnte nichts anderes tun, als abzuwarten. Er lauschte, als der Helikopter auf das kleine Plateau herabsank, das nicht größer als ein Squashcourt war und sich nur einen Steinwurf von seinem Versteck entfernt befand. Sicher hatten sie den roten Fleck am Boden ausgemacht, und er fragte sich, ob der kleine Rucksack genau für solch eine Situation gedacht war. Minuten vergingen. Er vernahm das Abstellen des Motors und die Rotorblätter zum Stillstand kommen. Dann Stille.

Der Wind pfiff zu laut, als dass er Stimmen hätte vernehmen können. Er blickte auf die Uhr. Es war fast vier. Sie würden jetzt ausschwärmen und ihn suchen und ihn vermutlich sofort erschießen.

Er kroch an der Seite tiefer in die Höhle hinein und kauerte sich dort nieder. Er begann heftig zu zittern und schaffte es, den Mantel anzuziehen. Seine Hände fummelten in der Dunkelheit mit dem Reißverschluss. Sein Herz schlug so laut, dass es von den nassen Wänden der Höhle widerzuhallen schien. Er fragte sich, wie lange er es aushalten konnte und was er tun würde, wenn er es nicht mehr ertrug.

In Gedanken stellte er Listen auf, um sich Furcht und Zeit zu vertreiben, Listen von Dingen, die er tun wollte, wenn er lebend hier herauskam, Listen von Leuten, die er anrufen würde, Listen von Dingen, die er wegwerfen konnte, Listen von Orten, zu denen er mit Rosie fahren würde, Listen von Menschen, die er liebte und die er geliebt hatte. Er dachte an seine Eltern und wünschte sich, dass er seiner Mutter von Angesicht zu Angesicht gesagt hätte, dass er sie liebte und ihr vergab. Er dachte an Anne Roberts und Pematsang und Tenzing. Er dachte an Linda und Bruce und ihre überwältigende Bereitschaft, seinem Kind auf Egg Island Unterschlupf zu gewähren. Rosie, sein Wunderkind. Er formulierte in Gedanken die Worte: *Alles ist ruhig, und die arme Grunzi-Lu hat gar nichts zu tun. Ich werde ihre Polizeimarke sauber machen und ihr einen Eintopf kochen. Hörst du das, Papa?*

»Ich höre dich, Rosie, ich höre dich«, flüsterte er. Er hörte sie mit jeder Faser seines Seins.

Der Wind ließ ein wenig nach, und er hob den Kopf, um zu lauschen. Wenigstens eine halbe Stunde war vergangen, und der Helikopter hatte sich nicht bewegt. Er stellte ihn sich auf dem kleinen Plateau vor ... unbemannt. Ein Impuls ließ ihn nicht mehr los. Obgleich er hier vermutlich am sichersten war, begehrte etwas in ihm dagegen auf. Wollte er hier wie ein Tier in Panik in einer Höhle hocken und sterben? Sein Herz begann wieder heftiger zu schlagen. »Ich bin am Leben«, flüsterte er in die Dunkelheit, und das leise Echo der Worte rüttelte ihn auf.

Sein Körper war steif vor Erschöpfung und der unbequemen Lage, aber er streckte die Arme aus und begann zu kriechen. Seine Entschlossenheit verlieh ihm Kraft. Er streckte den Kopf aus der Höhle. Nichts war zu sehen oder zu hören. Dann glitt er hinaus und hängte sich den Rucksack über die linke Schulter. Seine Hand war geschwollen. Blut begann wieder von den Fingern zu tropfen, doch er fühlte keinen Schmerz mehr. Fest drückte er sich an den Felsen und kroch auf allen vieren über den Sims zum Landeplatz.

Dort stand er, genau, wie er es sich vorgestellt hatte. Er hatte recht gehabt. Es war ein Chaig Z-11, von Aussehen und Klang wie ein regulärer Astar, aber dieser war made in China.

Schau an ..., sagte er lautlos zu sich selbst, *ein alter Bekannter.*

Weiter oben am felsigen Hang entdeckte er einen von ihnen, einen kleinen Mann in grünem Drillich. Er war behände und bewegte sich schnell in etwa zweihundert Metern Entfernung. Ein weiterer Mann stand auf dem spitzen Felsen, auf den Katie geklettert war, und suchte die Gegend mit einem Fernglas ab. Er war bestenfalls einen Fünf-Minuten-Spurt entfernt. Sonst sah er niemanden, aber möglicherweise durchkämmten weitere das Gelände. Beide Männer hatten Waffen über dem Rücken hängen. Sie waren so mit ihrer Verfolgung beschäftigt, dass sie den Helikopter völlig unbewacht zurückgelassen hatten. Vielleicht waren sie auch durch ihre Basis nicht informiert, dass ihr Opfer ein Pilot war.

Die Sicherheit der Höhle hatte er hinter sich gelassen. Ein Zurück gab es nun nicht mehr. Geduckt lief er auf die Maschine zu. Er langte zur Klinke hoch und drückte sie langsam. Die Tür öffnete sich lautlos durch eine Gasdruckfeder. Mit klopfendem Herzen hob er sein linkes Bein über den Steuerknüppel und ließ sich in den Pilotensitz sinken. Er zog den Rucksack hoch und stellte ihn neben sich. Wie durch ein Wunder hatten die beiden Männer ihn noch nicht bemerkt.

Er starrte auf die chinesischen Beschriftungen an den Armaturen. Sie waren keine Hilfe, deshalb schloss er eine Sekunde die Augen und überließ Instinkt und Erinnerung die Orientierung. Ruhig und konzentriert verschaffte er sich ein Bild über die Anordnung der Schalter.

Er legte den Hauptschalter um. Die Armaturen leuchteten auf.

Dann die Treibstoffpumpen. Er überflog die Armaturen, suchte die notwendigen Anzeigen und griff nach einem letzten Blick nach draußen mit der linken Hand hinab zum Gashebel und drückte den kleinen Knopf am Ende mit dem Daumen.

Mit einem fürchterlich lauten Geräusch begann der Starter den Motor anzulassen. Er blickte auf und sah, wie der Mann am Hang über die Felsen herabgesprungen kam. Der andere kletterte hastig mit ungläubiger Miene von seinem Felsen herunter. Daniel senkte rasch den Blick. Während der nächsten Sekunden musste seine ganze Aufmerksamkeit den Instrumenten gelten. Er beobachtete den kleinen NG Tacho. Schweiß perlte auf seiner Stirn, während er wartete. Wenn er zu ungeduldig war und vorzeitig Gas gab, mochte die Turbine zu heiß werden und innere Bauteile des Motors schmelzen. Er begann den Gashebel langsam nach vorn zu drücken – erst dann gestattete er sich einen weiteren Blick nach draußen.

Der Mann vom Hang kam bereits unter die Rotorblätter geduckt auf ihn zu. Bereit oder nicht, er musste abheben, oder die einzige Chance dazu war vertan. Da war der Knall einer Explosion. Einer der Männer – er wusste nicht, welcher – hatte auf ihn geschossen. Er war nicht sicher, wo er getroffen worden war, aber er riss am Höhensteuer und spürte sofort, wie der Heli reagierte, als die Kufen vorne vom Boden abhoben, und hinten ebenfalls. Er warf einen Blick nach unten und sah, wie der Mann unter ihm seine Waffe losließ und sich mit beiden Händen festhielt. Er baumelte in der Luft und versuchte, ein Bein über die Kufe zu schwingen.

Ein peripherer Blick zeigte ihm, dass sein anderer Angreifer einen Geröllhang hinunterrutschte und auf ihn zu zielen versuchte. Daniel beschleunigte rasch vom Schwebe- in den Vorwärtsflug, und sein blinder Passagier geriet offenbar in Panik. Er ließ los oder verlor den Halt und fiel etwa acht Meter und schlug mit dem Rücken auf dem Felsen auf.

Daniel stieg in einer steilen Kurve hoch und flog in wildem Zickzack den Berg empor, um einem Kugelhagel zu entgehen, der ihn zum Absturz bringen konnte. Gleich darauf befand er sich außer Schussweite. Er checkte instinktiv die Instrumente auf ungewöhnliche Anzeigen oder etwas, das er übersehen haben mochte, doch das normale Dröhnen des Turbinentriebwerks beruhigte ihn. Er lehnte sich aus dem Fenster und blickte zurück und konnte seinen Erfolg gar nicht fassen. *Habe ich das wirklich gerade durchgezogen?* Er war in Jubelstimmung. Im nächsten Augenblick brach er in Tränen aus.

Hoch über dem Gipfel des Thangtak fiel sein Blick auf die Steinhaufen, als er über sie hinwegflog, und augenblicklich wurde er sich einer neuen Gefahr bewusst, einer, die vermutlich größer war als jene, die er gerade durchgestanden hatte. Er wischte sich mit dem Ärmel über die Nase und versuchte sich zusammenzureißen. Wenn er die Grenze nach Ladakh mit einem chinesischen Helikopter überflog, mochte es geschehen, dass ihn indische Militärmaschinen abschossen. Oder er wurde am Boden verhaftet, eingesperrt, angeklagt, man nahm ihm den Buddha weg und brachte ihn irgendwohin, und schlimmer noch, man würde Tashi nach Tibet abschieben. Bei all seinen Bemühungen, lebend aus der Sache herauszukommen, hatte er die entsetzlichen Folgen nicht bedacht, die sein Geniestreich nach sich ziehen würde. Und dazu kam noch: Wie sollte er das Verschwinden seiner Begleiterin erklären?

Wenn er Zeit genug hatte, und noch nicht entdeckt worden war, konnte er möglicherweise landen und den Helikopter verbergen … aber wo? Er blickte über die kahle Ebene und wusste, dass es einen solchen Ort hier nirgends gab.

Neykhor Tso tauchte plötzlich in seiner ganzen Pracht vor ihm auf. Die Farben wechselten, als kämen sie kochend aus den Tiefen des Sees empor. Mit jeder Minute trug ihn der Heli näher, bis er hoch über den Uferfelsen flog. Er hätte schwören können, dass ihm eine innere Stimme die Lösung zuflüsterte, aber Rosies Stimme unterbrach sie … *du wirst aus dem Helikopter fallen.* Zusammenhanglose Bilder blitzten durch seine Gedanken, der Fall von Saigon, als Dutzende von amerikanischen Piloten, um dem sicheren Tod durch die nordvietnamesische Armee zu entgehen, den Absturz ihrer Helikopter in die

Fluten neben den amerikanischen Kriegsschiffen riskierten, in der Hoffnung, es zu überleben, aber ... *die Rotorblätter werden dich in Stücke hacken.*

Während er zwischen den steilen Felsen und Schluchten niederging, versuchte er, ihre Stimme zum Schweigen zu bringen und sich vor Augen zu halten, was er gerade bewiesen hatte: Er besaß die Macht, den Verlauf seines Lebens zu ändern. Er konnte Berge versetzen, wenn es sein musste. Nichts war festgeschrieben ... und hier war seine Chance, es ihr zu beweisen.

Fast gegen seinen Willen begann er sich den Ablauf vorzustellen. Beim Aufprall auf dem Wasser würde der Helikopter sofort kippen. Wenn er nicht rechtzeitig herauskam, würde sich Rosies Vorhersage mit Sicherheit erfüllen: Eines der Blätter würde herunterklappen und den vorderen Teil der Kabine aufreißen und ihn in Stücke hacken, oder das Hauptrotorgetriebe mochte sich aus der Halterung lösen und ihn zerschmettern. Oder er schaffte es nicht mehr hinaus und ertrank. Sobald er die Hände von der Steuerung nahm, würde fast sofort der Absturz folgen. Um ihn zu überleben, musste er dafür sorgen, dass die Maschine von ihm wegflog, während er sprang.

Am Ufer des Sees sah er die winzige Gestalt Tashis zum Lager laufen. Was musste der arme Kerl glauben? Vielleicht fürchtete er das Schlimmste: Daniel und Katie gefangen genommen oder erschossen, und jetzt kamen die Chinesen, um alle Spuren ihrer Existenz zu vernichten. Daniel blieb keine Zeit, sich um Tashi zu sorgen. Er suchte das Ufer nach einer Stelle für den Abwurf des Rucksacks ab. Er kurvte tief und flog nahe ans Lager. Tashi stand jetzt vor dem Findling und starrte angespannt nach oben. Daniel tauchte so tief er es wagen konnte hinunter und öffnete die Tür zu seiner Rechten, so weit es der Wind erlaubte. Dann griff er nach dem Rucksack und stopfte ihn durch den Spalt. Er fiel auf den schimmernden Salzstreifen zu. Dann sah er ihn am Ufer aufprallen. Irgendwie war Tashi die Situation klar geworden, oder vielleicht hatte er den Piloten erkennen können, denn er rannte sofort darauf zu.

Für Daniel gab es keine Zeit mehr zu verlieren. Er blickte auf das Wasser und versuchte seine Tiefe anhand der Farbe abzuschätzen. Da er annahm, dass er nach dem Aufprall im Wasser verwirrt oder bewusstlos sein könnte, musste er so nah wie möglich am Ufer springen. Er hoffte, dass ihm Tashi, wenn dieser überhaupt schwimmen konnte, zu Hilfe eilen würde. Zu nah, und der Helikopter würde vielleicht nicht vollständig untertauchen. Zu weit vom Ufer entfernt mochte er im eiskalten Wasser ertrinken oder vielleicht durch Verletzungen nicht mehr in der Lage sein zu schwimmen.

Er überprüfte die Reibung am Hauptsteuerknüppel in seiner rechten Hand. Nach einer Menge kleinerer Justagen fand er einen Punkt, an dem sie unverändert blieb. Er tat dasselbe mit dem linken Knüppel und nahm dann vorsichtig beide Hände weg. Der Helikopter schlingerte hin und her, aber hielt den Kurs.

Ein kurzer Blick aus dem Fenster ließ ihn schaudern. Er war nah genug am Wasser, aber zu schnell. Er spürte Schweißtropfen über seine Wangen rinnen, oder waren es Tränen? Ihm war bewusst, dass es für eine Umkehr zu spät war, und Furcht erfasste ihn. Rosie hatte letztlich doch recht gehabt. Warum hatte er daran gezweifelt? Sobald er seine Füße von den Pedalen nahm, würde die Maschine ins Trudeln geraten und ihn mit sich in die Tiefe reißen.

In ein paar Sekunden würde alles vorbei sein. Er befand sich bereits auf halber Strecke zur Mitte des Sees. Impulsiv ließ er die beiden Knüppel los. Die Zeit schien anzuhalten, als seine Füße von den Pedalen glitten. Es gab nun kein Zurück mehr. Er wälzte seinen Körper zur halb offenen Tür. Er hatte sich damit abgefunden zu sterben, dennoch kämpfte er gegen den starken Wind, um die Tür weiter aufzustoßen. Eine Sekunde verging, eine zweite …

Als er in die Tiefe fiel, galten seine Gedanken nicht dem bevorstehenden Aufprall, sondern den zehntausend wirbelnden Teilen, die dabei waren, auf ihn herabzustürzen. Dann schlug er mit der Hüfte auf der Wasseroberfläche auf. Der Aufprall raubte ihm die Besinnung, aber im nächsten Augenblick strampelte er sich unter Wasser nach oben. Er stieß an die Oberfläche, taub vor Schmerz und Kälte, und drehte sich hastig, um zu sehen, wo die Astar niedergehen würde. Wenn er in Stücke gehackt wurde, wollte er der Gefahr wenigstens ins Auge sehen.

Der Helikopter hatte den Kampf mit der Schwerkraft bereits aufgegeben. Alles passierte in Sekundenbruchteilen. Er fiel seitlich in einer Linkskurve, die ihn wieder direkt zu ihm zurückführte. Die Maschine kippte, und die großen Rotorblätter tauchten wild spritzend wie Maschinengewehrfeuer in die Fluten. Fast blind und nach Atem ringend versuchte er sich über Wasser zu halten. Bevor der Rumpf nur wenige Meter entfernt aufschlug, schleuderten die Überreste des Hauptrotorkopfs ein Trommelfeuer von Fiberglas und Gischt in die Luft. Die Stücke flogen ihm mit Geschossgeschwindigkeit um die Ohren.

Nach einer letzten aufschäumenden Eruption war das Wrack der Astar still und versank innerhalb von Sekunden in der Tiefe des Sees. Obgleich sich Daniel fühlte, als wäre er von den Gewalten in Stücke gerissen worden, war er noch immer verzweifelt bemüht, sich an der schäumenden, sprudelnden Oberfläche zu halten.

Das Wasser beruhigte sich rasch, die Wogen glätteten sich, die letzten Beweise für das eben Geschehene lösten sich auf.

Der Neykhor Tso hatte die Astar verschlungen, als habe sie nie existiert. »Schau her«, rief er Rosie zu. »Ich lebe. Wir brauchen vor nichts mehr Angst zu haben.«

Plötzlich wurde ihm bewusst, dass sein Körper taub zu werden begann. Die nassen Kleider drohten ihn in die Tiefe zu ziehen. In der Ferne sah er eine kleine Gestalt auf das Ufer zulaufen. Er mühte sich aus dem Mantel und begann zu schwimmen.

Kapitel 26

Daniel zog sich um, kroch in seinen Schlafsack und trank am ganzen Körper zitternd einen Becher Buttertee nach dem anderen. Tashi verband sein Handgelenk und füllte den Becher immer wieder nach. Dazwischen packte er alles zusammen. Er stellte keine Fragen.

»Tashi, Sie haben kein Satellitentelefon, oder?«

»Nein. Habe ich nicht«, erklärte Tashi. »Telefonieren können Sie hier vergessen.«

»Ich muss so schnell wie möglich zu einem Telefon kommen.«

»Ja, ja«, meinte Tashi ungeduldig. »Je schneller wir hier verschwinden, desto schneller kommen Sie zu einem Telefon.«

»Wie können wir hier verschwinden? Was werden die Wachposten sagen, wenn wir ohne die Frau zurückkommen?«

»Wir nehmen einen anderen Weg.«

Eine Stunde später waren sie mit dem Landcruiser über Stock und Stein unterwegs. Tashi fuhr nach Süden statt nach Westen dem Seebecken folgend auf kahle Hügel in der Ferne zu. Als sie die sandigen Dünen erreichten, drehte sich Daniel noch einmal um. Der heilige See war unheimlich still und reflektierte den Thangtak wie ein blauer und violetter Spiegel. Nichts ließ erkennen, was vor Kurzem hier geschehen war.

Trotz der schaukelnden, holpernden Bewegung versank er in eine Lethargie, und seine zitternden Glieder wurden zu schlaffen, bedeutungslosen Anhängseln. Er fragte sich, ob Tashi ihm etwas in den Tee getan hatte.

»Ich fühle mich merkwürdig«, murmelte er.

»Sie sind blau um die Lippen. Ich glaube, Sie leiden an Unterkühlung«, sagte Tashi. »Nehmen Sie eine Decke und versuchen Sie ein wenig zu schlafen.«

»Wie kann ich Rosies Worten trauen?«, murmelte er. »Ein Polizeischwein ist ...«

»Schließen Sie die Augen und ruhen Sie sich aus«, sagte Tashi angespannt. »Ich muss mir jetzt etwas einfallen lassen, um uns hier herauszubringen.«

Er schlief unruhig. Da war ein vernichtendes Gefühl des Verlustes, das ihn quälte. Wie kann man jemanden so bereitwillig lieben, obgleich man in den tiefsten Gründen seines Herzens weiß, wie falsch und zerstörerisch diese Liebe ist? Bilder ihres blutigen Mundes an seinem Handgelenk, dann solche von Rosie, die in einem dunklen Raum nach ihm rief. Immer wieder hatte er das Gefühl, in Zeitlupentempo zu fallen und auf den Aufprall auf einen Felsen zu warten oder auf Wasser oder gegen Baumwipfel. Nach einer Weile ertrug er diesen unsteten Schlaf nicht mehr und richtete sich abrupt auf. Sein Handgelenk pochte vor Schmerzen, und sein Kopf war wie eine Bleikugel. Außerhalb der Kabine des Fahrzeuges hüpfte die Welt in einem wilden Tanz. Sie fuhren durch eine Art Tunnel, oder war es eine Schlucht?

»Können Sie reden?«, fragte er Tashi.

»Nicht wirklich. Wir fahren durch schroffes Gelände und es wird zu dunkel. Wir werden bald nicht mehr weiterkönnen.«

»Wissen Sie überhaupt, wohin Sie fahren? Ich sehe keine einzige Reifenspur.«

Tashi antwortete nicht. Vielleicht wusste er nicht, was er tat. Es war eine Sache, über eine weite Ebene zu fahren, aber eine ganz andere, über Geröllhalden zu fahren, über Felsen und durch wilde Flüsse. Vor allem, wenn er sich über den Weg nicht sicher war. Dennoch musste er seinem Führer vertrauen. Bis jetzt hatte er sich als unbezahlbar erwiesen und in allem recht gehabt.

Nach ein paar Minuten wurde Daniel klarer im Kopf, aber gleichzeitig machten sich eine Myriade schmerzender Stellen in seinem Körper bemerkbar. Seine Adlerkralle pochte, und er betastete sie mit den Fingern. Sie war nass von Blut. Er war von herumfliegenden Trümmern getroffen worden, und diese Adern so dicht unter der Oberfläche der Haut bluteten leicht. Tashi sah es und reichte ihm eine Klopapierrolle.

»Ich möchte Ihnen danken, Tashi. Um ehrlich zu sein, Sie haben nicht den geringsten Grund für diese Rettungsaktion.«

Tashi lachte unterdrückt, sagte aber mit grimmiger Miene: »Sie werden mich doch bezahlen, oder? Der Wagen wird in die Werkstatt müssen. Mein Onkel ...«

»Verlangen Sie, was Sie wollen«, sagte Daniel überschwänglich. »Ich habe genug Bargeld. Rupien oder Dollars.« Nach einem Moment sagte er leise: »Wollen Sie gar nicht wissen, was mit Katie passiert ist?«

Tashi schwieg einen Augenblick. Er lenkte den Wagen um Felsen herum und musste sich halb im und halb außerhalb eines Flusses einen Weg suchen. »Ich nehme an, das sind ihre Zahnabdrücke am Handgelenk.«

»Was nehmen Sie noch an?«

»Dass sie auf ihrer Seite des Berges geblieben ist.«

»Das stimmt, Tashi.« Er fragte sich, welche plausible Erklärung er ihm geben konnte, doch dann hatte er das Bedürfnis, ihm die Wahrheit zu sagen. »Aber sie ist tot. Ich stieß sie unabsichtlich in den Abgrund, nachdem sie mich in den Kopf zu schießen versuchte.«

»Es ist zu dunkel für die Weiterfahrt«, war Tashis Kommentar. »Wir übernachten hier.« Er parkte am Flussufer unter einem felsigen Überhang. Sie saßen eine Weile stumm und erschöpft.

Schließlich ergriff Tashi das Wort, während er auf den schäumenden Fluss hinausblickte. »Ich glaube, es ist zum Teil meine Schuld.«

Daniel starrte ihn an. »Was meinen Sie damit?«

»Ich hätte Sie warnen sollen. Als ich die Farbe ihres Rucksacks sah, wurde ich misstrauisch. Mir fiel auf, dass sie ihn mit Adleraugen bewachte und niemanden in die Nähe ließ. Ich beobachtete sie, wie sie einen Anruf mit einem Satellitentelefon machte, das sie vor Ihnen versteckt hielt. Und jeder normale Mensch hätte davon Abstand genommen, mit Höhenkrankheit auf den Thangtak La zu steigen. Ich sagte ihr, dass das gefährlich, ja, tödlich sein konnte. Sie verlangte, dass ich Ihnen nichts erzähle. Nichts könnte ihren Entschluss ändern.« Er wandte sich Daniel zu. »Und dann war da ein Detail, das sie nicht vor mir verbergen konnte. Sie behandelte mich so, wie ein Chinese einen Tibeter behandelt. Das ist nicht für jeden sofort erkennbar.«

Daniel begegnete seinem Blick und fragte sich, wie ein Kerl, der vom Alter her sein Sohn hätte sein können, die Gefahr und Täuschung spüren konnte, die ihm entging. Er war blind gewesen, und vielleicht war auch Katie nicht der perfekte Profi gewesen, für den sie sich hielt.

»Warum haben Sie denn nichts erwähnt?«

Tashi verzog das Gesicht. »Ich hätte es vielleicht tun sollen, aber ich war nur der Führer, und Sie schienen fest mit ihr liiert zu sein. Mir fielen wohl merkwürdige Dinge auf, aber ich begriff nicht, was vorging. Jedenfalls nicht genug, um mich einzumischen und Ärger zu machen.«

Tashi hatte in allen Punkten recht. »Ja, ich hätte Ihnen wahrscheinlich auch gar nicht geglaubt … hätte es gar nicht glauben wollen. Ich war vollkommen blind, was sie anging.« Es schmerzte ihn, sich zu erinnern. »Ich mochte sie sehr, verstehen Sie?«

Sie saßen eine Weile schweigend und lauschten dem Rauschen des Flusses.

»Wir müssen ein Loch graben«, sagte Tashi.

»Ein Loch?«

»Für Ihre Sachen.«

»Würden Sie es tun, bitte. Meine Hand ...«

»Ihre große blaue Tasche eignet sich gut für die Statue. Ich werde die Anhänger abmachen.«

Daniel nickte dankbar. »Dann werden Sie mich also nicht anzeigen?«

Tashi warf ihm einen müden Blick zu. »Warum, glauben Sie wohl, nehme ich diese schreckliche Route? Meine Fahrkünste sind jetzt wirklich alles, worum Sie sich Sorgen machen müssen. Es sieht so aus, als wäre Ihr Flug über die Grenze unentdeckt geblieben, da nichts geschehen ist.« Seine Laune schien sich zu heben. Ein jungenhaftes Grinsen überzog sein Gesicht. »Und es gibt keine Spur vom Absturz. Gerade noch da und im nächsten Moment verschwunden. Es war unglaublich. Man sieht solche Sachen sonst nur in Filmen. Sie haben schon früher Helikopter geflogen, stimmt's?«

»Ja, habe ich«, erwiderte Daniel. »Und vielleicht werde ich es wieder tun. Ich hatte drei schlimme Flüge. Es heißt, dass schlimme Dinge stets in Dreierzyklen kommen, nicht wahr?«

Tashi hüpfte hinaus und spähte über das Ufer. »So denkt ihr im Westen. Uns lässt *Karma* ganz anders denken.«

»Erzählen Sie mir davon«, sagte Daniel, als sie ihre Zelte und Ausrüstung aus dem Wagen luden. »Ich möchte alles über Karma wissen.«

Zweiunddreißig Stunden später, bei Tagesanbruch, erreichten sie die Leh-Manali-Straße, hungrig, schmutzig und mit fast leeren Benzinkanistern. Sie hatten sich in einem Fluss ein wenig gewaschen, sich die Haare gekämmt und ein paar Eimer Wasser über den ziemlich mitgenommenen Wagen gegossen, um nicht unnötig aufzufallen.

Im Dorf Upshi am Indus konnte Daniel durch einen Anruf an Bruce' Handy in Vancouver in Erfahrung bringen, dass sich Rosie auf Egg Island in Sicherheit befand und sich gegenwärtig im Haus von Mrs. Buckley aufhielt und Grunzi-Lu wieder mit dem Mutterschwein bekannt machte. Katie hatte also aus Verzweiflung gelogen, aber er war noch immer wütend darüber. Ein Kind zu benutzen, auch nur, um zu drohen, war verabscheuungswürdig. Gefahr bestand jedoch noch immer, und Daniel beschwor Bruce, immer wachsam zu sein. Solange sich der Buddha und sein Inhalt in seinem Besitz befanden, würde Rosie nicht außer Gefahr sein.

»Danny, mach dir keine Sorgen«, sagte Bruce mit tiefer, ruhiger Stimme. »Amanda und ich sind übereingekommen, auch nicht zu telefonieren, außer wenn es Probleme gibt, daher ...« Es gab mehrere Piepser, und Bruce' Stimme verschwand und kam wieder. »... und hat der Schule mitgeteilt, dass Rosie sich bei Verwandten in Italien aufhält. Sie hat ...«

»Bruce ...«, rief Daniel, als könnte er ihn damit zurückholen. »Sag Rosie, dass ich sie anrufe, sobald ich hier wieder in die Zivilisation komme, und dass wir dann lange miteinander reden werden.«

Stille. Er drückte ein paarmal rasch hintereinander auf die Telefongabel. »Mach dir keine Sorgen um sie, Kumpel«, sagte Bruce plötzlich wieder laut und deutlich. »Sie und Linda sind praktisch siamesische Zwillinge.«

»Ich kann dir gar nicht sagen, wie dankbar ich dir bin.«

»He! Wenn man vom Teufel redet. Hier ist sie schon und reißt mir das Telefon aus der Hand.«

»Geht es dir gut, Papa?« Erleichterung überschwemmte ihn, als er, fern, aber deutlich verständlich, ihre Stimme vernahm.

»Ja, meine Kleine, mir geht es sehr gut, besonders jetzt, da ich mit dir rede.«

»Bist du vom Himmel gefallen? Sag mir die Wahrheit.«

Betroffen von ihrer Frage erwiderte er: »Also, um genau zu sein ... ja, bin ich.«

Besorgt wartete er auf ihre Antwort.

»Aha, gut, keine Wolken mehr«, sagte sie in sachlichem Ton. »Aber sei mega-vorsichtig, Papa. Ich habe noch immer diesen furchtbaren ...« Ihre Stimme verklang und war fort. Mehrere Piepser folgten.

»Was?«, schrie Daniel ins Telefon. »Was ist furchtbar, Rosie?« Er klopfte ans Fenster der Vermittlung und warf verzweifelt die Arme hoch. Er erhielt nur ein Achselzucken als Antwort. Sie befanden sich schließlich mitten im Himalaya.

In der Zwischenzeit hatte Tashi getankt. Sie kauften sich etwas zu essen in einer Kneipe an der Straße und verzehrten es im Landcruiser. Am Mittag, nach ein paar Stunden Fahrt auf der steil abwärts verlaufenden Straße, erreichten sie den Rohtang-Pass, das südliche Tor nach Ladakh. Der Pass war um diese Zeit oft schon geschlossen, womit Ladakh neun Monate lang von der Außenwelt abgeschieden blieb, doch bis jetzt hatte der Schnee die Landschaft nur ein wenig angezuckert, zu wenig, um den Pass dichtzumachen. Nicht wenige nutzten diese vielleicht letzte Gelegenheit für die Fahrt in den Süden, nach Manali.

Auf der Passhöhe schien die Luft zu glitzern. Sie blickten hinab auf steile Felswände und tiefe Schluchten und Moränen von fernen Gletschern. Die Geypang Zwillingsgipfel, zerklüftete, schneebedeckte Felspyramiden, überragten kahle Kämme und, tief unter ihnen, ein wunderschönes Tal. Während sie darauf zu fuhren, drehte sich Daniel immer wieder um und beobachtete die Fahrzeuge hinter ihnen, aber er gewann nicht den Eindruck, dass ihnen jemand folgte. Die Gefahr schien vorüber zu sein. Er legte die Hand auf den Arm seines Begleiters. »Das genügt, Tashi. Im nächsten Ort müssen Sie umkehren, sonst sind Sie mit Ihrem Wagen bis zum Frühling hier gestrandet.«

Tashis Hände packten das Lenkrad fester. »Ich habe gesagt, dass ich Sie nach Dharamsala bringen würde. Sie bezahlen mich gut dafür, und wie ich dann zurückkomme, ist mein Problem.«

»Nein, Tashi. Nichts wäre mir lieber als Ihre Gesellschaft auf dem ganzen Weg nach Dharamsala, aber Sie müssen den verdammten Wagen zu seinem rechtmäßigen Besitzer zurückbringen. Sie haben schon mehrfach Kopf und Kragen für mich riskiert. Außerdem könnte uns Ihr Onkel die indische Armee auf den Hals hetzen, und ich bin froh, dass ich bisher keine Bekanntschaft mit ihr gemacht habe.«

Tashi blieb keine andere Wahl, als ihn an der nächsten Busstation abzusetzen. Sie standen auf dem staubigen Parkplatz zwischen Rikschas und Tuk-Tuks und umringt von kleinen Kindern, die an ihren Ärmeln zerrten. Banknoten und Telefonnummern wurden ausgetauscht. Daniel bedankte sich erneut bei seinem Retter und versprach, ihm zu helfen, wenn er sich entschließen sollte, in den Westen zu kommen, eine Absicht, die der junge Mann mehrfach während ihrer Reise angesprochen hatte. Das Schicksal der chinesischen Frau mit dem langen schwarzen Haar und dem roten Rucksack war ein schreckliches Geheimnis, das sie miteinander teilten, und Tashi schlug vor, dass sie einen Schwur leisteten, niemals mit jemandem darüber zu sprechen.

Sie verabschiedeten sich mit einer herzlichen Umarmung

voneinander. Als er Tashi einsteigen und wegfahren sah, fragte sich Daniel, wie schwer es ihm fallen würde, seinen Teil des Schwurs zu halten. Er würde sich einiges einfallen lassen müssen, um den Menschen, die Katie kennengelernt hatten, ihr Verschwinden zu erklären. Gabriella und Freddie, zum Beispiel, oder Bruce und Linda. Vielleicht war es purer Instinkt gewesen, dass er Rosie von ihr fernhielt. Außerdem hätten bei Rosie Lügen über Katies Verschwinden nicht funktioniert. Auslassungen konnte er noch rechtfertigen, aber er wollte nicht mehr lügen. Dann musste er noch Amanda beschwichtigen. Sie würde mit Sicherheit eine überzeugende Erklärung für seine wilden Geschichten von chinesischen Männern und Entführungsversuchen verlangen. Er würde auch nicht nach Yaletown gehen und Katies Wohnung beobachten, um herauszufinden, wer dort auftauchte, um ihre Sachen fortzuschaffen. Vielleicht geschah es bereits in diesem Augenblick, dass irgendein Geheimagent ihre Habseligkeiten zusammenpackte und alle Spuren ihrer Existenz beseitigte. »Harvey.« Wenn er den Mann je zu Gesicht bekam, würde er ihn auseinandernehmen. Er hörte die Hupe des Landcruisers und wandte sich um. Tashi hatte die Station verlassen und steckte bereits im Stau. Sie winkten einander noch ein letztes Mal zu. Ein Gefühl der Verlassenheit befiel ihn. Er war jetzt allein und hatte seine Aufgabe noch nicht erledigt. Er nahm Reisetasche und Rucksack und begab sich auf die Suche nach einem Fahrkartenschalter. Dort erfuhr er, dass der nächste Bus erst am folgenden Morgen fahren würde und dass sein Gepäck am Dach transportiert werden musste. Er war nicht bereit, ein weiteres Risiko einzugehen. Ein Sikh-Taxifahrer stand passenderweise gleich neben dem Schalter, und Daniel hatte die Taschen immer noch voller Bargeld.

Die Fahrt von Ladakh nach Himachal Pradesh in den Ausläufern des Himalayas war wie die Reise in ein anderes Land. Die Vegetation war üppig, fast wie ein Regenwald, aber er spürte einen seltsamen Widerstreit von Gefühlen über das Verlassen der kahlen Hochebenen. Wie Tashi gesagt hatte, seit der Besetzung seiner Heimat durch die Chinesen war Ladakh tibetischer als Tibet selbst. Daniel saß auf dem Rücksitz des klapprigen Taxis, unbekümmert um die augenscheinliche Todessehnsucht des Fahrers. Auf den schmalen Straßen in den Bergen von Himachal fuhren sie an furchterregenden Abgründen entlang, die denen am Thangtak La um nichts nachstanden, aber *es gab einen Punkt im Leben eines Menschen, an dem nichts, was heute noch geschah, schlimmer sein könnte, als das, was er gestern erlebte*. Die klaffende Wunde in seinem Herzen, die Katie hinterlassen hatte, würde eine lange Zeit zum Heilen brauchen. Ganz gleich, wie verwerflich ihr Auftrag und wie fehlgeleitet ihre Überzeugungen waren, vermochte er die Leidenschaft nicht zu vergessen, die sie in ihm entfacht hatte, und spürte umso niederschmetternder den Verlust, nun, da sie nicht mehr lebte.

Kapitel 27

McLeod Ganj war eine beeindruckende und von den Spuren der Zeit gezeichnete kleine Oase, einst eine Bergstation, Sommerresidenz für die Familien britischer Offiziere, die die Hitze in der Ebene nicht ertrugen. Die steilen Berghänge, über die sich die Stadt erstreckte, waren dicht bewaldet, und jenseits der Stadt strebten weitere schneebedeckte Berge in den Himmel.

Spät am Abend setzte ihn das Taxi am Hauptplatz am oberen Ende der Stadt ab. Daniel eilte durch die belebten, lauten, engen Gassen, an Bettlern, Händlern und Gaunern vorbei, auf der Suche nach einer Unterkunft. Er hielt nur einmal an, um einige Meter feste Nylonschnur bei einem Händler zu kaufen. An der ersten Kreuzung wiesen Schilder den Weg zu einer Reihe von Mittelklassehotels. In einem von ihnen checkte er ein.

»Dieses Zimmer hat die beste Aussicht«, erklärte der bejahrte Hotelpage. Er öffnete die Balkontür, um die kühle Abendluft hereinzulassen, und deutete auf das weite Tal hinab. Eine Myriade Lichter von Straßen und Häusern funkelten und ein zunehmender Mond stand gerade unter dem Horizont und verlieh dem Himmel einen blauen Schimmer.

Daniel nickte beeindruckt. »Großartig ... ich bin in der Hauptsache hier, um eine tibetische Person zu suchen. Könnten Sie mir sagen, wo ich Ihrer Meinung nach Hilfe finden könnte?«

»Ah, natürlich, Sie wollen tibetische Sachen sehen«, erwiderte er in leicht spöttischem Ton. »Wie alle Touristen in McLeod Ganj. Wie Ihr Mr. Richard Gere. Dick befreundet mit seiner Heiligkeit. Er hält sich immer unten im Chonor-Hotel auf. Voriges Jahr hat eine Frau die WC-Brille aus seinem Zimmer gestohlen und im Internet verkauft. Haha! Verrückt, nicht?«

»Ich suche eine bestimmte Person. Ich habe nur den Namen ... Jamyang Togden.«

»Nadel im Heuhaufen«, sagte der alte Mann. Mit einem zitternden Finger, der Parkinson im Frühstadium verriet, deutete er den Berg hinab. »Fragen Sie da unten. Das große Gebäude unter uns ist der Tempelkomplex und Residenz des Dalai Lama, und weiter unten befinden sich die Verwaltungsbüros und der Sitz der Exilregierung, die tibetische Bibliothek, das tibetische Delek-Krankenhaus und das tibetische Museum.« Er lachte leise in sich hinein. »Und wenn Sie dort nirgends fündig werden, können Sie noch das tibetische Staatsorakel fragen. Er könnte es wissen.«

»Das Staatsorakel ... ist das eine Person?«

»Ja, nur ein Mann. Er lebt im Kloster. Seine Prophezeiungen haben großes Gewicht in der tibetischen Gemeinde hier. Sehr viel Hokuspokus ...«

Daniel hörte nur noch halb zu und erinnerte sich, was Tashi über die Macht des Glaubens gesagt hatte. »... die Straße, die sich den Berg hinunterschlängelt, führt nach Dharamsala. Sie können zu Fuß gehen, aber der Rückweg ist sehr steil. Sie müssen ein Taxi nehmen. Und, Sir, essen Sie nichts auf der Straße. Die Affen klauen Ihnen das Essen aus der Hand. Aber ...«

»Vielen Dank«, sagte Daniel und gab ihm eine Handvoll Rupien. »Ich habe jetzt ausgezeichnete Informationen für meine morgigen Unternehmungen.«

»Wenn Sie morgen früh ein Taxi brauchen, besorge ich es«, sagte der Mann.

»Wo kann ich telefonieren?«

»In unserem Hotelbüro, Sir«, sagte er und richtete sich stolz auf. »Wir haben Internet, Faxgerät, Fotokopierer und Videokonferenzeinrichtung.«

Er wusste, dass er vorsichtig sein sollte, um ihre Sicherheit nicht zu gefährden, aber er musste einfach mit ihr sprechen. Das unterbrochene Gespräch am Morgen ging ihm nicht aus dem Kopf. Er wählte Lindas Handynummer und war sofort mit ihr verbunden. Im Zuge des Zeitunterschiedes von zwölf Stunden saßen sie auf Egg Island gerade beim Frühstück.

»Linda, meine Heldin und Retterin. Wenn du dich je von Bruce scheiden lässt, wirst du in meine Arme kommen, nicht wahr?«

Linda lachte. »Einverstanden.« Sie flüsterte ins Telefon. »Was ist mit ... du weißt schon, wem? Wie kann ich meine Konkurrentin loswerden?«

Daniel rang ein flaues Gefühl im Magen nieder und fragte rasch: »Wie geht es meinem kleinen Mädchen?«

»Sie sitzt hier am Tisch neben mir und legt sich ihre Schulsachen zurecht. Warum hast du mir nicht gesagt, dass sie so eine mathematische Zauberin ist? Ich habe mich hier ziemlich zum Narren gemacht, weil ich dachte, ich könnte ihr helfen ... Oh, hier ist sie.«

Eine Pause. »Papa? Bist du es?«

»Ja, dein dich Liebender, der dir wieder in den Ohren liegt.«

»Erinnerst du dich, was ich dir letzte Nacht sagen wollte ... bevor wir unterbrochen wurden?«

»Ja, aber ich habe es nicht richtig mitbekommen, Rosie. Wenn du es für wichtig hältst, dass sag es mir noch einmal.«

»Ich weiß nur, dass jemand hinter dir her ist, Papa, und dir auflauert. Wie damals, erinnerst du dich, Papa, als mich Melissa, Deidre und Gemma schikaniert haben? Du erinnerst dich, dass sie mir immer aufgelauert und mich niedergestoßen und mir meine Sachen weggenommen haben? So ein ähnliches Gefühl habe ich, wie wenn das jemand mit *dir* machen will. Und sag jetzt nicht, dass ich verrückt bin.«

Ihre Worte ließen ihn unwillkürlich hinter sich zur Tür und dann auf die Reisetasche zu seinen Füßen blicken. »Rosie, nein, du bist hunderttausend andere liebe Dinge, aber nicht verrückt. Aber du weißt, dass ich groß und stark bin ...«

»Ja, aber trotzdem ...«

»Und ich habe dieses richtig brutale, bedrohliche Gesicht ...«

»Gar nicht ...«

»Und ich bin fies und unberechenbar in meiner Wut ...«

»Lügner. Bist du nicht.«

»Hör zu, Kleines. Ich kann auf mich aufpassen. Du brauchst dir keine Sorgen zu machen.«

»Ich denke, ich sollte mit deiner Freundin reden.«

Er runzelte die Stirn. »Wen meinst du mit meiner Freundin?«

»Aber Papa«, stöhnte sie verärgert. »Ich *kenne* sie längst. Wir haben beschlossen, dass es unser Geheimnis bleiben soll. Ich denke, dass sie recht hatte, dass wir warten sollten, bis du uns miteinander bekannt machst. Aber sie gab mir ihre Telefonnummer, für den Fall, dass dir etwas passiert ist oder du weggefahren bist, ohne es ihr oder mir zu sagen. Ich kann ihr etwas ausrichten, wenn du willst.«

Alles in ihm erstarrte. »Von wem redest du, Rosie ...?«

»Ich rede von Katie«, erwiderte sie seufzend. »Weißt du, du brauchst mir nichts mehr zu verheimlichen. Mami hat jetzt Tony, da ist es schon in Ordnung, dass du eine Freundin hast. Und Katie ist nett. Ich hab gestern erst versucht, sie anzurufen, aber sie war nicht zu Hause. Ihr Bruder hat sich gemeldet. Kennst du ihn? Harvey ... er war der Mann, der mich gefragt hat, wo du bist. Er ist wirklich ein sehr netter Mann. Ihr beide könntet gute Freunde werden.«

Es war wie eine eiskalte Dusche. »Oh, mein Gott, Rosie. Hast du ihm gesagt, wo du bist?«

»Nein.« Rosie senkte die Stimme und flüsterte: »Dazu hatte ich keine Zeit. Bruce hat mir das Telefon weggenommen.« Ihre Stimme zitterte. »Weißt du, dass ich eine Gefangene hier bin? Er und Linda wollen mich mit niemandem sprechen lassen. Nicht einmal mit meiner *eigenen Mami!* Sie sind sehr nett zu mir und alles, und sie geben mir zu essen, was ich will, aber ich bin eine Gefangene, Papa, so wie in der Fernsehserie. Du musst kommen und mich und Grunzi-Lu herausholen.«

»Hört Linda zu, Rosie?«

»Nein, aber sie kommt gerade zurück ... *Unternimm etwas, Papa!*«

Daniel ließ sich auf den Stuhl neben dem Telefon sinken und holte tief Luft. »Es ist alles meine Schuld. Ich habe sie gebeten, dich gefangen zu halten. Harvey ist nicht der, für den du ihn hältst ... Katie ebenfalls nicht. Wo hast du sie getroffen? Was hat sie dir erzählt?«

»Das ist schon lange her, und sie hat mir gesagt, was ich schon längst weiß. Dass du wegen der Kassette weggefahren bist. Du hast ihr unser Geheimnis verraten, Papa. Ich dachte, die Kassette und das alles wären ausschließlich unser Geheimnis. Sie wusste schon, dass du Geheimnisse nicht für dich behalten kannst, aber ich hab ihr gesagt, dass *ich* es kann.«

»Rosie, Katie ist nicht meine Freundin. Ich muss dir leider sagen, dass sie ein sehr böser Mensch ist.«

»Oh, *nein*«, entfuhr es Rosie nach einem Moment, und Furcht war in ihrer Stimme. »Bist du sicher?«

»Hör mir jetzt gut zu, mein Mädchen. Ich werde bald wieder zu Hause sein. In der Zwischenzeit darfst du niemanden anrufen. Ich meine wirklich *niemanden*. Vertrau mir, bitte. Bleib, wo du bist. Versuch es dir bei Bruce und Linda so schön wie möglich zu machen, iss viel, und warte auf mich.«

»Beeil dich.«

»Kannst dich drauf verlassen! Ich werde hier alles so schnell wie möglich erledigen.«

Sie schwieg einen Augenblick, dann sagte sie: »Mami hat mir von der Sorgerechtsvereinbarung erzählt.«

»Sorgerechtsvereinbarung?« Er drückte die Hand auf die Augen und stöhnte. Nicht auch das noch. Rosies ganzes Leben schien für sie auseinanderzufallen. Was konnten sie dem armen Mädchen noch alles antun? »Darüber müssen wir reden, Liebling. Das ist ein sehr großer Begriff für ein kleines Mädchen.«

»Können wir nicht miteinander weit weggehen?« Sie schniefte ein wenig. »Miss Ekman geht ein Jahr weg, um sich um ihr Baby zu kümmern, und Deidre schimpft mich eine durchgeknallte Bohnenstange. Können wir nicht irgendwo hingehen, wo alle Leute groß sind, sodass ich nicht mehr die größte in meiner Klasse bin?«

»Ja, Rosie, wir werden weggehen und woanders wohnen.«

»Und Grunzi-Lu kann doch mitkommen, oder?«

»Natürlich. Hör zu. Ich kenne einen Ort mit einem großen Pferch hinter dem Haus. Es gibt dort einen wunderschönen Garten mit zwei großen Pappeln. Das Haus selbst ist sehr heruntergekommen, aber wir beide könnten es abreißen und ein neues bauen. Es ist ziemlich weit weg, und du könntest Mami nicht mehr so oft sehen. Was meinst du denn dazu?«

»Das macht mir nichts aus. Ich möchte irgendwo weit weg mit dir zusammen sein, Papa.«

»Und ich möchte dir eine Geschichte über dich erzählen. Ich kann es kaum erwarten. Ich werde mit dir zu einem Bauwerk fahren, das du einmal aus Sand gebaut hast. Zu einem tibetischen Stupa, der tausend Jahre alt werden kann.«

»Wirklich? Ich kann es auch kaum erwarten, Papa«, sagte sie

aufgeregt. »Ich werde eine Liste mit all den Sachen machen, die wir tun müssen.«

»Gute Idee. Mach eine Liste. Ich werde auch damit anfangen. Lass mich jetzt mit Linda reden.«

Trotz des chaotischen Gemenges von Menschen, Kühen und Taxis, des Verfalls, der Müllhaufen und offenen Abflussrohre besaß die Stadt ein positives und spirituelles Flair. Dennoch wagte sich Daniel nicht einen Augenblick lang von seinem goldenen Buddha zu trennen. Am folgenden Morgen machte er sich als Erstes daran, die blaue Reisetasche in einen Rucksack umzuwandeln. Mit der Nylonschnur um die Tasche, seine Mitte und seine Schultern schnürte er seinen Schatz sicher an seinen Körper.

Nach einem unbequemen Stehfrühstück verließ er das Hotel. Niemand schien sich über seine sonderbare Last zu wundern, andererseits war er auch nur ein winziger Tropfen in einem ganzen Meer von extravaganter Exzentrizität. Tibetische Mönche in burgunderroten Gewändern und indische Frauen in bunten Saris mengten sich unter rastalockige westliche Rucksacktouristen, ausländische Nonnen mit kahlen Köpfen, Tibeter in Nationaltracht und Sikhs mit hohen Turbanen. Junge indische Mädchen mit Kindern auf den Hüften bettelten ihn ständig um »milik« für ihre Babys an, und Aussätzige ohne Finger und Nase begrüßten den Neuankömmling mit überschwänglicher Freundlichkeit.

Da er festgestellt hatte, dass die Büros der Exilregierung über das Wochenende geschlossen waren, spazierte er den Main Bazar, die Temple Road und Jogiwara Road, die drei Durchgangsstraßen von McLeod Ganj, auf und ab und fragte alle Ladenbesitzer und Restaurantbesitzer nach einem Mann mit Namen Jamyang Togden. Obgleich sie zugaben, dass der Name nicht ungewöhnlich war, kannte keiner jemanden dieses Namens in der Stadt. Er weitete seine Suche aus, indem er jeden auf der Straße fragte, der tibetisch aussah, erhielt aber dieselben Antworten.

Er hielt ein paarmal inne, um etwas zu essen, doch er war zu angespannt und wachsam, um wirklich Appetit zu haben. Selbst als er an einem Tisch saß, ließ er die Tasche festgebunden auf seinem Rücken. Er stocherte in seinem Essen und fragte sich zum hundertsten Mal, ob er der einzige lebende Mensch außerhalb des chinesischen Territoriums war, der Pematsangs Geheimnis kannte. Wussten seine Feinde von Jamyang Togden? *Wer, zum Teufel, war dieser Mann?* Wusste jemand, dass sich Daniel hier befand? Er war sicher, dass ihm weder Mensch noch Fahrzeug nach McLeod Ganj folgten, dennoch hielt er es für besser, sich nicht in einsame Gassen oder Wege zu wagen, wo man ihn überfallen konnte.

Am Ende des Tages trottete er entmutigt zum Hotel zurück.

»Haben Sie Ihren Mann aufgespürt?«, fragte sein freundlicher Page, während er ihm die Tür aufhielt.

»Ich fürchte, nein. Ich schätze, ich werde bis zum Montag warten müssen, bis ich irgendwelche Unterlagen einsehen kann.«

»Ich denke, morgen wird das Museum offen sein. Dort kennt man den Mann vielleicht. Wenn nicht, können Sie einen Blick auf die siebzigtausend Schriften werfen, die aus Tibet herausgeschmuggelt worden sind. Das sind einige über tausend Jahre alte Texte und andere Schätze.«

»Gute Idee. Danke.« Tourist müsste man sein, dachte Daniel. Wird es je so etwas wie ein sorgenfreies, glückliches Leben geben? Ja, *auf jeden Fall!* Für Rosie würde es das geben müssen. Er musste seine Suche fortsetzen, um frei von dieser Bürde zu werden und sich um Rosies friedliches und harmonisches Leben kümmern zu können.

Auf dem Weg zu seinem Zimmer dachte er an einen Menschen, dessen beruhigende Stimme er gern gehört hätte. Er ging die Treppe wieder hinunter, vorbei an der Rezeption zu dem schmuddeligen kleinen Raum mit der Aufschrift »Hotelbüro«. Mechanisch wählte er die Nummer.

»Ellis, Roberts und Merriman!«

»Anne! Sind Sie das?«, fragte er überrascht.

»Daniel Villeneuve?« Sie lachte. »Weshalb dachten Sie, dass dieses Büro geöffnet sein könnte? Die meisten Leute liegen noch im Bett und pflegen ihren Schönheitsschlaf.«

»Ich würde Ihnen Kaffee vorbeibringen, wenn ich das Glück hätte, in Ihrer Nähe zu sein, aber ich bin in Indien.«

»Indien?«, rief sie aus. »Was machen Sie denn dort?«

»Ich habe hier ein paar wichtige Fäden zu ziehen. Und wie geht es Ihnen?«

»Danke, wunderbar. Diese Fäden … sind sie im Inneren Ihres Strudels oder schon auf der anderen Seite?«

Er lachte. »Er verliert zusehends an Kraft. Vor ein paar Tagen habe ich die Asche meines Vaters in Tibet in den Wind gestreut, aber ich habe hier noch einiges zu erledigen.«

»Du meine Güte, Daniel. Ich kann mir gar nicht vorstellen, auf welcher Entdeckungsreise Sie sich befinden. Ich würde gern mehr darüber hören.«

»Das werden Sie. Deshalb rufe ich an. Ich habe mich entschlossen, das Haus meines Vaters zu behalten. Ich werde mich möglicherweise dort niederlassen. Deshalb bitte ich Sie, das Haus aus dem Angebot zu nehmen und einen Tisch für das Mittagessen zu reservieren, das Sie mir versprochen haben.«

»Aber klar. Geschieht sofort«, sagte sie lachend. »Möchten Sie, dass ich eine Firma zur Reinigung des Hauses beauftrage, oder soll jemand den Wänden einen neuen Anstrich verpassen? Weiß würde alles hell und freundlich machen.«

»Nein. Danke für das Angebot. Meine Tochter wird bei mir

wohnen, und ich möchte ihre Meinung dazu hören. Möglicherweise werde ich Sie bitten, eine Abrissfirma zu beauftragen.«

»Na dann«, erwiderte sie. »Ich erledige das. Und ich werde einen Tisch bestellen.«

»Tibetisch, bitte. Meine Tochter mochte die *Momos*. Ich hoffe, dass ich in ein oder zwei Wochen da sein kann.«

»Kann ich in der Zwischenzeit sonst noch etwas für Sie tun...?«

»Ja, eine Sache«, sagte er lächelnd. »Besorgen Sie mir eine Arbeit, ja? Ich hätte nichts dagegen, wieder Helikopter zu fliegen. Es gab eine Zeit, da war ich sehr gut darin.«

Nachdem er die Reisetasche sicher ans Bettgestell gebunden und die Tür doppelt verriegelt hatte, sank er in einen tiefen Schlaf. Der Sonntagmorgen dämmerte. Er kroch aus dem Bett, duschte, rasierte sich, erneuerte die Bandage am Handgelenk und band sich die Reisetasche auf den schmerzenden Rücken. Die Luft besaß einen kalten Biss, aber die schneebedeckten Berge leuchteten tiefrosa, als die Sonne ihr erstes Feuer über Himachal Pradesh sandte.

Daniel mischte sich unter die Frühaufsteher auf der Jogiwara Road. Die schmalen Ladenfronten stellten bereits ihre farbenfrohe Ware aus, tibetischen Schmuck, indische Teppiche, Bücher, Gewürze, Obst, Nüsse und auf Kohlenfeuer gekochte Speisen. Er kaufte sich eine Tüte geröstete Nüsse und aß sie während des Gehens. Die Bettler und Aussätzigen begrüßten ihn wie einen alten Freund, und ein kleiner Junge folgte ihm eine Weile und beschrieb ihm wortgewandt den Hunger und das Elend seiner Familie. Trotz des wärmenden Sonnenscheins trug der Junge eine rosa Damenschijacke, die ihm ein törichter Tourist geschenkt hatte. Daniel gab ihm eine Hand voll Geldscheine und sagte ihm, er solle sie seiner Mutter geben. Er wusste, dass es moralisch nicht ganz einwandfrei war, aber er hatte die Erfahrung gemacht, dass er mit einem Lächeln auf den Lippen und den Taschen voller Rupien am raschesten vorankam.

Im Verlaufe des Tages, nach Befragung von wenigstens hundert Leuten, begann er, mutlos zu werden. Er spazierte zum Museum. Dort war ihm das Glück hold. Die Dame an der Eintrittskasse kannte einen Jamyang Togden. Daniels Aufregung schwand jedoch rasch wieder. Dieser Jamyang Togden war der Neffe eines Freundes und zweiundzwanzig Jahre alt. Er arbeitete in einem von Chinesen geführten Nachtclub in Lhasa. Daniel dankte ihr, aber brachte nicht die Kraft auf, einen Blick auf die siebzigtausend alten tibetischen Schriften zu werfen. Ihm reichte schon die eine, die er auf dem Rücken trug.

Auf dem Rückweg in die Stadt hatte er das Verlangen, etwas zu machen, was offenbar auch alle anderen tun wollten, nämlich eine *Kora*, eine Umrundung des Tempelkomplexes im Uhrzeigersinn auf einem wunderschönen Waldweg. Der Pfad, auf dem Dutzende von Mönchen, tibetische Flüchtlinge und westliche Touristen wandelten, schien ihm sicher genug zu sein.

Er hatte den halben Weg hinter sich, als er plötzlich den Atem des Feindes in seinem Rücken spürte. Das Gefühl war so unmittelbar und stark, dass sich seine Nackenhaare aufstellten. Er verhielt mitten im Schritt und drehte sich um. Überall war Bewegung. Gebetsfahnen flatterten und Gruppen von Rhesusaffen sprangen durch die Bäume. Zwei freundliche Mönche nickten ihm im Vorbeigehen zu. Eine Gruppe junger Deutscher folgte ihnen dichtauf. Auch sie grüßten, als sie vorübergingen, und er schloss sich ihnen rasch an. Der Pfad führte aus dem Wald auf eine Straße, an der Gebetsmühlen standen, welche die Leute drehten. Die Gefahr schien im Moment abgewendet zu sein, wenn auch das Gefühl, verfolgt zu werden, stark blieb. So oft er sich auch umwandte und zurückblickte, vermochte er keinen Verfolger auszumachen.

Unwillkürlich fragte er sich, ob es vielleicht eine Reaktion auf Rosies Überzeugung war, dass ihm jemand auflauerte, so wie diese Mädchen ihr aufzulauern pflegten, um sie niederzustoßen, wenn sie allein war, und in ihrer Tasche nach Sachen zu suchen, die sie ihr wegnehmen oder kaputt machen konnten. Sie war ziemlich traumatisiert von diesen Schikanen gewesen und übermäßig dünnhäutig gegenüber derart bösartiger Nachstellung. Möglicherweise … aber er musste auch seinen eigenen Instinkten trauen, und seine Instinkte sagten ihm, dass ihm wieder jemand auf den Fersen war.

Erleichtert erreichte er die Tempeltore und die Tempel Road, wo alle anderen Farben in einem Meer von burgunderroten Gewändern untergingen. Die Mönche strömten nach einem Gebet oder einer Lehrstunde aus dem Tempel heraus, und wären die dunklen Schatten hinter ihm nicht gewesen, hätte er die Gelegenheit wahrgenommen, mit ihnen zu sprechen, denn die meisten waren Tibeter.

So ging er müde und durstig zum Hotel zurück. Morgen würde sein letzter Tag in McLeod Ganj sein. Er musste zu Rosie zurück. Aber die Erinnerung an Pematsangs leidenschaftliche Bitte, Jamyang Togden zu finden, nagte an seinem Gewissen. Er war unwillig, die Suche nach dem Mann aufzugeben, aber es bestand eine starke Wahrscheinlichkeit, dass es ihn gar nicht gab oder dass er tot war oder jetzt ganz woanders lebte.

Er blickte zum Tempel zurück und fragte sich, ob der Dalai Lama jetzt anwesend war. Wären die Umstände der Bergung des Buddhas nicht so mörderisch gewesen, hätte er vielleicht versucht, ihn seiner Heiligkeit selbst zu übergeben. Wenn er doch nur Pematsangs erwählten Mittelsmann finden könnte. Dieser Mann wäre ein Puffer zwischen seinen blutigen Händen und der Person gewesen, die, wie er hoffte, den Buddha letztlich erhalten würde. Aber jetzt begann seine Suche gefährlich zu werden. Bei jeder günstigen Gelegenheit mochten sie zuschlagen, ihn in eine dunkle Gasse stoßen, niederschlagen und die Nylonschnur durchschneiden, welche die Tasche an seinen Körper band. Verglichen mit den meisten chinesischen Männern war er ein Riese, aber um seine Kräfte und seine Wachsamkeit stand es nicht zum Besten. Er war noch immer traumatisiert und von Erinnerungen gepeinigt und am Rande vollkommener Erschöpfung.

Bei Sonnenuntergang erreichte er das Hotel und schloss sich in seinem Zimmer ein. Nachdem er die blaue Tasche ans Bett gebunden, einen schweren Schrank vor die Tür geschoben und seine Unterwäsche im Waschbecken gewaschen hatte, sank er in einen todesähnlichen Schlaf.

Kapitel 28

Ein Geräusch weckte ihn in der Dämmerung. Er schnellte wie eine Spiralfeder hoch und sah durch die dünnen Baumwollvorhänge eine Gestalt auf den Balkon klettern. Mit heftig pochendem Herzen sprang er aus dem Bett und wünschte sich, er hätte Katies Waffe nicht in den Abgrund gestoßen. Der unmittelbar bevorstehende Angriff machte ihm eindringlich klar, wie schutzlos er ohne eine Waffe war. In Panik versicherte er sich, dass die Tür zum Korridor noch durch das Möbelstück gesichert war, dann schnappte er sich einen kleinen hölzernen Stuhl. Er stieß die Balkontür auf, um sich auf den Eindringling zu stürzen.

Daniel hielt inne, starrte, und lachte laut auf. Ein Affe zupfte mit spitzen Fingern seine Unterhose von der Wäscheleine, die er aufgespannt hatte. Er griff mit einem Sprung danach, war aber nicht schnell genug. Eine Sekunde später war seine Hose auf einer großen Fichte unterwegs, die neben dem Hotel stand.

»Behalt sie«, rief er hinter dem Dieb her. »Ich mochte sie ohnehin nicht besonders.«

Er stand auf dem Balkon und versuchte sich zu beruhigen. Mit dem Schwinden des Adrenalins fühlte er sich schwach, und seine Hände zitterten. Es war lächerlich. Sobald die tibetische Exilregierung ihre Tore öffnete, würde er sein Zimmer verlassen und sich auf schnellstem Weg dorthin begeben. Sicherlich gäbe es dort eine Liste der ortsansässigen Tibeter. Wenn sich Jamyang Togden nicht auf dieser Liste befand, würde er sich an einen höheren Regierungsbeamten wenden und ihm die Kostbarkeiten übergeben, die sich in seinem Besitz befanden.

Der Entschluss beruhigte ihn. Er wünschte sich, eine Tasse Kaffee würde sich in seiner Hand materialisieren, während er eine Weile zusah, wie sich eine Kolonie Affen kreischend über das kostbare Diebesgut hermachte. Das weite fruchtbare Tal unter ihm war noch in Nebel gehüllt. Er löste den Verband von seinem Handgelenk und sah, dass der Heilungsprozess begonnen hatte, den Beweis für das schreckliche Geschehen am Thangtak La auszulöschen. Die Bissspuren waren undeutlich geworden und die Wundränder blassgelb. Er strich mit den Fingern über die Stelle, wo sie ihn zuletzt berührt hatte, aber er empfand nur Abscheu. Er hatte über ihre Verruchtheit gelacht, sie hinreißend und sexy gefunden, aber nun schien sie nur zu wirklich zu sein. Vielleicht war es nie mehr als das gewesen – Abscheu. Wo war nur sein Urteilsvermögen geblieben ... was hatte ihn so blind gemacht? Er schloss die Augen und zuckte mit den Schultern, um die Verspannung zu lösen.

Er stand noch in Gedanken versunken, als er Rufe hörte. Der Lärm schwoll stetig an, als mehr und mehr Stimmen einfielen. Er nahm an, dass es sich um irgendein Spiel handelte, Football oder Cricket, das mit ungewöhnlicher Ausgelassenheit gespielt wurde. Es nahm kein Ende. Er war erstaunt, dass das begeisterte Gebrüll nicht eine Sekunde lang abschwoll, im Gegenteil, es wurde lauter und gelegentlich sogar ein wenig aggressiv. Er fühlte sich seltsam hingezogen zu dem Lärm und konnte schließlich seine Neugier nicht mehr bezwingen. Er duschte sich kurz, zog sich an, band sich die Tasche auf den Rücken, um für seine letzte Aufgabe gerüstet zu sein, und machte sich auf die Suche nach der Quelle des Lärms.

Er sah eine Menge Menschen vor sich am Ende der Straße und nahm einen Fußpfad, der eine Abkürzung zur Temple Road zu sein schien. Obgleich er viele Menschen in der Nähe sehen und hören konnte, musste er bald feststellen, dass er allein auf dem Pfad war. Er verfluchte seine Unvorsichtigkeit und beschleunigte seinen Schritt und lief schließlich fast den Pfad entlang. Das aufgeregte Geschrei wies ihm den Weg. Er erreichte eine weitere Sackgasse. Ein großes gelbes Gebäude und ein Parkplatz umgaben einen tiefer liegenden Hof, aus dem der jetzt noch lauter klingende Lärm kam. Endlich am Ziel angekommen, lehnte sich Daniel über ein Geländer und sah unter sich in diesem tiefer gelegenen Garten etwa hundert meist junge Mönche, die lautstark aufeinander einredeten, heftig gestikulierend, stampfend und händeklatschend in einer Art kämpferischem Tanz. Daniel grinste. Er hatte das schon einmal in einem Film gesehen. Buddhistische Mönche bei einer philosophischen Debatte. Für ein so ernstes Thema schien es eine recht unterhaltsame Sache zu sein. Kleine Mönche im Bubenalter saßen in ordentlichen Reihen und sahen ihren älteren Brüdern zu, wie sie miteinander diskutierten, gestikulierten, lachten und sich zankten, Fragen stellten und Antworten gaben. Manchmal lachend, manchmal todernst sprangen sie mit wehenden weinroten und orangen Gewändern vor, um laut ihrer Meinung Ausdruck zu verleihen. Trotz ihrer kahl geschorenen Köpfe und ihrer ernsten und keuschen Zukunft waren sie ganz normale Kinder, die Spaß hatten.

Er war in das Schauspiel versunken, aber gleichzeitig warf er immer wieder einen Blick nach hinten und war auf der Hut. Er zuckte zusammen, als plötzlich ein lauter Gong erschallte. Alle jungen Mönche hielten augenblicklich inne. Die Rufe verklangen wie auf einen Knopfdruck. Sie gingen schnell auf einen Eingang direkt unter ihm zu. Zuletzt erhoben sich zwei ältere Mönche von dem Platz, von wo aus sie ihre Zöglinge beobachtet hatten. Sie standen mit dem Rücken zu ihm. Einer von ihnen war eine beeindruckende Autoritätsperson und außerordentlich groß. Als er sich umdrehte, blickte er nach oben. Er sah Daniel und erstarrte. Daniel erwiderte den Blick ungläubig. In diesem Moment begann er alles zu verstehen.

Eine Minute später stand er Jamyang Togden gegenüber. Ein entstellendes Mal verlief von der Schädeldecke über seine Stirn und um das linke Auge herum. Die rechte Gesichtshälfte war nur allzu vertraut. Trotz seiner Verwirrung schien Jamyang die gleichen, oder ähnliche, Schlüsse zu ziehen, aber beide waren so überwältigt, dass sie kein Wort herausbrachten.

Nachdem sie einander eine lange Weile mit offenem Mund angestarrt hatten, griff Jamyang nach seinem Ellenbogen und sagte etwas in tibetischer Sprache.

Daniel schüttelte den Kopf. »Tut mir leid ... ich spreche nicht ...«

Jamyang hielt verwirrt inne. »Kommen Sie«, sagte er.

Als sie auf das Haus zugingen, wandte sich Daniel einer Eingebung folgend um und sah *sie*. Drei Männer rannten den Pfad herunter, auf dem er vor kaum zehn Minuten gekommen war. Er entdeckte keine Waffen in ihren Händen, doch ihre Mienen flößten ihm Furcht ein. Einer von ihnen musste den Einsatz verschlafen haben, und nun hatten sie ihr Ziel verloren ... oder fast. Daniel schob Jamyang auf die Tür zu und zischte: »Rasch, rasch. Können Sie die Tür hinter uns verriegeln?«

Der Mann mit der Adlerkralle schien verwirrt von der panischen und gehetzten Stimme Daniels zu sein, aber er schlug rasch die Tür zu und schob den Riegel vor. Sie liefen eine Treppe hinauf, einen Korridor entlang und durch eine Tür in ein geräumiges, jedoch sehr einfach ausgestattetes Zimmer. Daniel nickte zur Tür hin und Jamyang schloss sofort ab. Er nahm den Hörer von einem altmodischen Telefon und sprach mit jemandem Tibetisch. Dann warf er einen Blick aus dem Fenster und nickte Daniel beruhigend zu.

Die Sonne schien durch zwei Fenster auf ein schmales Sofa herein, das davor stand. Der Mann, der etwa zehn Jahre älter als Daniel sein mochte, deutete auf das Sitzmöbel. Daniel löste erst die Verschnürung von seiner Tasche, was geraume Zeit in

Anspruch nahm. Dann setzte er sich und stellte sie zwischen seine Füße. Jamyang hatte einen Stuhl herangeschoben.

Als sie einander gegenübersaßen, ergriff der ältere Mann als erstes das Wort.

»Wer sind Sie?«

Er hatte es also nicht erraten ... aber mit Sicherheit musste ihm auffallen, dass Daniel nicht irgendwer war. »Ich wusste es auch nicht«, sagte Daniel. »Ich kannte zwar Ihren Namen, aber ich hatte keine Ahnung, dass wir verwandt sind.«

»Ich spreche sehr schlecht englisch«, erwiderte Jamyang und schüttelte hilflos den Kopf.

»Schauen Sie uns an! Wir sind Brüder.«

Jamyang starrte ihn an, als wäre er ein Geist. »Nein. Nicht möglich.«

Nicht möglich? Daniel änderte seine Taktik. »Pematsang Wangchuck ... kennen Sie ihn?«

»Mein Vater.« Jamyang nickte. »Ich kenne ihn lange Zeit vor Tod.«

»Dann wissen Sie, dass er tot ist?«, fragte Daniel stirnrunzelnd. »Ich kann mir nicht ... Wie haben Sie es erfahren?«

»Er starb in einem Gefecht mit der chinesischen PLA. Februar 1961. Ich war kleines Kind, kleines Baby.«

»Himmel, nein«, rief Daniel aus. »Es tut mir sehr leid, dass ich Ihnen das sagen muss. Er starb vor ein paar Wochen. Im September.«

»September?« Jetzt runzelte Jamyang die Stirn. »Er bringt mich und meine Mutter nach Indien in Sicherheit, um wieder zu gehen und mit den Khampas zu kämpfen. Aber Sie sagen, er lebte? Die ganze Zeit mein Vater lebte?«

Pematsang hatte also seine tibetische Familie verlassen. Das war offensichtlich der Grund, weshalb er Gabriella nicht heiraten konnte (oder wollte). Keiner seiner Söhne war mit einem Vater aufgewachsen. Er war zu sehr mit seinem Kampf beschäftigt gewesen … oder vielleicht war die Scham über seinen Misserfolg zu groß gewesen. Daniel lächelte entschuldigend und deutete auf seine eigene Brust. »Wie Sie sehen können, blieb er am Leben. Er ist nicht im Kampf mit den Chinesen gestorben, sondern in hohem Alter an Krebs.«

Jamyang schüttelte erneut den Kopf und schluckte ein paarmal, von Gefühlen überwältigt. »Ich habe Foto von meinem Vater gesehen. Einen Moment denke ich, er auferstanden und sieht mich an. Das war alles, was ich denken kann … Aber ein Bruder …?« Die Wucht der Entdeckung ließ ihn verstummen, und merklich um Fassung ringend, wandte er sich dem Fenster zu. Sein Profil und die makellose Seite seines Gesichts glichen denen Daniels. Pematsangs Gene waren stark gewesen, aber beim Anblick des Gesichtes seines Bruders wurde Daniel etwas klar. So ähnlich sie sich waren, hätte der Vater seine zwei erwachsenen Söhne nicht auseinanderhalten können, wäre da nicht ein verräterisches Detail gewesen. Sie waren Spiegelbilder voneinander … Jamyangs Adlerkralle befand sich auf seiner linken Gesichtshälfte. Der Sohn, der an seinem Totenbett stand, hatte das Mal auf der rechten Seite … auf der *falschen* Seite also.

»Hören Sie, Jamyang …« Er beugte sich vor und berührte den anderen Mann am Arm. »Ich kannte Pematsang selbst nicht. Bis zu dem Tag vor seinem Tod wusste ich nicht, dass er mein Vater war. Er war seit einiger Zeit krank, und eines Tages rief er nach seinem Sohn. Niemand wusste, dass er einen Sohn hatte, und so begann man nach ihm zu suchen … und fand den falschen Sohn … verstehen Sie? Nach *Ihnen* hat er gerufen. Das weiß ich jetzt. *Sie wollte er sehen.*«

Jamyang presste die Hände einen Moment auf die Augen. »Ist das wahr?«

Daniel nickte und versuchte zu lächeln.

»Wie heißt du, mein Bruder?«

Daniel streckte ihm eine Hand entgegen, und sie begrüßten einander feierlich.

»Ich habe zwei Namen. Daniel Villeneuve.« Er berührte die linke Seite seines Gesichtes. »Anil Goba.« Er berührte die rechte Seite.

Das brachte ein Lächeln auf Jamyangs Lippen. »Anil ist leicht.«

»Und dann gibt es noch Rosie.« Aus irgendeinem Grund erschien es ihm wichtig, sie vorzustellen. Es war, als ob sie jetzt neben ihm stünde. »Sie ist meine Tochter, deine Nichte. Ich möchte unbedingt, dass du sie kennenlernst. Rosie ist erst neun Jahre alt, aber es ist bereits zu sehen, dass sie eine echte Tochter von Kham ist.«

»Eine Familie«, sagte Jamyang sichtbar bewegt. »Ich kann es nicht glauben. Ich möchte sehr gern deine kleine Tochter kennenlernen. Aber warum hast *du* unseren Vater nicht gekannt?«

Daniel überlegte einen langen Augenblick. Er empfand noch immer den Schmerz darüber, von seinem Vater nicht anerkannt worden zu sein. Er würde es nie ganz verstehen, und Pematsang war tot. Er konnte ihre Fragen nicht mehr beantworten. Alles, was blieb, waren Spekulationen. Aber Jamyang verdiente eine Erklärung, oder wenigstens eine Hypothese.

»Ich war ein Baby wie du, als du ihn zuletzt gesehen hast. Meine Mutter verließ Pematsang und nahm mich mit. Er hätte versuchen können, mich zu finden, aber ich glaube, die Vorstellung, ein wirklicher Vater zu sein, passte nicht mehr in seine Pläne. Er verschrieb sich ganz dem Kampf für seine Heimat. Ich weiß, dass er sich vom ersten Tag der chinesischen Invasion Tibets unermüdlich für sein Land einsetzte. Er riskierte sein Leben immer und immer wieder. Er kämpfte in seinem Land gegen sie, er schmiedete Pläne gegen sie, er führte viele Männer in die Schlacht, er bildete Kämpfer aus, er sorgte dafür, dass der Westen wusste, was geschah, und er sammelte Geld für die tibetische Sache. Wenn er sich etwas für seine Familie wünschte – für seine Nachkommen –, dann, dass sie in ihre Heimat zurückkehren und dort unabhängig und frei und sicher leben könnten.«

Jamyang wandte den Blick ab. Es war nicht zu übersehen, dass auch er darunter litt, verlassen und vergessen worden zu sein ... er und seine Mutter.

»Hör mich an, Bruder«, fuhr Daniel fort. »Er konnte nicht Vater und Kämpfer zugleich sein, deshalb wählte er den Weg, den er letztlich auch für den besten für uns hielt, für dich und mich. Ich mache ihm keinen Vorwurf, dass er nicht nach mir gesucht hat, denn ich kenne jetzt die unglaublichen Opfer, die er brachte. Ich werde dir alles über sein Leben erzählen, was ich herausgefunden habe. Einiges habe ich von einem seiner alten Freunde erfahren.«

»Ich wünsche, ich hätte es erfahren ... und meine Mutter, bevor sie starb. Aber es stimmt, dass *jemand* uns Geld schickte. Man hat ihr gesagt, aus einer anonymen Quelle.«

Daniel nickte heftig. »Diese Quelle war ganz sicher Pematsang.« Er beugte sich vor und nahm mit beiden Händen die Hand seines Bruders. »Ich kann dir auch den Grund sagen, warum er nicht zu dir und deiner Mutter zurückgekommen ist. Und zwar, weil er von der CIA für geheime Missionen zur Befreiung Tibets rekrutiert wurde. Von diesen Rekrutierten wurde verlangt, ihre Vergangenheit abzustreifen und namenlose Kämpfer zu werden, um die Geheimhaltung der Einsätze zu gewährleisten. Aber er muss euch im Auge behalten haben. Ich glaube, er sah Feinde überall, und das aus gutem Grund, und er fürchtete, dich und deine Mutter in Gefahr zu bringen. Aber das heißt nicht, dass er nicht wusste, wo ihr wart und welchen Weg du eingeschlagen hast. Er wusste, dass du ein guter Mann, ein starker Mann warst, und er vertraute dir vollkommen. Sonst hätte er nicht darauf bestanden, dass ich dich finde … und dir das gebe …«

Daniel ließ die Hand seines Bruders los und schob die blaue Tasche nach vorn, sodass sie zwischen ihnen auf dem Boden stand. Zum ersten Mal schien sie ihm wirklich sicher zu sein, hier zwischen ihren vier Knien, als wäre sie in einem Tresor eingeschlossen. Daniel griff in seine Tasche und zog ein Blatt Papier heraus. Er entfaltete es und reichte es seinem Bruder. »Das ist die letzte Seite aus dem Tagebuch deines Vaters. Es tut mir leid, aber aus Sicherheitsgründen musste ich das Original verbrennen, doch ich habe noch immer die übersetzte Kopie. Die werde ich dir geben.«

Jamyang las den Text laut und sorgfältig. *Jamyang Togden – Es gibt nicht viele Männer, denen ich diese Kassette anvertrauen würde. Du bist kein Krieger, deshalb vermagst du nicht wie ein solcher zu denken, aber ich glaube, dass der Buddha der Freiheit …* Mit großen Augen las er weiter. Als er fertig war, blickte er auf. »Der *Buddha der Freiheit!* Ich habe von ihm gehört.«

Daniel tätschelte die Tasche zwischen ihnen. »Es gibt ihn wirklich. Er befindet sich in dieser Tasche. Dein Vater vertraute darauf, dass du wissen würdest, was mit ihm geschehen soll. Ich habe einen weiten Weg hinter mir. Bevor wir uns weiter unterhalten, müssen wir ihn gemeinsam in Sicherheit bringen.« Er stand auf. »Jamyang, mein Bruder, wir dürfen keine Zeit verlieren.«

Epilog

Am selben Tag schritten sechs Männer die Straße zum Tempel hinab. Sie waren große, kräftig gebaute Männer aus dem Königreich Kham. Sie schritten entschlossen, und viele Blicke folgten ihnen, von Freunden und von Feinden. Ein kleiner Junge in einer rosa Damenschijacke winkte der Prozession hektisch zu, doch andere Fußgänger machten rasch Platz, um sie durchzulassen. Einer der Männer trug westliche Kleidung. Sein Haar war eine dichte schwarze Mähne, sein von einem Mal entstelltes Gesicht wirkte ernst und verriet Trauer, aber auch Gelassenheit. Im Gegensatz dazu zeichnete Grimm die Gesichter der anderen fünf Männer. Ihre Augen funkelten drohend und sie hatten die Fäuste geballt. Ihre Köpfe waren kahl geschoren. Weinrote Gewänder flatterten um ihre brauen Beine, als sie dahinschritten. Einer von ihnen, der in ihrer Mitte ging, der Bruder des Mannes aus der westlichen Welt, der von dem gleichen Muttermal im Gesicht gezeichnet war, trug eine große blaue Tasche auf dem Rücken. Diese fünf Männer waren Mönche, keine Krieger, doch deshalb nicht weniger zu fürchten.

Eine Stunde später wurde in Gegenwart vieler älterer Männer die große blaue Tasche geöffnet. Der Inhalt wurde herausgenommen und mit großem Interesse und Fassungslosigkeit begutachtet. Auf den ersten Blick handelte es sich um eine im Schneidersitz hockende, von einer dicken schwarzen Kruste überzogene Statue. Sand und Kies klebten an der Oberfläche. Ein junger Mönch wurde ausgesandt, Lappen und eine Flüssigkeit zum Säubern des schmutzbedeckten Objektes zu holen. In der Zwischenzeit nahm der Mann aus dem Westen mit der Adlerkralle das Objekt und zog aus der Unterseite ein Stoffbündel heraus. Mit großer Vorsicht legten es er und sein tibetischer

Bruder auf einen Tisch und begannen den Stoff zu entfernen. Unter den verrottenden Fetzen befand sich ein Stapel Dokumente. Alle Anwesenden beugten sich vor und studierten stumm das erste Blatt. Es war in chinesischen Schriftzeichen verfasst und trug die offiziellen Stempel. Als der junge Mönch zurückkam, bat man ihn, das Gefäß, in dem sich die Dokumente befunden hatten, zu säubern. Das erwies sich als schwierig. Die Substanz auf der Statue war zäh wie Leder. Der Mann aus dem Westen sagte, dass er glaubte, es sei Teer.

Langsam kam die wahre Farbe und Form der Statue zum Vorschein. Ein Mann begann zu weinen. Es war ein älterer Lama, ein *Tulku*, der den größten Teil seines Lebens in chinesischen Arbeitslagern verbracht hatte. Er war nach einer fünfundvierzigjährigen Freiheitsstrafe vor Kurzem entlassen worden und am siebenten Tag seiner Freiheit über die Berge nach Nepal gewandert.

Er hatte eine tiefe horizontale Narbe auf seiner Wange, und seine Tränen sammelten sich in dieser Rinne und rollten zu seinem Ohr. Schließlich fasste er sich und sagte:

»Ich begegnete einst einem Mann, dem ich diesen Schatz anvertraute und den ich bat, ihn vor den Kommunisten zu retten. Das ist lange her, als ich noch jung und Abt im Yabyum-Kloster war.«

Einige der Männer begannen zu flüstern. Andere waren überwältigt.

Die Brüder blickten wie zwei Spiegel ineinander und lächelten.

Daniel Villeneuve und Rosie knieten im Sand.

Der Stupa, den sie damals gebaut hatte, war verschwunden. Nur noch die von Daniel gesammelten schwarzen Steine legten Zeugnis davon ab.

Jemand hatte sie als eine Botschaft im Sand ausgelegt, die lautete: *Jen liebt Gord.*

»Mach dir nichts draus«, sagte er zu ihr. »Ich hab dir doch gesagt, dass nichts übrig bleiben würde.«

»Wir werden uns das echte Bauwerk ansehen, nicht? Das hast du doch gesagt.«

»Klar werden wir. Aber erst werden wir umziehen. Es gibt viel zu tun. Dann mieten wir vielleicht einen Helikopter und fliegen hin.« Er griff nach ihr und kitzelte sie an der Seite. »Das heißt, wenn du nicht gerade Wolkenfieber hast.«

»Hör doch auf, Papa«, sagte Rosie lachend und rollte sich auf den Rücken. Ihre langen Beine kickten Löcher in den Sand. »Davon bin ich geheilt.«

Eine junge Frau ohne Gedächtnis und ihre verzweifelte Suche nach der eigenen Vergangenheit

Lesley Pearse
SCHATTEN DER ERINNERUNG
Roman
Aus dem Englischen
von Katharina Kramp
464 Seiten
ISBN 978-3-404-16085-3

Am Strand von Sussex wird eine junge Frau gefunden: halb ertrunken, schwer misshandelt – und ohne jegliche Erinnerung daran, wer sie ist und was mit ihr geschah. Als Dale, eine Freundin des Mädchens, von ihrem Schicksal erfährt, versucht sie gemeinsam mit Lotte, deren Geschichte zu rekonstruieren.
Doch die beiden werden in einen Strudel von Rätseln, Geheimnissen und Albträumen gezogen. Warum war Lotte so lange Zeit verschwunden? Wer ist der Mann, der sie verfolgt? Und: Was ist mit dem Baby passiert, von dem Lotte offensichtlich vor Kurzem entbunden wurde?

Bastei Lübbe Taschenbuch